KB116126

마의 산

마의 산 (하)

Der Zauberberg

토마스 만 장편소설   윤순식 옮김

DER ZAUBERBERG
by THOMAS MANN (1924)

이 책은 실로 꿰매어 제본하는 정통적인 사철 방식으로 만들어졌습니다.
사철 방식으로 제본된 책은 오랫동안 보관해도 손상되지 않습니다.

제6장 계속

제7장

제6장
(계속)

군인으로서 용감하게

요아힘이 떠난 후에도 한스 카스토르프는 여전히 그로부터 간단한 소식을 듣고 있었다. 처음에는 좋은 소식으로 위세가 당당했으나 점점 신통치 못한 소식이 되었고, 마지막에는 무언가 슬픈 일을 애써 미화시키려는 소식으로 바뀌었다. 첫 엽서에서 그는 군 입대와 열광적인 의식에 대해 말하며 즐겁게 보고했다. 그 의식에서 그는, 한스 카스토르프가 요아힘에게 보내는 답장에 표현되어 있듯, 청빈과 순결, 복종을 맹세했다고 한다. 그런 후에도 명랑한 소식을 계속 전해 왔다. 자신이 너무 좋아서 택한 길로, 상관들에게도 호감을 얻어 순조롭게 진행되어 가는 사촌의 인생행로가 희망과 기대에 차 보고되었다. 요아힘은 예전에 2~3학기 대학을 다녔기 때문에 사관 학교에 다니지 않아도 되었고, 당연히 사관 후보생 생활도 면제되었다. 새해에는 하사관으로 진급하여, 몰[1]이 부착된 제복 차림의 사진을 보내왔다. 엄격하고 빈틈

---

1 제복에 부착하는 금실, 은실로 된 장식품.

없이 조직되어 있으면서도, 까다롭고도 유머러스하게 인간미를 살린 계급 제도의 정신에 편입된 요아힘의 감격이 짧은 편지의 곳곳에 넘쳤다. 성질이 거칠고 광포한 군인인 그의 상사가 그에게 보이는 낭만적이고 복잡한 태도에 대해서도 여러 가지 실례를 전해 주었다. 그 상사는 요아힘이 지금은 비록 미숙한 부하지만 장래에 존경받는 상관이 될 것이라 믿었고, 벌써부터 장교 클럽에 드나드는 것도 눈치채고 있었다. 참으로 우스꽝스럽고도 거짓말 같은 이야기였다. 그 후 장교 임관 시험을 치른다는 얘기가 적혀 있었고, 4월 초에 요아힘은 소위가 되었다.

소위가 된 요아힘보다 외견상 더 행복한 사람은 없었을 것이다. 요아힘보다 본성과 소망이 군대라는 생활 방식에 더 부합되는 사람은 없었을 테니까. 그는 소위가 되어 처음으로 화려하게 시청 앞을 행진할 때, 보초가 부동자세로 자신에게 경례를 올리자 약간 떨어진 장소에서 고개를 끄덕이며 신호를 보낸 것에 대해 수줍은 듯, 그러면서도 감격스러운 심정으로 알려 왔다. 근무상의 작은 불만이나 만족, 멋지고도 훌륭한 동료애, 자신의 당번병이 보이는 요령 있는 충성, 훈련 시간이나 학과 시간에 벌어지는 재미있는 사건들, 사열, 회식 등에 관해서 소식을 보내왔다. 또한 초대, 만찬, 무도회와 같은 사교적인 일에 대해서도 가끔씩 소식을 전했지만, 자신의 건강 상태에 대해서는 한 번도 말을 꺼내지 않았다.

여름 무렵까지 자신의 건강 상태에 대해 한 번도 언급하지 않았지만 어느 날, 자신은 침대에 누워 있으며 유감스럽게도 병가(病暇)를 내야 했다는 소식을 전해 왔다. 감기로 인한 열이라서 며칠 있으면 괜찮아질 것이라는 부연 설명도 있었다.

6월 초에 그는 다시 근무를 시작했지만, 그 달 중순에 〈무기력해졌다〉면서 자신의 〈불운〉에 대해 무척이나 탄식했다. 그리고 마음 깊이 고대하고 있던 8월 초의 대대적인 기동 훈련에도 참가하지 못할 것 같다는 걱정을 토로했다. 쓸데없는 걱정. 7월에 그는 아주 건강한 상태로 몇 주를 보냈다. 그러다가 진찰이라는 말을 꺼내기 시작했는데, 자기 몸의 체온 변화가 하도 심해서 진찰을 받지 않을 수 없었고, 앞으로의 모든 일이 그 진찰 결과에 달려 있을 것이라고 했다. 이 진찰 결과에 대해서 한스 카스토르프는 그 후 오랫동안 아무런 연락도 받지 못했다. 그러다가 얼마 안 있어 그에게 그 사실을 편지로 알린 사람은 요아힘 자신이 아니라 — 요아힘이 편지를 쓸 상황이 아니었는지, 편지를 쓰기가 부끄러워서였는지는 몰라도 — 그의 어머니 침센 부인이었다. 그것도 전보로 알려 왔던 것이다. 의사의 진단 결과 요아힘은 몇 주 동안 휴식을 취하는 것이 절대적으로 필요하다는 내용이었다. 〈즉시 알프스의 고산 지대로 요양을 떠나라고 함. 방 두 개 예약 바람. 반신료(返信料) 선불함. 발신인 루이제 외숙모〉라는 전문이었다.

한스 카스토르프가 발코니에 누워 이 전보를 처음에는 대충 훑어보고 그다음에 읽고 또 읽은 것은, 바야흐로 7월 말이었다. 그는 전보를 읽으면서, 머리로뿐만 아니라 상반신 전부를 움직여 가볍게 고개를 끄덕이고는 이 사이로 이렇게 말했다. 「그래, 그래, 그렇지! 그것 봐, 그것 봐, 그것 보라고!」— 〈요아힘이 다시 돌아오는구나!〉 한스 카스토르프는 갑자기 기쁨을 주체할 수 없었다. 하지만 곧 다시 냉정을 되찾고 이렇게 생각했다. 〈음, 음, 이건 중대 뉴스다. 아니, 어찌 보면 말도 안 되는 뉴스라고 할 수도 있겠어. 빌어먹을, 떠난 지 얼마나 되었다고 ─ 벌써 이 고향으로 돌아온단 말인가! 어머니와 함께 온다니(그는 〈루이제 외숙모〉라고 말하지 않고, 〈어머니〉라고 말했다. 일가친척에 대한 그의 감정은 어느새 타인에 대한 감정만큼이나 옅어져 있었다) ─ 이거 정말 심각한 문제구나. 그 착한 사촌이 그토록 학수고 대하던 기동 훈련을 바로 앞두고 말이야! 음, 음, 정말 기분 잡치는 일이로군. 악질적인 장난이며, 반(反)이상주의적인 사실이야. 육체가 승리를 구가하며, 영혼이 하고자 하는 일과는 다른 일을 수행하려고 하면서, 자기 뜻을 밀어부치려 하다니. 육체가 영혼에 종속되어 있다고 가르치는 이상주의자들의 코를 납작하게 만드는군. 이상주의자들은 자신이 하는 말의 뜻도 모르는 것 같아. 그들의 견해가 옳다면 사촌의 경우 영혼이란 것이 너무나 의심스러워지니까. 사피엔티 사트,[2] 사리 판단이 빠른 사람에겐 이 정도 말하면 충분해. 난 내가 하는 말을 알고 있어. 내가 제기하는 문제는 영혼과 육체를 대립시키는 것이 얼마나 그릇된 일인가 하는 점이고, 오히려 이 두 가지가 서로 결탁하여 남몰래 한판 벌이고 있다는 점이야 ─ 다행히도 이상주의자들은 이것을 잘 모르는 모양이야. 착한 요아힘, 자네와 자네의 지나친 열의를 누가 욕할 수 있단 말인가! 자네는 성실해 ─ 하지만 이제 육체와 영혼이 결탁하고 있다면 성실성이라는 것이 대체 무엇인가 하는 것을 묻는 거야. 슈퇴어 부인의 식탁에서 자네를 기다리고 있는 저 상큼한 향내, 풍만한 가슴, 그녀의 이유 없는 웃음을 잊을 수 없었다는 것이 사실이 아닐까? 요아힘이 다

2 Sapienti sat. 현명한 사람에게는 말 한 마디면 족하다는 뜻의 라틴어.

시 돌아오는 거야!〉 그는 요사이 이렇게 생각하고 너무 기뻐서 가슴이 죄어 오는 것 같았다. 〈그가 좋지 않은 상태로 돌아오는 것은 틀림없어. 하지만 우리는 또다시 둘이 같이 지내게 되는 거야. 나는 이 위에서 이제 더는 완전히 혼자 힘으로 살지 않아도 될 거야. 그건 잘된 일이야. 모든 게 옛날과 똑같지는 않겠지. 그가 있던 방에는 맥도날드 부인이 거처하고 있지. 거기서 그녀는 조용히 기침하며, 어린 아들의 사진을 자기 옆 책상에 두거나 손에 들고 있을 것이 틀림없어. 하지만 그녀는 말기 단계야, 그리고 방이 아직 예약되어 있지 않다면, 그렇다면…… 당분간은 다른 방을 써야겠지. 내가 알기로는 28호실이 비어 있어. 당장 사무국에 가봐야겠어, 특히 베렌스한테 말이야. 아무튼 이건 뉴스거리다 — 어떤 의미에서는 슬픈 뉴스고, 한편으로는 기쁜 뉴스지만, 좌우간 중대 뉴스야! 어쨌든 동지를 기다리기로 하자. 이제 3시 반이니까 곧 나타나겠구나. 이 경우에도 계속 육체적인 것을 부차적인 것으로 보아야 하는지 그에게 물어보고 싶다……〉

오후의 차 마시는 시간이 되기 전에 그는 사무국으로 갔다. 그가 생각해 둔, 그의 방과 같은 복도에 있는 방을 사용할 수 있을 것이다. 침센 부인이 지낼 방도 마련될 것이다. 한스 카스토르프는 서둘러 베렌스에게 갔다. 그는 〈실험실〉에서 베렌스를 만났는데, 베렌스는 한 손에는 여송연을, 다른 손에는 뿌연 액체가 든 시험관을 들고 있었다.

「고문관님, 알고 계십니까?」 한스 카스토르프가 말을 꺼냈다…….

「네, 알고 있습니다. 골치 아픈 일이 계속해서 생기는군요.」 기흉의 명의가 대답했다. 「이건 우트레히트 출신 로젠

11

하임의 담(痰)입니다.」 그는 이렇게 말하며 여송연으로 시험관을 가리켰다. 「가프키 번호 10입니다. 그런데 공장장인 슈미츠가 와서, 가프키 번호 10이 산책길에서 침을 뱉었다고 고함을 지르며 불평을 늘어놓습니다. 나더러 로젠하임을 꾸짖어 달라는 것입니다. 하지만 내가 그를 꾸짖으면, 그는 화를 낼 것입니다. 그는 과도하게 흥분을 잘 하지요. 그리고 가족과 함께 방을 세 개나 쓰고 있고요. 나는 그를 야단쳐서 이곳에서 나가게 할 수 없어요. 그렇게 하면 그는 총지배인과 맞붙게 될 테니까요. 그러다가 아무리 내가 점잖고 의연하게 내 길을 가려고 해도 어느 순간 어떤 분쟁에 휘말려 들지 모릅니다.」

「바보 같은 이야기입니다.」 한스 카스토르프는 사정을 잘 아는 고참 환자다운 통찰력으로 말했다. 「난 두 사람을 알고 있습니다. 슈미츠는 아주 꼼꼼하고 근면한 반면, 로젠하임은 전혀 야무진 데가 없는 사람입니다. 내 생각으로는, 아마 그런 위생상의 마찰 말고도 다른 요인이 있을 것입니다. 두 사람 모두 클레펠트 식탁에 있는, 바르셀로나에서 온 도냐 페레즈 부인과 친하게 지내고 있는데, 아마 거기에 이유가 있을 것입니다. 나 같으면 침을 뱉지 말라는 일반적인 주의 사항을 다시 주지시키고, 그냥 눈감아 주겠습니다.」

「물론 눈은 감고 있죠. 너무 질끈 감아서 눈꺼풀이 경련을 일으킬 정도입니다. 그건 그렇고, 여기엔 무슨 일로 오셨나요?」

한스 카스토르프는 슬프고도 기쁜 뉴스를 털어놓았다.

고문관은 놀랄 줄 알았는데, 그러지 않았다. 그는 어떤 경우에도 놀라지 않겠지만, 특히 이번에는 그가 물어보기도 했고, 물어보지 않았어도 한스 카스토르프가 먼저 요아힘의 용태에 대해 대강 보고하며, 5월에 벌써 사촌이 병상에 눕게 되었음을 암시했기 때문에 놀라지 않았던 것이다.

「아하.」베렌스 고문관이 말했다. 「역시 그렇군요. 내가 당신에게 뭐라 말했습니까? 당신에게도 그에게도 열 번, 아니 문자 그대로 백 번은 말하지 않았습니까? 그런데 결국 이렇게 되고 말았군요. 9개월간 그는 자기 뜻에 따라 천국을 누렸습니다. 하지만 병독이 완전히 없어지지 않은 천국이었습니다. 거기에 축복이 있을 리 없습니다. 저 탈주병은 나이 든 베렌스의 말을 믿으려 하지 않았습니다. 하지만 언제나 늙은 이 베렌스의 말을 들어야 합니다. 그러지 않으면 결국 더 짧은 심지, 즉 제비를 잘못 뽑아 너무 늦게 철들게 되지요. 이제 그는 소위가 되었습니다. 물론 잘된 일입니다. 그래서 무엇을 얻게 되었습니까? 신은 인간의 마음만을 보고, 지위나 신분은 보지 않습니다. 신 앞에서는, 장군이든 사병이든, 모든 인간이 벌거벗고 서는 겁니다……」고문관은 실없는 말을 계속 지껄였고, 손가락 사이에 여송연을 쥔 커다란 손으로 두 눈을 비비더니, 오늘은 이만 실례하겠다고 말했다. 요아힘의 방은 잘 마련해 두겠으니, 그가 도착하면 지체 없이 침대에 누울 수 있도록 하라고 했다. 자기는 아무런 유감이 없으며, 아버지의 심정으로 두 팔 벌려 탈영병에게 송아지라도 잡아 환대해 주고 싶은 마음이라고 했다.

한스 카스토르프는 전보를 쳤다. 그는 만나는 사람마다 자신의 사촌이 다시 돌아온다고 전했다. 요아힘을 아는 사람들은 누구나 슬퍼하기도 하고 기뻐하기도 했는데, 그 어느 쪽도 진심이었다. 요아힘의 의젓하고 기사다운 인품에 모두 끌렸기 때문이다. 아무도 입 밖에 내서 말하지는 않았지만, 이 위에 있는 모든 사람들 중에서 그가 가장 좋은 사람이었다는 판단과 느낌이 중론이었다. 특히 누가 그렇다는 것은 아니지만, 요아힘이 군대 생활에서 수평 생활로 되돌아오지 않을 수 없고, 인품이 의젓한 그가 다시 이곳 우리들의 일원이 될 거라는 사실에 대해 몇몇 사람들은 모종의 만족감을 느꼈을 것이다. 우리들이 알고 있는 바로, 슈퇴어 부인은 즉각 자신의 소감을 피력했다. 그녀는 요아힘이 평지로 떠날 때 그녀가 입 밖에 낸 저속한 의혹이 적중했다고 생각하며 거리낌 없이 자랑했다. 「이상했어요, 이상했지요.」 그녀는 이렇게 말했다. 그녀는 당시에 그 일이 이상하다고 생각했으며, 요아힘 청년이 고집을 부려 일을 〈더욱 이상하게〉 만들지 않았으면 좋겠다고 말했다. (〈더욱 이상하게〉라는 말을 너무도 저속하게 말했다.) 그렇게 될 것이라면 자기처럼 이 위에 얌전하게 남아 있는 편이 훨씬 더 현명하지 않느냐고 했다. 자신도 칸슈타트에 남편과 자식 둘이 있는데, 평지에 대한 관심을 끊고 스스로를 다스리고 있다는 것이다……. 한스 카스토르프는 요아힘이나 침센 부인으로부터 아무런 답장도 받지 못했다. 두 사람이 도착하는 날도, 시간도 전혀 모르고 있었다. 그 때문에 정거장에 마중을 나가지도 않고 있었는데, 전보를 보낸 지 3일 후에 두 사람이 느닷없이 눈앞에 나타났다. 요아힘 소위는 흥분해서 크게 웃음 지으며 사촌의 침상으로 다가왔다.

밤의 안정 요양이 시작된 후였다. 요아힘과 어머니는 한스 카스토르프가 몇 년 전에 이 위에 올 때 타고 왔던 것과 같은 열차로 왔다. 이 몇 년은 짧지도 길지도 않은 시간이며,

그동안 그가 여러 가지 일을 체험했음에도 영(零)이나 무(無)와 같아서, 시간이 아니라고도 할 수 있었다. 계절도 여름이고, 날도 심지어 똑같은 8월 초의 어느 날이었다. 아까도 말했지만, 요아힘은 기쁜 듯이 다가왔다. 그렇다, 지금 이 순간은 의심의 여지없이 기쁜 마음에 흥분해서 한스 카스토르프의 방으로 들어와, 아니 들어왔다기보다는 빠른 발걸음으로 방을 통과해 발코니로 나와, 미소 띤 얼굴로 가쁜 숨을 몰아쉬면서 낮은 목소리로 띄엄띄엄 인사했다. 그는 여러 군주들이 다스리는 나라를 통과해 먼 여행을 했다. 바다 같은 호수를 건너고, 험하고 좁은 길을 높이높이 올라와, 마치 이때까지 이 위에 계속 있었던 사람처럼 눈앞에 나타나서는, 수평 상태에서 반쯤 몸을 일으킨 사촌으로부터 〈어이, 이게 누구야?〉 하는 환영 인사를 받았던 것이다. 요아힘은 야외 생활을 한 덕분인지, 여행으로 얼굴이 상기되어 그런지, 피부색에 생기가 넘쳐 보였다. 그는 어머니가 몸치장을 하는 동안, 이제 다시 현실이 된 지난날의 반려자에게 인사하기 위해 자신의 방에 들어가지 않고 34호실로 직행했던 것이다. 10분 후에는 저녁을 먹기로 되어 있었다. 물론 식당에서. 한스 카스토르프는 이미 저녁 식사를 한 뒤였지만, 그래도 무언가 함께 먹거나 포도주라도 한 모금 마실지 모른다. 그리고 요아힘은 사촌을 자기 방 28호실로 데려가, 거기서 옛날 한스 카스토르프가 이 위에 도착했던 날 저녁과 똑같은 일을 했다. 단지 주객이 바뀌었을 뿐이었다. 요아힘은 열에 들떠 지껄이면서 번쩍번쩍 빛나는 세면대에서 손을 씻었는데, 한스 카스토르프는 이 모습을 물끄러미 지켜보았다. 말이 나왔으니 하는 얘기지만, 그는 사촌이 신사복을 입고 있는

것에 놀라기도 하고, 조금 실망하기도 했다. 사촌의 어디에
서도 군인다운 면모가 보이지 않았기 때문이다. 언제나 군복
차림의 장교로서 사촌을 상상했는데, 그가 이제 회색 신사복
을 입고 서 있으니 여느 사람과 다를 바 없다고 한스 카스토
르프는 말했다. 이 말을 들은 요아힘은 웃으면서 그건 순진
한 생각이라고 답했다. 천만의 말씀, 군복은 집에 고이 모셔
두었지. 군복을 그렇게 생각하면 곤란하다. 군복은 아무 데
나 입고 다니는 것이 아니라는 걸 잘 알아야지. 「아, 그래, 설
명 고마워.」한스 카스토르프는 군대식 말투를 흉내 내어 말
했다. 그러나 요아힘은 자신의 설명에 귀에 거슬리는 구석이
있다는 점은 전혀 깨닫지 못하고, 베르크호프의 모든 사람들
과 상황에 대해 이것저것 물어보았다. 조금도 뽐내는 기색이
없었을 뿐 아니라, 마치 고향에 돌아온 사람처럼 감격한 어
조로 말이다. 이윽고 침센 부인이 두 방을 연결하는 문을 통
해 나타났는데, 이럴 때 많은 사람이 그러는 것처럼, 침센 부
인도 조카와 이곳에서 만난 것이 기쁜 듯 놀라는 표정으로
인사를 나누었다. 그렇지만 그녀의 목소리는 여행으로 인한
긴장과 요아힘에 대한 걱정 때문에 우울하게 가라앉아 있었
다. 그런 다음 세 사람은 저녁을 먹으러 저 아래로 내려갔다.
　루이제 침센은 요아힘과 똑같이, 검고 아름답고 부드러운
눈을 지니고 있었다. 하지만 이미 희끗희끗한 검은 머리칼을
눈에 띄지 않는 망사 그물로 단정하게 감싸고 있었는데, 그
모습은 그녀의 사려 깊고 상냥하고 신중하며, 부드럽고 차
분한 본성과 잘 부합되었다. 이러한 본성에 분명하고 정직한
성격까지 가미되어 그녀에게 기분 좋은 위엄을 부여해 주었
다. 이것은 분명한 사실이었다. 그녀는 요아힘의 기분이 들

떠 있는 것, 숨을 몰아쉬는 것, 집에서나 여행 중에 보이던 태도와 확실히 모순되고, 그의 처지와도 모순되는 태도를 이해하지 못했으며, 다소간 이것을 언짢게 생각했다. 한스 카스토르프는 그녀가 이렇게 생각하는 것을 전혀 이상하게 여기지 않았다. 그녀가 볼 때 이 위에 올라오는 것은 슬픈 일일 테니 그녀는 거기에 알맞은 태도를 취해야 한다고 생각했던 것이다. 무척 가볍고, 공허하며, 얼굴을 상기시키는 이곳의 공기를 다시 들이마시게 되자, 고향에 돌아왔다고 생각한 요아힘은 기분이 한층 들떴고 더욱 취하여 모든 우울한 기분을 말끔히 날려 보냈다. 그녀는 이러한 태도를 받아들일 수 없었고, 도저히 납득할 수 없었다. 〈나의 불쌍한 자식〉이라고 생각하면서 부인은 불쌍한 자식이 사촌과 즐겁게 대화를 나누고, 온갖 추억을 하나하나 되새기고, 수많은 질문과 대답을 교환하며 의자에서 몸을 뒤로 젖히고 웃는 모습을 지켜보았다. 그래서 부인은 〈아니, 얘들아!〉 하고 몇 번이나 말해야 했다. 그러다가 그녀가 마침내 내뱉은 말은 기쁘게 들렸어야 할 것이 사실은 어이없다는 듯 다소 꾸짖는 말로 들렸다. 「얘야, 너의 그런 모습을 본 것은 정말 오래간만이구나. 네가 소위로 진급하던 날처럼 다시 기운을 되찾으려면 역시 이 위로 돌아와야 했어.」 이 말 때문에 요아힘의 들뜬 기분은 그 자리에서 끝나고 말았다. 요아힘의 기분은 급변했고, 이성을 되찾게 되었으며, 입을 꾹 다물고 말았다. 크림을 얹은 맛있는 초콜릿 수플레가 식탁에 나왔음에도 전혀 손대려고 하지 않았다(한스 카스토르프는 푸짐한 양의 저녁 식사를 마친 후 이제 겨우 한 시간이 지났을 뿐이었지만, 사촌을 대신해 할 수 없이 케이크를 먹었다). 요아힘은 마지막에 가서는 고개를 들려고 하지 않았는데, 눈에 눈물이 괴어 있어서였던 것이 틀림없다.

분명 침센 부인이 그런 뜻으로 한 말은 아니었다. 사실 그녀는 이곳이 요양원임을 고려하여 좀 진지한 태도를 지니도록 할 생각이었지만, 이곳에서는 어중간하고 적당한 태도란 있을 수 없고, 양극단의 어느 한편을 선택할 수밖에 없다는 사실을 모르고 있었던 것이다. 그녀는 아들의 풀 죽은 모습을 보고 자기도 눈물이 나올 것 같았고, 침울해진 아들의 기분을 다시 풀어 주려고 노력하는 조카에게 고마운 마음이 들었다. 조카 한스 카스토르프는 이렇게 요아힘을 위로했다. 「그래, 개인 신상에 관해 말하면, 자네는 많은 것이 변하고 새로워졌다는 것을 알게 될 걸세. 반면에 자네가 없는 동안 떠났던 사람이 돌아와 예전처럼 되었다네. 예컨대, 왕고모도 벌써 오래전에 딸들을 데리고 돌아왔어. 그들은 예전처럼 슈퇴어 부인의 식탁에 앉아 있지. 마루샤는 여전히 명랑하게 잘 웃는다네.」

요아힘은 침묵을 지키고 있었지만, 반면에 침센 부인은 조카의 이 말에 누군가 만난 것을 떠올려 냈고, 그때 부탁받은 전갈을 잊기 전에 알려야겠다고 생각했다. 요아힘과 침센 부인의 말로는, 혼자 여행을 하고 있는 어떤 부인을 만났는데, 눈썹의 균형이 아주 잘 잡혀 있어 꽤 호감이 가는 부인이었다고 했다. 이들이 이틀 밤을 기차에서 보내는 동안, 뮌헨에서 그녀가 요아힘의 식탁으로 다가와 요아힘과 인사를 나누었다는 것이다. 「전에 같이 지냈던 환자인 모양인데, 요아힘, 네가 한스에게 좀 말해 주렴…….」

「그래, 쇼샤 부인이야.」 요아힘이 조용하게 말했다. 그녀는 현재 알고이[3]의 요양지에 머무르고 있는데, 가을에 스페인으로 갈 것이며, 그런 후 겨울에 다시 이곳으로 올 예정이라는 것이다. 그녀가 안부를 전하더라고 했다.

한스 카스토르프는 이제 철없는 어린아이가 아니었기 때문에, 얼굴을 창백하거나 붉게 하는 맥관 신경을 통제하는 힘을 지니고 있었다. 그는 이렇게 말했다.

「아, 그녀 말인가? 봐, 그럼 코카서스 산맥 저쪽에서 다시 이쪽으로 건너온 것이로군. 그런데 스페인으로 간다고?」

그 부인은 피레네 산맥의 어떤 지명을 말했다고 했다. 「예쁘고도 매력적인 여자더구나. 목소리도 좋고 제스처도 우아하고. 하지만 너무 개방적이고 단정치 못해 보였어.」 침셴 부인이 말했다. 「요아힘의 말을 들어 보니 별로 친한 사이도 아닌 것 같은데. 우리들이 마치 절친한 옛 친구인 양 말하고 묻고 이야기하더구나. 참 이상한 여자도 다 있지.」

「그것이 바로 동방 사람이며, 더구나 병자라는 것입니다.」 이렇게 말하며, 한스 카스토르프는 계속해서 말을 이었다. 그녀를 인문주의적 교양이라는 척도로 평가해서는 안 된다. 그것은 잘못이다. 그는 지금 쇼샤 부인이 스페인으로 갈 거라는 사실에 대해 곰곰 생각하고 있다. 아무리 생각해도, 스페인 역시 다른 한편으로 인문주의적 중용과는 거리가 먼 나라가 아닌가. 부드러운 쪽이 아니라 딱딱한 쪽이며, 따라서 그것은 무형식이 아니라 과잉 형식, 형식으로서의 죽음일 것이다. 말하자면 죽음에 의한 분해가 아니라, 죽음의 엄격성, 검은 옷, 고귀함, 피비린내 나는 종교 재판, 풀 먹인 주름으로 장식한 것, 로욜라,[4] 에스코리알 궁전인 것이다……. 쇼샤

3 독일 남부의 도시.

부인이 스페인을 마음에 들어 할지 모른다는 사실은 무척 흥미롭다. 스페인에서는 문을 쾅 하고 닫지 못할 테고, 어쩌면 두 개의 비인문주의적 진영의 조정 같은 것이 행해져서 인간적인 면모를 지니게 될지도 모르겠다. 하지만 동방 사람이 스페인으로 가면 무언가 악의적이고 피비린내 나는 테러가 생길지도 모른다……. 이렇게 무척 길게 덧붙였다.

한스 카스토르프는 얼굴이 붉어지거나 창백해지지는 않았지만, 예기치 못했던 쇼샤 부인의 소식을 듣고 흥분해서 마구 지껄였다. 물론 말을 듣는 쪽은 깜짝 놀라 잠자코 있을 뿐 뭐라고 대답할 수가 없었다. 요아힘은, 한스 카스토르프가 예전부터 이 위에서 머리 회전이 아주 빠르다는 것을 알고 있었기 때문에 그렇게 놀라지 않았다. 하지만 침센 부인은 눈에 당혹한 빛이 보였고, 또 한스 카스토르프가 대단히 실례되는 말을 한 것 같은 태도를 보였다. 한동안 어색한 침묵이 계속된 후, 그녀는 아무렇지도 않은 듯이 요령 있게 말을 하면서 자리에서 일어섰다. 제각기 자기 방으로 돌아가기 전에, 한스 카스토르프는 요아힘에게 고문관이 내일 진찰하러 갈 때까지 침대에 누워 있으라고 한 지시 사항과, 앞으로의 일은 그때 가서 결정할 거라는 말을 전달했다. 그러고 나서 세 사람은 방문을 열어 놓고 상쾌한 고산 지대 여름밤의 상쾌한 공기를 마시며 자리에 누워, 각자 나름대로의 생각에 빠져들었다. 한스 카스토르프는 쇼샤 부인이 6개월 이내에 이 위로 되돌아오는 것을 주로 생각했다.

이리하여 불쌍한 요아힘은 병후 요양을 하라는 권고를 받고 다시 고향으로 돌아오게 되었던 것이다. 이러한 병후 요

4 Ignatius de Loyola(1491~1556). 1534년에 설립된 예수회 교단의 창시자.

양이라는 말은 분명히 평지에서 쓰는 말이었지만, 이 위에서도 사용하고 있었다. 베렌스 고문관 자신도 요아힘에게 우선 4주간의 침상 생활을 권하면서 이 말을 사용했다. 심하게 나빠진 부위를 치료하고, 새로운 환경에 적응하며, 당분간 체온 상태를 조절하는 데만도 4주가 걸린다고 했다. 고문관은 요아힘에게 병후 요양 기간을 확정해 언질을 주는 것은 교묘하게 피해 갔다. 분별력 있고 눈치가 빠르며 침착한 침센 부인은 요아힘이 누워 있는 침대에서 꽤 떨어진 곳에서 가을이 되면, 가령 10월경이면 퇴원할 수 있겠느냐고 타진해 보았지만, 베렌스 고문관은 그때가 되면 어쨌든 지금보다는 그런대로 더 좋아질 것이라는 말로 얼버무리며 대답했다. 말이 나온 김에 하는 말이지만, 침센 부인은 베렌스 고문관을 마음에 들어 했다. 베렌스는 침센 부인에게 친절하게 대했고, 충혈되고 눈물이 괸 눈으로 부인을 진실하게 쳐다보면서 〈사모님〉이라고 불렀으며, 또 대학생 조합원 같은 말투를 연발하면서 슬픔에 잠겨 있는 부인을 웃게 했다. 「저 애를 안심하고 이곳에 맡기고 갈 수 있겠습니다.」 침센 부인은 이렇게 말하고, 이곳에 도착한 지 1주일이 지나 함부르크로 돌아갔다. 요아힘에게 이렇다 할 간호도 필요 없고, 그렇지 않아도 사촌이 곁에 붙어 있었기 때문이다.

「정말이지, 잘되었어. 가을까지라잖아.」한스 카스토르프는 28호실의 사촌 침대 옆에 앉으면서 말했다. 「그 늙은이도 어느 정도는 자기 말에 책임을 져야 할 테니까, 그 말을 믿고 기다리면 되겠어. 10월 — 그건 그런 달이구나. 10월이 되면 어떤 사람은 스페인으로 떠날 테고, 자네도 군기 아래로 되돌아가 자네의 직책에서 더욱 두각을 나타내겠지…….」

한스 카스토르프의 일과는 요아힘을 위로하는 것, 특히 8월에 시작되는 도상 훈련에 참석하지 못하게 된 그를 위로해 주는 것이었다. 요아힘은 이러한 상황을 견디지 못했으며, 또 무기력하게 최종 순간에 쓰러진 것에 대해 너무나 안타깝게도 자기혐오의 말까지 내뱉었기 때문이다.

「육체의 반항, 바로 그거야.」 한스 카스토르프는 라틴어로 말했다. 「어쩔 수 없지 않은가? 아무리 용감한 장교라 해도 어떻게 손을 쓸 수 없는 일이지. 심지어 성 안토니우스조차도 그런 일에 대해서는 할 말이 많아. 불쾌한 경험을 많이 했다는 말이야. 다시 말해, 기동 연습은 매년 있는 거야. 그리고 자네도 이곳 시간을 잘 알잖아! 시간이라곤 할 수 없는 시간이야. 이곳을 떠난 지 그리 오래되지 않았으니 다시 이곳의 템포에 맞추는 것은 그다지 어렵지 않을 거야. 그리고 눈 깜짝할 사이에 자네의 병후 요양은 끝나 버릴 거야.」

어쨌든 요아힘이 평지 생활을 통해 경험한 시간 감각을 쇄신하는 것은 4주라는 시간이 두렵지 않을 정도로 그리 간단한 일은 아니었으나, 주위 사람들이 그 4주간을 보내는 동안 여러 모로 협력해 주었다. 누구나 요아힘의 단정한 인물에 호감을 느껴서, 가까이 있는 사람들뿐 아니라 멀리 있는 사람들까지 요아힘을 방문했다. 먼저 세템브리니가 찾아와 관심과 상냥함을 보이며 요아힘에게 말했다. 요전에 이미 요아힘을 〈소위님〉이라고 불렀으므로, 이번에는 〈대위님〉이라고 불렀다. 나프타도 방문해 주었고, 베르크호프의 환자들 중 옛날부터 알고 지내던 환자들도 요양 근무가 없는 짧은 15분을 이용해 차례차례 방문하여, 그의 침대 옆에 앉아서, 요아힘이 잠깐 동안 병후 요양을 한다는 것과 그의 불운에 관해

들었다. 여자로는 슈퇴어와 레비, 일티스, 클레펠트, 남자로는 페르게와 베잘 등이 그를 방문했다. 몇몇은 심지어 꽃을 사 들고 오기도 했다. 4주가 지나 요아힘은 이리저리 돌아다닐 수 있을 정도로 열이 내려가서 침대에서 벗어났다. 그리고 식당에서 사촌과 양조업자 마그누스 부인 사이, 그러니까 마그누스 씨 맞은편에 앉게 되었다. 이 구석 자리는 전에 제임스 숙부가 앉았던 자리로, 며칠 동안 침센 부인도 앉았던 자리였다.

이리하여 두 청년은 전과 마찬가지로 서로 이웃하여 지내게 되었다. 아니, 그뿐만 아니라 맥도날드 부인이 아들의 사진을 손에 꼭 쥐고 마지막 숨을 거두었기 때문에, 요아힘은 예전 생활을 그대로 재현하려는 듯 원래 자신의 방, 포름알데히드로 철저히 소독한 한스 카스토르프의 옆방으로 다시 옮겨 왔다. 사실 기분상으로는 요아힘이 한스 카스토르프의 옆방에서 지내게 된 것으로, 그 반대는 아니었다. 즉, 한스 카스토르프가 요아힘의 옆방에 지내게 된 것은 아니었던 것이다. 이번에는 한스 카스토르프가 이곳에 원래 거주했던 환자이며, 요아힘은 잠시 이곳을 방문하여 사촌의 생활 양식을 함께하는 것이다. 요아힘은 중추 신경계의 어딘가가 인문주의적 상태, 즉 정상 상태를 유지하려고 하지 않아서, 피부의 체온을 제대로 발산하지 못했지만, 10월이라는 기한을 한사코 잊지 않으려고 했다.

두 청년은 세템브리니와 나프타를 방문했고, 이 두 논쟁 상대와 함께 산책하는 것도 재개했다. 그리고 이 산책에는 안톤 카를로비치 페르게, 페르디난트 베잘도 가끔 동행하였기에 산책 인원은 모두 여섯 명이 되었다. 그러나 정신적, 사상적 적수인 이 두 사람은 그칠 줄 모르고 토론을 계속했다. 그 토론을 어느 정도 완전하게 소개하려고 한다면 우리들까지도 틀림없이 절망적인 무한의 세계에 빠져 버릴 것이다. 이들은 날이면 날마다 청중 몇 사람을 앞에 두고 토론을 벌였지만, 한스 카스토르프는 자신의 불쌍한 영혼이야말로 이들의 변증법적 토론의 주 대상이라고 생각하고 싶었다. 한스 카스토르프는 나프타에게서 세템브리니가 프리메이슨[5] 회원이라는 사실을 들었고 — 세템브리니에게서 나프타가 예수회 회원이고 그 수도회의 지원을 받는다는 말을 들었을 때와 마찬가지의 인상을 받았다. 프리메이슨이 아직도 정말로 존재한다는 말을 듣고 다시 뭔가에 홀린 듯한 느낌을 받았던 것이다. 그리하여 앞으로 몇 년 만 지나면 창립 2백 주년이 되는 이 이상한 조직의 기원과 본질이 무엇인지 테러리스트 나프타에게서 알아내려고 열심이었다. 세템브리니가 나프타의 정신적 본질에 대해 그의 배후에서 격앙된 경고의 어조로, 무언가 악마적인 것이라 말했다면, 나프타는 세템브리니의 배후에서 그가 대변하는 세계를 쉽게 웃음거리로 삼았다. 나프타는 그 세계는 어딘지 아주 구식이고 시대착오적이며, 과거의 시민적 계몽주의와 자유사상을 대변하고 있다는 사실을 한스 카스토르프에게 납득시키려 했다. 그래서 그것이 이제 불쌍한 망령에 지나지 않는데도, 오늘날까지 혁명적 열기에 넘친다고 믿는 괴상한 자기기만에 빠져 있다는 것이다. 나프타는 이렇게 말했다. 「무슨 말인가 하면, 그의 할아버지가 카르보나리, 즉 독일어로 말하면 숯 굽는 사람이었습니다. 그는 자신의 할아버지에게서 이성, 자유, 인류의 진보,

5 1717년 런던에서 생겨나 전 유럽에 퍼진 비밀 결사.

그리고 고전주의적이고 부르주아적인 도덕 이데올로기라는 옛날 고물 상자 같은 숯장이의 신념을 물려받았습니다……. 보십시오, 세계를 어지럽히는 것은 정신의 민첩성과 물질의 끔찍한 둔중, 완만, 타성 및 관성력 사이에 존재하는 불균형입니다. 이 불균형만으로 정신이 현실계에 조금도 관심이 없다는 것을 인정하지 않을 수 없습니다. 현실계의 혁명을 초래하는 효소가 정신에게 벌써 오래전에 구토증을 일으키게 했다는 사실이 일반화되었기 때문입니다. 사실 살아 있는 정신에게는 죽어 있는 정신이 정신이자 생명이기를 아예 포기해 버린 현무암보다 더 역겹습니다. 그러한 현무암보다 역겨운 존재는 오래전에 사라진 과거의 잔해로, 정신은 거기에다 현실적인 것의 개념을 결부하는 것조차 거부하고 있습니다. 그러나 그것은 게으르게 계속 존재하며, 상스럽고 죽은 상태를 계속 유지함으로써 유감스럽게도 자신의 진부함을 진부함으로 깨닫지 못하는 역겨운 결과를 초래하고 있습니다. 나는 일반적인 이야기를 하고 있습니다만, 당신은 내가 한 말을 저 인문주의적인 자유사상가의 틀에 맞춰 생각하시겠죠. 지배와 권위에 맞서 아직도 영웅적인 저항을 하고 있다고 생각하는 저 휴머니스트에게 말입니다. 아, 참, 그리고 이제 그가 그것을 내세워 자신의 삶의 진가를 입증하고 싶어 하는 파국은 무엇입니까! 즉 그가 준비하고 있다고 말하면서, 언젠가 축배를 들자고 꿈꾸는 때늦은 떠들썩한 승리는 무엇이란 말입니까! 살아 있는 정신의 소유자라면, 그러한 것을 생각하기만 해도 죽고 싶을 정도로 지루할지 모릅니다. 사실 그 살아 있는 정신만이 그러한 파국에서 승리자이자 수혜자가 되는 것인데, 세템브리니 씨는 그 사실을 알지 못하는 모양입니다 — 과거의 요소를 가장 미래적인 자신의 정신에 융합해 진정한 혁명을 실현하는 살아 있는 정신 말입니다……. 그건 그렇고, 당신 사촌은 어떻습니까, 한스 카스토르프 씨? 당신도 알다시피 나는 그 사람에게 정말 호감을 갖고 있습니다.」

「고맙습니다, 나프타 씨. 사촌에게는 누구나 솔직하게 호감을 보이고 있습니다. 누가 보든지 훌륭한 젊은이니까요. 세템브리니 씨 역시 요아힘의 신분에 깃들어 있는 광신적인 테러리즘에는 물론 반대하겠지만, 사촌에게 매우 호감을 가지고 있는 것 같습니다. 그런데 난 그가 프리메이슨 회원이라고 들었습니다. 설마 그럴 줄이야! 정말 놀라지 않을 수 없습니다. 그를 지금까지와는 다른 새로운 관점에서 보지 않을 수 없고, 여러 가지 일이 확실해지기도 합니다. 그 사람도 가끔 두 발을 직각으로 벌리고 악수에 특별한 의미를 부여할까요? 그런 것은 전혀 눈치채지 못했습니다만…….」

「그런 어린애 같은 짓은.」 나프타가 말했다. 「우리의 훌륭한 삼변회 단원은 초월해 있을 겁니다. 내가 생각하기에, 프리메이슨의 의식(儀式)은 현대의 깨어 있는 국민 정신에 간신히 적응하고 있습니다. 단원들은 예전의 의식을 비시민적인 속임수라고 부끄러워할지도 모르는데, 그것이 틀린 생각이라고는 할 수 없습니다 — 무신론적 공화주의에 신비교(神秘敎)와 같은 옷을 입히는 것은 사실 이치에도 맞지 않고, 또 우스꽝스러운 일이니까요. 나는 세템브리니 씨가 얼마나 끔찍하게 담력 시험을 치렀는지는 잘 모르겠습니다 — 두 눈을 가린 채 여러 복도를 끌려 다니다가 어두운 지하실에 한동안 간힌 뒤, 반사 광선으로 가득 차 환한 본부 홀에서 눈

가림이 풀렸는지도 모릅니다. 또는 엄숙하게 비밀 결사 문답을 받고, 해골과 세 개의 촛불 앞에서 벌거벗은 가슴에 예리한 칼을 대어 위협받았을지도 모릅니다. 이것은 당신이 직접 그에게 물어보아야 알 수 있겠지만, 아마 그는 당신에게 그 일을 말하려 하지 않을 것입니다. 왜냐하면 의식이 아무리 좀 더 시민적으로 행해졌다 하더라도, 어쨌든 그는 침묵을 서약해야만 했을 테니까요.」

「서약을 했다고요? 침묵을요? 그렇다면, 역시?」

「그렇습니다. 침묵과 복종을 서약했을 것입니다.」

「복종까지도요. 교수님, 이제 그 말을 듣고 보니, 그는 내 사촌의 직업에 깃들어 있는 열광과 테러리즘에 대해 뭐라 떠들 수 있는 처지는 아닌 것 같습니다. 침묵과 복종이라니요! 세템브리니 같은 자유사상가가 그런 완전히 스페인적인 인상을 주는 규약과 서약에 복종하다니 전혀 생각지 못했습니다. 그리고 보니 프리메이슨단(團)에 무엇인가 군대식이고 예수회적인 점이 있는 것처럼 느껴지는군요…….」

「당신이 그렇게 느끼는 것은 전적으로 옳습니다.」 나프타가 대답했다. 「당신의 마법 지팡이가 움직여 광맥을 찾아낸 것입니다. 단이라는 이념 그 자체가 절대적인 것이라는 이념과 긴밀한 관계에 있으며, 벌써 거기에 깊이 뿌리박고 있습니다. 따라서 그러한 이념은 테러리즘적입니다. 즉, 반자유주의적이라는 얘기지요. 그것은 개인의 양심에서 무거운 짐을 덜어 주며, 절대 목적이라는 허울 좋은 이름하에 모든 수단, 피비린내 나는 수단, 범죄까지도 정당화하고 있습니다. 예전에는 프리메이슨단에서도 단원의 맹약이 상징적인 의미에서 피로 맺어졌다고 믿을 만한 근거가 있습니다. 무릇, 모든 결사란 결코 정관적(靜觀的)인 조직이 아닌, 언제나 본질상 절대 정신에 기반을 둔 조직입니다. 한동안 프리메이슨단과 거의 하나로 융합되었던 계명(啓明) 결사의 창시자도 예전에 예수회 회원이었는데, 그 사실을 모르시나요?」

「네, 모릅니다. 처음 듣는 얘깁니다.」

「아담 바이스하우프트[6]는 자신의 인도적인 비밀 결사를 전적으로 예수회의 모범에 따라 조직했습니다. 그 자신이 프리메이슨 단원이었고, 또 그 시대의 가장 명망 있는 프리메이슨 단원들은 계명 결사 단원이었지요. 이 이야기는 18세기 후반의 일입니다만, 세템브리니 씨는 한 치의 망설임도 없이 그 당시가 프리메이슨단의 부패 시대라 치부할 겁니다. 그러나 사실, 그 시대는 모든 비밀 결사의 전성기였습니다. 그 시대에 프리메이슨단은 정말 왕성한 활동을 했습니다. 그러한 활동은 나중에 우리의 박애주의자 세템브리니 씨와 같은 사람들에 의해 다시 정화(淨化)되고 말지요. 세템브리니 씨가 당시에 살았더라면, 프리메이슨단의 예수회적 경향과 반계몽주의를 비난한 사람들 가운데 한 사람이었을 겁니다.」

「거기에는 그럴 만한 이유가 있었을 것이 아닙니까?」

「네, 그렇다고도 할 수 있습니다. 진부한 자유사상에도 거기에 대한 이유가 있으니까요. 그때는 우리의 신부들이 프리메이슨에 카톨릭 성직자의 위계적인 생활을 도입하려고 한 시대로서, 프랑스의 클레몽에서는 예수회에 속하는 프리메이슨이 성행했습니다. 더구나 그때는 프리메이슨에 장미 십자단[7] 사상이 흘러 들어온 시대였습니다 ― 이것은 정말 이

---

6 Johann Adam Weishaupt(1748~1830). 계명 결사의 창시자이자 예수회 교단의 반대자. 이신론과 공화제를 선호했다.

상한 형제 관계로, 정치적이고 사회적인 개선이라는 목표와 행복 증진이라는 순전히 합리적인 목표를 지니고 동방의 비술(秘術), 인도와 아라비아의 지혜, 마적인 자연 인식과 독특한 관계를 맺고 있다고 생각해도 좋습니다. 당시 엄격한 계율 준수를 명목으로 프리메이슨의 많은 지부에서 개혁과 수정이 행해졌습니다 — 이러한 계율 엄수는 완전히 비합리적이고 신비적이며, 마적이고 연금술적인 의미를 지니고 있는데, 그 덕택으로 스코틀랜드의 프리메이슨에 계급이 생기게 되었습니다. 이러한 계급은 수습공, 도제, 장인이라는 옛날의 군대식 서열에 덧붙인 기사 수도회의 계급입니다. 이 기사 수도회 총회장의 계급은 성직자 위계적 색채를 띠어 장미 십자단의 연금술적 비교(秘敎)에 충만해 있었습니다. 즉 중세의 성직자 기사단, 특히 신전 기사단이 다시 부활한 것입니다. 당신도 알고 있다시피, 이들은 예루살렘 장로들의 면전에서 청빈, 순결, 복종을 서약했지요. 오늘날에도 프리메이슨의 고위층은 〈예루살렘의 대공(大公)〉이라는 칭호를 사용하고 있습니다.」

「나에게는 이 모든 게 금시초문입니다, 나프타 씨. 이제 세템브리니의 속셈을 알 수 있을 것 같습니다…….〈예루살렘의 대공〉이란 말은 나쁘지 않은데요. 당신이 한번 기회를 봐서 그 사람을 농담 삼아 그렇게 불러 봐도 좋을 것 같습니다. 그도 얼마 전 당신에게 〈천사 박사〉란 별명을 지어 주었으니, 복수를 한다는 의미에서라도.」

「아니, 계율 엄수를 주장하는 신전 기사 수도회의 계급에는 이와 비슷하게 중요한 칭호들이 많이 있습니다. 가령 완

7 접신술, 자연 과학, 연금술을 함양하던 17세기 초에 생긴 단체.

벽한 스승, 동방의 기사, 대사제장(大司祭長)이라는 칭호가
있고, 제31번째 계급은 심지어 〈왕처럼 신비하고 고귀한 대
공〉이라는 칭호까지 지닙니다. 당신도 아시다시피, 이러한
모든 칭호들은 동방의 신비교와 관계가 있음을 암시하고 있
습니다. 신전 기사 수도회의 부활 그 자체가 벌써 그러한 관
계를 받아들였다는 것을 의미합니다. 즉 합리적이고 유익한
사회 개선이라는 이념 세계에 비합리적인 요소가 들어왔다
는 것입니다. 이로 말미암아 프리메이슨은 새로운 매력과 광
채를 띠게 되어 당시에 많은 단원을 확보할 수 있었습니다.
그 당시 이성 편중, 인도적 계몽주의, 합리주의에 염증을 느
껴 다른 새롭고 강력한 삶의 의미에 목말라하던 사람들을
모두 프리메이슨으로 끌어들였던 것입니다. 프리메이슨단
의 성공이 너무 눈부셔서, 속인들은 세상 남자들이 가정의
행복과 부인의 고마움을 잊어버리고 있다고 개탄했던 것입
니다.」

「그렇다면, 교수님, 이해가 되는군요. 왜 세템브리니 씨가
프리메이슨단의 이러한 전성기를 떠올리고 싶어 하지 않는
가에 대해서요.」

「그렇고말고요, 자유사상, 무신론, 백과사전적 이성이 예
전에 교회, 가톨릭, 수도사, 중세라는 복합체에 품었던 그 모
든 반감을 프리메이슨단에 완전히 집중한 시기가 있었다는
것을 그는 상기하기 싫은 겁니다. 당신은 프리메이슨이 반계
몽주의라는 비난을 받고 있다는 것을 들었을 겁니다……」

「왜 그럴까요? 그 이유를 좀 더 분명히 듣고 싶습니다만.」

「그럼 말씀드리지요. 계율 엄수는 수도회 전통의 심화와
확장, 즉 수도회의 역사적 근원을 비밀스러운 세계, 소위 중

세의 암흑으로 되돌리는 것과 같은 의미를 지니고 있습니다. 프리메이슨 지부장 계급은 신비적 자연 인식에 정통한 사람, 마적인 자연 인식의 소유자, 주로 위대한 연금술자들이 점령하고 있었습니다……」

「난 이제 있는 힘을 다해 생각해 보아야겠습니다. 연금술이란 대체 무엇인지를요. 연금술이란, 말하자면 금을 만드는 것이며, 지혜의 돌, 마시는 황금[8]이지요……」

「그렇습니다, 쉽게 이야기하면요. 보다 전문적으로 이야기하면 정련(精鍊), 물질의 변화와 순화(醇化)이자 성체 변화[9]입니다. 그것도 보다 더 고귀한 상태, 즉 승화라는 것입니다. 지혜의 돌, 유황과 수은으로 만든 양성적 산물, 양성적 물질, 양성적 최고의 물질은 다름 아닌 승화의 원칙입니다. 이것은 외부의 영향에 의한 향상의 원칙으로 ── 말하자면 마적인 교육인 것입니다.」

한스 카스토르프는 묵묵히 침묵을 지키고 있었다. 그러면서 눈을 깜박거리며 비스듬히 위를 쳐다보고 있었다.

「연금술적인 성체 변화의 상징은.」 나프타는 말을 이었다. 「무엇보다도 묘혈이었습니다.」

「무덤 말인가요?」

「그렇습니다, 부패 또는 분해의 장소입니다. 묘혈은 모든 밀봉 연금술의 진수이며, 물질이 마지막으로 변화하고 순화하는 그릇이며, 밀봉된 수정 증류기에 지나지 않습니다.」

「〈밀봉 연금술〉이라니 좋은 표현인데요, 나프타 씨. 〈밀봉적〉이란 말 ── 그 말은 언제나 내 마음에 들었습니다. 막연

---

8 중세에 강장제로 사용되었다.
9 성체 성사에서 빵과 포도주가 그리스도의 몸과 피로 변하는 것을 말한다.

31

하지만 여러 가지를 연상하게 하는 마법적인 단어입니다. 죄송합니다만, 그 말을 들으면 나는 언제나 함부르크 우리 집에 있는 가정부 — 샬렌 양이나 샬렌 부인도 아닌 그냥 샬렌이라고 부르는 가정부 — 그녀의 저장고 찬장에 줄지어 늘어놓은 베커 유리병을 생각하지 않을 수 없습니다. 이것은 밀봉되어 있는 병조림 유리병으로, 그 안에 과일이며 고기 같은 온갖 식품이 들어 있었지요. 1년 내내 선반 위에 줄지어 서 있는 유리병들 중에 필요에 따라 어느 유리병의 뚜껑을 열어도, 그 내용물은 세월의 흐름에도 아랑곳하지 않고 아직도 처음 그대로 신선하게 보존되어 있어서, 금방 만든 것처럼 맛있게 먹을 수 있는 것입니다. 그것은 물론 연금술도 순화도 아닌 단순한 저장이나 보존에 불과합니다만, 그 때문에 병조림 병이라 불리지요. 하지만 마술 같은 점은, 병 안에 들어 있는 병조림이 시간의 흐름에서 벗어나 있다는 것입니다. 그것은 시간의 흐름으로부터 밀봉된 채 차단되었고, 시간은 그 옆을 스쳐 지나갔습니다. 그 내용물에는 시간이라는 것이 없었고, 병은 찬장 위에서 시간의 바깥에 있었던 셈입니다. 자, 그럼 병조림 병 얘기는 이 정도로 합시다. 뭐 그렇게 대단한 이야기가 되진 못했네요. 죄송합니다. 당신은 아직 나에게 더 가르쳐 주실 것이 있는 것으로 알고 있는데요.」

「원하신다면 그러지요. 수습생은 지식욕에 불타야 하고, 우리들의 화제 대상인 프리메이슨의 말투로 이야기하는 것을 두려워해서는 안 됩니다. 묘혈, 즉 무덤은 언제나 입단식의 중요한 상징이었습니다. 수습생, 즉 지식의 세계로 들어가기를 갈망하는 초심자는 공포에 떨면서 용기를 증명해야 합니다. 그들은 수도회의 관습에 따라 시험 삼아 무덤 속으로 끌려 들어가 그 안에 잠시 머무른 뒤, 알지 못하는 단원의 손에 이끌려 밖으로 나와야 합니다. 그래서 조심자가 걸어가야 하는 복잡한 복도와 음산한 둥근 천장, 그리고 계율 엄수의 본부 홀에 둘러쳐져 있는 검은 휘장, 입단식과 집회 의식에 매우 중요한 역할을 하는 관(棺)에 대한 예배 의식은 모두 그러한 목적을 갖고 있는 것입니다. 갖가지 위험에 싸여 있는 비의와 순화의 길은, 죽음의 공포와 부패의 세계를 통과하는 길이었습니다. 그리고 수습생이자 초심자, 즉 생명의 신비에 굶주려 무시무시한 체험 능력이 일깨워지기를 바라는 젊은이는, 비밀의 그림자에 불과한 복면을 한 사람들에 의해 인도되는 것입니다.」

「정말 감사합니다, 나프타 교수님. 멋진 말씀이었습니다. 그러니까 그것이 바로 연금술적인 밀봉 교육이라 할 수 있겠군요. 거기에 관해서 어느 정도 들을 수 있었던 것도 내겐 나쁘지 않았습니다.」

「특히 그 인도는 최후의 것으로 이끌어 가는 것이고, 초감각적인 것을 절대적으로 신봉하여 이로써 목표에 도달하는 것입니다. 지부의 연금술적인 계율 엄수는 그 후 수십 년 동안 많은 구도자들을 이러한 목표로 인도했습니다. 그 목표를 내가 굳이 언급할 필요는 없겠습니다. 왜냐하면 스코틀랜드 프리메이슨의 계급이 성직 계급의 대용품에 불과하다는 것과, 프리메이슨 지도자의 연금술적인 지식이 변화라는 비의 속에서 실현된다는 것, 그리고 총회 의식의 상징적인 유희를 우리의 신성한 가톨릭교회의 전례적(典例的)·건축적 상징성에서 발견할 수 있듯, 프리메이슨 지부에서 수습생들을 비밀리에 인도하는 행위를 우리 가톨릭교회의 은총 수단에서도 역시 발견할 수 있다는 것, 이것들을 당신이 잘 아실 것이기 때문입니다.」

「아, 그렇군요!」

「그러나 그것이 전부는 아닙니다. 아까도 암시했습니다만, 프리메이슨 집회 제도가 수공업적으로 진실한 석공 조합에서 탄생했다고 생각하는 것은 역사에 대한 피상적인 견해에 불과합니다. 적어도 계율 엄수는 그 분파에 훨씬 더 인간적인 근거를 마련해 주었습니다. 프리메이슨 집회의 비밀은 우리 가톨릭교회의 비의와 마찬가지로 원시 인류의 축제적 비의나 성스러운 탈선과 확실한 공통점이 있습니다……. 가톨릭교회의 비의에 관한 한, 나는 만찬과 애찬(愛餐), 육체와 피의 성찬을 염두에 두었지만, 프리메이슨 집회의 비밀은……」

「잠깐만요. 잠깐만 주석을 달게 해주십시오. 내 사촌이 속해 있는 절대적인 집단생활에도 소위 말해 애찬이라는 것이 있습니다. 사촌은 그것에 대해서 가끔 나에게 편지로 알려 주었습니다. 물론 약간 취하는 일은 있지만 아주 예의 바르게 행동하는데, 학생 조합의 술 모임처럼 심하지는 않다고 합니다……」

「—하지만 프리메이슨 집회의 경우에는, 내가 아까 당신에게 주의를 촉구했듯, 묘혈과 관에 대한 예배 의식이 있습니다. 양자의 경우에 어느 것에서나 중요한 문제는, 최종적이고 궁극적인 것에 대한 상징성, 광적인 원시 종교의 요소, 사멸과 생성, 죽음, 변용, 부활을 찬미하는 심야의 무절제한 제식입니다……. 이시스[10]의 신비 의식뿐 아니라, 엘레우시스[11]의

10 이집트의 저승의 신 오시리스의 처.
11 고대 그리스에서 가장 유명했던 비밀 종교 의식.

신비 의식도 밤중에 어두운 동굴에서 행해졌습니다. 당신도 기억하고 계시지요. 그렇습니다, 프리메이슨 집회에는 이집트의 제전과 흡사한 의식이 있었고, 지금도 많이 남아 있습니다. 그래서 프리메이슨의 비밀 결사에는 엘레우시스적인 집회라고 부를 만한 것이 여러 개 있었습니다. 프리메이슨 집회의 축제, 엘레우시스 비의 축제와 아프로디테적인 비밀 축제가 있었는데, 거기에서는 마침내 여자도 한몫 담당할 수 있었습니다. 이것이 소위 장미 축제로, 프리메이슨 단복에 다는 푸른 장미 세 송이는 그 축제를 암시하는 것입니다. 그리고 그 장미 축제는 결국 주신(酒神)의 소동으로, 즉 술에 취해 마구 날뛰는 소동으로 끝나는 것 같습니다……」

「아니, 그건 무슨 말씀입니까? 나프타 교수님, 당신이 여태까지 한 이야기는 모두 프리메이슨단에 관한 것이 아닙니까? 그런데 이 모든 생각을 저 두뇌 명석한 세템브리니 씨와 결부한다는 것은……」

「그와 결부한다는 것은 심히 부당한 일일지도 모릅니다! 그렇습니다, 세템브리니는 이 모든 것에 대해 전혀 모르고 있습니다. 이미 당신에게 말한 바와 같이, 프리메이슨은 그와 같은 사람들에 의해 보다 고상한 생명의 모든 요소가 다시 제거된 것입니다. 그래서 프리메이슨은 인간화되고 근대화되었습니다. 아쉽게도 말입니다. 프리메이슨은 그러한 옛날의 오류에서 실리, 이성, 진보로, 제후와 사제에 대한 투쟁으로 되돌아갔습니다. 즉 사회적인 행복을 추구하는 결사로 되돌아갔던 것입니다. 거기서는 지금 다시 자연, 도덕, 절제, 조국을 논하게 되었고, 사업도 논하지 않을까 생각합니다. 한마디로 말해 그것은 클럽 형태를 띤 부르주아적인 비참입

35

니다······.」

「장미 축제가 없어진 것은 정말 유감입니다! 세템브리니
가 그것에 대해 전혀 아는 바가 없는지 한번 물어봐야겠습니
다.」

「그는 목수가 사용하는 자처럼 정직한 기사(騎士)입니
다!」 나프타가 조롱조로 말했다. 「당신이 고려해야만 하는
것은, 그가 인류 신전의 공사장에 들어가는 것이 쉽지는 않
았다는 사실입니다. 그는 교회의 쥐처럼 너무나 가난하기 때
문입니다. 그런데 그곳에 들어가려면 보다 높은 교양, 인문
주의적 교양이 요구될 뿐만 아니라, 잘 들으십시오, 자산 계
층에 속할 것도 요구되고 있습니다. 적지 않은 가입비와 연
회비를 낼 수 있어야 하기 때문입니다. 교양과 자산 — 이
둘을 가지고 있는 자가 바로 부르주아입니다! 이것이야말로
자유주의적 세계 공화국의 초석입니다!」

「물론입니다.」 한스 카스토르프는 웃었다. 「그 초석이 이
제 우리 눈앞에 명명백백 드러난 셈이군요.」

「그런데 말입니다.」 나프타는 잠시 쉬었다가 덧붙였다.
「그 남자와 그가 하는 일을 경시하지 말라고 충고하고 싶습
니다. 우리가 일단 이런 상황에 대해 이야기를 나누었기 때
문에, 주의를 게을리하지 말아 달라고 부탁드리고 싶습니
다. 저속한 것이라 해서 반드시 죄가 없는 것은 아니고, 천박
한 것이라 해서 해가 없는 것은 아닙니다. 이 사람들은 한때
강렬했던 자신들의 포도주에 물을 많이 타서 연하게 하려고
했습니다만, 프리메이슨단의 이념 그 자체는 물을 더 많이
타도 될 정도로 여전히 강렬합니다. 그 이념에는 풍부한 비
밀의 여운이 남아 있습니다. 프리메이슨 집회가 세계의 움직

36

임에 영향력을 행사하고 있다는 것, 또 이 사랑스러운 세템
브리니 씨를 단지 한 사람의 세템브리니 씨라고만 생각해서
는 안 된다는 것, 그의 배후에는 권력이 도사리고 있으며 또
그는 권력의 동지이자 밀사라는 것, 이러한 사실들은 의심의
여지가 없습니다.」

「밀사라고요?」

「그렇고말고요, 말하자면 집요한 개종 운동가, 영혼의 사
냥꾼입니다.」

〈그렇다면 당신은 어떤 부류의 밀사인가?〉 하고 한스 카
스토르프는 속으로 생각하고, 약간 큰 소리로 말했다.

「감사합니다, 나프타 교수님, 교수님께서 해주신 주의와
경고의 말씀에 진심으로 감사드립니다. 그런데 어떻습니까?
저 위의 것도 한 개의 층(層)이라고 말할 수 있다면, 난 이제
한 층을 더 올라가 그 방의 복면을 한 비밀 결사원의 속셈을
탐지해 볼 작정입니다. 수습생은 지식욕에 불타야 하고 두려
움을 몰라야 하니까요……. 물론 조심하기도 해야겠지요
……. 밀사를 상대할 때는 엄청난 주의를 필요로 한다는 것
은 두말할 필요가 없겠지요.」

한스 카스토르프는 세템브리니한테서도 또 다른 가르침
을 얻는 것을 거리낄 필요가 없었다. 왜냐하면 세템브리니도
비밀 엄수의 문제에 있어서는 나프타 씨를 비난할 처지가 못
되었으며, 게다가 그는 그 조화로운 결사에 속해 있다는 사
실을 그다지 숨기려 하려 않았기 때문이다. 〈이탈리아 프리
메이슨 일람〉이 그의 탁자 위에 펼쳐진 채 놓여 있었는데, 다
만 한스 카스토르프가 이때까지 그것에 주의를 기울이지 않
았을 뿐이다. 나프타한테서 방금 듣고 알았으면서도, 세템

브리니가 그것과 관계가 있다는 사실을 전부터 알고 있었다는 표정을 지으며 한스 카스토르프가 〈화려하고 당당한 술책〉이라고 말을 돌리자, 세템브리니는 약간 경계하는 눈빛을 보일 뿐이었다. 사실 세템브리니에게는 밝힐 수 없는 점들이 있어서, 그 점이 언급되자 그는 거드름을 피우며 입을 다물어 버렸다. 이것은 나프타가 말한 테러리즘적인 서약 때문임이 틀림없었고, 프리메이슨의 외적인 관습과 그 이상한 조직 내에서의 세템브리니 자신의 지위와 관련된 중요한 비밀이라도 있는 척 행동하려는 것이 분명해 보였다. 그러나 그 밖의 것에 대해서는 심지어 열변을 토하면서까지 지식욕에 불타는 청년에게 자신의 결사가 세력을 넓히고 있는 것에 대해 아주 중요한 얘기를 했다. 결사는 약 2만 개의 지부와 150여 개의 대지부를 지녀 거의 세계 각지에 세력을 뻗치고 있는데, 아이티나 흑인 공화국 라이베리아와 같이 문명이 낮은 나라에까지도 단원이 있다고 했다. 그는 또 예전에 프리메이슨 단원이었거나 지금도 단원인 유명인들의 이름을 자랑삼아 열거하면서, 볼테르, 라파예트와 나폴레옹, 프랭클린과 워싱턴, 마치니와 가리발디의 이름을 일일이 들먹였다. 심지어 생존자로 영국 국왕의 이름을 거론했고, 그 밖에도 유럽 각국의 운명을 좌우하는 많은 남자들, 정부나 의회의 유명 인사들의 이름을 입에 올렸다.

한스 카스토르프는 경의를 표했지만 놀라지는 않았으며, 다음과 같은 견해를 피력했다. 대학생 조합도 이와 마찬가지라는 것이었다. 대학생 조합도 평생토록 서로 결속을 유지하면서, 서로를 밀어주어 조합원이 훌륭한 지위를 얻도록 해준다. 그래서 조합에 가입되어 있지 않은 사람은 관계(官界)

와 종교계에서 출세하기가 무척 어려웠다. 이 때문에 아까 말한 유명 인사들이 프리메이슨 단원이라고 세템브리니 씨가 자랑하는 것은 전혀 이치에 맞지 않는 일이다. 프리메이슨 단원이 그런 요직을 대거 차지하고 있다는 점은, 세템브리니 씨의 말과는 반대로 오히려 프리메이슨단이 지닌 세력의 정도를 증명하는 것에 지나지 않기 때문이다. 그러니 세템브리니 씨가 솔직하게 밝히는 것 이상으로 프리메이슨이 세계의 움직임에 영향력을 지니고 있는 것이 틀림없다.

이와 같은 한스 카스토르프의 견해에 세템브리니는 빙그레 웃으며, 손에 쥐고 있던 작은 책자 『프리메이슨』으로 부채질을 하기까지 했다. 세템브리니는 〈그렇게 해서 나를 함정에 빠뜨리려고 하는 것인가〉 하고 물었다. 단의 정치적 성향, 본질적으로 정치적인 단의 정신에 대해 자신이 조심성 없는 발언을 하도록 유도하는 것으로 보인다고 말이다. 「아무리 그래 봤자 소용없어요, 엔지니어 양반! 우리는 거리낌 없고 개방적으로 정치를 표방하고 있습니다. 우리는 몇몇 바보들이 ― 이런 바보들은 당신 나라에는 있지만, 다른 나라에는 거의 없는 존재입니다, 엔지니어 양반 ― 정치라는 단어와 명칭에 적대감을 보이는 것은 알지만, 우리는 전혀 개의치 않습니다. 인류의 친구는, 정치와 비정치 사이의 구별은 전혀 인정하지 않습니다. 이 세상에 정치 아닌 것, 즉 비정치란 존재하지 않습니다. 모든 것이 정치니까요.」

「모든 것이 말인가요?」

「프리메이슨의 사상이 원래는 비정치적인 성질을 띠었음을 지적하면서 이것을 좋게 평가하는 사람들이 있다는 것을 나도 잘 알고 있습니다. 하지만 이런 사람들은 말장난을 할 뿐이고, 또 그러면서 구분을 짓는데, 이 구분이 공상적이고 무의미하다는 것을 인정할 때가 왔습니다. 첫 번째로, 적어도 스페인의 각 지부는 애초부터 정치색을 띠고 있었습니다 ─」

「충분히 그럴 수 있겠네요. 이해가 갑니다.」

「당신이 잘 이해하긴 어려울 겁니다, 엔지니어 양반. 처음부터 잘 이해할 수 있다고 생각하지 말고, 내가 하는 말을 잘 받아들여 소화해 보십시오 ─ 당신네 나라와 유럽의 이해관계뿐만 아니라 당신 자신의 이해관계를 위해서도 부탁하고 싶습니다 ─ 내가 두 번째로 당신에게 알기 쉽게 말하려고 하는 것을 말입니다. 두 번째로 말하자면, 프리메이슨의 사상은 어느 시대에도 비정치적이었던 적이 없었고, 비정치적일 수도 없습니다. 만약 프리메이슨의 사상이 스스로 그런 적이 있다고 생각한다면, 자신의 존재나 본질을 속이는 것입니다. 우리들 단원은 무엇을 하는 자들일까요? 하나를 세우려고 일하는 인부들이자 막일꾼들입니다. 우리 단원 모두의 목적은 오직 한 가지로, 모든 인류의 최고 행복이며, 그것이 단합의 근본 원칙입니다. 그리고 이러한 최고의 행복, 이러한 건축물은 어떤 건축물일까요? 예술 법칙에 맞는 사회적인 건축물, 인류의 완성, 새로운 예루살렘입니다. 이 목적에 있어, 정치나 비정치의 구별이 대체 무슨 필요가 있을까요? 사회적인 문제, 공존의 문제 자체가 이미 정치이며, 말 그대로 전적으로 정치로, 정치 외에 아무것도 아닌 것입니다. 이러한 문제에 몰두하는 사람은 ─ 그리고 이러한 문제를 회피하는 사람은 인간이라는 이름에 걸맞은 가치가 없을 것입니다 ─ 내적으로나 외적으로 어느 쪽으로도 정치에 속하는 사람이고, 그러한 사람은 프리메이슨단의 수단이 통치술이라는 것을 이해하고 있는 사람입니다 —」

「통치술이라고요……」

「—계명 결사파의 프리메이슨이 통치자 계급을 알고 있었다는……」

「아주 멋진 말씀입니다, 세템브리니 씨. 통치술, 통치자 계급, 그런 말들이 마음에 듭니다. 하나 알고 싶은 게 있는데, 당신은 기독교 신자인가요? 당신네 프리메이슨 단원도요?」

「그건 또 무슨 말인가요?」

「실례했습니다. 다른 식으로, 보다 일반적이고 보다 간단하게 물어보겠습니다. 당신은 신의 존재를 믿습니까?」

「대답하지요. 그런데 왜 그것을 묻는 겁니까?」

「당신을 시험해 보려고 물어본 것은 아니지만, 성서에도 그런 이야기가 쓰여 있습니다. 누군가가 로마의 동전으로 예수를 시험하려고 하자, 예수는 황제의 것은 황제에게, 신의 것은 신에게 바치라고 대답했다는 것입니다. 나는 이런 식의 구분이 정치와 비정치 사이에도 있을 것이라고 생각합니다. 신이 존재한다면 이러한 구분도 존재할 것입니다. 프리메이슨 단원은 신의 존재를 믿습니까?」

「대답하겠다고 약속했으니 하겠습니다. 당신은 우리가 실현하려 노력하고 있는 통일에 관해 말하고 있습니다. 하지만 그 통일은 뜻있는 사람들 모두가 유감스럽게 생각하게도, 오늘날 아직 실현되지 않고 있습니다. 프리메이슨의 세계 연합은 아직 존재하지 않습니다. 그것이 언젠가 실현된다면 — 되풀이하여 말씀드립니다만, 이 위대한 과업을 실현하기 위해 남모를 노력을 기울이고 있습니다 — 의심할 나위 없이 그 세계 연합의 종교적 신조도 통일되겠지요. 그리고 그

신조는 바로 이것이 될 것입니다. 〈악을 말살하라!〉」

「강제적으로 말입니까? 그건 관용적이라고 할 수 없을 것 같은데요.」

「당신은 아직 관용이라는 문제를 언급할 정도로 성숙하지 않습니다, 엔지니어 양반. 아무튼 이것을 명심하십시오. 악에 대해 관용을 베푸는 것은 죄악입니다.」

「신이 악이란 말입니까?」

「형이상학이 악입니다. 형이상학은 우리가 사회라는 전당을 건립하기 위해 바쳐야 하는 노력을 잠재우는 것 외에는 별 가치가 없기 때문입니다. 그래서 프랑스의 대(大) 오리엔트 집회는 벌써 30년 전에 솔선해서 자신의 모든 간행물에서 신이라는 이름을 삭제해 버렸습니다. 우리 이탈리아인들은 그러한 예를 따랐습니다…….」

「정말 가톨릭적이군요!」

「그 말씀은 ─」

「신을 삭제한다는 것이 무척 가톨릭적으로 여겨진다는 말입니다!」

「당신이 표현하려는 것은 ─」

「들을 만한 가치가 하나도 없습니다, 세템브리니 씨. 내가 두서없이 지껄이는 말에 너무 신경 쓰지 마십시오! 지금 문득 순간적으로 그런 생각이 들었을 뿐입니다. 무신론이란 지극히 가톨릭적이며, 또한 한층 더 가톨릭적으로 되기 위해 신을 삭제하는 것이 아닌가 하고 말입니다.」

이에 대해 세템브리니는 한동안 아무 말 없이 잠자코 있었지만, 그것은 분명 교육자적인 신중함에 지나지 않았다. 그는 적절한 침묵 후에 이렇게 대답했다.

「엔지니어 양반, 나는 당신이 믿는 프로테스탄티즘을 혼란스럽게 하거나 그것에 해를 입히려는 의도는 추호도 없습니다. 우린 관용에 관해 말하고 있으니까요……. 나는 신교를 오히려 관용의 정신으로 간주해 왔고, 또 의심의 여지 없이 양심의 억압에 대한 역사적 반대자라고 무척 경이롭게 생각했습니다. 인쇄술의 발명과 종교 개혁은 중부 유럽에서 인류를 위해 이룩한 가장 숭고한 공적 두 가지입니다. 의문의 여지가 없습니다. 그러나 그것은 사물의 어느 한 면에 불과하며 또 다른 면도 있다고 내가 지적한다면, 방금 피력한 견해로 미루어 보건대, 당신은 내가 말한 것을 이해해 주시리라 믿어 의심치 않습니다. 신교에는 어떤 비밀스러운 요소들이 감춰져 있습니다……. 당신네 나라의 종교 개혁자의 인격 자체에 이미 어떤 요소들이 숨어 있었습니다……. 나는 정적주의의 지복(至福)과 최면술적인 명상을 생각하고 있는 것입니다. 이러한 요소는 유럽적인 요소가 아니며, 활동적인 유럽의 생활 원리에선 낯설고 그와는 적대적인 것입니다. 루터의 얼굴을 한번 잘 살펴보십시오! 젊었을 때의 초상화와 늙었을 때의 초상화, 어느 것이든 봐보십시오! 대체 두개골이 어떤 모양입니까? 광대뼈는 어떻고요, 눈의 생김새는 얼마나 이상합니까! 바로 아시아적입니다! 거기에 벤트족-슬라브족-사르마티아족[12]의 피가 섞여 있지 않다면 이상합니다. 정말 이상하다고 할 수밖에 없습니다. 그리고 이 또한 아무도 부인하려고 하지 않겠지만, 이 남자의 거대한 얼굴 모습이 당신네 나라에서 겨우 균형을 유지하고 있는 저울의 두 접시 중 한쪽에 숙명적 우세가 있다는 것을 의미하지 않는다

12 세 종족 모두 유목 기마 민족으로 1세기경 흑해 북쪽에서 활약했다.

면 정말 이상하다고 할 수 있겠지요. 아시아적인 요소의 접시가 너무 무거워서, 오늘날에도 또 하나의 요소, 즉 유럽적인 요소의 접시는 이에 압도되어 허우적대며 공중으로 올라가 있습니다……」

세템브리니 씨는 창가에 놓인 인문주의적 사면(斜面) 책상 앞에 서 있다가, 자신의 제자 옆으로 바짝 다가가기 위해 물병이 놓인 둥근 탁자 옆으로 갔다. 한스 카스토르프는 팔꿈치를 무릎에 얹고, 손으로 턱을 괴고서, 벽 가까이의 팔걸이가 없는 안락의자에 앉아 있었다.

「이보게, 친구!」 세템브리니 씨는 이탈리아어로 말했다. 「친애하는 친구! 결단을 내려야 할 때입니다. 유럽의 행복과 미래에 중대한 의의를 지니는 결정입니다. 그리고 이러한 결정은 당신네 나라에서 내려질 것이며, 당신네 나라의 혼으로 행해져야 할 겁니다. 또한 이 결정은 동방과 서방의 가운데에 놓인 당신네 나라 독일이 해야 할 것이며, 독일의 본질을 둘러싸고 다투는 두 세계 사이에서 최종적이고도 의식적으로 내려지지 않으면 안 될 것입니다. 당신은 젊습니다. 그러니 이러한 결정에 관여하게 될 것이며, 그 결정에 영향을 미칠 만한 사명도 띠고 있습니다. 그런 의미에서 우리의 운명을 축복하기로 합시다. 당신이 이 끔찍한 장소에 밀려 들어와서, 이와 동시에 미숙하고 무력하다고 할 수 없는 나의 말로 교화를 받기 쉬운 당신의 영혼에 영향을 미치고, 당신의 청춘과 당신네 나라가 세계 문명에 대해 책임감을 느낄 기회를 준 운명을 말입니다……」

한스 카스토르프는 주먹으로 턱을 괴고 앉아 있었다. 그는 다락방의 창밖을 내다보았고, 그의 단순한 푸른 눈에는 어떤 반항의 빛이 나타났다. 그는 침묵을 지키고 있었다.

「말씀이 없으시군요.」 세템브리니는 떨리는 목소리로 말했다. 「당신과 당신네 나라는 알 수 없는 침묵을 유지하고 있어, 어떤 판단이나 비평도 그 불투명한 침묵의 깊이를 알아볼 수가 없습니다. 당신들이 말을 좋아하지 않는 것인지, 말을 가지고 있지 않은 것인지, 그렇지 않으면 비우호적인 방식으로 말을 신성화하려는 건지는 모르겠습니다 — 말로 표현하는 세계는 당신들을 어떻게 대해야 하는지 알지 못하며, 알 수도 없습니다. 친구, 이것은 위험한 일입니다. 말은 문명 그 자체입니다……. 말은 아무리 모순된다 하더라도, 서로를 결합하는 역할을 합니다……. 이와 반대로 무언(無言)은 고독하게 만듭니다. 우리는 당신들이 그 고독을 행동으로 깨뜨리려고 하는 것이 아닐까 추측하고 있습니다. 사촌인 자코모 씨(세템브리니 씨는 요아힘을 부르기 쉽게 〈자코모〉라고 부르곤 했다)를 당신 앞에 세워 놓고 침묵을 지켜 보십시오. 〈그러면 그는 칼을 마구 휘둘러 우리 둘을 제거해 버릴 것이고, 다른 사람들은 혼비백산 도망칠 것입니다〉—」

한스 카스토르프가 웃기 시작하자 세템브리니 씨도 자신이 한 말의 구체적인 효과에 순간적으로 만족한 듯 미소를 지었다.

「좋습니다, 우리 웃어 봅시다!」 그가 말했다. 「난 언제라도 웃을 준비가 되어 있습니다. 〈웃음은 영혼의 빛남이다〉라는 말이 옛말에도 있습니다. 우린 본론에서 좀 벗어났습니다 — 나도 인정합니다만, 프리메이슨의 세계 연합을 실현하려는 우리의 준비 작업이 봉착한 어려움, 특히 신교적 유럽이 제기하는 어려움을 이야기하다가 말이죠…….」 그리고 세템브리니 씨는 이러한 세계 연합의 사상에 대해 열심히 말하기 시작했다. 헝가리에서 시작된 그 생각이 기대한 대로 실현된다면 프리메이슨단은, 세계의 움직임을 결정하는 힘을 지니게 될 것이라고 했다. 아울러 그는 외국의 위력 있는 단원들에게서 받은 편지, 즉 스위스 총회장의 친필 편지, 제33위의 수도사 카르티에 라 텐테의 편지를 보여 주었다. 그러면서 인조어(人造語)인 에스페란토어를 세계 연합의 언어로 선포하려는 계획에 대해서 상세히 설명해 주었다. 그는 더욱 열을 올려, 고상한 정치의 영역으로 화제를 옮기고, 또 눈을 이리저리 굴리면서 혁명적이고 공화제적 사상이 자신의 고향 이탈리아와 스페인, 포르투갈에서 얼마만큼 성공을 거둘 수 있을지 그 전망에 대해 검토했다. 또한 군주국 포르투갈 대(大) 지부의 수뇌부들과도 편지 접촉을 계속하려고 했다. 포르투갈에서는 정황상 무엇인가 결정적인 일이 벌어질 것 같다. 가까운 장래에 그곳에서 무슨 사건이 일어나면 자신이 한 말을 상기하길 바란다는 것이다. 한스 카스토르프는 그렇게 하겠다고 약속했다.

여기서 미리 말해 두지만, 제자와 두 명의 스승 사이에서 각각 별개로 진행된 프리메이슨에 대한 이러한 대화는 요아힘이 이 위에 다시 올라오기 전에 일어난 것이었다. 그러나 이제 우리가 언급하려는 논쟁은 요아힘이 이 위에 올라온 후 그의 면전에서 일어났다. 때는 그가 다시 이곳에 돌아온 후 9주가 지난 10월 초였다. 플라츠의 요양 호텔 앞에서 가을 햇살을 받으며 청량음료를 함께 마시던 그날의 일을 잊을 수 없다. 당시 한스 카스토르프는 요아힘의 용태를 남몰래 걱정하고 있었다 ─ 평소 같으면 별로 걱정이 되지 않을 증상과 현상, 말하자면 목의 통증과 목이 쉰 현상은 해롭지 않은 성가신 것에 지나지 않았다. 하지만 한스 카스토르프는 사촌의 눈빛에서 예사롭지 않은 점을 느꼈다. 그는 언제나 온화하면서 커다랗던 요아힘의 눈 깊은 곳에서 무언가 독특한 빛을 확인했다고 생각했다. 하지만 내부에서 흘러나오는 듯한 이러한 조용한 눈초리 말고도, 오늘은 무언가 정확하게는 말할 수 없지만 막연히 크고 깊어진 듯한 눈, 생각에 잠긴 듯한 표정과 — 이 이상한 말을 덧붙여야만 한다면 — 위협하는 듯한 표정이 담긴 눈초리를 느낄 수 있었다. 그러한 눈초리가 한스 카스토르프의 마음에 들지 않는다고 말한다면, 그것은 그 빛을 잘못 전하는 말이 될지 모른다. 반대로 그 빛은 그의 마음에 쏙 들었지만, 왠지 불안했다. 그리고 요컨대 이러한 인상에 대해서는 그 자체의 속성상 복잡한 표현을 늘어놓을 수밖에 없는 것이다.

이날의 대화와 논쟁 — 물론 나프타와 세템브리니 사이의 논쟁 — 에 관해 말하자면, 그것은 그 자체로 하나의 독립된 논쟁이었고, 프리메이슨의 본질에 관한 이전의 특별 논쟁과는 그다지 밀접한 관계가 없었다. 사촌들 외에 베잘과 페르게도 그 자리에 함께 있었고, 비록 모두가 그 논쟁을 이해할 만큼 지적 능력이 있는 것은 아니었지만, 다들 관심은 대단했다. 예를 들어 페르게 씨는 분명 이해할 능력이 없었지만, 그래도 열심히 경청했다. 이 논쟁은 마치 생사를 건 듯 격렬하기 그지없었지만, 기지에 넘치고 세련되어 생사를 건 논쟁이 아니라 우아한 시합을 하고 있는 듯이 보였다. 세템브리니와 나프타 간에 벌어지는 논쟁은 어느 것이나 그러했다 — 그래서 그러한 논쟁은 그 자체만으로 듣고 있는 사람들에게 재미를 주었음은 물론, 제대로 이해하지 못하고 그것의 의의를 겨우 막연하게 파악하는 사람에게도 재미를 주었다. 심지어 전혀 관계가 없는 사람들, 주위에 앉아 있는 사람들도 설전의 격렬함과 세련됨에 사로잡혀 눈썹을 치켜올리면서 귀 기울여 듣고 있었다.

아까도 말했듯이, 오후의 차 마시는 시간이 지나고서 요양 호텔 앞에서 일어난 일이었다. 베르크호프 손님 네 사람은 거기서 세템브리니를 만났는데, 나프타도 우연히 그 자리에 끼게 되었다. 여섯 사람은 금속제의 작은 탁자 주위에 둘러앉아, 소다수를 타서 도수가 묽어진 아니스와 베르무트를 마셨다. 나프타는 이곳에서 자신의 오후 간식을 먹었는데, 오늘도 와인과 케이크를 시켰다. 분명 이것은 자신이 기숙학교에 다닐 때의 추억 때문이었을 것이다. 요아힘은 아픈 목을 축이기 위해 생 레모네이드를 마셨는데, 그것이 목의 근육을 오그라들게 해 아픔을 덜어 준다고 해서 아주 진하고 신 것을 마셨다. 세템브리니는 그냥 설탕물만을 마시고 있었는데, 그럼에도 빨대를 사용하여 아주 비싼 음료수라도 마시는 듯, 아주 품위 있고 맛있게 마셨다.

「내가 무슨 말을 들었는지 아십니까, 엔지니어 양반? 어떤 소문이 내 귀에 들어왔을까요? 당신의 베아트리체가 다시 돌아온다지요? 당신을 데리고 천국을 선회하는 아홉 계단을 안내해 준 그녀가 말입니다. 그렇지만, 그렇게 된다 해도 당신이 당신의 베르길리우스가 이끌어 주는 우정의 손길을 냉정하게 뿌리치지는 않기를 바랍니다! 여기에 있는 우리의 신부는, 프란체스코파의 신비주의에 대해 거기에 반대하는 입장을 지닌 토마스 아퀴나스의 인식이 없었다면 중세의 세계는 완전하지 않았을 것이라고, 당신에게 확인해 줄 겁니다.」

사람들은 세템브리니의 이러한 익살스러운 박식함에 깔깔 웃으며 한스 카스토르프를 쳐다보았다. 한스 카스토르프도 마찬가지로 웃으면서 〈자신의 베르길리우스〉를 위해 베르무트 잔을 높이 쳐들었다. 하지만 비록 허식에 가득하지만 악의라곤 전혀 없는 세템브리니 씨의 발언에서, 다음 순간 얼마나 끝없는 정신적 다툼이 벌어졌는지는 믿을 수 없을 지경이었다. 어느 정도 도전을 받는 듯한 양상이 된 나프타가 곧 공세를 펴, 모두가 아는 것처럼 세템브리니가 우상처럼 섬기는, 아니 호메로스보다 더 높이 평가하고 있는 라틴 시인 베르길리우스를 공격했기 때문이다. 나프타는 이때까지 라틴 시 문학을 전반적으로 낮게 평가했으며, 이미 베르길리우스에 대해 여러 번 노골적으로 멸시의 감정을 숨기지 않았는데, 사실 이번에도 기다렸다는 듯이 노골적으로 이 기회를 이용했던 것이다. 나프타가 말하기를, 위대한 단테가 이 평범한 엉터리 시인을 너무 높이 추어올려서 자신의 『신곡』에서 고귀한 역할을 맡긴 것은, 단테가 너무 사람이 좋아 시대의 사상에 사로잡혀 있었기 때문이라고 했다. 또한 세템브리니가 이러한 역할에 혹시나 너무 프리메이슨적인 의미를 부여할지도 모른다고 했다. 저 궁정의 계관 시인, 율리우스 왕가의 어용 시인, 독창성이라곤 전혀 없는 이러한 세계적 도시의 문사이자 미사여구가, 이런 베르길리우스가 대체 무슨 가치가 있다는 말인가? 혼을 지니고 있다고 해도 빌린 혼에 불과하며, 사실 시인이라 할 수도 없고, 아우구스투스 시대의 길게 늘어뜨린 가발을 쓴 그 프랑스인이 대체 어디가 그렇게 위대하다는 말인가!

이에 대해 세템브리니 씨는, 나프타가 라틴어 교사직을 수행하면서 로마의 찬란한 문명을 멸시하는 것은 모순이며, 나프타가 이것을 모순 없이 조화시킬 수 있는 수단과 방법을 알고 있을 것이라 의심치 않는다고 했다. 하지만 세템브리니 씨는, 나프타가 스스로 좋아하는 시대를 그렇게 비판함으로써 보다 중대한 모순에 빠졌다는 점을 지적할 필요가 있을 것 같다고 했다. 중세는 베르길리우스를 멸시하지 않았을 뿐 아니라, 그를 지혜가 넘치는 마술사라고 믿으면서, 단순한 방식으로 그의 위대함을 인정했다는 것이다.

그러자 나프타는 다음과 같이 반박했다. 세템브리니 씨가 저 아침 시대의 단순성을 들고나오는 것은 정말 아무 소용이 없는 일이다 — 중세의 단순성은 정복 문화에 마적인 성격을 부여했다는 점에서도 창조력을 보여 주는 승리자적 면모를 띤다. 게다가 초창기 교회의 지도자들은 고대 철학자와 시인들의 기만에 현혹되지 않도록, 특히 베르길리우스의 화려한 웅변에 영혼이 더럽혀지지 않도록 경고하는 것을 게을리하지 않았다. 그런데 다시 한 시대가 끝나고 프롤레타리아의 새 아침이 밝아 오는 지금은 이들 지도자들의 경고에 공감하기에 아주 적절한 시기라는 것이다! 그리고 분명히 대답하자면, 웅변가인 로도비코 씨가 친절하게 암시해 준 어느 정도 시민적인 교직에 대해 자기는 충분히 유보적인 생각을 지니고 수행하고 있으며, 아무리 낙천가라 할지라도 기껏해야 몇십 년 안으로 끝장이 날 고전적·수사학적인 교육 제도에 아이러니가 없이는 종사할 수 없을 것이며, 이것을 로도비코 씨도 꼭 믿어 주기 바란다고 말했다.

「그렇지만 당신들은 그들을.」 세템브리니가 소리쳤다. 「당신들은 이 고대의 철학자와 시인을 땀 흘려 연구하여 그들의 귀중한 유산을 자기 것으로 삼으려 노력했습니다. 당신들의 교회당을 짓기 위해 고대 건축물의 석재를 이용했듯이 말입니다! 당신들이 자신들의 프롤레타리아적 영혼의 힘만으로는 새로운 예술 형식을 창조해 낼 수 없음을 느끼고, 고대를 고대 자체의 무기로 정복하려 했기 때문입니다. 이런 일은 다시 일어날 것이고, 앞으로도 언제나 일어날 겁니다! 당신들의 거친 젊음은 당신들이 멸시하는 고대 문화, 그리고 남에게 그런 멸시의 말을 전하고자 하는 고대 문화의 가르침을 받아야 할 것입니다. 왜냐하면 교양 없이는 인류 앞에 나설 수 없기 때문입니다. 그리고 여러분이 시민적 교양이라고 부르는 교양, 인간적인 교양인 하나의 교양만이 존재할 뿐이기 때문입니다!」 인문주의적 교육 원칙의 종말이 몇십 년 내에 닥쳐올 것이라고요? 예의를 생각하지 않는다면 큰 소리로 웃으며 마음껏 조롱하고 싶을 정도라고 세템브리니 씨는 말했다. 「자신의 영원한 재화를 계속 지켜 나갈 줄 아는 유럽은, 여기저기서 꿈꾸고 있는 프롤레타리아적 묵시록을 못 들은 척하고 고전적 이성에 대한 오늘날의 문제로 유유히 넘어갈 것입니다.」

그 오늘날의 문제에 대해 나프타는 다음과 같이 날카롭게 응수했다. 세템브리니 씨는 그것에 대해 충분히 알지 못하고 있는 것 같다면서, 이미 결정된 일이라고 그가 생각하는 문제, 즉 지중해 연안에서 탄생한 고전적이고 인문주의적인 전통이 인류의 유산이며, 따라서 인간적이고 영구적인 것인지, 그렇지 않으면 그것이 기껏해야 시민적이고 자유주의적인 시대라는 한 시대의 정신 형태이자 부속물에 불과한 것이므로 그 시대와 더불어 사멸할 수 있는 것인지 아닌지 하는 문제, 그것이야말로 오늘날의 문제라는 것이다. 이것을 결정하는 것은 역사가 맡을 역할이지만, 아무튼 그 결정이 라틴적 보수주의에 유리하게 이루어질 거라고 너무 확신하지 않도록 세템브리니 씨에게 권고하고 싶다고 했다.

진보의 사도라고 자처하는 세템브리니 씨를 보수주의자라고 몰아붙이는 키 작은 나프타의 뻔뻔스러움도 이만저만이 아니라고 할 수 있었다. 모든 사람이 그렇게 느꼈고, 당사자인 세템브리니는 물론 누구보다도 분에 겨워 흥분하여, 치켜 올라간 콧수염을 말아 올리면서 반격할 말을 생각하고 있었다. 그러나 나프타는 그사이에 조롱하는 말투로 고전적 교양 이상, 유럽의 학교 제도와 교육 제도의 수사학적이고 문학적인 정신, 그것의 문법적이고 형식적인 괴상한 생각을 계속 비난하면서, 이것들은 시민적 계급 통치의 타산적인 부속물에 지나지 않으며, 진작부터 민중의 조롱 대상이 되었다고 말했다. 그렇다, 민중이 우리의 박사 칭호와 모든 교육 관리 제도를 얼마나 조롱하고 있는지, 또 민중 교육이 학자적 교양을 저하시켰다는 망상에서 비롯된 부르주아적 계급 독재의 도구인 공립 초등학교에 대해 얼마나 비웃고 있는지! 민중은 부패한 시민 국가와의 투쟁에 필요한 교양과 교육을 당국의 강제적 기관에만 의지하지 않고, 어디서나 마음껏 섭취할 줄 안다는 것이다. 그리고 중세의 수도원 부속 학교에서 발전한 우리의 학교 유형이 우스꽝스러운 유물이며 시대착오적이라고 했다. 또한 오늘날 사람들은 교양을 더 이상 학교에서 얻는 게 아니며, 공개 강연, 전시회, 영화관 등을 통해 얻는 자유롭고 공개적인 교육이 어떠한 학교 교육보다도 훨씬 훌륭하다는 것을 누구라도 다 알고 있다는 것이다.

나프타가 자신의 청중들에게 선보인 혁명과 비개화주의의 잡탕은, 반계몽주의적 재료가 지나치게 많이 들어가 맛이 좋지 않다고 세템브리니 씨가 응수했다. 민중의 계몽에 신경 쓰는 것은 호감이 가지만, 오히려 민중과 세계를 문맹 상태에 묶어 두려는 본능에 지배되었음이 우려되기 때문에 그 호감도 상쇄되고 만다고 말이다.

나프타는 미소 지었다. 문맹이라니! 세템브리니 씨는 이러한 끔찍한 단어를 입 밖에 냄으로써 괴물 고르곤[13]의 머리를 보여 준 것처럼 생각하여, 그걸 본 사람은 누구나 당연히 얼굴빛이 창백해질 거라 확신할 것이다. 그러나 자기, 나프타는 문맹에 대한 휴머니스트의 공포가 그냥 우스워서 유감스럽게도 자신의 대화 상대인 세템브리니를 실망시키지 않을 수 없었다. 읽고 쓰는 훈련에 지나친 교육적 의의를 부여하여, 그런 능력이 없는 사람은 정신적 암흑에 잠겨 있는 사람인 양 간주하는 것은 르네상스 시대의 문사(文士), 건방진 자, 세이첸토[14] 시대의 예술가, 마리노 문체주의자, 능서예찬(能書禮讚)의 어릿광대들뿐이다. 세템브리니 씨는 중세 최고의 시인인 볼프람 폰 에셴바흐[15]가 문맹이었다는 사실을 기억하고 있는 것일까? 당시 독일에서는 성직자가 될 마음이 없는 소년을 학교에 보내는 것이 치욕적인 일로 간주되었는데, 문학 예술에 대한 귀족과 민중의 이러한 멸시는 언제나

13 그리스 신화에 나오는 괴물. 보는 사람을 돌로 변하게 하는 세 괴물 중의 하나.

14 17세기 이탈리아 바로크 시대의 예술 양식.

15 Wolfram von Eschenbach(1170~1220). 중세 독일의 기사이자 작가. 대표작으로 『파르치발Parzival』이 있다.

고귀한 내면주의의 특징이었다고 한다. 귀족과 군인, 민중은 읽고 쓰는 일을 할 수 없었거나, 혹은 흉내를 내는 정도에 그쳤다 — 그 반면에 인문주의와 시민 계급의 적자(嫡子)인 문사는 읽고 쓰는 일은 물론 할 수 있었지만, 그 밖의 일은 아무것도 할 줄 몰랐고, 여전히 라틴어 학자 같은 허풍선이에 불과했다는 것이다. 그가 할 수 있는 것이라곤 오로지 웅변뿐이어서 생활다운 생활은 진실한 사람들에게 맡겨 두지 않으면 안 되었다고 한다 — 그 때문에 문사는 정치를 속이 텅 빈 것, 말하자면 수사학과 문학으로 바꾸어 버렸는데, 이것을 그 당파의 용어로 말하면 급진주의와 민주주의라는 등등의 말을 했다.

여기에 대해 이번에는 세템브리니 씨가 응수했다! 그는 나프타 씨가 문학 형식에 대한 사랑을 비웃으면서, 어느 시대의 광신적인 야만성에 대한 자신의 취향을 아주 대담하고 노골적으로 드러내고 있다고 소리쳤다. 물론 그러한 사랑이 없다면 인간성이란 가능하지 않고 생각할 수도 없는 것이다. 물론 절대로 생각할 수 없다는 것이다! 문명이 고귀하다고? 말이 없는 것, 거칠고 무언의 물적 성격 같은 것을 고귀하다고 부르는 것은 인간에게 적대적인 마음을 지닌 사람만이 할 수 있는 것이다. 오히려 오로지 고상한 사치만이 고귀하며, 형식에 인간적이고 내용과 무관한 고유한 가치를 부여하는 데서 드러나는 관용만이 고귀하다. 기술을 위한 기술로서의 웅변술에 대한 예찬, 그리스와 로마 문명의 이러한 유산은 휴머니스트들에 의해 라틴 민족, 적어도 라틴 민족에게만 도로 주어졌으며, 이러한 유산이야말로 보다 광범위하고 내용적인 모든 이상주의의 원천이며, 정치적인 이상주의의 원천이기도 하다는 것이다. 「그렇습니다, 이보시오! 당신이 웅변술과 생활이 서로 분리되었다고 비방하고 싶어 하는 것은 아름다움이라는 화관(花冠) 속에서 한층 더 훌륭하게 통일되는 것에 지나지 않습니다. 따라서 나는 문학과 야만 중에서 어느 쪽을 택할 것인가 하는 논쟁에서, 고매한 젊은이들이 항상 그 어느 쪽에 가담할 것인가에 대해서는 조금도 걱정하지 않습니다.」

한스 카스토르프는 고귀한 본질의 전사(戰士)이며 대표자인 요아힘이라는 인물, 엄밀히 말하자면 그의 새로운 눈빛에 정신이 팔려, 논쟁은 대충 건성으로 듣고 있었다. 그러다가 세템브리니 씨의 마지막 말이 자신을 불러 대답을 촉구하는 말로 들려 놀라 움칠했다. 하지만 그런 다음 언젠가 세템브리니로부터 〈서양과 동양〉 가운데 어느 한쪽을 택하라는 엄숙한 촉구를 받았을 때와 마찬가지의 표정, 그러니까 유보적 태도와 반항심으로 가득 찬 표정을 지으며 묵묵부답하고 있었다. 논쟁을 하기 위해서는 어쩔 수 없는 일일지도 모르겠지만, 이들 두 사람은 무슨 일에서건 극단으로 치달았다. 하지만 한스 카스토르프가 볼 때, 인간적이거나 인간다운 것이라고 할 수 있는 것은 논쟁이 되고 있는 양 극단의 중간, 웅변적인 인문주의와 문맹적인 야만성 사이 어딘가 한가운데에 있는 것처럼 생각되는데도, 이들 두 사람은 극단적인 경우만을 고집하며 격렬하게 싸우고 있었다. 하지만 그는 두 사람의 정신적 대표자를 화나게 하지 않도록 그것을 입 밖에 내지 않았고, 라틴 문학자 베르길리우스에 대한 세템브리니의 가벼운 농담에서 비롯되어 끝도 없이 이어지는 논쟁과 언쟁을 유보적인 태도를 취하면서 물끄러미 구경하고 있었다.

세템브리니는 아직도 말을 끝내지 않았다. 그는 승리를 즐기기라도 하듯, 말장난을 그치지 않았던 것이다. 그는 문학 정신의 수호자로 자처했고, 인간의 지식과 느낌을 기념비에 영원히 남기기 위해서, 인간이 처음으로 문자를 돌멩이에 새기기 시작한 순간부터 시작된 문자의 역사를 찬미했다. 그는 이집트의 신 토트에 관해 말했다. 헬레니즘의 헤르메스와 동일시되는 이 신은 그보다 세 배나 위대한 신으로, 문자 발명의 신, 도서의 수호신, 모든 정신적 노력을 장려하는 신으로 추앙을 받았다. 그는 또 인류에게 문학적 언어와 투쟁적 수사학이라는 고귀한 선물을 남긴 숭고한 헤르메스, 인문주의적 헤르메스, 격투기장의 수호신인 헤르메스 앞에 무릎을 꿇는다고 말했다. 그러자 한스 카스토르프는 이집트 출생인 신 헤르메스도 정치가여서, 특별히 피렌체 시민들에게 사교 예절을 가르치고 화술을 가르쳐 그들의 공화국을 정치 규칙에 따라 통치하는 기술을 가르쳤다는 브루네토 라티니와 같은 역할을 더 큰 규모로 행했을 것이라 지적했다 — 이에 대해 나프타는 세템브리니 씨가 속임수를 약간 썼으며 또 청년에게 토트 헤르메스를 너무 훌륭하게 그렸다고 답했다. 오히려 토트 헤르메스는 원숭이와 달 및 영혼의 신이었고, 머리에 초승달을 쓴 비비[16]이다. 그리고 헤르메스라는 이름에서는 우선 죽음과 망자의 신, 영혼 유괴자, 영혼 안내인을 떠올리게 된다는 것이다. 이 헤르메스 신은 고대 후기에 이미 대마법사가 되었고, 유대적인 신비주의가 창궐하던 중세에는 신비스러운 연금술의 대부가 되었다고 했다.

뭐, 뭐라고요? 한스 카스토르프의 사고와 관념의 작업장

16 원숭이의 일종

속은 일대 혼란을 일으켰다. 푸른 외투를 입은 죽음의 신이 인문주의적 수사학자로 보였고, 교육적인 문학의 신이자 인류의 친구를 자세히 들여다보고 있으면 어느새 그것은 어둠과 마법의 상징인 초승달을 머리에 쓴 원숭이의 얼굴로 둔갑해 버렸다…… 한스 카스토르프는 거부하듯 손을 흔들고는 눈을 가렸다. 하지만 너무나 큰 혼란에서 벗어나고자 어둠 속으로 도망쳐 간 그의 귓전에 계속 문학을 찬미하는 세템브리니의 목소리가 흘러들었다. 세템브리니는 문학에는 관조적인 위대함뿐 아니라 행동적인 위대함도 언제나 결부되어 있다고 소리치면서, 알렉산드로스 대왕, 시저, 나폴레옹의 이름을 들먹였고, 프로이센의 프리드리히 대왕과 그 밖의 영웅들, 심지어 라살과 몰트케의 이름까지 들고 나왔다. 여기에 대해 나프타는 세템브리니를 중국에 보내야 할 거라고 말했다. 우스꽝스러운 문자를 우상화한다는 중국에서는 4만 개의 한자를 붓으로 쓸 수 있으면 원수(元帥)도 될 수 있다고 하니 이것은 휴머니스트의 마음에 꼭 드는 일일 거라고 했지만, 세템브리니는 꿈쩍도 하지 않았다. 「아, 여기서는 붓으로 쓰는 것이 중요한 게 아니라 인류의 본능적 욕구로서의 문학, 즉 문학의 정신이 중요한 문제라는 것을 잘 알면서도 나프타 씨는 그렇게 말하는군요, 불쌍한 조롱가 같으니! 문학의 정신은 정신 그 자체이며, 분석과 형식이 결합된 기적입니다. 문학 정신은 모든 인간적인 것에 대한 이해력을 일깨워, 어리석은 가치 판단과 확신을 약화하고 해소하며, 인류의 교화와 순화, 향상을 가능하게 해줍니다. 문학 정신은 최고의 도덕적 세련성과 감수성을 창조하면서, 그로 인해 열광하게 하지 않고, 회의와 정의, 관용의 정신을 길러 줍니다. 문학의 정화 작용과 순화 작용, 인식과 언어를 통한 열정의 억제, 이해와 용서 그리고 사랑으로 인도하는 길로서의 문학, 언어가 지닌 구원의 힘, 인간 정신 일반의 가장 고귀한 현상인 문학적 정신, 완전한 인간이자 성자인 문학가……」 이렇게 찬란한 어조로 문학을 변호하는 세템브리니의 송가(頌歌)는 계속되었다. 아, 그러나 상대방인 나프타도 가만 두고 보지만은 않았다. 그는 천사의 탈을 쓰고 있는 파괴의 정신에 대항해서 보존과 생명의 편을 들면서, 세템브리니의 천사의 송가를 신랄하고도 멋지게 반박하며 방해할 줄 알았다. 「세템브리니 씨가 목소리를 떨면서 말한 놀라운 결합이란, 기만이자 속임수일 뿐입니다. 문학 정신이 탐구와 분류의 원칙과 합일하려 한다고 자랑하고 있는 형식은 기만적이고 외견상의 형식에 지나지 않으며, 진정하고 성숙한 자연스러운 형식, 즉 생명의 형식이 아니기 때문입니다. 소위 인간 개선자는 인류의 정화와 순화를 입버릇처럼 운운하지만, 사실 그가 목적으로 삼는 것은 생명을 거세(去勢)하고 빈혈 상태로 몰아넣는 것에 불과합니다. 그렇습니다, 정신이다, 열정적인 이론이다 하는 것은 생명을 해칠 뿐이며, 열정을 파괴하려고 하는 자는 무(無), 순전한 무를 원하는 자입니다. 물론 순전하다고 말하는 이유는, 어쨌든 무라는 말에 덧붙일 수 있는 형용사가 있다면 사실 〈순전한〉이라는 형용사 외에는 없기 때문입니다. 그러나 바로 이 점에 있어서 진보와 자유주의의 투사, 그리고 시민적 혁명의 투사인 문학자 세템브리니 씨의 본령이 여실히 드러나는 것입니다. 왜냐하면 진보란 순전한 허무주의이며, 자유주의적인 시민은 사실상 무와 악마의 인간이기 때문입니다. 진보란 악마적이고 반절대적인 것을 신봉하고, 이미 죽어 버린 평화주의를 이상하게도 어딘가 경건하게 여기면서, 보수적이고 긍정적인 의미에서 절대자, 즉 신을 부인하고 있습니다. 그러나 그러한 평화주의는 결코 경건하지 않을뿐더러, 생명을 파괴하는 중죄인으로, 생명의 이름을 건 종교 재판, 준엄한 비밀 재판에 회부하여 따끔한 맛을 보여 줘야 합니다.」

이렇게 나프타는 예리한 지적으로써 세템브리니의 송가를 악마적인 것으로 뒤바꾸어 버리고, 자기 자신을 준엄한 사랑의 보수주의 화신으로 주장할 줄 알았기에, 어느 쪽에 신이 있고 악마가 있는지, 어느 쪽에 죽음이 있고 삶이 있는지 판단하는 것이 이번에도 완전히 불가능했다. 그의 논적인 세템브리니도 공격을 받고 순순히 물러날 사람이 아니었으므로 그것에 대해 명쾌한 말로 응수했고, 이에 대해 나프타의 응답 또한 나무랄 데가 없었다는 우리의 말을 독자도 믿어 줄 것이다. 그런 후 설전은 이런 식으로 계속되다가 앞에서 이미 대략적으로 암시한 문제에 도달하게 되었다. 그러나 한스 카스토르프는 그러는 사이에 요아힘이 자신에게 분명히 감기 증상이 있는 것 같은데, 이곳에서는 감기가 〈인정받고 있지〉 않으니 이제 어떻게 해야 할지 잘 모르겠다고 하는 말을 듣고 더 이상 오랫동안 토론에 귀 기울이지 않았다. 두 결투자는 이에 대해 아랑곳하지 않고 논쟁을 계속했지만, 한스 카스토르프는 앞서 말한대로 사촌에게 걱정스러운 눈빛을 보내다가, 베잘과 페르게만을 대상으로 논쟁을 계속할 만한 교육자적 열의가 두 논적에게 있는지 아랑곳 않고, 사촌과 함께 슬그머니 그 자리에서 빠져나왔다. 두 논적의 토론은 계속 진행되고 있었다.

돌아오는 길에 한스 카스토르프는 요아힘의 감기와 목의 통증을 알아보기 위해 정규 수속을 밟기로 했다. 말하자면 마사지사를 통해 수간호사에게 증상을 전달하도록 하면 병자를 위해 무슨 조치를 취해 줄 것이라는 데 요아힘과 의견 일치를 보았던 것이다. 그것은 아주 잘한 일이었다. 그날 저녁 식사 후 한스 카스토르프가 요아힘의 방으로 함께 들어가자마자, 아드리아티카가 그 방문에 노크를 하고는, 이상한 쉿소리를 내며 젊은 장교의 소망과 하소연에 대해 물어보았다. 「목이 아프다고요? 쉬었나요?」 그녀는 마사지사에게서 들은 것을 새삼 되물었다. 「이보세요, 대체 무슨 짓을 저질렀나요?」 그녀는 이렇게 말하며 상대방의 눈을 뚫어져라 쳐다보려 하였다. 하지만 두 사람의 눈이 마주치지 않은 것은 요아힘의 책임이 아니라, 바로 그녀의 눈길이 옆으로 미끄러져 나갔기 때문이다. 상대방과 눈을 마주치려고 해도 그게 안 된다는 것을 경험을 통해 알고 있으면서도 번번이 그런 일을 되풀이하다니! 수간호사는 허리띠에 차고 있던 가방에서 금속제 구둣주걱 같은 것을 꺼내어 환자의 혓바닥을 누르고 목구멍 안을 들여다보았다. 그러는 동안 한스 카스토르프는 수간호사의 명령대로 나이트 테이블의 전기스탠드를 손에 쥐고 목 안을 비추어 주어야 했다. 수간호사는 발끝으로 서서 요아힘의 목젖을 들여다보며 말했다.

「이보세요, 언젠가 사레들린 적이 있나요?」

이 질문에 어떤 답변을 할 수 있단 말인가! 이렇게 그녀가 목을 검사하는 동안에는, 그가 말을 하는 것이 전혀 불가능했지만, 그 후 입을 마음대로 쓸 수 있게 되었어도 답을 하기가 난처한 상황이었다. 물론 요아힘은 지금까지 살면서 먹고 마실 때, 여러 차례 사례들린 적이 있었다. 하지만 이것은 사람이면 누구나 경험하는 일이니, 그녀가 물어본 것은 그런 뜻이 아닌 것이 분명했다. 요아힘이 말했다. 「왜요? 최근에는 그런 기억이 없는데요.」

「아니에요, 좋아요. 그냥 갑자기 생각났어요. 그런데 감기에 걸렸다지요?」 그녀의 이 말에 두 사촌은 깜짝 놀랐다. 이곳에서 보통 감기라는 말이 금지되어 있었기 때문이다. 그녀는 목을 좀 더 자세히 살펴보려면 고문관의 후두경 신세를 져야겠다고 말하고, 방에서 나갈 때 양치용 포르마민트와 취침 중 찜질에 사용하는 붕대, 구타페르카 고무를 두고 나갔다. 요아힘은 이 두 가지를 사용해서 치료한 덕분에 통증이 한결 약해진 것 같다고 말했다. 그런데 목의 통증은 때로 거의 느껴지지 않았지만 쉰 목소리는 사라지려 하지 않았으며, 심지어 그 후 며칠 동안 더욱 심해졌다.

말이 나왔으니 하는 얘기지만 감기 기운은 순전히 그의 기분 탓이었다. 자각 증상은 늘 있는 것으로 — 사실 이는 고문관의 진찰 결과도 있고 하니 명예를 중히 여기는 요아힘이 군기 밑으로 다시 달려가기 전에, 이곳에서 잠깐 병후 요양을 하도록 한 증상이었다. 고문관이 약속한 10월이라는 기한은 소리도 없이 슬며시 지나가 버렸다. 고문관도 두 사촌도, 어느 누구도 이것에 대해서 아무런 말을 하지 않았다. 이들은 조용히 눈을 내리깔고 10월을 흘려보냈다. 베렌스가 10월의 검진에서 정신 분석가 조수에게 받아쓰도록 한 내용과 뢴트겐 사진 건판에 나온 결과에 따르면, 자포자기식의 퇴원은 몰라도 그 밖의 정상적인 퇴원은 생각할 수도 없는 상태였다. 그리고 평지에서 근무하고, 평지에서의 선서를 끝

61

까지 제대로 이행하기 위해서, 이번에야말로 극기심으로 요양 근무를 계속해야만 했다.

이것이 현재 가장 적절한 구호였고, 사촌들은 이에 대해 암암리에 서로 양해하는 태도를 취했다. 하지만 사실 각자 마음속 깊은 곳에서는 그 구호를 완전히 확신에 차서 믿는 것은 아닌 것 같았다. 두 사람이 서로에게 눈을 내리간 것은 이러한 의구심 때문이었고, 둘의 시선이 마주친 직후에 이런 일이 일어났다. 하지만 이런 일은 문학에 대한 논쟁을 했던 날 이후로 그 횟수가 부쩍 많아졌다. 문학 논쟁을 하는 중에 처음으로 한스 카스토르프는 요아힘의 눈 속 깊은 데서 그때까지 본 일이 없던 새로운 빛과, 또 독특하게 〈위협하는〉 듯한 표정을 눈치챘던 것이다. 특히 언젠가 한번은 식사 중에 서로 눈이 마주쳤다. 목이 쉰 요아힘이 자기도 모르게 눈에 띄게 심한 사레에 들려 다시금 거의 숨을 쉬지 못하게 됐을 때였다. 요아힘은 냅킨으로 입을 누르며 헐떡였고, 옆에 앉은 마그누스 부인이 민간요법으로 그의 등을 두드리는 동안 두 사촌의 눈길이 마주쳤을 때, 한스 카스토르프는 끔찍한 충격을 받았다. 물론 누구에게나 일어날 수 있는 사건, 즉 목에 사레가 들리는 일 그 자체보다 서로 눈이 마주친 사실에 말이다. 그런 다음 요아힘은 두 눈을 감고 냅킨을 입에 댄 채 그 자리에서 밖으로 나가 기침이 멎기를 기다렸다.

10분쯤 지나자 요아힘은 얼굴이 약간 창백해지기는 했지만 미소를 띠며 돌아와, 소동을 일으켜 미안하다고 사과하고 마치 아무 일도 없었던 것처럼 엄청난 양의 식사를 계속했다. 조금 후에는 다른 사람들도 이러한 사소한 사건에 대해 무어라 말하는 것조차 잊어버렸다. 하지만 며칠 후 저녁 식사 때가 아니라 푸짐하게 차려진 아침 샛밥 시간에 똑같은 일이 벌어졌다. 게다가 이번에는 한스 카스토르프가 그 일에 신경 쓰지 않는 척하며 자신의 접시 위에 고개를 푹 숙이고 음식을 계속 먹어서, 적어도 두 사촌의 눈길이 마주치는 일은 일어나지 않았다. 그렇지만 식사 후에는 그것에 대해 한마디 하지 않을 수 없었다. 요아힘은 저 저주스러운 밀렌동크 수간호사가 주제넘는 질문으로 자신의 신경을 건드려 이런 일을 당하고 있다면서, 저따위 여자는 악마가 잡아가야 한다고 욕을 해댔다. 그렇다, 그것은 틀림없이 암시 효과일 것이라고 한스 카스토르프는 말했다 — 매우 불쾌한 일이긴 하지만, 그런 사실을 확인하니 한결 기분이 풀렸다는 것이다. 문제를 그렇게 단정 짓고 난 후에 요아힘은 수간호사의 마술이 성공하지 못하게 계속 저항했고, 식사 때에도 주의하여 결국에는 마술에 걸리지 않은 것처럼 빈번히 목이 메지 않게 되었다. 9일인가 10일 후에야 다시 한 번 목이 메었지만, 별 대수로운 일은 아니었다.

그렇지만 요아힘은 아직 차례와 때가 되지 않았는데도 라다만토스에게 불려가게 되었다. 수간호사가 고문관에게 보고한 탓이겠지만, 이것이 그렇게 멍청한 짓이었다고는 할 수 없었다. 후두경이 요양원에 비치되어 있었고, 요아힘의 쉰 목은 몇 시간 동안이나 목소리가 나오지 않을 정도로 상태가 악화되었기 때문이다. 그리고 침의 분비를 촉진시키는 약으로 목을 미끄럽게 하는 것을 조금이라도 게을리하면 목의 통증이 다시 시작되었으므로, 현명하게 고안된 기구를 장에서 한번 꺼내 볼 요인이 충분하다고 할 수 있었다 — 이제 요아힘이 보통 사람들과 마찬가지로 드물게 사레들게 된 것은 식사 중에 매우 조심했기 때문이며, 하물며 남들보다 천천히 식사한 덕택임은 말할 나위가 없었다.

그러므로 고문관은 후두경으로 빛을 반사하며 요아힘의 목구멍 깊숙한 곳을 한참 동안 관찰했고, 그것이 끝나자 요아힘은 한스 카스토르프의 특별한 소망에 따라 즉각 발코니로 진찰 결과를 보고하러 갔다. 정오의 요양 시간에는 이야기를 나누는 것이 금지되어 있었으므로, 요아힘은 아주 작은 소리로 정말 성가시고 목구멍이 간질거렸다고 말했다. 베렌스 고문관이 마지막으로 염증 상태에 대해 이런저런 실없는 말을 늘어놓으며, 매일 거기에 약을 발라야 한다고 했다는 것이다. 당장 내일부터 화학제로 태워 없애고 싶으니 자신은 우선 그 약을 조제해야 한다고 했다. 그러니까 염증이 있는 곳을 태워서 없앤다는 말이었다. 한스 카스토르프의 머릿속에는 온갖 생각이 연상되어 떠올랐다. 가령 다리를 저는 문지기와 일주일 내내 귀를 막고 있으면서도 조금도 걱정하지 않아도 된다는 부인의 일과 같이 자신과 별로 관계없는 일까지 뇌리에 떠올라, 그는 요아힘에게 물어보고 싶었지만 고문관에게 직접 묻기로 마음먹었다. 그리고 요아힘에게는 그 성가신 일을 이제 의사의 감독을 받아 고문관이 직접 담당하게 되니 꽤 안심이 된다는 말만을 해두기로 했다. 고문관은 대단한 사람이니 틀림없이 낫게 할 것이라고 그가 말하자, 요아힘은 상대방의 얼굴은 보지도 않고 고개를 끄덕이면서 발길을 돌려 자신의 발코니로 건너갔다.

명예를 중히 여기는 요아힘이 도대체 어찌 된 일일까? 최근 들어 그의 눈이 무척 불안하고 겁먹은 표정이 되었다. 며칠 전에도 밀렌동크 수간호사가 그의 부드러운 눈을 똑바로 쳐다보려고 했지만 실패로 끝났고, 그녀가 또 한 번 자신의 운을 점쳐 본다 해도 어떤 결과가 될 것인지 정말 알 수 없는 일이었다. 어찌 되었든 요아힘은 눈을 마주치는 것을 피했으며, 어쩌다가 눈이 마주치게 되어도 (한스 카스토르프는 자주 그를 쳐다보았으므로) 보는 사람의 마음도 별로 좋지 않았다. 한스 카스토르프는 당장에라도 원장에게 물어보고 싶은 마음이 간절했지만, 우울한 심정으로 자신의 발코니에 그냥 남아 있었다. 자신이 침대 의자에서 일어나는 소리를 요아힘이 들을지도 모르므로 그렇게도 할 수 없었기 때문이다. 그래서 그는 참고 있다가 오후에 베렌스를 만나기로 했다.

하지만 도무지 베렌스를 만날 수가 없었다. 이상한 일이었다! 이날 저녁에도, 그다음 며칠 동안에도 아무리 해도 베렌스를 만날 수가 없었다. 물론 요아힘의 눈을 피해 만나자니 그가 약간 방해가 되기는 했지만, 이것 때문에 라다만토스와 상담이 성사되지 않고 이렇게 그를 만날 수 없다는 것은 충분히 납득되지 않는 일이었다. 한스 카스토르프는 요양원 구석구석 찾아다니며 그가 있는 곳을 물어보았고, 어디어디에 가면 그를 만날 수 있을 것이라고 해서 그곳에 가보면 그는 벌써 떠나고 없었다. 식사 때 베렌스가 멀리 떨어진 이류 러시아인석에 모습을 드러냈지만, 디저트를 먹기 전에 사라져 버렸다. 한스 카스토르프가 그를 붙잡을 뻔한 적도 두세 번 있었다. 베렌스가 계단과 복도에서 크로코프스키 박사, 수간호사, 어떤 환자와 대화를 나누고 있는 것을 보고 주시하며 기다리고 있었는데, 잠시 한눈 파는 동안에 그는 또 사라지고 말았다.

나흘째에야 목적을 달성할 수 있었다. 한스 카스토르프는 자신이 쫓아다니던 상대가 정원에서 정원사에게 무언가 지시를 내리고 있는 것을 발코니에서 내려다보고 후다닥 담요를 제치고 계단을 뛰어 내려갔다. 고문관은 목덜미를 둥글게 하고 노 젓는 듯한 걸음걸이로 집으로 돌아가는 길이었다. 한스 카스토르프는 급히 달리면서 심지어 대담하게 소리까지 쳤지만, 그는 듣지 못한 것 같았다. 그러다 마침내 숨을 헉헉거리며 달려가 그를 멈추게 할 수 있었다.

「이곳에서 무슨 용건입니까?」 고문관이 젖은 눈을 하고 그에게 호통쳤다. 「당신에게 요양원 규칙 사본이라도 한 부드려야 합니까? 내가 알기로 지금은 안정 요양 시간입니다. 당신의 체온 곡선과 뢴트겐 사진으로 보건대 당신에겐 귀족인 양 마음대로 돌아다닐 특권이 없어요. 2시에서 4시 사이에 정원을 어슬렁거리는 자들을 혼내 주려면 여기 어딘가 허수아비라도 세워 둬야겠군요! 그래, 대체 용건이 뭡니까?」

「고문관님, 잠시 꼭 말씀드릴 것이 있습니다!」

「나도 알아요. 당신이 벌써 오랫동안 그렇게 생각하고 있다는 것을 눈치챘습니다. 당신은 내가 마치 여자인 것처럼, 마치 성적 쾌락의 대상인 것처럼 내 뒤를 쫓아다니더군요. 나에게 무슨 용건이 있다는 겁니까?」

「사촌의 일 때문입니다, 고문관님, 죄송합니다! 사촌은 지금 약을 바르고 있습니다……. 나는 그것으로 일이 잘될 것이라 확신합니다. 분명 대수롭지 않은 일이니까요 ─ 제가 감히 이런 질문을 해도 되겠는지요?」

「당신은 언제나 무슨 일이든 대수롭지 않게 생각하려고 합니다, 카스토르프 군, 당신은 그런 사람입니다. 당신은 아주 심각한 문제에 관여하면서도, 그것이 대수롭지 않은 일인 것처럼 간주함으로써 스스로 위안을 삼으려 합니다. 당신은 일종의 비겁자이자 위선자입니다. 당신 사촌이 당신을 민간인이라고 부른다면, 그것은 듣기 좋으라고 특별히 봐준 완곡한 표현입니다.」

「그럴지도 모르겠습니다, 고문관님. 내 성격에 결점이 많은 것은 삼척동자도 다 아는 사실입니다. 지금 이 순간에도 그것은 두말할 나위가 없습니다. 내가 3일 전부터 말씀드리려고 한 것은 그저……」

「나더러 달콤하고 맛있는 와인을 따라 달라는 것이겠죠! 나를 괴롭히고 성가시게 하면서 파렴치한 위선 행위를 저지르는 당신을 지켜 달라는 것이겠죠. 다른 사람들은 잠도 자지 않고 깨어서 세상 고생을 경험하는 동안 당신은 편안하게 잠이나 자려는 거겠죠.」

「하지만, 고문관님. 당신은 내게 너무 엄격하십니다. 내가 원하는 것은 반대로—」

「네, 엄격함, 그것은 당신과 전혀 어울리지 않아요. 그 점에서 사촌과는 달라요. 그는 성실하고 강직한 사람입니다. 그는 세상 물정을 알아요. 그는 입 밖에 내지는 않지만 세상 물정을 아는 사람입니다, 아시겠어요? 그는 남의 저고리 자락에 매달려 일시적인 안심이나 부질없는 거짓말을 해달라고 애걸하지 않아요. 그는 자신이 평지에 내려가서 한 일과 그 대가로 지불해야 할 일을 알고 있습니다. 그는 의연한 태도로 이성을 잃지 않고 입을 다물 줄 아는 남자입니다. 어떻게 해서든 양다리를 걸쳐 안락을 추구하는 당신 같은 사람은 유감스럽게도 조금도 흉내 낼 수 없는 남성의 본보기입니다. 하지만 미리 말해 두지만, 카스토르프 군, 당신이 여기서 이상한 행동을 하고 야단법석 떠들어 대며 민간인의 감정에 빠진다면, 나는 당신을 쫓아내 버릴 것입니다. 여기서는 사나이다운 남자를 원하니까요, 내 말 이해하시겠지요.」

한스 카스토르프는 말이 없었다. 그도 이제 안색이 변하면 얼굴에 얼룩이 졌다. 그래도 얼굴이 적동색으로 그을려서 아주 창백해지지는 않았다. 마침내 그는 입술을 씰룩거리며 말했다.

「정말 감사합니다, 고문관님. 이제 나도 잘 알고 있습니다. 요아힘의 용태가 심각한 것이 아니라면 이렇게까지 — 뭐라 말해야 할지 — 이렇게까지 나에게 엄숙하게 말하지 않겠지요. 나도 이성을 잃고 야단법석을 떨지는 않을 것입니다. 그 점에 관해서는 나를 잘못 보셨습니다. 조용히 있는 것이 중요하다면, 나도 내 본분을 다할 것입니다. 약속드릴 수 있습니다.」

「당신은 사촌을 좋아하고 있군요, 한스 카스토르프 군?」 고문관은 이렇게 물으면서 갑자기 젊은이의 손을 잡으며, 흰 속눈썹 아래 푸르고 충혈된 젖은 눈으로 바라보았다……

「그거야 말할 필요조차 없지요, 고문관님. 그는 나의 친척이고 좋은 친구이자, 이 위에서의 동료니까요.」 한스 카스토르프는 잠시 흐느끼다가 한쪽 발을 세우고 발길을 돌렸다.

그러자 고문관은 황급히 청년의 손을 놓아 주었다.

「자, 그럼 앞으로 6주 내지 8주 동안 사촌에게 잘 대해 주십시오.」 그가 말했다. 「무슨 일이든 아무렇지 않게 생각하는 당신의 타고난 천성에 의지하십시오. 그것이 그에게도 가장 좋은 일일 것입니다. 미흡하지만 나도 이곳에 있으니까, 될 수 있는 대로 일이 아무 탈 없이 잘 진행되도록 애를 쓰겠습니다.」

「후두입니까?」 한스 카스토르프는 고문관을 향해 고개를 갸웃하며 말했다.

「후두 결핵입니다.」 베렌스는 사실대로 말했다. 「파괴 작용이 급격하게 진행되고 있어요. 그리고 기관 점막도 벌써 신통치 않아 보입니다. 아마 군대에서 호령을 한 것이 국부 저항력을 감퇴시킨 모양입니다. 하지만 이렇게 다른 데로 번지면 우리는 늘 각오를 해야 합니다. 거의 가망이 없습니다, 이봐요. 사실은 전혀 희망이 없습니다. 물론 유효적절하다고 생각되는 조치는 무엇이든 취해 보겠습니다.」

「어머니에게는……」 한스 카스토르프가 말했다.

「나중에, 나중에요. 아직은 서두를 필요가 없습니다. 어머니께는 차차 알려 드리도록 당신이 신경을 써주십시오. 이제 당신의 자리에 돌아가 주세요. 그러지 않으면 그가 눈치채게 됩니다. 이런 이야기를 뒤에서 몰래 나누었다는 것을 알면, 기분이 과히 좋지 않을 테니까요.」

— 요아힘은 매일 약을 바르러 다녔다. 때는 어느 화창한 가을날이었고, 요아힘은 푸른 상의에 흰 플란넬 바지 차림을 한 말쑥하고도 군인다운 모습으로 치료를 받고 종종 늦은 시각에 식당에 나타났다. 그는 늦은 것을 사과하면서 짧고 상냥하며 남자답게 인사하고는, 그를 위해 특별히 마련된 식사를 하려고 자리에 앉았다. 그는 사레들릴 위험 때문에 보통 사람들과 같은 음식을 들지 않고 수프, 다진 고기, 죽을 먹었다. 그의 식탁 동료들은 곧 사정을 눈치챘다. 이들은 그를 〈소위님〉이라 부르며 그의 인사에 특별히 친절하고 따뜻하게 답했다. 요아힘이 없을 때는 모두들 한스 카스토르프

에게 그의 용태에 대해 물었고, 다른 식탁에서도 그에게 다가와 물어보았다. 슈퇴어 부인은 두 주먹을 불끈 쥐고 와서는 교양 없이 요란스레 탄식했다. 하지만 한스 카스토르프는 두세 마디밖에 하지 않았고, 사태를 낙관할 수 없다는 점을 인정하면서도 그것을 어느 정도 부인하기도 했다. 요아힘을 벌써부터 가망이 없는 사람으로 간주해서는 안 되겠다는 심정으로 그의 명예를 위해서 그랬던 것이다.

두 사촌은 함께 산책을 했다. 고문관이 요아힘의 체력을 불필요하게 소모하지 않도록 산책 횟수를 엄격히 제한했기 때문에, 하루에 세 번 규정된 산책만 했다. 한스 카스토르프는 이제 사촌의 왼쪽에서 걸어갔다 — 전에는 두 사람이 그때그때 형편에 따라 왼쪽에 서기도 하고, 오른쪽에 서기도 했지만, 이제는 한스 카스토르프가 주로 왼쪽에서 걸어갔다. 두 사람은 서로 말을 별로 많이 하지 않았고, 베르크호프에서 평일에 화제에 오를 만한 것에 대해서 이야기했으며, 그 밖의 것에 대해서는 언급하지 않았다. 두 사람 사이에서는, 특히 점잔을 빼는 예의상의 이유 때문에 어쩔 수 없는 경우가 아니라면 서로 이름을 부르는 경우가 거의 없었다. 그럼에도 불구하고 민간인인 한스 카스토르프의 가슴에는 때로 무언가가 치밀어 올라 금방이라도 터질 것 같은 순간이 있었다. 하지만 그럴 수는 없는 일이었다. 고통스럽게 부글부글 끓어오르던 것이 가라앉을 때까지, 그는 잠자코 침묵을 지킬 수밖에 없었다.

요아힘은 한스 카스토르프의 옆에서 고개를 숙이고 걸었다. 그는 흙을 바라보듯 눈을 땅에 떨어뜨렸다. 참으로 이상한 일이었다. 깔끔하고 단정한 모습으로 걸어가며 마주치는 사람마다 예의 바른 태도로 인사했고, 언제나처럼 외모와 옷차림에 신경을 쓰고 있었지만, 그러면서 흙으로 돌아갈 운명을 예감하고 있는 것 같았다. 물론 우리들은 모두 조만간 흙으로 돌아갈 운명이다. 하지만 그토록 젊은 나이에, 군기 밑에서 근무하기를 그토록 열렬하게 갈망하는데도 얼마 안 있어 흙으로 돌아가야 한다는 것은 참혹한 일이었다. 이것은 흙으로 돌아가야 하는 본인보다도 그것을 알면서 나란히 걸어가야 하는 한스 카스토르프 자신에게 더욱 괴롭고 참을 수 없는 일이었다. 모든 것을 알고 있으면서도 의연하게 말하지 않고 있는 것은 실은 비현실적인 성질을 띠고 있어, 요아힘 자신에게는 별로 실감이 나지 않는 일이다. 그래서 그것은 요컨대 그 자신의 문제라기보다는 다른 사람들의 문제인 것이다. 사실 우리가 죽는다는 것은 죽는 본인의 문제라기보다는 살아 있는 사람들의 문제인 것이다. 우리가 인용할 수 있을지는 모르겠지만, 어떤 기지에 찬 현자가 했던 이런 말은 어쨌든 완전히 정신적으로 타당한 말이라 할 수 있다. 〈우리가 살아 있는 한 죽음은 존재하지 않으며, 죽음이 찾아오면 우리가 존재하지 않는 것이다. 따라서 우리와 죽음 사이에는 어떠한 현실적인 관계도 존재하지 않는다. 그리고 죽음은 우리와 아무런 관련이 없으며, 기껏해야 우주와 자연과 어느 정도 관계할 뿐이다 ― 그 때문에 모든 생물체는 죽음을 아주 태연하게, 무관심하게, 무책임하게, 이기적인 순진함으로 바라보는 것이다.〉 한스 카스토르프는 최근 몇 주 사이에 요아힘의 태도에서 이러한 순진성과 무책임함을 충분히 느낄 수 있었다. 그리고 사실 자신에게 죽음이 임박한 것을 알고 있으면서도 그것에 대해 의연하게 침묵을 지킬 수 있는 것은, 죽는다는 것에 대한 그의 내적인 관계가 절박하지 않고 관념적인 것이든지, 아니면 그것이 실제로 고려의 대상이 되고 있긴 하지만 건전한 예의(禮意) 의식에 의해 조절되고 규정되고 있기 때문이라고 한스 카스토르프는 생각했다. 그러한 의식 때문에 우리는 죽음이 다가오고 있다는 사실을 알면서도 다른 수많은 상스러운 일들과 마찬가지로 이를 상대하려고 하지 않으며, 생명과 관련된 갖가지 상스러운 일들을 알고 있으면서도 예의를 지키고 비밀을 입 밖에 내지 않는 것과 같은 것이다.

이들은 이렇게 산책을 했고, 생명에 알맞지 않은 문제에 대해서는 침묵을 지켰다. 하지만 처음에 기동 훈련, 즉 평지에서의 군사 훈련에 참가하지 못한다는 사실에 대해 흥분하고 격분해서 한탄하던 요아힘도 요즈음에는 한 마디도 입밖에 내지 않았다. 그 대신 그 순진무구한 표정에도 불구하고, 그토록 자주 그의 부드러운 두 눈이 슬프도록 검먹은 빛을 띠는 이유는 무엇 때문일까? 수간호사가 또다시 요아힘의 눈을 쳐다보려고 했다면, 이번에는 성공을 거두었을 정도로 겁에 질린 눈이었다. 눈이 너무 커지고 볼이 여위어 쑥 들어간 것을 알아채서일까? — 이번 주 들어 그의 눈과 볼이 금세 그렇게 되어, 이전에 평지에서 돌아왔을 때보다 그 정도가 훨씬 더 심해졌다. 그리고 그을린 얼굴색은 하루가 다르게 누렇게 되어 가죽과 같은 색으로 변해 갔다. 불명예의 무한한 특전을 누릴 생각 외에 다른 생각은 하지 않는 알빈 씨처럼, 요아힘은 주위에서 그로 하여금 수치심을 느끼게 하고, 자기모멸을 하도록 근거를 마련하고 있다고 생각하는 것 같았다. 한때는 그렇게도 당당하던 눈초리가 무엇을 무서워하고, 누구를 무서워하여 움츠리고 숨는다는 말인가? 남이 보지 않는 곳에 기어들어 가 죽음을 맞으려는 생물체의 생명에 대한 수치는 얼마나 이상야릇한 일인가? 바깥의 자연에서 자신의 고통과 죽음에 대해 어떠한 존경과 경건함도 기대할 수 없을 거라 확신하고서 말이다. 가령 기쁘게 날아오르는 새의 무리는 병든 동료를 존중하지 않을뿐더러 성내고 멸시하며 부리로 쪼아 대고 괴롭히는데, 이것으로 보아 이러한 확신은 당연한 것이라 할 수 있다. 하지만 이것은 하등 생물계의 일이다. 가련한 요아힘의 눈에서 본능적인 어두운 수치심을 보고 한스 카스토르프의 가슴속에서는 말할 수 없이 인간적인 사랑과 연민의 감정이 북받쳐 올랐다. 그는 사촌의 왼쪽에서 부축을 하듯 걸었으며, 의식적으로 그렇게 했다. 그리고 이젠 요아힘의 다리 힘도 많이 떨어졌기 때문에, 약간 비탈진 풀밭을 올라갈 때면 한스 카스토르프는 평소의 점잔 빼는 예의범절을 버리고 그의 팔을 껴안으며 그를 부축해 주기도 했다. 또 어떤 때는 비탈면을 다 올라가서도 팔을 요아힘의 어깨에서 내려놓는 것을 잊어서, 요아힘은 약간 화가 난 듯이 사촌을 뿌리치며 이렇게 말했다.

「아니, 자네 왜 이러나. 이런 꼴로 가다가는 누가 보면 술주정뱅이인 줄 알겠어.」

하지만 그러다가 얼마 안 가서 한스 카스토르프 청년에게 요아힘의 슬픈 눈초리가 지금까지와는 다르게 보이는 순간이 오게 되었다. 요아힘이 침대에서 지내도록 명령을 받은 11월 초의 일이었다 — 사방에 눈이 가득 쌓여 있었다. 요아힘은 그 무렵에 음식을 약간만 먹어도 목이 메었기 때문에, 다진 고기와 죽을 먹는데도 속이 무척 거북하게 되었다. 그래서 오직 유동식만 섭취하도록 지시가 내려졌고, 이와 동시에 베렌스는 체력의 소모를 막기 위해 침대에 계속 누워 있으라고 지시했다. 그러므로 한스 카스토르프가 사촌을 보았던 것은, 요아힘이 침대에서 누워 지내기 전날 저녁, 두 발로 돌아다닐 수 있는 마지막 날 저녁이었다. 이때 요아힘은 마루샤와 대화를 나누고 있었다. 오렌지 향내 나는 수건을 입에 대고, 가슴이 풍만하며 이유 없이 잘 웃는 마루샤와 말이다. 저녁 식사 후 저녁의 사교 모임을 갖는 홀에서의 일이었다. 한스 카스토르프는 피아노가 놓인 음악 살롱에 있다가 요아힘을 찾으러 나왔는데, 그때 마루샤가 앉은 의자 옆 벽난로 앞에 사촌이 서 있는 것을 보았다 — 마루샤는 흔들의자에 앉아 있었다. 요아힘이 왼손으로 그 의자 등받이를 잡고 의자를 뒤로 비스듬히 했기 때문에 마루샤는 누운 자세가 된 채 둥근 갈색 눈으로 요아힘의 얼굴을 쳐다보고 있었다. 요아힘이 그녀 위에 고개를 숙이고 나지막하게 띄엄띄엄 말하는 동안, 마루샤는 가끔 미소를 지으며 흥분하면서도 대단치 않다는 듯 어깨를 움츠리곤 하는 것이었다.

한스 카스토르프는 서둘러 물러섰으나, 늘 그렇듯 다른 손님들이 그 장면을 흥겨운 눈초리로 지켜보고 있는 것을 눈치챘다. — 요아힘은 그것을 모르는지, 또는 모르는 척하고 있는지 알 수 없었다. 이때까지 마루샤와 그토록 오랫동안 같은 식탁에 앉았으면서도 한 마디 대화를 나눈 적이 없었던 요아힘이, 그녀의 얘기가 나오면 얼굴이 얼룩지며 창백해졌지만, 그녀의 면전에서는 언제나 근엄한 얼굴을 하고 눈을 내리깔면서 분별 있고 명예를 중히 여기는 태도를 취했던 요아힘이, 모든 것을 잊어버리고 가슴이 풍만한 마루샤와 황홀하게 이야기를 나누고 있는 이러한 광경은 최근 들어 불쌍한 사촌에게서 나타나는 어떤 쇠약의 징조보다도 더 한스 카스토르프에게 충격을 주었다. 〈그래, 이제 희망을 잃었구나!〉 한스 카스토르프는 이렇게 생각하고, 이 마지막 저녁 홀에서 사촌에게 허락된 시간을 방해하지 않기 위해 음악 살롱의 작은 의자에 조용히 앉았다.

이렇게 하여 요아힘은 그날 밤 이후 줄곧 수평 생활을 하며 지내게 되었고, 한스 카스토르프는 이 사실을 외숙모 루이제 침센에게 알렸다. 한스 카스토르프는 편안한 접이식 침대에 누워 예전부터 그때그때 알려 주는 보고에 덧붙여, 요아힘이 침대 생활에 들어갔고, 요아힘이 대놓고 말을 하지는 않지만 어머니가 자신을 찾아와 줬으면 하는 소망을 그의 눈에서 읽을 수 있으며, 베렌스 고문관도 이러한 무언의 소망을 확실하게 지지한다고 썼다. 그러므로 침센 부인이 아들을 보기 위해 급행열차를 타고 바로 달려온 것은 이상한 일이 아니었다. 외숙모 루이제 침센은 한스 카스토르프가 인간적인 경보를 담은 편지를 보낸 지 3일 후에 도착했고, 한스 카스토르프는 눈보라 속에 썰매를 타고 도르프 역으로 그녀를 마중하러 나갔다 ─ 그는 승강장에 서서 기차가 들어오기 전에 어머니가 너무 놀라지 않도록 단정한 표정을 지었고, 또한 어머니가 첫눈에 조카의 밝은 표정을 보고 헛된 희망을 품지 않도록 각별히 신경을 썼다.

이때까지 여기서 얼마나 많은 만남과 인사가 있었겠는가! 열차에서 내리는 자와 마중 나온 자가 서로를 향해 달려가면서 간절하고도 불안하게 서로의 표정을 살피는 일이 얼마나 자주 일어났겠는가! 침센 부인은 함부르크에서 여기까지

한걸음에 달려온 것 같은 인상을 주었다. 그녀는 상기된 얼굴로 한스 카스토르프의 손을 꼭 잡고 자신의 가슴 쪽으로 끌어당기며, 약간 겁먹은 표정으로 주위를 둘러보면서 황급하면서도 비밀스러운 질문을 던졌다. 한스 카스토르프는 이 질문에 대한 답을 피하고는, 이렇게 빨리 와주셔서 고맙다고 말하면서, 정말, 잘됐어요, 그리고 요아힘도 무척 기뻐할 거예요, 하고 말했다. 그렇다, 요아힘은 유감스럽게도 당분간 누워 지내지만 이는 유동식을 했기 때문이며, 물론 유동식이 결과적으로 체력에 영향을 주지 않을 수는 없다고 일러 주었다. 그러나 필요하다면 방법은 여러 가지가 있는데, 예를 들면 인공적인 영양 섭취가 있다고 했다. 또한 그녀 자신이 이 모든 것을 직접 눈으로 보게 될 것이라고 말했다.

루이제 침센은 직접 보았고, 그녀 옆에서 한스 카스토르프도 보았다. 그제야 비로소 그도 최근 몇 주 동안 요아힘에게 일어난 변화를 두 눈으로 확실히 볼 수 있었다 — 젊은 사람들은 그런 변화를 제대로 보는 눈이 없다. 하지만 지금 한스 카스토르프는 외부 세계에서 온 어머니 옆에서, 오랫동안 사촌을 보지 못했던 것처럼, 어머니의 눈으로 보는 것같이 사촌을 살펴보면서, 어머니도 알아차렸음에 틀림없는 것을 분명하고도 또렷이 보았다. 세 사람 가운데 요아힘 자신이 가장 잘 알고 있는 사실, 즉 그가 중환자라는 사실을 어머니는 분명히 알게 되었다. 요아힘은 어머니의 손을 꼭 붙잡고 있었는데, 손이 얼굴처럼 누렇게 말라 있었다. 건강했을 때 그의 가벼운 걱정거리였던 귀는 얼굴이 마르는 바람에 예전보다 더 심하게, 보기 흉하게 옆으로 툭 튀어나와 있었다. 그러나 그것이 유일한 결점이었고 그 결점에도 불구하고 고뇌의 흔적과 진지하고 엄격한 표정, 그러니까 당당한 표정 때문에 오히려 남자답고 멋져 보였다 — 검은 콧수염 밑의 입술은 쑥 들어간 그늘진 볼과는 너무도 대조적이었다. 누렇게 된 이마의 피부에는 두 눈 사이로 깊은 주름이 패어 있었다. 눈은 뼈가 드러나 보이는 눈구멍 깊숙이 들어가 있었지만, 전보다 더 멋지고 커서 한스 카스토르프는 그 눈을 보고 기쁨을 느낄 수 있었다. 요아힘이 침대에서 누워 지내게 된 이래로 그의 눈에서 혼란과 슬픔, 불안의 기색은 완전히 사라졌고, 앞서 말한 광채만이 조용하고 어둡고 깊은 곳에서 빛나고 있었기 때문이다 — 그리고 물론 예의 〈위협〉적인 느낌도 남아 있었다. 요아힘은 어머니의 손을 잡고 속삭이듯 〈안녕하세요, 잘 오셨어요!〉라는 인사말을 하면서도 웃어 보이지 않았다. 어머니가 방에 들어왔을 때도 잠시도 웃어 보이지 않았는데, 얼굴 표정의 이러한 경직성과 무변화가 모든 것을 말해 주고 있었다.

루이제 침센은 강건한 여자였다. 착한 아들의 참담한 모습을 보고도 이성을 잃지 않았다. 거의 눈에 띄지 않는 그물망으로 흐트러진 머리칼을 고정하고 있는 몸가짐에서 느껴지는 침착하고 강인한 자세로, 또 모두들 알다시피 그녀의 고향 사람들의 특징으로 알려져 있는 냉정하고도 힘찬 태도로, 그녀는 아들의 간호를 맡았다. 그녀는 아들의 모습을 보고 어머니로서의 투쟁심을 자극받았고, 정성을 다해 보살피면 아들이 살아날 수 있을 것이라는 신념에 찼다. 2~3일 후에는 중병인 아들을 위해 시중을 들어 줄 간호사를 부르는 데도 동의했는데, 이것은 자기 몸을 위해서가 아니라 체면을 생각해서였다. 요아힘의 침상에 나타난 사람은 검은 손가방을 든 베르타 간호사, 본명은 알프레다 쉴트크네히트였다. 하지만 침센 부인이 낮이고 밤이고 정력적으로 간호를 도맡아 했기 때문에, 베르타 간호사는 시간이 많이 남아 복도에서 코안경 줄을 귀에 걸고 호기심 어린 눈길로 주위를 살피곤 했다.

신교를 믿는 이 교구 간호사는 냉정한 여자였다. 하지만 그녀는 요아힘이 잠들지 않고 두 눈을 크게 뜨고 누워 있는 병실에서 한스 카스토르프를 향해 이렇게 얼토당토않은 말을 내뱉었다.

「나는 두 분 중의 한 분이 죽음을 맞을 때 간호를 하게 되리라고는 꿈에도 생각하지 못했어요.」

깜짝 놀란 한스 카스토르프는 험악한 얼굴을 하고 주먹을 내밀어 보였지만, 그녀는 그 행동의 의미를 전혀 파악하지 못했다 — 그녀는 요아힘의 기분을 달래 주려는 생각, 너무도 당연히 해야 할 그런 생각조차 하지 못했다. 그리고 이 환자의 용태와 임종에 대해 누군가가, 특히 가장 가까운 사람이 헛된 희망을 품고 있을지도 모른다는 것을 고려해야 하는데, 그러지 않았던 것이다. 「이것 봐요.」 그녀는 오드콜로뉴 향수를 뿌린 손수건을 요아힘의 코밑에 갖다 대면서 말했다. 「기운을 좀 내세요, 소위님!」 침센 부인이 힘차고도 감동적인 목소리로 아들에게 회복을 바라는 희망의 말을 할 때처럼 아들을 격려해서 기운을 내게 하려는 목적에서 그랬다면 몰라도, 이제 와서 선량한 요아힘에게 헛된 희망을 품으라고 하는 것은 현실적으로 말이 안 되는 일일지도 모른다. 왜냐하면 두 가지 사실이 확실하여 의심의 여지가 없었기 때문이다. 첫째로, 요아힘이 의식이 뚜렷한 채로 죽음에 가까워지고 있으며, 둘째로, 그가 불안과 번민도 없이 담담하게 죽음을 기다리고 있다는 사실이었다. 심장이 극도로 쇠약해진 11월 하순의 마지막 주에 가서야 비로소, 그는 몇 시간 동안 의식을 잃었다. 이때 그는 혼미한 가운데 자신의 상태에 대해 희망에 차서, 얼마 안 있으면 연대로 복귀할 거라는 둥, 아직도 훈련이 계속되는 줄 알고 기동 대훈련에 참가할 거라는 둥의 말을 했다. 하지만 바로 이 순간에, 베렌스 고문관은 어머니와 사촌에게 희망을 주는 일을 단념하고, 이제 임종은 시간문제라는 최종 선고를 내렸다.

실제로 파괴 작용이 심화되어 치명적인 종착지에 가까워지는 순간, 아무리 의지가 강한 사람이라도 갑자기 자신의 상태를 망각하고 살아날 수 있다는 자기기만에 빠지는 현상은 지극히 당연한 일이며, 그러면서 우울한 일이기도 하다. 이것은 얼어 죽기 직전인 사람이 잠의 유혹에 빠지거나 길을 잃은 자가 빙빙 맴도는 것처럼, 모든 개인적 의식을 능가하는 정당하고 비개인적인 현상이다. 한스 카스토르프는 걱정하고 슬퍼하면서도 이러한 현상을 객관적으로 파악하고, 나프타와 세템브리니에게 사촌의 용태를 보고하면서 그런 현상에 대해 예리하긴 하지만 모호하게 관찰한 내용을 말하다가 세템브리니에게 꾸지람을 들었다. 세템브리니가 볼 때, 세상 사람들은 흔히 철학적인 낙관과 밝은 쪽을 믿는 확신이 건강함의 표현이라고 여기고, 그 반대로 비관과 염세적인 생각은 병의 징조인 양 여기는데, 이것은 분명히 잘못되었다. 그렇지 않다면 절망적인 최후 상태에 이르러 저렇게 낙관적인 모습을 보여 줄 수 없기 때문이다. 저런 병적인 장밋빛 낙관에 비하면 그 이전의 침울한 상태는 오히려 아주 건강한 삶의 표현으로 보인다는 것이다. 다행스럽게도 한스 카스토르프는 걱정해 주는 두 사람에게, 이와 동시에 라다만토스가 절망적인 가운데서도 희망의 여지를 남겨 주어, 요아힘이 젊은 나이지만 아무런 고통 없이 조용히 숨을 거두게 될 것이라 예언했다고 보고할 수 있었다.

「조용하고도 아름다운 심장의 정지 현상입니다, 부인.」 베렌스는 삽처럼 커다란 두 손으로 루이제 침센 부인의 손을 잡고, 눈물에 젖어 충혈이 된 푸른 눈으로 아래에서 쳐다보면서 말했다. 「나로서도 만족, 대만족입니다. 모든 일이 순조롭게 진행되고 있어, 후두의 성문 부기라든지 그 밖의 굴욕적인 증상을 겪지 않아도 된다는 점에서 말입니다. 댁의 아드님은 온갖 괴로운 일을 겪지 않아도 되는 것입니다. 심장은 곧 멎겠지만, 이것은 자신에게도 우리에게도 고마운 일입니다. 우리는 이에 맞서 캄퍼[17] 주사로 가능한 모든 조처를 다하겠지만, 그것으로 곤란한 일들을 초래할 희망은 별로 없습니다. 아드님은 마지막으로 곱게 잠들어서 편안하게 꿈길로 들어설 것이라 약속드릴 수 있습니다. 게다가 마지막에 가서 잠이 들지 않는다고 해도 무의식중에 훌쩍 가게 될 것이니, 어느 쪽이나 본인에게는 마찬가지일 것입니다. 이 점만은 장담할 수 있습니다. 그리고 사실 이것은 어떤 경우라도 매한가지입니다. 나는 죽음을 알고 있습니다. 그리고 오래전부터 죽음의 하수인으로 일해 오고 있습니다만, 사람들이 죽음을 너무 대단하게 취급하고 있다는 내 말을 믿어 주십시오! 죽음이란 그저 아무것도 아니라고 말씀드릴 수 있습니다. 경우에 따라서는 죽기 전에 뼈 빠지게 고생스러운 일

17 장뇌, 방충제, 강심제의 원료.

이 선행되는 일도 있습니다만, 이것이 죽음이 하는 일이라고 보는 것은 부당합니다. 이 경우엔 기운차고 팔팔한 사건이 일어난 것처럼, 다시 생명과 건강의 세계로 돌아갈 수도 있습니다. 하지만 다시 살아난 사람이라 하더라도 죽음에 대해 무언가 제대로 말할 수 있는 사람은 아무도 없을 겁니다. 왜냐하면 그 누구도 죽음을 경험하지 못하기 때문입니다. 우리는 어둠에서 와서 어둠으로 돌아가는 존재입니다. 이러한 두 어둠 사이에서 많은 경험을 하지만, 시작과 끝, 즉 출생과 죽음은 체험하지 못합니다. 이 두 가지엔 주체성이 없으며, 자연적 사건으로 객관적 범주에 속할 뿐입니다. 죽음이란 바로 그런 것입니다.」

이것이 베렌스 고문관이 환자를 위로하는 방식이었다. 우리는 사리 판단이 밝은 침센 부인이 이 말로 어느 정도 마음이 진정되었다고 생각하기로 하자. 게다가 고문관의 예언은 상당한 정도까지 그대로 적중했다. 쇠약해진 요아힘은 이 마지막 며칠 동안 잠을 많이 잤는데, 마치 기분 좋은 꿈을 꾸고 있는 것 같았다. 아마 평지에서 군인으로서 근무하고 훈련하는 것에 관한 꿈이었을 것이다. 그가 잠에서 깨어났을 때 기분이 어떠냐고 묻자, 또렷하지는 않지만 그때마다 기분이 좋고 행복한 느낌이라고 답했다 — 그렇지만 그는 더 이상 맥박이 뛰지 않게 되어 마지막에는 주삿바늘의 통증도 전혀 느끼지 못했다 — 몸에 감각이 없어져 불에 데거나 꼬집혀도 선량한 요아힘은 더 이상 아무것도 느끼지 못할 것 같았다.

그러나 어머니가 오고 난 후 요아힘에게는 커다란 변화가 일어났다. 면도하는 것이 힘들어져 일주일인가 열흘 전부터 면도하는 것을 그만두었기 때문에, 수염이 텁수룩하게 자라 있었고 또 자라는 속도가 아주 빨랐다. 그래서 부드러운 눈을 한 그의 밀랍 같은 얼굴은 온통 검은 수염으로 뒤덮이게 되었다 — 이것은 군인이 전쟁터에서 자라는 대로 내버려 둔 것 같은 모습 그대로였다. 그리고 모두가 그렇게 생각하듯이, 이 수염은 그를 멋지고 남자답게 보이게 했다. 그렇다, 요아힘은 이 군인 수염 때문에 갑자기 젊은이에서 어른이 되었던 것이다. 아니, 어쩌면 단지 수염 때문만은 아닌지도 몰랐다. 그는 태엽이 끊어진 시계처럼 눈 깜짝할 사이에 일생을 마쳤고, 시간이 흘러서 도달할 수 없는 연령층을 순식간에 통과해 마지막 24시간 사이에 노인이 되어 버렸던 것이다. 심장 쇠약 때문에 요아힘의 얼굴은 고통스러울 정도로 부어 올랐다. 이 모습을 본 한스 카스토르프는 죽는다는 것이 정말 대단히 힘든 일이라는 인상을 받았다. 그런데 정작 당사자는 여러 가지 감각이 상실되고 감퇴되어 이것을 잘 느끼지 못하는 모양이었다. 특히 입술 부분이 가장 심하게 부어 올랐으며, 입안이 바싹 말랐고, 신경이 제거된 듯 극도로 무기력해져서, 말을 하려 해도 노인처럼 우물거릴 뿐이었다. 그 자신도 이러한 장애 현상에 마음으로부터 분개하여 이런 현상만 없어져도 모든 것이 잘될 텐데 하고 혀 꼬부라진 소리로 말했다. 정말 이러한 현상은 끔찍할 정도로 성가신 일이라는 것이다.

〈모든 것이 잘될 텐데〉라는 그의 말이 어떤 의미인지 잘 알 수 없었다 — 그와 같은 상태에서는 모호하게 말하는 현상이 흔히 나타나곤 하는데, 요아힘의 경우에는 그것이 심하게 나타나 여러 번 그런 모호한 말을 입 밖에 냈고, 자기가 하는 말뜻을 아는 것 같기도, 모르는 것 같기도 했다. 그리고 한번은 무(無)로 돌아간다는 생각에 전율을 느꼈는지, 머리를 흔들고 자책하면서 이렇게 참을 수 없는 기분은 난생처음이라고 말했다.

이 일이 있은 뒤부터 그의 태도는 부정적이고 반항적이며, 근엄하고 퉁명스럽게, 즉 불손하게 되었다. 그는 어떤 속임수나 위로도 받아들이지 않았고, 그런 말에는 대답도 하지 않았으며, 차갑게 전방만 응시할 뿐이었다. 특히 루이제 침센이 부른 젊은 목사는 풀 먹인 빳빳한 칼라를 달지 않고 성직자 제복에 목깃만 달고 있어서 한스 카스토르프를 실망하게 했는데, 그 목사가 요아힘과 함께 기도를 드린 후에 요아힘의 태도는 사무적이고 군대적인 색채를 띠게 되었고, 자신의 소망을 얘기할 때도 짧은 명령조로만 말했다.

오후 6시부터 요아힘은 이상한 행동을 하기 시작했다. 금팔찌를 찬 오른손으로 침대 시트 위의 허리 근방을 여러 번 쓰다듬었다. 그러면서 손을 약간 들어 무언가를 집어 올려서는 시트 위에서 문지르고 긁어모으는 동작을 하면서, 다시 자기 쪽으로 끌어당기는 것이었다.

오후 7시에 요아힘은 죽었다 — 알프레다 쉴트크네히트는 당시 복도에 나가 있었고, 어머니와 사촌만이 그 자리에 있었다. 임종 직전 침대 속에 쑥 들어가 있던 요아힘은 자신을 좀 더 높게 올려 달라고 짧게 명령했다. 침센 부인이 그의 두 어깨를 팔로 감싸고 몸을 일으키는 동안, 그는 뭔가에 쫓기듯 즉각 휴가 연장 청원서를 작성해 제출해야겠다고 다급히 말했다. 그리고 그 말을 하는 동안 그는 〈어느덧 이 세상의 경계선〉을 넘어서고 말았다. 한스 카스토르프는 붉은 천으로 덮인 전기스탠드의 불빛 속에서, 그가 죽어 가는 모습을 경건한 마음으로 지켜보고 있었다. 요아힘의 눈동자가 풀렸고, 얼굴에 감돌던 무의식적인 긴장이 사라졌으며, 심하게 부풀어 올랐던 입술이 이내 정상으로 되돌아갔다. 우리들의 요아힘이 지닌 말 없는 얼굴에 젊은이다운 아름다움이 은은히 번지더니, 그것으로 모든 일이 끝이 났다.

루이제 침센 부인이 흐느껴 울며 얼굴을 돌려 버려서, 한스 카스토르프는 이미 숨이 끊겨 꼼짝도 하지 않고 있는 요아힘의 눈꺼풀을 약손가락 끝으로 감기고, 두 손을 시트 위에 가지런하게 모아 주었다. 그런 다음 그도 서서 울었다. 한때 거기서 영국 해군 장교를 그렇게도 애태웠던 눈물이 그의 두 뺨에서 마구 흘러내렸다 — 맑고 투명한 이 액체는 세계 어디서나 어느 순간이든 아낌없이, 그리고 쓰라리게 줄줄 흐르고 있어, 어느 시인은 이 세상을 눈물의 골짜기라고 읊었던 것이다. 이것은 몸과 마음이 심한 고통을 받았을 때 신경의 충격으로 육체에서 짜내어지는, 염분을 지닌 알칼리성 선(腺)분비물이었다. 한스 카스토르프는 여기에 점액소와 미량의 단백질이 포함되어 있다는 것을 알고 있었다.

고문관도 베르타 간호사에게 보고를 받고 나타났다. 30분 전까지만 해도 그는 그곳에서 캠퍼 주사를 놓고 있었는데, 요아힘이 막상 유명(幽冥)의 길로 들어선 바로 그 순간에는 정작 자리에 없었던 것이다. 「자, 요아힘은 숨을 거두었습니다.」 고문관은 움직임을 멈춘 요아힘의 가슴에서 청진기를 떼면서 담담하게 말했다. 그리고 친족 두 사람의 손을 잡고는 고개를 끄덕였다. 그런 후 두 사람과 함께 침대 옆에 서서 수염이 텁수룩하고 꼼짝도 하지 않는 요아힘의 얼굴을 한동안 물끄러미 지켜보더니, 누워 있는 요아힘을 턱으로 가리키며 어깨 너머로 이렇게 말했다. 「무분별하긴 했지만, 훌륭한 청년이었습니다. 무리하게 강행군을 했어요 — 말할 것도 없이 평지에서의 군 복무는 너무 무리였고, 강행군의 연속이었지요 — 열에 시달리면서도 이판사판으로 군 복무를 했던 거죠. 명예로운 전쟁터에서 말입니다 — 우리에게서 달아나 명예로운 전쟁터로 간 도망자였던 것입니다. 하지만 명예, 그 명예가 요아힘에게는 죽음이었고, 그리고 죽음은 — 당신은 어느 쪽을 먼저 말해도 상관없습니다 — 아무튼 그는 지금 〈작별의 영광은 제 것입니다!〉라고 말했습니다. 무모한 젊은이였고, 멋있는 분이었습니다.」 이렇게 말하고 고문관은 기다란 몸을 구부린 채 목을 빼고 가버렸다.

요아힘의 유해는 고향으로 운반하기로 결정했다. 베르크호프 당국에서 이에 필요한 모든 조치와 그 밖에 적절하다고 생각되는 것을 남김없이 해주어, 어머니와 사촌은 아무할 일이 없을 정도였다. 다음 날 요아힘에게는 비단 와이셔츠가 입혀졌고, 시트 위에는 꽃이 놓였다. 엷은 눈빛이 반사되는 방에 조용히 누워 있는 그의 모습은 유명의 길로 들어선 직후보다도 더 아름다워 보였다. 긴장의 흔적이 씻은 듯 사라지고 차가워진 얼굴은 형언할 수 없을 정도로 순수하고 평화로워 보였다. 밀랍이라 해야 할까 대리석이라 해야 할까, 둘 사이의 고귀하지만 미묘한 소재로 만들어진 듯한 움직이지 않는 누런 이마에는 검고 짧은 곱슬머리가 드리워져 있었다. 그리고 입술 주위에는 마찬가지로 물결치듯 곱슬곱슬한 수염이 텁수룩하고도 기세등등하게 자라 있었다. 작별 인사를 하러 온 조문객 몇몇은 이 머리에는 고대의 투구가 제일 잘 어울릴 것이라고 말하기도 했다.

슈퇴어 부인은 죽은 요아힘의 유해를 보고 감동하여 울었다. 「영웅이었어요! 정말 영웅이었어요!」 그녀는 이 말을 여러 번 외쳤으며, 요아힘의 장례식에는 베토벤의 〈에로티카〉를 연주해야 한다고 말했다. 교양 없는 그녀는 「영웅 교향곡」인 「에로이카」를 〈에로티카〉[18]로 잘못 발음했던 것이다.

「당신은 좀 조용히 해주세요!」 세템브리니가 옆에서 〈쉿〉 하며 조용히 하라고 핀잔을 주었다. 부인과 동시에 그는 나프타와 함께 요아힘의 방에 찾아와, 역시 진심으로 감동하고 있던 터였다. 그는 두 손으로 요아힘을 가리키며 그 자리에 있는 사람들에게 애도를 촉구했다. 「이렇게 호감 가는 청년을, 이렇게 훌륭한 청년을!」 그는 이탈리아어로 여러 번 소리쳤다.

나프타는 숙연한 자세로 세템브리니는 쳐다보지도 않고, 나지막하긴 하지만 신랄한 어조로 말했다.

「당신이 자유와 진보 외에 엄숙한 것에도 마음이 동하는 것을 보니, 무척 기쁩니다.」

세템브리니는 그 말을 잠자코 듣고 있었다. 지금 상황이 상황이니만큼 일시적으로 나프타의 입장이 자신보다 더 우월해졌다는 것을 느꼈기 때문이리라. 그리고 그는 어쩌면 상대방의 일시적인 우월함을 상쇄하려고 슬픔을 강조하려는지도 몰랐다 ── 나프타가 현재 자신의 유리한 입장을 이용하여 다음과 같이 교훈조로 말했을 때에도 세템브리니는 계속 침묵을 지키고 있었다.

「문학가의 오류는, 정신만이 인간을 품위 있게 한다고 생각하는 점입니다. 사실은 그 반대가 진실입니다. 오직 정신

18 에로스 문학이나 흥분제를 뜻한다.

이 없는 곳에만 품위가 있는 법입니다.」

〈아니, 이건.〉한스 카스토르프는 마음속으로 생각했다. 〈이것도 수수께끼 같은 발언인걸! 만약 누군가 이런 말을 하고 난 뒤에 입술을 꼭 다물고 있으면, 모두가 당분간 주눅 들고 말겠는데…….〉

오후가 되자, 금속제의 관이 운반되어 왔다. 금 고리와 사자 머리로 장식한 화려한 관으로, 그 관에 요아힘의 시신이 옮겨질 때 관과 함께 따라 온 사나이는 아무의 손도 빌리려고 하지 않았다. 그 사나이는 장례를 부탁받은 장의사와 친척 관계였는데, 짧은 프록코트 같은 검은 옷을 입었고, 무딘 손에는 결혼반지를 끼고 있었다. 그 누런 반지는 말 그대로 살 속으로 파고 들어가 완전히 파묻혀 있었다. 그의 프록코트에서 시체 냄새가 풍겨 나오는 것 같았지만, 이것은 선입견에서 기인한 생각이었다. 그렇지만 그 사나이는 자신의 모든 작업이 무대 뒤에서 이루어져야 하고, 경건하고 정연하게 끝낸 작업 결과 외에는 유족에게 아무것도 보여서는 안 된다는 전문가적 자부심이 엿보이게 했다 — 바로 이것이 오히려 한스 카스토르프에게 불신을 샀고, 그를 불쾌하게 만들었다. 한스 카스토르프는 침센 부인에게는 물러가 있도록 권했지만, 정작 그 자신은 좀 나가 달라고 해도 방에 남아서 그 사나이를 도와주었다. 그는 시신의 겨드랑이 밑에 뒤로 손을 넣고 끌어안아 시신을 침대에서 관으로 옮기는 일을 도와주었다. 요아힘의 유해는 관 속의 아마포 시트와 술 달린 쿠션 위에 높다랗고 엄숙하게 눕혀졌고, 관 좌우에는 베르크호프 당국이 준비한 커다란 촛대가 세워졌다.

그러나 그다음 날 새로운 변화가 발생하여, 한스 카스토르프는 마음속으로 유해와 작별을 고하고, 그 뒷일은 원래 전문가, 즉 사악한 경건함의 수호자인 장의사에게 일임하고 그 자리를 떠나야겠다고 결심했다. 그때까지 그렇게 엄숙하고 근엄하던 요아힘의 얼굴이 텁수룩한 수염 속에서 미소 짓기 시작했기 때문이다. 한스 카스토르프는 그 미소가 더욱 심하게 변하리라는 것을 잘 알고 있었기에, 바쁘게 서둘러야 한다는 생각에 가득 차 있었다. 그래서 관이 닫히고 나사못으로 잠긴 후 시신을 운구하는 때가 임박한 것은 어찌 보면 다행한 일이었다. 한스 카스토르프는 천성적으로 예의 바르고 조심스러운 성격을 잠시 한쪽에 버려두고, 돌처럼 차디찬 죽은 요아힘의 이마에 부드럽게 작별 키스를 하고는, 무대 뒤에서 일을 하는 사나이를 신뢰할 수 없어 눈을 떼지 못하면서도, 루이제 침센과 함께 공손하게 방을 나왔다.

마지막으로 막을 내리기 전에, 우리는 여기서 일단 막을 내리기로 하자. 그러나 막이 천천히 내려가는 동안, 우리는 이 높은 지대에 홀로 남게 된 한스 카스토르프와 함께 마음속으로 저 멀리 아래에 있는 평지의 축축한 묘지로 눈을 돌려 보자. 그리고 그곳에서 군도(軍刀)가 번쩍이며 내려지고 호령 소리가 울리는 가운데, 나무뿌리가 엉킨 요아힘의 군인 묘지 위에서 울려 퍼지는 세 번의 열광적인 경의, 즉 멀리 들려오는 세 발의 소총 사격 소리에 귀 기울이기로 하자.

제7장

해변 산책

우리는 시간을 이야기할 수 있을까, 순전히 시간 그 자체를? 정말이지, 아니다. 그것은 바보 같은 시도일 뿐이다. 〈시간이 지나갔다, 시간이 경과했다, 시간이 흘러갔다〉 이런 식으로 계속 진행되는 이야기를, 건전한 상식이 있는 사람이라면 결코 이야기라 부를 수 없을 것이다. 그것은 똑같은 음이나 화음을 한 시간 동안 미친 듯이 계속 울려 대고서, 그것을 음악이라고 말하는 것이나 마찬가지이다. 왜냐하면 이야기는 시간을 채우고, 시간을 〈품위 있게 메우며〉, 시간을 〈잘게 나누고〉, 〈무엇인가 내용을 지니게 하여〉, 〈무엇인가를 시작하게 한다〉는 점에서 음악과 흡사하기 때문이다 — 이것은 고인이 된 요아힘이 어떤 기회에 입 밖에 낸 말을, 죽은 사람들의 말을 추억하는 데에 알맞은 슬프고도 경건한 기분으로 인용해 본 것이다. 요아힘의 이 말은 아득히 오래전에 말해진 것으로, 대체 얼마나 오랫동안 잊혀 있었는가를 독자들이 과연 지금도 분명하게 기억하고 있는지 모르겠다. 시간이 삶의 기본 요소이듯이, 시간은 이야기의 기본 요소이기도 하다 — 시간이 공간 속의 물체와 결부되어 있듯, 시간은 이야기와 불가분의 관계에 있다. 시간은 음악의 기본 요소이기도 해서, 음악으로 시간을 측량하고 분할하며, 시간을 짧게 하기도 하고 동시에 귀중하게 하기도 한다. 그런 점에서 방금 말했듯이 음악은 이야기와 흡사하다. 이야기도 음악과 마찬가지로 (조형 예술 작품이 단번에 눈에 들어오며, 단순히 물체로서만 시간과 결부되어 나타나는 작품인 것과는 달리) 연속적으로만, 시간이 경과해야만 자신의 모습을 드러낼 수 있다. 그리고 어느 한순간에 전체 모습을 드러내려 해도, 이야기의 형태로서 존재하기 위해서는 반드시 시간을 필요로 한다.

이것은 누구나 다 알고 있는 사실이다. 그러나 이야기와 음악 사이에 차이점이 있다는 것도 역시 분명한 사실이다. 음악의 시간적 요소는 단 한 가지뿐으로, 그것은 인간이 지닌 이 지상의 시간을 잘라 내 구분 짓고, 그곳에 음악이 흘러 들어가, 그것을 비길 데 없이 고귀한 것으로 드높이는 것이다. 이와는 반대로 이야기의 시간적 요소는 두 가지 종류이다. 그 하나는 이야기 자신의 시간, 이야기가 진행되고 나타나는 데 필요한 음악적·현실적 시간이다. 하지만 다른 하나는 이야기의 내용적 시간이다. 이것은 서술 시점과 관련이 있다. 그런데 이 서술 시점이란 것은 너무나 상이해서, 이야기의 허구적인 시간이 음악적 시간과 거의, 아니 꼭 일치하는 경우도 있지만, 별과 별 사이의 거리처럼 서로 완전히 다를 수도 있다. 「5분 왈츠」라고 부르는 음악 작품은 5분간 지속되는 곡이다 — 시간과 그 왈츠 곡 사이의 관계는 그것밖에 없다. 하지만 내용적 시간이 5분인 이야기, 5분 동안 일어난 이야기를 나름대로 지극히 양심적으로 이야기한다면 5분의 천 배 되는 시간까지 걸릴 수 있다 — 또 허구인 내용적 시간 5분에 비하여 그 시간은 무척 지루하겠지만, 아주 짧게 느껴질 수도 있는 일이다. 다른 한편으로 이야기의 내용적 시간이 현실적인 시간보다 터무니없이 길게 지속되는 바람에, 이야기를 짧게 해서 말하는 일이 생길 수도 있다 — 우리가 〈짧게 해서〉 말한다고 하는 것은 어떤 환상적인 요소, 아주 명확히 말하자면, 여기에 분명히 내포되어 있는 어떤 병적인 요소를 암시하기 위해서이다. 즉 그런 경우는 이야기가 연금술적인 마술이나 시간적인 초원근법을 사용하는 것이며, 이러한 경우들은 현실적인 경험의 비정상적인 사례나 분명히 초감각적 세계에 속하는 사례들을 상기시킨다. 상습 아편 복용자의 수기를 보면 아편에 취한 사람은 황홀경에 빠져 있는 짧은 시간 동안에 온갖 환상을 두루 경험한다고 한다. 환상에 빠진 시간적 범위는 10년, 30년, 아니 60년에 달하거나, 심지어 인간이 경험할 수 있는 시간 가능성의 한계를 넘는다고 한다 — 꿈, 그러니까 그러한 환상의 허구적인 기간은 실제로 이야기하는 데 걸리는 시간을 훨씬 능가하여, 시간 체험이 믿을 수 없을 정도로 단축된다. 하시시 마약 복용자의 말에 따르면, 그것에 도취된 자의 뇌에서 〈망가진 시계의 태엽과 같이 무엇인가 빠져 버리기라도〉 한 것처럼 온갖 상념이 빠른 속도로 밀려든다는 것이다.

말하자면 이야기도 이런 아편 복용자의 환상과 마찬가지로 시간을 연장하거나 단축할 수 있으며, 마찬가지로 시간을 취급할 수 있는 것이다. 그러나 이야기가 시간을 〈취급할〉 수 있기 때문에 이야기의 기본 요소인 시간이 이야기의 대상이 될 수 있다는 것은 분명하다. 따라서 〈시간을 이야기할 수 있다〉는 말이 좀 지나친 말이라 하더라도 시간에 대해 이야기하려는 생각은, 처음에 그래 보였던 것과 달리 결코 이치에 어긋나는 시도로 보이지는 않는다 — 〈시대 소설〉 또는 〈시간 소설〉이라는 명칭에는 독특하게 몽상적이고 이중적인 의미가 담겨 있다. 사실 우리들이 시간을 이야기할 수 있느냐 없느냐 하는 질문을 던진 것은, 현재 여기서 진행되고 있는 이야기에서 정말 시간을 이야기하려는 마음이 있음을 고백하기 위해서이다. 그리고 이미 고인이 된, 명예를 중히 여기는 요아힘이 음악과 시간에 대한 의견을 대화 중에 꺼낸 것이 (아닌 게 아니라 그러한 지적이 착실한 그의 본성에 맞지 않으므로, 그의 본질이 어떤 연금술적인 고양을 한 것으로 볼 수 있다) 지금으로부터 얼마 전의 일인가를 우리 주위에 모인 독자들이 확실히 기억하고 있는지 하는 문제를 언급하긴 했지만 — 사실 현재 그걸 독자들이 제대로 기억하지 못한다고 대답해도 우리는 그다지 화내지 않을 것이다. 아니, 화를 내기는커녕 오히려 만족스럽게 생각할 것이다. 왜냐하면 우리의 주인공이 한 체험에 모두가 함께 동참하도록 하는 일이 우리가 원하는 바인데, 그 주인공인 한스 카스토르프 자신이 앞서 언급한 문제에 대해 전혀 기억하지 못하고 있으며, 그것도 이미 훨씬 오래전에 완전히 잊어버렸다는 단순한 이유 때문이다. 이것은 〈시대 소설〉이면서 〈시간 소설〉이라는 이중적 의미를 갖는 한스 카스토르프의 이야기에 알맞은 것이다.

요아힘이 무모한 출발을 할 때까지 얼마나 오랫동안 이

위에서 한스 카스토르프와 함께 지냈던가? 혹은 모두 합해서 얼마 동안 이 위에서 지냈던가? 달력상으로 언제 그가 첫 번째로 반항적인 출발을 감행했고, 그가 평지에서 보낸 시간은 얼마 동안이었으며, 언제 다시 이곳으로 되돌아 왔는가? 그가 이곳에 다시 도착했다가 또다시 시간의 바깥 세계로 사라질 때까지, 한스 카스토르프 자신은 대체 얼마나 오래 이 위에 있었는가? 요아힘의 일은 제쳐 두더라도 쇼샤 부인이 이곳에 없었던 시간은 얼마 동안이며, 언제부터, 가령 서기 몇 년부터 그녀가 다시 이 위에서 지내게 되었는가? (그녀는 다시 이곳에 되돌아와 있었다.) 그리고 당시 그녀가 이곳에 되돌아올 때까지 한스 카스토르프는 대체 얼마나 긴 지상의 세월을 베르크호프에서 보내고 있었는가? 하지만 아무도 그에게 이런 질문을 하지 않았고, 그 자신도 이런 것을 문제 삼지 않았다. 왜냐하면 그가 이런 질문을 제기하는 것을 꺼렸기 때문이다. 혹 누군가가 그런 질문을 했다 하더라도 한스 카스토르프는 손가락 끝으로 이마를 톡톡 두드릴 뿐, 아마 확실한 대답을 할 수 없었을 것이다 — 이것은 그가 이 위에 온 첫날 밤에 겪었던 일, 즉 한스 카스토르프가 자신의 나이마저 세템브리니에게 제대로 말할 수 없었던 순간적인 불능 상태 못지않게 걱정스러운 현상이었으며, 아니 오히려 더 악화된 현상으로서의 기능 상실이었다. 왜냐하면 이제는 아무리 진지하게 생각해 봐도 자신이 몇 살이나 되었는지 정말로 알지 못했기 때문이다!

이런 얘기가 정말 이상하게 들릴지 모르지만, 전례가 없는 일이거나 전혀 있을 수 없는 일은 결코 아니고, 오히려 특정한 조건하에서는 우리들 중 누구에게나 언제라도 일어날 수 있는 일이다. 그런 조건들이 갖추어지면 시간의 경과에 대해, 즉 자신의 나이에 대해 아무것도 알지 못하게 될 수도 있는 법이다. 그러한 현상은 우리의 내부에 시간을 감지하는 기관이 없기 때문에, 그러므로 외부의 도움 없이 우리들 스스로의 힘으로 시간의 경과를 대충 비슷하게라도 맞출 수 있는 능력이 조금도 없기 때문에 생길 수 있는 것이다. 탄광의 갱내에 매몰되어 낮과 밤의 교체를 전혀 보지 못하게 된 광부들이 다행히 구출되고 나서, 그들이 암흑 속에서 희망과 절망, 삶과 죽음 사이에서 보낸 시간이 사실은 열흘간이었는데도 사흘간이라고 생각하는 일이 있었다. 극도로 긴박한 상황에서는 시간이 길게 느껴질 거라고 생각하는 것이 인지상정이다. 그런데 광부들에게는 실제 시간의 3분의 1 이하로 시간이 줄어들었던 것이다. 이런 사실로 미루어 볼 때, 혼미하고 불안한 조건하에서는 사람들이 어찌할 바를 몰라서 시간을 과대평가하기보다는 오히려 훨씬 짧게 체험하는 경향이 있는 것 같다.

한스 카스토르프도, 만약 마음만 먹으면 그다지 수고하지 않고서도 계산을 통해 그런 무지의 상태에서 빠져나와 정확한 시간을 알 수 있었을 것이며, 이와 마찬가지로 독자도 애매하고 모호한 상태가 건전한 상식에 맞지 않는다고 생각하는 경우 그렇게 고생하지 않아도 정확한 시간을 계산해 낼 수 있을 것이다. 한스 카스토르프에 관한 한, 그러한 애매한 상태에 있는 것이 자신의 생리에 맞았다기보다는, 그런 애매하고 모호한 상태에서 빠져나와 이 위에서 어느덧 자신의 나이가 얼마나 되었는지 확실하게 계산하려고 애쓰고 싶은 생각조차도 없었던 것이다. 그리고 그가 이렇게 하는 것을 방

해하고 꺼리게 하는 것은 자신의 양심이었다 — 물론 가장
양심이 불량한 것은 시간에 주의를 기울이지 않는 게 분명하
지만 말이다.

그의 선의가 부족하게 된 — 그렇다고 악의로 그랬다고는
할 수 없겠지만 — 이유가 주위 환경 때문이라고 보아야 할
지 우리들로서는 모르겠다. 쇼샤 부인이 다시 돌아온 때는
(한스 카스토르프가 꿈꾸어 왔던 것과는 다른 귀환이었지
만, 이에 대해서는 나중에 다시 언급하기로 하자) 강림절 기
간이었는데, 천문학적으로 말하면 1년 중 낮이 가장 짧은
날, 그러니까 초겨울이 임박한 무렵이었다. 하지만 사실 이
론적인 계절의 구분을 생각하지 않더라도, 눈과 추위로 보아
당시에도 이미 오래전부터 또다시 겨울이나 마찬가지라고
할 수 있었다. 아니, 이곳은 겨울이 아닌 적이 없었고, 간간이
해가 내리쬐는 여름 날씨가 끼어 있을 뿐이었다. 이런 여름
날씨에는 푸른 하늘이 더할 나위 없이 짙어져 거의 거무스름
한 색을 띠었다 — 즉 눈만 없다면 겨울에도 가끔씩 여름 같
은 날이 있었고, 게다가 여름에도 눈이 내리는 날이 있었다.
한스 카스토르프는 이처럼 사계절이 뒤섞여 뒤범벅이 되어
버리는 격심한 혼란에 대해 죽은 요아힘과 얼마나 자주 이야
기를 나누었는지! 이러한 대혼란은 사계절을 한꺼번에 뒤섞
고 1년의 계절적 구분을 앗아 가, 그로 인해 1년이 긴 것 같
으면서도 짧게 느껴지거나, 또는 짧은 것 같으면서도 길게
느껴졌다. 그래서 언젠가 요아힘이 도저히 참지 못하고 불쾌
한 듯 내뱉은 말처럼, 도무지 시간이 흐른다고 말할 수 없는
상태였다. 이러한 뒤죽박죽으로 섞이고 혼합된 것은 사실
〈아직〉과 〈벌써 다시〉라는 감정이나 의식 상태였는데 — 이

것은 가장 혼란스럽고, 가장 복잡하며, 가장 어리둥절하게 하는 체험들 중 하나였다. 한스 카스토르프는 이 위에 머무르게 된 첫날부터 이러한 체험을 하면서 부도덕한 애착을 느꼈던 것이다. 즉 밝은 줄무늬 벽지를 바른 식당에서 하루에 다섯 번 엄청난 양의 식사를 할 때, 처음으로 이러한 종류의 현기증에 사로잡혔지만, 당시에는 비교적 심각하지 않았다.

그 이후로 이러한 감각과 정신의 착각 내지 기만은 훨씬 정도가 심해져 갔다. 시간이란, 그것을 체험하는 각자의 주관적 감각이 약해지거나 없어지는 경우에도, 활동을 계속하고 〈변화를 낳는〉 한 객관적인 현실성을 지니고 있다. 벽 선반에 놓인 밀봉된 식료품 병조림이 시간의 바깥에 있는지 없는지 여부는 ─ 그러므로 한스 카스토르프가 언젠가 이런 문제에 대해 언급한 것은 순전히 젊은이의 넘치는 혈기에서였다 ─ 전문적인 사상가가 생각할 문제이다. 하지만 우리는 잠자는 7인의 성인[19]에게도 시간이 흐른다는 사실을 알고 있다. 어떤 의사는 열두 살 난 소녀가 어느 날 잠에 빠져 13년 동안이나 깨어나지 않고 잠들어 있었는데, 그사이에 그녀가 열두 살 난 소녀에 머물러 있지 않고 성숙한 여인으로 변모했다는 사례를 증언하고 있다. 이것은 지극히 당연한 일이다. 망자(亡者)는 죽은 사람이라서, 시간의 세계에서 은총을 받은 자이다. 그는 시간을 얼마든지 지니고 있다. 다시 말해 그는 시간을 전혀 지니고 있지 않은 것이다 ─ 개인적으로 보자면 그렇다. 그렇다고 해서 죽은 사람의 손톱과 머리칼이 자라지 않는 것은 아니다. 그리고 결국에 가서는 ─ 하지

---

19 기독교도에 대한 박해를 피해 약 2백 년 동안 바위 굴 속에서 계속 잠을 자고 있었다는 전설 속 7인의 성인.

만 이런 망측한 소리는 그만두기로 하자. 언젠가 요아힘이 이와 관련 있는 말을 입 밖에 낸 네 내해, 한스 카스토르프는 당시만 해도 평지인의 습관에 비추어 이것을 못마땅하게 생각했었다. 한스 카스토르프의 손톱과 머리칼도 자랐다. 그런데 웬일인지 그것은 유난히도 빨리 자랐다. 그래서 그는 자주 도르프 네거리의 이발소 의자에 앉아, 하얀 천을 두르고 귀를 덮은 머리를 깨끗하게 깎았다 — 사실 그는 항상 그곳에 앉아 있었다고 할 수 있다. 아니, 오히려 의자에 앉아 시간의 작용으로 길어진 자신의 머리카락을 깎아 주는 상냥하고 숙달된 이발사와 잡담을 나눌 때나, 자기 방의 발코니로 나가는 문 옆에 서서 아름다운 비단 가방에서 꺼낸 작은 가위와 줄로 자신의 손톱을 깎고 있을 때 갑자기 현기증에 사로잡혔는데, 이것은 호기심 어린 흥겨움이 섞인 일종의 두려움이었다. 현기증이라는 말이 지닌 뭐라 규정할 수 없는 의미, 즉 황홀과 현혹이라는 이중적인 의미를 지니는 현기증이었다. 그것은 〈아직〉과 〈다시〉를 더 이상 구별하지 못하게 되는 것이고, 그것이 섞여 뒤범벅이 되면, 시간이 없는 〈언제나〉와 〈영원〉이 되는 것이다.

몇 번이나 말했듯이 우리는 결코 한스 카스토르프가 실제보다 더 좋게 보이기를 원치 않으며, 또 실제보다 더 나쁘게 보이기도 원치 않는다. 그리고 그가 아주 의식적이고도 고의적으로 불러일으켰다고 할 수 있는 그러한 신비스러운 유혹 내지 현기증에 야단맞을 만한 애착을 느끼기도 했지만, 반면에 그와 반대되는 노력으로 이를 속죄하려고 했다는 사실도 여기서 밝혀 두어야겠다. 그는 시계를 손에 쥐고는, 그의 이름 첫 머리글자가 새겨진 납작하고 매끄러운 금시계의 뚜껑을 열고 들여다보는 일이 종종 있었다. 사기로 된 문자판 위에 검고 붉은 아라비아 숫자가 두 줄로 빙 둘러 새겨져 있었다. 섬세하고 화려한 여러 가지 무늬의 장식이 붙은 금으로 만든 바늘 두 개가 제각기 방향을 가리키고 있었고, 가느다란 초침은 특히 자기 담당의 작은 원 주위를 분주하게 움직이고 있었다. 한스 카스토르프는 그 초침을 뚫어지게 바라보면서, 시간의 흐름을 몇 분간이라도 막고 멈추게 하여 시간의 꼬리를 잡으려고 했다. 하지만 초침은 빨리 전진할 뿐, 차례로 다가오는 숫자는 보지도 않고 그냥 스쳐 지나가 멀리 갔다가 다시 가까이 다가오기를 반복하였다. 초침은 목표, 눈금, 부호에 아무런 관심이 없었다. 60이라는 숫자가 있는 곳에서 잠깐 멈추어 서든가, 아니면 적어도 여기서 무언가 임무 한 가지를 완수했다는 신호라도 보내 주면 좋을 텐데 말이다. 하지만 초침은 60이라는 숫자가 있는 곳을 황급히 지나쳐 버렸다. 아무런 숫자가 새겨져 있지 않은 곳을 지나칠 때와 마찬가지였다. 이런 모양을 계속해서 주시하다 보면, 초침에게는 도중의 어떤 숫자나 구분도 단지 아래 놓인 것에 불과해, 초침은 그냥 계속 움직이고 또 움직일 뿐이라는 것을 알 수 있었다……. 그래서 한스 카스토르프는 글라스휘텐제(製) 시계를 다시 조끼 주머니에 집어넣고 시간이 흘러가는 대로 내버려 두는 수밖에 없었다.

이 젊은 모험가의 내면에 일어난 변화들을 우리들은 평지의 성실한 사람들에게 어떻게 이해시켜야 한단 말인가? 현기증이 날 것 같은 동일성이라는 척도가 점점 커져 갔다. 좀 더 관대하게 말한다면 오늘의 지금을 어제, 그제, 그끄제의 지금과 구별하는 것이 그렇게 쉬운 일이 아니었으나, 그에게는 이 모든 것이 달걀처럼 다 똑같아 보였다. 그래서 지금 현재는 한 달 전, 1년 전의 현재와도 구분할 수 없게 되어, 그것과 하나로 뭉뚱그려 〈영원한 현재〉로 용해되어 버릴 것 같았다. 그러나 〈아직〉과 〈다시〉와 〈장차〉라는 윤리적인 의식의 구분이 사라지지 않는 한에는, 〈오늘〉을 과거와 미래와 구분지어 생각하는 상대적인 명칭인 〈어제〉와 〈내일〉의 의미를 넓혀, 그것을 좀 더 커다란 상황에 적용하고 싶은 유혹이 생겨난다. 지극히 미세한 시간 단위 속에 살고 있는 지극히 〈짧은〉 일생을 통해 볼 때, 우리들 초침의 바쁜 총총걸음을 아주 느릿느릿 움직이는 시침처럼 생각하는 생물체가 지구보다 작은 혹성에 살고 있을지 모른다. 그렇게 생각해 볼 수도 있는 일이다. 그러나 그 반대의 생물체도 상상해 볼 수 있다. 즉 자신들이 살고 있는 공간에 엄청나게 커다란 폭으로 된 시간이 흐르고 있어서, 〈방금〉, 〈조금 뒤에〉, 〈어제〉, 〈내일〉이라는 구분 개념이 그들의 체험에 엄청나게 확대된 것으로 느껴질지도 모르는 생물체 말이다. 그러한 상상은 가능할 뿐만 아니라 관대한 상대주의의 정신으로 판단해 보거나 〈고장이 다르면 풍속도 다르다〉라는 명제에 따라 판단해 보아도, 올바르고 건전하며 존중할 만하다고 말하지 않을 수 없다. 그러나 이 지구에 살고 있는 한 사람으로, 하루, 일주일, 한 달, 한 학기라는 시간이 아주 중요한 의미를 지니고, 그러한 시간 단위가 인생에서 많은 변화와 진보를 가져다주는 연령의 사람이, 어느 날 〈1년 전〉을 〈어제〉로, 〈1년 후〉를 〈내일〉로 말하는 좋지 않은 습관에 빠진다든가, 또는 가끔 그러한 기분에 젖는다면, 우리들은 그 사람을 어떻게 생각해야 할 것인가? 이 현상은 의심의 여지없이 〈착오와 혼란〉이라고 명해야 옳을 것이며, 따라서 지극히 걱정스럽다고 말해야 할 것이다.

이 세상에는 현기증을 일으킬 정도까지 시간과 공간의 구분이 섞이고 뒤범벅이 되어, 그것을 어느 정도는 자연스럽고 당연하게 여기게 되는 어떤 생활 상태, 풍경적인 상황(우리들의 눈앞에 아른거리는 경우를 〈풍경〉이라는 말로 표현해도 된다면)이 있는 법이다. 그래서 휴가 중이라면 그런 마력에 빠져들어도 그럭저럭 용인해 줄 수 있을 것이다. 우리는 해변의 산책을 염두에 두고 말하고 있는데 ─ 한스 카스토르프는 이 산책을 떠올릴 때마다 말할 수 없이 애착을 느끼지 않을 수 없었다 ─ 그렇다, 한스 카스토르프가 길을 잃고 눈 속을 헤매고 다닐 때, 고향의 모래 언덕을 떠올리고 고마움을 느꼈다는 것은 우리들도 알고 있는 바이다. 우리가 이러한 해변에서의 기묘한 몰아(沒我)의 기분을 끌어들인다 해도 독자는 자신의 경험과 추억을 상기하여 공감할 것이므로, 분명히 우리를 곤경에 빠뜨리지 않을 것이라 믿는다. 당신은 걸어가고 또 걸어간다……. 당신은 시간으로부터, 시간은 여러분으로부터 사라져 버려, 당신은 그러한 산책을 하다가 결코 제시간에 집에 돌아가지 못할 것이다.

〈아, 바다여, 우리는 지금 그대로부터 너무나 멀리 떨어진 곳에 앉아 이야기하고, 그대를 생각하고, 그리워하고, 사랑하고 있다. 그대는 분명히 큰 소리로 불려 나온 것처럼 우리의 이야기 속에 나타나 주어야 한다. 지금까지 남몰래 언제나 그랬고, 지금도 그러하며, 앞으로도 그럴 테지만…….〉

파도 소리가 철썩거리는 황량한 바다, 퇴색한 잿빛 하늘이 펼쳐져 있고, 숨 막힐 듯 비릿한 습기가 사방을 가득 채우며,

습기의 짭짤한 소금 맛이 입술에 착 달라붙는다. 자유롭고 평화롭게, 아무런 심술 없이 이 공간을 지나가는 바람, 우리의 머리를 가볍게 마비시켜 주는 바람, 위대하고 광활하며 온화한 바람에 우리는 귀를 감싸인 채, 해초와 조가비들이 여기저기 널려 있고 가벼운 탄력성마저 느끼게 하는 폭신폭신한 모래 위를 걷고 또 걸어간다 — 우리는 모래 위를 한없이 거닐며, 너울거리며 밀려왔다가 다시 물러가는 흰 포말(泡沫)이 혀를 내밀고 우리의 다리를 핥으려는 것을 본다. 파도는 부서져 흰 거품을 일으키고 밝고 둔탁한 소리를 내며 뒤집히고는, 평평한 해변에 흰 비단처럼 차례로 깔린다 — 이렇게 여기저기에서, 저쪽 모래사장 주위에서, 혼란스럽게 사방에서 들려오며 부드럽게 철썩거리는 파도 소리는 우리로 하여금 세상의 모든 소리를 듣지 못하게 한다. 깊은 안도감, 의식하고 있는 망각……. 영원의 품에 안겨, 우리 그만 눈을 감도록 하자! 아니, 잘 보라, 저기 파도가 출렁대는 회색과 녹색의 광활한 바다, 까마득한 수평선까지의 거리가 엄청나게 줄어들어 마치 소실되어 버린 것 같은 저 바다에, 돛단배 한 척이 떠 있다. 저곳에? 어떤 저곳이란 말인가? 저곳은 얼마나 멀고, 얼마나 가까울까? 당신은 그것을 알지 못한다. 당신은 그 판단을 내릴 수 없어 머리가 아찔해질 것이다. 이 배가 해변에서 얼마나 떨어져 있는지 알기 위해서는, 그 배 자체가 물체로서 얼마만 한 크기인지 알아야 할 것이다. 작고 가까운 것일까, 아니면 크고 먼 것일까? 그것을 판단할 수 없어 당신의 눈빛이 흐려지고 만다. 왜냐하면 당신 속의 어떤 기관이나 감각도 그 공간에 대한 정보를 알려 주지 않기 때문이다……. 우리는 걷고 또 걸어간다 — 얼마나 오래

걸었을까? 얼마나 멀리 걸었을까? 그것 또한 알 수 없는 일이다. 걷고 또 걸어도 아무것도 변하는 게 없고, 저곳은 이곳과 똑같고, 〈아까〉는 〈지금〉과 〈앞으로〉와 똑같을 것이다. 공간의 끝없는 단조로움 속에서는 시간이 없어져 버리고, 가도 가도 똑같다면 한 점에서 다른 점으로의 움직임은 더 이상 움직임이 아니며, 움직임이 더 이상 움직임이 아닌 곳에서는 시간도 존재하지 않는 것이다.

중세 학자들은, 시간이란 우리들의 착각이고, 인과 관계 속에서 연속으로 이어지는 것으로 여겨지는 시간의 경과는 우리의 감각 기관의 산물에 지나지 않으며, 사물의 진정한 존재는 영원한 현재라고 설명했다. 그런 생각을 최초로 했던 학자는 해변을 산책하던 중에 — 영원의 쓴맛을 약하게 입술에 대보았을까? 어쨌든 우리가 지금 거듭 말하고 있는 것은 휴가의 특전에 관한 것이며, 건장한 남자라면 따스한 모래 속에 누워 있는 것에 금방 싫증을 내듯 도덕적인 인간이라면 금방 싫증을 느끼게 될 여가 중의 공상에 관해 말하고 있다. 인간의 인식 방법과 인식 형식을 비판하고 그것의 절대적인 타당성을 의심하는 것은, 경계선을 드러내 보이려는 의미 외에 다른 의미가 결부되어 있다면, 불합리하고 파렴치하며 모순되는 일일지도 모른다. 만약 이성이 넘어서는 안 되는 한계, 그러한 경계선을 넘어선다면 이성은 자신의 본래적인 과제를 소홀히 했다는 누명을 쓰게 될지도 모른다. 우리들은 세템브리니 씨가 여기서 우리가 관계하고 있는 운명의 주인공인 젊은이에게 언젠가 아주 우아하게 〈인생의 걱정거리 자식〉이라고 말하고, 교육자다운 엄격한 태도로 형이상학을 〈악〉이라 단정적으로 말한 것에 대해 그저 고마워

할 따름이다. 그리고 우리는 비평 원칙의 의미, 목표, 목적은 오직 하나로, 책임감과 삶의 명령 외에는 있지 않고 또 있어서는 안 된다고 단언함으로써, 최상의 경의를 표하며 고인이 된 우리가 사랑하는 요아힘을 추모하기로 하자. 그렇다, 법칙을 정하는 지혜는 이성의 경계선을 넘지 못하게 이를 냉혹하게 표시하면서, 바로 이 경계선에 삶의 깃발을 꽂아 그 깃발 아래에서 근무에 종사하는 것을 우리 인간의 군인적인 의무라고 선언하였다. 우리는 군인인 요아힘이, 우울증에 시달리는 수다쟁이 베렌스가 말한 〈지나칠 정도의 근면〉으로 치명적인 결말을 맞이했음을 알고 있다. 그렇기 때문에 시간을 엉망으로 관리하고, 영원과 너무 심할 정도로 못된 장난을 치는 한스 카스토르프 청년을 관대하게 이해해 주고 받아들여 줘야 하지 않을까?

민헤어 페퍼코른

〈국제〉라는 말에 걸맞은 국제 요양원 베르크호프에 민헤어 페퍼코른이라는 중년의 네덜란드 남자가 한동안 요양을 하게 되었다. 네덜란드의 식민지 자바에서 커피를 재배하는 사람이었는데 — 그래서 그런지 약간 유색 인종 같다는 느낌을 주었다 — 그렇다고 해서 그 피터 페퍼코른을(이것이 그의 이름으로, 그는 스스로를 이렇게 부르고 있었고, 〈이제 피터 페퍼코른은 브랜디로 원기를 돋우고 있습니다〉란 말을 입버릇처럼 했다) 우리 이야기의 마지막 부분에 등장시킨 것은 결코 아니다. 여러 나라 언어를 구사하는 수다쟁이 고문관 베렌스 박사가 원장으로 있는 유명한 국제 요양원에는, 아, 얼마나 각양각색의 손님들이 머물고 있는지! 심지어 언젠가 고문관에게 진기한 커피세트와 스핑크스의 머리가 새겨진 담배를 선물한 이집트의 공주도 얼마 전까지 이곳에 머물렀다. 이 공주는 니코틴으로 누렇게 변색된 손가락에 여러 개의 반지를 끼고, 단발머리를 하고 있어서 사람들의 이목을 끌었다. 그녀는 중요하다고 생각되는 하루의 정찬 식사에는 파리풍의 의상을 입고 나타났지만, 그 외에는 신사복 상의에 특별히 다림질을 한 바지를 입고 돌아다녔다. 게다가 남자들에게는 아무런 관심도 보이지 않고, 그냥 간단히 란다우어 부인이라고 불리는 루마니아 출신의 유대인 여자에게만 굼뜨지만 집요하고도 강렬한 애정을 보냈다. 반면에 파라반트 검사는 이 지체 높은 공주 때문에 수학 공부도 등한히 하였는데, 그녀에게 완전히 반해 버려 완전히 넋 나간 사람처럼 변했다. 그리고 이 지체 높은 공주만으로는 충분치 않다는 듯이 공주 말고도 몇 명의 수행원이 있었고, 그중에는 거세된 흑인도 있었다. 병들고 쇠약한 이 흑인 수행원은 카롤리네 슈퇴어 부인이 자주 흉본 것처럼 성 불구자였지만, 어느 누구보다 삶에 강한 애착이 있는 것 같았고, 자신의 까만 피부를 투사하여 찍은 뢴트겐 사진을 보고 몹시 낙담한 모습을 보였다…….

그러므로 이목을 끄는 이런 인물들에 비하면, 민헤어 페퍼코른은 거의 아무런 특색이 없었다. 이 장(章)에도 우리는 앞의 어떤 장과 마찬가지로 〈또 한 사람〉이라는 제목을 붙일 수 있겠지만, 정신적이고 교육적인 혼란을 일으키는 장본인이 한 명 늘어났다고 해서 독자가 걱정할 필요는 없겠다. 아니, 민헤어 페퍼코른은 이 세상에 논리적 혼란을 가져올 인물은 결코 아니었다. 곧 알게 되겠지만, 그는 이런 것과는 완전히 다른 부류의 인물이었다. 그럼에도 불구하고 페퍼코른의 출현에 우리의 주인공들이 심한 혼란을 일으킨 것은 이어질 이야기를 통해 알게 될 것이다.

민헤어 페퍼코른은 쇼샤 부인과 같은 저녁 열차를 타고 도르프 역에 도착하여, 그녀와 같은 썰매를 타고 베르크호프 요양원으로 올라와, 식당에서 그녀와 함께 저녁 식사를 했다. 그것도 그녀와 같은 시각에 도착했다기보다는 그녀와 함께 도착했다는 표현이 옳을 것이다. 왜냐하면 민헤어는 일류 러시아인석의 의사석 맞은편 자리, 한때 교사 포포브가 난폭하고 괴상망측한 발작을 일으킨 자리, 즉 다시 돌아온 쇼샤 부인의 옆자리에 좌석을 지정받았기 때문이다 — 선량한 한스 카스토르프는 이런 일이 생길 줄은 꿈에도 상상하지 못했으므로 멍해져 버렸다. 물론 고문관에게서 클라브디아의 귀환 날짜와 시간에 대해서는, 그 특유의 방식으로 귀띔을 받기는 했다. 「어떤가요, 노총각 카스토르프 군.」 고문관이 말했다. 「성실하게 기다린 보람이 있습니다. 모레 저녁, 우리의 새끼 고양이가 이곳에 다시 살짝 들어옵니다. 전보로 알려 왔습니다.」 하지만 고문관은 쇼샤 부인 혼자가 아니라는 사실에 대해서는 한 마디도 하지 않았던 것이다. 아마 고문관 자신도 그녀가 혼자가 아니며 동행이 있다는 사실을 전혀 몰랐을지 모른다 — 어쨌든 두 사람이 함께 도착한 날, 한스 카스토르프가 고문관에게 이에 대해 따지듯이 묻자 그도 놀랐다는 표정을 지으며 이렇게 말했다.

「그녀가 어디서 그를 알게 되었는지는 나도 모르는 일입니다.」그가 설명했다. 「추측건대, 피레네 산맥을 여행하다가 알게 된 것 같아요. 뭐, 그녀의 행동에 대해서는 일단 참고 견디는 수밖에 없습니다. 실망한 상사병 환자 양반, 당신으로서는 이제 어쩔 도리가 없습니다. 두 사람은 심각한 사이인 것 같더군요. 심지어 여행 경비도 공동으로 계산하는 모양입니다. 내가 들은 바로는, 그 남자는 엄청난 갑부라는군요. 은퇴한 커피 왕이랍니다. 말레이인 하인을 두고 호사스러운 생활을 하고 있는 듯합니다. 그렇다고 해서 그가 이곳에 그냥 즐기러 온 것은 결코 아닙니다. 알코올성 점액 과다 말고도 악성 열대열에 걸려 있는 것 같습니다. 아시다시피 말라리아열에 침식당해 계속 시달리고 있지요. 그러니까 당신은 당분간 좀 참아야 할 겁니다.」

「아니, 괜찮습니다.」한스 카스토르프는 느릿느릿 대꾸했다. 〈그럼 당신은?〉하고 그는 생각했다. 〈당신 기분은 어떠한가? 이래저래 생각해 보면 당신도 예전부터 그녀에게 전혀 무관심했다고 볼 수는 없지 않은가? 창백하게 푸른 뺨을 하고 그 실감나는 그녀의 유화를 그린 독신자인 당신 말이야. 당신은 나의 괴로움을 즐기는 듯이 말하지만, 페퍼코른에 관한 한 우리들은 어느 정도는 고락을 같이하는 동지잖아〉──「괴상한 사나이이자, 정말 독특한 인물입니다.」한스 카스토르프는 그의 모습을 스케치하는 듯한 동작을 하며 말했다. 「강인하면서도 뭔가 모자란 것. 이것이 그에게서 받은 인상입니다. 아침 식사 때 난 적어도 그런 인상을 받았습니다. 물론 이 두 형용사는 함께 쓸 수 있는 말은 아니지만, 강인하면서도 다시 모자란다는 두 형용사로 그를 묘사할 수밖에 없습니다. 그는 몸이 크고 어깨가 넓으며, 두 발을 곧게 펴고 힘 있게 서 있는 것을 좋아합니다. 두 손은 위로 뚫린 바지 주머니에 찔러 넣고서 말입니다 — 당신이나 나나, 그 밖에 좀 높은 사회 계층 사람들의 바지 주머니는 손을 옆으로 넣도록 되어 있는데, 그 사람의 것은 위에서 넣도록 되어 있더군요 — 그러고 서서 네덜란드식으로 입에 발린 소리를 지껄이고 있으니, 정말 강인하다는 느낌이 들지 않을 수 없습니다. 하지만 그의 턱수염은 길지만 듬성듬성 나 있어, 털을 일일이 헤아릴 수 있을 정도입니다. 그의 눈은 작은 데다 눈동자의 빛깔이 흐릿해서 거의 눈이 없는 듯이 보이더군요. 하지만 나로서는 이를 어찌할 수 없습니다. 사실이니까요. 그리고 항상 눈을 크게 뜨려고 하지만 뜻대로 되지 않아, 이마에 주름만 깊이 패일 뿐입니다. 관자놀이에는 그 주름이 수직으로 나 있지만, 이마에는 수평으로 나 있습니다 — 그의 넓고 긴 이마 주위에 난 흰 머리칼 역시 길기는 하지만 듬성듬성 드리워져 있습니다 — 두 눈은 아무리 크게 뜨려고 해도 작기만 할뿐더러 빛깔도 흐릿합니다. 그리고 프록코트는 체크무늬인데도, 조끼는 어딘지 성직자 같은 분위기를 풍기고 있습니다. 이것이 오늘 아침 식사 때 그에게서 받은 인상입니다.」

「보아하니 어쩌 그를 눈엣가시처럼 생각하는 모양이군요.」 베렌스가 대답했다. 「그리고 그의 특징을 남김없이 관찰한 것 같은데, 그래야겠지요. 당신은 이제 어쩔 수 없이 그의 존재를 인정해야 하니까요.」

「네, 우린 그의 존재를 인정해야 할 것 같습니다.」 한스 카스토르프가 대답했다 — 우리는 뜻하지 않은 이 새로운 손님의 대강의 모습을 스케치하는 일을 그에게 일임했는데, 그가 제대로 잘해 주어서, 우리가 그 일을 그보다 더 잘할 수 없을 정도였다. 물론 그가 있는 자리가 관찰에 가장 유리한 장소였는지도 모르겠다. 우리가 잘 알고 있듯, 그는 클라브디아 쇼샤가 없는 동안 일류 러시아인석의 옆 식탁으로 자리를 옮겼다. 그래서 그의 자리가 일류 러시아인석과 나란히 있게 되었다 — 물론 일류 러시아인석이 베란다 문으로 통하는 쪽과 더 가깝기는 했지만 말이다 — 한스 카스토르프와 페퍼코른 두 사람은 식당 안쪽으로 좁은 쪽에 자리를 잡았는데, 말하자면 이들은 옆으로 나란히 앉아 있었다. 한스 카스토르프는 네덜란드인의 약간 뒤에 앉았으므로, 눈에 띄지 않게 그를 탐색하는 데 아주 편리했다. 그리고 그 자리에서 보면, 쇼샤 부인은 4분의 3 정도 옆모습을 보이면서 비스듬히 앞쪽에 앉아 있었다. 한스 카스토르프의 훌륭한 스케치를 보충한다면 다음과 같은 내용을 덧붙일 수 있을 것이다. 페퍼코른의 콧수염은 말끔히 깎여 있었고, 코는 크고 통통했으며, 입도 역시 큰 데다 입술 모양이 불규칙하여 마치 찢어져 있는 것 같았다. 그리고 손은 상당히 넓적하였으나, 손톱은 길고 뾰족했다. 그는 말을 할 때 — 한스 카스토르프는 거의 알아들을 수 없는 내용이었지만, 그는 쉴 새 없이 이야기를 했다 — 듣는 사람의 주의를 촉구하듯 섬세한 손짓, 지휘자처럼 미묘한 뉘앙스에 세련되고 정확하며 깔끔한 문화적인 손짓을 했다. 집게손가락과 엄지손가락으로 동그라미를 만들거나, 폭이 넓지만 손톱이 뾰족한 평평한 손을 펴고서 — 사람들을 지켜 주고 감정을 가라앉히며 주의를 촉구하는 듯 손짓을 했다 — 그러면 모두들 미소를 지으며 주목했지만, 그가 마음먹고 준비한 말의 의미를 이해하지 못해 실망하는 경우가 허다했다. 아니, 오히려 엄밀히 말해 사람들을 실망시킨다기보다는 즐거움이 깃든 놀라운 표정을 금치 못하게 했다. 힘차고 부드럽고 의미심장한 손짓이 이해되지 않는 말뜻을 추가로 완전히 보충해 주었기 때문에, 사람들은 그 손짓만으로도 만족하고 즐거워하며 마음까지 느긋해지곤 했다. 어떤 때는 말은 하지 않고 손짓만으로 끝낼 때도 있었다. 그는 왼쪽 옆의 어떤 불가리아 학자의 아래팔이나 또는 오른쪽 옆 쇼샤 부인의 아래팔에 자신의 손을 살짝 얹은 다음, 자신이 이제 막 이야기하려는 것을 잠자코 긴장해서 들어 달라는 태도로 자신의 손을 비스듬히 위로 치켜들고는, 이마에서 바깥 눈초리까지 이르는 직각으로 꺾인 주름들이 가면의 주름처럼 짙게 패일 정도로 눈썹을 치켜 올리면서, 잔뜩 긴장하고 있는 이웃과 나란히 식탁보를 내려다보았다. 그러고는 무언가 대단히 중요한 발언을 하려는 듯 찢어진 입술을 커다랗게 벌리는 것이었다. 그러나 얼마 안 있어 한숨을 푹 내쉬고 말하려는 것을 포기하고는, 〈쉬어〉라고 하듯이 손을 흔들었다. 결국 그는 말을 하는 데 성공하지 못하고 다시 커피 쪽으로 얼굴을 돌려 커피를 마시기 시작했다. 그는 자신의 커피 도구로 특별히 진하게 끓여 마셨다.

커피를 다 마신 뒤에는, 다음과 같은 동작을 취했다. 마치 지휘자가 음을 맞추고 있는 악기들의 잡다한 소리를 침묵하게 하고 연주를 시작하기 위해 자신의 오케스트라를 문화적인 손짓으로 불러 모으는 것처럼, 손으로 사람들이 잡담을 막고 조용히 하게 했다. 윤기 없는 눈, 깊게 패인 이마의 주름, 긴 턱수염, 수염이 없어서 그대로 드러난 찢어진 듯한 입,

이러한 생김새와 함께 흰 머리칼에 싸인 그의 큰 얼굴은 이론의 여지없이 굉장한 인상을 주었으므로, 모두들 그의 손짓에 그대로 따랐다. 모두 입을 다물고 미소를 지으면서 그를 쳐다보며 계속 기다렸고, 여기저기서 그에게 기운을 북돋아 주려는 듯 미소 지으며 고개를 끄덕였다. 그는 상당히 낮은 목소리로 말했다.

「여러분 — 좋습니다. 다 좋습니다. 이제 됐습니다. 하지만 주목하여 주시고 — 한시라도 — 방심하지 마십시오. — 하지만 이 점에 대해서는 이것으로 그만하겠습니다. 내가 말하지 않으면 안 되는 것은 그것보다 오히려, 우리가 의무를 지고 있는 이 한 가지뿐입니다 — 감히 범할 수 없는 것 — 거듭 말하지만 나는 이 표현을 제일 강조합니다 — 우리에게 제기된 범할 수 없는 요구 — 아닙니다! 아닙니다, 여러분, 그렇지 않아요! 그렇지 않습니다, 나는 가령 — 터무니없는 오해일지도 모릅니다 — 이제 됐습니다, 여러분! 완전히 끝났습니다. 우리들은 모든 면에서 의견의 일치를 본 것 같습니다. 자, 그러니 본론으로 들어갑시다!」

결국 그는 아무것도 말하지 않은 것이나 다름없었지만, 그의 얼굴은 의심할 여지없이 대단한 인상을 주었고, 얼굴 표정과 몸짓이 단호하고 강렬하며 의미심장해서 모두 귀 기울이고 있었다. 한스 카스토르프도 무엇인가 아주 중요한 내용을 들었다고 생각했다. 이야기가 끝까지 계속되지 않아 구체적인 내용을 듣지 못했다는 것을 의식했다 하더라도 아무도 그것을 아쉽게 여기지 않았다. 만약 귀머거리가 이 장면을 지켜보았다면 어떤 기분이 들었을까? 아마 그는 말하고 있는 페퍼코른의 표정을 보고는 무엇인가 대단한 이야기를 하는 것으로 착각하고, 귀가 들리지 않아 정신적으로 막대한 손해를 본 것으로 생각해 자신의 처지를 무척 원망했을지도 모른다. 그런 사람들은 남을 믿지 않고 마음이 비뚤어지기 십상이다. 반면에 식탁의 반대편 끝에 앉은 어떤 젊은 중국 남자는 독일어를 아직 잘 몰라 이해하지 못했지만, 열심히 귀 기울여 듣고 그를 쳐다보면서, 기쁨에 넘쳐 〈대단히 좋았습니다!〉 하고 소리치며 만족감을 표시하였으며 — 심지어 박수까지 쳤다.

그러고 나서 민헤어 페퍼코른은 〈본론〉으로 들어갔다. 그는 몸을 똑바로 일으켜 넓은 가슴을 쭉 펴고, 단추를 꼭꼭 채운 조끼 위에 입은 체크무늬 프록코트의 단추를 채웠다. 그의 흰머리는 어딘지 모르게 왕을 연상하게 했다. 그는 난쟁이 식당 아가씨에게 자기 쪽으로 오라고 손짓했다. 그녀는 정신없이 바빴지만, 그의 의미심장한 손짓에 곧장 응하여 우유와 커피 용기를 손에 들고 그의 의자 옆으로 왔다. 그녀는 그의 이마에 깊이 팬 주름 밑의 엷은 색 눈을 보고, 또 집게 손가락과 엄지손가락으로 동그라미를 만들어 나머지 세 손가락의 손끝을 창끝처럼 위로 세운 채 치켜 올린 그의 손을 신기한 듯 주목하였다. 그러더니 역시 그녀도 늙어 보이는 그의 큰 얼굴에 미소 지으며 기운을 북돋우려는 듯 고개를 끄덕이지 않을 수 없었다.

「아가씨.」 페퍼코른이 말했다. 「— 좋습니다. 모든 것이 아주 좋습니다. 당신은 키가 작습니다 — 하지만 그것이 대체 어떻다는 겁니까? 그 반대입니다! 난 그것을 긍정적으로 평가하며, 당신의 지금 이대로의 모습, 당신의 특색 있는 작은 키에 대해 신께 감사드립니다 — 그럼 이제 좋습니다! 내가 당신에게서 원하는 것도 작은 것이며, 작으면서도 특색 있는 것입니다. 그건 그렇고 당신 이름이 무엇이죠?」

난쟁이 아가씨는 얼굴에 미소를 짓고는 더듬거리면서, 자신의 이름이 에메렌치아라고 답했다.

「멋진 이름이군요!」 페퍼코른은 의자 등받이에 몸을 기대고 팔을 난쟁이 아가씨 쪽으로 뻗으며 소리쳤다. 〈그것 보라니까! 모든 것이 얼마나 멋진가!〉라고 그는 강조하듯 외쳤다. 「아가씨.」 그는 아주 진지하고 거의 엄숙하다 할 어조로 계속 지껄였다. 「── 모든 것이 내 기대를 훨씬 능가하고 있어요. 에메렌치아 ── 당신은 겸손하게 말하지만, 그 이름이야말로 ── 당신 개인과 관련지어 생각하면 ── 요컨대, 정말 아름다운 환상을 불러일으켜요. 그 이름을 곰곰이 생각하고, 가슴속의 감정을 한데 모아 그 이름을 불러 볼 만합니다 ── 애칭으로 말입니다 ── 내 말 알아듣겠지요, 아가씨, 애칭으로 말입니다 ── 렌치아로 불러도 좋겠지만, 엠헨이라는 이름은 왠지 포근한 느낌을 주는군요 ── 오늘 이 순간은 주저 없이 엠헨이라고 부르기로 하지요. 자, 엠헨 아가씨, 잘 들어 주세요, 빵을 좀 부탁합시다, 귀여운 아가씨. 잠깐! 그대로 서 계세요! 오해하면 안 됩니다! 약간 큰 당신의 얼굴을 보니 노파심이 생겨서 말인데 ── 빵 말입니다, 렌츠헨, 그러나 구운 빵이 아닙니다 ── 그런 빵 같으면 여기에 갖가지 형태로 얼마든지 있으니까요. 내가 원하는 건 양조한 빵이랍니다. 천사 아가씨, 귀여운 애칭으로 말한다면, 신의 빵, 투명한 빵 말입니다. 그것도 기운을 돋우기 위한 빵 말입니다. 이 말의 의미를 알아들을 수 있을지 모르겠군요. 차라리 〈강심제〉라고 말을 바꿔 부르는 편이 좋겠군요, 이 말도 흔히 그렇듯 천박한 의미로 오해될 위험이 없다면 말입니다 — 됐어요, 렌치아. 끝났습니다, 결정되었어요. 오히려 우리의 의무와 신성한 본분의 의미에서 부탁하겠습니다 — 이를 테면 내가 당신에게 지고 있는 명예의 빚을 갚는다는 뜻에서, 당신의 특징인 작은 키에 대해 진심으로 — 제니버[20] 한 잔을 부탁합니다, 귀여운 아가씨! — 말하자면 흥을 돋우기 위해서 말입니다. 스히담산(産) 진으로요, 에머렌츠헨. 빨리 한 잔 갖다 주시오!」

「스히담산 진 한 잔!」 난쟁이 아가씨는 이렇게 되풀이해서 말하고, 손에 든 주전자를 내려놓을 곳을 찾기 위해 몸을 한 바퀴 돌리고는, 한스 카스토르프의 식기 옆에 그것을 내려놓았다. 그렇게 하면 페퍼코른 씨의 눈에 거슬리지 않을 것이라 생각했음이 분명했다. 그녀는 급히 서둘렀고, 부탁한 페퍼코른은 금방 원하던 것을 받았다. 〈빵〉이 유리잔에 넘치도록 가득 채워져 넘쳐서 사방으로 줄줄 흘러내리는 바람에 받침 접시가 축축이 젖었다. 그는 엄지손가락과 가운뎃손가락으로 〈빵〉이 든 유리잔을 집어 들고는 밝은 빛 쪽을 향해 쳐들었다. 「이렇게.」 그가 설명했다. 「피터 페퍼코른은 브랜디로 원기를 돋웁니다.」 그리고 곡물이 든 증류주를 조금 씹는 듯하더니 이내 꿀꺽 삼키는 것이었다. 「이제 여러분을 보는 제 눈에 생기가 도는군요.」 그리고는 쇼샤 부인의 손을 잡아 식탁보 위로 들어 올리고는 자신의 입술에 갖다 댔다가 식탁 위에 다시 내려놓고, 자신의 손을 그녀의 손 위에 한동안 가만히 올려놓고 있었다.

알 수 없는 사람이기도 했지만, 독특하고 영향력이 대단

20 네덜란드의 화주(火酒)로 진의 일종.

한 인물이었다. 베르크호프의 손님들은 페퍼코른에게 커다란 관심을 보였다. 그는 얼마 전에 식민지에서 벌인 사업에서 은퇴해서, 자신의 자본을 안전한 곳에 투자해 놓았다고 한다. 헤이그에 있는 화려한 저택과 스헤베닝엔에 있는 별장에 대해서도 말들이 많았다. 슈퇴어 부인은 그를 〈돈 자석〉[21] 이라고 부르고는(한심한 그녀는 부호(富豪)라고 말하려던 것을 끔찍하게도 그렇게 말했다!), 쇼샤 부인이 이곳에 다시 돌아온 이후 야회복을 입을 때 언제나 달고 다녔던 진주 목걸이도 그 사람과 관련이 있을 것이라고 말하고 다녔다. 카롤리네 슈퇴어 부인의 견해에 따르면, 그 진주 목걸이는 코카서스 산맥 너머의 남편 쇼샤 씨의 선물이라기보다는 〈여행 중에 공동 계산〉을 하며 페퍼코른에게서 받은 선물일 거라고 추측했다. 그녀는 이렇게 말하면서 눈을 껌벅거려 보이고, 옆에 있는 한스 카스토르프를 턱으로 가리키면서 놀리듯 입을 비쭉이고는 슬픈 표정을 지어 보였다. 정말 이토록 병에 걸려 고통을 받고 있으면서도 그녀는 조금도 고상해질 줄 모르고 그의 불행한 처지를 한껏 비웃었다. 한스 카스토르프는 애써 태연한 자세를 유지하였는데, 심지어 그녀가 잘못 표현한 곳은 농담을 섞어 가며 고쳐 주기까지 했다. 「슈퇴어 부인, 말이 좀 틀린 것 같군요. 부호겠지요. 하지만 돈 자석이라는 말도 그리 나쁘지는 않군요. 페퍼코른에게는 확실히 사람을 끄는 데가 있으니까요.」 여교사 엥엘하르트도 볼을 살짝 붉히고는 한스 카스토르프와 눈길이 마주치지 않으려고 하면서 곁눈질로 미소 지으며 새로운 손님을 어떻게 생각하느냐고 물었다. 한스 카스토르프는 이 질문에 대해서도

21 독일어로 자석은 *Magnet*, 큰 부자는 *Magnat*이다.

침착성을 잃지 않고 대답했다. 「페퍼코른 씨는 알 수 없는 인물입니다. 대단한 인물이지만 — 종잡을 수 없습니다.」 이러한 정확한 비평이 그의 객관적인 시선과 마음의 평정을 보여 주었기 때문에, 질문을 한 여교사는 당황해서 어쩔 줄 몰라 했다. 다음에는 페르디난트 베잘인데, 이 사나이까지도 쇼샤 부인의 뜻하지 않은 귀환에 대해 입을 비쭉이며 빈정대듯 말했다. 이에 대해 한스 카스토르프는 베잘의 그런 노골적인 표현 못지않은 단호한 눈초리도 있다는 것을 알려 주었다. 만하임 출신의 그 사나이를 바라보는 한스 카스토르프의 눈초리에는 〈불쌍하기 짝이 없는 녀석!〉이라는 뜻이 담겨 있었고, 이 외의 다른 뜻으로 해석할 여지는 눈곱만치도 없다는 의미를 담고 있었다. 베잘은 그의 눈초리에 담긴 뜻을 바로 알아차렸으면서도 그것에 반발하지 않고 감수했다. 그렇다, 베잘은 충치가 많은 하얀 이를 드러내면서 심지어 고개를 끄덕이기까지 했지만, 그 후부터 나프타와 세템브리니, 페르게와 산책을 할 때에 한스 카스토르프의 외투를 들어 주는 일을 그만두고 말았다.

한스 카스토르프 역시 제발 그래 주기를 바랐었다. 자신의 외투쯤은 직접 들고 다닐 수 있었고, 오히려 그러는 것을 더 좋아했다. 그리고 그가 그 비참한 사나이 베잘에게 가끔 외투를 들고 다니게 한 것은, 그에게 친절을 베풀기 위한 것에 지나지 않았다. 하지만 한스 카스토르프는 사육제날 밤 모험의 상대와 재회할 경우에 대비하여 마음속으로 여러 가지 계획을 세워 놓고 있었는데, 정말 생각지도 못한 사정으로 그것이 완전히 수포로 돌아가게 되었고, 뿐만 아니라 그가 호되게 당한 꼴이 되었음을 우리들 사이에서 누구 하나

115

모르는 사람이 없을 정도였다. 엄밀히 말하자면 그 계획들은 수포로 돌아갔다기보다 아무 짝에도 쓸모없게 되었고, 그런 점에서 그는 굴욕적인 기분을 느꼈다.

그가 은밀히 생각한 계획은 이를 데 없이 섬세하고도 사려 깊은 것으로, 거칠고 서투른 격정은 전혀 없는 것이었다. 역에 나가서 클라브디아를 마중할 생각 같은 것은 꿈도 꾸지 않았다 — 그리고 그가 이런 생각을 하지 않은 것은 차라리 다행스러운 일이었다! 하지만 병 때문에 그토록 자유를 부여받은 어떤 부인이 먼 옛날 가면을 쓰고 외국어로 대화를 나눈 꿈 같은 밤의 환상적인 일들을 아직 기억하고 있을지, 혹은 그때 일을 직접 떠올리게 하는 것을 기뻐할지 그것조차도 의문이었다. 아니, 집요하게 굴어선 안 되지! 억지스러운 요구도 해선 안 돼! 비스듬한 눈길로 바라보는 환자와 그의 관계가 본질상 서구적인 이성과 교양의 한계를 넘어섰다 하더라도 — 적어도 형식적으로는 완전히 문명인답게 행동하고, 지금 순간은 심지어 모두 잊어버린 듯 기억 상실자의 태도를 취하지 않으면 안 되었다. 식탁에서 식탁으로의 기사다운 인사 — 당분간은 이 정도로 그치기로 하자! 그러다가 나중에 좋은 기회를 마련해 세련되게 접근하여, 여행에서 돌아온 이후 부인의 건강 상태에 대해 지나가는 말로 자연스럽게 물어보기로 하자……. 실제적이고 참된 의미의 재회는 기사다운 태도로 잘 참고 있으면 그 보답으로 언젠가 이루어지리라.

이 모든 섬세한 배려는, 앞서 말했듯이, 그가 자유 의지를 빼앗긴 것과 더불어 훌륭한 것도 아니게 되어 버렸기 때문에 이제 내세울 만한 일이 못 되었다. 민헤어 페퍼코른이 출현하는 바람에 한스 카스토르프는 순순히 물러나는 것 말고 다른 전략은 생각할 수 없었다. 한스 카스토르프는 쇼샤 부인이 도착하던 날 저녁에, 구불구불한 차도를 따라 썰매가 올라오는 것을 자신의 발코니에서 지켜보고 있었다. 썰매의 마부석 옆자리에는 털가죽 깃을 단 외투에 실크 모자를 쓴 얼굴이 누런 말레이인 하인이 앉아 있었고, 뒷좌석에는 클라브디아의 옆자리에 모자를 깊숙이 눌러 쓴 낯선 남자가 앉아 있었다. 그날 밤 한스 카스토르프는 거의 잠을 이루지 못하고 말았다. 다음 날 아침, 그 뜻하지 않은 동반자의 이름을 알아내는 것은 그리 어려운 일이 아니었고, 게다가 두 사람이 2층의 서로 이웃하고 있는 특별실에 안내되었다는 소식까지 덤으로 알게 되었다. 그리고 첫 번째 아침 식사 시간이 되자, 한스 카스토르프는 제때에 자신의 자리에 앉아 창백한 얼굴을 하고 유리문이 쾅 하고 닫히는 소리를 이제나저제나 초조하게 기다렸다. 그러나 기대했던 요란한 소리는 들리지 않았다. 클라브디아가 먼저 들어오고 뒤이어 페퍼코른이 들어오면서 문을 닫았기 때문에, 아무 소리도 들리지 않았던 것이다 ― 몸집이 크고 어깨가 넓은 페퍼코른은, 자신의 여행 동반자가 고양이 같은 친숙한 발걸음으로 머리를 앞으로 내밀고 자신의 자리로 살금살금 다가가는 뒤에서, 높은 이마에 불길처럼 치솟은 백발을 하고 걸어오고 있었다. 아, 그녀였다, 예전 그대로의 모습이었다. 한스 카스토르프는 자신도 모르게 그동안 세워 놓았던 계획 따위는 잊어버린 채, 잠을 이루지 못해 벌겋게 충혈이 된 눈으로 그녀를 쳐다보고 말았다. 아무렇게나 땋아 머리 둘레에 그냥 칭칭 동여맨 불그스름한 금발, 〈황야의 이리의 눈빛〉, 둥그스름한 목선, 광대뼈가 조금 튀어나와 실제보다 더 도톰해 보이는 입술, 그 광대뼈 때문에 볼이 귀엽게 약간 들어가 보이는 현상도 그전과 똑같았다……. 〈클라브디아!〉 하고 그는 몸을 부르르 떨며 생각했다 — 그리고 뜻하지 않은 그 남자를 쳐다보면서, 가면을 쓴 것처럼 당당한 그의 모습에 조롱적이고 반항적인 기분이 치밀어 오르는 것을 느꼈으며, 또 언젠가 사육제날의 밤에 일어난 모종의 사건에 대해 아무것도 모르면서, 그녀가 마치 자신의 소유물인 양 빼기고 있는 그 사나이를 마음껏 비웃어 주고 싶은 충동을 느꼈다. 사실 그날 밤일어난 모종의 사건은, 아마추어 화가의 유화에 얽힌 사건처럼 애매모호한 것이 아니었다. 물론 그 유화 사건에도 한스 카스토르프는 불안을 느꼈었지만……. 또한 쇼샤 부인이 자리에 앉기 전에 식당 사람들을 향해 선을 보이는 습관도 예전 그대로였다. 그리고 페퍼코른은 그녀의 시중을 드는 하인처럼 그녀 뒤에 비스듬히 서서 그녀가 행하는 짤막한 의식이 끝나기를 기다렸고, 의식이 끝나자 클라브디아의 옆자리인 식탁 끝에 앉았다.

한스 카스토르프가 생각했던 인사, 즉 식탁에서 식탁으로 기사답게 인사한다는 생각은 엄두도 낼 수 없었다. 자기 자신을 〈선 보이는〉 인사를 할 때도, 클라브디아의 두 눈은 한스 카스토르프뿐만 아니라 그가 앉은 식탁을 지나 식당의 먼 곳을 쓱 훑었다. 다음번에 식당에서 만났을 때도 마찬가지였다. 이렇게 식사가 여러 번 진행되면서 쇼샤 부인은 식사 중에 돌아보는 일이 있어도, 아무 생각 없이 무관심한 눈길로 이쪽을 훑어볼 뿐이어서 한스 카스토르프는 그녀의 눈길을 붙잡아 둘 수 없었다. 이런 식의 식사가 거듭되었으니,

한스 카스토르프가 기사다운 인사를 보낸다는 것은 더더욱 어림없는 일이 되었다. 저녁 식사 후에 갖는 짧은 모임에서도 두 여행 동반자는 자신들의 식탁 동료에 둘러싸인 채 작은 방의 소파에 나란히 앉아 있었다. 그리고 불길처럼 치솟은 백발과 흰 턱수염 때문에 한층 붉어 보이는 위풍당당한 얼굴의 페퍼코른은, 저녁 식사 때 주문한 적포도주 병을 끝까지 마셨다. 그는 저녁 식사 때 늘 적포도주를 마셨는데, 어떤 때는 한 병, 또는 한 병 반, 때로는 두 병도 마셨지만, 그것과는 별도로 이른바 〈빵〉이라는 것은 이미 아침 식사 때부터 줄곧 마셔 댔다. 제왕 같은 이 사나이는 유달리 원기를 북돋울 필요가 있는 모양이었다. 특별히 진한 커피로 그는 하루에 여러 번 원기를 북돋웠는데, 아침뿐만 아니라 정오에도 커다란 잔으로 마셔 댔고 — 그것도 식후가 아니라 식사 중에 포도주와 함께 마셨다. 어느 쪽이나 다 열을 내리는 데 효과가 있다고 페퍼코른이 말하는 것을 한스 카스토르프는 들었다 — 양쪽 다 원기를 북돋아 주는 효과는 말할 것도 없고 그가 앓고 있는 간헐성 열대열에도 아주 좋다고 했지만, 그는 그 열 때문에 이곳에 온 지 이틀도 안 되어 하루에 몇 시간씩 방의 침대에 누워 지내야 했다. 네덜란드인 페퍼코른이 대략 4일마다 한 번씩 그 열에 시달렸기 때문에, 베렌스 고문관은 이것을 〈4일열〉이라 불렀다. 처음에는 추워서 이가 덜덜 떨리고, 그다음에는 몸이 불덩이처럼 뜨거워지고, 그러다가 땀에 흠뻑 젖게 되었다. 게다가 그의 비장(脾臟)도 그 열 때문에 부어 있다고 했다.

21점 내기 카드놀이

이렇게 시간은 흘러갔다 — 몇 주인가……. 한스 카스토
르프의 판단과 짐작을 신뢰할 수 없어서 우리 스스로 짐작
해 보는 것인데, 아마도 3주 아니면 4주쯤 지나갔을 것이다.
이렇게 시간은 흘러갔지만 새로운 변화는 일어나지 않았다.
우리의 주인공은, 그에게 터무니없는 근신을 강요한 예상치
못한 사태에 대해 여전히 반감을 가라앉힐 수 없었다. 그 예
상치 못한 사태란, 브랜디를 마실 때마다 자신을 피터 페퍼
코른이라고 부르는 이 제왕 같고 당당하며 애매한 남자의
존재가 눈에 거슬려 도저히 눈 뜨고 볼 수 없는 일이었다 —
사실 이 인물은 예전에 가령 세템브리니 씨가 〈여기서 눈에
거슬렸던〉 것보다 훨씬 더 심하게 눈에 거슬렸다. 한스 카스
토르프의 미간에는 반항적이고 불쾌한 주름이 세로로 새겨
졌고, 이러한 주름 밑의 눈으로 그는 고향에 다시 돌아온 여
자를 하루에 다섯 번씩 쳐다보았으며, 아무튼 그녀를 바라
볼 수 있게 된 것을 기쁘게 생각했다. 그러면서도 그녀의 과
거가 얼마나 미심쩍은 것인지 전혀 모르고 설치는 그 현재의
절대자 같은 인물에게 크나큰 경멸을 느꼈다.

그러던 어느 날 저녁, 어떤 특별한 이유에서인지는 몰라
도, 홀과 작은 방에서 벌어지는 저녁 모임이 평소보다 더 활
기에 차 있었다. 음악이 연주되고, 헝가리 출신의 한 대학생
이 바이올린으로 「치고이네르바이젠」을 힘차게 연주하고 있
었고, 계속해서 크로코프스키 박사를 데리고 이 자리에 15분
정도 참석한 베렌스 고문관이 한 손님을 설득하여 피아노의
저음부로 바그너의 곡인 「순례자의 합창」 멜로디를 쳐보라

고 했으며, 그러는 동안 자신은 그 옆에 서서 피아노의 고음부를 솔로 싹싹 문지르면서 바이올린 반주자를 흉내 내었다. 모두들 그 모습을 보고 웃었다. 고문관은 박수갈채를 받았고, 자신의 장난에 만족한 듯 기분이 좋은지 연신 고개를 끄덕이면서 휴게실을 떠났다. 저녁 모임은 계속되었고, 음악도 계속 연주되었지만, 거기에 다 같이 주의를 집중할 필요는 없었으므로 손님들은 마실 것을 들고 도미노 게임이나 브리지 게임을 했고, 광학을 응용한 기구를 가지고 놀기도 하며 여기저기서 잡담을 나누었다. 일류 러시아인석의 멤버도 홀과 피아노실에 있는 사람들과 한데 섞였다. 민헤어 페퍼코른이 여기저기 돌아다니는 모습이 눈에 띄었다 — 그를 보지 않으려고 해도 그럴 수 없었다. 그의 위풍당당한 머리는 아무리 사람이 붐비는 속에서도 눈에 띄었고, 제왕 같은 위엄과 관록으로 주위를 압도하고 있었기 때문이다. 그의 주위 사람들은 애초에 그가 엄청난 부자라는 소문에 끌린 것뿐이었지만, 이내 그의 인물과 인품 자체에 끌리게 되었다. 사람들은 그를 향해 미소 지으며 격려하고는 자기들도 모르게 고개를 끄덕여 보이곤 했다. 모든 사람이 그의 이마에 깊이 팬 주름 아래 흐릿한 눈빛에 매료되었고, 긴 손톱으로 인상 깊게 문화적인 손짓을 하는 것에 긴장했으며, 말을 더듬어 알아들을 수 없고 의미가 모호하며 쓸데없는 내용이라 해도 거기에 환멸을 느끼는 일은 조금도 없었다.

그들이 이렇게 화기애애한 시간을 보내고 있는 동안에, 한스 카스토르프는 무엇을 하고 있었을까? 유심히 살펴보았더니, 그는 글 쓰고 책 읽는 방에 있었다. 이곳은 그가 언젠가 (이 언젠가라는 말은 모호하기 짝이 없다. 이 글을 쓰고 있는 사람도, 주인공도, 독자도 그것이 언제 이야기인지 이제는 잘 알 수 없게 되었기 때문이다) 인류 진보의 조직화에 대한 중대한 고백을 들은 응접실이었다. 그곳은 다른 방보다 더 조용했고, 한스 카스토르프 외엔 두서너 사람밖에 없었다. 어떤 사람은 줄에 매달린 전등불 아래 마주 놓인 탁자 중 하나에서 글을 쓰고 있었다. 어떤 부인은 코에 코안경 두 개를 얹고, 총서가 꽂힌 책장 옆에 앉아 그림이 삽입된 책의 페이지를 넘기고 있었다. 한스 카스토르프는 피아노실로 통하는 복도의 열린 문 가까이, 거기에도 놓여 있는 의자에 앉아 등을 커튼 쪽으로 향하고 신문을 읽고 있었다. 그 르네상스식 의자는 긴 털이 있는 벨벳을 씌운 반듯하고 높은 등받이가 있고, 팔걸이는 없었다. 청년은 신문을 읽는 척하며 들고 있었지만, 사실 읽지는 않고 머리를 한쪽으로 기울인 채, 옆방에서 말소리에 섞여 지리멸렬하게 들려오는 음악 소리에 귀를 기울이고 있었다. 그러나 그의 찌푸린 눈썹을 보면 음악도 그냥 건성으로 듣고, 음악과는 관계없는 것을 생각하고 있는 모양이었다. 그것은 청년이 오랫동안 기다렸지만 결국 창피하게도 바보 꼴이 되어 버린 환멸의 가시밭길과 반항의 쓰라린 길이었다. 그는 어쩌다가 앉게 된 불편한 의자에서 신문 읽는 것을 집어치우고, 엉망진창인 모임을 피해 문을 지나 홀 밖으로 나가서, 살을 에는 혹한의 발코니에 누워 홀로 마리아 만치니를 피울 생각을 하고, 이를 막 실행에 옮기려 하고 있었다.

「그런데 당신 사촌은요, 도련님?」 그의 뒤에서 머리 위로 묻는 소리가 들려왔다. 이 소리는 그의 귀에 무척 매혹적인 목소리였는데, 사실 그의 귀는 짜릿하고 달콤하게 흐려지는

이 목소리를 말할 수 없이 기분 좋게 느끼도록 되어 있었다
— 이것은 기분 좋다는 말의 최고로 강한 의미로서 — 예전
에 그를 쳐다보면서 〈좋아요. 하지만 부러뜨리지 마요〉라고
말한 그 목소리였고, 그의 의지를 마비시켜 버리는 운명의
목소리였다. 그리고 그가 잘못 듣지 않았다면 그것은 요아
힘의 안부를 묻는 것이었다.

한스 카스토르프는 이제까지 들고만 있던 신문을 천천히
내려놓고 얼굴을 약간 위로 들어 올렸다. 그 때문에 머리가
뒤로 젖혀져, 정수리가 곧은 등받이에 닿게 되었다. 심지어
그는 잠시 눈을 감았다가 곧 다시 뜨고는, 머리를 등받이에
기댄 채 비스듬히 위쪽, 눈길이 향하는 방향 어딘가로 허공
을 응시했다. 이 선량한 사람의 표정은 영(靈)과 교류하는
사람이나 몽유병자의 표정과 거의 같은 것이었다고 말해도
좋을 것이다. 그는 그녀가 한 번만 더 물어 주기를 바랐으나,
그런 일은 다시 일어나지 않았다. 그래서 그는 아직 그녀가
자기 뒤에 서 있는지 확실히 알지도 못하면서, 한참 있다가
묘하게 뜸을 들이며 나지막한 소리로 대답했다.

「그는 죽었습니다. 평지에서 군 복무를 하다가 죽고 말았
습니다.」

〈죽었다〉는 바로 이 말이 두 사람 사이에 다시 교환된 최
초의 대화다운 대화였다. 그리고 그의 뒤에서, 그의 머리 위
에서 다음과 같이 들리는 말에서, 한스 카스토르프는 그녀의
서툰 독일어 탓에 동정한다는 의미로 선택한 말이 너무 가벼
운 표현임을 알아차렸다.

「어머나, 가엾어라. 완전히 죽어서 묻혔겠군요? 언제 일이
에요?」

123

「벌써 꽤 되었어요. 그의 어머니가 유해를 수습해 내려갔지요. 군인다운 수염이 자라고 있었어요. 그의 무덤 위에서 예포가 세 번 울렸답니다.」

「당연한 일이겠죠. 무척 착실한 사람이었으니까요. 어느 누구보다도 훨씬 더 착실한 사람이었지요.」

「그래요, 그는 무척 착실했지요. 라다만토스는 언제나 그가 대단한 노력가라고 말했어요. 하지만 그의 몸이 따라 주지 않았습니다. 예수회 회원들은 이것을 가리켜 〈육체의 반란〉이라고 부르지요. 그는 생각하는 것이 언제나 육체적이었어요, 진지한 의미에서 본다면 말입니다. 하지만 그의 육체는 불명예스러운 인자(因子)를 침입시켜, 대단한 열성가인 그의 뒤통수를 치게 했습니다. 말이 나왔으니 하는 얘기지만, 몸을 망치고 죽게 되는 것이 자신을 지키는 것보다 더 도덕적일 것입니다.」

「이야, 그러고 보니 당신은 여전히 철학에 빠져 있는 무능력자군요. 라다만토스라고요? 그는 누구지요?」

「베렌스입니다. 세템브리니는 그를 그렇게 부릅니다.」

「아, 세템브리니, 알고 있어요. 그 이탈리아인 말이지요 ……. 나는 그 사람을 좋아하지 않았어요. 사고방식이 인간적이지 않았거든요. (머리 위의 목소리는 〈인간적〉이란 말을 나른하게 꿈꾸듯 길게 빼면서 발음했다.) 그는 거만했어요. (그녀는 〈거만〉의 〈만〉을 강조해서 말했다.) 그 사람은 이제 이곳에 있지 않나요? 난 머리가 나빠서 라다만토스가 무슨 뜻인지 모르겠네요.」

「무슨 인문적인 말이겠지요. 세템브리니는 이곳에서 나갔습니다. 그리고 요즘 들어 우리는 장황하게 철학적인 토론을 나누고 있습니다. 세템브리니와 나프타와 나, 이렇게 셋이 말입니다.」

「나프타는 누구예요?」

「세템브리니의 논적이지요.」

「그가 세템브리니의 논적이라면 만나 보고 싶어요 — 그건 그렇고 내가 언젠가 당신에게 말했었지요. 당신의 사촌이 평지에서 군인이 되려고 한다면 죽을 거라고 말하지 않았나요?」

「네, 그래요, 댁은 그걸 알고 있었어요.」

「아니, 댁이라니요!」

두 사람 사이에는 한동안 침묵이 흘렀다. 그는 자신의 말을 취소하지 않았다. 그는 의자의 곧은 등받이에 정수리를 지긋이 댄 채, 영을 보는 사람의 눈빛을 하고서 머리 위에서 다시 목소리가 들리기를 기다렸다. 그녀가 아직 자신의 뒤에 있는지 없는지 확실히 알지 못한 채, 옆방에서 띄엄띄엄 들려오는 음악 소리 때문에 그녀가 방을 나가는 발소리도 듣지 못하는 것은 아닐까 하는 의구심이 들었다. 드디어 뒤에서 다시 목소리가 들려왔다.

「그러면 도련님은 사촌의 장례식에 참석하지 않았나요?」

그가 대답했다.

「네, 난 여기서 그와 작별 인사를 나누었습니다. 그가 미소 짓기 시작했기 때문에, 그를 관에 넣기 전에 인사를 나누었죠. 그의 이마가 얼마나 차가웠는지 댁은 상상도 못 할 것입니다.」

「또 댁이라고 그러시네요! 잘 알지도 못하는 숙녀에게 무슨 말투가 그래요!」

「나더러 인간적으로 말하지 말고 인문적으로 말하라는 겁니까? (한스 카스토르프는 자기도 모르게 이 말을 졸린 듯이 길게 빼면서 말했다. 마치 졸려서 기지개를 켜고 하품하는 사람처럼 말이다.)」

「무슨 그런 허튼 소리를! — 당신은 줄곧 여기에 계셨나요?」

「네. 기다리고 있었습니다.」

「무엇을요?」

「댁을요.」

그의 머리 위에서 〈바보!〉라는 말과 함께 웃음소리가 들려왔다. 「나를 기다리고 있었다고요! 사실은 퇴원을 시켜 주지 않아서 그랬겠지요.」

「아니, 그렇지 않아요, 한번은 베렌스가 나에게 벌컥 화를 내면서 나가라고 그랬어요. 하지만 그랬다면 자포자기로 인한 무모한 퇴원이 되었을 겁니다. 댁도 잘 알고 있는 학창 시절부터 남아 있는 오래된 환부 외에 베렌스가 발견한 새로운 환부도 있어서, 그것 때문에 열이 사라지지 않고 있습니다.」

「여전히 열이 있다고요?」

「네, 늘 약간요. 거의 언제나, 열이 있기도 하고 없기도 하고 그럽니다. 하지만 말라리아열은 아닙니다.」

「나를 놀리시는 거예요?」

한스 카스토르프는 입을 다물었다. 그는 영을 보는 자의 몽롱한 눈빛을 하면서 미간을 찌푸렸다. 한참 후에 그가 물었다.

「그런데 댁은 어디에 있었나요?」

그때 의자의 등받이를 손으로 두드리는 소리가 들렸다.

「야만인과 꼭 같군요! — 내가 어디 있었냐고요? 네, 여기 저기 있었지요. 모스크바에도 있었고요. (그녀는 〈무오스크바〉라고 — 아까의 〈인간적인〉이라는 말과 마찬가지로 그 말을 나른하게 길게 끌며 발음했다.) 바쿠에도 있었고, 독일의 온천장에도 있었고, 스페인에도 있었지요.」

「아, 스페인에도 있었군요. 거긴 어땠어요?」

「그저 그랬어요. 여행하기에는 별로 좋지 않은 나라였어요. 사람들이 반쯤 무어인, 즉 흑인 같아요. 카스티야 지방은 메마르고 살풍경했어요. 그 산맥 기슭의 성이나 수도원보다는 크렘린 궁이 더 아름답더군요…….」

「에스코리알 성을 말하는군요.」

「그래요, 필립 왕의 성이지요. 인간적이지 못한 성이에요. 나는 카탈로니아 지방의 민속춤이 훨씬 마음에 들었어요. 손풍금에 맞추어 추는 사르다나 춤요. 나도 함께 춤을 추었어요. 다 함께 손을 맞잡고 빙빙 돌며 춤을 췄지요. 광장은 사람들로 꽉 차 있었어요. 그게 매력적이었고, 인간적이었지요. 난 그 지방의 남자들과 소년들이 쓰는 작은 푸른색 모자를 샀는데, 그야말로 붉은 터키모자인 보이나와 거의 다를 게 없었어요. 난 그 모자를 안정 요양 때나 그 밖의 다른 때에도 즐겨 쓴답니다. 그 모자가 나에게 어울리는지는 선생님이 판단할 겁니다.」

「선생님? 어떤 선생님요?」

「여기 의자에 앉은 분요.」

「난 민헤어 페퍼코른을 말하는 줄 알았습니다.」

「그분은 벌써 평을 해주었어요. 무척 매력적으로 보인다고 말하더군요.」

「그 사람이 그렇게 말했어요? 끝까지 말했다고요? 문장의 끝까지요? 그 문장을 알아들을 수 있게 말입니까?」

「어머나, 기분이 언짢으신가 보네요. 심술궂고 신랄하게 쏘아붙이고 싶겠지요. 당신과 당신의 친구이자…… 지중해 연안에서 태어난 당신의 위대한 웅변가 스승, 두 사람을 합친 것보다 더 훌륭하고 더 위대하며 더 인간적인 그 사람을 비웃어 주려는 거군요……. 하지만, 그렇게는 못 하게 할 거예요, 내 친구를 놀리게 놔두지는 —」

「댁은 아직 나의 뢴트겐 사진을 지니고 계시나요?」 한스 카스토르프는 우울한 어조로 그녀의 말을 가로막았다.

그녀는 웃었다. 「한번 찾아봐야겠어요.」

「댁의 것을 나는 여기에 이렇게 지니고 다닙니다. 그리고 밤이 되면 서랍장 위의 조그만 사진 꽂이에…….」

그는 말을 끝까지 다하지 못했다. 그의 앞에 페퍼코른이 서 있었다. 페퍼코른은 자신의 여행 동반자를 찾아 나섰다가 커튼을 들추고 들어와 동반자에게 등을 돌리고 이야기하고 있는 청년의 의자 앞에 섰던 것이다 — 마치 탑처럼 한스 카스토르프 앞에 우뚝 섰는데, 그것도 바로 코앞에 섰다. 그래서 한스 카스토르프는 몽유병자 같은 상태에 있으면서도 의자에서 일어나 인사를 해야겠다고 생각했는데, 앞뒤 두 사람 사이에 끼어 의자에서 일어나기가 무척 힘들었다 — 한스 카스토르프가 의자에서 옆으로 몸을 빼야만 했기 때문에, 세 사람의 등장인물은 의자를 가운데 두고 삼각형을 이루며 마주하게 되었다.

쇼샤 부인은 문명화된 서양의 예의에 따라, 〈신사〉들을 서로 소개했다. 그녀는 한스 카스토르프에 대해서는 예전부터 아는 사이 — 자신이 전에 이곳에 머물 때부터 아는 사이라고 말했다. 페퍼코른 씨에 대해서는 새삼스럽게 설명할 필요가 없었으므로, 그녀는 페퍼코른의 이름만을 얘기했다. 그 네덜란드인은 가면처럼 덩굴무늬 모양의 주름을 이마와 관자놀이에 한층 깊게 하고 푸른빛의 흐릿한 눈으로 청년을 쳐다보면서, 그에게 악수를 청했다. 솥뚜껑같이 커다란 그의 손등은 주근깨투성이였다 — 한스 카스토르프는 창처럼 긴 손톱만 없었더라면 그 손이 선장의 손과 똑같다고 생각했다. 처음으로 그는 페퍼코른이라는 묵직한 인물의 직접적인 영향을 받게 되었다. (그를 대하면, 과연 〈인물〉이란 단어가 무슨 뜻인지 납득이 되었다. 그를 보고 있으면 인물이란 어떤 것인가 하는 것이 갑자기 이해가 되었다. 아니, 그뿐 아니라 인물이란 바로 그와 같은 모습을 하고 있을 것이라 확신할 수 있었다.) 그리고 한스 카스토르프는 아직도 동요하기 쉬운 젊음을 가진 탓에 넓은 어깨에 붉은 얼굴, 불길처럼 치솟은 백발의 이 60대 사나이, 입이 슬프게 찢어지고 성직자처럼 앞이 트이지 않은 조끼 위에 턱수염이 가늘고 길게 드리워진 이 사나이의 관록에 압도되고 말았다. 게다가 페퍼코른은 점잖기 이를 데 없는 사람이었다.

「이보시오, 선생.」 그가 말했다. 「— 단연코. 아니, 죄송합니다 — 단연코! 오늘 밤 이렇게 당신을 알게 되어 — 신뢰할 수 있는 젊은이를 알게 되어 — 기꺼이 나는 당신과 알고 지내고 싶습니다, 이보시오, 선생, 그렇게 되도록 성심성의껏 노력하겠습니다. 당신이 마음에 들어요, 선생, 나는 — 괜찮습니다! 이제 끝났습니다. 난 당신에게 호감이 가는군요.」

한스 카스토르프는 뭐라고 이의를 제기할 수 없었다. 그의 문화인다운 몸짓은 그야말로 절대적이었다. 한스 카스토르프가 그의 마음에 든 것이다. 페퍼코른은 그러한 사실에서 결론을 도출해 암시하듯 표현했고, 자신의 여행 동반자의 입을 통해서도 그 결론은 적절하게 보충되었다.

「이보시오, 선생.」 그가 말했다. 「─모두 좋습니다. 그런데 어때요 ─ 내가 하는 말을 잘 이해해 주시오. 인생은 짧고, 인생의 요구를 충족할 수 있는 우리의 능력은, 그것은 이제 일단 ─ 그것은 사실입니다, 이보시오, 선생. 그것은 법칙입니다. 가-차-없는-것입니다. 요컨대, 선생, 요컨대, 좋습니다 ─」 그는 여기서 이렇게 확실하게 암시를 주는데도 무언가 중대한 실수를 하게 되는 경우, 자신은 그 책임을 질 수 없고 만사를 일임하겠다는 듯 의미심장한 제스처를 했다.

쇼샤 부인은 분명 페퍼코른이 원하는 방향이 무엇인지 그의 말을 끝까지 듣지 않아도 잘 구별하는 훈련을 해온 모양이었다. 그녀는 이렇게 말했다.

「자, 좋아요. 그럼 우리 모두 함께 앉아서 카드놀이나 한판 할까요? 그러면서 와인을 마시는 건 어때요? 당신은 왜 그렇게 서 계세요?」 그녀는 한스 카스토르프 쪽으로 고개를 돌리고 말했다. 「몸을 좀 민첩하게 움직이세요! 우리 세 사람뿐만 아니라 다른 사람들도 불러 모아야 해요. 살롱에 아직 누가 있나요? 만나는 사람들을 모두 불러 오세요! 발코니에서도 친구들을 몇 명 데려와야 해요. 우리 식탁의 중국인 의사 팅푸에게도 청해 보도록 해요.」

페퍼코른은 두 손을 비볐다.

「당연히 그래야지요.」 그가 말했다. 「완벽해요. 훌륭하군요. 어서 서두르시오, 젊은 친구! 내 말에 따르시오! 둥글게 모여 앉아 카드놀이를 하면서 먹고 마십시다. 우린 느낄 것입니다. 우린 — 당연히 그렇죠, 젊은이!」

한스 카스토르프는 엘리베이터를 타고 3층으로 올라갔다. 그는 안톤 카를로비치 페르게의 방문을 두드렸고, 이어서 페르게가 페르디난트 베잘과 알빈 씨를 아래 안정 요양 홀의 안락의자에서 끌고 왔다. 파라반트 검사와 마그누스 부부가 아직 홀에 있었고, 슈퇴어 부인과 클레펠트가 살롱에 남아 있었다. 여기 살롱 중앙의 샹들리에 아래 널찍한 카드용 테이블이 설치되었고, 그 주위에 의자와 음식을 차릴 작은 탁자가 놓였다. 민헤어 페퍼코른은 이마에 더욱 깊게 덩굴무늬 주름살을 지으며 흐릿한 눈빛을 하고서, 모여든 손님들에게 일일이 공손하게 인사했다. 전부 열두 명이 자리에 앉았고, 한스 카스토르프는 제왕 같은 주최자 페퍼코른과 클라브디아 쇼샤 사이에 앉았다. 트웬티원 카드놀이를 몇 판 하기로 의견 일치를 보았고, 카드와 칩이 탁자에 올려졌다. 그리고 페퍼코른은 특유의 의미심장한 손짓으로 난쟁이 아가씨를 불러 1806년산 프랑스 백포도주 샤블리를 우선 세 병 주문하고, 거기에 말린 열대 과일과 과자류를 있는 대로 모두 가지고 오라고 했다. 자신이 주문한 훌륭한 음식이 나오자, 그는 두 손을 비비며 매우 흡족해하는 표정을 지었다. 그는 매우 기쁜 모양이었다. 그리고 그러한 느낌을 떠듬떠듬 말로도 나타내려고 하여, 그러한 인물이 사람들에게 끼치는 포괄적인 영향력만으로 사실 충분한 성공을 거두기도 했다. 그는 자신의 양쪽 옆에 앉은 사람들의 팔에 두 손을 각각 얹고, 손톱이 창처럼 뾰족한 집게손가락을 곧추세우고는 녹색의 불룩한 백포도주 잔에 든 포도주의 아름다운 황금

빛, 말라가산(産) 포도알에서 은은히 풍기는 달콤한 맛, 소금과 양귀비 씨가 살짝 뿌려져 있으며 자신이 천하일미라고 칭하는 8자 모양의 브레첼 빵, 이런 것들을 찬찬히 맛보라고 사람들에게 촉구하여 상당한 성공을 거두었다. 사람들은 그의 이러한 거창한 말에 반박하고 싶은 마음이 생겼다가도, 그의 장엄한 문화인다운 손짓을 보면 말을 꺼내기도 전에 말문이 막혀 버리는 것이었다. 처음에 물주(物主) 역할을 한 것은 페퍼코른이었지만, 그는 곧 알빈 씨에게 그 역할을 양보했다. 우리가 그의 심정을 제대로 이해했다면, 아마 물주가 되면 분위기를 마음껏 즐길 수 없으리라는 염려 때문에 그런 모양이었다.

돈을 따고 잃는 일은 그에게 그리 큰 문제가 아닌 듯했다. 그의 제안에 따라 거는 돈은 최저 50라펜[22]으로 결정되었으나, 그의 생각으로 그것은 아무것도 걸지 않고 카드놀이를 하는 것이나 마찬가지였다. 하지만 대부분의 참가자들에게는 상당한 액수였다. 슈퇴어 부인뿐만 아니라 파라반트 검사도 번갈아 가며 얼굴이 붉으락푸르락해졌다. 특히 슈퇴어 부인은 자신이 이미 얻은 카드 점수가 18점이 되어, 또 한 장을 더 받아야 할 것인가 하는 문제가 생기면 말할 수 없이 고민에 빠졌다. 알빈 씨가 능숙하고 침착한 솜씨로 그녀에게 한 장을 더 던져 주어 운명의 한 장으로 그녀의 모험이 완전 실패로 돌아갔을 때, 그녀가 크게 쇳소리를 지르는 것을 보고 페퍼코른은 유쾌한 듯 웃음을 터뜨렸다.

「마음껏 소리를 지르십시오, 마음껏요. 마담!」 그가 말했다. 「날카롭고 생기 넘치는 목소리입니다. 배 속 깊은 곳에서

22 스위스의 통화 단위. 1백 분의 1프랑.

부터 나오고 있군요 ─ 자, 한잔하시지요. 그리고 원기를 북돋우시고 새로 한 번─」 그는 슈퇴어 부인의 잔에 포도주를 따라 주고, 자신의 양쪽 옆에 앉은 두 사람과 자신의 잔에도 포도주를 가득 따르고서 세 병을 더 가져오게 했다. 그리고 몸에서 단백질이 빠져 정신이 황폐해진 마그누스 부인과 베잘과 잔을 부딪쳤는데, 그가 보기에 이 두 사람이 특히 원기를 회복해야 할 것 같았기 때문이다. 매우 훌륭한 포도주를 마시자 모두들 얼굴이 금방 불그스름해졌다. 그렇지만 예외적으로 팅푸 박사만은 변함없이 누런 얼굴 그대로였고, 길게 찢어진 새까만 쥐 같은 눈만 반짝거리고 있었다. 이 중국인은 킥킥거리고 웃으면서 고액의 돈을 걸었는데, 염치없을 정도로 계속 돈을 따고 있었다. 그렇다고 다른 사람들도 지고만 있지는 않았다. 파라반트 검사는 몽롱한 시선으로 자신의 운명에 도전하느라 그렇게 신통치 않은 자신의 카드에 10프랑을 걸고는 창백한 얼굴을 하고 약간 겁을 집어먹었지만, 알빈 씨가 손에 쥔 에이스의 위력을 과신하다가 다른 사람들이 건 돈을 두 배로 만들어 놓고 지는 바람에, 손에 건 돈의 두 배인 20프랑이 돌아오게 되었다. 이 일은 그것을 초래한 장본인뿐 아니라, 그곳에 모인 모든 사람을 흥분하게 하기에 충분했다. 사람들이 이렇게 흥분의 도가니에 빠져, 저마다 자신이 몬테카를로 도박장의 단골이라 자칭하고 나서서, 냉정하고 신중한 면에서는 도박장 종업원에 못지않은 알빈 씨조차도 흥분을 감추지 못할 정도였다. 한스 카스토르프 역시 고액의 돈을 걸었고, 클레펠트와 쇼샤 부인까지도 고액을 걸었다. 트웬티원 게임에서 〈일주 여행(일명 바카라)〉 게임으로 옮아갔고, 〈철도〉, 〈나의 아주머니, 너의 아주

머니〉및 〈위험한 디페랑스〉게임도 했다. 모두들 변덕스러운 운명의 신에게서 신경을 자극받고, 환성을 지르고 절망하고 탄식하며, 분노를 폭발하고 히스테릭하고 발작적인 웃음을 터트리게 되었다. 이들은 일상생활에서의 화복(禍福)도 이런 것일 거라 생각하면서 진지하고 신중한 자세로 임했다.

그렇지만 놀이에 참가하고 있는 이들의 기분을 말할 수 없이 고조시키고, 얼굴을 달아오르게 하며, 눈을 반짝반짝 빛내게 한 것, 또는 이 작은 무리의 흥분, 숨 막히는 긴장, 순간순간 고통스럽다 할 정도의 집중이라 할 수 있는 이 자리의 분위기를 조성한 것은 카드놀이와 포도주만은 아니었다, 그것들은 단순한 부속물에 지나지 않았다. 오히려 이 모든 것은 이들 틈에 앉아 있는 지배자적 〈인물〉인 민헤어 페퍼코른의 영향이었다. 그는 다양한 손짓으로 사람들을 이끌었고, 배우같이 유연한 표정 연기와, 이마에 깊이 팬 주름살 밑의 흐릿한 눈빛을 통해, 또 말과 팬터마임 같은 인상적인 몸짓을 통해 모든 사람들을 꼼짝 못하게 했다. 과연 그가 무엇을 어떻게 말했단 말인가? 그는 모호하기 짝이 없는 말을 했고, 술을 마심에 따라 더욱 확실치 않은 말을 했다. 하지만 모두들 그의 입술에 눈이 끌렸고, 그가 말을 하는 대신 제왕과 같은 표정을 지으며 집게손가락과 엄지손가락으로 동그라미를 만들고 다른 세 손가락은 창처럼 뾰족하게 세우는 것을 바라보면서, 미소 띤 얼굴로 눈썹을 치켜뜨고 고개를 끄덕였다. 그는 사람들로 하여금 각자 평상시 품고 있던 헌신적인 열정의 정도를 훨씬 넘어서는 어떤 감정 속으로 저도 모르게 빠져들게 했다. 이러한 감정은 각자의 힘에는 아주 과한 것이었다. 적어도 마그누스 부인은 속이 좋지 않아 거의 실신

할 정도에까지 이르렀으나, 자기 방으로 돌아가는 것을 완강히 거부하고, 물을 적신 냅킨을 이마에 댄 채 긴 의자에 누워 있다가 얼마 동안 쉬고 나서 다시 무리에 끼어들었다.

페퍼코른은 마그누스 부인이 이처럼 무기력한 것을 영양 부족 탓으로 돌리려고 했다. 그는 집게손가락을 치켜들고 의미심장하게 떠듬떠듬 이러한 의미를 나타냈다. 삶의 요구에 제대로 부응하기 위해서는 먹어야만 한다, 제대로 먹어야 한다고 납득시킨 후, 모든 사람의 원기를 돋우기 위해 간식을 주문했다. 구운 고기, 냉육(冷肉), 소 혓바닥, 거위 가슴살, 비프스테이크, 소시지, 햄과 같은 영양가 높고 맛있는 음식들, 거기에다 또 공처럼 둥근 버터와 홍당무에 파슬리를 곁들인 기름기 많은 요리 등이 화려한 쟁반에 화단처럼 울긋불긋 풍성히 쌓여 있었다. 앞서 푸짐한 저녁 식사를 했던 터였고 충실했던 그 저녁 식사 메뉴에 대해서도 거론할 여지가 없었지만, 주문해 온 음식들이 맛있어 보여 모두들 먹으려고 손을 내밀었다. 하지만 민헤어 페퍼코른은 조금 먹어 보더니 〈겉만 번지르르한 음식〉이라고 혹평하면서 화를 벌컥 냈다. 지배자적인 면모를 지닌 그의 이러한 변덕스럽고 불같은 성질은 사람들의 손에 땀을 쥐게 했다. 아니, 누군가 감히 간식을 칭찬하려고 하자 그는 미친 듯 화를 냈다. 그러더니 그의 당당한 얼굴이 부풀어 올랐고, 주먹으로 식탁을 내리치면서 이 모든 게 형편없는 쓰레기라고 선언했다 ─ 페퍼코른은 결국 한턱내는 사람이자 주인 격이어서 자기가 주문한 요리를 비평할 권리가 있었으므로, 모두들 난처한 얼굴로 잠자코 있을 수밖에 없었다.

물론 그가 그렇게 격분한 것은 도저히 이해할 수 없는 일이긴 했지만 그의 얼굴에 무척 잘 어울렸고, 특히 이것을 한스 카스토르프는 인정하지 않을 수 없었다. 그의 격분은 절대로 그를 추하다거나 소인배처럼 보이게 하지 않았다. 그것은 무엇인가 이해할 수 없는 일이긴 하지만 이를 포도주의 과음과 결부해 생각하려는 사람은 아무도 없었다. 그는 너무나 위대하고 제왕 같은 분위기를 풍겼으므로, 모두들 몸을 움츠리고 감히 고기 요리를 입에 대려고 하지 않았다. 이런 사태가 벌어지자 쇼샤 부인이 자신의 여행 동반자를 달래기 시작했다. 그녀는 식탁을 탁 내려치더니, 그대로 거기에 머물러 있는 선장의 손과 같은 커다란 손을 어루만지면서, 그러면 무언가 다른 음식을 주문하는 것이 어떠냐, 그가 원한다면 그리고 주방장이 또 무언가를 조리해 줄 수 있다면 따뜻한 요리를 주문하면 되지 않겠느냐고 달래듯 말했다. 「여보!」 그가 말했다. 「— 좋아요.」 그리고 그는 클라브디아의 손에 키스를 하고는, 언제 그랬느냐는 표정으로 아주 자연스럽고도 위엄을 전혀 잃지 않은 온화한 태도로 되돌아갔다. 그는 자신과 모두를 위해 오믈렛을 먹는 것이 어떠냐고 제안하면서, 삶의 요구를 제대로 충족하기 위해 모두에게 고급 야채 오믈렛을 시키도록 했다. 그리고 이러한 주문을 하면서 시간 외의 일을 하는 주방 사람들의 기분을 달래 주기 위해 지폐 1백 프랑을 주방에 보내 주었다.

카나리아 새처럼 노란색과 녹색을 띤 야채가 섞인 오믈렛이 달걀과 버터의 따스한 향내를 실내에 풍기며 여러 개의 접시에 담겨 김을 내며 운반되자 그의 기분도 다시 완전히 좋아졌다. 사람들은 그와 함께 음식을 맛있게 먹었다. 떠듬거리는 말과 강요하는 듯한 문화적인 몸짓으로 뜻밖의 선물을 아주 주의 깊게, 아니 정성 들여 맛보도록 촉구하는 페퍼코른의 감시를 받으면서 말이다. 그는 다시 좌석에 앉은 사람들에게 네덜란드산 진을 일일이 따르게 하고, 노간주나무의 은은한 향기와 곡식의 신선한 냄새가 풍기는 투명한 진을 기대에 부푼 경건한 마음으로 맛볼 것을 권했다.

한스 카스토르프는 담배를 피웠다. 쇼샤 부인도 삼두마차가 질주하는 모습을 새긴, 래커 칠을 한 러시아제 담배 케이스에서 필터 담배를 꺼내 피웠다. 그녀는 집어 들기 편하게 담배 케이스를 자기 앞의 탁자 위에 올려놓고 있었다. 페퍼코른은 자신의 양쪽 옆에 앉은 두 사람이 이처럼 담배를 피우는 것에 대해 핀잔을 주지는 않았지만, 자신은 담배를 피우지 않았고 여태껏 피워 본 적도 없었다. 그의 말로 미루어 보면, 담배를 피우는 일을 그는 지나치게 세련된 향락의 하나라 여기는 것 같았다. 담배를 상습적으로 피우는 행위를 그는 삶의 소박한 선물, 즉 우리가 혼신의 힘을 다해도 제대로 누릴 수 없는 삶이라는 선물과 삶의 요구에 담겨 있는 존엄성을 해치는 것이라고 생각하는 듯했다. 「이보시오, 젊은이!」 페퍼코른은 특유의 엷은 빛의 눈초리와 세련된 손짓으로 한스 카스토르프의 주의를 끌었다 — 「젊은이 — 소박한 것! 성스러운 것! 좋습니다, 당신은 내가 하고자 하는 말을 잘 알고 있을 겁니다. 포도주 한 병, 김이 나는 달걀 요리, 순수한 곡주 — 우선 우리 배를 채우고 맛보도록 합시다. 남김없이 마시고, 충분히 그 맛을 봅시다, 진정한 의미에서 우리의 욕구를 만족시킨 연후에 — 말할 필요도 없습니다, 이보시오. 이제 다 끝났습니다. 나는 온갖 종류의 남녀들을 보아 왔습니다. 코카인 복용자, 하시시 흡연자, 모르핀 중독자

등 — 좋습니다, 완벽합니다! 저들이 원하고 좋아하는 대로 놔두면 됩니다! 우리가 그들을 가르치고 심판할 필요는 없습니다. 하지만 이것에 선행해야 하는 것, 소박한 것, 위대한 것, 신께서 직접 내려 주신 본래적인 선물에 이 사람들은 모두 다 죄를 범했습니다 — 다 끝났습니다, 이보시오, 유죄 판결이 내려졌습니다. 버려야만 합니다. 이들은 그런 모든 것에 죄를 범했습니다! 당신 이름이 무엇인지는 모르나, 젊은이 — 좋습니다, 당신 이름을 알고 있었는데 다시 잊어버렸군요 — 코카인, 아편, 악덕, 이런 것이 그 자체로 나쁜 것은 아닙니다. 다만 용서할 수 없는 죄, 그것은 바로—」

그는 여기서 말을 멈추었다. 큰 키에 어깨가 떡 벌어진 넓은 몸을 한스 카스토르프 쪽으로 돌린 채, 그는 매우 의미심장한 침묵을 지키고 있었다. 그 침묵은 반드시 상대방을 이해시키고 말겠다는 의지가 담긴 침묵이었다. 그는 집게손가락을 치켜들었고, 면도를 하다가 생긴 상처가 보이는 붉은 윗입술 아래로 그와는 어울리지 않는 찢어진 입을 보였으며, 불길같이 치솟은 백발에 둘러싸인 벗어진 이마에는 주름이 깊게 패 있었고, 흐릿한 빛의 작은 눈은 부릅뜨고 있었다. 한스 카스토르프는 페퍼코른의 눈 속에서 그가 암시한 범죄, 크나큰 죄악, 용서할 수 없는 무력감에 대한 공포가 번뜩이는 것을 보았다. 페퍼코른은 알 수 없는 지배자적 인물의 권위를 과시하면서 사람을 휘어잡는 힘으로 자신이 두려워하는 무력감의 실체를 규명해 줄 것을 말없이 명령하고 있었다 ……. 공포, 한스 카스토르프는 이것이 객관적인 성질의 공포라고 생각했지만, 제왕과 같은 페퍼코른 자신과도 관련이 있는, 개인적인 공포와 같은 것이라고도 생각했다 — 그러므로 두려움이긴 하지만, 보잘것없고 사소한 두려움이 아니라, 한순간 그의 눈 속에서 돌연 두려움이 번뜩이는 것 같았다. 한스 카스토르프로서는 쇼샤 부인의 제왕 같은 품위를 지닌 여행 동반자에게 적개심을 품을 만한 이유가 충분했지만, 천성이 경건한 그는 페퍼코른이 느끼고 있는 이러한 공포를 목격하고 충격을 받지 않을 수 없었다.

한스 카스토르프는 두 눈을 내리깔고, 옆자리의 위대한 인물에게 그 의미를 충분히 이해하겠다는 듯이 고개를 끄덕였다.

「전적으로 옳은 말씀일 겁니다.」 그가 말했다. 「그것은 죄악일지도 모르지요 — 그리고 부족함을 드러내는 신호일지도 모릅니다. 소박하면서도 자연스러운 삶의 선물, 그토록 위대하고 신성한 삶의 선물에 제대로 부응하지 않고 세련된 쾌락에 빠지는 것 말입니다. 당신 말씀을 제가 제대로 이해했다면 이런 것이 아니겠습니까? 바로 이것이 당신의 견해입니다, 페퍼코른 씨. 지금까지 나 스스로는 그런 생각을 하지 못했습니다만, 당신이 그런 지적을 하는 것을 보니, 확신을 갖고 당신의 말에 동의할 수 있습니다. 사실 따지고 보면 이러한 건강하고 소박한 삶의 선물이 제대로 정당하게 평가받는 일은 아주 드뭅니다. 정말이지, 대부분의 사람은 그러한 선물을 평가하기에는 너무 안이하고, 부주의하고, 비양심적이며, 정신적으로 너무 느슨해져 있습니다. 아마 그러리라 생각되는군요.」

제왕처럼 강력한 그 인물은 대단히 만족해했다. 「젊은이.」 그가 말했다. 「— 완벽합니다. 실례가 될지 모르지만 — 아니, 더 이상 아무 말도 하지 않겠습니다. 자, 나하고 같이 한

잔합시다. 나와 팔짱을 끼고 잔을 끝까지 쭉 들이켭시다. 이 제안은 당신에게 형제로서 서로 〈자네〉라고 부르자고 요구하는 의미는 아닙니다 — 사실 나는 막 그러려고 했습니다만, 아직 좀 성급한 결정이 아닌가 생각하고 있습니다. 가까운 장래에 당신에게 그렇게 제안할 작정입니다 — 내 말을 믿으십시오! 하지만 당신이 원하고 주장한다면 지금부터라도 당장에 —」

한스 카스토르프는 페퍼코른이 자기 스스로 다음으로 연기하자고 제의한 말에 암묵적으로 동의했다.

「좋습니다, 젊은이. 좋아요, 동지. 부족하지만 — 좋습니다. 좋으면서 섬뜩합니다. 비양심적입니다 — 아주 좋습니다. 대체 선물을 — 이것은 좋지 않습니다. 삶의 요구들! 명예와 남성의 힘에 대한 신성하고 여성적인 삶의 요구들 —」

한스 카스토르프는 갑자기 페퍼코른이 몹시 취했음을 깨달았다. 하지만 제왕 같은 그가 취했다는 사실은 보잘것없거나 창피한 느낌이라든지 추태라는 느낌은 들지 않았다. 오히려 위풍당당한 그의 면모와 결부되어 그가 장엄하고, 경외감을 불러일으키는 인물로 여겨졌다. 주신(酒神) 바쿠스도 술에 취해 자신을 열광적으로 숭배하는 동반자에게 몸을 기대었음에도 불구하고, 그의 신성함만은 조금도 잃지 않았음을 한스 카스토르프는 상기했다. 그리고 가장 중요한 것은 누가 술에 취했는가, 즉 그럴듯한 인물인가 아니면 단순히 아마포 직조공 같은 인물인가 하는 점이었다. 이렇게 생각하고서 한스 카스토르프는, 비록 페퍼코른의 문화인다운 세련된 거동이 지금 축 늘어지고 혀도 꼬부라지기 시작했지만, 자신을 옴짝달싹 못하게 하는 그 여행 동반자에 대한 존경심을 조금이라도 잃지 않도록 마음속으로 단단히 각오했다. 페퍼코른은 거나하게 취한 당당한 체구를 여유롭게 뒤로 젖히고 팔을 식탁 위로 쭉 뻗고는, 느슨하게 쥔 주먹으로 식탁을 가볍게 내리치며 말했다. 「서로 자네라고 말을 트는 것은 — 얼마 있다가, 가까운 장래에 하기로 하고, 먼저 신중하게 생각하는 것이 — 좋겠지요. 다 끝났습니다. 삶은 — 이보시오, 젊은이 — 여성입니다. 그것은 부풀어 오른 탐스러운 유방, 툭 튀어나온 엉덩이 사이의 펑퍼짐하고 부드러운 배, 가느다란 팔, 탄력 있는 허벅지, 반쯤 눈을 감고 살며시 누워 있는 여성인 것입니다. 또한 삶은 우리에게 가장 절박한 것을 조롱조의 멋진 도전으로 요구하고, 우리 남성적 욕망의 모든 활력이 자신의 눈앞에서 합격할 수 있는지 여부를 손아귀에 쥐고 있는 여성입니다 — 패배한다는 것이 — 젊은이 — 무슨 뜻인지 아십니까? 삶에 대한 감정의 패배, 그것이 〈부족함〉 내지 〈불충분함〉입니다. 그것에는 어떠한 은총도 동정도 자비도 없으며, 가차 없이 조롱으로 배척당할 뿐입니다 — 처치되고, 젊은이, 침이 뱉어질 뿐입니다……. 이러한 파멸과 파산, 이러한 처참한 치욕에는 수치나 불명예라는 표현은 터무니없이 불충분합니다. 그것은 종말, 지옥 같은 절망이며, 이 세상의 멸망입니다……..」

그 네덜란드인은 이렇게 말하면서 거구의 몸을 점점 더 뒤로 젖혔고, 이와 동시에 제왕과 같은 머리는 가슴 쪽으로 기울여 마치 잠이 들려는 사람 같았다. 하지만 마지막 말을 하면서 느슨하게 쥔 주먹을 휘두르더니 탁자 위에 쾅 소리를 내며 내리쳤다. 섬세하고 심약한 한스 카스토르프는 카드놀이와 포도주, 그리고 계속된 이상한 분위기 때문에 신경이

곤두서 있었으므로 기겁을 하며 놀랐고, 몸을 부르르 떨며 외경의 눈초리로 이 막강한 인물을 쳐다보았다 〈세상의 멸망〉 — 이 마지막 말은 그에게 얼마나 잘 어울리는 말인가! 한스 카스토르프는 종교 시간 외에는 이런 말을 들은 기억이 없었기 때문에, 그가 이런 표현을 썼다는 것은 결코 우연이 아니라고 생각했다. 그가 알고 지낸 모든 사람들 중에서 과연 누구에게 이런 불호령 같은 끔찍한 말이 어울리겠는가? 정확히 말한다면, 누가 그런 질문을 던질 만한 스케일을 지니고 있을까? 키 작은 나프타라면 언젠가 그런 말을 한 적도 있을 테지만, 그것은 남의 말을 빌린 것이니까 신랄하고 수다스러운 말에 불과한 것이다. 반면에 페퍼코른의 입에서 불호령 같은 끔찍한 말이 나오면 그것은 완전히 벼락과도 같은 것이며, 최후 심판의 날에 나팔 소리가 진동하는 듯한 무게, 한마디로 구약 성서적인 위대함을 지니고 있었다. 한스 카스토르프는 마음속으로 〈아, 과연 인물이구나〉라는 생각을 수백 번이 넘게 했다. 〈난 정말 인물을 만난 거야. 그런데 하필이면 그가 클라브디아의 여행 동반자라니!〉 한스 카스토르프는 머리가 몽롱해졌다. 그는 한쪽 손을 바지 주머니에 넣고, 입가에 문 담배에서 올라오는 연기에 한쪽 눈을 가느다랗게 뜬 채, 식탁 위에 있는 포도주 잔을 뱅글뱅글 돌리고 있었다. 이런 불호령 같은 끔찍한 말이 적임자의 입을 통해 나왔으니 잠자코 있어야 하지 않았을까? 이럴 때 자신의 보잘것없는 소리가 무슨 소용이 있을까? 하지만 그는 자신의 민주적인 교육자 두 사람으로 인해 토론에 익숙해졌기 때문에 — 두 사람 모두 본래 민주적이었다. 그중 한쪽은 민주적인 것에 반기를 들려고 했지만 — 솔직히 자신의 입장을 표명하지 않을 수 없었다. 그는 이렇게 말했다.

「페퍼코른 씨, 당신의 발언을 듣고 (이건 무슨 말인가, 발언이라니? 세상의 종말에 대한 발언을 하는 사람이 있다는 말인가?) 아까 악습에 대해 내린 결론을 다시 한 번 고찰하지 않을 수 없습니다. 당신의 말에 따르면 소박하고 신성한 삶의 선물, 내 말로 한다면 고전적인 삶의 선물을 모욕하는 것이 악습이라는 결론 말입니다. 위대한 선물 같으면 〈헌신〉하고 〈신봉〉해야 한다고 해야겠지만, 말하자면 훗날의 세련된 선물을 위해, 우리 두 사람 중 어느 한 명이 말했듯이 세련된 것에 〈탐닉함〉으로써 위대한 삶의 선물을 모욕하는 것이 악습이라는 결론 말입니다. 하지만 여기에도 사실 변명의 여지가 있는 것 같습니다……. 죄송합니다, 나에게는 변명하는 버릇이 있습니다. 변명에는 스케일이 없다는 것을 나도 확실히 느끼고 있습니다만 — 즉 나로서는 악습에도 변명의 여지가 있는 것 같습니다. 특히 그것이 아까 우리가 말한 〈부족함〉 내지 〈불충분함〉에 기인한다면 말입니다. 당신이 불충분함의 두려움에 대해 너무 큰 스케일로 말씀하셔서, 나는 보시다시피 솔직히 당혹감을 금할 수 없습니다. 하지만 제 생각에는 이러한 악습에 빠지는 인간이 이러한 무서움을 느끼지 못하는 것은 절대 아니라는 것입니다. 그 반대로 고전적인 삶의 선물에 대한 감정의 패배가 인간을 악습으로 몰아가면서 인간은 이러한 무서움을 공정하게 평가하고 있습니다. 그러므로 거기에는 삶에 대한 모욕이 없거나, 있을 필요가 없습니다. 왜냐하면 그것 역시 삶에 대한 신봉으로 볼 수 있기 때문입니다. 게다가 세련된 수단은 도취제와 흥분제, 즉 감정의 힘을 보강하고 증진하는 것, 흔히 말하는 자극제를 의미하며, 그런 까닭에서 삶은 그러한 것들의 목표이자 의의이고, 감정을 찾으려는 사랑이며, 감정에 대한 불충분함의 갈망인 것입니다……. 제가 말하는 바는…….」

한스 카스토르프는 대체 무슨 말을 하고 있는 것일까? 그 거물과 자신을 한데 묶어 〈우리 두 사람 중 어느 한 명〉이라고 말하는 것은 민주적인 몰염치의 극치라고 해야 하지 않을까? 그가 이렇게 뻔뻔스러운 행동을 취할 용기를 스스로에게 부여했다는 것은 현재 모종의 소유권을 의심스럽게 만드는 과거의 그 일 때문이 아니겠는가? 그래서 그가 〈악습〉에 관해서도 마찬가지로 뻔뻔스러운 분석을 하지 않을 수 없을 정도로 거만해진 걸까? 이제 이 난관을 어떻게 돌파해 갈 것인지…… 그는 짐작도 가지 않았다. 무섭고 끔찍한 것에 도전장을 내민 것은 분명했으니까…….

민헤어 페퍼코른은 한스 카스토르프가 말하는 동안 몸을 뒤로 젖힌 채 머리는 줄곧 가슴 쪽에 파묻고 있었기 때문에, 그가 한스 카스토르프의 말을 듣고 있는지 어떤지 알 수 없었다. 하지만 이제 한스 카스토르프의 말이 초점을 잃고 갈피를 잡지 못하게 되자, 페퍼코른은 서서히 등받이에서 몸을 일으키더니 허리를 펴고 꼿꼿이 앉는 것이었다. 이와 동시에 위풍당당한 그의 얼굴이 붉게 부풀어 올랐고, 이마의 덩굴무늬 주름살은 치켜 올라가 긴장의 빛이 돌기 시작했으며, 작은 눈도 커지더니 위협하는 듯한 빛을 띠었다. 무슨 일이 일어날 것인가? 광포한 분노가 폭발할 것 같았다. 이에 비하면 아까 화를 낸 것은 사소한 불쾌감에 지나지 않았으리라. 민헤어 페퍼코른의 아랫입술이 윗입술을 무섭게 밀어 올리자, 입 가장자리가 축 처지고 턱이 앞으로 튀어나왔다. 그는 식탁에 놓인 오른팔을 서서히 머리 높이로, 그리고 점점 더 높이 올리면서 주먹을 움켜쥐더니 민주적인 수다쟁이에게 필살의 일격을 가하기 위해 휘두르려는 듯한 자세를 취했다. 한스 카스토르프는 무서운 공포에 사로잡히고 눈앞에 전개된 이 처절한 제왕의 분노한 모습에 놀라 떨면서도 모험적인 쾌감을 느껴, 용기를 내 두려움과 도망치고 싶은 기분을 간신히 억눌렀다. 그는 당황하여 선수를 치며 말했다.

「물론 내가 한 말은 불충분한 것이었습니다. 모든 것은 스케일의 문제이지, 그 이상 아무것도 아닙니다. 스케일이 큰 것을 악습이라 부를 순 없지요. 악습에는 결코 스케일이란 것이 없으니까요. 세련된 것은 스케일을 가지고 있지 않습니다. 하지만 인간이 감정을 찾으려고 노력하면 거기엔 옛날부터 보조 수단, 즉 도취제와 흥분제가 손에 쥐어졌습니다. 고전적인 삶의 선물 중 하나인 이것은, 소박하고 신성한 성질을 띠고 있으며 악습의 성질을 지니지 않습니다. 이렇게 말할 수 있다면, 그것은 스케일을 지니는 보조 수단이라 할 수 있는 것입니다. 즉 포도주 말입니다. 이 포도주는 신이 인간에게 주신 선물로, 이미 고대의 인문적인 민족들도 주장했듯이, 심지어 우리들의 문명과도 관련이 있는 바쿠스의 박애적인 발명품입니다. 그러니까 우리가 듣기로는 포도를 재배하고 짜는 기술의 덕택으로 인간이 야만 상태에서 벗어나 문명인이 되었다고 하기 때문입니다. 그리고 오늘날에도 포도를 재배하는 민족은, 이를테면 킴메르족처럼 포도주를 모르는 민족보다는 더 문명적이라고 일컬어지기도 하며, 혹은 자기들 스스로는 그렇게 자부하고 있기도 합니다. 확실히 이것은 주목할 만한 일이 아닐 수 없습니다. 이러한 사실로 미루어 보면, 문명이란 오성이나 웅변적인 냉철함의 산물이 아니라 오히려 열광과 도취, 활기찬 기분과 관계가 있음을 알 수 있기 때문입니다 ── 이 문제에 관해 당신의 의견도 그렇지 않은가요? 외람되게 이런 질문을 드려 죄송합니다만……」

한스 카스토르프! 이 젊은이도 확실히 만만치 않은 사내다. 또는 세템브리니 씨의 문필가다운 세련된 표현을 빌리면 〈교활한 녀석〉이라 할 수 있다. 이 젊은이는 거물과 접촉할 때에는 무모하고 뻔뻔스럽기조차 했으며, 궁지에서 빠져나와야 할 때는 다시 교활해지기도 했다. 첫째로, 극히 까다로운 궁지에 몰리자 포도주 예찬에 대한 즉흥적인 연설을 함으로써 교묘하게 빠져나왔고, 더구나 그다음, 민헤어 페퍼코른의 지극히 끔찍한 자세에서는 물론 눈곱만큼도 찾아볼 수 없는 〈문명〉에 대해 슬쩍 언급을 하면서, 분노에 찬 이 사나이에게 주먹을 쥐고 들어 올린 상태로는 도저히 대답할 수 없는 질문을 던짐으로써 결국 이러한 자세를 흐트러뜨리고 부적절하게 만들었다. 그 네덜란드인은 노아의 홍수 이전 시대같은 케케묵은 끔찍한 분노의 몸짓을 누그러뜨릴 수밖에 없었다. 팔이 천천히 탁자 위로 내려졌고, 잔뜩 부풀어 올랐던 얼굴도 서서히 가라앉았다. 얼굴 표정에는 아직도 위협적인 느낌이 좀 남아 있었지만, 〈이 녀석, 운 좋은 줄 알아!〉 하고 말하는 듯했다. 이로써 일단 한 차례 광풍(狂風)은 지나간 셈이었다. 게다가 이제 쇼샤 부인도 끼어들어 자신의 여행 동반자에게 모임의 분위기가 어색해졌다고 일러 주었다.

「이봐요, 당신은 손님들을 무성의하게 대하고 있어요.」 그녀는 프랑스어로 말했다. 「당신은 너무 이 분만 상대하고 있어요. 물론 무슨 중요한 용무가 있기는 하겠지요. 근데 이제 카드놀이도 거의 끝나고 해서 사람들이 지루해하고 있는 것 같아요. 오늘 저녁은 여기서 마치는 게 어떨까요?」

페퍼코른은 그 즉시 둥근 탁자에 앉아 있는 손님들에게로 고개를 돌렸다. 쇼샤 부인이 말한 그대로였다. 사기 저하, 무력감, 따분함이 주변에 퍼져 손님들은 선생의 감시가 없어진 교실 안의 학생들처럼 야단법석을 떨고 있었다. 몇몇은 꾸벅꾸벅 졸고 있었다. 페퍼코른은 잠시나마 늦추었던 고삐를 바짝 잡아당겼다. 〈여러분!〉 하고 그는 집게손가락을 치켜들고 외쳤다 — 손톱을 창처럼 뾰족하게 기른 이 손가락은 신호를 보내는 군도나 군기와 같았고, 그의 외침은 패배하여 도망가는 무리를 불러 세우며 〈겁쟁이가 아닌 자는 나를 따르라!〉 하는 지휘관의 호령 같았다. 이 인물의 힘찬 외침은 즉각 무리를 일깨우고 긴장을 되찾는 효과를 가져다주었다. 모두들 정신을 차렸고, 해이해진 표정을 바짝 긴장시켰으며, 위풍당당한 주인 이마의 가면 같은 주름살 아래 흐릿한 빛의 눈을 바라보며 고개를 끄덕이고 미소를 지어 보였다. 페퍼코른은 집게손가락의 뾰족한 끝을 엄지손가락 끝에 대고, 손톱을 길게 기르고 있는 나머지 세 손가락을 곧게 세우면서 모두의 주의를 끌고는 모두로 하여금 다시 각자의 원래 위치로 되돌아가게 했다. 그는 무언가를 지키고 제지하는 듯 선장 같은 손을 쫙 펴고는 옆으로 슬프게 찢어진 입술로 말을 했고, 띄엄띄엄 분명치 않게 나오는 말은 거물이라는 힘이 뒷받침하고 있어 모두에게 불가항력적인 힘을 느끼게 했다.

「여러분 — 좋습니다. 육체는, 여러분, 그것은 이제 일단 — 끝나고 말았습니다. 아니 — 외람된 말이지만 — 성서에도 그것은 〈약한 자〉라고 나와 있습니다. 〈약한 자〉라는 것은 자칫하면 삶의 요구에 — 그러나 난 호소하렵니다 — 요컨대, 좋습니다, 여러분, 난 호-소-합니다. 여러분은 아마도 이렇게 말하겠지요, 잠이 와서 그런다고. 좋습니다, 여러분, 완벽하고 탁월합니다. 나도 잠을 좋아하고 존경하니까요. 잠의 깊고 감미롭고 원기를 북돋우는 환희를 나는 존경합니다. 잠은 — 젊은이, 당신이 뭐라고 불렀던가요? — 삶의 고전적인 선물 중의 하나입니다. 제1급, 최고급의 선물입니다, 여러분. 마음에 새겨 두고 기억해 두십시오. 겟세마네입니다! 〈예수께서 베드로와 세베대의 두 아들을 데리고 가셨습니다. 그리고 그들에게 여기에 머무르면서 나와 함께 깨어 있으라고 말씀하셨습니다.〉 여러분은 기억하고 계십니까? 〈그러다가 세 제자에게 가서 그들이 자고 있으므로 베드로를 향하여 너희들은 나와 함께한 시간도 깨어 있을 수 없느냐라고 말씀하셨습니다.〉 강렬합니다, 여러분. 뼈에 사무치도록 통렬하고 가슴 떨리는 이야기입니다. 〈그런데 예수께서 다시 와서 이들이 또 자고 있는 것을 보았습니다. 그리고 이들에게 아, 또 자면서 쉬려고 하느냐라고 말씀하셨습니다. 보아라, 때가 왔음이니라 —〉 여러분, 폐부를 찌르고 가슴을 저리게 하는 이야기입니다.」

정말이지 거기에 있던 모든 사람이 가슴속 깊이 감동을 받고 부끄러워했다. 페퍼코른은 가슴 위에 드리워진 듬성듬성 난 턱수염 앞에 두 손을 모으고 머리를 비스듬히 기울였다. 옆으로 찢어진 그의 입술에서 고독한 죽음의 고통에 대한 이야기가 나왔을 때, 흐릿한 빛의 눈은 몽롱해져 있었다. 슈퇴어 부인은 훌쩍훌쩍 울고 있었고, 마그누스 부인은 깊은 한숨을 내쉬었다. 파라반트 검사는 그곳에 모인 사람들을 대표해서 그들이 모두 페퍼코른을 따르고 있음을 확실히 알리기 위해, 낮은 목소리로 존경하는 초대자에게 다음과 같이 몇 마디 하지 않을 수 없었다. 「무언가 오해가 있는 것 같습니다. 모두들 생기 넘치고, 기분 좋고, 활기차며, 쾌활하고 명랑하며, 심신이 열정적입니다. 너무나 아름답고 성대하며, 정말 특별한 밤입니다 ─ 모두들 그렇게 생각하고 느끼고 있을 것입니다. 그리고 당분간은 잠이라는 삶의 선물을 이용하려 하는 사람이 아무도 없을 것입니다. 페퍼코른 씨는 손님 모두를, 손님의 한 사람 한 사람을 믿어도 좋을 것입니다.」

「완벽하군요! 탁월합니다!」 페퍼코른은 이렇게 외치고 자리에서 일어섰다. 한데 모았던 두 손을 풀어 양쪽으로 벌리고, 이교도들이 기도할 때 취하는 동작처럼 손바닥을 밖으로 향하고 반듯이 위쪽으로 들어올렸다. 방금 전까지만 해도 고딕적인 굳은 고뇌의 빛을 띠던 당당한 제왕의 얼굴이 생기 있고 명랑하게 빛났고, 심지어 탕아처럼 보이게 하는 보조개까지 갑자기 그의 볼에 나타났다. 「때가 왔습니다 ─」 그는 이렇게 말하고 메뉴판을 가져오게 한 후, 안경다리가 이마까지 닿을 정도로 높은 뿔테 코안경을 끌어 올리고는 맘 회사의 붉은 리본이 달린 독한 샴페인 세 병과 빵 케이크를 주문했다. 원추형의 작고 맛좋은 케이크는 아주 고급스러운 비스킷 종류로, 겉에 색깔이 있는 설탕이 뿌려져 있고 속에는 초콜릿 크림과 피스타치오 크림이 들어 있었으며 가장자리에 다채롭게 레이스를 두른 종이 냅킨에 싸여 있었다. 슈퇴어 부인은 그것을 먹으면서 손가락을 하나하나 핥았다. 알빈 씨는 익숙한 솜씨로 첫 번째의 샴페인 병마개에서 철사로 묶은 것을 떼어 내고, 장식이 달린 병의 목에서 버섯 모양을 한 코르크 마개를 장난감 총에서 나오는 소리와 함께 빵! 하고 천장으로 날렸다. 그런 다음 우아한 예의범절에 따라 병을 냅킨에 싸고는 사람들의 잔에 따라 주었다. 샴페인의 우아한 거품이 식탁에 깔아 놓은 리넨 식탁보를 적셨다. 사람들은 잔을 들어 서로 가볍게 부딪치고는 첫 잔을 단숨에 들이켰다. 얼음처럼 차갑고 향기로운 액체가 톡 쏘며 위장을 짜릿하게 자극했다. 사람들의 눈이 반짝거렸다. 카드놀이는 끝이 났지만, 탁자 위에 놓인 카드와 칩을 치워야겠다고 생각하는 사람은 아무도 없었다. 사람들은 행복한 무위(無爲)에 도취되어 서로 아무 맥락 없는 잡담을 나누고 있었다. 그 잡담은 각자 흥분이 고조된 상태에서 나온 것으로, 처음에는 무척 아름다운 생각에서 출발했지만, 그것을 입 밖에 내어 말하는 동안 단편적이고 혀 꼬부라진 소리로 변해 때로는 보다 경솔한 말이, 때로는 의미를 알 수 없는 헛소리가 되어 갔다. 누군가 정신이 말짱한 사람이 그 자리에 있었다면, 화를 내고 얼굴을 붉혔을 것이다. 하지만 이야기를 하고 있는 당사자들은 모두가 서로의 무책임한 상태를 즐기고 있었기 때문에, 이를 자연스럽게 받아들였다. 마그누스 부인은 귀밑까지 불그스름하게 상기된 채로, 생명이 자기몸의 구석구석으로 뚫고 들어오는 것 같다고 고백했지만, 마그누스 씨에게는 이 말이 별로 좋지 않게 들린 모양이었다. 헤르미네 클레펠트는 등을 알빈 씨의 어깨에 기대고, 잔을 내밀어 그에게 샴페인을 따르게 했다. 페퍼코른은 손톱을 창처럼 뾰족하게 기른 손으로 세련된 손짓을 하며 바쿠스의 향연을 주도했으며, 술과 음식을 공급하고 보급하는 일에 주의를 기울였다. 그는 샴페인의 향연이 끝나자 손님들에게

진한 모카커피를 대령하게 했는데, 그 커피에도 다시 예의
〈빵〉이 따라 나왔고, 부인들을 위해서는 아프리코트 브랜디,
카르투지오주(酒),[23] 바닐라 크림과 마라스키노 같은 달짝지
근한 리큐어를 가져오게 했다. 나중에는 생선 초무침과 맥주
를 주문했고, 마지막의 차 주문 때는 녹차와 카밀레 차를 가
져오게 했는데, 이 차들은 샴페인이나 리큐어를 계속해서 많
이 마신 사람들이나 민헤어 페퍼코른 자신처럼 독한 포도주
를 다시 마시는 것을 좋아하지 않는 사람들을 위해서였다.
그는 자정이 넘어서 쇼샤 부인과 한스 카스토르프와 함께
순수하고 톡 쏘는 맛이 있는 스위스산 적포도주를 마시기
시작했는데, 정말 목이 마른지 연거푸 술잔을 비우며 꿀꺽꿀
꺽 들이켰다.

연회는 새벽 1시가 되어서도 끝날 줄 몰랐다. 술에 취해
몸이 납덩이처럼 무거웠을 뿐만 아니라, 취침 시간을 무시하
고 술을 마신다는 일종의 색다른 즐거움도 있었다. 페퍼코른
이라는 제왕 같은 인물의 영향도 있었고, 베드로와 두 아들
의 끔찍한 본보기에 따라 육체의 약함에 굴복하지 않으리라
는 오기도 있었다. 일반적으로 말해서, 이런 점에서는 남성
보다는 여성 쪽이 더 강해 보였다. 남자들은 얼굴이 붉으락
푸르락해지며 두 다리를 앞으로 길게 내뻗고 가쁜 숨을 몰
아쉬느라 두 볼이 부풀었으며, 가끔 기계적으로만 술잔에
손을 댈 뿐, 진심으로는 더 이상 술 상대를 하려는 의향이 없
었기 때문이다. 이와 달리 여자들은 아직 힘이 남아 있었다.
헤르미네 클레펠트는 두 팔꿈치를 허옇게 드러낸 채 식탁에
세워 손으로 턱을 받치고 킥킥거리며 웃는 팅푸 박사에게 자

23 카르투지오 수도원에서 빚은 증류주.

신의 가지런한 앞니를 보이며 미소를 보내고 있었다. 반면에 슈퇴어 부인은 어깨를 움츠리고 턱을 잡아당겨 교태를 부리며 파라반트 검사의 마음을 끌려고 애쓰고 있었다. 마그누스 부인은 알빈 씨의 무릎에 앉아 그의 두 귓불을 잡아당기는 추태를 부렸지만, 마그누스 씨는 그것으로 오히려 마음을 한시름 놓은 것 같았다. 안톤 카를로비치 페르게는 다른 사람들로부터 흉막 쇼크 이야기를 멋지게 해달라는 재촉을 받았지만, 혀가 꼬여 말을 잘 할 수 없게 되어 도저히 못 하겠다고 솔직히 고백하고 말았다. 이것이 계기가 되어 모두들 다 같이 술을 마시자고 촉구했다. 베잘은 무언가 깊은 번민에 싸여 한동안 엉엉 울다가, 동료들에게 자신의 속마음을 털어놓으려고 했지만 그 역시 혀가 제대로 돌아가지 않았다. 하지만 그도 커피와 코냑으로 다시 힘을 얻어 기분을 돌렸다. 게다가 가슴을 들먹이며 흐느끼는 베잘의 행동과 주름진 턱이 눈물에 젖어 꿈틀거리는 움직임은 페퍼코른의 지대한 관심을 불러일으켰다. 페퍼코른은 집게손가락을 들어 올리고 이마에 덩굴무늬 주름살을 새기면서, 베잘의 현재 모습에 모두들 관심을 가져 달라고 촉구했다.

「이것이야말로―」 그가 말했다. 「이것이야말로 역시 ― 아니, 실례지만 신성한 것입니다! 누가 그의 턱을 좀 닦아 드리십시오, 이보시오, 내 냅킨으로! 아니면 차라리, 아니, 그냥 내버려 두십시오! 본인이 닦지 않고 있으니 말입니다. 여러분 ― 신성하지 않습니까? 이교도적인 의미에서나 기독교적인 의미에서, 어떤 의미에서도 신성한 것입니다! 근원적 현상입니다! 제1급의 현상 ― 최상의 현상입니다 ― 아니, 아닙니다, 이것이야말로 ―」

페퍼코른의 예의 정확한 문화적 손짓, 다소 우스꽝스럽게
된 문화적인 손짓이 뒤따르기는 했지만 〈이것이야말로〉와
〈이것이야말로 역시〉는 연회를 이끌어 가고 상세히 설명하
는 표현으로 고정되었다. 그는 집게손가락과 엄지손가락을
구부려 만든 동그라미를 귀 위에 올리고, 머리를 그 반대쪽
으로 비스듬히 장난스럽게 기울이는 버릇이 있었다. 이러한
모양은 이교를 숭배하는 노사제가 옷자락을 쳐들고 이상하
고도 우아하게 제단 앞에서 춤을 추는 것 같은 느낌을 불러
일으켰다. 그러고 나서 그는 다시 그 거대한 체구를 의자에
편안하게 기대고 팔은 옆 의자의 등받이에 걸친 채, 모두에
게 그와 함께 새벽녘의 생생하고 폐부를 찌르는 정경을, 즉
어둡고 차디찬 겨울 새벽의 정경을 뼛속 깊이 느껴 보자고
촉구했기에 사람들은 모두 어안이 벙벙해졌다. 테이블 위에
놓인 램프의 누르스름한 빛이 유리창을 통해, 바깥의 얼음장
처럼 차갑고 까마귀 울음소리마저 얼어붙게 하는 안개 긴 새
벽을 응시하는 앙상한 나뭇가지 사이를 비출 때 말이다……
그가 눈에 익은 이러한 일상의 정경을 암시적으로 매우 생생
하게 그려 냈을 뿐만 아니라, 특히 그러한 새벽녘에 커다란
해면(海綿)에서 자신이 신성하다고 일컬은 얼음장처럼 차가
운 물을 짜내어 목덜미에 댄다는 말을 해서, 모두들 자신들
의 목덜미에 떨어지기라도 한 것처럼 몸을 부르르 떨었다.
그러나 이것은 탈선이라고나 할까, 일종의 옆길로 샌 이야기
였고, 삶에 주의를 환기시킨다는 의미에서 예로 든 하나의
가르침이었으며, 즉흥적으로 환상적인 생각을 피력해 본 것
에 지나지 않았다. 그런 다음 그는 즉시 축제의 밤처럼 들뜬
모임에 열정적으로 봉사하고 이들의 기분을 되살리는 데 전

넘했다. 그는 가까이 있는 여자라면 누구든지 외모를 가리지 않고 덮어놓고 반한 척해 보였다. 식당에서 일하는 난쟁이 아가씨에게도 서슴없이 그런 행동을 취하자, 불구인 그녀는 몸에 비해 크고 늙은 얼굴에 주름을 잔뜩 지으며 히죽히죽 웃어 보였다. 슈퇴어 부인은 겉치레로 아첨하는 말을 듣고서, 그 교양 없는 본성을 드러내어 보통 때보다 더 심하게 어깨를 흔들며, 완전히 제정신이 아니라고 할 정도로 건방진 태도를 취했다. 페퍼코른은 클레펠트에게 자신의 찢어진 커다란 입에 키스해 달라고 간청했으며, 가엾은 마그누스 부인과도 농담을 지껄였다 — 그런 행동을 취하기는 했지만, 그렇다고 해서 자신의 여행 동반자에게 헌신적으로 애정 표시를 하는 것을 등한히 하지는 않았다. 그는 여러 번 쇼샤 부인의 손을 정중하고도 공손하게 자기 입술에 갖다 대곤 했다. 「포도주—」 그가 말했다. 「—부인들 — 이것이야말로 — 이것이야말로 역시 — 외람된 말씀입니다만 — 세상의 종말 — 겟세마네 —」

새벽 2시경에 갑자기 소식이 날아왔다. 〈늙은이〉, 즉 베렌스 고문관이 잰 걸음으로 휴게실로 다가오고 있다는 것이다. 지칠 대로 지쳐 있던 손님들은 그 말을 듣는 순간 일대 혼란을 일으켰다. 의자들과 아이스박스들이 뒤집어졌고, 사람들은 도서실을 통해 도망쳤다. 페퍼코른은 자신이 베푼 삶의 향연이 눈 깜짝할 사이에 해체되는 것을 보고 제왕 같은 분노를 터뜨리며 주먹으로 탁자를 쾅 하고 내리쳤다. 그러고는 우왕좌왕 온 천지로 흩어지는 무리들을 향해 〈비겁한 노예들〉이라고 욕설을 퍼부었다. 하지만 쇼샤 부인과 한스 카스토르프가 향연이 여섯 시간이나 지속되었고 그렇지 않아도 이제 끝낼 때가 되었으니 진정하라고 달래자, 어느 정도 양해를 했다. 또한 수면이라는 신성한 청량제도 생각해야 한다는 말에 귀를 기울이고, 자신을 침대까지 모셔다 드리겠다는 말에 동의했다.

「나를 부축해 주오, 여보! 자네는 다른 쪽에서 하시고, 젊은이!」그는 쇼샤 부인과 한스 카스토르프에게 말했다. 이리하여 두 사람은 페퍼코른의 육중한 몸이 의자에서 일어나는 것을 도왔고, 그를 팔로 부축했다. 그는 두 사람에게 의지하여 두 다리를 넓게 벌리고 발걸음을 옮겼다. 커다란 머리는 치켜 올려진 한쪽 어깨 쪽으로 숙이고, 부축하는 두 사람을 번갈아 가며 옆으로 밀면서 갈지자걸음으로 자신의 침실로 향했다. 요컨대 이렇게 안내를 받고 부축을 받은 것은 제왕과 같은 호사를 누리고 싶었기 때문이었을 것이다. 아마 마음만 먹었다면 혼자 힘으로도 충분히 걸을 수 있었겠지만 — 그는 취한 모습과 행동을 부끄러워하며 숨기는 노력, 즉 사소하고 하찮은 의미밖에 없는 이러한 노력을 경멸했다. 그는 이처럼 취한 것을 전혀 부끄러워하지 않았을 뿐만 아니라, 오히려 그것을 필요 이상으로 과장하여 호기를 부렸고, 비틀거리며 자신을 부축하는 두 사람을 좌우로 밀치는 것을 제왕처럼 즐기고 있었다. 그는 걸어가다가 이렇게 말했다.

「이것 봐요 — 바보 같으니라고 — 물론 결코 아니야 — 만약 이 순간에 — 당신들도 어련히 알고 있겠지 — 참 우습군 —」

「우습기 짝이 없지요!」한스 카스토르프가 그의 말에 찬성했다.「그렇고말고요! 삶의 고전적인 선물에 경의를 표하며 호탕하게 취한 채로 비틀거리며 걷는 것은 그 선물에 대

155

한 당연한 보상입니다. 거기에 반해 정상적인 정신으로 이러 쿵저러쿵 하는 것은…… 나도 꽤 취하여 소위 고주망태가 되었지만 인물 중의 인물, 특별한 인물을 침대로 모신다는 특별한 영광을 누린다는 점은 분명히 의식하고 있습니다. 인물의 스케일이라는 점에서는 나 같은 건 도저히 비교도 되지 않겠지만 취했다고 해서 내가 결코 아무 능력이 없다는 것은 ─」

「아니, 자네, 이건 또 무슨 수다인가!」페퍼코른은 이렇게 말하고, 비틀거리며 한스 카스토르프를 계단 난간 쪽으로 밀치고 쇼샤 부인은 자기 쪽으로 끌어당겼다.

고문관이 연회실로 온다는 정보는 터무니없는 거짓말이었다. 아마 식당의 난쟁이 아가씨가 너무 피곤해서 모임을 해산하기 위해 퍼뜨렸을지도 모른다. 이런 사실을 알게 되자, 페퍼코른은 멈추어 서더니 다시 돌아가서 술을 더 마시자고 했다. 하지만 좌우의 두 사람이 완곡하게 만류하자 다시 걷기 시작했다.

흰 넥타이를 매고 까만 비단 구두를 신은 키 작은 말레이인 하인이 방문 앞 복도에서 주인을 기다리고 있었다. 그는 가슴에 손을 대고 공손히 절하면서 주인을 맞아들였다.

「서로 키스를 하시오!」페퍼코른은 이렇게 명령을 내렸다. 「이 매력적인 부인에게 마지막으로 이마에 작별의 키스를 하시오, 젊은이!」그는 한스 카스토르프에게 이렇게 말했다. 「부인도 이의가 없을 테니까 이마의 그 키스를 다시 돌려줄 거요. 내가 허락하는 것이니까 나의 건강을 위해 키스해 주시오!」그가 이렇게 말했지만 한스 카스토르프는 그 말에 따르지 않았다.

「안 됩니다, 폐하!」그가 말했다. 「용서해 주십시오, 그건 안 될 일입니다.」

페퍼코른은 하인에게 몸을 기대면서 넝쿨무늬 같은 이마의 주름을 추어올리고는, 왜 안 되느냐고 따져 물었다.

「당신의 여행 동반자와 이마에 키스를 교환한다는 것은 나로서는 차마 할 수 없는 일이기 때문입니다.」한스 카스토르프가 말했다. 「그럼, 안녕히 주무십시오! 정말이지, 안 됩니다, 어느 모로 보나 그건 터무니없는 짓일 겁니다!」

그리고 쇼샤 부인 역시 벌써 자신의 방문으로 걸어가고 있었으므로, 페퍼코른은 이 고집쟁이 청년을 그냥 가게 내버려 두었지만, 한참 동안 이마의 주름을 깊게 하고 자신과 하인의 어깨 너머로 청년을 물끄러미 바라보고 있었다. 지배자형인 그는 이처럼 자신의 명령에 복종하지 않는 것을 처음 겪은 탓인지 꽤나 놀랐던 것이다

민헤어 페퍼코른
(계속)

민헤어 페퍼코른은 그해 겨울 내내 베르크호프에 머물렀다 — 그러고도 아직 겨울이 더 남아 있었다 — 그리고 봄이 되어서도 그대로 머물러 있었다. 그래서 플뤼엘라 계곡과 그 골짜기의 폭포수가 있는 곳으로 함께 놀러갔던 잊을 수 없는 소풍(세템브리니와 나프타도 함께 갔다)에도 마지막으로 끼게 되었다……. 마지막이라니? 그럼 그 소풍 이후에 그는 더 이상 그곳에 없었다는 말인가? — 그렇다, 더 이상 그

곳에 없었다 — 그가 여행을 떠났다는 말인가? — 그렇다고
도, 그렇지 않다고도 할 수 있다 — 그렇기도 하고 아니기도
하다고? 제발 그런 수수께끼 같은 말은 집어치우기로 하자!
무슨 말을 하더라도 놀라지 않을 테니까. 별로 말할 가치가
없는 수많은 사람들이 죽음의 춤을 추면서 사신(死神)에게
끌려간 일들은 그만두더라도, 우리의 침센 소위도 저세상으
로 갔다. 그러면 그 이해할 수 없는 페퍼코른도 악성 말라리
아열로 급사(急死)라도 했다는 말인가? 아니, 그렇지는 않
다. 그런데 무엇 때문에 그렇게 참을성이 없는가? 모든 일은
한꺼번에 일어나지 않는다는 사실, 이것은 무시해서는 안 되
는 삶의 조건이자 이야기의 조건이다. 그리고 아마도 신에게
서 부여받은 인간의 인식 방식을 거역하려고 하는 사람은 없
을 것이다. 우리 이야기의 본질이 허락하는 한, 적어도 시간
의 흐름을 존중하도록 하자! 그것마저도 앞으로 오래가지는
않을 것이며, 얼마 안 있으면 후다닥 끝나 버릴 것이니까! 후
다닥이란 말이 너무 시끄럽다면 휙휙 끝나 버릴 것이다! 우
리에게 시간을 알려 주는 가장 작은 바늘이 초를 재깍재깍
새겨 가면서, 냉정하게 그리고 쉬지 않고 정점을 지날 때마
다 말할 수 없이 중요한 일을 수행한다. 아무튼 우리가 이 위
에서 벌써 여러 해 동안 지내 온 것만은 분명하다. 정말로 현
기증을 느낄 정도이며, 아편이나 하시시의 힘을 빌리지 않은
악몽이다. 도덕군자 같으면 우리를 비난할 것이다 — 그래
서 우리들은 이러한 부도덕한 몽롱한 상태에 대항하기 위해
이성적인 총명함과 논리적인 명석함을 한껏 담아 놓아야 한
다! 가령 우리가 좀체 이해하기 힘든 페퍼코른과 같은 인물
만 등장시키는 대신에, 나프타 씨와 세템브리니 씨 같은 인

물과도 교류를 하도록 한 것은 결코 우연이 아니란 사실을 인정해 주길 바란다 — 이 세 사람을 등장시킨 것은 필연적으로 이들을 서로 비교하게 하는데, 그 결과 여러 가지 점에서, 특히 스케일이라는 점에서 나중에 등장한 페퍼코른에게 유리하게 진행되지 않을 수 없다는 사실이 드러난다. 한스 카스토르프도 발코니에 누워 이 두 타입을 비교해 보았다. 자신의 불쌍한 영혼을 빼앗아 가려는 말 많은 교육자 둘이 피터 페퍼코른에 비하면 너무나 보잘것없는 난쟁이처럼 느껴지는 것을 인정하고, 마음속으로 페퍼코른에게 후한 점수를 주었다. 그래서 한스 카스토르프는 페퍼코른이 제왕처럼 술에 취해 자기를 〈수다쟁이〉라고 놀린 것을 흉내 내어, 자기도 두 교육자를 수다쟁이라고 부르고 싶었다. 그리고 연금술적인 교육 덕분에 거물 중의 거물과 접촉하게 된 것이 참으로 즐겁고 행복하다고 생각했다.

이 인물이 클라브디아의 여행 동반자로서, 그러니까 막강한 방해자로서 등장한 것은 별개의 문제라서, 한스 카스토르프는 그 문제 때문에 페퍼코른에 대한 평가를 그르치지는 않았다. 되풀이하여 말하자면, 한스 카스토르프는 그가 마음으로부터 존경하고 때로는 좀 비정상적일 정도로 관심을 보이는 스케일이 큰 이 인물이, 사육제날 밤에 자기에게 연필을 빌려 준 쇼샤 부인과 여행 경비를 공동으로 계산한다고 해서 그 인물에 대한 평가를 그르치지는 않았다. 그에게 그런 일은 거의 불가능했다 — 그렇다고 해서 여자든 남자든 우리들 무리 중의 누군가가 한스 카스토르프의 그러한 〈무기력함〉을 못마땅하게 생각하고, 그가 페퍼코른을 미워하고 경원시하며 마음속으로 늙은 바보 술주정뱅이라고 욕해 주기를 바라고 있음을 우리들이 결코 예상 못 하는 바는 아니다. 하지만 그런 기대와는 정반대로 한스 카스토르프는 페퍼코른이 말라리아열에 걸렸을 때마다 그 병실에 찾아가, 그의 침대맡에 앉아 대화를 나누며, 교양의 길 위에 있는 젊은이답게 호기심을 가지고 이 인물의 스케일이나 존재감에 영향을 받으려고 하였다. 물론 대화라고 해봤자 한스 카스토르프 자신에게 어울릴 뿐 제왕 같은 페퍼코른에게 어울리는 이야기는 아니었다. 하지만 한스 카스토르프가 그에게 영향을 받으려 했다고 해서, 그리고 우리가 이런 이야기를 한다고 해서, 누군가가 한스 카스토르프의 외투를 들고 다녔던 페르디난트 베잘을 상기할는지는 모르지만, 그러한 위험성에 대해서는 무시하기로 하자. 여기서 베잘을 연상한다는 것은 전혀 무의미한 일이다. 우리의 주인공은 베잘과는 다른 사람이었고, 깊은 번민에 빠질 사람이 아니었다. 그는 결코 소설의 〈주인공〉은 아니었다. 즉, 여자와의 일 때문에 남자 간의 관계가 좌우될 사람은 아니었던 것이다. 한스 카스토르프를 실제보다 더 좋게도 더 나쁘게도 보지 않으려는 우리의 기본 원칙에 따라 말해 두지만, 그는 소설 같은 것의 영향 때문에 자신과 동성인 남성에 대한 정당한 평가를 내리지 못하거나, 남성의 영역에서 유익한 교양 체험을 얻어서는 안 된다는 생각을 거부한 것이다. 그것도 의식적으로 분명히 한 것이 아니라, 아주 자연스럽게 거부한 것이다. 이러한 생각은 여성들의 마음에는 들지 않을 것이다 — 쇼샤 부인도 그 일로 무의식중에 화를 내며, 무심코 이런저런 가시 돋친 말을 했을 것이라 여겨진다. 이 말은 다음에 또 기회를 보아 언급하기로 하겠다 — 하지만 한스 카스토르프의 이런 특성 때문에 어쩌면 교육자들이 그를 둘도 없는 훌륭한 쟁탈 대상으로 삼았을지도 모른다.

피터 페퍼코른은 용태가 많이 악화되어 결국 침대에 눕고 말았다 — 침대에 누워 버린 것이, 그가 처음으로 카드놀이를 하고 샴페인을 마신 바로 그다음 날부터였다는 것은 지극히 당연한 일이라 할 수 있었다. 늦게까지 이어진 긴장된 모임에 참석했던 사람들은 대부분 그 일로 몸 상태가 좋지 않았다. 한스 카스토르프도 예외가 아니어서, 심한 두통으로 고생했다. 하지만 이러한 두통에도 불구하고, 그는 전날 밤 연회를 베푼 주인의 병상으로 문병을 가는 것을 단념하지 않았다. 그가 2층 복도에서 만난 말레이인에게 페퍼코른을 문병 왔다고 알렸더니 반가이 맞아 주었다.

한스 카스토르프는 응접실을 지나 침대가 두 개 놓인 네덜란드인의 침실로 들어갔다. 그 응접실은 쇼샤 부인의 침실과 페퍼코른의 침실 사이에 있었다. 그가 안내되어 들어간 방은 베르크호프의 일반 손님용 방보다 훨씬 넓고 가구와 장식품도 상당히 훌륭했다. 거기에는 비단으로 씌운 안락의자와 다리가 멋지게 휘어진 탁자가 있었고, 바닥에는 부드러운 양탄자가 깔려 있었으며, 침대 또한 병원에서 흔히 사용하는 위생적인 임종용 침대가 아니라 호화로운 침대였다. 번들번들 윤이 나는 벚나무로 만들어진 침대에는 놋쇠 장식품이 박혀 있었고, 두 개의 침대에는 공통으로 하나의 덮개가 달려 있었는데 덮개에 커튼은 달려 있지 않았다 — 그래서 사실 작은 덮개가 침대 둘을 우산으로 덮고 있는 듯했다.

페퍼코른은 이 두 침대 중에 한 침대에 누워, 붉은 비단 누비이불 위에 책과 편지, 신문을 올려놓고, 테가 이마에까지 닿는 뿔테 코안경을 쓴 채, 네덜란드의 신문 「텔레그라프」를 읽고 있었다. 그의 옆 의자 위에는 커피세트가 놓여 있었고, 작은 나이트 테이블 위에는 반쯤 비어 있는 — 전날 밤에 마셨던 담백하게 톡 쏘는 맛이 나는 적포도주였다 — 포도주병이 약병과 나란히 놓여 있었다. 한스 카스토르프는 페퍼코른이 흰 셔츠가 아니라 긴 소매가 달린 양모 셔츠를 입고 있는 것을 보고 다소 놀랐다. 손목에 단추가 달려 있고, 목깃이 없으며, 오히려 그냥 둥그스름하게 파인 그 셔츠는 노인의 넓은 어깨와 떡 벌어진 가슴에 딱 들어맞았다. 그런 셔츠를 입은 페퍼코른의 모습은 서민적이고 노동자처럼 보였으며, 또한 영구적으로 지속되는 기념 흉상처럼 보이기도 했다. 이러한 의상으로 인해 베개를 베고 있는 그의 머리에서 풍겨 나오는 인간적인 위대함이 한층 고양되어, 시민적인 세계를 이미 훨씬 벗어난 듯한 느낌을 주었다.

〈결코, 젊은이〉 하고 페퍼코른은 뿔테 코안경의 높은 손잡이를 쥐고, 안경을 벗으며 말했다. 「천만에요 — 결코 그렇지 않습니다. 오히려 그 반대입니다.」 그리고 한스 카스토르프는 그의 베갯머리에 앉아 친절하게 수다를 떨며 동정심에서 촉발한 놀라운 감정을 애써 숨기고 있었다 — 공정하게 평하자면 누워 있는 그의 모습에서는, 사실 놀라운 감정이 전혀 생기지 않았다. 페퍼코른은 지리멸렬하게 떠듬대며 절박한 손짓으로 대화를 보충하고 있었다. 그는 얼굴이 누렇게 뜨고 안색도 좋아 보이지 않았으며, 무척 괴롭고 지쳐 보였다. 새벽녘에 갑자기 열병의 발작이 심하게 일어났고, 그 발작으로 인한 피로가 이제 숙취의 후유증과 결부되어 있었다.

「어젯밤에는 너무 상태가 안 좋았습니다 —」 그가 말했다. 「아니, 정말로 미안합니다 — 너무 심하게 안 좋았어요! 당신은 아직 — 좋네요, 괜찮을 겁니다 — 하지만 내 나이가 되어 보면, 이렇게 위험한 상태에는 — 여보!」 그는 이때 막 응접실에서 이쪽으로 건너온 쇼샤 부인 쪽으로 고개를 돌리며, 부드러우면서도 단호한 어조로 말했다. 「만사가 다 좋습니다, 하지만 되풀이해서 말하지만, 나를 좀 더 적극적으로 만류했으면 좋았을 것을 —」 이 말을 하는 그의 표정에는 분노의 구름이 일 것 같은 제왕의 위엄이 서려 있었다. 그렇지만 어젯밤에 그가 술을 마시지 못하도록 누군가가 정색을 하고 말렸다면, 어떤 비바람이 휘몰아쳤을까? 그것을 생각해 보면, 지금의 질책이 얼마나 부당하고 무리한 것인지 짐작할 수 있었다. 늘 그렇듯 큰 인물에게는 이와 같은 경향이 있게 마련이다. 페퍼코른의 여행 동반자는 자리에서 벌떡 일어난 한스 카스토르프에게 인사를 하면서, 페퍼코른의 분노에 찬 잔소리를 그냥 흘려 버렸다 — 게다가 인사를 하는 데 손을 내밀지 않고 미소 띤 얼굴로 손짓하며, 〈제발 그대로〉 자리에 앉아서 〈아무 걱정 마시고〉 민헤어 페퍼코른과 즐거운 대화를 계속하시라고 부탁했다……. 그녀는 방 안을 여기저기 다니면서 하인에게 커피세트를 치우라고 지시하고는 한동안 나가 있더니, 이번에는 발소리를 내지 않고 살금살금 돌아와, 선 채로 대화에 끼어들었다. 아니, 끼어들었다기보다는 대화를 약간 감시하는 것 같았다 — 이것은 한스 카스토르프가 받은 막연한 인상을 그대로 표현한 것이다. 당연한 일이리라! 비록 그녀는 스케일이 큰 인물과 함께 베르크호프 요양원으로 되돌아올 수 있었지만, 이곳에서 그토록 오랫동안 자신을 기다리고 있던 남자 한스 카스토르프가 페퍼코른에게 남자 대 남자로서 당연한 듯 경의를 표하는 것을 보고, 불안감을 느껴 〈제발 그대로〉와 〈아무 걱정 마시고〉라고 말하면서 부탁했던 것이다. 한스 카스토르프는 그런 사실을 알고서 미소를 지었는데, 그 미소를 숨기기 위해 무릎 위로 몸을 구부리면서, 이와 동시에 속으로 너무 기쁜 나머지 얼굴이 확확 달아오르는 것을 느낄 지경이었다.

   페퍼코른은 나이트 테이블 위에 있던 병을 집어 들고 그에게 포도주 한 잔을 따라 주었다. 그 네덜란드인은 오늘과 같은 상황에서는 어젯밤에 그친 데서 다시 술 마시기를 계속 이어 가는 것이 최고로 현명한 처사라고 말하며, 이렇게 톡 쏘는 포도주는 소다수와 같은 효능이 있다고 하면서 한스 카스토르프와 잔을 마주쳤다. 한스 카스토르프는 술을 마시면서, 건너편에 단추를 채운 양모 셔츠의 소매 끝으로 삐져나온, 주근깨투성이의 손톱이 뾰족한 선장과 같은 손이 잔을 쳐들어, 옆으로 찢어진 넓은 입술이 그 술잔의 가장자리를 덮치자, 노동자나 기념 흉상을 방불케 하는 목구멍 속으로 포도주가 꿀꺽꿀꺽 넘어가는 것을 지켜보았다. 그러고 나서 이들은 나이트 테이블 위의 약품에 대해 대화를 나누었다. 페퍼코른은 쇼샤 부인에게 주의를 받고, 그녀가 손수 먹여 주는 갈색 시럽을 한 수저 가득 받아 마셨다 ― 그것은 해열제로, 성분은 키니네였다. 페퍼코른은 그 약을 한스 카스토르프에게도 조금 마셔 보라고 권해 쓰면서도 향기로운 약제의 독특한 맛을 맛보게 하고는, 키니네에 대한 예찬을 몇 가지 피력했다. 키니네는 열의 근원을 뿌리 뽑고 치유하는 작용을 하는 데 특효일 뿐 아니라, 원기를 돋우는 강장제로도 높은 평가를 받아야 한다는 것이다. 그것은 단백질 대사를 억제하고 영양 상태를 양호하게 하는, 요컨대 진정한 청량제이자 강장제이고, 각성제이자 흥분제이며, 더구나 한 걸음 더 나아가 도취제이기도 하다는 것이다. 조금만 마셔도 자칫하다간 얼큰하고 거나하게 취할 수도 있다고 말하면서 페퍼코른은 어젯밤처럼 손가락과 머리를 호탕하게 움직였는데, 그 모양 역시 제단 앞에서 춤추는 이교도의 사제처럼 보였다.

「그렇습니다, 멋진 물질입니다, 기나나무의 껍질은! ─ 그런데 유럽의 약리학이 그것을 알게 된 지 3백 년도 채 되지 않습니다. 그 기나나무 껍질의 유효 성분인 알칼로이드, 즉 키니네가 화학적 실험에 의해 발견되어 어느 정도 성분이 분석된 지는 아직 1백 년도 못 됩니다. 화학이 현재 키니네의 성분을 충분히 규명하거나, 그것을 완전히 인공적으로 만들어 낼 수 있다고 주장하기에는 아직 이르기 때문입니다. 유럽의 약리학이 전반적으로 많은 도움을 주었다 해도, 그 지식을 불손하게 주장해서는 안 될 것입니다. 키니네와 유사한 경우가 이 밖에도 많이 있기 때문이지요. 가령 약리학은 물질의 힘과 작용에 대해서는 많은 연구가 진행되고 있지만, 궁극적으로 말해 이러한 작용이 무엇 때문에 일어나는가 하는 문제에 이르면 대답을 못 하는 경우가 허다합니다. 독물학을 보면 잘 알 수 있습니다. 한번 보십시오 ─ 소위 독소의 작용, 즉 독성을 일으키는 원소의 특성에 대해서는 해답이 전혀 주어지지 않고 있습니다. 예를 들어 뱀의 독 말인데요, 여기에 대해 알고 있는 것이라곤 이 동물성 물질이 단백질 화합물의 일종으로 여러 가지 성분의 단백질로 이루어져 있으며 ─ 어떤 결합인지는 알 수 없으나 ─ 특정한 결합을 통해서만 강한 독성을 띤다는 사실뿐입니다. 누구도 단백질이 독성을 띨 것이라고는 생각하지 않기 때문에, 이러한 단백질 화합물이 혈액의 순환 속으로 들어왔을 때 일으키는 효과에 대해서는 그저 놀라울 따름입니다. 하지만 물질의 세계에는.」 페퍼코른은 흐릿한 빛의 눈과 이마에 덩굴무늬 주름이 새겨진 얼굴을 베개에서 들었다. 그러고는 엄지와 검지 두 손가락으로 동그라미를 만들고, 나머지 세 손가락은 창처럼 세우면서 말을 계속했다. 「물질의 세계는 모두 삶과 죽음의 두 가지가 동시에 내포되어 있습니다. 어떤 물질이든지 약이 되기도, 독이 되기도 합니다. 그런 의미에서 약리학과 독물학은 본래 동일한 학문이라고 간주해야 할 것입니다. 독에 의해 병이 낫기도 하고, 생명을 지켜 준다는 물질이 단 한 번의 경련 발작으로 졸지에 생명을 잃게 하는 경우도 있는 것입니다.」

페퍼코른은 보통 때와는 달리 무척 인상적으로 약물과 독물에 대해 조리 있게 이야기했다. 한스 카스토르프는 고개를 갸우뚱하기도 하고 끄덕이기도 하며 그의 말을 듣고 있었으나, 중요해 보이는 그 말의 내용보다는 페퍼코른이라는 인물의 영향력을 몰래 탐구해 내려고 했다. 하지만 그것도 결국 뱀의 독이 일으키는 작용과 마찬가지로 결국은 수수께끼 같았다. 「역동적인 힘이.」 페퍼코른이 말했다. 「물질의 세계에서 전부인 것으로, 여타의 것은 완전히 부차적인 것에 불과합니다. 키니네는 약이 될 수도 있고 독이 될 수도 있는데, 무엇보다 중요한 것은 그 힘입니다. 사람들은 키니네를 4그램만 먹어도 귀머거리가 되기도 하고, 현기증을 일으키며, 숨 가쁘게 되고, 아트로핀과 마찬가지로 시력 장애를 일으키며, 알코올과 마찬가지로 취하게 됩니다. 키니네 공장에서 일하는 노동자들은 눈에 염증이 생기고, 입술이 부으며, 피부에 발진이 생겨 고생할지도 모릅니다.」 그러고 나서 페퍼코른은 신초나나무, 즉 남아메리카 코르디예라스 산맥 해발 3천 미터 높이의 원시림에서 자라는 기나나무에 대해 이야기하기 시작했다. 이 나무의 껍질은 나중에 〈예수회 회원의 분말〉이라는 이름으로 스페인에 건너갔지만, 남아메리카의 토인들은 그 효력을 진작부터 알고 있었다고 한다. 또 네덜란드 정부가 자바에서 기나나무를 대규모로 재배하며, 자바로부터 매년 계피와 비슷한 수백만 파운드의 붉은 대롱 같은 기나나무 껍질을 암스테르담과 런던으로 배에 실어 보낸다고 한다……. 대체로 수피(樹皮), 즉 수목의 껍질 조직인 표피에서 형성층까지의 부분에 힘이 감추어져 있는데, 그곳에는 거의 항상 치유와 파괴 양면성을 지닌 보기 드문 역동적인 힘이 담겨 있다. 유색 인종은 백색 인종보다 약리학 방면에 훨씬 앞서 있다고 그는 말했다. 뉴기니의 동쪽에 있는 섬 몇 개에서는 젊은이들이 어떤 특정한 나무의 껍질로 사랑의 미약(媚藥)을 만든다고 하는데, 그 나무는 자바의 안티아리스 톡시카리아처럼 분명한 독 나무로, 만차닐라나무처럼 독기를 내뿜어 주변의 공기를 오염시킴으로써, 사람과 동물이 마비 상태가 되어 실신하게 한다는 것이다 — 그러므로 젊은이들은 이 나무껍질을 갈아 분말로 만든 후, 거기에 야자수 열매를 으깨어 섞고 나뭇잎에 둘둘 싸서 굽는다고 한다. 그런 다음 이렇게 구운 혼합물의 즙을 마음에 두고 있는 쌀쌀맞은 여자가 자고 있을 때 얼굴에 뿌리면, 그 여자는 즙을 뿌린 청년을 사랑하게 된다는 것이다. 때로는 그 효력이 뿌리의 껍질에 숨어 있을 때도 있는데, 가령 말레이 군도의 스트리크노스 티우테라고 불리는 덩굴 식물 뿌리의 껍질이 그렇다고 한다. 그 고장의 토인들은 그것에 뱀의 독을 섞어 우파스 라차라는 약을 만드는데, 그 독을 화살에 발라 쏘면, 그것을 맞은 사람은 독이 혈관에 들어오게 되어 눈 깜짝할 사이에 죽고 만다는 것이다. 그러나 어떻게 해서 그렇게 되는지 한스 카스토르프 청년에게 말해 줄 수 있는 사람은 아무도 없었다. 단지 우파스는 그것이 간직하고 있는 역동적인 힘이라는 면에서, 독성이 강한 알칼로이드인 스트리키닌과 비슷하다는 점만이 밝혀져 있다고 했다……. 그리고 페퍼코른은 이제 침대에서 완전히 일어나 앉아서, 가볍게 떨리는 선장과 같은 손으로 이따금씩 포도주 잔을 자신의 찢어진 입술에 갖다 대고, 몹시 목이 타는 듯 꿀꺽꿀꺽 마셨다. 그러더니 이번에는 인도의 코로만델 해안 지방의 마전자나무에 대해 이야기했다. 이 나무의 오렌지색 열매인 〈마전자〉에서 스트리크닌이라고 불리는 아주 강력한 힘을 지닌 알칼로이드를 채취할 수 있다고 한다 — 그가 이마의 덩굴무늬 주름을 치켜 올리며 속삭이듯 낮은 목소리로 그 마전나무의 회색 가지, 눈에 띄게 번쩍거리는 잎, 황록색의 꽃에 관해 이야기했을 때, 한스 카스토르프 청년의 눈앞에는 음산하며 동시에 히스테릭하고 울긋불긋한 빛깔의 나무가 떠올라 어쩐지 으스스한 기분이 들었다.

쇼샤 부인이 대화에 끼어들어, 환담이 페퍼코른을 피곤하게 하고 새롭게 열이 오르게 할 수도 있으니 좋지 않다고 말했다. 그리고 두 사람의 모처럼의 대화를 방해할 생각은 없으나, 오늘은 이만 이 정도로 끝내는 것이 좋겠다고 한스 카스토르프에게 부탁했다. 물론 한스 카스토르프도 이 말에 동의했다. 그러나 그 후 수개월 동안 4일마다 주기적으로 엄습하는 고열이 지나가면 제왕과 같은 남자의 침대맡에 자주 앉았고, 그럴 때면 쇼샤 부인은 대화 내용을 가볍게 감시하거나, 방 안을 이리저리 서성거리며 몇 마디 참견하기도 했다. 페퍼코른에게 열이 없는 날에도 한스 카스토르프는 페퍼코른과 진주 목걸이를 한 그의 여행 동반자와 함께 몇 시간씩 보내기도 했다. 그 네덜란드인이 침대에 누워 있지 않은 날에는, 저녁을 마친 후 — 때에 따라 사람은 달랐지만 — 처음과 마찬가지로 베르크호프의 손님들 몇 사람을 식당이나 휴게실에 모아 놓고, 카드놀이를 하며 포도주를 마시거나 그 밖에 몸에 좋은 각종 음료수를 마시곤 했다. 그럴 때마다 한스 카스토르프는 늘 그렇듯이 칠칠치 못한 부인과 그 위풍당당한 인물 사이에 앉았다. 이들은 야외에서도 행동을 같이하고, 함께 산책도 하였는데, 여기에는 페르게 씨와 베잘 씨도 끼었다. 그리고 얼마 안 있어 정신적인 면에서 맞수인 사상적인 적, 세템브리니와 나프타도 참가하게 되었다. 산책을 할 때마다 이 두 사람과 꼭 맞닥뜨린 이유도 있었지만, 한스 카스토르프는 페퍼코른과 이와 동시에 클라브디아 쇼샤에게도 이 두 논객을 소개하는 것을 행복하게 느끼기도 했다. 그렇지만 이러한 만남과 교류가 두 논객에게 환영받을 일인지 아닌지에 대해서는 전혀 개의치 않았다. 두 논객에게는 교육적인 대상이 필요했고, 이들은 그 대상인 한스 카스토르프 앞에서 토론을 벌이는 것을 포기하기보다는, 차라리 그다지 달갑지 않은 이런 교제를 그냥 감수하는 수밖에 없다고 생각하는 것 같았다.

그가 교제하는 이렇게 잡다한 친구들이 최소한 서로에게 적응되지 않는 것에 적응할 것이라는 그의 예상은 결코 빗나가지 않았다. 물론 이들 사이에는 긴장감, 서먹서먹함, 심지어는 남모르는 적의 같은 것도 없지 않았다. 그런데 이상한 것은, 별로 대단치 않은 우리의 주인공이 어떻게 이런 사람들을 주위에 모이게 할 수 있었느냐 하는 점이다 — 그 이유를 우리는 그의 본성, 즉 삶에 대한 교활한 붙임성 때문이라고 설명하고 싶다. 모든 것을 〈들을 만한 가치가 있다〉고 느끼는 그의 본성이 이질적인 사람과 인물을 자기 주위에 모여들게 했을 뿐만 아니라, 이들을 어느 정도까지는 서로 융합하게 해주었으므로 그러한 붙임성을 결합력이라고 불러도 좋을 것이다.

정말 기묘하게 이리저리 얽힌 관계였다! 한스 카스토르프가 모두와 함께 산책을 하면서 교활하고 삶에 붙임성 있는 시선으로 이들을 관찰한 것처럼, 우리들도 복잡하게 얽힌 이러한 관계를 잠깐이라도 들여다보는 것이 재미있을 것이다. 우선 불쌍한 베잘을 관찰하기로 하자. 그는 욕정에 이글거리는 눈길로 쇼샤 부인을 탐하면서, 페퍼코른과 한스 카스토르프에게 비굴할 정도로 존경심을 표했다. 페퍼코른은 현재의 승리자이므로 존경했고, 한스 카스토르프는 과거 하룻밤의 일 때문에 존경하고 있었다. 다음으로 우아하게 사뿐사뿐 걸어가는 환자이자 여행객인 클라브디아 쇼샤를 관찰해 보자. 그녀는 현재 페퍼코른의 여행 동반자로서 그의 소유물이었으며, 그녀도 분명 그렇게 확신하고 있었다. 그렇지만 그녀는 과거 사육제날 밤 자신의 기사였던 한스 카스토르프가 자신의 보호자와 정답게 지내는 것을 보고 별로 달갑지 않게 여기며 은근히 속으로 언짢아 있었다. 이러한 언짢은 감정은 세템브리니 씨와 그녀의 관계를 규정짓는 감정을 기억나게 하지 않는가? 그녀는 이 말 많은 수사가이자 휴머니스트를 거만하고 인간미가 없다고 혹평하지 않았던가? 세템브리니 씨가 그녀의 모국어를 이해하지 못하고 그 언어를 은근히 멸시하고 있었듯이, 그녀도 지중해 연안의 그의 말을 전혀 이해하지 못하고 멸시했다. 하지만 그녀는 세템브리니 씨의 멸시에 비해 자신감은 적은 편이었다. 독일의 훌륭한 가문 출신으로 약간의 침윤 부위가 있는 호감 가는 이 부르주아 청년이 사육제날 밤에 자신에게 접근하려 했을 때, 뒤에서 그의 교육자적인 친구 세템브리니 씨는 지중해 연안의 말로 예의 바른 청년에게 뭐라고 소리쳤는데, 그 말이 무슨 말이냐고 그녀는 세템브리니 씨에게서 어떻게든 알아내고 싶어 했다. 한스 카스토르프의 연정은 이른바 〈홀딱 반해 있는〉 그런 종류의 것은 아니어서, 평지의 감미로운 노래에서 불리는 이치에 맞지 않는 무분별한 종류의 연정은 전혀 아니었다 — 요컨대 이 청년은 몹시 반해 있어서, 그것에 종속되어 있고 예속되어 있으며, 괴로워하고 봉사하면서도, 즉 그러한 노예 상태에 있으면서도 나름대로 교활함을 충분히 유지하고 있어서, 타타르인처럼 매혹적인 가느다란 눈을 하고 사뿐사뿐 걸어가는 이 여자 환자에 대한 자신의 연정이 어떠한 의의를 지니고 있는가 하는 것쯤은 아주 잘 알고 있었다. 그리고 괴로워하고 예속되어 있으면서도, 세템브리니 씨가 그녀에게 보이는 태도로 그 의의에 대한 주의를 환기할 수 있으리라고 생각했다. 세템브리니 씨의 태도는 노골적으로 그녀를 의심하는 것뿐이었다. 말하자면 인문적인 예의를 그럭저럭 보이기는 했지만, 너무나 쌀쌀맞고 거부하는 태도를 취했던 것이다. 그래도 자신이 희망을 품은 레오 나프타와의 관계에서도 제대로 보상을 받지 못했다고 생각하는 그녀가 참 안됐다는 생각이 들었지만, 사실 한스 카스토르프로서는 그것이 오히려 마음에 들었다. 확실히 레오 나프타는 그녀의 본질에 대해 세템브리니 씨처럼 근본적인 부정을 하지는 않았고, 그와 이야기를 나누는 것은 세템브리니 씨와 이야기할 때보다는 훨씬 부드러운 분위기에서 이루어졌다. 클라브디아와 신랄하고 키가 작은 나프타는 때때로 책에 대해서, 또 정치 철학의 제반 문제에 대해서 대화를 나누기도 했는데, 두 사람 다 그런 것에 대해 과격한 생각을 지니고 있다는 점에서 의견이 일치했다. 그럴 때엔 한스 카스토르프도 진심으로 둘의 대화에 가담했다. 그러나 나프타는 벼락같이 성공한 사람들에게서 흔히 볼 수 있듯 짐짓 신중한 태도로 아닌 척하지만, 역시 그녀에 대해 은연중에 거만한 태도를 보였기 때문에, 그녀도 나프타에게서 귀족적인 속 좁은 마음씨를 눈치채지 않을 수 없었다. 사실 그의 스페인적인 테러리즘 역시 문을 쾅 닫으며 여기저기를 돌아다니는 그녀의 〈인간성〉과 결코 조화될 수 없었다. 게다가 마지막이자 가장 미묘한 문제는, 세템브리니와 나프타가 그녀에 대해 갖고 있는 납득하기 어려운 가벼운 적의에 관한 것이었는데, 그녀는 여성 특유의 예민한 감각으로 두 논적으로부터 그러한 적의가 자기를 향해 불어오는 것을 느끼지 않을 수 없었다(그녀의 사육제날 밤의 기사인 한스 카스토르프도 그 적의를 느낄 수 있을 정도였다). 그리고 그 이유는 한스 카스토르프에 대한 두 사람의 관계에 있었다. 두 사람의 역할을 방해하며 주의를 분산하는 요소로서의 그녀, 이 쇼샤 부인에 대한 두 교육자의 불쾌감, 이러한 은밀하고 본래적인 적대감은 이들에게 교육적인 앙금으로 남은 반감을 해소해 주어, 이 두 교육자를 결속하게 했다.

이러한 적의는 피터 페퍼코른에 대한 두 토론가의 태도에도 반영되어 있지 않았을까? 한스 카스토르프는 그렇게 느끼는 것 같았다. 그가 이것을 심술궂게 기대했기 때문이기도 하지만, 가끔 혼자서 장난삼아 〈참사관들〉이라고 부른 두 교육자를 떠듬떠듬 말하는 제왕과 같은 페퍼코른과 맞대면하게 해서, 그 반응을 연구하고 싶은 욕구가 적지 않게 생겼기 때문이기도 했다. 민헤어 페퍼코른은 밖에 나가면, 사방이 닫힌 실내에서 볼 때만큼 그리 당당한 느낌을 주지 못했다. 이마까지 깊숙이 눌러쓴 부드러운 펠트모자는 그 특유의 불길 같은 백발이나 깊이 팬 이마의 주름을 감추어 그의 용모가 지닌 스케일을 작게, 말하자면 수축시켜 버려서, 그의 붉은 코도 당당한 위엄을 잃게 되었다. 그가 걷는 모습도 서 있을 때만큼 훌륭하지 못했다. 그는 보폭이 짧으며, 한 발자국 내디딜 때마다 육중한 상체와 심지어 머리까지 앞의 발쪽으로 비스듬히 내미는 버릇이 있었는데, 그 걷는 모습을 보면 제왕 같다기보다는 오히려 마음씨 좋은 백발의 노인을 연상하게 했다. 게다가 걸을 때는 서 있을 때처럼 몸을 반듯이 펴고 걷는 것이 아니라, 몸을 약간 구부리고 걸었다. 그렇게 구부정하게 걸어도 그는 키 작은 나프타뿐만 아니라, 로도비코 씨보다도 머리 하나만큼은 더 컸다 — 하지만 한스 카스토르프가 처음부터 예상하고 있었던 것처럼, 페퍼코른의 존재가 두 정치가의 존재를 완전히 압도해 버린 것은 결코 신체의 크기 때문만은 아니었다.

　이것은 이 제왕다운 인물과 비교됨으로써 두 논적이 압도되고, 작아 보이며, 과소평가되는 것이었다 ── 이에 대해서는 날카롭고 객관적인 관찰자 한스 카스토르프는 물론, 두 당사자, 즉 당당한 체구의 더듬거리는 페퍼코른뿐만 아니라 빈약한 체구의 수다쟁이 두 논적도 느끼고 있었다. 페퍼코른은 세템브리니와 나프타를 아주 예의바르고도 정중하게 대했으며, 심지어 존경심까지 품었다. 만일 스케일이 큰 인물이라는 개념과 익살 내지 반어적이라는 개념이 양립할 수 없다는 것을 깨닫지 못했다면, 한스 카스토르프는 페퍼코른의 이러한 존경심을 익살 내지 반어적이라고 불렀을지도 모르겠다. 왕들은 반어를 알지 못한다 ── 수사학상의 솔직하고 고전적인 수단으로서의 반어조차 알지 못하기 때문에, 복잡하게 얽히고설킨 의미에서의 반어 같은 것은 더구나 말할 것도 없다. 그러므로 페퍼코른이 한스의 친구들에게 보이는 태도, 즉 약간 과장된 정중함 뒤에 숨겨져 있거나 공공연히 드러나 보이는 태도는 오히려 우아하면서도 당당한 조소라고 부를 수 있을 것이다. 「그래 ── 그래요 ── 그렇지요 ──!」 페퍼코른은 옆으로 찢어진 입술에 장난기 섞인 미소를 띠면서, 얼굴을 쳐들고 두 사람을 위협하듯 손가락으로 가리키면서 말했다. 「이 분은 ── 이 분들은 ── 여러분, 주목해 주십시오 ── 대뇌 그 자체, 아니 대뇌적 존재입니다, 이해하시겠지요! 아니 ── 아닙니다, 완벽합니다, 보통이 아니죠. 이것은 말입니다, 확실히──」 이 말을 들은 두 논적은 눈빛을 교환하면서 앙갚음을 하려고 했으나, 서로의 시선이 부딪친 후 감당을 못 하겠다는 표정으로 허공을 응시할 뿐이었다. 두 논적은 한스 카스토르프마저 자기들 시선으로 끌어들이려고 했으나, 그는 이를 모른 체했다.

어느 날에는 세템브리니 씨가 제자 한스 카스토르프에게 단도직입적으로 교육자로서의 걱정을 털어놓았다.

「아니, 이거 참, 엔지니어 양반! 그 사람은 멍청한 노인네입니다, 정말로! 그의 어디가 마음에 든다는 겁니까? 그가 당신을 향상시킬 수 있는 힘을 지니고 있을까요? 나로서는 도저히 이해가 되지 않습니다! 당신이 그 사람과 교류하는 이유가 그 사람의 현재 애인 때문에 그냥 참고 견디는 것이라면 — 물론 그리 칭찬할 만한 일은 아니지만 — 당신이 행동하는 모든 것이 이해가 가긴 합니다. 하지만 당신이 그녀보다 그 사람에게 더 신경을 쓰고 있다는 것은 보지 않으려고 해도 어쩔 수 없이 내 눈에 들어옵니다. 부탁입니다, 그 이유를 좀 설명해 주십시오…….」

한스 카스토르프는 웃었다. 「단연코!」 그가 말했다. 「완벽합니다! 그것은 이제 일단 — 실례의 말씀이지만 — 좋습니다!」 그러면서 그는 페퍼코른의 세련된 문화적인 몸짓까지 흉내 내려고 했다. 「그래요, 그렇습니다.」 이렇게 말하면서 그는 계속 웃었다. 「당신은 그런 내 태도를 멍청하다고 말씀하십니다, 세템브리니 씨, 어쨌거나 애매한 태도인 것은 분명한데, 당신은 멍청함보다 어쩌면 그 애매한 태도를 더욱 나쁘게 볼지도 모르겠습니다. 아, 멍청함에도 아주 다양한 종류의 멍청함이 있지요, 아무리 영리하다고 해도 그게 최고는 아닌 것이죠……. 어떻습니까! 감명을 주는 그럴듯한 문구지요, 명언 아닙니까? 마음에 드시지요?」

「네, 아주 좋군요. 당신의 잠언 모음집 처녀 출판을 학수고

175

대하겠습니다. 그런데 한 가지 부탁이 있습니다. 아직 늦지 않았다면, 당신의 잠언 모음집에 우리가 제기한 역설의 반인 간적 본질에 대해서도 지면을 좀 할애해 주시기 바랍니다.」

「당연히 그래야겠지요, 세템브리니 씨. 그렇게 하고말고요. 그렇지만, 나의 명언은 결코 역설이 목적이 아닙니다. 내가 강조하고 싶었던 것은 〈멍청함〉과 〈영리함〉을 구별하는 것이 얼마나 어려운 것인가를 지적하는 것이었습니다……. 그렇습니다, 참 어렵습니다, 그렇지 않습니까? 이 두 가지는 사실 서로 복잡하게 얽혀 구별해 내기가 무척 어렵습니다 ……. 나는 잘 알고 있습니다. 당신이 그런 불분명한 뒤범벅을 싫어하고, 가치를, 비판을, 가치 판단을 중시한다는 것을 말입니다. 그리고 나도 당신의 그러한 견해가 두말할 나위 없이 옳다는 것을 인정합니다. 하지만 〈멍청함〉과 〈영리함〉이라는 문제는 때때로 정말 불가사의함 그 자체입니다. 그런 불가사의함이라는 문제를 밝히려는 성실한 노력만 있다면, 불가사의함과 접해 보는 것도 그렇게 나쁘진 않을 것입니다. 당신에게 다음과 같은 질문을 드리고 싶군요. 당신은 그가 우리들 중의 어느 누구보다도 훌륭한 인물이라는 사실을 부정할 수 있습니까? 내 표현이 좀 노골적이지만, 내가 보기엔 당신도 역시 그 사실을 부정할 수는 없을 것 같군요. 그 사람은 우리들보다 훌륭한 사람입니다. 그리고 그에게는 우리들을 우습게 생각할 수 있는 자격이 어딘가에 있습니다. 어디에? 어째서? 어느 정도일까요? 물론 그가 영리하기 때문에 그렇다는 것은 아닙니다. 그가 별로 영리하지 않은 것은 나도 인정합니다. 그러니까 그는 오히려 애매모호한 사람이며, 감정적인 사람입니다. 변덕스러운 감정이야말로 그의 취미나 다름없습니다 — 이런 일상적인 속어 표현을 해서 죄송합니다! 그러니까 내가 말하고 싶은 것은, 그가 우리보다 더 영리하기 때문에 훌륭하다는 말은 아니라는 겁니다. 다시 말해서, 정신적인 이유 때문에 우리보다 훌륭하다는 말은 아닙니다 — 당신은 설마 그 사람이 정신적으로 훌륭하다고는 생각하지 않겠지요, 그리고 사실은, 그것은 문제 밖입니다. 그렇다고 해서 육체적인 이유에서도 아닙니다! 그의 어깨는 선장의 어깨처럼 떡 벌어져 있고, 힘도 엄청 세기 때문에 우리들 중 누가 덤벼들어도 그 주먹으로 때려눕힐 수 있을 것입니다. 그렇지만 그 때문은 아닙니다 — 그는 자신이 그런 일을 할 수 있다고 생각조차 하지 않을 것이며, 그가 만약 그런 생각을 한다 하더라도 문명화된 몇 마디 말로 타이르면 그것으로 간단히 마음이 풀릴 것입니다……. 그렇기 때문에 육체적인 이유로 그가 우수하다는 것이 아닙니다. 그렇지만 이런 경우에 육체적인 요소가 중요한 몫을 차지하고 있음은 의심할 여지가 없습니다 — 완력, 즉 힘이라는 의미에서가 아니라, 다른 불가사의한 의미에서 말입니다 — 육체적인 요소가 개입하면 즉시 모든 일이 불가사의해집니다 — 그리고 육체적인 것이 정신적인 것에 섞이고, 반대로 정신적인 것이 육체적인 것에 섞여, 어느 것이 멍청하고 영리한 것인지 구별할 수 없게 됩니다. 하지만 그 결과는 역동적인 힘으로 나타나게 되어 우리들은 압도되어 버립니다. 그리고 이것을 표현할 수 있는 말은 단 한 마디뿐입니다. 바로 〈인물〉이라는 말입니다. 이 말은 상식적인 의미로 사용되기 때문에, 그런 의미로는 우리 모두가 인물이기도 하지요 — 도덕적인 인물, 법률적인 인물, 그 밖에도 여러 종류의 인물이 될 수 있겠지요. 그러나 내가 여기서 말하는 것은 그런 의미의 인물이 아닙니다. 내가 말하는 것은 멍청함과 영리함을 뛰어넘는 불가사의한 의미로서의 인물이고, 이 불가사의함에 대해서는 생각해 볼 점이 있습니다 — 한편으로는 그러한 불가사의함을 될 수 있는 한 규명하는 것이 필요하고, 그것이 여의치 않다면 그것에 감동을 받으면 됩니다. 그리고 당신이 가치를 문제시한다면, 인물도 결국 긍정적인 가치라고 나는 생각합니다 — 멍청함과 영리함보다 더 긍정적인, 최고로 긍정적인, 삶 그 자체처럼 절대적으로 긍정적인 가치입니다. 한마디로 말해 삶의 가치이며, 진지하게 따져 볼 만한 가치입니다. 이상이 당신이 말씀하신 멍청함에 대해 내가 대답해야겠다고 생각한 말입니다.」

요즘에 와서는 한스 카스토르프가 이러한 심정을 토로해도, 이제는 횡설수설한다든가 말이 막히는 일은 없었다. 그는 털어놓고 싶은 말을 모두 했고, 목소리를 낮추어 끝을 맺고는 사나이로서의 구실을 할 수 있는 사람처럼 행동했다. 그렇지만 여전히 얼굴이 벌겋게 달아오르는 버릇은 남아 있어서, 자신이 부끄러워할 시간을 갖도록 자신의 말이 끝나고도 세템브리니가 자신을 비판하기 위해 계속 침묵을 지키지나 않을까 좀 두려워했다. 아니나다를까 세템브리니 씨는 한참 동안이나 침묵을 지키고 있다가 이렇게 말했다.

「당신은 아까 역설을 좋아하지 않는다고 말했습니다. 그러나 당신이 불가사의함에 집착하는 것을 내가 좋아하지 않는다는 것을 당신도 잘 알고 있겠지요. 당신은 그 인물을 신비화하기 때문에 우상 숭배에 빠질 위험이 있습니다. 당신이 숭배하는 것은 가면입니다. 당신은 기만적이고 공허한 형상에 지나지 않는 것을 신비라고 생각하고 있습니다. 그것은 속임수일 뿐이며, 육체와 외모를 지니고 있는 악마가 우리를 속이기 위해 즐겨 사용하는 것입니다. 당신은 배우들과 교제해 본 일이 없습니까? 율리우스 카이사르, 괴테, 베토벤의 얼굴을 합친 것과 같은 용모를 하고 있으면서, 그러한 행운을 타고난 소유자들이 한번 입을 열어 말하면 세상에서 불쌍하기 짝이 없는 바보로 밝혀지는 이러한 광대들을 모르십니까?」

「좋습니다, 자연의 장난이겠지요.」 한스 카스토르프가 말했다. 「하지만 그냥 자연의 장난이자 조롱이라고만 할 수는 없습니다. 왜냐하면 이들이 배우인 이상 재능이 있음에 틀림없기 때문입니다. 그리고 재능 자체는 멍청함과 영리함을 뛰어넘는 것이고, 하나의 삶의 가치입니다. 당신이 뭐라고 하시든지 민헤어 페퍼코른 역시 재능을 지니고 있습니다. 그렇기 때문에 우리보다 훌륭하며 우리를 압도한다고 할 수 있습니다. 예를 들어 방 한구석에 나프타 씨를 앉혀 놓고 그레고리우스 교황과 신정 국가에 대한 연설을 해보라고 하십시오. 무척 경청할 만한 가치가 있겠지요 — 그리고 다른 한구석에는 페퍼코른이 서서 이상한 입술 모양에 이마의 주름을 잔뜩 치켜 올린 채, 〈단연코! 실례지만 — 끝났습니다!〉라는 말만 되풀이한다고 생각해 보십시오. 그렇게 되면 아마 모르긴 해도 사람들은 모두 페퍼코른의 주위에 몰려들 것입니다. 반면에 신정 국가에 대해 명쾌한 강연을 하는 똑똑한 나프타는, 베렌스 고문관의 말마따나 골수에 사무치도록 명쾌한 이야기를 늘어놓아도 혼자 우두커니 앉아 있게 될 겁니다……」

「결과 만능주의를 부끄러워하십시오!」세템브리니 씨가
그에게 훈계했다. 「세상 사람들은 속임수에 넘어가기 쉽습
니다. 나도 나프타 씨 주위에 사람들이 모여드는 것을 원하
지 않습니다. 그는 매우 위험한 선동가이기 때문입니다. 하
지만 나는 당신이 비난받아 마땅할 정도로 갈채를 보내며
설명한 가공의 장면에 대해서는 차라리 그의 편에 서겠습니
다. 당신은 분명한 것, 정확한 것, 논리적인 것, 인간적인 질
서 정연한 말, 이런 것을 멸시하는군요! 그런 것은 멸시하면
서 암시와 감정 기만의 교묘한 속임수를 존경한다는 말이군
요! — 그렇다면 당신은 이미 완전히 악마의 손아귀에 들어
가…….」

「하지만 장담컨대, 그도 열중하면 간혹 아주 훌륭할 정도
로 조리 있는 말을 하곤 합니다.」한스 카스토르프가 말했
다. 「그가 언젠가 나에게 역동적인 힘을 내는 약제와 아시아
의 독 나무에 관해 얘기해 준 적이 있었는데, 너무 재미있어
서 으스스하고 이상한 기분이 들 정도였습니다 — 재미있는
이야기는 언제나 좀 으스스하거든요 — 그런데 그 이야기는
이야기 그 자체가 재미있다기보다는, 오히려 이야기와 인물
의 알 수 없는 힘이 결부되어 재미있게 느껴졌습니다. 그 인
물에서 발산되는 힘이 이야기를 재미있게도 하고 동시에 으
스스하게도 했습니다…….」

「물론 그렇겠지요, 당신이 아시아를 과할 정도로 좋아한
다는 것은 널리 알려진 사실이니까요. 그렇고말고요, 사실
나 같은 사람한테서는 그런 진기한 이야기를 기대할 수 없
을 테니까요.」이렇게 세템브리니 씨가 자못 못마땅한 듯 대
꾸했기 때문에, 한스 카스토르프는 세템브리니 씨의 대화와

교훈의 장점은 전혀 다른 측면에 있다고 서둘러 둘러댔다. 따라서 양사를 비교하는 것은 양사의 어느 쪽에도 부당한 일이 될 것이므로, 아무도 그런 생각은 하지 않을 것이라고 변명했다. 그렇지만 그 이탈리아인은 한스 카스토르프의 정중한 해명을 제대로 듣지도 않고 물리쳤다. 그는 계속 말했다.

「아무튼 당신의 객관적이고 침착한 태도에는 정말 감탄하지 않을 수 없습니다, 엔지니어 양반. 그것은 약간 그로테스크에 가깝다고 할 수 있을 정도인데 당신도 그런 사실을 인정할 것입니다. 결국 누가 뭐라 해도 현재의 상황을 있는 그대로 말하자면…… 그 멍청이가 당신의 베아트리체를 빼앗아 갔습니다 — 나는 사실을 있는 그대로 말하는 것입니다. 그런데 당신은 어떤가요? 그야말로 유례가 없는 일입니다. 이해할 수가 없어요.」

「기질의 차이겠지요, 세템브리니 씨. 격한 기질과 기사도적인 기질의 차이 말입니다. 물론 남쪽 나라 출신인 당신 같으면 독약을 마신다거나 단도를 휘두른다거나 좌우간 문제를 사회적이고 열정적으로, 즉 화려하게 만들 것입니다. 이것은 사회적인 의미에서 볼 때 확실히 남성적이며 매력적일 것입니다. 그러나 내 경우는 이와는 좀 다릅니다. 나는 그를 경쟁 상대이자 나의 연적이라 생각할 정도로 남자답지는 못합니다 — 대체로 내 성격은 남성적이지 못하다고 생각하는데, 왜 그런지는 나도 모르겠습니다만, 내가 자신도 모르게 〈사회적〉이라고 부르는 의미에서는 특히 그렇다고 생각합니다. 그래서 나는 답답한 가슴을 치면서 내가 과연 그 사람을 비난할 수 있는지 스스로에게 물어봅니다. 저 사람이 나에게 무슨 일을 고의로 저질렀을까? 그런데 모욕이라는 것

181

은 무슨 일을 고의로 해야 그렇게 되는 것이지, 그게 아니라면 모욕이 되지 않습니다. 그리고 그가 나에게 무슨 일을 〈훼방 놓는〉다면, 난 그녀를 잃지 않도록 해야 옳겠지만, 나에게는 그럴 권리도 없습니다 — 결코 그럴 권리가 없으며, 더군다나 상대가 페퍼코른 씨라면 더더욱 없습니다. 왜냐하면 첫째로, 그는 거물이라서 여성들이 맥을 추지 못하기 때문입니다. 둘째로, 그는 나와 같은 민간인이 아니라 나의 불쌍한 사촌처럼 군인이나 마찬가지이기 때문입니다. 즉 그는 감정이나 삶을 중시하려는 철저한 명예심의 소유자입니다 ……. 이렇게 얘기하다 보니 내가 아주 말도 안 되는 소리를 한 것 같습니다. 하지만 나는 언제나 나무랄 데 없이 틀에 박힌 말을 하는 것보다는, 차라리 어딘가 좀 모자라는 듯한 말을 늘어놓으면서 좀 어려운 말을 약간 지껄이는 것을 더 좋아합니다 — 이런 사실로 보아 내 성격에도 어느 정도 군인적인 요소가 있지 않나 생각됩니다…….」

「그렇게 말할 수도 있겠지요.」 세템브리니는 고개를 끄덕이며 말했다. 「그것은 칭찬할 만한 일면임이 틀림없으니까요. 표현할 수 있는 용기, 그것이 바로 문학이며, 인문주의입니다…….」

이런 경우에 두 사람은 이렇게 별다른 일 없이 그럭저럭 헤어질 수 있었다. 늘 그랬듯이 마지막에는 세템브리니 씨가 화해를 하며 결말을 맺었는데, 그로서도 그렇게 해야만 할 이유가 충분히 있었다. 그의 입장이 결코 안전하다고는 할 수 없었기 때문에, 청년을 너무 엄격하게 다그치지 않는 것이 자신에게 더 이로웠을 것이다. 가령 질투가 문제시된다면, 그로서는 설 땅을 잃어버릴 정도로 아슬아슬한 상황을 맞이할지도 모르는 일이었다. 그 화제를 지금보다 좀 더 깊이 파고들어, 즉 그의 교육자적 자질에 관해서 살펴보면, 그 역시 사회적인 의미에서 결코 남자답지 못하다는 것을 인정하지 않을 수 없었기 때문이다. 이 때문에 나프타와 쇼샤 부인으로부터도 그랬지만, 위풍당당한 페퍼코른으로부터도 자신의 영역을 침해받을 것이 너무나 불 보듯 뻔했다. 이리하여 결국 세템브리니 씨는 자신의 논적인 나프타의 영향력과 타고난 우월성을 인정하지 못하게 하는 데 실패했듯, 제자를 설득하여 이 인물의 영향력과 타고난 우월성에 저항하게 할 수도 있을 것이라는 희망도 품지 말았어야 했다.

두 사람의 논적이 가장 의기양양했을 때는, 토론이 벌어져 그 자리에 정신적인 분위기를 조성할 때였다 — 그럴 때면 산책을 하는 사람들은 으레 두 논적의 우아하고 격정적이며 동시에 학구적인 어조의 토론, 즉 다급한 시사 문제나 삶의 문제를 다루고 있는 것 같은 토론에 주의를 기울였다. 거의 두 사람만이 토론에 열을 올리는 동안, 〈스케일이 큰 인물〉은 중립적인 태도를 취한 채 이마의 주름만 더욱 깊게 새기며 놀랐다는 표정을 짓거나, 모호하면서도 비웃는 어조로 떠듬떠듬 몇 마디 말로 끼어들었을 따름이다. 하지만 잠깐잠깐 이러한 상황에서도 그는 압력을 행사했고, 그들의 토론을 흐려 놓아 토론의 광채를 잃어버리게 했으며, 왠지 모르게 그 토론을 황폐하게 만들었다. 페퍼코른 자신은 의식하지 못했을 테지만, 아니 어느 정도는 의식했을지도 모르지만, 일반적으로 모든 사람이 느끼기에는 두 토론자 중의 어느 누구에게도 이롭지 않은 공기가 감돌게 되어, 그로 말미암아 논쟁이 결정적인 중요성을 잃어버리게 되었다. 아니, 솔직히 말해서 — 이렇게 말하기는 좀 주저되지만 — 두 논적이 쓸데없는 토론을 하고 있다는 느낌이 들게 했다. 다른 말로 한다면, 생사를 건 격렬한 어조의 기지에 찬 토론이 막연하나마 옆에서 걸어가고 있는 이 〈거물〉을 남몰래 계속 의식하고 있어서, 그 인물의 자력(磁力)에 토론이 힘을 빼앗겨 버리고 마는 것이었다. 이렇게 생각하지 않고는 두 논쟁자를 말할 수 없이 화나게 하는 이러한 불가사의한 현상을 도저히 설명할 수 없었다. 피터 페퍼코른이 만약 옆에 같이 없었더라면, 두 논적의 토론이 훨씬 과격해졌으리라는 것만은 말할 수 있다. 두 사람의 주장은 다음과 같았다. 세템브리니는 교회의 역사적인 권력을 오로지 음울한 침체와 보수의 수호자로 보았고, 변혁과 혁신을 옹호하는 삶과 미래에 대한 모든 친근성은 고대의 교양이 부활한 빛나는 시대에 탄생한 계몽, 과학, 진보라는 상반된 원칙과 밀접하게 연결되어 있음을 주장하며, 이러한 주장을 아주 아름다운 말과 몸짓으로 뒷받침했다. 이에 반해 레오 나프타는 세템브리니 씨의 논설에 맞서 지극히 혁명적인 교회의 본질을 옹호했다. 나프타는 선선히 나서서 냉정하고도 날카롭게 응수했는데, 그의 말은 상대방으로 하여금 더 이상 반박할 수 없게 할 정도의 눈부시고 화려한 항변이었다. 나프타의 주장에 따르면, 교회는 종교적이고 금욕적인 이념을 구현하려는 것이므로, 그런 의미에서 볼 때 근본적으로 존속하려는 것, 즉 세속적 교양이며 국가의 법질서를 편들고 지지하려는 것이 아니라 — 오히려 옛날부터 지극히 급진적인 변혁을 근본적인 목표로 삼아 왔다는 것이다. 그리하여 존속할 만한 가치가 있다고 생각되는 모든 것, 낙오자, 비겁자, 보수주의자, 시민, 이런 자들이 보존하려고 하는 모든 것, 즉 국가와 가족, 세속적인 예술과 학문은 — 의식적이든 무의식적이든 간에 종교적인 이념에 대해, 즉 교회에 대해 지금까지 반대의 입장을 취해 왔다고 한다. 이것은 교회의 본래적인 성향과 그 부동의 목적이 현존하는 모든 세속적 질서를 해체하고 이상적이고 공산주의적인 신정 국가를 모범으로 삼으면서 사회를 재편성하는 데 있기 때문이라는 것이다.

다음에는 세템브리니 씨가 응수할 차례였다. 그런데 맹세코, 그도 자신의 차례를 유효적절하게 사용할 줄 아는 사나이였다. 「나프타 씨가 이처럼 계몽적인 혁명 사상과 모든 추악한 본능의 반역을 혼동하는 것은 정말 개탄할 일입니다. 수세기에 걸쳐 계속된 교회의 혁신 운동의 본질은, 생명의 불꽃을 피어나게 하는 사상을 규탄하고 교살하며, 화형의 연기로 질식시키는 데 있었습니다. 그리고 오늘날의 교회는 자유, 교양, 민주주의를 매장하고 천민 독재 정치와 야만 상태를 실현하는 것을 목표로 하고 있다는 이유를 내세우면서, 자신의 밀사들로 하여금 교회가 마치 변혁을 좋아하는 것처럼 선전하게 하고 있습니다. 아니, 정말 모순에 찬 끔찍한 결론이자, 철저한 모순의 표본입니다……」

「그러한 모순과 철저함이라는 점에서는.」 나프타가 반박했다. 「세템브리니 씨의 주장도 마찬가지입니다. 당신도 민주주의자를 자처하고 있지만, 입버릇처럼 하는 말로 보면 당신은 결코 민중과 평등의 편이라 할 수 없습니다. 오히려 민중을 대변하여 독재 정치를 하도록 소명을 받은 세계 프롤레타리아를 천민이라고 부름으로써, 그들을 경멸해 마지 않는 귀족적인 오만을 드러내고 있습니다. 그러나 사실 당신이

교회에 공공연히 반대 입장을 취하는 것은 정말 민주주의자
답습니다. 물론 교회가 인류 역사의 가장 고상한 권력을 나
타낸다는 점은 자랑스럽게 인정해야 합니다 ― 궁극적이고
최고의 의미에서, 즉 정신적 의미에서 말입니다. 금욕 정신
― 정신이 곧 금욕이므로 같은 의미의 중복어가 되어 버리
긴 하지만 ― 즉 현세 부정과 현세 말살의 정신은 고귀성 그
자체로, 순수한 귀족적 원칙이기 때문입니다. 금욕 정신은
결코 민중적인 경향을 띤 적이 없었고, 어느 시대를 막론하
고 교회는 사실 대중적이지 않았습니다. 세템브리니 씨도 중
세 문화에 대한 문헌을 조금만이라도 연구해 보신다면 그런
사실을 알게 될 겁니다. 민중, 그것도 가장 넓은 의미에서의
민중은 교회의 본질, 이를 테면 수도사들의 모습에 언제나
노골적인 혐오를 보여 왔습니다. 가령 민중의 단순한 시적
(詩的) 환상에서 탄생한 수도사의 모습이 바로 그것인데, 이
수도사들은 이미 흡사 루터와 같은 방식으로 금욕 사상에
경도되어 술, 여자, 노래를 배척하고 있습니다. 세속적인 영
웅주의의 모든 본능, 일체의 호전적 정신, 또 궁정 문학은 정
도의 차이는 있지만 종교적 이념에 공공연하게 대립하여 왔
으며, 따라서 교권 제도에 대립하여 왔습니다. 왜냐하면 이
모든 것들은 교회에 의해 대변되는 귀족 정신과 비교하면,
〈세속〉과 천민 근성을 의미하기 때문입니다.」

「기억을 새롭게 해주셔서 고맙습니다, 나프타 씨. 나프타
씨가 찬미하는 음산한 귀족주의에 비하면 영웅시 〈로젠가르
텐〉[24]에 나오는 수도사 일잔의 모습은 훨씬 깨끗한 느낌을
주는군요. 웅변가인 나로서는 당신이 인용한 독일의 종교 개

24 기사 문학에 나오는 동화풍의 장미 정원.

혁가를 전혀 좋아하지 않지만, 인격을 억압하려는 종교적이고 봉건적인 모든 종류의 욕구에 맞서 루터 교회의 민주적 개인주의의 근거를 이루는 모든 사상을 옹호하는 것에 대해서는 전적으로 찬성하고 있습니다.」

「아니!」 나프타가 갑자기 소리쳤다. 「세템브리니 씨, 당신은 교회가 민주주의 사상을 별로 따르지 않고, 또 인간 인격의 가치를 이해하지 못하고 있다는 말입니까? 로마법이 시민권의 유무에 따라 권리 능력의 유무를 결정하고, 게르만법이 게르만 민족에 속하는 자와 개인적 자유를 지닌 자에게만 권리 능력을 인정한 데 비하여, 교회법은 교단 소속 공동체와 정교 신앙만을 유일한 조건으로 내세워 국가적·사회적인 모든 조건을 폐기하고, 노예, 전쟁 포로, 비(非)자유인의 유언권과 상속권 등을 주장했습니다. 당신은 이러한 인간적이고 공평한 처사를 어떻게 설명하시겠습니까?!」

「교회의 그러한 주장은.」 세템브리니 씨가 신랄하게 비판했다. 「어쩌면 유언할 때마다 교회로 굴러 들어오는 〈교회의 취득분(取得分)〉을 겨냥한 것인지도 모릅니다. 게다가 〈신부의 선동 정치〉에 대해서 말하자면, 이것은 하층 계급을 움직이려는 절대적인 권력욕에서 비롯된 민중에 대한 아부라 해도 과언이 아닙니다. 신들은 당연히 그런 사람들에게 전혀 관심이 없을 테니까요. 그리고 교회는 영혼의 질보다는 양을 목표로 해왔던 것이 분명한데, 이것으로 교회가 얼마나 정신적으로 저급한가 하는 점이 증명됩니다.」

「정신적으로 저급하다고요 — 교회가? 세템브리니 씨! 교회의 준엄한 귀족주의에 주목하기 바랍니다. 귀족주의란, 치욕이 자손 대대로 계승된다는 사고를 근저에 두고 있습니다

— 민주적 사고방식으로 말하자면 — 아무 죄 없는 후손에 까지 무거운 죄가 계승되어 벌을 받게 되죠. 가령 사생아일 경우, 그는 평생 동안 오점을 짊어지고 권리를 부여받지 못합니다.」

「나프타 씨! 아, 제발 그런 말은 입 밖에도 내지 말아 주십시오. 왜냐하면 첫째로, 나의 인간적 감정이 그것에 분노하기 때문이고, 둘째로, 그런 핑계에는 이제 진저리가 나기 때문이며, 또 당신의 교묘한 변명은 너무나도 파렴치하고 악마적인 허무 예찬에 지나지 않기 때문입니다. 왜 허무 예찬인 줄 아십니까? 이러한 예찬은 정신으로 불리기를 원하고, 금욕 원칙이 인기가 없다는 것을 인정하면서도 그것을 무언가 정당하고 신성한 것처럼 느끼게 하려고 하기 때문입니다.」

그러자 나프타는, 정말 실례되는 말이지만 배꼽 잡고 웃음을 터트리지 않을 수 없다고 하면서 이렇게 말했다. 「교회를 지금 허무주의라고 말했나요? 세계 역사에서 가장 현실주의적 지배 체제인 교회에 대해 허무주의라고 말하다니요! 세템브리니 씨, 당신은 교회의 인간미에 찬 아이러니를 접해 본 적이 전혀 없습니까? 바로 이러한 아이러니로 교회는 현세와 육체를 지속적으로 용인해 왔고, 또 현명하게 양보함으로써 금욕 원칙의 최종적인 결론을 은폐해 왔으며, 자연 본능에 대한 지나친 엄격성은 배제하고 조정하는 역할로서만 정신을 사용하게 했습니다. 따라서 세템브리니 씨는 관용에 관한 성직자들의 섬세한 개념에 대해 들어 본 적이 없는 모양입니다. 심지어 성사(聖事), 혼인 성사도 그중의 하나입니다. 이것은 다른 모든 성사와 마찬가지로 적극적인 선(善)이 아니고, 죄로부터 인간을 지켜주는 수단에 지나지 않으며, 오로지 관능적인 육욕과 무절제를 억제하기 위해 부여되었을 뿐입니다. 그래서 육체에 비정치적인 엄격주의로써 임하지 않고, 그 속에서 금욕적 원칙, 순결의 이상을 주장하는 것입니다.」

세템브리니 씨는 정치적인 개념을 이처럼 혐오스럽게 사용하는 나프타 씨의 말에 항의하지 않을 수 없었고, 또 주제넘게 관대하고 현명한 몸짓을 하는 것에도 가만히 있을 수가 없었다. 그는 이 몸짓은, 정신이 — 여기서 정신이라고 지칭되는 것 — 소위 나프타 씨가 죄악이자 〈정치적〉인 것으로 취급하는 반대 개념에 대해 취하고 있는 몸짓이기 때문이며, 그런데 사실 그 반대 개념은 나프타 씨의 악의적인 관용이 전혀 필요 없는 개념이라고 주장했다. 또한 우주를 사악한 것으로 낙인찍는 이원론, 즉 삶뿐만 아니라 삶에 대립할 수 있다고 우쭐대는 정신도 사악한 것으로 낙인찍는 나프타 씨의 혐오스러운 이원론적 세계관에 항의했다. 삶이 악한 것이라면, 그것의 순수한 부정인 정신도 역시 악이어야 하기 때문이라는 것이다! 그리고 세템브리니 씨가 육욕(肉慾)을 변호하면서 그것은 아무런 죄가 없다고 말했지만 — 이 말을 들으면서 한스 카스토르프는 세템브리니 씨의 다락방에 있는 사면 책상, 짚을 채운 의자, 물병이 있는 휴머니스트의 서재, 이런 것들을 생각하지 않을 수 없었다 — 반면에 나프타 씨는 이렇게 주장했다 「어느 경우에도 육욕에는 죄가 없다고 말할 수 없습니다. 그리고 자연은 정신적인 것에 대해 항상 꺼림칙함을 느끼지 않을 수 없습니다. 교회의 정책과 정신의 관용은 바로 〈사랑〉이라고 규정지을 수 있습니다. 금욕 원칙이 허무주의는 아니기 때문입니다」 — 이 말을 듣고 한스 카스토르프는, 예리하고 깡마른 키 작은 사나이 나프타가 〈사랑〉이라는 단어를 사용하는 게 정말 어울리지 않아 묘한 기분을 느꼈다…….

이렇게 토론은 계속되었다. 물론 우리는 두 논적의 토론이 이런 식으로 진행된다는 것을 알고 있으며, 한스 카스토르프도 그런 사실을 알고 있었다. 우리가 그와 함께 잠시 토론을 경청한 것은, 예를 들어 소요(逍遙)학파[25]적인 그러한 응수가 옆에서 나란히 걸어가고 있는 〈인물〉의 영향을 받아 어떤 양상을 띠게 되는가, 또 이 인물의 존재가 논쟁을 어떤 방식으로 공허하게 만들어 버리는가를 관찰하기 위해서였다. 다시 말하자면, 두 논쟁자는 그 인물의 존재를 은연중에 의식하지 않을 수 없었으므로, 간간히 튀기던 논쟁의 불꽃이 죽어 버리고, 전류가 끊어져 버린 것을 알았을 때 말할 수 없이 축 늘어지는 무력감을 관찰하고 싶었기 때문이다. 그렇다! 예상한 그대로였다. 논쟁을 벌이는 두 사람 사이에는 더이상 불꽃이 탁탁 튀지 않았고, 섬광이 번쩍거리지도 않았으며, 전류도 흐르지 않게 되었다 — 정신이라고 자칭하는 두 논적이 무기력하다고 믿은 〈인물〉이 오히려 그들을 무기력하게 만들어 버린 것이다. 한스 카스토르프는 이러한 사실을 알아채고 놀라움과 호기심이 생겨났다.

혁명측과 보수측의 두 논적은 페퍼코른을 쳐다보았다. 그는 발을 내디디며 그리 당당하지 않은 걸음걸이로 걸어가고 있었다. 페퍼코른은 모자를 이마까지 푹 눌러쓰고 좌우로 흔들거리듯 걸어가면서, 불균형하게 찢어진 큰 입을 벌려 장

25 고대 그리스 철학파의 하나로 아리스토텔레스가 학원 안의 나무 사이를 산책하며 제자들을 가르쳤다는 데서 붙은 이름이다.

난스럽게 두 논적을 턱으로 가리키며 말했다. 「그래 — 그래 요 — 그렇고말고요! 대뇌나 마찬가지입니다, 대뇌처럼 중요한 존재이지요, 아시겠지요! 이것은 — 척 보면 알 수 있지요 —」 그런데 어떻게 된 일일까? 그가 이렇게 말하자, 불꽃이 완전히 사그라지고 말았던 것이다! 두 논적은 다른 테마로 불꽃을 올리기 위해 훨씬 더 강력한 주문으로 〈귀족성의 문제〉, 다시 말해 대중성과 고귀성의 문제를 거론하기 시작했다. 그러나 아무리 해도 불꽃은 튀지 않았다. 논쟁은 옆에 있는 인물의 자석과도 같은 힘에 빨려 들어갔다. 한스 카스토르프는 쇼샤 부인의 여행 동반자가 깃 없는 트리코 셔츠를 입고 붉은 비단 누비이불을 덮은 채 침대에 누워 있는 모습을 생각하고 있었다. 반쯤은 늙은 노동자 같고, 반쯤은 왕의 흉상처럼 보이는 모습 말이다 — 이 순간 논쟁의 중추 신경은 더욱 약화되어 경련을 일으키더니 아주 맥이 끊기고 말았다. 그러자 긴장이 더욱 고조되었다! 나프타는 부정을 외치며 무를 예찬했고, 세템브리니는 항구적인 긍정을 외치며 정신이 삶에 애착을 가질 것을 부르짖었다! 하지만 민헤어 페퍼코른을 쳐다보기만 하면 — 두 논적은 그를 보지 않으려고 해도 알 수 없는 힘에 이끌려 그러지 않을 수 없었다 — 토론의 맥, 불꽃, 전류는 도대체 어디로 사라져 버리는 것일까? 요컨대 그러한 것이 모두 사라져 버렸는데, 한스 카스토르프의 표현을 빌리면, 그것은 불가사의함 바로 그 자체였다. 그는 자신의 잠언 선집을 위해 적어 두고 싶었다. 불가사의함은 아주 간단한 말로 표현하든지, 아니면 표현하지 말고 그대로 두어야 하는 것이라고 말이다. 그러나 이 경우에 불가사의함을 어떻게 해서라도 표현해 본다면, 다음과 같이 말하는 것 외에는 다른 방법이 없을 것이다. 이마에 깊은 주름이 파이고 제왕과 같은 얼굴에다 비통하게 찢어진 입술을 한 피터 페퍼코른은 언제나 두 가지 경향을 띠었고, 두 가지 다 그에게 어울려 그의 내부에서 하나로 어우러지는 것처럼 보여, 그를 바라보면 이것이기도 하고 저것이기도 하며, 이쪽이기도 하고 저쪽이기도 하다는 것이었다. 그렇다, 이 멍청한 노인은 지배자의 속성을 지닌 영(靈)이었던 것이다! 그는 나프타처럼 혼란과 선동으로 논쟁의 신경을 마비시키는 사람이 아니었다. 그는 나프타처럼 애매모호하지 않았고, 완전히 정반대의 긍정적인 의미에서 파악하기 어려운 사람이었다 — 비틀비틀 걷는 이 불가사의한 인물은 멍청함이라든가 영리함을 분명히 초월하고 있었을 뿐 아니라, 나프타와 세템브리니가 교육적인 목적으로 고압 전류를 일으키기 위해 꺼낸 다른 반대 명제들을 초월하고 있었다. 이 〈인물〉은 분명 교육자적인 존재는 아닌 듯했다 — 그렇지만 교양의 길 위에 있는 청년에겐 이 인물이 얼마나 좋은 기회였던가! 두 논쟁가가 결혼과 죄, 관용의 성사, 육욕의 죄의 여부에 대해 열띤 논쟁을 하고 있을 때, 제왕과 같은 이러한 모호한 인물을 관찰하는 것은 얼마나 기묘한 경험이었던가! 이 제왕 같은 인물 페퍼코른은 머리를 어깨와 가슴 쪽으로 기울이고, 비통하게 찢어진 입술을 열고 하소연하듯 입을 벌리고 있었다. 콧구멍은 긴장한 나머지 고통스럽게 벌렁거렸고, 이마의 주름은 치켜 올라갔으며, 크게 벌어진 흐릿한 빛깔의 눈에는 고뇌의 빛이 담겨 있었다 — 이것은 쓰라린 고뇌의 모습 바로 그것이었다. 그런데 보라, 바로 그 순간 고뇌의 표정이 장난기 섞인 음탕한 표정으로 활짝 피어나는 게 아닌가! 비스듬하게 기울인 머리 모양이 장난꾸러기 같은 모습으로 바뀌었고, 아직 열려 있는 입가엔 음탕한 미소가 번지고 있었으며, 언젠가 본 적이 있는 탕아 같은 보조개까지 한쪽 볼에 나타났다 — 거기에 있는 것은 마치 춤추고 있는 이교도의 사제 같았다. 그는 머리로 장난스럽게 대뇌적 존재인 두 논적을 가리키면서 이렇게 말했다. 「아, 예, 그래요, 그렇지요 — 완벽합니다. 이 분은 — 이 분들은 — 이제 아주 자명해졌습니다 — 육욕의 성사입니다, 이해하시겠지요 —」

전에 말했던 것처럼, 한스 카스토르프의 친구이자 스승 세템브리니는 페퍼코른이라는 인물 때문에 빛이 바래긴 했지만, 그래도 두 논적이 논쟁을 벌일 때는 가장 화려한 순간이었다. 그럴 때면 곧장 두 논적은 물을 만난 물고기 같았지만, 반면 페퍼코른은 물에서 건져 올려진 물고기와 같았다. 어쨌든 이때 이 〈인물〉이 수행하는 역할은 다양하게 평가할 수 있을 것이다. 그렇지만 이와 반대로 기지, 말, 정신이 더 이상 문제되지 않고 실제적이며 현실적인 사실, 다시 말해 지배자적인 인물이 실력을 발휘하는 문제들이 토론의 대상이나 관건이 될 때는, 의심의 여지없이 상황이 두 논적에게 불리하게 돌아갔다. 그러면 그들은 뒷전에 밀려나 그늘 속으로 들어가 초라한 꼴이 되었고, 이후 당연히 페퍼코른의 독무대가 되어, 그가 규정하고, 결정하며, 지시하고, 주문하며, 명령하게 되었다……. 페퍼코른이 이런 상태를 조성하기 위해서 이론적 분위기를 현실적 분위기로 바꾸려고 한 것은 지극히 당연한 일이 아니겠는가? 토론의 분위기가 계속 이론적일 경우에는, 혹은 그런 시간이 길어지면 페퍼코른은 무척 고통스러워했다. 그렇지만 그런 분위기에서 고통을 겪은 것은 그가 추앙되지 못했다는 허영심 때문은 아니었다 ─ 한스 카스토르프는 그런 점은 자신 있게 말할 수 있었다. 허영심이란 것은 스케일이 큰 인물에게는 없으며, 또한 위대한 인물은 그러한 허영심이 없기 때문이다. 아니, 페퍼코른이 실제적인 것을 토론의 주제로 요구하는 것은 다른 이유에서였다. 아주 간단히 말하자면, 그것은 〈불안〉 때문이었다. 한스 카스토르프가 세템브리니 씨에게 시험 삼아 그것을 설명하면서, 어느 정도 군인적인 성향이라고 말하려고 한 강렬한 의무감과 명예심 때문이었던 것이다.

「여러분 ─」 하고 네덜란드인 페퍼코른은 손톱이 창처럼 뾰족한 선장 같은 손을, 간청하듯이 혹은 명령하듯이 들어 올리며 말했다. 「─좋습니다, 여러분, 완벽합니다, 정말 멋집니다! 금욕 ─ 관용 ─ 관능 ─ 나는 그것을, 단연코! 지극히 중요하고, 무척이나 논쟁적입니다! 그러나 실례지만 ─ 내가 우려하는 것은, 우리가 중대한 죄를 짓게 될까 봐 ─ 하지만 우린 면하게 될 것입니다, 여러분, 우리는 무책임하게도 면하게 될 텐데, 가장 신성한 ─」 그는 숨을 깊이 들이켰다. 「이 공기는, 여러분, 오늘의 특색 있는 이 남풍, 부드럽게 신경을 마비시키고, 예감과 추억을 듬뿍 실은 봄 향기 나는 이 남풍 말입니다 ─ 우린 이런 공기를 들이마시면 안 됩니다. 이런 공기를 마시면 ─ 나는 간절히 부탁드립니다. 그래서는 안 됩니다. 그것은 모욕이나 마찬가지입니다. 우리는 이 공기에 우리가 지닌 모든 주의력을 집중해 ─ 아, 우리의 최고의 정신을 완전히 집중해서 ─ 끝났습니다, 여러분! 그리고 이 공기의 특성을 순수하게 찬양하는 뜻에서 그 공기를 다시 우리 가슴 밖으로 ─ 그만하겠습니다, 여러분! 이것에

경의를 표하는 의미에서 그만하겠습니다 —」 갑자기 그가
말을 그치고, 머리를 뒤로 젖히며 모자로 햇빛을 가리고 멈
추어 섰다. 그러자 다른 사람들도 모두 그의 행동을 따라 했
다. 「여러분.」 그가 말했다. 「눈을 들어 하늘을, 저 높은 하늘
을 주목해서 봐주십시오. 저 위, 오늘따라 무척이나 검푸른
하늘 아래서 빙빙 돌고 있는 검은 점을 말입니다 — 저것은
맹금(猛禽), 커다란 맹금입니다. 내가 잘못 본 것이 아니라
면, 여러분, 그리고, 여보, 클라브디아, 저것은 독수리입니다.
모두 저 독수리에 주의를 기울이기를 단호하게 촉구합니다
— 저것을 보십시오! 저것은 솔개도, 매도 아닙니다. 내 눈
은 원시라서 먼 곳의 것이 잘 보입니다만, 여러분도 — 그렇
습니다, 여보, 확실히, 나이를 먹으면 그렇지요. 내 머리칼은
희고 윤기가 없어졌습니다, 정말입니다. 그렇게 되면 여러분
도 나처럼 잘 보일 것입니다, 날개의 둥그스름한 모습이 말
입니다 — 독수리입니다, 여러분. 수리입니다. 바로 독수리
가 우리 위에서 원을 그리며 빙빙 날고 있습니다. 날갯짓도
하지 않고 아득히 높은 하늘을 맴돌면서, 튀어나온 눈썹 뼈
아래 시력이 대단해서 멀리까지 내다보는 빛나는 눈으로 지
상의 우리들을 노려보고 있을 것입니다 — 독수리입니다,
여러분, 주피터의 새, 새 중의 왕, 하늘의 사자, 바로 독수리
입니다! 그 독수리는 깃으로 된 날개와 앞쪽이 날카롭게 굽
어진 쇠처럼 단단한 부리를 지니고 있고, 엄청난 힘으로 낚
아채는 갈고리 발톱은 안쪽으로 말려 들어가, 앞 발톱이 뒤
쪽의 긴 발톱을 단단히 거머쥐고 있습니다. 보십시오, 이렇
게 말입니다!」 그러면서 그는 손톱이 길고 뾰족한 선장 같은
손으로 독수리의 발톱을 만들어 보였다. 「어이, 친구, 왜 빙

빙 돌면서 엿보고만 있는 거냐!」 그는 다시 위를 쳐다보며 소리쳤다. 「내리 덮쳐라! 너의 무쇠 같은 부리로 놈의 머리와 눈을 마구 쪼아 버리고, 배를 찢어라, 신께서 먹이로 하사하신 놈의 배를 — 완벽했습니다! 끝났습니다! 너의 발톱은 분명 놈의 내장 속에 들어가 있을 것이고, 너의 부리에서는 피가 뚝뚝 떨어지고 있을 테지 —」

페퍼코른은 몹시 흥분해 있었다. 나프타와 세템브리니의 모순적인 논쟁에 쏠려 있던 산책객들의 관심이 이미 그에게 향해 있었다. 그 뒤에 페퍼코른이 주도하는 가운데 뭔가를 하자는 논의가 있었고, 계획이 세워졌지만, 그러는 동안에도 — 아무도 말은 하지 않았지만 — 조금 전의 그 독수리의 이미지가 사람들의 뇌리를 떠나지 않아, 결정과 논의에 많은 영향을 끼쳤다. 논의의 결과 모두들 음식점에 들어가서 먹고 마시자는 결론이 났다. 전혀 식사할 시간은 아니었지만, 모두들 속으로 그 독수리를 생각하다 보니 식욕이 자극되었기 때문이다. 이와 같은 향연과 연회는 페퍼코른이 베르크호프 밖에서도 여러 번 베풀었던 적이 있었다. 사실 그는 플라츠와 도르프에서, 소형 기차를 타고 소풍을 떠났던 글라리스나 클로스터의 음식점에서도, 자주 그런 대접을 했고, 사람들은 그의 지배자적인 배려하에서 고전적인 선물을 즐겼다. 시골식 빵에 거품 크림이 든 커피를 마시거나, 아니면 향이 좋은 알프스 버터를 바른 빵에 부드러운 치즈를 뿌려 맛있게 먹었으며, 또한 방금 구운 뜨거운 군밤도 너무나 맛 좋게 먹었다. 거기에 곁들여 벨트린산의 적포도주도 마음껏 마셨다. 그리고 페퍼코른은 이러한 즉흥적인 연회에서 떠듬떠듬 인사말을 하며 사회를 보기도 하고, 선량한 인내자(忍耐者)

인 안톤 카를로비치 페르게에게 무엇이든 이야기를 좀 하라고 간청하기도 했다. 그러면 고상한 것이라곤 전혀 모르는 페르게 씨는 러시아의 고무신 제조에 대해 아주 실감나게 현실적인 이야기를 들려주었다. 고무 원료에 유황과 다른 물질을 혼합해 만든 물질로 구두에 래커 칠을 하고 1백 도가 넘는 열로 〈경화(硬化)〉시키는 과정에 대해 이야기했다. 또한 페르게 씨는 출장 여행으로 극지방에도 여러 번 가보았으므로 극권(極圈)에 대해서도 이야기했고, 노르카프[26]에서 본 한밤중에 뜨는 태양과 영원한 겨울에 대해서 이야기했다. 페르게 씨는 튀어나온 목젖과 수염에 덮인 입술을 움직이며, 북극의 거대한 빙벽과 차디찬 청회색의 넓은 바다에서는 아무리 큰 기선이라도 장난감 배처럼 작아 보였다고 말했다. 그리고 하늘에 노란색의 베일을 씌운 것 같은 빛이 드리워졌는데, 그것이 오로라였다는 것이다. 이 모든 것이 그에게는, 안톤 카를로비치 페르게에게는, 모든 풍광은 물론 자기 자신까지도 유령처럼 괴이하게 느껴졌다고 했다.

그렇지만 페르게 씨는 이 작은 모임에서, 이쪽저쪽으로 진행되는 관계, 즉 복잡하게 얽혀 있는 모든 관계에서 유일하게 제외되어 있는 사람이었다. 이러한 관계에 관해 말하기에 앞서 우리의 주인공 같지 않은 주인공이 클라브디아 쇼샤 및 그녀의 여행 동반자와 몰래 나눈 두 번의 이상하고도 짧은 담화를 소개해 둘 필요가 있겠다. 두 번 모두 개별적으로, 단둘이서 나눈 이 대화는, 한 번은 〈방해자〉인 페퍼코른이 말라리아열로 침대에 누워 있던 날 밤 홀에서 나눈 것이고, 또 한 번은 어느 날 오후에 페퍼코른의 침대 베갯머리에서

26 노르웨이 북쪽 끝의 곶.

이루어졌던 것이다…….

그날 밤 홀은 어둑어둑했다. 그날의 사교 모임은 무미건
조하게 금방 끝나 버렸고, 참석했던 요양객들은 밤의 안정
요양을 하기 위해 일찌감치 발코니로 돌아가 버렸다. 그렇지
않은 사람들은 요양 규칙을 어기고 춤을 추거나 카드놀이를
하기 위해 저 아래 마을로 내려갔다. 고요해서 적막감마저
감도는 홀의 천장 어딘가에 전등불 하나가 유일하게 켜져 있
을 뿐, 옆의 사교실에도 거의 불이 켜져 있지 않아 캄캄했다.
그러나 한스 카스토르프는, 오늘은 쇼샤 부인이 보호자 없
이 저녁을 먹고서 아직 2층 자신의 방에 되돌아가지 않고,
혼자 글 쓰고 독서하는 방에 머무르고 있다는 것을 알았기
에, 자신도 방에 올라가지 않고 머뭇거리고 있었다. 그는 홀
구석에 있는 타일을 붙인 난로 옆 흔들의자에 앉아 있었다.
벽이 판자로 된 이곳엔 흰 페인트를 칠한 두서너 개의 아치
가 서 있어 홀의 중앙부로부터 격리되어 있었고, 또 낮은 계
단을 하나 내려가야 했다. 그리고 지금 한스 카스토르프가
앉아 있는 흔들의자는 요아힘이 마루샤와 처음이자 마지막
으로 대화를 나누었을 때, 마루샤가 몸을 흔들며 앉아 있던
바로 그 의자였다. 그는 담배를 꺼내 물었다. 다행히 이 시간
에는 홀에서 담배를 피우는 게 허락되어 있었다.

바로 이때 쇼샤 부인이 들어왔다. 한스 카스토르프는 뒤
에서 발소리와 옷자락 소리가 나는 것을 들었다. 그녀는 옆
에 서서, 편지 모서리를 잡고 부채처럼 흔들흔들 부치면서
프리비슬라프의 목소리로 말했다.

「관리인이 없어요. 난 우표 한 장이 필요한데!」

그녀는 이날 밤 검은색의 얇은 비단 옷을 입고 있었다. 목

둘레가 둥글게 파이고, 소매가 헐거운 옷이었는데, 소맷부리의 주름 장식에 난추를 채워 손복에 착 달라붙어 있었다. 한스 카스토르프는 특히 이런 옷이 마음에 들었다. 그녀는 목에 진주 목걸이를 걸고 있었는데, 그것이 어스름한 어둠 속에서 흐릿하게 빛나고 있었다. 그는 키르키즈인 같은 그녀의 눈을 쳐다보았다. 그러면서 그녀가 한 질문에 반문했다.

「우표 말인가요? 나도 가지고 있지 않은데요.」

「아니, 한 장도 없다고요? 도저히 말이 안 되는 일이군요. 숙녀의 마음에 들기 위해서라도 그런 것은 늘 준비하고 다녀야 하는 것 아닌가요?」 그녀는 토라져 입술을 삐죽 내밀면서 어깨를 움츠렸다. 「실망스럽군요. 남자라면 언제 어디서나 숙녀에게 빈틈없고 믿음직하게 행동하셔야죠. 난 당신이 지갑 속에 온갖 종류의 작은 우표를 차곡차곡 접어, 가격별로 분류해 넣고 다니는 줄 알았어요.」

「아니, 무엇 때문에요?」 그가 말했다. 「난 편지를 써본 일이 없어요. 도대체 누구한테 쓴다는 말인가요? 아주 드물게 엽서를 보내는 일이 있긴 하지요, 엽서에는 우표가 인쇄되어 있으니까요. 내가 도대체 누구에게 편지를 써야 한단 말인가요? 이제 평지와 더 이상 접촉이 없어서, 이 세상과의 인연도 완전히 끊어졌고, 이젠 아예 사라지고 말았어요. 우리나라 민요에 이런 노래가 있지요. 〈난 세상에서 사라져 버렸노라.〉 내가 바로 그런 처지입니다.」

「좋아요, 뭐 그렇다면 담배나 하나 주세요, 세상에서 사라진 도련님!」 그녀는 난로 옆에 놓인 리넨 쿠션을 넣은 의자에 다리를 꼬고 그와 마주 앉아, 손을 내뻗으며 말했다. 「그건 드릴 수 있겠네요.」 그리고 그녀는 그가 은제 담배 케이스에서 꺼내 쥐여 준 담배를 고맙다는 말도 없이 무성의하게 받아 들었다. 한스 카스토르프는 몸을 숙이고 있는 그녀 얼굴 앞에서 라이터로 불을 붙여 주었다. 〈담배나 하나 주세요!〉라고 하는 나른한 말투나, 고맙다는 말도 없이 담배를 받아 드는 태도에는 버릇이 잘못 든 부인의 거만함이 배 있었다. 또한 거기에선 인간적인, 보다 좋게 말하자면 〈정감 있는〉 연대감과 공동 소유의 정신, 즉 주고받는 것을 당연하게 여기는 거칠고도 부드러운 사고가 느껴졌다. 그는 마음속으로 그녀의 태도를 좋은 의미로 해석했다. 그러고는 이렇게 말했다.

「네, 담배라면 늘 갖고 있지요. 물론 그것은 언제나 드릴 수 있고요. 그것은 꼭 있어야지요. 담배 없이 어떻게 지낼 수 있겠어요, 안 그렇습니까? 이런 말을 하면 사람들은 나를 열정적이라고 할지 모르지만 그렇지 않아요. 솔직히 말하자면 나는 열정적인 인간이 아니며, 굳이 열정이 있다고 한다면 냉정한 열정이 있다고나 할까요.」

「당신이 열정적인 사람이 아니라는 말을 들으니.」 그녀는 빨아들인 연기를 내뿜으면서 말했다. 「무척 안심이 되는군요. 정말이지 당신이 어떻게 열정적일 수 있겠어요? 만약 당신이 열정적이라면 독일 사람이 아니라는 결론이 나올 테니까요. 열정적이라는 것은 삶 그 자체를 위해 인생을 살아간다는 말인데, 잘 알다시피 당신네 독일인은 경험을 목적으로 살아가니까요. 열정이란 자기 자신을 망각하고 살아가는 거예요. 하지만 당신네들은 자신을 풍요롭게 하는 것을 중요하게 여겨요. 그래요. 그것은 혐오스러운 이기주의의 소산이지요. 당신네들은 그로 인해 언젠가 인류의 적이 될지도 모른다는 사실을 전혀 느끼지 않나요?」

「아니, 당신, 갑자기 인류의 적이라니요? ─ 그렇게 일반화해서 대체 무엇을 말하려는 겁니까, 클라브디아? 특정한 무엇을, 아니면 어떤 인물을 염두에 두고서 우리 독일인은 삶을 위해서가 아니라 자신만을 풍요롭게 하기 위해 산다고 말하는 건가요? 당신네 여성들은 대부분 막연하게 도덕론을 펴지는 않으니까요. 아, 도덕이란, 알다시피, 나프타와 세템브리니가 논쟁하고 있는 테마지요. 대단한 혼란을 일으키는 주제입니다. 우리가 과연 우리 자신을 위해 사는지, 아니면 삶을 위해 사는지 우리 자신도 알지 못할 뿐 아니라, 어느 누구도 그것을 정확하고 확실하게 알 수 없어요. 내 말은 그 경계가 모호하다는 겁니다. 이기적인 헌신도 있고, 헌신적인 이기주의도 있으니까요……. 대체로 사랑의 경우에도 마찬가지라고 생각해요. 물론 내가 댁의 도덕론 같은 것에는 주의를 기울이지 않고, 언젠가 꼭 한 번 그런 일이 있었던 것처럼, 이렇게 둘이 같이 앉아 있다는 사실을 기쁘게 생각하는 것은 어쩌면 비도덕적일지도 모르겠어요. 그리고 댁의 손목을 감싸고 있는 좁은 커프스와 댁의 팔을 풍성하게 감싸고 있는 얇은 비단이 댁에게 얼마나 기가 막히게 잘 어울리는지 말할 수 있다는 것이 너무도 기쁜 일이지만, 이 역시 비도덕적일지도 모르지요 ─ 그것도 내가 익히 잘 알고 있는 댁의 팔을…….」

「난 이제 가겠어요.」

「아니, 제발 가지 마세요! 나는 지금의 모든 상황도 고려하고, 여러 사람들에 대한 생각도 잊지 않고 있어요.」

「열정이 없는 사람이니 적어도 그런 것은 믿어도 되겠군요.」

「자, 보세요! 댁은 나를 놀리기도 하고 나무라기도 하잖아요, 내가 뭐라고 하면……. 그러면서 또 가겠다고 하잖아요, 내가 뭐라고 하면…….」

「말을 분명히 알아듣게 하려면 도중에 말을 끊지 말고 좀 끝까지 해줬으면 좋겠어요.」

「그렇다면 댁은 요즈음 도중에 끊기는 말을 미루어 짐작하는 훈련을 쌓고 있으면서도, 내 말이 끊기면 전혀 알아들을 수가 없다는 말인가요? 그건 좀 불공평한 일이 아닐까요? ─ 여기서 공평이니 불공평이니 따지는 것은 중요한 문제가 아니라는 것을 내가 모르고 있다는 입장에서 하는 말입니다만…….」

「그래요, 그건 문제가 아니죠. 질투와는 반대로 공평함이라는 것은 냉정한 열정이니까요. 그러니 냉정한 사람이 질투를 하면, 그야말로 우습기 짝이 없겠지요.」

「그렇지요? 우습겠지요. 그러니 내가 냉정한 것을 너그럽게 봐주십시오! 거듭 말하지만 내가 냉정하지 않다면 어떻게 참고 지낼 수 있었겠어요? 내가 냉정하지 않았다면 어떻게 지금까지 참고 기다릴 수 있었겠어요?」

「뭐라고요?」

「댁을 기다린 것 말입니다.」

「이보세요. 당신이 바보같게도 끈질기게 사용하는 〈댁〉이라는 호칭에 이젠 더 이상 개의치 않겠어요. 언젠가는 당신 쪽에서도 그런 호칭에 싫증이 나겠지요, 나도 사실 새침데기 아가씨는 아니고, 또 그런 일에 격분하는 양갓집 규수가 아니니까요.」

「그렇고말고요, 댁은 병을 앓고 있으니까요. 그 병이 댁에게 자유를 주고 있어요. 병이 댁을 ─ 가만 있자, 내가 아직

202

한 번도 사용하지 않은 단어가 방금 생각났어요. 병이 댁을 천재적으로 만들고 있어요!」

「천재 이야기는 다음 기회에 논하기로 해요. 내가 말하고 싶은 것은 그런 이야기가 아니에요. 당신에게 부탁이 하나 있어요. 당신이 말한 그 기다림과 — 만약 당신이 기다렸다면 — 내가 무슨 관계가 있다든지, 내가 그렇게 하도록 시켰다든지, 아니면 당신에게 그걸 허락해 주었다든지 하는 그런 말은 꾸미지 말아 달라는 거예요. 제가 원하는 것은, 사실은 그 반대였다는 것을 지금 이 자리에서 분명히 밝혀 주셨으면 하는 거예요……..」

「좋아요, 클라브디아, 물론이지요. 댁이 나더러 기다리라고 한 것이 아니라, 내가 내 멋대로 기다렸습니다. 댁이 그 점을 무척이나 중요하게 생각한다는 것을 모르는 바는 아닙니다…….」

「당신이라는 사람은 자신의 잘못을 인정하면서도 그렇게 고자세로 나오시는군요. 왜 그런지 모르겠지만 말이에요. 누가 뭐래도 당신은 뻔뻔스러운 사람이에요. 나에게뿐 아니라 다른 사람에게도 마찬가지예요. 당신은 감탄할 때나 복종할 때도 어딘지 모르게 뻔뻔한 구석이 있어요. 내가 그 정도도 눈치채지 못할 줄 아세요! 그러니까 당신 같은 사람하고는 아예 대화를 하지 않는 것이 좋겠어요. 또 당신은 기다렸다는 말을 스스럼 없이 하는 사람이니까요. 당신이 아직 이곳에 있다는 것도 무책임한 일이에요. 당신은 진작 평지로 내려갔었어야 해요. 그래서 조선소라든가 다른 어딘가에서 일을 하고 있었어야 해요…….」

「지금 댁이 하는 말은 천재적이지 않고 극히 상투적인 말에 불과해요, 클라브디아. 그냥 하는 말이지 설마 진심으로 하는 말은 아니겠지요. 댁이 세템브리니가 말함직한 뜻으로 그렇게 말할 리가 없어요, 대체 어떻게 그럴 수 있겠어요? 그냥 아무 의미 없이 한 말이겠지요, 나도 그 말을 곧이곧대로 받아들일 수 없어요. 난 불쌍한 사촌처럼 무모한 출발을 하지 않을 겁니다. 댁도 예상했듯이 그는 평지에서 군 복무를 하려다가 그만 죽고 말았습니다. 그도 자신이 죽을 거라는 사실을 알았을지 모르지만, 이곳에서 요양 근무를 계속하느니보다는 차라리 죽는 게 낫다고 생각했는지도 모르지요. 그것도 좋습니다, 그러니까 그는 군인이었던 거죠. 하지만 난 군인이 아니고 민간인이며, 내가 사촌을 따라 한다면, 그리고 라다만토스가 못 하게 금지하는데도 평지에서 실리와 진보를 위해 직접적으로 일을 하려 한다면, 그야말로 탈주가 될지도 몰라요. 그것은, 병과 천재성에도 반하고 또 댁에 대한 나의 사랑 ─ 그 사랑의 결과로 나는 오래된 상처와 새로운 상처를 달고 다니는데 ─ 에도 반하는, 엄청난 배은망덕과 불신행위가 될지도 몰라요. 그리고 그것은, 내가 잘 알고 있는 댁의 팔에도 반하는, 엄청나게 배은망덕하고 불충한 일이 될 겁니다 ─ 물론 댁의 팔을 알게 된 것이 단지 꿈속에서, 천재적인 꿈속에서였다는 점은 나도 인정합니다. 그러니까 물론 댁에게는 어떤 결과나 책임도 생기지 않을 것이며, 댁의 자유가 그것 때문에 제약을 받는 일도 없을 것입니다 ……」

그녀는 담배를 입에 문 채 웃었는데, 그 때문에 타르타르인 같은 눈이 가늘게 모아졌다. 그리고 판자를 붙인 벽에 몸을 뒤로 기대고, 두 손은 몸을 지탱하듯 나란히 의자를 짚은 채 검은 에나멜 구두를 신은 다리를 포개고는 한쪽 발을 흔들거리고 있었다.

「정말 관대하시군요! 아, 그렇지, 그래요, 사실은 나도 언제나 천재를 바로 이렇게 생각해 왔답니다, 나의 불쌍한 도련님!」

「그만해 두시죠, 클라브디아. 물론 나는 원래부터 스케일이 큰 인물도 아니고 천재도 아닙니다, 천만의 말씀이지요. 그런데 나는 우연히도 — 우연이라고 하겠습니다 — 이러한 천재적인 세계로 떠밀려 높이 올라오게 되었습니다…… 한마디로 말해, 댁은 아마 잘 모르겠지만, 연금술적이며 밀봉적인 교육, 즉 성체(聖體) 변화, 그것도 고차적인 것으로의 성체 변화, 댁이 나를 제대로 이해하려고 한다면, 고양(高揚)이란 것이 있어서 나는 그런 세계로 밀려 올라간 것입니다. 하지만 물론 외부의 영향으로 나를 보다 높은 곳으로 떠밀려 올라가게 한 요소가 원래부터 나의 내부에 다소나마 있었겠지요. 나의 내부에 잠재했던 것이 무엇이었을까요? 나는 정확히 기억하고 있습니다만, 오래전부터 난 병이나 죽음과 아주 친숙했습니다. 이곳에서 사육제날 밤에 그랬듯이, 나는 이미 소년 시절에 댁에게 이성을 잃고 연필을 빌린 적이 있었습니다. 하지만 그 이성을 잃은 사랑이 바로 천재적인 것입니다. 왜냐하면 죽음이란 알다시피 천재적인 원칙, 이원론적 원칙, 지혜의 돌, 그리고 교육적 원칙이기도 하기 때문이지요. 죽음에 대한 사랑은 생과 인간에 대한 사랑으로 결론지어지는 것이니까요. 어느 날 발코니에 누워 있다가, 문득 내 마음속에 이런 생각이 떠올랐습니다. 그리고 댁에게 이런 말을 할 수 있게 되어 나로서는 여간 기쁜 것이 아니며, 가슴이 벽찰 정도입니다. 삶에 이르는 길은 두 가지가 있는데, 그 하나는 평범하고 직선적인 반듯한 길이고, 다른 하나는 사악한 길이자 죽음을 뚫고 나가는 길입니다. 이 두 가지 길 중 후자가 바로 천재적인 길입니다!」

「댁은 바보 같은 철학자군요.」 그녀가 말했다. 「내가 댁의 까다로운 독일적 사상을 전부 이해한다고 주장하지는 않겠어요. 하지만 댁이 말하는 것은 인간적으로 들리는군요. 댁은 의심의 여지없이 선량한 청년이에요. 말이 나왔으니 하는 말이지만, 사실 댁은 철학자답게 행동하셨어요. 그 점은 분명히 인정하고 있습니다…….」

「댁의 취향으로 보면 좀 지나치게 철학적이었지요, 클라브디아, 그렇지 않나요?」

「그런 거만한 말투는 집어치우세요! 이제 신물이 나요. 댁이 나를 기다린 것은 멍청한 짓이었고 자기 멋대로 한 일이에요. 하지만 지금은 기다린 보람도 없으니 나를 원망하고 있겠지요?」

「그래요, 좀 괴로운 일이었어요, 클라브디아, 냉정한 정열가라도 말입니다. 댁이 그와 함께 돌아온 것은 나에게 정말 괴로운 일이었어요. 댁도 참 지독한 사람이에요. 내가 이곳을 떠나지 않고 댁을 기다리고 있다는 것은 베렌스를 통해 알고 있었을 거 아닙니까? 하지만 아까도 얘기했지만, 난 그날 밤 우리 두 사람 사이에 있었던 일을 어디까지나 꿈속의 일로만 생각하고 있으니, 댁은 그 일에 구애받을 필요가 없습니다. 결국 내가 기다린 보람이 없는 것은 아닙니다. 댁은 다시 이곳에 돌아왔고, 우리는 그때처럼 나란히 앉아 있습니다. 그리고 나는 날카롭게 쏘아붙이는 댁의 목소리를 듣고 있습니다. 그 목소리는 오래전부터 나의 귀에 친숙했지요. 그리고 입고 계신 얇고 풍성한 이 비단 옷 밑에는 내가 잘 알고 있는 댁의 팔이 있으니 — 물론 저 위 2층의 방에는 댁의 여행 동반자 페퍼코른이 열 때문에 누워 있지만 말입니다, 댁에게 이 진주 목걸이를 선물한 위대한 페퍼코른⋯⋯.」

「그런데 당신은 자신의 경험을 풍부하게 하기 위해 그와 사이좋게 지내고 있지 않나요?」

「나를 나쁘게 생각하지 말아요, 클라브디아! 세템브리니도 그 일로 나를 꾸짖었지만, 그것은 세속적인 편견에 지나지 않아요. 그는 대단히 유익한 사람이고 — 정말이지 인물이라 할 수 있습니다! 그는 나이도 꽤 들었지요 — 맞아요. 그렇지만 댁이 여자로서 그를 무척 사랑한다면 그 이유를 충분히 알 것 같습니다. 댁은 그를 매우 사랑하고 있지요?」

「댁의 철학자 같은 발언에 경의를 표합니다, 독일 도련님.」 그녀는 한스 카스토르프의 머리카락을 쓰다듬으면서 말했다. 「하지만 그분에 대한 나의 사랑을 댁에게 말하는 것은 그렇게 인간적이지 못한 것 같아요!」

「아, 클라브디아, 왜 안 된다는 거요. 나는 천재적이지 못한 사람들이 인간적인 것이 끝난다고 생각하는 곳, 바로 거기서부터 인간적인 것이 시작한다고 생각하고 있어요. 그러니까 마음 놓고 그분에 대해 이야기해도 괜찮습니다! 댁은 그를 열정적으로 사랑하고 있지요?」

그녀는 몸을 앞으로 구부려 다 피운 담배를 옆의 난로 속에 던져 넣고는, 팔짱을 끼면서 자세를 고쳐 앉았다.

「그분이 나를 사랑하는 거예요.」 그녀가 말했다. 「그리고 그의 사랑은 나를 자부심 있게 만들고 나는 그것을 고맙게 생각해요. 그래서 나는 그분을 따르고 있는 거예요. 이 심정을 이해하시겠어요? 만약 이해하지 못한다면, 그분이 댁에게 쏟고 있는 우정을 받을 자격이 없어요……. 나는 그분의 마음을 생각하면 그를 따르고 그에게 봉사하지 않을 수 없었어요. 어떻게 그렇게 하지 않을 수 있겠어요? 스스로 한번 판단해 보세요! 그의 감정을 무시하는 것이 인간적으로 가능한 일일까요?」

「그럴 수야 없지요!」 한스 카스토르프는 그녀의 말을 인정했다. 「물론, 그럴 수 없다는 건 잘 알아요. 여성으로서 그의 감정을 무시한다든지, 감정이 감퇴할까 봐 불안해하는 그에게 무관심하다든지, 소위 말해 그를 위험하게 겟세마네 동산[27]에 내버려 둔다는 것은, 맞아요, 여자로서 할 수 있는 일이 못 되지요…….」

「댁이 멍청하지는 않군요.」 그녀는 시선을 비스듬히 위쪽으로 던지고 골똘히 생각에 잠긴 듯 말했다. 「댁은 참 머리가 좋은 사람이네요. 감정이 감퇴할까 불안해한다는 그…….」

「댁이 그를 따를 수밖에 없다는 것, 그것은 머리가 그다지 좋지 않아도 충분히 알 수 있어요. 그의 사랑에는 사람을 불안하게 할 만한 점이 있지만 말입니다 — 아니, 오히려 그러한 점 때문에 더욱 그를 따르게 되는 것이 아닐까요?」

「정확하시군요……. 사람을 불안하게 하는 것. 그이에게는 왠지 사람을 걱정하게 만드는 구석이 있어요. 아시겠지요? 어려운 점이 정말 많아요…….」 그녀는 그의 손을 잡고

27 헤브라이어로 〈기름 짜는 틀〉을 의미하며, 예수가 유대교도들에게 잡히기 전날 밤 〈땅에 엎드려서〉 기도했다는 곳으로 예루살렘 동쪽 감람산 서쪽 기슭에 있는 동산.

자신도 모르게 손목을 만지작거리다가, 갑자기 눈썹을 찡그리더니 그를 쳐다보면서 이렇게 물었다.

「잠깐만요! 우리가 이렇게 그분 이야기를 하는 것은 나쁜 짓이 아닐까요?」

「그렇지 않아요, 클라브디아, 결코, 천만의 말씀입니다. 물론 그다지 〈인간적〉이지 않을지는 몰라요. 댁은 이 말을 좋아해서, 꿈꾸는 듯한 어조로 길게 빼면서 발음하지요. 나는 언제나 댁이 하는 말을 관심을 갖고 들었어요. 내 사촌 요아힘은 그 말을 좋아하지 않았는데, 그건 군인다운 이유에서였어요. 그는 그 말이 모든 점에서 너저분하고 칠칠치 못하다고 생각했지요. 그 말이 그렇다고 한다면, 즉 모든 것을 무비판적으로 인정해 버린다는 뜻으로 받아들인다면, 나도 그 〈인간적〉이라는 말에는 문제가 좀 있다고 생각합니다. 하지만 그 말에 자유와 천재성과 선의라는 뜻이 담겨 있다면, 그것은 사실 두말할 것도 없이 멋진 말입니다. 그러니까 페퍼코른에 대해, 또 그로 인해 댁이 느끼는 걱정과 어려운 점에 대해 우리가 이야기를 할 때도 그 말은 마음 놓고 쓸 수 있으리라고 생각해요. 물론 그런 걱정이나 어려운 점은 그의 명예에 관한 불안이나, 감정의 감퇴에 대한 불안에서 생기는 겁니다. 그분이 감정을 조장하거나 원기를 북돋우는 고전적인 수단을 그토록 애용하는 것도 그러한 불안감 때문이지요 ─ 우리가 이런 말을 한다 해도 그분에 대한 경외감은 조금도 상실되지 않습니다. 그분에게는 스케일, 즉 제왕과 같은 엄청난 스케일이 있기 때문이지요. 그러니까 우리가 이런 이야기를 인간적으로 한다고 해서 그분이나 우리들 자신을 비천하게 하는 일은 없을 것입니다.」

「우리들 일은 문제가 되지 않아요.」그녀는 이렇게 말하고 다시 팔짱을 꼈다. 「댁이 말하듯이 스케일이 큰 남자를 위해, 즉 감정 때문이든 아니면 감정이 감퇴할까 불안해하는 남자를 위해서든, 체면이 깎이는 것을 감수하려고 하지 않는다면 여자가 아닐 거예요.」

「네, 그렇고말고요, 클라브디아. 정말 지당한 말을 해주셨네요. 그렇게 되면 굴욕까지도 스케일을 가지게 되는 것이니까요. 그리고 이처럼 커다란 굴욕을 맛본 여자는 제왕과 같은 스케일을 지니지 못한 인간들에게 경멸하듯 말할 수 있지요. 아까 댁이 나에게 우표가 없느냐고 묻고 나서 〈남자라면 숙녀에게 최소한 빈틈없고 신뢰감 있게 행동하셔야지요!〉라고 말했듯이 말입니다.」

「민감하게 받아들이셨나요? 그러지 마세요. 우리 서로 민감하게 받아들이지 말기로 해요 — 아셨지요? 나도 때로는 민감할 때가 있었어요. 우리가 오늘 밤 이렇게 나란히 마주 앉아 있으니까 솔직하게 털어놓겠어요. 난 댁의 냉정함에 화가 났었어요. 그리고 댁이 자신만의 이기적인 경험을 위해 그분과 그토록 사이좋게 지낸 일에 대해서도 말이에요. 그렇지만 나는 그것이 기쁘기도 했어요. 그리고 댁이 그분에게 경외감을 보이는 것이 고맙기도 했고요……. 당신의 태도는 무척 충성스러웠어요. 다소 거만한 태도도 없지는 않았지만, 난 그러한 태도를 관대하게 봐주기로 했어요.」

「거참 정말 고마운 일이군요.」

쇼샤 부인은 한스 카스토르프를 쳐다보았다. 「당신이라는 사람, 정말 어떻게 할 수 없는 사람 같아요. 교활한 청년이에요. 난 그렇게 말하겠어요. 댁이 총명한 사람인지 어떤

지는 모르지만, 교활한 것만은 틀림없어요. 아무튼 좋아요, 교활해도 살아갈 수 있고, 우성을 지켜 갈 수 있으니까요. 우리 앞으로 친구로서 사이좋게 지내기로 해요. 또한 그분을 위해 동맹을 맺기로 해요! 보통은 누구를 공격하기 위해 동맹을 맺는 것이지만요! 그런 의미로 악수해 주시겠어요? 나는 불안할 때가 자주 있어요……. 그분과 단둘이 있는데도 고독을 느끼는 것이 가끔 두려울 때가 있어요. 마음속으로 고독을 느끼는 것이……. 그분은 사람을 불안하게 만들어요……. 어쩐지 그분에게 좋지 않은 일이 일어날까 봐 두려워질 때가 종종 있어요……. 때때로 등골이 오싹해요……. 내 옆에 어떤 좋은 사람이 있었으면 하고 바랐어요……. 이 말을 들으면 어떻게 생각할지 모르지만, 아마 그래서 내가 그분과 이곳에 되돌아왔는지도 모르겠어요…….」

한스 카스토르프는 흔들의자를 앞쪽으로 기울여 앉고 그녀는 의자에 앉아, 두 사람은 무릎과 무릎을 맞대고 있었다. 그녀는 그렇게 마지막 말을 하면서 그의 얼굴 앞에 바짝 다가앉아 그의 손을 꼭 잡았다. 그가 말했다.

「내가 있는 곳으로요? 아, 무척 고맙군요. 아, 클라브디아, 정말 있을 수 없는 일이군요. 댁이 그분과 함께 내가 있는 곳으로 왔다는 말이지요? 그러면서도 댁은 내가 댁을 기다린 것이 바보스럽고 제멋대로이며 헛된 일이라고 말하려는 건가요? 댁에게서 친구가 되어 달라는 간청을 받고, 즉 그분을 위해 사이좋게 지내자고 하는데 응하지 않는다면, 내가 얼마나 버릇없는 인간이 되겠습니까……..」

그러자 그녀는 그의 입술에 키스를 했다. 러시아식의 키스였다. 저 광막한 나라, 영혼이 깃든 나라에서 기독교 대축제

211

일에 사랑을 서약하는 의미에서 교환하는 종류의 키스였다. 그러나 키스를 한 두 사람 중에 한 사람은 〈교활〉하기로 악명 높은 젊은이이고, 또 한 사람은 역시 젊고 매력적으로 살금살금 걸어가는 여성이었기 때문에, 우리는 두 사람의 키스에 대해 이야기하는 동안, 알게 모르게 먼 옛날 크로코프스키 박사가 사랑에 관해 말한, 약간 모순적인 데가 없다고는 할 수 없는 상당히 교묘한 말을 떠올리게 된다. 그가 한 말은 약간 애매모호했기 때문에, 그것이 경건한 사랑을 의미하는지, 아니면 열정적이고 육체적인 사랑을 의미하는지에 대해서는 아무도 확실히 알 수 없었다. 우리가 크로코프스키 박사처럼 말하고 있는 것일까, 아니면 한스 카스토르프와 클라브디아 쇼샤가 나눈 러시아식 키스에 뭔가 그런 애매한 구석이 있었던 것일까? 하지만 우리가 이 문제를 철저히 규명하기를 거부한다면 사람들은 뭐라고 말할까? 우리 생각으로는 사랑이란 문제에서 경건함과 열정을 〈분명하게〉 구별하는 것이 사실 분석적이긴 하지만 — 한스 카스토르프의 말투를 흉내 내어 말하자면 — 〈말할 수 없이 버릇없는〉 짓이며 또한 삶에 비우호적이라고 하겠다. 사랑의 문제에서 〈분명하게〉란 말은 무슨 뜻인가! 의미가 애매하고 불확실하다는 것은 무슨 뜻인가! 우린 이런 구분을 짓는 것에 대해 깨끗이 일소(一笑)에 부치기로 하자. 우리가 생각할 수 있는 모든 종류의 사랑에 대해, 지극히 경건한 사랑에서부터 지극히 육체적이고 관능적인 사랑에 이르기까지, 언어가 사랑이라는 단 하나의 단어만을 가지고 있다는 것은 위대하고 좋은 일이 아닌가? 사랑은 애매모호하면서도 완전히 분명한 것이다. 왜냐하면 사랑이란 아무리 경건한 사랑이라 해도 육체적이 아닐 수 없으며, 아무리 육체적인 사랑이라 해도 경건함이 결여될 수는 없기 때문이다. 삶에 대한 교활한 친근성이라는 형태로 나타나든, 최고의 열정이라는 형태로 나타나든 간에, 사랑은 언제나 사랑 그 자체이다. 사랑은 유기적인 것에 대한 공감이며, 부패의 운명을 지닌 육체를 감동적일 정도로 관능적으로 포옹하는 것이다 — 아무리 경탄을 금할 수 없는 열정이라도, 또 아무리 미쳐 날뛰는 열정이라도, 그 속에는 기독교적인 사랑이 담겨 있음에 틀림없다. 의미가 애매하다고? 그렇다 해도 사랑의 의미는 제발 애매한 그대로 그냥 두었으면 좋겠다! 애매모호한 의미를 지니고 있기 때문에, 사랑에는 삶과 인간성이 담겨 있는 것이다. 그리고 의미가 애매하다고 염려하는 것은 〈교활함〉이 지나치게 부족함을 드러내는 것이다!

그러므로 한스 카스토르프와 쇼샤 부인의 입술이 러시아식 키스를 하는 동안, 우리는 우리의 작은 무대를 어두운 장면으로 바꿔 보도록 하자. 왜냐하면 이젠 우리가 들려주기로 약속한 두 대화 내용 중 두 번째의 것을 취급할 차례이기 때문이다. 무대가 다시 밝아지면, 해동기의 어느 봄날 해질 무렵의 어스름한 석양이 비치는 가운데 우리의 주인공 한스 카스토르프가 위대한 페퍼코른의 침대맡에 익숙한 태도로 걸터앉아, 그와 공손하고도 화기애애하게 대화를 나누는 모습이 보인다. 쇼샤 부인은 4시의 차 마시는 시간에, 그때까지의 세 번의 식사 때와 마찬가지로, 식당에 혼자 나타나서 차를 마신 뒤 곧장 플라츠로 쇼핑하러 내려갔다. 한스 카스토르프는 보통 환자를 문병 갈 때와 마찬가지로 네덜란드인 페퍼코른에게 미리 찾아간다고 알려 주었다. 그 이유는 한편으로는 그의 말을 주의 깊게 듣고 또 그를 즐겁게 해주기 위해서였고, 또 한편으로는 그 나름대로 그 인물의 영향에 감화받기 위해서였다 —— 요컨대 애매모호한 동기에서였지만 생동감이 넘쳤다.

페퍼코른은 읽고 있던 네덜란드 신문인 「텔레그라프」를 옆으로 치워 놓더니, 뿔테 코안경을 코에서 잡아당겨 신문 위에 내려놓고는 방문객에게 선장과 같은 손을 내밀었다. 그때 그의 넓게 찢어진 입술은 몹시 괴로운 듯 가냘프게 떨리고 있었다. 언제나와 마찬가지로 적포도주와 커피가 그의 손이 닿을 수 있는 거리에 놓여 있었다. 커피세트는 침대 옆 걸상 위에 놓여 있었는데, 사용한 뒤여서 그런지 갈색으로 젖어 있었다 —— 민헤어는 오후에는 늘 설탕과 크림을 타서 진하고도 뜨겁게 커피를 마시곤 했기 때문에 얼굴에 땀이 촉촉하게 맺혀 있었다. 백발이 불꽃처럼 에워싼 제왕과 같은 얼굴은 빨갛게 달아올라 있었고, 이마와 윗입술에는 작은 땀방울이 송골송골 맺혀 있었다.

「땀을 좀 내고 있습니다.」 그가 말했다. 「어서 오세요. 젊은이, 내 몸이 정반대가 되었네요. 어쨌든 앉으시오! 내 몸이 약해졌다는 증거지요. 따끈한 음료를 마시면 금방 이러니 —— 미안하지만 —— 네, 그것. 손수건 좀. 고맙습니다.」 아닌 게 아니라 페퍼코른의 얼굴에 서린 붉은 기운이 금세 사라지고, 말라리아열이 덮친 후에 그의 얼굴을 뒤덮곤 했던 누렇고 창백한 빛이 당당한 이 남자의 얼굴에 퍼졌다. 이날 오전의 나흘째 계속되던 4일열은 오한, 고열, 발한의 세 단계 중 어느 것도 맹렬했으므로 흐릿한 빛의 그의 작은 눈은 이마의 우상 같은 주름 아래서 희미하게 흐려져 있었다. 그는 이렇게 말했다.

「이건 — 정말, 젊은이. 성발 〈칭찬할 만하다〉는 단어를 쓰고 싶군요 — 절대적으로 말입니다. 정말 친절한 젊은이 일세, 보잘것없는 이 늙은 환자를 —」

「제가 방문한 것을 말씀하시는 겁니까?」한스 카스토르프가 물었다…….「그런 말씀 마십시오, 민헤어 페퍼코른 씨. 오히려 나야말로 여기에 앉게 해주신 데 대해 감사를 드려야 하겠습니다. 난 당신에게서 비교가 안 될 정도로 많은 것을 얻고 있으니까요. 내가 이곳을 방문한 것은 순전히 이기적인 이유에서입니다. 그런데 스스로를 〈늙은 환자〉라 칭하다니, 무슨 그런 당치도 않은 말씀을 하십니까. 당신을 그렇게 생각하는 사람은 아무도 없습니다. 정말 당치도 않습니다.」

「좋습니다, 좋아요.」민헤어 페퍼코른는 이렇게 대답했다. 그리고 그는 턱을 약간 내밀고는 위풍당당한 머리를 베개에 기댄 채, 몇 초 동안 눈을 감고 있었다. 손톱이 긴 손가락은 깍지를 끼고서 트리코 셔츠 밑으로 눈에 띄게 넓은 제왕 같은 가슴 위에 올려놓았다.「어쨌든 좋아요, 젊은이. 그렇지만 당신은 호의로 그렇게 말하고 있소. 난 확신해요. 어제 오후는 정말 유쾌했어요 — 그렇고말고요, 바로 어제 오후만 해도 말입니다 — 손님을 환대하는 그 즐거운 장소에서요 — 그것의 이름은 잊어버렸습니다만, 거기서 훌륭한 살라미 소시지와 계란찜을 먹고, 맛 좋은 이 지방 포도주도 마셨고—」

「정말 너무 좋았지요!」한스 카스토르프가 맞장구를 쳤다.「우린 정말 정신없이 먹고 마셨지요 — 이곳 베르크호프의 주방장이 우리의 모습을 보았다면, 분명 기분이 상했을 겁니다 — 요컨대 우린 모두가 예외 없이 먹고 마시는 데만

열중하고 있었지요! 그건 진짜 살라미였어요. 세템브리니 씨는 너무 감격한 나머지 그것을 먹으면서, 눈물까지 글썽거릴 정도였으니까요. 당신도 알게 되겠지만 그는 애국자입니다, 민주적인 애국자죠. 그는 시민의 창(槍)을 인류의 제단에 바쳤습니다. 언젠가는 브레너 국경선에서 살라미 소시지에 관세를 매길 수 있도록 말입니다.」

「그것은 그다지 중요한 일이 아니오.」 페퍼코른이 말했다. 「세템브리니 씨는 기사처럼 예의 바르고 명랑하게 말하는 사람이죠, 정말 신사예요. 그런데 간혹 옷을 갈아입을 처지가 못 되는 모양이지요?」

「그래요.」 한스 카스토르프가 말했다. 「도저히 그럴 처지가 되지 못합니다! 나는 오래전부터 그를 알고 있어서 그 사람과 친합니다. 말하자면 그는 나를 〈인생의 걱정거리 자식〉이라고 하면서, 고맙게도 나를 받아들여 주었습니다 ─ 그 표현은 우리 두 사람에게만 통하는 말투라서, 아마 금방 이해되지는 않을 것입니다 ─ 그리고 그는 나의 잘못을 바로잡아 감화시키려고 심혈을 기울이고 있습니다. 하지만 나는 그가 여름이든 겨울이든 간에 다른 옷을 입은 걸 본 적이 없습니다. 체크무늬 바지에 올이 거친 나사로 만든 더블 상의만 입고 다닙니다! 그래도 그는 그 낡은 옷가지들을 웬만해서는 남들이 흉내 내지 못할 정도로 우아하게, 아주 맵시 있게 입고 다닙니다. 그 점에서는 나도 당신 의견에 전적으로 동의합니다. 그 옷맵시가 그의 초라함을 극복하고 있지요. 나에게는 그의 이러한 초라함이 오히려 키 작은 나프타 씨의 우아함보다 더 마음에 듭니다. 나프타 씨의 우아함은 왠지 악마적인 느낌을 주는 것이라 어쩐지 으스스합니다. 그리고

216

나프타 씨는 거기에 드는 비용을 뒷구멍으로 충당하고 있습니다. 그런 사정에 대해서 나는 어느 정도 알고 있습니다.」

「기사처럼 예의 바르고 명랑한 사람이오.」페퍼코른은 한스 카스토르프가 지적한 나프타에 대해서는 깊이 파고들지 않고, 세템브리니에 대해서만 되풀이했다. 「이렇게 말하면 어떻게 생각할지 모르지만, 세템브리니 씨에게는 편견이 좀 있는 것 같습니다. 당신도 아마 눈치챘겠지만, 나의 여행 동반자인 마담 쇼샤는 그를 그다지 높게 평가하지 않습니다. 그녀는 그에 대해 말할 때 호감을 갖고 말하지 않더군요. 그녀를 대하는 그의 태도에 편견이 있어서 그런 모양입니다. ── 더 이상 언급하지 않겠습니다, 젊은이. 나는 세템브리니 씨와 그에 대한 당신의 우정 어린 심정에 대해서 털끝만큼도 의심하지 않습니다 ── 다 끝났습니다! 나는 숙녀를 기사답게 대하는 예의범절이라는 점에서는 추호도 그를 비난할 생각이 없습니다 ── 완벽합니다, 이보게 친구, 정말 나무랄 데가 없습니다! 하지만 거기에는 어떤 한계, 뭔가를 꺼리는 태도, 뭔가를 멀리하는 분위기 등이 느껴져서, 그에 대한 마담의 좋지 않은 감정도 인간적으로 봐서 상당히……。」

「네, 납득할 수 있다, 충분히 이해할 수 있다, 지극히 당연한 일이다, 이렇게 말씀하시는 거겠지요. 죄송합니다, 당신의 말을 제멋대로 끝맺어서 말입니다, 민헤어 페퍼코른 씨. 당신이 생각하고 있는 것을 완전히 알 수 있을 것 같아서 감히 말해 보았습니다. 나처럼 젊은 남자가 〈여자라는 동물은〉 하고 일반론을 펼치는 것이 우스울지 모르지만, 특히 여자란 남자가 취하는 태도에 따라 얼마나 크게 좌우되는가를 생각해 보면 ── 마담 쇼샤의 기분이 조금도 이상할 게 없습니다. 여자란 사물에 대한 반영적인 존재라고 말하고 싶습니다. 또 여자란 독자적인 주도권을 갖지 못하고 수동적이라는 점에서 칠칠치 못하다고 할 수 있죠……. 얘기가 좀 힘들고 지루하게 들릴지 모르지만, 이에 대해 좀 더 상세하게 설명하도록 하겠습니다. 내가 관찰한 바로는, 여자란 애정 문제에서는 언제나 자기를 사랑받는 대상으로 생각하고 있어서, 남자가 자기에게 접근하기를 기다릴 뿐입니다. 그래서 자기 스스로 자유롭게 선택하는 일은 없고, 남자가 먼저 자신을 선택해 주면 비로소 사랑을 선택하는 주체가 됩니다. 이런 말을 덧붙이는 것을 용서하십시오, 그런 경우에도 여자의 〈선택의 자유〉라는 것은 — 상대방이 가련한 영혼의 소유자가 아닌 것을 전제로 하긴 하지만, 그것조차도 엄격한 조건이 될 수 없겠죠 — 남자에게 자신이 선택되었다는 사실에 상처받기도 하고 매료되기도 하는 것입니다. 물론 내가 하는 말은 무척 진부한 것이지만, 젊은 사람에게는 이 모든 것이 물론 신기하게 느껴질 따름이겠지요. 신기하고 놀라운 일이지요. 〈당신은 저 사람을 정말 사랑합니까?〉 하고 어떤 여자에게 물으면 〈그는 나를 무척 사랑해요〉라고 그녀는 대답합니다. 그러면서 그녀는 눈을 똑바로 뜨거나 또는 내리깔기도 하지요. 이렇게 우리를 서로 연결해 미안합니다만, 그럼 우리 남성들 중의 한 명이 그런 대답을 했다고 생각해 봅시다 — 당신과 나를 묶어서 〈우리〉라고 표현한 것을 용서하십시오! 간혹 그렇게 대답하는 남자들이 있을지도 모르지만, 그들은 그야말로 우스꽝스럽기 짝이 없는 남자들이며, 경구적(警句的)인 한마디로 표현하자면 사랑의 공처가들입니다. 사랑하는 여자의 엉덩이에 깔려 있는 남자겠죠…….

내가 알고 싶은 것은, 특히 남자한테 사랑받고 있다고 서슴없이 대답하는 여자는 도대체 자신을 어떻게 평가하고 있을까 하는 것입니다. 자신처럼 보잘것없는 존재를 사랑의 대상으로 선택해 주었기 때문에, 그 남자에게 무조건적인 순종을 해야 한다고 생각하는 것 같아요. 아니면 자신을 선택해 주었기 때문에, 그 남자는 훌륭하다는 결론을 내리는 것 같아요. 나는 혼자 조용히 있을 때면 가끔 그 점에 대해서 생각해 보기도 합니다.」

「당신은 젊은데도 능숙하게 단 몇 마디 말로 근원적인 문제, 고전적인 사실, 즉 신성한 문제에 접근했군요.」 페퍼코른이 대답했다. 「남자는 욕망에 도취되고, 여자는 남자의 욕망에 도취되기를 갈망하고 기대하는 것입니다. 그래서 우리 남자에게는 감정을 발산할 의무가 있습니다. 그 때문에 여자의 욕망을 일깨우게 하지 못하는 무감각과 무기력은 무서운 치욕입니다. 자, 나와 함께 적포도주 한잔 드시겠습니까? 난 목이 말라 좀 마셔야겠습니다. 오늘은 수분을 너무 많이 발산했어요.」

「대단히 고맙습니다, 민혜어 페퍼코른 씨. 사실 이런 시간에는 술을 마시지 않습니다만, 당신의 건강을 위해서라면 언제나 기꺼이 한 모금 마시겠습니다.」

「그러면 그 포도주 잔에 드십시오. 지금 잔이 하나밖에 없어요. 난 그냥 물컵에 마시겠습니다. 이렇게 시시하고 소박한 컵으로 마신다 해도, 포도주에 그다지 실례가 되지는 않겠지요 —」 그는 선장과 같은 손을 약간 떨면서 손님의 도움을 받아 술을 따르고서는, 마치 그냥 맑은 물을 마시는 것처럼, 다리가 없는 컵에서 홍상 같은 목구멍 속으로 포도주를 꿀꺽꿀꺽 흘려 넣었다.

「이걸 마시니 기운이 나는군요.」 페퍼코른이 말했다. 「당신도 한 잔 더 마시지 않겠어요? 그러면 실례를 무릅쓰고, 난 또 한 잔 더! —」 그는 또 한 번 포도주를 컵에 따랐다. 그러다가 포도주를 약간 흘리는 바람에 침대 시트에 검붉게 얼룩이 졌다. 「되풀이해서 말하지만.」 그는 손가락을 창처럼 치켜 올리고 포도주가 든 물컵을 쥔 다른 손을 떨면서 말했다. 「거듭 말하지만, 그 때문에 감정을 발산하는 것은 우리의 의무입니다, 그것도 종교적인 의무입니다. 우리의 감정은, 알겠습니까, 생명을 눈뜨게 하는 남성적인 힘입니다. 생명은 꾸벅꾸벅 졸고 있습니다. 신성한 감정과 도취적인 결혼을 하기 위해서는 생명이 깨어날 필요가 있습니다. 감정은, 젊은이, 신성하기 때문입니다. 인간은 감정을 느끼는 한, 신성한 존재입니다. 인간은 신의 감정 기관이지요. 신이 인간을 창조한 것은 인간을 통해 느끼기 위해서였습니다. 인간은, 깨어나 도취된 생명과 신이 결혼식을 치르는 기관에 불과합니다. 만약 인간이 감정적인 면에서 무기력하게 되면, 신의 치욕이 시작됩니다. 이것은 신이 지닌 남성적인 힘의 패배이고, 우주적인 파국이며, 상상도 할 수 없는 끔찍한 일입니다 —」 그는 포도주를 꿀꺽 들이켰다.

「실례지만 컵을 이리 주십시오, 민헤어 페퍼코른 씨.」 한스 카스토르프가 말했다. 「난 당신의 사고 과정을 따르면서 아주 커다란 가르침을 받고 있습니다. 당신은 신학 이론을 전개하고 계시는데, 그 이론에 따르면, 종교적으로 좀 치우친 말인 것 같습니다만 인간은 무척 명예로운 기능을 신으로부터 부여받고 있습니다. 이런 지적을 하는 것이 실례가 될지 모르지만, 당신의 사고방식에는 뭔가 엄격한 것이 있는 것 같습니다. 그 엄격함은 사람을 숨 막히게 합니다 — 이렇게 말하는 것을 용서해 주십시오! 종교적인 엄격함은 스케일이 작은 인간들에게는 당연히 옥죄는 듯한 느낌을 줍니다. 그렇다고 해서 내가 당신의 생각을 고치려는 것이 아니라, 어떤 종류의 〈편견〉에 대해 당신이 말한 것에 화제를 돌리고 싶을 뿐입니다. 당신이 관찰한 바에 따르면, 세템브리니 씨가 당신의 여행 동반자인 마담 쇼샤에 대해 편견을 지니고 있다고 하셨는데, 그 편견에 대해서 얘기를 하고 싶군요. 나는 세템브리니 씨를 오랫동안, 아주 오랫동안, 오래전부터, 수 년 전부터 잘 알고 있습니다. 그리고 나는 자신 있게 말할 수 있습니다. 만약 그에게 그러한 편견이 있다면, 그 편견은 결코 좀스럽고 속물적인 성격을 띤 것이 아니라는 점입니다 — 그런 것을 생각하는 것조차 우스운 일입니다. 그의 경우에 중요한 것은, 보다 커다란 양식, 그러니까 비개인적인 성질을 띤 편견이며, 쉽게 말해 일반적인 교육 원칙뿐입니다. 그런 원칙을 내세우면서 세템브리니 씨는 솔직하게 말하면 나의 특성을 〈인생의 걱정거리〉라고 칭했습니다 — 하지만 이것을 설명하자면 너무 장황해집니다. 아주 광범위하게 이야기해야 할 문제이기 때문에 두세 마디로 압축해서 말한다는 것은 거의 불가능하다고 —」

「그런데 당신은 마담 쇼샤를 사랑하고 있지요?」 느닷없이 민헤어가 이렇게 묻고는, 제왕과 같은 얼굴을 한스 카스토르프 쪽으로 돌렸다. 덩굴무늬 같은 이마의 주름 밑에 비통하게 찢어진 입술이 있고, 또 작은 눈이 흐릿하게 빛나고 있는 얼굴이었다……. 한스 카스토르프는 깜짝 놀라 더듬거리며 말했다.

「나는…… 말하자면…… 자명하게도 나는 그녀의 특성만으로도 벌써 쇼샤 부인을 존경하고 있습니다 —」

「잠깐!」 페퍼코른은 제지하려는 듯 세련된 문화적인 몸짓으로 손을 내뻗으며 말했다. 「되풀이해서 말하지만.」 그는 이런 식으로 자신이 앞으로 말할 내용에 대해 여유를 준 다음 계속해서 말했다. 「되풀이해서 말하지만, 나는 그 이탈리아 신사가 마담 쇼샤에게 신사로서의 예의에 어긋나는 태도를 보였다고 비난하려는 것은 결코 아닙니다 — 난 어느 누구에게도 그런 비난을 하지 않습니다, 어느 누구에게도 말입니다. 그러나 내가 이상하게 느끼는 것은 — 지금 이 순간 난 기분이 좋다는 것입니다 — 좋습니다, 젊은이. 정말 좋고, 멋집니다. 내 기분이 좋은 것은 의심의 여지가 없습니다. 진심으로 기분이 좋습니다 — 그렇지만 간단히 말하자면, 당신이 마담 쇼샤를 알고 지낸 것은 내가 마담을 안 것보다 더 오래되었습니다. 그녀가 예전에 이곳에 있을 때 당신도 그녀와 같이 이곳에 있었습니다. 게다가 그녀는 아주 매력적인 부인이고, 나는 그저 늙은 병자에 지나지 않습니다. 그런데 어떻게 해서 이런 일이 — 그녀는 내가 컨디션이 좋지 않아서, 오늘 오후에는 혼자, 물건을 사러 동반자 없이 플라츠로 내려갔습니다 — 뭐 그다지 나쁜 일은 아니지요! 결코 나쁘다 할 수 없는 일이지요! 이건 의심의 여지없이 — 당신이 말했듯이 영향 탓으로 — 세템브리니 씨의 교육적 원칙의 영향 탓으로 돌려야 하지 않을까요. 당신이 기사도적인 자극에 — 내가 무슨 말을 하는지 알아듣겠지요…….」

「충분히 알겠습니다, 민헤어 페퍼코른 씨. 아, 아닙니다.

결코 그런 일은 없습니다. 나는 누구의 간섭도 받지 않고 항상 자주적으로 행동합니다. 반대로 세템브리니 씨는 기회 있을 때마다 나에게 — 아, 근데, 유감스럽게도 시트에 포도주 얼룩이 묻었군요, 민헤어 페퍼코른 씨. 우리는 보통 얼룩이 마르기 전에 소금을 뿌리곤 했습니다만 —」

「그런 것은 아무래도 괜찮소.」 페퍼코른은 손님에게서 눈을 떼지 않고 말했다.

한스 카스토르프는 차츰 안색이 변하고 있었다.

「여기서는,」 그는 억지로 미소를 띠며 말했다. 「모든 일이 평지하고는 좀 다르게 진행됩니다. 이곳의 기풍이라고 나는 말하고 싶습니다만, 아무튼 이곳의 기풍은 세상의 관습과 다릅니다. 이곳에서는 남자든 여자든 환자에게 우선권이 있습니다. 부인에 대한 기사도 정신도 이러한 기풍에는 한 발 자국 뒤로 물러서야 합니다. 당신은 일시적으로 몸이 좋지 않습니다, 민헤어 페퍼코른 씨 — 급성으로 몸이 좋지 않은 상태이며, 실제로 몸이 좋지 않습니다 — 거기에 비하면 당신의 여행 동반자는 비교적 몸이 건강합니다. 그렇기 때문에 마담 쇼샤가 없을 때 내가 그녀를 대신해서 당신을 돌본다면, 그건 전적으로 마담의 입장에서 행동하는 것이 될 겁니다 — 물론 이 경우에 〈대신한다〉는 말이 가능하다면 말입니다, 하하하 — 그와 반대로 당신을 대신해서 내가 부인과 함께 플라츠에 내려가는 것보다는 그게 낫겠지요. 뿐만 아니라, 어떻게 내가 당신의 여행 동반자에게 기사도를 베풀겠다고 강요할 수 있겠습니까? 나에게는 그렇게 할 법률상의 청구권도, 위임받은 권한도 없습니다. 이래 봬도 나는 실질적인 권리관계에 아주 민감한 사람입니다. 간단히 말해서,

내가 지금 이곳에 이렇게 있는 것이 올바른 일이고, 일반적인 상황에도 어긋나지 않으며, 특히 당신에 대한 나의 솔직한 느낌에도 상응한다고 생각하고 있습니다. 페퍼코른 씨, 이것으로 나는 당신의 질문에 대해 — 아까 나에게 질문하신 것 같습니다만 — 만족할 만한 답변을 드렸다고 생각합니다.」

「매우 흡족한 답변입니다.」 페퍼코른이 대답했다. 「나도 모르게 만족감을 느끼며 당신의 능숙한 발언을 귀담아 들었습니다, 젊은이. 말이 시원시원하게 쏟아져서 기분 좋게 정리가 되었어요. 그렇다고 해서 수긍이 가느냐 하는 문제에 대해서는 — 전혀 그렇지 않습니다. 당신의 답변에는 조금도 수긍이 가지 않습니다 — 용서해 주십시오, 이 말이 당신을 실망시켰다면 말입니다. 이보시오, 젊은이, 당신은 내가 말한 사고방식과 관련해서 〈엄격하다〉는 단어를 사용했습니다. 하지만 당신의 사고에서도 그 어떤 엄격하면서도 부자연스러운 점이 느껴집니다. 당신의 태도에서도 그런 점이 엿보이지만, 그것은 당신의 기질과는 어울리지 않는 것 같군요. 그런데 그런 점을 지금 또 느끼게 되는군요. 말하자면 그것은 우리가 함께 계획을 세운다거나 산책을 할 때, 당신이 — 다른 그 누구도 아닌 — 바로 마담 쇼샤에 대해 드러내 보이는 부자연스러움입니다. 그것에 대해 당신이 나에게 설명해 주는 것 — 그것은 책임이자 의무이기도 하지요, 젊은이. 내가 보는 눈은 틀림없어요. 여러 번 관찰을 하여 그때마다 확실히 느꼈던 것이고, 분명히 다른 사람들도 그런 점을 느꼈을 것입니다. 그런데 다른 사람들은 아마 나와는 달리, 당신이 그처럼 부자연스럽게 행동하는 이유를 분명히 알고 있으리라 생각되는군요.」

민혜어 페퍼코른은 말라리아열로 몹시 쇠약해져 있었음에도 불구하고, 오늘 오후에는 평소와 달리 정확하고도 완결된 어법으로 말했다. 그 특유의 떠듬거리는 말투도 거의 나타나지 않았다. 침대에 반쯤 일어나 앉은 자세로, 떡 벌어진 어깨와 위풍당당한 얼굴을 방문객 한스 카스토르프에게로 향하고, 한쪽 팔은 이불 위에 쭉 뻗고 있었다. 그리고 주근깨투성이의 선장 같은 손은 양모 셔츠의 소매 끝에 반듯이 세우고, 집게손가락과 엄지손가락으로 동그라미 모양을 정확히 만들고는, 나머지 세 손가락은 옆에다 창처럼 뾰족하게 세우고 있었다. 그러면서 입으로는 단어 하나하나를 날카롭고도 정확하게, 그러니까 〈아마*wahrscheinlich*〉와 〈강요된*aufgedrängt*〉이란 단어를 발음할 때, 후두음 r 발음을 멋지게 굴리면서 세템브리니 씨가 들었어도 흡족해할 정도로 조형적인 표현을 했다.

　「당신은 미소 짓고 있군요.」 페퍼코른은 말을 계속했다. 「당신은 눈을 껌벅이며 머리를 좌우로 갸우뚱거리고, 무언가를 아주 열심히 생각하고 있지만, 결과가 별로 신통치 못한 것 같아요. 그렇지만 내가 무슨 말을 하고 있으며, 무엇을 문제 삼고 있는지, 분명히 알고 있을 겁니다. 나는 당신이 가끔씩이라도 마담에게 말을 거는 일이 없었다든가, 또는 마담에게 대답하게 되었을 경우에 대답을 하지 않았다든가 하는 그런 것을 문제 삼는 게 아닙니다. 되풀이해서 말하지만, 그런 경우에 어딘지 부자연스러운 점이 분명히 눈에 띄었습니다. 보다 정확히 말하자면, 무엇인가를 회피하고 기피하려는 점이 역력했습니다. 보다 자세히 지켜보면 어떤 호칭을 피하려고 하더군요. 당신의 경우에 한해서 말한다면, 마담에게 무엇인가를 먼저 말한 사람이 패자가 되는 놀이를 하면서, 마담한테 그 호칭을 쓰지 않는 내기를 하는 듯한 인상이 들었습니다. 당신은 시종일관 한 번의 예외도 없이, 그 호칭을 쓰는 것을 피하고 있습니다. 당신은 마담에게 〈당신〉이라고 부르지 않더군요.」

「하지만 민헤어 페퍼코른 씨…… 내기 같은 놀이라뇨? 대체 무슨 그런 놀이가 있다는 말입니까…….」

「내가 당신 스스로도 느끼고 있을 것이 틀림없는 사실을 지적해 볼까요? 당신은 금방 입술까지 파랗게 질렸군요.」

한스 카스토르프는 얼굴을 들지 못했다. 그는 고개를 푹 숙인 채, 침대 시트의 붉은 포도주 얼룩만 쉬지 않고 만지작거리고 있었다. 〈아, 갈 데까지 가버렸구나!〉 하고 그는 생각했다. 〈이렇게 될 줄 알았어. 실은 이렇게 되도록 내 스스로 행동했다고 할 수 있지. 이제야 알았지만, 내 자신이 어느 정도는 그걸 노렸다고도 할 수 있어. 내 얼굴이 정말 그렇게 새파랗게 질려 있단 말인가? 아마 그럴지도 모르지. 이젠 이판사판이지 뭐. 이제 어떤 일이 벌어질지 모르겠네. 아직도 뭔가 구실을 찾을 수 있을까? 불가능한 것도 아니겠지만, 절대 그럴 생각은 없어. 그래도 당분간은 시트에 묻은 이 핏자국, 이 포도주 얼룩이나 만지고 있기로 하자.〉

그의 머리 위에서 내려다보고 있는 페퍼코른도 아무 말이 없었다. 두 사람 사이에 2~3분 동안 침묵이 흐른 것 같았다 — 이런 상황에서 이러한 미세한 시간 단위가 얼마나 길게 늘어날 수 있는가 하는 것을 느끼게 해주는 정적이었다.

결국 다시 말문을 연 사람은 피터 페퍼코른이었다.

「당신과 알게 되어 기뻤던 바로 그날 밤이었습니다.」 페퍼코른은 마치 노래하듯 말하기 시작했다. 그것이 마치 긴 이야기의 서두라도 되는 것처럼, 마지막에 가서 목소리를 낮추었다. 「우리는 조촐한 연회를 베풀어 맛있게 먹고 마시다가, 밤이 깊어지자 기분이 좋아서 인간적으로 자유롭고 대담한 기분이 되었죠. 그래서 서로 팔짱을 끼고 숙소로 돌아갔소. 그때 여기 나의 방문 앞에서 헤어질 때, 나는 갑자기 당신이 쇼샤 부인의 이마에 키스를 하도록 요구하고 싶었어요. 당신은 자신을 예전에 그녀가 이곳에 입원해 있을 때 함께 지낸 그녀의 친한 친구라고 소개했지요. 그리고 나는 기분이 좋다는 표시로 내 눈앞에서 당신이 그녀의 이마에 키스를 하면, 그녀도 경사스럽고 명랑한 당신의 키스에 답하면서 그날 밤을 기념하자고 그녀에게 주문했던 것입니다. 그런데 당신은 나의 제안을 단칼에 거절했습니다. 나의 여행 동반자와 이마에 서로 키스를 교환하는 것은 무의미한 일이라는 이유를 대면서 말입니다. 그 이유에 대한 상세한 설명이 필요한하다는 것을 당신도 인정하겠지만, 당신은 지금까지 그 일에 대해 설명해 주지 않았습니다. 지금 그 빚을 갚을 생각이 없습니까?」

〈그렇구나, 이것까지 알고 있었구나.〉한스 카스토르프는 이렇게 생각하고 침대 시트의 포도주 얼룩에 더욱 가까이 몸을 구부리면서, 가운뎃손가락의 끝을 굽혀 얼룩 하나를 문질러 댔다. 〈사실 나는 그가 이것을 눈치채고 기억해 두고 있기를 바랐던 것이리라. 그렇지 않다면 내가 그런 말을 할 이유가 없었으니 말이다. 하지만 이제 어떡하면 좋지? 심장이 쿵쿵 뛰고 있다. 잘못하다간 무시무시한 제왕의 분노가 최고조에 이르러 폭발하지 않을까? 어쩌면 벌써 나의 머리 위에

227

둥둥 떠 있을지도 모르는 그의 주먹을 예의 주시해야 하지 않을까? 아무튼 정말 이상하고, 꼼짝도 할 수 없는 궁지에 몰리고 말았어!〉

갑자기 한스 카스토르프는 페퍼코른이 손으로 자신의 오른쪽 손목을 잡는 것을 느꼈다.

〈어이쿠, 드디어 내 손목이 잡혔구나!〉 하고 그는 생각했다. 〈근데, 뭐야, 우습지 않은가, 무엇 때문에 내가 이렇게 꼼짝 못 하고 있지! 내가 그에게 무슨 죄를 짓기라도 했단 말인가? 아니야, 그런 일은 절대 없어! 다게스탄에 있는 그녀의 남편이라면, 누구보다도 불평할 권리가 있지. 그런 다음에 이런저런 사람이 몇 있어. 그다음이 내 차례야. 내가 알기로 그는 아직 불평할 권리가 없어. 그런데 내 심장이 왜 이렇게 쿵쿵 뛰는 것일까? 이제 고개를 들자. 위풍당당한 그의 얼굴을 공손히, 그러나 솔직하게 쳐다볼 절호의 기회가 아닌가!〉

그래서 그는 고개를 쳐들었다. 위풍당당한 얼굴은 누랬고, 깊이 새겨진 이마의 주름 아래 눈은 흐릿하게 바라보고 있었으며, 찢어진 입술은 비통한 표정을 짓고 있었다. 위대한 노인과 하찮은 젊은이, 두 사람은 서로의 표정을 살피고 있었다. 한 사람이 다른 사람의 손목을 잡은 채로. 드디어 페퍼코른이 나지막하게 말했다.

「당신은 예전에 클라브디아가 이곳에 있었을 때의 애인이었습니다.」

한스 카스토르프는 다시 한 번 고개를 떨구었으나, 곧 다시 고개를 들어 숨을 깊이 들이쉬고는 이렇게 말했다.

「민헤어 페퍼코른 씨! 당신을 속일 생각은 조금도 없습니다. 그리고 그것을 피할 방법을 찾고 있지만, 쉽지는 않습니다. 당신이 단정하신 것을 인정하면 나는 자만하는 꼴이 되고, 당신 말을 부인하면 난 거짓말을 한 셋이 되니 말입니다. 사실은 이렇습니다. 나는 오랫동안, 아주 오랫동안 클라브디아와 함께 — 이렇게 말해서 죄송합니다 — 당신의 여행 동반자와 이 요양원에서 함께 지냈지만, 세속적인 사교의 의미로 알고 지내는 처지는 아니었습니다. 우리들의 관계, 아니 그녀에 대한 나의 관계에 세속적인 사교의 의미는 존재하지 않았습니다. 그런 관계가 언제부터 시작되었는지는 분명치 않습니다. 나는 클라브디아를 마음속으로는 〈댁〉이라고만 불러 왔고, 지금까지도 실제로 그렇게만 불러 왔습니다. 아까도 말씀드렸지만 교육적인 족쇄를 풀고, 그전부터 나와 친했다는 구실하에 그녀에게 접근한 그날 밤, 가장 무도회의 밤, 사육제날의 밤은 무책임한 밤이었습니다. 그녀를 〈댁〉이라고 부른 그날 밤이 깊어 감에 따라 〈댁〉이라는 호칭은 꿈속에서처럼 책임이 따르지 않는, 그야말로 완전한 의미를 띠게 된 것입니다. 하지만 이와 동시에 그날 밤은 클라브디아가 이곳을 떠나기 전날 밤이기도 했습니다.」

「완전한 의미라……」 페퍼코른은 그 말을 되풀이해 말했다. 「당신은 아주 점잖게 — 」 그는 한스 카스토르프의 손을 놓고 손톱이 긴 선장 같은 손의 손바닥으로 얼굴의 양쪽을, 눈두덩을, 뺨을, 턱을 마사지하기 시작했다. 그러고 나서 포도주 얼룩이 생긴 시트 위에 두 손을 모으고 머리를 왼쪽으로 기울였는데, 그쪽은 손님이 앉아 있지 않은 쪽, 즉 한스 카스토르프의 반대쪽이어서 손님을 외면한 것이나 마찬가지였다.

「나는 가능한 한 사실 그대로를 말씀드렸습니다, 민헤어

페퍼코른 씨.」한스 카스토르프가 말했다.「그리고 조금도
보태거나 빼먹지 않으려고, 아주 양심적으로 얘기했습니다.
무엇보다 중요한 것은 그녀를 완전히 댁이라고 부른 날 밤,
즉 헤어지기 전날 밤을 계산에 넣을 것인가 말 것인가는 어
느 정도 당신의 자유재량에 맡겨져 있음을 지적하고자 합니
다 — 그날 밤은 모든 질서에서 벗어나 있는 밤이며, 달력에
도 없는 하룻밤으로, 말하자면 특별한 밤이자 덤으로 생긴
밤인 2월 29일 밤과 같은 것이었습니다 — 그렇기 때문에
내가 당신의 단정적인 말을 부인했더라면, 그것은 아마 반쯤
은 거짓말이었을지도 모릅니다.」

페퍼코른은 대답하지 않았다.

「나는 당신에게.」한스 카스토르프는 잠시 쉬었다가 다시
얘기를 계속했다.「사실 그대로 말하기로 했습니다. 그 결과
로 당신의 호의를 잃을 위험이 있지만 말입니다. 당신의 호
의를 잃는다는 것은, 솔직히 말하자면, 나로서는 뼈아픈 손
실이 될 수도 있습니다. 타격, 엄청난 타격이라고 말할 수 있
겠습니다. 이 타격은, 쇼샤 부인이 혼자서가 아닌 당신의 여
행 동반자로 그녀가 이곳에 다시 왔을 때에 내가 받은 타격,
바로 그 타격과 비교할 수 있을 정도입니다. 나는 이러한 위
험을 무릅쓰고라도 사실을 말씀드리려고 하는 것입니다. 내
가 특별하게 존경의 감정을 품고 있는 당신과 나 사이의 관
계를 분명하게 해두려고 진작부터 소망하고 있었기 때문입
니다. 나로서는 그렇게 해두는 것이 숨기고 왜곡하는 것보다
더 멋지고 더 인간적인 것이라고 생각되거든요. 클라브디아
가 〈인간적〉이라는 단어를 그 매력이 철철 넘치는 목소리로
얼마나 매혹적으로 길게 끌면서 발음하는지는 당신도 잘 알

고 있겠지요. 그렇기 때문에 나는 당신이 아까 단정한 말을 듣고, 가슴이 한결 가벼워져서 한시름 놓게 되었습니다.」

페퍼코른은 여전히 대답하지 않았다.

「그리고 또 한 가지가 있습니다, 민헤어 페퍼코른 씨.」 한스 카스토르프는 계속 말했다. 「또 한 가지 당신에게 사실 그대로 말씀드릴 게 있습니다. 즉 이런 방면에서 사실을 확신하지도 못하면서 반쯤 추측에 의존하는 것이 얼마나 사람을 화나게 만들 수 있는지 나는 내 개인적인 경험으로 잘 알고 있습니다. 이것으로 당신도 알게 되었을 것입니다. 현재와 같은 실질적인 권리관계가 확립되기 전에 — 그 관계를 존중하지 않으려는 것은 물론 미친 짓이겠지만 — 클라브디아가 누구와 2월 29일 밤을 경험했고, 같이 지냈고, 저질렀는가 — 그러니까 무슨 일을 저질렀는가 하는 것을 알게 되었습니다. 나의 경우에는 이러한 관계가 투명하게 밝혀진 적이 한 번도 없었습니다. 물론 그런 것을 생각하지 않으면 안 되는 처지의 사람이라면 단순히 누구나 그러한 선례가 있다기보다, 나의 경우에는, 사실 그러한 선례가 있다는 것을 각오해야 한다는 것을 나는 분명히 알고 있습니다. 당신도 아마 베렌스 고문관이 취미삼아 유화를 그리고 있다는 것을 알고 계실 것입니다. 더구나 그가 수차례에 걸쳐 쇼샤 부인을 앞에 앉혀 놓고 그녀의 훌륭한 초상화를 그렸다는 사실을 나는 알고 있었습니다. 그 초상화를 보면 — 우리끼리 하는 이야기지만 — 그녀의 살결이 너무나 실감나게 그려져 있어서 그야말로 눈이 휘둥그레질 정도입니다. 그래서 나는 쇼샤 부인과 베렌스 고문관의 관계 때문에 너무 고통스러웠고, 머리가 깨질 듯이 아팠으며, 지금도 여전히 그러합니다.」

「당신, 아직도 그녀를 사랑하고 있군요?」 페퍼코른은 자세를 바꾸지 않고, 다시 말해 계속 얼굴을 반대쪽으로 돌린 채 물었다……. 넓은 방은 점점 어둠에 잠겨 들었다.

「죄송합니다, 민헤어 페퍼코른 씨.」 한스 카스토르프가 대답했다. 「내가 당신의 여행 동반자에 대한 감정을 털어놓는 것은, 내가 당신에게 품고 있는 말할 수 없이 존경하고 경탄하는 감정으로 볼 때 바람직한 일이 아닌 것 같습니다만.」

「그렇다면 그녀도.」 페퍼코른은 목소리를 낮추어 말했다. 「이러한 느낌을 지금까지 지니고 있다는 건가요?」

「그런 말은 아닙니다.」 한스 카스토르프가 대답했다. 「그녀가 나에 대해 그런 느낌을 지니고 있으리라고 말하는 것은 아닙니다. 별로 신빙성이 없을 것 같습니다. 조금 전에 우리는 여성의 반응적인 속성에 대해 말하면서, 그런 것에 대해 이론적으로 다루었지요. 나는 여자로부터 사랑을 받을 만한 점이 별로 없습니다. 나에게 대체 무슨 매력이나 스케일이 있겠습니까 — 당신이 한번 평가해 보십시오! 그러한 내가 2월 29일 밤의 일을 경험할 수 있는 행운을 얻게 된 것도, 오로지 여성이 남자가 먼저 자기를 선택한 것에 대해 영향받기 쉬운 속성을 지니고 있기 때문인 것이지요. 내가 자신을 〈남자〉라고 칭하는 것이 어떻게 보면 허풍선이 같기도 하고 또 상스럽다고 생각되기는 하지만, 좌우간 클라브디아는 여자니까요.」

「그녀는 스스로의 감정에 따랐을 뿐이오.」 페퍼코른은 찢어진 입으로 중얼거리며 말했다.

「그렇죠, 그녀는 당신에게는 훨씬 더 순순히 따랐지요.」 한스 카스토르프가 말했다. 「그녀가 여태까지 따랐던 많은 남자에게 이미 여러 번 그랬듯이 말입니다 — 이런 괴로운 상황에 처해 보면 그녀가 그러리라는 것은 누구나 알 수 있지요—」

「잠깐!」 페퍼코른은 여전히 얼굴을 돌리고 손바닥으로 상대방을 제지하는 듯한 동작으로 말했다. 「우리가 그녀에 대해 이렇게 이야기하는 것은 좀 비열한 일이 아닙니까?」

「아닙니다, 민헤어 페퍼코른 씨. 아닙니다, 그 점에 대해서는 조금도 걱정할 필요가 없다고 생각합니다. 〈인간적〉인 문제에 대해 이야기하고 있으니까요 — 〈인간적〉이라는 단어를 자유와 천재성이라는 두 가지 의미로 사용한다면 말입니다 — 좀 부자연스러운 표현을 해서 죄송합니다만, 최근 들어 필요에 못 이겨 그런 표현에 익숙하게 되었습니다.」

「좋습니다, 계속하십시오!」 페퍼코른이 낮은 목소리로 명령하듯 말했다.

한스 카스토르프도 목소리를 낮춰 말했다. 침대 옆의 걸상 모서리에 앉아 두 손을 무릎 사이에 끼고 제왕과 같은 늙은이를 향해 몸을 구부린 자세였다.

「그렇습니다, 그녀는 천재적인 존재이기 때문입니다.」 그가 말했다. 「코카서스 산맥 저쪽에는 — 당신도 알다시피 그녀의 남편이 있는데, 난 그녀의 남편을 알지 못합니다만 — 그가 둔감한 사람이라서 그런지 아니면 지적인 사람이라서 그런지는 몰라도, 그녀에게 자유와 천재성을 인정해 주고 있습니다. 어쨌든 그런 점은 잘한 일이라 할 수 있습니다. 그가 그런 자유와 천재성을 부여해 주는 것은, 그녀의 병 때문입니다. 그녀는 병이라는 천재적 원칙에 종속되어 있습니다. 그러니 이런 괴로운 상황에 처하는 자는 누구나 그녀의 남편의 예에 따라, 과거의 일에나 앞으로의 일에 대해 불평하지 않는 것이 현명할 것입니다……」

「당신은 왜 불평을 털어놓지 않습니까?」 페퍼코른은 이렇게 묻고는 이제야 한스 카스토르프에게 얼굴을 돌렸다……. 어스름한 어둠 속에서 그의 얼굴이 흐릿하게 빛나고 있었다. 이마의 우상 같은 주름 아래 두 눈은 흐릿하고 생기 없이 바라보고 있었고, 찢어진 입은 그리스 비극에 나오는 가면을 쓴 주인공의 입처럼 반쯤 벌어져 있었다.

「내 생각으로는.」 한스 카스토르프는 겸손하게 대답했다. 「나에 대해서는 문제 삼고 싶지 않아서입니다. 지금 내가 이런 말을 하는 것은, 당신이 불평을 하지 않도록 하기 위해서입니다. 그리고 과거에 있었던 사건 때문에 내가 당신의 호의를 잃지 않도록 하기 위해서입니다. 민헤어 페퍼코른 씨. 지금 이 순간 나에게 중요한 문제는 그것입니다.」

「그런 줄도 모르고, 나도 모르게 당신에게 커다란 고통을 준 것 같군요.」

「그것이 질문의 의미로 말하는 것이라면.」 한스 카스토르프가 대답했다. 「그리고 내가 그 질문에 그렇다고 대답한다 해도, 내가 당신을 알게 되는 그 엄청난 특전을 평가할 줄 모른다는 뜻은 아닙니다. 이러한 특전은 당신이 말씀하신 실망과 불가분의 관계에 있기 때문입니다.」

「고맙소, 젊은이, 고맙소. 당신이 하찮은 말을 하더라도 아주 정중한 태도를 취하는 것을 높이 평가합니다. 하지만 우리들이 서로 알게 된 것을 별도로 친다면—」

「그것을 별도로 치는 것은 곤란합니다.」 한스 카스토르프가 말했다. 「당신의 질문을 겸손하게 긍정하기 위해서는 그것을 별도로 친다는 것이, 나에게 전혀 바람직하지 않습니다. 클라브디아가 돌아오면서 스케일이 큰 인물인 당신과 같이 왔다는 사실, 당신과 같은 사람이 아니더라도 아무튼 어떤 다른 남자와 같이 돌아왔다는 사실, 그것이 나의 불행을 더욱 크게 하고 더욱 복잡하게 했기 때문입니다. 그러한 사실이 나를 무척 고통스럽게 했고, 지금도 고통스러우며, 그 사실을 부인하진 않겠습니다. 그래서 나는 이 일의 긍정적인 면, 즉 당신에 대한 나의 솔직한 존경심에만 의식적으로 눈길을 돌리려고 무진 애를 써왔습니다, 민헤어 페퍼코른 씨. 말이 나왔으니 하는 얘기지만 거기에는 그 외에 당신의 여행 동반자에 대한 심술궂은 생각도 어느 정도 포함되어 있었습니다. 왜냐하면 여성들이란 자신을 사랑해 주는 남성들이 자기들끼리 서로 사이좋게 지내는 것을 결코 달가워하지 않기 때문입니다.」

「그건 사실이지 ──」 페퍼코른은 이렇게 말하며 미소를 지었다. 하지만 쇼샤 부인에게 들킬까 봐 걱정스럽다는 듯이 손바닥으로 입과 턱을 어루만지면서 미소를 감추었다. 한스 카스토르프도 살짝 미소를 지었고, 그런 다음 두 사람은 서로 약속이나 한 듯 고개를 끄덕였다.

「이 정도의 작은 복수는.」 한스 카스토르프는 말을 이었다. 「아마도 내게 허락되리라 생각합니다. 내 일을 문제로 하는 경우, 사실 내게는 불평할 이유가 어느 정도 있기 때문입니다 ── 클라브디아와 당신에 대해서가 아니라, 민헤어 페퍼코른 씨, 나의 인생과 운명에 대해 전반적으로 말입니다. 그리고 영광스럽게도 내가 당신의 신뢰를 얻고 있고, 오늘은 이처럼 말할 수 없이 묘하고 어스름한 때라서 적어도 암시적으로나마 나의 인생과 운명에 대해 털어놓고 싶습니다.」

「이야기해 보십시오.」 페퍼코른이 정중하게 말하자, 한스 카스토르프는 얘기를 계속했다.

「나는 이 위에 온 지 꽤 오래되었습니다, 민혜어 페퍼코른 씨. 벌써 여러 해가 지났습니다 — 하지만 얼마나 지났는지 는 정확히 알지 못하겠습니다. 그새 몇 번이나 나이를 먹었 어요. 그 때문에 조금 전에 〈인생〉이라 말했던 것입니다. 〈운 명〉에 대해서도 적당한 시기가 되면 말씀드리겠습니다. 나 는 나의 사촌을 문병하러 이곳에 올라왔습니다. 사촌은 정 말 성실하고 용감한 군인이었지만, 그런 것은 아무 소용이 없었습니다. 결국 그는 나를 이곳에 남겨 두고 죽어 버렸습 니다. 그리고 나는 여전히 이곳에 남아 있습니다. 나는 군인 이 아니라, 아마 당신도 들었을지 모르지만, 민간인의 직업 을 가지고 있었습니다. 건실하고 합리적인 직업으로, 소위 말해 여러 민족을 결합할 힘까지 발휘할 수 있는 직업이었습 니다. 그러나 솔직히 말하자면 나는 그 직업에 별로 열의를 갖지 않았습니다. 그 이유는 여러 가지가 있겠지만, 나에게 도 분명하지 않은 것이 있다는 것만 말해 두려고 합니다. 그 러나 그 이유는 내가 당신의 여행 동반자인 클라브디아 쇼 샤에게 품은 감정의 근원과 관계가 있습니다. 그녀를 〈댁〉이 라고 부르는 감정의 근원 말입니다 — 내가 이런 표현을 분 명하게 하는 것은 권리관계를 적극적으로 규명할 생각이 없 다는 점을 표명하기 위해서입니다 — 내가 처음으로 그녀의 눈을 보고 그것에 매혹된 이후부터, 나는 그녀와 댁이라고 부를 수 있는 관계라고 생각하고, 그것을 한 번도 부인한 적 이 없었습니다. 그녀의 눈에 매혹되었다는 것은, 이성을 잃었거나 벗어났다는 의미입니다. 무슨 말인지 아시겠지요. 그녀를 위해 난 세템브리니 씨의 충고를 무시하고 비이성적인 원칙, 즉 병의 천재적인 원칙에 복종하고, 이 위에 남게 되었습니다. 물론 오래전부터 이러한 원칙에 복종해 왔는지도 모르겠습니다 — 나는 내가 이 위에 얼마나 오래 있었는지 더이상 정확히 알지 못하게 되었고, 모든 것을 잊어버렸으며, 친척, 평지의 직업, 장래의 전망, 이 모든 것과 관계가 끊어지고 말았습니다. 그리고 클라브디아가 이곳을 떠나간 후에는 더더욱 이 위에서 꼼짝 않고 그녀를 기다리고 있었기 때문에, 이제 평지에서 완전히 사라진 존재가 되었고, 평지의 사람들이 볼 때 죽은 몸이나 다름없게 되었습니다. 조금 전에 〈운명〉에 관해 말했던 것은, 이러한 사실을 염두에 두었기 때문이며, 또 현재의 권리관계에 대해 불평을 늘어놓을 권리가 나에게도 있지 않은가 하고 감히 암시적으로 말해 본 것입니다. 언젠가 소설책에서 본 적이 있습니다만 — 아니, 극장에서 보았습니다. 어떤 선량한 청년이 — 이 청년도 나의 사촌과 마찬가지로 군인이었습니다 — 매력적인 집시 여인과 관계를 맺게 되었습니다 — 그녀는 매혹적이었고, 귀 뒤에 꽃을 꽂은 야성적이고 요염하며 치명적인 여자였습니다. 그 여자에게 완전히 반한 청년은 탈선하여, 여자를 위해 모든 것을 희생하고 부대에도 돌아가지 않았습니다. 그 청년은 그녀와 함께 밀수업자 패거리에 끼어 모든 면에서 타락하고 말았습니다. 그가 그토록 타락해 버리자 이제 그녀는 그에게 싫증을 느껴, 멋진 바리톤 음성과 불가항력적 매력을 지닌 인물인 어떤 투우사한테 가버렸습니다. 그러자 선량한 군인이었던 청년은 얼굴이 매우 창백해진 채, 셔츠를 풀어 헤치고, 투우장 앞에서 그 여자의 가슴을 단도로 찌르면서 영화는 끝납니다. 아닌 게 아니라 그녀는 사실 그렇게 찔려 죽기를 스스로 원하고 있었던 것입니다. 아니, 어쩌다가 이런 별 관계도 없는 이야기를 하게 되었는지 모르겠습니다. 그렇지만 결국, 무엇 때문에 이런 이야기가 생각났을까요?」

민헤어 페퍼코른 씨는 〈단도〉라는 말이 나왔을 때, 곧장 한스 카스토르프의 얼굴을 흘낏 쳐다보고 뭔가 살피는 듯 상대방의 눈을 들여다보면서, 침대에 앉은 자세를 바꾸더니 몸을 약간 옆으로 비꼈다. 이어 한결 편안한 자세로 한쪽 팔을 짚고는 이렇게 말했다.

「젊은이, 잘 들었소. 그리고 이제 잘 알았습니다. 당신의 말에 따라 나도 사나이답게 솔직하게 설명하겠소! 내 머리 칼이 이렇게 희게 바래지 않거나, 내가 말라리아열에 시달리지만 않는다면, 손에 무기를 들고 사나이 대 사나이로 당신을 언제나 만족시켜 드릴 용의가 있습니다. 나도 모르는 사이에 내가 당신에게 가한 부당한 행위에 대해 충분한 보상을 할 것이며, 이와 동시에 나의 여행 동반자가 당신에게 고통을 끼쳐 드린 데 대해서도 책임을 지겠습니다. 완벽합니다, 이보시게 ─ 나는 응할 용의가 있습니다. 하지만 보시다시피 이런 상태이기 때문에, 다른 제안을 하려는 것입니다. 그것은 다음과 같습니다. 우리가 서로 알게 된 직후 크게 떠들썩하게 보냈던 순간이 생각납니다 ─ 포도주에 잔뜩 취해 있었지만 기억이 생생하오 ─ 그날 나는 당신의 인품에 큰 감명을 받아 당신과 형제처럼 지내려고 말을 놓자는 제안을 하려다가, 좀 경솔한 처사인 듯싶어 그런 생각을 철회했던 것으로 기억합니다. 좋습니다, 오늘 그 순간을 이어받아 지금 그날 밤으로 되돌아갑시다. 그때 훗날로 기약한 시점이 지금 찾아왔음을 선언합니다, 젊은이. 우리들은 형제입니다, 난 이 자리에서 우리가 형제가 되었음을 선언합니다. 당신은 조금 전에 완전한 의미에서의 〈댁〉에 관해 말했는데, 우리의 관계도 감정을 함께 지닌 형제 관계라는 완전한 의미를 지니게 되었습니다. 난 고령에다 몸이 좋지 않아 무기를 손에 쥐고 당신에게 보상해 줄 수 없으니 이런 호칭으로, 의형제의 형식을 맺어 당신을 만족시키고자 하는 겁니다. 이렇게 의형제를 맺는 것은 보통 제삼자, 즉 세상의 누군가에게 대항하기 위해서이지만, 우리는 감정상으로 누군가를 위해 의형제를 맺도록 합시다. 당신의 포도주 잔을 들어 주시오, 젊은이. 반면에 나는 이번에도 물컵을 들도록 하겠소. 포도주를 이런 물컵에 따라 마신다 해서 그리 탓할 일은 아니겠지요 —」

이렇게 말한 뒤, 그가 선장 같은 손을 가볍게 떨면서 잔을 채우는 동안, 한스 카스토르프는 당황도 하고 가만히 있을 수도 없어서 그가 술을 따르는 것을 도와주었다.

「자, 드십시다!」 페퍼코른이 되풀이해서 말했다. 「나와 팔짱을 낍시다! 그리고 이런 식으로 마십시다! 쭉 다 드시오! — 완벽합니다, 젊은이. 다 끝났습니다. 자, 이제 손을 빼고, 이제 만족하셨소?」

「물론 만족합니다. 말할 필요도 없죠, 민헤어 페퍼코른 씨.」 한스 카스토르프가 대답했다. 그에게는 술잔에 가득 부은 포도주를 단숨에 다 마시는 것이 좀 고역이었다. 그래서 무릎 위에 조금 흘린 포도주를 손수건으로 닦고는 다시 말을 시작했다. 「오히려 너무너무 기쁘다고 말씀드려야 하겠습니다. 어쩌다가 내가 이런 큰 기쁨을 한꺼번에 누리게 되었는지 어리둥절할 뿐입니다 ─ 솔직히 말하자면, 마치 꿈을 꾸고 있는 것 같습니다. 나로서는 이루 말할 수 없는 영광이지요 ─ 어쩌다 내가 이런 영광을 누리게 되었는지는 알 수 없습니다만, 기껏해야 수동적인 의미에서이지 그 밖의 다른 능동적인 의미에서가 아닌 것만은 확실하다고 볼 수 있겠지요. 그리고 말을 놓게 되어서 새로운 호칭이 생기는 것은 처음에는 모험적인 기분이 들어, 말을 더듬거리더라도 전혀 이상하지 않겠지요 ─ 특히 클라브디아와 함께 있을 때는 더욱 그렇겠지요. 그녀는 아마, 여성의 속성으로 볼 때, 우리가 이렇게 합의한 것에 결코 동의하지 않을지도 모릅니다 ……」

「그건 나한테 맡겨 두시게나.」 페퍼코른이 대답했다. 「그리고 다른 일은 반복 연습과 습관에 맡겨 두도록 합시다! 그럼 이제 가십시오, 젊은이! 나를 두고 떠나시게, 이보게! 날이 어두워졌네만, 완전히 깜깜해져 버렸군. 우리의 연인 쇼샤 부인이 지금 당장이라도 돌아올지 모르네. 사실 자네와 둘이 이렇게 만나는 것을 들키는 게 그다지 좋은 일은 아닐 것일세.」

「그럼 잘 계시게, 민헤어 페퍼코른!」 한스 카스토르프는 이렇게 말하고 자리에서 일어섰다. 「당신도 보시다시피 나는 두렵고 꺼림칙한 생각이 드는 게 당연하지만 이를 잘 극복하고, 벌써 그 두렵고 무모한 호칭을 입 밖에 내어 말하는 것을 연습하고 있습니다. 맞습니다, 벌써 날이 저물었군요! 갑자기 세템브리니 씨가 여기에 들어와서 이성과 사회성이 뿌리 내리도록 불을 켤 것 같은 생각이 드는군요 ─ 그에게는 그런 약점이 있지요. 그러면 내일 뵙겠습니다! 나는 꿈에도 생각하지 못했을 정도로 만족스럽고 자랑스러운 마음으로 이곳을 떠납니다. 그럼 몸조리 잘하십시오! 이제부터 적어도 한 사흘간은 열이 오르지 않겠군요. 그동안 당신도 인생의 모든 요구를 채울 수 있을 만큼 성장해 있을 겁니다. 그렇게 된다면 나는 마치 〈댁〉의 입장이 된 것처럼 기쁠 것입니다. 그럼 안녕히 주무십시오!」

민헤어 페퍼코른
(끝)

산책의 목적지로서 폭포는 언제나 매력적인 장소였다. 떨어지는 물에 유달리 애착을 품고 있던 한스 카스토르프가 저 플뤼엘라 계곡 숲 속에 있는 그림같이 아름다운 폭포에 아직 한 번도 찾아가지 않았다는 사실은, 우리로서는 별로 납득이 가지 않는 일이다. 요아힘과 같이 지내던 때라면 요아힘의 엄격한 요양 근무 탓이라 생각해 납득할 수도 있을지 모르겠다. 사촌 요아힘은 이 위에 즐기러 온 것이 아니라 생각하고 있었고, 요아힘의 실질적이고 합목적적인 사고방식 때문에 이들의 행동반경은 베르크호프 요양원 주변 지역으로 한정되어 있었다. 요아힘이 죽은 뒤에도 한스 카스토르프와 이곳 경치와의 관계는, 스키를 타러 가는 모험적인 행동을 제외한다면, 여전히 보수적이고 단조로운 성격을 지니고 있었다. 이러한 보수적인 단조로움과 그의 내적인 경험, 그리고 〈술래잡기〉의 의무가 서로 확연하게 대조적인 상태에 놓여 청년으로서는 그곳에 모종의 독특한 매력을 느끼지 않을 수 없었다. 그러던 어느 날, 그의 가까운 주변 친구들 — 일곱 명으로 구성된 작은 무리(그를 포함해서) — 에서 사람들 사이에 인기가 높은 그곳으로 마차를 타고 소풍을 가자는 계획을 세웠을 때 한스 카스토르프는 쌍수를 들어 환영했다.

5월이 되었다. 평지의 단조롭고 명랑한 노래 가사에 따르면 이 5월은 사람을 환희에 차 들뜨게 하는 달이었지만 — 이 위의 기후에는 아직 차가운 기운이 좀 남아 있어 마냥 감미롭지만은 않았다. 그러나 해빙의 계절은 끝났다고 볼 수 있었다. 사실 요 며칠 사이에 함박눈이 여러 번 내렸으나 쌓이지는 않고, 땅에 약간 축축한 기운만 남겨 놓았을 따름이었다. 겨우내 여기저기 쌓여 있던 눈은 땅속에 스며들어 흔적도 없이 사라졌고, 조금씩 띄엄띄엄 남아 있었다. 사방이 온통 푸르러 다시 걸어 다닐 수 있게 된 신세계는 사람들에게 모험을 하라고 부추기고 있는 듯했다.

한스 카스토르프가 속해 있는 작은 사교 모임은 지난 몇 주 동안 위풍당당한 수장 피터 페퍼코른의 몸이 좋지 않아 활발한 활동을 하지 못했다. 페퍼코른이 열대 기후에서 얻어 온 악성 말라리아 열은 이곳 기후의 좋은 작용에도, 베렌스 고문관과 같은 훌륭한 의사의 해열 치료에도 물러서려고 하지 않았다. 페퍼코른은 4일열이 맹위를 떨치는 날뿐 아니라, 열이 조금 덜한 다른 날들에도 침대에 누워 있는 일이 많았다. 고문관이 환자와 가까운 주변 사람들에게 은밀히 알려준 바에 따르면 비장과 간도 좋지 못한 상태였고, 위도 정상 상태는 아니었다. 그래서 고문관은 이러한 상태로는 아무리 건강한 체질이라 하더라도 만성 쇠약을 초래할 위험이 있다는 사실을 거듭 지적해야만 했다.

페퍼코른은 요 몇 주 사이에 밤의 주연을 한 번밖에 주최하지 않았고, 모두가 함께하는 산책도 그다지 멀지 않은 곳으로 단 한 번 하는 데 그쳤다. 그런데 우리끼리 하는 말이지만, 한스 카스토르프는 페퍼코른을 중심으로 여럿이 함께 모이는 일이 이처럼 뜸해진 것에 어느 면에서는 한결 홀가분함을 느끼기도 했다. 쇼샤 부인의 여행 동반자와 형제 결의의 술잔을 나눈 것이 그의 마음에 큰 부담이 되었기 때문이다. 한스 카스토르프는 남들이 있는 곳에서 페퍼코른과 대화를 나눌 때는, 자신이 클라브디아를 대할 때 느낀 바와 똑같은 〈부자연스러움〉, 동일한 〈회피〉, 마치 먼저 말하는 사람이 지게 되는 내기라도 하는 것 같은 〈기피〉의 기분을 느꼈다. 페퍼코른의 호칭을 불러야 할 피치 못할 경우에는, 여러 가지 교묘한 수단을 써서 〈자네〉라고 부르는 것만은 꼭 피했다. 이것은 그가 다른 사람의 면전에서 클라브디아와 대화를 나눌 때, 또는 그녀의 동반자 페퍼코른과 단둘이 있을 때조차 그녀를 〈댁〉이라고 부르는 것을 피한 것과 같은 딜레마였다. 그러나 어쨌든 페퍼코른으로부터는 보상을 받았으므로, 한스 카스토르프의 딜레마는 문자 그대로 완전히 이중적인 딜레마가 되고 말았다.

그러다가 드디어 폭포로 소풍가는 계획이 의사 일정에 올랐다 — 페퍼코른 자신이 정한 목적지로, 그가 폭포로 갈 수 있을 정도로 몸이 좋아졌다고 느꼈던 것이다. 4일열이 생긴 후 3일째 되는 날이었다. 민헤어 페퍼코른은 그날에 가고 싶다는 생각을 전했다. 사실 그날 아침 식사 때 그는 식당에 모습을 나타내지 않고 최근에 자주 그랬듯이, 자신의 방에서 쇼샤 부인과 단둘이 식사를 했다. 하지만 첫 번째 아침 식사 때 벌써 한스 카스토르프는 절름발이 관리인에게서 페퍼코른의 지시를 들었다. 점심 식사 후 한 시간 동안 소풍에 참가할 준비를 할 것, 이 지시를 페르게 씨와 베잘 씨에게 전할 것, 세템브리니와 나프타에게 그들의 하숙집으로 마차로 데리러 간다고 알릴 것, 마지막으로 란다우식 4인승 마차 두 대가 오후 3시까지 오도록 부탁해 두라는 내용이었다.

일행은 오후 3시에 베르크호프 요양원 정문 앞에 모였다. 한스 카스토르프, 페르게와 베잘은 서로 담소를 나누면서 특별실의 두 손님이 나오기를 기다렸다. 그러면서 말의 목덜미를 어루만지기도 하고 두드리기도 하며, 손바닥에 놓인 각설탕을 말의 검고 축축하고 기괴한 입술에 갖다 대고 있었다. 3시가 조금 넘어서야 두 여행 동반자는 옥외 계단에 모습을 나타냈다. 페퍼코른의 제왕 같은 얼굴은 약간 야윈 듯했는데, 그는 저 위에서 다소 낡은 긴 외투를 입고 클라브디아 옆에 서서 자신의 부드럽고 둥근 모자를 벗어 들었다. 그런 다음 모두를 향하여 입술을 움직이며, 누구에게 하는지도 알 수 없고 딱히 뭐라고 하는지도 알 수 없는 인사말을 했다. 그러고는 두 사람이 있는 돌계단까지 걸어온 세 사람과 일일이 악수를 나누었다.

「젊은이.」 그는 한스 카스토르프와 악수를 나누면서 청년의 어깨에 왼손을 얹고 말했다. 「……어찌 지내나, 여보게?」

「대단히 감사합니다. 당신은요?」 질문을 받은 한스 카스토르프는 이렇게 대답했다…….

태양이 눈부셨다. 아름답고 화창한 날이었다. 하지만 마차가 달리기 시작하면 약간 서늘하게 추워질 것이 틀림없었기에, 춘추용 외투를 입은 것은 잘한 일이었다. 쇼샤 부인 역시 올이 굵은 천으로 된 체크무늬 벨트가 달린 따뜻한 외투를 껴입고 있었고, 어깨에는 작은 모피 숄까지 두르고 있다. 턱 밑에 맨 올리브색의 베일로 펠트 모자의 양 모서리를 아래까지 꾹 눌러쓴 그녀의 모습이 너무나 매력적이라서 대부분의 참석자들이 애를 태울 정도였다 — 하지만 유일하게 페르게만은 그녀에게 별로 매력을 느끼고 있지 않아서, 아주 태연하고 무덤덤한 모습이었다. 이 같은 무관심 때문에, 페르게는 4인승 선두 마차에 올라타 요양원 밖에서 하숙하는 두 사람이 일행에 합류할 때까지 임시로 정한 자리인 민헤어 페퍼코른과 쇼샤 부인이 마주 보이는, 뒤를 향한 좌석에 앉게 되었다. 페르디난트 베잘과 함께 두 번째 마차에 올라타면서, 한스 카스토르프는 클라브디아의 비웃는 듯한 미소를 보았다. 말레이 출신의 빈약한 몸매를 지닌 하인도 소풍에 참가했다. 그는 주인들 뒤로 모습을 나타내고는 뚜껑 밑으로 포도주 병 두 개의 목이 삐죽이 나와 있는 큰 광주리를 선두 마차의 뒤로 향한 좌석에 넣어 두었다. 그가 마부와 나란히 앉아 팔짱을 끼는 순간 말들은 출발 신호를 받았고, 마차는 제동을 걸면서 커브 길을 내려가기 시작했다.

베잘 역시 쇼샤 부인의 미소를 알아차리고는 충치를 드러내며 마차에 같이 탄 한스 카스토르프에게 이야기했다.

「보셨습니까?」 그가 물었다. 「그녀는 당신이 나하고만 마차를 타게 되어 무척 통쾌해하고 있던데요. 네, 그렇습니다, 나처럼 별 볼일 없는 사람은 남의 비웃음 같은 것은 걱정할 필요가 없지요. 이렇게 내 옆에 앉게 되어 화가 치밀고 속이 역겹지 않습니까?」

「정신 차려요, 베잘 씨, 그런 비굴한 말은 하지 마세요!」 한스 카스토르프가 그를 꾸짖었다. 「여자란 시도 때도 없이 잘 웃는 법입니다, 그냥 웃기 위해서 웃습니다. 그러니까 웃을 때마다 신경 쓰는 것은 부질없는 짓입니다. 당신은 무엇 때문에 그렇게 늘 굽실거리며 삽니까? 당신에게도 다른 사람과 마찬가지로 장점과 단점이 있습니다. 예를 들어 당신은 「한여름 밤의 꿈」을 아주 멋지게 연주할 수 있는데, 그런 일은 누구나 할 수 있는 것이 아닙니다. 다음에 한 번 더 연주해 주십시오.」

「그래요, 이제 당신은 나를 깔보듯 위에서 내려다보는 식으로 말하고 있습니다.」 비참한 사내가 대답했다. 「당신이 하는 위로의 말 속에 얼마나 많은 뻔뻔스러움이 담겨 있고, 그것이 나를 얼마나 굴욕적이게 하는지 당신은 모르고 있습니다. 당신은 좋은 말을 해주면서 높이 말을 타고 위로해 주듯 말합니다. 지금 당장은 당신이 상당히 우스운 상황에 처해 있긴 하지만, 그 언젠가 운 좋게도 천국에서 즐긴 적이 있기 때문이지요. 아, 당신은 그녀의 팔에 당신의 목덜미가 감기는 걸 느꼈지요, 아, 그것을 생각하면 목구멍과 명치가 타는 듯이 찌릿합니다 ─ 당신은 예전에 경험한 것을 자랑스럽다는 듯 의식하면서, 나의 비참한 고통을 깔보고 있군요……」

「당신의 그런 말투는 정말이지 형편없군요, 베잘 씨. 그뿐만 아니라, 당신이 나를 뻔뻔하다고 비난하니 나도 숨기지 않고 말하겠습니다만, 당신은 너무도 혐오스럽습니다. 자신에게 불리한 상황을 조성하고, 끊임없이 비굴하게 구니 말입니다, 당신은 정말 그녀에게 그토록 반해 있습니까?」

「견딜 수 없을 정도입니다!」 베잘은 머리를 흔들며 대답했다. 「내가 그녀에 대한 갈망과 욕구를 얼마나 견뎌야 하는지 도저히 말로는 표현할 수 없을 정도입니다. 죽을 지경이라고도 말할 수 있습니다만, 그렇다고 해서 살 수도 죽을 수도 없습니다. 그녀가 이곳에 없을 때는 지내기가 한결 수월해져서, 점차 그녀를 마음에서 지우고 있었습니다. 그러나 그녀가 다시 이곳에 돌아와서 매일 그녀를 보게 된 뒤부터는, 팔을 깨물고 허공을 붙잡으며 어떻게 해야 할지 모르고 있습니다. 물론 가끔이긴 하지만 말입니다. 이런 일이 있어서는 안 되겠지만, 그렇다고 해서 그것이 아주 없어지기를 바랄 수도 없습니다 — 말하자면 이런 일은 생명처럼 딱 들러붙어 생명과 직접적으로 관계되어 있어서, 그것이 없어지기를 바라는 일은 생명이 없어지기를 바라는 일과 똑같기 때문입니다. 사실 우리는 생명이 없어지기를 바랄 수도 없는 노릇이지요 — 죽는다고 해서 무슨 의미가 있겠습니까? 나중에 자신의 뜻을 이룬 후라면, 흡족한 마음으로 기꺼이 죽을 수도 있겠지요. 그녀의 팔에 안겨 죽는다면 — 더할 나위가 없겠지요. 하지만 그 전에 죽는다는 것은 너무나 무의미한 짓입니다. 생명이란 갈망을 뜻하고, 갈망이란 생명을 뜻하기 때문입니다. 그렇기 때문에 자기 자신에 맞선다는 것은 생각할 수 없는 일이며, 저주스러운 진퇴양난입니다. 그런데 내가 지금 〈저주스럽다〉고 한 것은 남의 일처럼 그냥 상투적으로 해본 말에 불과하고, 실제로 나 자신이 정말 저주스러워서 그렇게 얘기한 것은 아닙니다. 이 세상에는 정말 숱한 괴로움이 있습니다, 카스토르프 씨. 그리고 괴로움을 당하는 자는 그것으로부터 벗어나려고 합니다. 무슨 수를 써서라도 오로지 그것으로부터 벗어나는 것이 그의 목적이지요. 하지만 육욕의 괴로움에서 벗어나려면 육욕이 채워져야만 하고, 그런 조건하에서만 가능합니다 — 육욕이 채워지지 않고서는 안 되지요, 절대로 불가능합니다! 그렇게 되어 있습니다. 그리고 이러한 괴로움을 당해 보지 않은 사람은 아무렇지도 않게 생각하겠지만, 괴로움에 시달려 본 사람은 우리의 주 예수 그리스도를 알게 되어, 눈물을 뚝뚝 흘리게 됩니다. 아, 대관절, 이게 대체 어찌된 현상이며 어찌된 일인가요? 육체가 이토록 육체를 갈망하다니……. 그것도 그냥 자신의 육체가 아니라 남의 영혼이 깃든 육체라는 이유로 이렇게 갈망하다니 말입니다 — 육체란 다정스럽게 부끄러워하는 속성이 있다면, 이것은 얼마나 이상야릇하며, 잘 생각해 보면, 또한 얼마나 소박한 욕구입니까! 그 정도의 욕구라면 아무것도 아니니까 얼마든지 들어주지!라고 말할 수 있을지도 모르겠습니다. 도대체 나는 무엇을 원하고 있는 것일까요? 카스토르프? 그녀를 죽이고 싶은 걸까요? 그녀가 피라도 흘리게 하려는 것일까요? 아닙니다, 난 단지 그녀를 애무하고 싶을 뿐입니다. 카스토르프, 이렇게 눈물을 보이며 추태를 부려서 죄송합니다. 그녀가 나의 뜻에 따라 준다면 얼마나 좋겠습니까! 하지만 이러한 요구에는 좀 고상한 요소도 포함되어 있습니다, 카스토르프 씨, 나도 짐승은 아닙니다. 나도 나름대로 인간입니다! 육욕이란 특정한 대상에 묶여 있거나 고정되어 있지 않고 이리저리 옮아 다닙니다. 그래서 우리는 육욕을 동물적이라고 말하는 것입니다. 그런데 육욕이 얼굴을 지닌 한 인간에게 고정되면 우리는 그것을 사랑이라고 부릅니다. 나는 그녀의 몸과 그녀의 살만을 갈망하는 것은 아닙니다, 만약 그녀의 얼굴이 조금만이라도 달라진다면, 아마 그녀의 육체를 전혀 갈망하지 않을지도 모릅니다. 이것으로 알 수 있듯이, 나는 그녀의 영혼을 사랑하고 있음이 분명합니다. 얼굴을 사랑한다는 것은 영혼을 사랑하는 것이니까요……」

「당신, 어떻게 된 것 아닙니까, 베잘? 완전히 제정신을 잃고, 전혀 알 수 없는 이야기를 늘어놓는군요……」

「그렇지만, 바로 그렇습니다, 그것이 또한 나의 불행인 것입니다.」 불쌍한 베잘이 말을 계속했다. 「그녀에겐 영혼이 있습니다. 또 그녀는 육체와 영혼이 있는 인간입니다! 그런데 그녀의 영혼은 나의 영혼에 아무런 관심이 없고, 따라서 그녀의 육체 또한 나의 육체에 아무런 관심이 없습니다. 아, 참담하고 너무나 괴로운 일입니다. 그 때문에 나의 욕망은 치욕으로 변하고, 나의 육체는 영원히 번민하지 않으면 안 되는 것입니다! 그녀는 왜 영혼과 육체 중 어느 쪽으로라도 나에게 관심을 보여 주지 않는 걸까요, 카스토르프 씨, 왜 나의 욕망이 그녀에게는 그토록 끔찍할까요?! 도대체 나는 남자가 아니란 말입니까? 보기 싫은 남자는 남자가 아니란 말인가요? 나는 심지어 최고로 남성적입니다. 맹세합니다, 만약 그녀가 눈부시게 아름다운 팔로 나를 껴안고 나에게 환희의 문을 열어 준다면, 나는 그녀가 여태껏 느끼지 못한 기쁨을 맛보게 해줄 수 있습니다! 그녀의 팔이 그토록 아름다운 것은, 그 팔이 그녀 영혼의 얼굴에 속하기 때문입니다! 만일 육체만이 중요하고 얼굴 같은 건 중요하지 않다 해도, 그리고 나 같은 건 거들떠보지도 않는 그녀의 저주스러운 영혼이 없다 해도, 카스토르프 씨, 나는 그녀에게 세상의 온갖 환희를 맛보게 해줄 겁니다. 하지만 그녀가 그런 저주스러운 영혼을 지니지 않았다면, 나도 그녀의 육체를 전혀 갈망하지 않을 겁니다 — 그야말로 나는 악마가 놓은 고약한 궁지에 빠져 그 속에서 영원히 몸부림치며 괴로워하고 있을 겁니다.」

「베잘 씨, 쉿! 목소리를 낮추시오! 마부가 지금 당신 말을 듣고 있어요! 이쪽을 돌아보지 않으려고 의도적으로 머리를 움직이지는 않지만, 등을 보면 그가 우리의 말을 엿듣고 있다는 것을 알 수 있지요.」

「저 마부는 내가 하는 말을 이해하기 때문에 귀 기울여 듣고 있는 것이지요, 중요한 것은 바로 그 점입니다, 카스토르프 씨! 그런 현상과 그런 일이 생기는 이유는 그것의 특성과 성격 때문입니다! 내가 만일 윤회(輪回)에 관한 이야기를 한다면, 또는 …… 유체 정역학(靜力學)에 관한 이야기를 한다면, 그 사람은 내 말을 알아들을 수도 없고 전혀 짐작도 할 수 없기 때문에, 귀 기울여 들으려 하지 않을 것이고 흥미를 갖지도 않을 것입니다. 통속적인 이야기가 아니기 때문이지요. 하지만 육체와 영혼에 관한 문제는 이 세상 최고의, 궁극적이고 지극히 은밀한 문제이며, 누구나 관심을 갖는 통속적인 문제입니다. 누구나 그 문제를 이해하고 있으며, 또 누구나 그 일로 괴로워하는 자를 비웃을 수 있습니다. 또한 누구나 그것 때문에 낮에는 육욕에 들볶이고 밤에는 치욕의 지옥에 빠지는 자를 비웃을 수 있습니다. 카스토르프 씨, 내가 징징거리는 신세 한탄의 말을 좀 하겠습니다. 내가 보내는 밤이 어떤 것인지 모르고 계실 테니까요! 매일 밤마다 나는 그녀의 꿈을 꿉니다, 아, 온통 그녀에 관한 꿈뿐입니다. 그것을 생각하면 목구멍과 명치 부분이 타는 듯 찌릿합니다! 그리고 어떤 꿈이나 마지막에는 언제나 그녀가 나에게 따귀를 때리고, 얼굴을 갈기며, 때로는 침을 뱉기도 합니다 — 내가 그렇게도 역겨운지 영혼의 창이라고 할 수 있는 얼굴을 잔뜩 찡그리고 그녀는 나에게 침을 뱉습니다. 그러면 나는 잠에서 깨어납니다. 땀과 치욕과 쾌감으로 뒤범벅이 된 채로…….」

「제발, 베잘 씨, 그 정도로 이제 그칩시다. 우리 향료 가게에 도착하여 모두 모이기 전까지만이라도 입을 다물고 조용히 있기로 합시다. 이것이 나의 제안, 나의 바람입니다. 당신의 마음을 상하게 할 생각은 없습니다. 그리고 당신이 대단히 어려운 상황에 처해 있다는 점은 인정합니다. 하지만 우리나라의 옛이야기에, 말을 할 때마다 입에서 뱀과 두꺼비가 튀어나오는 벌을 받은 사람의 이야기가 있습니다. 그가 말을 할 때마다 뱀이나 두꺼비가 튀어나옵니다. 그 죄인이 그런 벌에 대해 어떤 태도를 취했는지는 책에 나와 있지 않지만, 나는 언제나 그 사람이 분명 입을 다물었으리라 생각했습니다.」

「그렇지만 카스토르프 씨.」 베잘은 우는 목소리를 내며 말했다. 「나처럼 이렇게 곤경에 처해 있을 때는 말이라도 지껄여서 마음의 짐을 조금이라도 덜어 보려고 하는 것이 인지상정입니다.」

「그뿐이겠습니까, 그것은 인간의 권리라 할 수 있겠지요, 베잘 씨. 하지만 내 생각으로는, 경우에 따라서는 권리를 행사하지 않는 편이 더 이성적일 때도 있습니다.」

이렇게 하여 두 사람은 한스 카스토르프의 부탁에 따라 잠자코 있었으며, 마차도 얼마 안 있어 어느새 포도 넝쿨에 덮인 향료 가게에 도착했다. 거기서는 잠시도 기다릴 필요가 없었다. 나프타와 세템브리니가 이미 거리에 나와 기다리고 있었기 때문이다. 세템브리니는 낡은 털가죽 재킷을 입고 있었고, 나프타는 노르스름한 색깔의 봄 외투를 입고 있었는데, 외투의 솔기마다 누비질이 되어 있어서 아주 멋진 느낌을 주었다. 마차가 방향을 바꾸는 동안 모두들 손을 흔들어 인사를 나누었으며, 두 사람은 마차에 올랐다. 나프타는 세 사람이 타고 있는 선두 마차의 페르게 옆자리에 앉았고, 세템브리니는 아주 흥겨운 듯 가벼운 농담을 연발하면서 한스 카스토르프와 베잘이 탄 마차에 올랐다. 베잘에게서 뒷좌석을 양보받은 세템브리니는, 이탈리아 꽃마차 행렬에 참가한 사람처럼 아주 늠름한 자세로 자리에 앉았다.

세템브리니는 시시각각으로 변하는 풍경을 바라보면서, 쾌적하고 유유자적한 가운데 흔들리는 몸으로 마차를 타고 소풍가는 즐거움을 찬미했다. 그는 한스 카스토르프에게 아버지와 같은 친절한 태도를 보이는가 하면, 심지어 불쌍한 베잘의 뺨을 어루만지기까지 했다. 그는 닳아빠진 가죽 장갑을 낀 오른손을 휘둘러 바깥 경치를 가리키며, 이토록 밝은 자연을 찬미함으로써 볼품 없고 호감이 가지 않는 자기 자신은 잊어버리라고 권했다.

정말 멋진 마차 드라이브였다. 마차를 끄는 네 필의 말은 모두 이마에 흰 반점이 있는 건강한 말들로, 억세고 윤기가 흐르며 배불리 먹어, 아직 먼지가 일지 않는 좋은 길을 일정한 페이스로 달리고 있었다. 길가에 무너져 내린 암석 틈새로 때때로 풀과 꽃이 고개를 내밀고 있었다. 전신주들이 뒤로 달아났고, 산림 지대가 떠올라 왔다. 아기자기한 느낌을 주는 커브가 가까이 다가왔다가 다시 지나가면서, 길의 다

양한 변화에 대한 호기심을 이어 가게 해주었다. 아직까지
여기저기에서 잔실이 번쩍이는 산맥의 화려한 모습이 멀리
로 어렴풋이 보였다. 낯익은 골짜기 풍경이 시야에서 사라졌
고, 매일 보는 경치가 바뀌는 것이 마음을 들뜨게 했다. 얼마
안 가서 마차는 숲 가장자리에 멈추었다. 거기서부터는 도보
로 소풍을 계속하여 목적지에 도달할 작정이었다 — 목적지
인 폭포의 물소리가, 처음에는 아무도 몰랐지만, 멀리서 약
하고 희미하게 들려오다가, 점차 모두의 청각을 강하게 자
극했다. 마차가 멈추자마자 멀리에 있는 폭포의 물소리가
모든 사람의 귀에 분명히 들렸다. 가끔은 들리지 않을 정도
로 아련하고 나지막하게 졸졸거리다가 와글와글거리고 쏴
쏴 하는 소리로 바뀌었다. 사람들은 잘 들어 보라고 서로서
로 주의를 주면서 발길을 멈추고 그 소리를 하나라도 놓칠
세라 귀를 기울였다.

「여기서는.」 이곳을 여러 번 온 적이 있는 세템브리니가 말
했다. 「아직 희미하게 들릴 뿐입니다. 하지만 막상 그곳에 가
보면, 요즘 계절에는 굉장한 물소리가 납니다 — 단단히 각
오하고 계십시오. 자기가 하는 말까지도 잘 알아들을 수 없
을 정도입니다.」

이렇게 일행은 축축한 침엽수가 깔린 길을 따라 숲 속 깊
숙이 들어갔다. 선두에는 피터 페퍼코른이 쇼샤 부인의 부축
을 받고 그녀의 팔에 기대어, 이마에는 검고 부드러운 모자
를 깊이 눌러 쓰고 좌우로 흔들거리면서 걸어갔다. 이들 뒤
에서는 한스 카스토르프가 두 손을 호주머니에 집어넣은 채
다른 모든 사람들과 마찬가지로 모자를 쓰지 않고 머리를
갸우뚱거리면서 나지막하게 휘파람을 불고 주위 경관을 둘

러보며 따라갔다. 그 뒤로 나프타와 세템브리니가 걸어갔고, 그다음에 페르게와 베잘이, 그리고 맨 뒤에는 말레이인이 오후의 간식이 든 바구니를 팔에 걸고 혼자 걸어갔다. 모두들 그들이 걷고 있는 숲에 대해 이야기를 나누었다.

이 숲은 여타의 숲과는 다른 점이 있었다. 그림처럼 아름답고 색다른 면이 있어, 이국적이면서 무시무시한 모습이었다. 숲에는 이끼류의 일종이 번식하고 있었고, 그것이 드리워지고 서로 얽혀 숲 전체를 완전히 뒤덮고 있었다. 짐승의 털로 짠 담요처럼 보이는 그 기생 식물은 퇴색한 기다란 수염을 달고 나뭇가지에 쿠션처럼 쏘옥 엉겨 붙어 있었다. 그래서 침엽수 잎사귀는 거의 보이지 않았고, 보이는 것이라고는 오직 이끼밖에 없었다 ─ 그것은 가슴을 답답하게 짓누르는 괴기하고 이지러진 세계였고, 마법에 걸린 것 같은 병적인 광경이었다. 이것은 숲에 좋은 일이 아니었다. 숲은 무성하게 번진 이 이끼 때문에 병들어 있었으며, 마치 질식 상태에 놓인 것 같았다. 모두들 이렇게 생각하면서 침엽수가 깔린 길을 걸어가고 있었다. 목적지에 가까워짐에 따라 폭포수 소리가 세차게 들려왔고, 점차 굉음으로 바뀌면서 세템브리니의 예언이 그대로 들어맞을 기세였다.

한 커브 길을 돌아서자 숲과 암석에 둘러싸인 협곡에 다리가 하나 걸려 있었고, 협곡에서는 폭포수가 떨어지고 있었다. 그리고 폭포수가 눈에 보이면서 귓전을 때리는 물소리도 절정에 달했다 ─ 정말이지 어마어마한 광경이었다. 많은 양의 물이 한 줄기 폭포수가 되어 수직으로 떨어졌고, 흰 포말을 흩날리며 암석 위로 계속 쏟아졌다. 폭포의 높이는 7~8미터 정도 되어 보였고, 그 너비도 역시 상당해 보였다.

떨어지는 물은 미친 듯이 굉음을 냈고, 그 물소리에는 천둥소리와 쉿소리, 으르렁거리는 소리, 함성, 나팔 소리, 부서지고 깨지는 소리, 폭발음, 끊임없는 진동 소리, 종소리 등과 같은 생각할 수 있는 온갖 종류의 소리와 음정이 섞여 있는 것 같았는데 — 정말로 아무런 정신을 차릴 수가 없을 정도였다. 일행은 폭포수 바로 아래 폭포 밑의 미끄러운 바위 위까지 가서, 축축하게 안개를 맞고 들이마시며 물안개에 휩싸이고, 귀청이 떨어질 것 같은 소음에 귀가 멍멍한 채 서로 시선을 교환하기도 하고, 겁먹은 얼굴로 미소 지으며 머리를 설레설레 흔들기도 하면서, 이 광경, 물거품과 굉음을 수반한 영원의 파국을 지켜보았다. 이러한 미친 듯한 어처구니없는 굉음 때문에 정신이 마비되는 것 같아 공포를 느꼈으며, 또한 청각 기능이 이상해지는 느낌을 받았다. 마치 뒤에서, 머리 위에서, 사방에서 위협하고 경고하는 듯한 외침 소리, 나팔 소리, 거친 남자의 소리 등이 일행 모두에게 들리는 것 같았다.

일행은 민헤어 페퍼코른의 등 뒤에 모여 서서 — 쇼샤 부인도 다섯 명의 다른 남자들 틈에 끼어 있었다 — 한꺼번에 떨어지는 폭포수를 그와 함께 바라보았다. 얼굴은 보이지 않았지만, 그가 모자를 벗어 들고 불꽃과도 같은 백발을 드러내며 가슴에 상쾌한 공기를 들이마시는 모습이 보였다. 이들은 눈길과 손짓으로 서로 의사소통을 하고 있었다. 아무리 귀에 바싹 대고 소리쳐도, 떨어지는 물소리 탓에 말이 제대로 전달되지 않았기 때문이다. 입술 모양을 보면 모두가 놀라 경탄하는 소리가 터져 나오는 것 같았지만, 말소리는 들리지 않았다. 한스 카스토르프와 세템브리니, 페르게는 일행이 서 있는 골짜기 바닥에서 위로 올라가 위쪽의 좁은 나무다리에서 물을 구경하자고 서로 신호를 보냈다. 이들은 바위가 파여 생긴 좁고 가파른 계단을 따라 올라갔는데, 흡사 숲의 위층으로 올라가는 것 같았다. 별로 어려운 일은 아니었다. 이들은 나란히 계단을 기어 올라가 다리에 올라서는, 폭포에 둥글게 걸린 다리 한복판에 서서 난간에 기대어 아래쪽에 있는 사람들에게 손을 흔들었다. 그런 다음 세 사람은 완전히 위로 올라갔다가 다른 편 기슭을 힘겹게 내려가 계곡물 반대편에 이르렀는데, 그 아래에도 다리가 놓여 있었다. 그곳에서 세 사람은 다시 뒤에 남아 있는 사람들의 눈에 띄었다.

일행은 이제 눈짓, 손짓으로 간식을 먹자는 신호를 보냈다. 대부분의 사람들은 시끄러운 장소를 피해 약간 이동하여 귀머거리와 벙어리가 되지 않은 상태에서 — 즉 소음에 시달리지 말고 대화를 나누면서 — 간식을 즐기자고 신호를 보냈지만, 페퍼코른의 생각은 그게 아닌 것 같았다. 그는 머리를 흔들고, 집게손가락으로 땅바닥을 수차례 가리키면서, 그렇지 않아도 찢어진 입을 될 수 있는 한 크게 벌려 〈여기서!〉라고 외치고 있었다. 이렇게 나오면 어찌할 수 없는 노릇이 아닌가? 이렇게 지휘의 문제가 생길 때면, 언제나 그가 지배자이고 명령자였다. 오늘의 소풍이, 언제나 그렇듯이 비록 그가 계획하고 주동한 것이 아니라 하더라도, 그라는 인물의 비중은 모든 것을 결정하는 힘을 지니고 있었다. 스케일이 큰 인물은 예로부터 독재적이고 전제적이었는데, 이것은 앞으로도 변하지 않을 것이다. 민헤어는 폭포를 바라보고 우레와 같은 소리를 들으며 간식을 먹고자 했다. 이것은 권세가 당당한 제왕 같은 횡포였지만, 맛있는 음식을 포기하지 않으려면 다들 그곳에 머무르는 수밖에 없었다. 페퍼코른을 제외한 사람들 대다수는 불만스러운 표정을 지었다. 세템브리니 씨는 인간적인 의견 교환, 민주적이고 분명한 의사표현이나 토론이 불가능하게 되자, 머리 위로 손을 흔들면서 절망과 체념을 나타내는 몸짓을 보였다. 말레이인은 주인의 지시를 이행하려고 분주히 몸을 움직였다. 그는 주인 페퍼코른과 마담 쇼샤를 위해 가져온 접의자 두 개를 암벽 옆에 펼쳐 놓았다. 그런 다음 발치에 큰 보자기를 펴고 광주리에 담아 온 커피 세트와 유리잔, 보온병, 빵과 포도주 등의 내용물을 꺼내 놓았다. 모두들 자기 몫을 받으려고 보자기 주위로 몰려들었다. 그러고서 이들은 따뜻한 커피 잔을 쥐고, 무릎에 케이크가 든 접시를 올린 채 돌 위나 다리 난간에 걸터앉아, 물소리가 시끄럽게 울리는 속에서도 묵묵히 간식을 먹었다.

페퍼코른은 외투의 깃을 세우고 모자를 벗어 바닥에 내려 놓고서, 자신의 이름 머리글자가 새겨진 은잔으로 포르투갈산 적포도주를 여러 차례 마셨다. 그러더니 갑자기 말을 시작했다. 정말 알 수 없는 사나이였다! 본인 스스로도 자신이 하는 말을 알아들을 수 없었으니, 그가 지껄이는 들리지 않는 말을 다른 사람들이 한 마디도 알아들을 수 없는 것은 당연한 일이었다. 페퍼코른은 오른손에 은잔을 쥐고서 집게손가락을 폈고, 또 왼팔을 뻗어서는 손바닥을 비스듬하게 치켜들었다. 사람들은 제왕 같은 그의 얼굴이 무언가를 말하면서 움직이는 것을, 또 공기가 없는 공간에서 말하는 것처럼 그의 입에서 소리 없는 말들이 튀어나오는 것을 지켜보았다. 모두들 난처한 미소를 띠며 그의 행동을 지켜보면서, 그

가 곧 자신의 무의미한 행동을 그만둘 것이라고 생각했다
— 하지만 그는 조금도 개의치 않고 왼손으로 사람을 구속
하고 주의를 촉구하는 뜻의 문화적인 세련된 손짓을 하면서,
모든 것을 집어삼킬 듯 들끓는 물의 꿍음 속에서 한없이 말
을 이어 갔다. 그는 이마에 깊이 팬 주름 아래 흐릿한 빛깔의
작고 피로에 지친 눈을 크게 치켜뜨고, 이 사람 저 사람 차례
차례 돌아가면서 쳐다보았다. 그래서 그와 눈이 마주친 당
사자는 눈썹을 치켜 올리고 그에게 고개를 끄덕이며 입을 벌
린 채, 손바닥을 오목하게 만들어 경청하고 있다는 표시로
자신의 귓바퀴에 갖다 대지 않을 수 없었다. 그렇게라도 해
서 이 절망적인 사태를 조금이라도 호전시켜 보려는 것 같았
다. 이제 그는 일어서기까지 했다! 은잔을 손에 쥔 채 거의
발에 닿을 듯이 기다란 구겨진 여행용 외투의 깃을 세우고,
우상처럼 주름이 새겨진 이마 주위에 불꽃 같은 백발을 흩
날리며 맨발로 암벽에 섰다. 그리고 엄지와 둘째손가락으로
동그라미를 만들고 나머지 세 손가락은 뾰족하게 창처럼 세
워서 그 손을 마치 연설하는 사람처럼 얼굴 앞에 대고는 설
교조로 말하면서 얼굴을 움직였고, 분명히 들리지는 않지만
인상 깊고 정확한 손짓으로 〈건배〉라고 외치고 있었다. 사람
들은 그의 몸짓과 입술 모양으로 미루어, 그가 입버릇처럼
말하는 몇몇 단어인 〈완벽합니다〉와 〈다 끝났습니다〉라는
말을 알아챌 수 있었다 — 그 이상 다른 말은 하지 않았다.
그의 머리는 옆으로 비스듬하게 기울어져 있었고, 찢어진 듯
한 입술에는 비통함에 서려 있었는데, 이 표정은 누가 봐도
수난의 그리스도상이었다. 그리고 나서 다시 볼에 음탕한
보조개가 나타나고, 향락적인 장난꾸러기의 표정이 떠올라,

옷자락을 걷어 올리고 미친 듯 춤추는 이교도 사제의 신성한 음란함을 연상케 했다. 그는 은잔을 들어 올려 손님들의 눈앞에 반원을 그리고 나서, 잔의 바닥이 완전히 위로 향할 때까지 두세 번 꿀꺽꿀꺽하더니 한 방울도 남김없이 마셔 버렸다. 그런 다음 팔을 뻗어 은잔을 말레이인에게 넘겨 그가 손을 가슴에 대고 잔을 받아 들자, 곧 출발 신호를 했다.

모두들 페퍼코른의 지시에 따라 돌아갈 채비를 하면서 허리 굽혀 그에게 감사의 인사를 했다. 땅바닥에 앉아 있던 사람은 얼른 일어났고, 다리 난간에 걸터앉아 있던 사람은 그곳에서 내려왔다. 실크 모자를 쓰고 털가죽 목도리를 두른 빈약한 몸집의 자바인은 남은 음식과 식기를 주섬주섬 모았다. 일행은 이곳에 올 때와 마찬가지로 일렬로 서서, 이끼가 잔뜩 끼어 있어 숲처럼 보이지 않는 숲을 통과해, 침엽수가 깔린 축축한 길을 따라 마차를 세워 둔 곳으로 되돌아갔다.

한스 카스토르프는 돌아갈 때 스승 페퍼코른과 쇼샤 부인이 탄 마차에 함께 타게 되었고, 좀 고상한 것에는 전혀 문외한인 선량한 페르게의 옆자리에 앉아 그 두 사람을 마주 보게 되었다. 돌아가는 동안에는 거의 아무 말이 없었다. 페퍼코른은 자신의 무릎과 클라브디아의 무릎을 감싸고 있는 담요에 두 손을 내려놓고 아래턱을 힘없이 떨구고 있었다. 세템브리니와 나프타는 철도 선로와 시냇물을 건너기 전에 마차에서 내려 작별 인사를 했다. 베잘은 뒷마차에 홀로 앉아 구불구불한 도로를 따라 올라갔고, 베르크호프의 현관 앞에 도착하자 거기서 일행은 서로 뿔뿔이 흩어졌다.

이날 밤 한스 카스토르프가 깊이 잠들 수 없었던 것은, 무엇인가 조금도 의식하지는 않았지만 마음속으로 각오한 바가 있어서였을까? 베르크호프의 보통 때 평화롭던 밤과는 조금 다른 분위기, 아주 희미하게 들리는 소요, 멀리서 뛰어 달리는 발소리가 들릴락 말락 하는 움직임이 있어 그가 눈을 뜨고 이불 속에 일어나 앉았던 것일까? 사실 새벽 2시가 조금 지났을 때 그의 방문에서 노크 소리가 났는데, 그때는 이미 잠에서 깨어 있을 때였다. 문 두드리는 소리가 들리자, 그는 잠에 취한 소리가 아닌 힘차고도 또렷한 목소리로 즉각 대답했다. 베르크호프에서 일하는 간호사가 당황해서 큰 소리로, 쇼샤 부인이 당장 2층으로 와달라고 한다는 말을 그에게 전했다. 한스 카스토르프는 더욱 힘찬 목소리로 곧 가겠다고 대답하고 벌떡 일어나서는 황급히 옷을 갈아입고 손가락으로 이마의 머리칼을 옆으로 쓸어내렸다. 그리고 이 시간에 무슨 일이 일어났을까 하는 것보다는 어찌 된 일로 자신을 부르는지 궁금해하면서, 빠르지도 느리지도 않은 발걸음으로 2층으로 내려갔다.

한스 카스토르프는 페퍼코른의 응접실로 통하는 문과 침실로 통하는 문이 열려 있고, 침실 불이 모두 켜져 있는 것을 보았다. 두 의사, 밀렌동크 수간호사, 쇼샤 부인, 자바인 하인까지 모두 다섯 명이 페퍼코른의 침실에 있었다. 자바인은 보통 때와는 달리 인도네시아의 민속 의상 같은 옷을 입고 있었는데, 소매가 긴 줄무늬가 넓고 굵은 셔츠에 재킷에다가 바지가 아닌 울긋불긋한 치마를 입고, 머리에는 누런 천으로 된 원추형 모자를 쓰고서, 가슴에는 장식처럼 부적까지 달고 있었다. 하인은 팔짱을 끼고, 피터 페퍼코른이 두 팔을 쭉 뻗고 반듯이 누워 있는 침대의 왼쪽 머리맡에 꼼짝도 않고 서 있었다. 침실에 들어온 한스 카스토르프는 창백한 얼굴로 이 모든 광경을 눈에 담았다. 쇼샤 부인은 그에게 등을 돌리고 있었다. 그녀는 침대 발치의 낮은 안락의자에 앉아, 누비이불에 팔꿈치를 짚고 손으로 턱을 괸 채 아랫입술을 손가락으로 누르면서, 자신의 여행 동반자의 얼굴을 지켜보고 있었다.

「잘 왔구려, 이보게나.」 크로코프스키 박사와 수간호사를 상대로 낮은 소리로 대화를 나누며 서 있던 베렌스가 이렇게 말하고, 흰 콧수염을 치켜 올리면서 슬픈 표정으로 고개를 끄덕였다. 그는 수술복을 입고 있었는데 가슴 주머니에 청진기가 튀어나와 있었고, 수놓은 슬리퍼를 신고 있었으며, 목칼라는 하고 있지 않았다. 「정말 속수무책입니다.」 베렌스는 속삭이듯 입을 열었다. 「의사로서 최선을 다했습니다. 가까이 다가가 보십시오. 경험자의 눈으로 살펴보십시오. 의술의 힘으로는 도저히 손쓸 여지가 없다는 것을 알 수 있을 것입니다.」

한스 카스토르프는 발끝을 들고 침대맡으로 다가갔다. 그가 다가갈 때 말레이인은 머리를 돌리지 않고 시선으로 그의 동작을 감시했기 때문에, 눈의 흰자위가 드러나 보였다. 한스 카스토르프는 쇼샤 부인이 자신에게 아무런 관심도 보이지 않는 것을 곁눈으로 확인하고, 평상시의 자세로 페퍼코른의 머리맡에 서서 한쪽 다리에 체중을 싣고, 두 손은 아랫배에 모으고 머리는 비스듬하게 기울이고 경건하게 명상하는 표정으로 죽은 사람의 얼굴을 지켜보았다. 페퍼코른은, 한스 카스토르프가 자주 보았던 것처럼, 메리야스 셔츠를 입고 붉은 비단 이불을 덮고 누워 있었다. 두 손은 벌써 검푸른 색을 띠고 있었고, 얼굴도 부분적으로 그런 빛을 띠고 있었다. 그 빛깔은 그의 얼굴을 상당히 왜곡해 추하게 만들었으나, 그 밖에 그의 제왕 같은 용모는 예전 그대로였다. 불꽃 같은 백발이 흩어져 있는 넓은 이마에는 우상 같은 주름 너덧 개가 수평으로 달리고 있었고, 그 주름살은 이마 좌우에 직각으로 관자놀이를 따라 내려가고 있었다. 그러나 일생 동안 습관처럼 긴장하며 살아온 탓에, 지금 눈꺼풀을 닫고 조용히 누워 있는 순간에도 그 주름은 확연히 눈에 띄었다. 비통하게 찢어진 입술은 약간 일그러져 있었다. 푸른 얼룩이 생긴 것은 급격한 울혈(鬱血), 뇌졸중 때 생기는 현상처럼 생명 기능이 강제로 정지되었음을 말해 주고 있었다.

한스 카스토르프는 사태를 정확하게 규명하려고 애쓰면서도 한동안 경건한 자세로 서 있었다. 그러면서 〈미망인〉이 말을 걸어올 경우를 기대해, 그 자세를 바꾸는 것을 머뭇거리고 있었다. 하지만 미망인이 말을 걸어오지 않았기 때문에, 그는 우선 그녀에게 방해되지 않으려고 뒤쪽에 서 있는 사람들을 둘러보았다. 고문관이 턱으로 응접실 쪽을 가리켜 보였고, 한스 카스토르프는 그의 뒤를 따라 그곳으로 갔다.

「자살인가요?」 그는 목소리를 낮추어 전문가처럼 물었다…….

「그렇답니다!」 베렌스는 얕잡아 보는 듯한 몸짓을 하면서 대답하고는 이렇게 덧붙였다. 「완전무결하군요. 최상의 자살입니다. 그런데 당신은 이런 것을 유행 장신구점에서 본 적이 있습니까?」 그는 수술복 주머니에서 모양이 불일정한 작은 함을 꺼내서는 그 속에서 작은 물건을 꺼내 청년에게 보여 주었다…….「처음 보는 물건인데, 볼만한 가치가 있는 것입니다. 배움에는 끝이 없으니까요. 기상천외하고 독창적인 물건입니다. 그의 손에서 빼낸 것입니다. 조심하십시오. 그 안의 물질이 당신 피부에 조금이라도 떨어지면 살갗이 타서 물집이 생기게 됩니다.」

한스 카스토르프는 이 수수께끼 같은 물건을 손가락으로 돌려 가면서 살펴보았다. 강철, 상아, 금 및 고무로 된 아주 기묘하게 생긴 물건이었다. 끝이 아주 뾰족하고 강철같이 번쩍거리는 구부러진 바늘 두 개였다. 상아에 금을 씌운 그 바늘의 동체는 약간 나선형으로 되어 있었고, 바늘은 그 동체 속에 일정한 길이만큼 들어가게, 어느 정도까지는 신축성 있게, 즉 안으로 움직일 수 있게 되어 있었다. 그리고 바늘의 끝에는 좀 딱딱한 검은 고무로 만든 대롱 같은 것이 달려 있었다. 전체 길이는 5~7센티미터 정도밖에 안 되어 보였다.

「이게 뭡니까?」 한스 카스토르프가 물었다.

「이건.」 베렌스가 대답했다. 「정교한 주사기지요. 달리 표현하면 코브라의 이빨을 기계적으로 모방한 것입니다. 알겠습니까? — 아직 알아듣지 못하는 모양이군요.」 그는 한스 카스토르프가 이 야릇한 기구를 계속 멍하니 쳐다보고만 있자 재차 설명했다. 「이것은 이빨들입니다. 보통 이빨처럼 견실하지 않으며, 내부에 모세관처럼 아주 미세한 구멍이 뚫려 있습니다. 주사기의 바로 위에서 보면 그 구멍이 뚜렷이 보입니다. 물론 그 구멍은 이빨의 뿌리에도 열려 있어 위아래로 통해 있는 셈이고, 이 상아의 안에 들어가 있는 고무 대롱과 연결되어 있습니다. 이빨이 살점을 무는 순간, 이빨은 동체 속으로 들어갑니다. 분명합니다. 그리고 고무 대롱을 압박하여 부대 속의 액체를 구멍 속으로 밀어내어, 이빨의 뾰족한 끝이 살갗에 찔리자마자, 액체도 이미 혈관 속으로 들어가게 됩니다. 눈으로 직접 보면 아주 간단해 보이지만, 이런 물건을 고안해 낸다는 건 여간 어려운 일이 아닙니다. 아마 그가 개인적으로 주문해서 만든 것이겠지요.」

「분명 그렇겠지요!」 한스 카스토르프가 말했다.

「속에 든 액체는 그다지 많은 양은 아니었을지 모릅니다.」 고문관이 말을 계속했다. 「적은 양을 주입했다고 짐작되는 것은 ―」

「역동적인 힘입니다.」 한스 카스토르프가 베렌스를 대신해서 말했다.

「그러니까 말입니다. 액체의 성분은 곧 분석되어 밝혀질 것입니다. 결과는 상당히 흥미진진할 것이며, 거기에는 분명히 무엇인가 배울 점이 있을 것입니다. 저 뒤에서 눈을 번득이고 있는 말레이인은 오늘 밤 정장을 하고 있는데, 그러면 그것이 무엇인지 잘 알고 있지 않을까요? 내 생각으로는, 동물성 물질과 식물성 물질을 혼합했을 것 같습니다만 ― 아무튼 최상의 물질이었을 겁니다. 그 작용이 아주 탁월했던 것으로 봐서 말입니다. 모든 점으로 보아, 그는 그 자리에서 숨이 끊어졌을 것으로 보입니다. 호흡 중추의 마비, 아시다시피, 갑작스러운 질식사죠, 아마 고통 없는 편안한 죽음이었을 것입니다.」

「정말 그랬기를 빌 뿐입니다!」 한스 카스토르프는 경건하게 말하고, 한숨을 쉬면서 그 기괴하고 섬뜩한 작은 기구를 고문관에게 돌려주고는 침실로 되돌아왔다. 페퍼코른의 침실에는 이제 말레이인과 쇼샤 부인밖에 없었다. 한스 카스토르프가 침대로 다가가자, 쇼샤 부인이 머리를 들고 젊은이를 바라보았다.

「난 당신을 부를 수밖에 없었어요.」그녀가 말했다.

「불러 주셔서 감사합니다.」그가 말했다.「그리고 당신이 옳아요. 페퍼코른과 나는 서로 말을 놓는 사이니까요. 다른 사람들 앞에서 말을 놓는 것이 무척 꺼려져서 빙 둘러 말한 것을 진심으로 부끄럽게 생각하고 있습니다 — 그런데, 당신은 임종 순간에 그의 곁에 있었습니까?」

「아니, 모든 것이 다 끝났을 때, 하인이 나에게 알려 주었어요.」그녀가 대답했다.

「그는 정말 스케일이 큰 인물이었어요.」한스 카스토르프가 다시 말을 시작했다.「삶에 대한 감정의 쇠퇴는 바로 우주적인 파국이자 신의 오욕으로 느꼈을 정도니까 말입니다. 그는 자신을 신의 혼례 기관이라고 느꼈습니다. 당신은 그것을 아셔야 합니다. 제왕과 같은 망상이었죠……. 사람이 감동에 온몸을 휘감기면 이렇게 무례하고 버릇없는 말을 하고 싶어지는 법입니다. 그리고 그러는 편이 흔히들 말하는 애도의 말보다 훨씬 더 엄숙한 것입니다.」

「그건 포기한 거예요.」그녀가 말했다.「그가 우리들이 저지른 바보짓을 알고 있었을까요?」

「나는 그의 앞에서 그 사실을 부정할 수가 없었습니다. 클라브디아. 언젠가 그가 자기 앞에서 나더러 당신의 이마에 키스하라는 말을 했을 때 나는 그것을 거부했습니다. 그때 알아차렸던 모양입니다. 그의 눈앞에서, 눈앞이라고는 하지만 지금 이 순간은 현실이라기보다 오히려 상징이 되어 버렸습니다. 지금 이 자리에서 그 일을 해도 되겠습니까?」

그녀는 살짝 윙크라도 하듯이 두 눈을 감고 얼굴을 그에게 가까이 했다. 그는 그녀의 이마에 살포시 입술을 댔다. 말레이인은 동물 같은 갈색 눈동자를 옆으로 굴려 흰자위를 드러낸 채, 이 장면을 감시하고 있었다.

끔찍한 무감각

자, 이제 우리들은 다시 한 번 베렌스 고문관의 목소리를 들어 보기로 하자 — 잘 들어 두도록 하자! 어쩌면 그의 목소리를 듣는 것이 이로써 마지막이 될지도 모르니까! 이 이야기도 언젠가는 끝이 날 것이다. 이 이야기는 벌써 아주 오랫동안 끌어 왔다. 아니 그보다는 내용적 시간이 쉴 새 없이 흘러 그칠 줄 모르고 있고, 이로 인해 그것을 이야기하는 음악적 시간도 다 끝나 가고 있어, 상투적인 문구를 애용하는 라다만토스의 경쾌한 억양을 듣고 싶어도 더 이상 기회가 없을지도 모른다. 그는 한스 카스토르프에게 이렇게 말했다.

「이보게, 카스토르프 군, 오랜 친구, 따분해하고 있군요. 볼멘 얼굴을 하고 있어요. 나는 매일 보고 있어요, 짜증난 기색이 당신 얼굴에 쓰여 있는 걸요. 모든 것에 흥미를 잃고 있어요, 카스토르프. 선정적인 일에 잘못 길들여져 있어요. 그리고 날마다 기가 막히게 놀라운 자극을 맛보지 못하면 기분이 언짢아져서 투덜거리고 있습니다. 어때요, 내 말이 맞지 않나요?」

한스 카스토르프는 아무 말이 없었다. 말이 없는 것을 보니 마음이 정말 착잡한 모양이었다.

「내 눈은 틀림없어요, 언제나 정확하지요.」 베렌스가 자문자답했다. 「그리고 당신이 여기서 독일적인 불쾌한 독소를 퍼뜨리기 전에, 불만에 가득 찬 시민이여, 알아 두어야 할 사실이 있습니다. 당신은 신과 세상으로부터 버림받은 것이 아닙니다. 오히려 요양원 당국에서 당신에게 눈길을 쏟고 있답니다. 그것도 끊임없이 눈길을 주고 있다오, 여보게, 당신의 기분을 전환해 주려고 계속 마음을 쏟고 있다는 말일세. 늙은 나도 이곳에서 지켜보고 있습니다. 자, 이제 농담은 그만두고, 이보게! 당신의 일로 생각난 것이 있어요. 잠 못 이루는 밤에 당신을 위해 생각해 냈지요. 신의 계시 내지는 일종의 깨달음이라고 말할 수 있겠습니다 — 사실 자신 있게 말할 수 있습니다. 다시 말해 당신은 병독에서 해방되어 뜻하지 않게 빨리 개선장군처럼 귀환할 것입니다.」

「보세요, 눈을 크게 뜨고 있는 것 아닌가요.」 그는 일부러 약간 뜸을 들였다가 말했다. 하지만 한스 카스토르프는 눈을 크게 뜨기는커녕, 약간 졸린 듯 게슴츠레한 눈으로 멍하니 바라볼 뿐이었다. 「당신은 이 늙은 베렌스가 하는 말을 잘 알아듣지 못하는 것 같군요. 내가 말하려고 하는 것은 이것입니다. 당신의 용태에는 어딘지 모르게 이상한 점이 있어요, 카스토르프. 당신도 당신의 날카로운 감각으로 이미 짐작했으리라 생각합니다만, 당신의 중독 현상이 진작부터 좋아져 있는 환부와 더 이상 어울리지 않는다는 점이 이상합니다 — 이 문제에 대해 내가 신경 쓰기 시작한 것은 어제오늘의 일이 아닙니다. 이것이 당신의 최근 사진입니다…… 이 마법의 사진을 광선에 한번 비춰 보기로 합시다. 당신도 보시다시피, 우리의 제왕 같은 폐하께서 늘 말씀하시듯이 아무리 심한 불평꾼이나 비관론자라 해도, 아무런 불평도 못 할 정도로 훌륭한 사진입니다. 두서너 개의 병소는 완전히 흡수되어 버렸고, 남은 것도 조그맣게 되어 딱딱하게 굳어졌습니다. 당신도 전문가만큼이나 잘 알고 있으니까 말인데요, 이러한 사실은 병이 다 나았다는 것을 의미합니다. 이러한 소견으로 볼 때 당신의 체온이 불안정한 이유를 도저히 설명할 수 없습니다. 그래서 의사로서 새로운 원인을 규명해 보지 않을 수 없다는 것입니다.」

한스 카스토르프는 머리를 끄덕거려 보았으나, 이것은 실례가 되지 않도록 예의상 호기심이 있음을 나타낼 뿐이었다.

「이제 당신은 이렇게 생각할 겁니다. 늙은 베렌스가 치료를 잘못했음을 인정해야 한다고 말입니다. 하지만 카스토르프, 그건 당치도 않은 생각이고, 사실과도 다르며, 늙은 베렌스를 잘못 본 것입니다. 여태까지의 치료는 잘못된 것이라 할 수 없습니다. 다만 한쪽에 너무 편중되었다고는 할 수 있겠지요. 나는 당신의 증상을 옛날부터 오로지 결핵 때문이라고 판단한 것이 혹시 잘못된 것이 아닐까 하고 생각해 왔습니다. 내가 그렇게 생각하게 된 것은, 현재 나타나고 있는 당신의 증상이 결핵 탓만이라고는 볼 수 없기 때문입니다. 다른 장애에 원인이 있는 것이 분명합니다. 내 생각에 당신은 구균을 보유하고 있는 것 같습니다.」

「내가 백 퍼센트 확신하는 바에 따르면.」 고문관은 한스 카스토르프가 머리를 끄덕이며 수긍하는 듯한 모습을 보이자, 힘을 주어 되풀이해 말했다. 「당신은 연쇄상 구균(連鎖狀球菌)의 보균자입니다. 그렇다고 해서 금방 얼굴빛을 바꿀 것까지는 없습니다.」

(한스 카스토르프의 얼굴빛이 변한 일은 전혀 없었다. 오

히려 날카로운 혜안 때문인지, 또는 고문관이 가설을 세워 새롭게 훌륭한 자격을 인성해 주어서인지, 비꼬는 듯한, 즉 일종의 반어적인 표정을 지었다.)

「뭐 그렇게까지 공포에 떨 이유는 없습니다!」고문관은 어투를 바꾸어 말했다. 「구균은 누구에게나 있는 것입니다. 어떤 바보에게도 연쇄상 구균은 있는 법이니까요. 그렇다고 우쭐할 필요는 전혀 없어요. 우리는 최근 들어서야 알게 되었는데, 연쇄상 구균이 혈액 속에 있어도 이렇다 할 감염 현상을 일으키지 않는다는 것입니다. 우리는 다른 많은 동료들에게는 아직 전혀 알려지지 않은 결과에 도달하려 하고 있습니다. 혈액 속에 결핵균이 존재하고 있어도 결핵 증상이 조금도 나타나지 않는 경우가 있다는 결론에 말입니다. 결핵이란 사실상 혈액의 질환이라는 견해에서 우리들은 단 세 발자국도 못 벗어날 정도로, 너무 집착하고 있어요.」

한스 카스토르프는 이 말은 정말 주목할 만한 견해라고 생각했다.

「따라서 내가 연쇄상 구균이 있다고 말해도.」 베렌스는 다시 말하기 시작했다. 「당신은 익히 아는 중병을 상상할 것까지는 없습니다. 이 작은 균들이 과연 당신의 혈액 속에 둥지를 틀고 있는지 여부는 혈액 내 세균 검사를 해봐야 알 수 있습니다. 하지만 당신이 구균 보균자라 하더라도 당신의 열이 그 구균에 의한 것인지 아닌지는, 우리가 실시하는 연쇄상 구균 백신 주사를 맞은 후의 결과를 봐야 알 수 있습니다. 이것이 순서입니다, 이보게나. 아까도 말했지만, 백신 검사에서 전혀 예상치 못한 것이 발견될지도 모릅니다. 결핵은 장기간의 치료를 요하는 병인 반면에, 이런 종류의 구균에 의한 병은 오늘날 금방 치료할 수 있습니다. 아무튼 당신이 주사에 반응을 보이면 6주 이내에 원기를 완전 회복할 것입니다. 자, 어떻습니까? 이 늙은 베렌스가 자신의 직무를 충실하게 이행하고 있지 않습니까?」

「그렇지만 그건 일시적인 가설에 불과합니다.」 한스 카스토르프는 내키지 않는 듯이 말했다.

「그래도 증명할 수 있는 가설이고요! 지극히 생산적인 가설이고요!」 고문관이 대답했다. 「우리의 배양기에 구균이 자라나면, 당신도 그 가설이 얼마나 생산적인지 금방 알게 될 것입니다. 우리는 내일 오후에 당신의 혈액을 채취할 예정입니다, 카스토르프. 시골 외과 의사가 하는 식으로 당신의 피를 뽑을 겁니다. 그것만으로도 당신에게는 재미있는 일이며, 몸과 마음에 더할 나위 없이 좋은 결과가 나타날 것입니다……」

한스 카스토르프는 기분 전환에 기꺼이 응하겠다고 말하고, 자신에게 여러 가지로 신경을 써주어 무척 고맙다고 인사를 했다. 그러고는, 노 젓듯이 몸을 흔들며 사라지는 고문관의 뒷모습을, 머리를 어깨 쪽으로 기울이고 물끄러미 바라보았다. 고문관은 위기일발의 순간에 적절하게 제안을 꺼낸 격이 되었다. 라다만토스는 베르크호프에 머물고 있는 이 젊은이의 표정과 목소리를 꽤 정확하게 꿰뚫고 있었다. 그리고 고문관의 새로운 계획은 이 젊은 손님을 그가 요즘 빠져 있는 무감각한 상태에서 벗어나게 하려는 목표를 지니고 있었다 — 이것은 명백한 사실이었기 때문에, 고문관 자신도 그러한 의도를 굳이 숨기지 않았다. 사실 한스 카스토르프는 죽은 요아힘이 무모하고 반항적인 결심을 마음속에 품고 있

을 때 내비쳤던 표정을 떠올리게 하는 표정을 또렷하게 드러
내고 있었다.

아니 그뿐만이 아니었다. 한스 카스토르프는 자기 자신이
그러한 무감각한 상태에 빠져 있을 뿐만 아니라, 세상 〈전
체〉가 사실 자신과 같은 상태에 빠져 있는 듯 여겨졌다. 아
니 오히려 그는 이 베르크호프에서는 특수한 사정을 일반적
인 상태와 구별하기 어렵다고 생각했다. 스케일이 큰 거물
페퍼코른과의 관계가 그렇게 이상한 종말을 고했고, 이러한
결말로 인해 요양원에서는 여러 가지 움직임이 일어났다. 클
라브디아는 자신의 보호자가 삶을 포기하는 비극에 타격을
받아, 자신과 자신의 보호자의 살아남아 있는 친구 한스 카
스트로프와의 관계를 경건하게 배려하는 마음으로 얼마 전
에 다시 이 위의 공동체에 작별 인사를 하고 떠나 버렸다 ―
이러한 전환점이 있고 난 뒤부터 젊은이에게는 세상과 삶이
너무 섬뜩해진 모양이었다. 그래서 그는 아주 이상해지고 점
점 비뚤어지는 걱정스러운 상태가 되어 가고 있었다. 사실
벌써 오랫동안 마음 한구석에서 불길하고 이상한 영향을 끼
치고 있던 악마가 드디어 권력을 장악하고, 이제는 공공연히
지배권을 마구 행사하는 것 같았다. 그래서 신비스러운 공포
를 불러일으켜 도망치고 싶은 기분에 사로잡히게 하였다. 그
것은 바로 둔감, 즉 무감각이라는 이름의 악마였다.

사람들은 무감각이라는 이름을 악마적인 것과 결부하고,
무감각에 신비스러운 공포를 느끼게 하는 힘이라도 있는 듯
이 말하는 작가를 과장이 심하고 낭만적이라고 비판할 것이
다. 그렇지만 결코 허무맹랑한 소리를 하려는 것이 아니다.
우리는 우리의 소박한 주인공의 개인적인 체험을 있는 그대

로 전달하려는 것뿐이다. 그의 체험은 어쩌다 우리가 잘 알게 된 것이지만, 그 이유를 굳이 조사할 필요는 없을 것이다, 무감각이란 것도 경우에 따라서는 악마적인 성격을 띠고, 신비스러운 공포를 불러일으킬 수 있다는 것을 확실히 증명하고 있다. 한스 카스토르프는 자신의 주위를 둘러보았다…….그의 눈에 보이는 것이라곤 온통 무시무시하고 사악한 것, 악마적인 것밖에 없었다. 그는 눈에 보이는 이 현상이 무엇인지 알고 있었다. 그것은 시간을 망각한 생활, 아무런 걱정도 희망도 없는 생활, 겉으로는 분주한 것 같지만 속으로는 정체되어 있는 무절제한 생활, 죽어 있는 생활이었다.

그런데 이 죽어 있는 생활이 분주하게 움직여서, 모든 종류의 활동이 동시에 행해지고 있었다. 그리고 가끔씩은 그중 한 가지가 미친 듯이 유행으로 번져, 모두들 거기에 광적으로 빠져 버리는 것이었다. 예를 들어 아마추어 사진은 예전부터 베르크호프의 세계에서 중요한 역할을 차지하고 있었지만, 지금까지 벌써 두 번이나 — 이 위에 좀 오랫동안 있었던 사람이라면 그러한 유행병이 주기적으로 되풀이되는 것을 체험할 수 있기 때문이다 — 그에 대한 열의로 몇 주에서 몇 달 동안 누구 할 것 없이 모두가 미친 듯이 빠져들게 했다. 그래서 누구나 심각한 표정으로 머리를 기울인 채 명치부분에 카메라를 갖다 대고 셔터를 누르지 않는 사람이 없을 정도였다. 식사 중에 현상된 사진을 돌려 보는 일이 끊이지 않았다. 그러다가 갑자기 자기가 직접 사진을 현상하는 것이 명예로운 일이 되자, 현재 준비되어 있는 암실만으로는 도저히 수요를 충족할 수가 없게 되었다. 그래서 자기 방의 유리창이나 발코니의 유리문에 검은 커튼을 치고, 붉은 전등불 밑에서 오랫동안 현상액을 만지작거리며 현상하곤 했다. 그러다가 어느 날 화재가 발생하였고, 일류 러시아인석의 불 가리아 학생이 하마터면 불에 타 죽을 뻔한 일이 일어났다. 그러자 요양원 당국은 방에서 사진을 현상하는 일을 금지했다. 이런 일이 있은 지 얼마 후 단순한 사진은 유행에 뒤떨어지게 되고, 플래시를 사용하는 사진과 프랑스의 화학자 뤼미에르가 발명한 천연색 사진이 유행하게 되었다. 사람들은 마그네슘 불빛에 깜짝 놀라, 마치 살해되어 눈을 뜬 채 서 있는 시체처럼, 눈을 크게 뜨고 핏기 없이 경련하는 듯한 얼굴의 사진 속 인물들을 보고 재미있어했다. 한스 카스토르프도 마분지 틀에 넣은 유리판을 하나 가지고 있었다. 그것을 밝은 빛에 비춰 보니, 하늘빛 스웨터 차림의 슈퇴어 부인과 빨간색 스웨터 차림을 한 상앗빛 피부의 레비 양 사이에 구릿빛 얼굴을 한 자신이 누르스름한 민들레꽃에 에워싸여, 그 꽃 한 송이를 자신의 상의 단춧구멍에 꽂고 짙은 녹색 초원에 서 있는 모습이 보였다.

또 한때는 우표 수집이 유행하기도 했다. 몇몇은 평소에도 우표를 수집했지만, 그것에 간혹 모두가 열병처럼 사로잡히는 때도 있었다. 다들 앨범에 붙이기도 하고, 사거나 팔거나 교환하기도 했다. 우표 수집가를 위해 발행하는 잡지가 구독되기도 했고, 국내와 국외의 우표 전문점, 전문가 클럽, 아마추어 수집가 등과 정보를 교환하면서, 사치스러운 요양원에 수개월이나 수년을 체재하는 것만으로 호주머니 사정이 빠듯한 사람들까지도 진기한 우표를 입수하기 위해 막대한 금액을 지출하기도 했다.

그러나 이렇게 유행했던 일도 얼마 지나지 않아 새로운 오락거리에 자리를 내주고 말았다. 예를 들어 온갖 종류의 초콜릿을 높이 쌓아 놓고는 그것을 쉬지 않고 먹어 대는 놀이가 유행했다. 모든 사람의 입술이 갈색으로 물들고, 밀카 누트, 아몬드 크림이 든 초콜릿, 마르키 나폴리탱, 금색 설탕을 뿌린 혀 모양의 초콜릿 등을 닥치는 대로 잔뜩 먹어 속이 이상할 정도에까지 이르렀다. 그리하여 베르크호프의 주방장이 만든 최고로 맛있는 요리도 내키지 않은 표정으로 투정을 부려 가며 먹었다.

베르크호프의 최고 권위자가 예전 사육제날 밤에 시작한 실내 유희, 즉 두 눈을 가리고 돼지 그림을 그리는 놀이는 그 후에도 빈번하게 행해졌지만, 과제가 점점 더 복잡해져 기하학적인 그림을 그리는 경쟁으로 발전해 갔다. 베르크호프의 요양객들은 모든 정신력을 이 유희에 쏟아부었고, 중환자들까지도 꺼져 가는 마지막 사고력과 에너지를 집중해 이 게임에 동참했다. 몇 주 동안 베르크호프 손님들은 어떤 복잡한 도형을 그리는 데 몰두했다. 그 도형은 적어도 여덟 개의 크고 작은 원과 서로 교차된 여러 개의 삼각형으로 이루어져 있었다. 과제는 이렇게 복잡한 평면 도형을 맨손으로 단숨에 그리는 것이었다. 하지만 궁극적인 목표는 결국 완전히 눈을 가리고 완성하는 것이었다 — 그런데 군데군데 잘못된 곳을 눈감아 준다면, 파라반트 검사만이 이 도형을 그럭저럭 그려 낼 수 있었을 뿐이었다. 그는 고도의 정신 집중을 요하는 이 게임의 열렬한 팬이었다.

이 파라반트 검사가 수학 공부에 전념하고 있다는 사실을 우리는 이미 알고 있다. 그런 사실을 고문관에게서 직접 들었다. 그리고 우리는 그가 이처럼 수학에 전념하게 된 금욕적인 동기도 알고 있다. 또한 고문관이, 수학 공부는 피를 식히고 육욕을 진정시키는 효과가 있다고 칭찬하는 것을 들어왔던 터였다. 그렇기 때문에 이 수학 공부가 요양객 일반에게보다 널리 퍼져 있었더라면, 최근에 요양소 당국이 취하지 않을 수 없던 모종의 조치가 어쩌면 필요 없는 것이 되었을지도 모른다. 모종의 조치란 주로 발코니의 난간과 거기까지 닿지 않는 우윳빛 유리 칸막이 사이의 통로를 작은 문으로 모두 걸어 잠그는 일이었다. 밤이 되면 마사지사는 손님들의 킥킥거리는 웃음소리를 들으며 그 문에 자물쇠를 잠그고 다녔다. 그렇게 되자 이제는 베란다 위의 2층 방들이 인기를 끌게 되었다. 그 2층 방에서 난간을 뛰어넘은 다음 작은 문을 이용하지 않고, 튀어나온 유리 지붕을 지나 방에서 방으로 왕래할 수 있었기 때문이다. 하지만 파라반트 검사 때문에 규율상의 개혁을 강구할 필요는 없었다. 파라반트 검사가 이집트 공주의 모습에 반하여 번민한 것도 이제는 과거의 일이 되었으며, 그는 그녀를 마지막으로 더 이상 여자 문제로 고민하지 않게 되었다. 그 뒤로 그는 고문관이 말한 수학 공부에 — 윤리적인 문제를 진정시키는 힘이 있다고 얘기했던 형안(炯眼)의 여신 — 더한층 열을 올렸다. 그리고 그가 낮이나 밤이나 모든 정열을 쏟으며 매달린 문제는 다름 아닌, 불가능한 과제로 알려져 있는, 원의 구적법(求積法)[28]이었다. 그는 병 때문에 휴가를 얻게 되었는데, 휴가를 얻기 이전에 — 이 휴가는 여러 번 연장하여 자칫하다간 완전히 휴직하게 될 우려가 있었는데 — 운동에 집요하게 매달렸다. 그는 운동에 보였던 이러한 집요한 끈기를 그 문제

28 미분 방정식을 풀 때 부정 적분을 유한히 함으로써 해를 구하는 방법.

에 쏟아부었고, 또 불쌍한 죄인의 죄를 밝히려는 끈기를 그 문제를 푸는 데 쏟아부었다.

이 탈선한 관리 파라반트 검사는 이런 연구에 몰두할수록 그것을 증명하는 것이 설득력이 없다는 확신을 품게 되었다. 그가 구적법을 증명하려고 노력하는 과정에서 수학은 그 문제를 푸는 공식이 불가능하다는 믿음을 더욱 확고하게 해주었다. 그는 자신이 초월적인 목표를 경험적으로 해결할 수 있는 영역으로 끌어들이도록 신의 섭리에 따라 신중하게 선택되었기 때문에, 인간이 사는 평지 세계에서 멀리 떨어진 이곳으로 옮겨지게 되었다고 믿게 되었다. 그는 그렇게 생각했다. 어디를 가든, 어디에 있든 컴퍼스를 들고 다니며 재고 계산했으며, 수많은 종이에 도형과 문자, 숫자, 대수 기호를 가득 채웠다. 얼핏 보아 무척 건강한 사람처럼 보이는 검게 탄 얼굴에는 마니아들 특유의 몽상적이고 끈질기게 붙들고 늘어지는 표정이 배어 있었다. 그는 입만 열었다 하면 진저리치게 만드는 판에 박힌 원주율 파이(π) 이야기나 넌더리 나는 분수(分數) 이야기, 즉 차하리아스 다제[29]라는 저속한 암산의 천재가 어느 날 소수점 이하 2백 단위까지 계산했다는 분수 이야기를 늘어놓았다 ─ 그렇지만 도달할 수 없는 정확한 숫자의 근사치는 소수점 이하 2천 단위까지 계산했다 하더라도 오차가 완전히 없어졌다고는 말할 수 없기 때문에, 다제의 계산은 순전히 사치스러운 놀이에 불과하다고 할 수 있었다. 모두들 π에 골머리를 앓고 있는 사상가인 파라반트 검사를 멀리하려 했다. 누구나 그에게 한번 잘못 붙들리면 그의 열변을 들어야 했고, 이러한 신비스러운 원주율 π의 절

29 Zacharias Dase(1824~1861). 독일의 유명한 암산가.

망적인 무리수(無理數) 때문에 인간 정신이 치욕을 당하는 것에 인간으로서 당연히 분개를 느껴야 한다는 충고를 들을 각오를 해야 했기 때문이다. 그는 자나 깨나 직경에 π를 곱해 원주를 얻고, 반지름의 제곱에 π를 곱해 원의 면적을 얻는 일을 했다. 하지만 아무런 결실을 얻을 수 없다는 사실에 절망한 파라반트 검사는 인류가 아르키메데스 시절 이래로 이 문제의 해결책을 너무 어렵게만 생각해 온 것이 아닌가, 그리고 이 해답이 사실 유치할 정도로 지극히 간단한 일은 아닌가 하는 의혹에 가끔 빠졌다. 어떻게 원주의 길이를 재지 못하며, 그러니 어떻게 직선을 원으로 굽힐 수도 없다는 말인가? 파라반트 검사는 이따금 대단한 발견이라도 한 것 같은 착각에 빠지기도 했다. 그가 가끔 조명이 시원찮은 텅 빈 식당의 자기 자리에 홀로 앉아 있는 것이 눈에 띄었다. 그는 식기가 치워진 식탁에 한 가닥의 작은 끈으로 매우 신중하게 둥근 원을 만들어 놓고는, 그 끈을 갑자기 습격이라도 하듯이 반듯하게 끌어당겼다가, 맥이 빠진 듯 턱을 괴고는 비통한 표정을 지으며 깊은 생각에 잠기는 것이었다. 고문관은 파라반트 검사가 이러한 우울한 오락을 하고 있을 때에 와서 가끔 그를 도와주었고, 의기소침해 있는 그에게 힘을 북돋워 주었다. 고통에 시달리는 검사는 한스 카스토르프에게도 언젠가 한번 자신의 비통한 심정을 호소한 적이 있었다. 그때 한스 카스토르프가 원의 신비함에 대해 상당한 이해심을 갖고 호의적으로 동감을 표했기 때문에, 한 번이 두 번, 세 번이 되면서 계속 되풀이되었다. 검사는 한스 카스토르프에게 절망적인 π를 생생하고 구체적으로 보여 주기 위해 정밀하게 그려진 도면을 내놓았는데, 거기에는 아주 작은 변을 수없이 지닌 다각형 두 개 사이에 원 하나가 상당한 노력을 기울인 듯 그려져 있었다. 두 개 중 하나의 다각형은 원에 내접하고 다른 하나는 원에 외접해 있어, 두 다각형은 도저히 인간의 작업이라고는 생각할 수 없을 정도로 원에 가깝게 그려져 있었다. 검사는 아래턱을 떨면서 이렇게 말했다 ──「하지만 이렇게 계산할 수 있게 원주를 변으로 에워싸고 확실한 원을 그려 보려 해도, 공기나 혼령처럼 합리적으로 파악할 수 없는 잉여분, 즉 만곡부가 π입니다!」한스 카스토르프는 검사의 기분을 충분히 이해할 수 있었지만, 검사만큼 π에 대해 예민하게 반응하지 않았다. 한스 카스토르프는 이것을 〈못된 장난〉이라고 부르며, 도깨비 같은 장난에 너무 열중하지 말라고 파라반트 씨에게 충고했다. 그리고 원주상의 어느 가상의 시점에서 종점에 이르기까지 원을 이루는 시작도 끝도 없는 변곡점들에 관해 검사에게 말했고, 또 동일한 방향을 한순간도 지속하지 않고 자체 내에서 달리는 영원한 회전인 사계의 순환이 얼마나 명랑한 우수(憂愁)를 느끼게 하는지에 대해 말했다. 그가 아주 냉철하고도 경건하게 말했기 때문에, 극도로 흥분된 검사의 기분은 이에 영향을 받아 잠시 가라앉았다.

말이 나왔으니 하는 말이지만, 선량한 한스 카스토르프는 이처럼 어떤 고정 관념에 사로잡혀 있는 검사뿐 아니라, 주위의 명랑한 사람들로부터 아무 관심을 끌지 못해 고민하고 있는 동숙자들의 신임을 얻었다. 그런 동숙자 중에는 오스트리아 시골 출신의 중년 환자가 있었는데, 그는 전직 조각가로서, 매부리코와 푸른 눈에다 흰 콧수염을 달고 있었다. 그는 재정 정책 계획을 세운 후 그 취지를 깨끗하게 필기하여 핵심적인 부분에는 세피아[30] 그림물감으로 밑줄을 그어 놓았다. 그 내용에 따르면, 모든 신문 구독사로 하여금 매일 낡은 신문을 50그램씩 모으게 하여, 그것을 매월 첫날에 회수한다. 그러면 1년이면 일인당 약 15킬로그램, 20년이면 대략 300킬로그램이 되는데, 1킬로그램을 20페니히에 팔면 60마르크의 금액이 된다는 것이다. 그 계획서에 따르면, 신문 구독자 수를 5백만이라 쳐서 20년간 모으면 낡은 신문의 값어치는 3억 마르크라는 엄청난 액수에 이르게 된다. 이 돈의 3분의 2를 신규 구독료에 돌려 그만큼 신문을 싸게 읽을 수 있게 하고, 나머지 3분의 1, 약 1억 마르크를 인도적인 목적을 위해, 가령 민중 결핵 요양소에 자금을 지원하거나 불우한 인재를 키우는 사업 등에 자유롭게 쓸 수 있다는 것이다. 이 계획은 너무나 빈틈없이 꼼꼼하게 작성되어 있어, 낡은 신문의 회수 장소라든지 매달 회수하는 낡은 신문 값을 계산하는 센티미터 자, 대금 영수증으로 사용할 구멍 뚫린 용지까지도 도면에 적혀 있었다. 이런 식으로 작성된 그 계획서는 모든 면에서 완벽하게 인정받았고 입증되었다. 낡은 신문이 몽매한 사람들에 의해 하수구에 버려지고 아궁이에 던져짐으로써 아무 생각 없이 낭비되고 폐기되는 것은, 우리의 숲과 국민 경제에 막대한 손실을 끼친다. 종이를 소중히 하고 절약하는 것은 펄프와 삼림을 아끼고 절약한다는 뜻이며, 펄프와 종이를 제조할 때 쓰이는 인적 자원을 아끼고 절약하는 것을 의미한다 — 여기에도 적지 않은 인적 자원과 자본이 투입된다. 더 나아가 낡은 신문지는 포장용 종이와 휴지로 재생되어 쉽게 몇 배의 가치를 내도록 바꿀 수 있기

30 오징어 먹물로 만든 흑갈색의 안료.

때문에 중요한 자원이 되고, 국세와 지방세의 효과적인 재원이 되어, 그 결과 신문 구독자의 세금이 경감된다는 것이다. 요컨대 이 계획은 훌륭하고, 사실 나무랄 데 없는 것이었다. 그러나 이 계획은 그런 입증에도 불구하고 어딘지 섬뜩하고 무의미하며, 아니 오히려 음산하고 어처구니없는 기분이 들게 했다. 그 이유는 사실 한때 예술가였던 그 노인이 그와는 거리가 먼 경제적인 아이디어를 내서 오로지 이것에만 몰두하고 집착하게 한 미심쩍은 광신주의 때문이었다. 또한 그는 이 계획을 마음속 깊이 진지하게 생각하지도 않았거니와 그것을 실현하고자 하는 생각도 전혀 없었기 때문이다······. 한스 카스토르프는 이 광신자가 열띤 어조로 복리 증진에 대한 자신의 생각을 얘기할 때, 고개를 갸우뚱하거나 끄덕거리며 열심히 들어 주었다. 그러면서 지각없는 세상에 대항하는 이 계획의 입안자를 편들어야 마땅할 텐데, 오히려 이 입안자에게 경멸과 혐오를 느끼는 까닭은 무엇인지 곰곰 생각해 보았다.

한편 베르크호프의 또다른 손님들은 에스페란토어를 공부하고 있었는데, 그들은 식사 중에 이 알아듣기 힘든 〈인위적 언어〉로 대화를 나누는 것을 자랑스럽게 생각했다. 한스 카스토르프는 그들이 아주 최악의 사람들은 아닐 것이라 여기면서, 그들을 매우 음울한 눈초리로 쳐다보았다. 얼마 전부터 이곳 베르크호프에는 영국인들의 클럽이 생겨 사교 놀이가 유행하게 했다. 그 놀이란, 모두들 둥글게 모여 앉아서 한 사람이 옆 사람에게 영어로 〈당신은 나이트캡을 쓴 악마를 본 적이 있습니까?〉 하고 물으면, 질문을 받은 사람은 〈아닙니다! 나는 나이트캡을 쓴 악마를 본 적이 없습니다〉

하고 대답하고는, 다시 옆 사람에게 같은 질문을 반복하면서 계속 빙빙 도는 것이었다. 성말 참을 수 없는 놀이였다. 그러나 불쌍한 한스 카스토르프가 더욱 참을 수 없이 참담한 기분이 들었을 때는, 요양원의 곳곳에서 때를 가리지 않고 혼자 카드놀이를 하는 사람을 보았을 때였다. 최근 들어 지루함을 달래는 이러한 심심풀이 놀이가 일대 유행이 되어, 베르크호프 요양원은 문자 그대로 악습(惡習)의 소굴이 되었다. 한스 카스토르프 자신도 한때 이러한 역병의 희생자가 되어 — 그것도 어쩌면 어느 누구보다도 그 놀이에 열을 올렸기 때문에 — 더욱 이를 소름 끼치게 느꼈다. 그는 11이라는 카드 점치기 놀이에 빠져들었다. 그것은 카드를 세 장씩 세 줄로 나란히 놓아 가는 동안, 두 장의 합이 11이 되거나, 그림이 그려진 카드가 연속해서 세 장 나오면 그 위에 새로운 카드를 놓을 수 있게 하는 놀이였는데, 이런 식으로 행운을 얻으면 카드가 깨끗하게 없어지게 되는 놀이였다. 이렇게 단순한 놀이가 제정신을 잃게 할 정도로 사람을 매혹할 줄은 아무도 생각하지 못했다. 그렇지만 한스 카스토르프는 다른 많은 사람들과 마찬가지로 그러한 매력의 가능성을 시험해 보았는데 — 그러한 탈선은 결코 기분 좋은 일이 아니었기 때문에 — 눈썹을 찌푸리고 시험해 보았다. 어떤 때는 운이 좋게도 카드를 나란히 늘어놓자마자 카드 두 장의 합이 11이 되거나, 아니면 잭 – 퀸 – 킹 세 장이 처음부터 연속해서 나와서 세 번째 줄을 다 채우기도 전에 카드가 손에 남지 않아 금방 놀이가 끝나는 경우도 있었다(이럴 경우 너무도 어이 없는 승리를 거두는 바람에 성미가 급한 사람은 금방 다시 카드를 늘어놓기 시작하는 것이었다). 그리고 어떤 때는 세 장씩 세 줄이나 늘어놓아도 그 위에 새로 카드를 놓을 수 없게 되거나, 또는 확실히 성공을 거두었다고 생각한 순간 갑작스럽게 패가 막혀 마지막 순간에 파국으로 끝나는 경우도 있었다 — 한스 카스토르프는 이렇게 변덕을 부리는 카드 요정의 노리개가 되고, 수시로 변하는 운수에 농락되어 하루 온종일 어디에서건 카드 점치기 놀이를 했다. 밤에는 별빛 아래에서, 아침에는 그냥 잠옷을 입은 채로, 식탁이나 심지어 꿈속에서도 카드를 계속 늘어놓고 있었다. 스스로도 때로는 오싹한 기분이 들기는 했지만, 한스 카스토르프는 이 놀이의 유혹을 떨쳐 버릴 수 없었다. 예전부터 항상 한스 카스토르프의 일을 〈방해하는〉 사명을 지닌 세템브리니 씨가 어느 날 그를 방문하러 왔다가 청년이 혼자 카드 점치기를 하는 것을 보았다.

「이게 웬일이죠!」 그가 말했다. 「카드 점치기를 하는 것입니까, 엔지니어 양반?」

「뭐, 꼭 그런 것은 아닙니다.」 한스 카스토르프가 대답했다. 「그저 별생각 없이 카드를 늘어놓고, 운수를 점쳐 보고 있습니다. 장난꾸러기 운수가 변덕스럽게 얼굴을 찌푸리기도 하고, 애교를 부리기도 하고, 그러다가 다시 믿을 수 없이 강짜를 부리며 나를 얽어매고 있습니다. 오늘 아침에 일어나자마자 이 놀이를 했을 때는 세 번이나 연달아 가뿐하게 끝났고, 그중에 한 번은 두 줄만으로 끝나 버렸지요. 정말 기록적이라 할 만합니다. 그런데 이게 웬일입니까? 이번에는 서른두 번째지만 단 한 번도 절반을 넘어 본 적이 없으니 말입니다.」

세템브리니 씨는 이 몇 년 동안 여러 번 그랬듯이, 슬픔에 젖은 그 검은 눈으로 청년을 쳐다보았다.

「아무튼 당신은 무척 분주하게 지내고 있군요.」그가 말했다. 「나는 여기서 나의 걱정에 위로를 찾을 수 없을 것 같군요, 마음을 괴롭히는 갈등에 진통제 역할을 할 위안거리를 찾을 수 없을 것 같단 말입니다.」

「갈등이라고요?」한스 카스토르프는 그의 말을 되풀이하면서 카드를 늘어놓았다…….

「세계정세가 나를 혼란에 빠뜨리고 있습니다.」프리메이슨 단원 세템브리니 씨는 한숨을 쉬면서 말했다. 「발칸 동맹이 곧 실현될 것 같습니다, 엔지니어 양반. 내가 수집한 모든 정보가 그것을 뒷받침해 주고 있습니다. 러시아는 동맹을 실현하려고 혈안이 되어 있으며, 그 동맹의 창끝은 오스트리아-헝가리 제국을 향하고 있습니다. 이 군주국을 무너뜨리지 않는 한 러시아가 계획하는 그 어느 것도 실현될 수 없기 때문입니다. 당신은 나의 양심의 가책을 이해하시겠습니까? 당신도 알다시피 나는 빈을 너무도 증오하고 있습니다. 하지만 그렇다고 해서 우리의 고귀한 유럽에 전쟁의 화염을 몰고 오려 하는 사마르티아인의 전제 정치에 정신적 지원을 보내야 할까요? 그러나 다른 한편으로, 나의 조국 이탈리아가 오스트리아와 외교적으로 협력 관계를 맺으려 한다면, 나는 명예 훼손을 당한 기분에 사로잡히게 될 것입니다. 그것은 양심의 문제입니다, 즉…….」

「7과 4.」한스 카스토르프가 말했다. 「8과 3. 잭 - 퀸 - 킹입니다. 괜찮은데요. 당신이 내게 행운을 가져다주었습니다, 세템브리니 씨.」

이탈리아인은 잠자코 있었다. 한스 카스토르프는 자신의

말 때문에 세템브리니 씨의 이성적이고 도덕적인 검은 눈이 슬픔에 가득 차, 그 상태로 자신을 지켜보는 것을 느꼈지만 한동안 계속해서 카드를 늘어놓았다. 그러다가 손으로 턱을 괸 채 시치미를 떼고 뉘우치는 기색이 없는 악동 같은 표정을 지으며, 자기 앞에 서 있는 스승을 천진난만하게 올려다보았다.

「당신의 눈은.」 스승 세템브리니 씨가 말했다. 「당신이 현재 어떤 상황에 처해 있는지 알고 있으면서 이것을 감추려 하고 있습니다. 헛된 짓인데도 말입니다.」

「실험 채택입니다.」 한스 카스토르프가 이처럼 무례하게 대답하자, 세템브리니 씨는 그만 자리를 뜨고 말았다 — 그러자 홀로 남은 청년은 카드 점치기를 그만두고 손으로 턱을 괴고 흰 방 한가운데 있는 식탁 앞에 오랫동안 앉아 있었다. 그는 무언가 골똘히 생각에 잠겼으며, 무시무시하고 비뚤어진 상태를 마음속으로 느끼고 있었다. 즉 〈끔찍한 무감각〉이라는 이름의 악마와 요괴가 이빨을 드러내고 웃는 가운데 세계가 그러한 상태에 사로잡혀 있음을 보았고, 세계가 이들로부터 속수무책의 지배, 제어할 수 없는 지배를 받고 있다고 생각했다.

무감각이란, 무시무시하고 재앙을 가져오는 끔찍한 이름이었고, 은밀한 불안감마저 불러일으키는 이름이었다. 한스 카스토르프는 그대로 앉아 있었고, 이마와 가슴 부분을 손바닥으로 어루만졌다. 그는 두려움을 느꼈다. 〈이 모든 것〉이 무사히 끝나지 않을 것이며, 결국 파국이 일어날 것처럼 두려운 생각이 들었다. 즉 마지막에는 인내하고 있던 자연이 분노할 것이고, 뇌우가 몰아쳐 모든 것을 날려 보내는 폭풍은 세상의 속박을 끊어 버릴 것이며, 삶의 〈막다른 궁지〉를 타개하고 〈침체〉에 빠진 삶에 끔찍한 최후의 심판을 내릴 것이다. 우리가 이미 얘기했듯이 그는 도망치고 싶은 기분이었다 — 그래서 요양원 당국에서 그에게 앞서 언급했던 〈한결같은 눈길을 쏟고〉, 그의 안색을 읽고, 새롭고 효력 있는 가설을 내세워 기분 전환을 해주려고 생각한 것은 정말 다행스러운 일이었다!

요양원 당국은 대학생 조합원인 베렌스의 입을 빌려 한스 카스토르프의 체온이 불안정한 진짜 이유를 규명 중이라고 설명했다. 그 진짜 이유를, 요양원 당국의 학술적인 진술에 따라 밝히는 일은 별로 어렵지 않아서, 한스 카스토르프가 완쾌되어 고향인 평지로 당당하게 돌아갈 수 있는 것도 가까운 장래의 일일 것 같았다. 피를 뽑기 위해 팔을 내뻗을 때, 한스 카스토르프는 여러 가지 감회에 젖어 가슴이 마구 고동쳤다. 그는 투명한 채혈 병을 서서히 채우는 생명의 즙액인 루비 빛깔의 혈액을 눈을 껌벅이면서 약간 창백한 얼굴로 감탄하며 쳐다보고 있었다. 고문관이 직접 크로코프스키 박사와 간호사 수녀의 도움을 받아 가면서, 간단하지만 파급 효과가 큰 수술을 시행했다. 그러고 난 뒤 며칠이 지나갔다. 그동안 한스 카스토르프는 체내에서 뽑아낸 혈액이 자신의 체외에서, 과학의 견지에서는 어떤 결과가 나타날지 궁금해서 견딜 수가 없었다.

처음에 고문관은 당연한 듯 아직은 아무런 변화가 일어나지 않을 수도 있다더니, 나중에 유감스럽게도 아직은 아무런 변화가 일어나지 않고 있다고 말해 주었다. 하지만 어느 날 아침 식사 때의 일이었다. 그 무렵 한스 카스토르프는 일류 러시아인석, 한때 그의 위대한 친구가 앉았던 상석 끝에 앉게 되었는데, 고문관이 한스 카스토르프에게 다가와서, 실험 배양기 하나에 드디어 연쇄상 구균이 분명하게 나타났다고 알려 주면서 상투적인 말투로 축하를 해주었다. 그런데 문제의 중독 현상이, 전혀 존재하지 않는다고는 할 수 없는 미미한 결핵 때문인지, 아니면 아주 미미하게 존재하는 연쇄상 구균 때문인지, 그것은 확률의 문제라는 것이다. 베렌스 자신으로서는 이 문제를 좀 더 시간을 들여 보다 정밀하게 살펴보아야 한다고 했다. 아직은 배양균이 완전히 자라지 않았기 때문이라고 한다 — 그는 카스토르프에게 그것을 〈실험실〉에서 보여 주었는데, 젤리처럼 응고된 붉은 핏속에 회색의 조그만 점들이 나타나 있었다. 그것이 바로 구균들이었다. (그러나 결핵과 마찬가지로 구균은 어떤 바보라도 보유하고 있기 때문에, 특별한 증상이 나타나지 않는 한 그것을 보유하고 있더라도 그다지 문제가 되는 것은 아니었다.)

한스 카스토르프의 체내에서 뽑아낸 혈액은 그의 체외에서, 과학적인 실험으로 계속 결과를 나타냈다. 어느 날 아침 고문관은 흥분된 어조로 상투적인 말을 늘어놓으면서, 배양기 하나뿐만 아니라 나머지 모든 배양기에서도 구균이 추가로 나타났다고 보고했다. 그것도 대량으로 나타났다는 것이다. 그것이 모두 다 연쇄상 구균인지 아닌지는 확실하지 않지만, 중독 현상이 그 균 때문에 일어나는 것만큼은 거의 확실하다고 말했다 — 한때 분명히 존재하고 있었고, 지금도 완전히 극복되었다고는 할 수 없는 결핵이, 중독 현상에 어느 정도 영향을 미치는지는 물론 알 수 없는 일이라 하더라도 말이다. 그래서 내려진 결론은 무엇인가? 연쇄상 구균 백신 주사를 맞는 것이다! 예후는 어떠할까? 눈에 띄게 좋다 — 특히 그 주사는 아무런 위험 부담이 없으며, 조금도 해를 끼치지 않는다는 것이다. 혈청은 한스 카스토르프 자신의 피에서 생성되므로, 체내에 이미 존재하는 균 이외에 다른 균이 주사를 통해 체내로 들어갈 일이 없기 때문이다. 최악의 경우 아무런 도움이 안 되었다 해도, 효과가 전혀 없게 될 뿐이다 — 하지만 한스 카스토르프는 그렇지 않아도 어차피 환자로서 이 요양원에 머물러 있어야 하니, 꼭 나쁘다고 할 수는 없는 일이었다!

아니, 한스 카스토르프는 사실 이러한 실험적인 시도까지 할 생각은 없었다! 그는 백신 요법이 우스꽝스럽고 불명예스러운 일이라고 생각했지만, 이것을 감수하기로 했다. 자신 자신의 혈액을 자기의 체내에 주입한다는 것은 끔찍하게 불쾌한 방향 전환으로 여겨졌고, 자신으로부터 자신에게로 향하는 근친상간적인 추악한 일로서, 본질적으로 아무런 결실도 희망도 없는 것으로 생각되었다. 우울증 환자의 비전문적인 입장에서 이렇게 판단했지만, 결실이 없다는 점에서만큼은 — 이 점에서는 물론 완전히 — 그의 생각이 옳았다. 방향 전환을 한 이러한 치료는 몇 주 동안 계속되었다. 처음에는 해로운 것처럼 생각되기도 했고 — 물론 착각으로 밝혀지기는 했지만 — 가끔씩은 유익하다고 여겨지기도 했다. 하지만 이것 역시 착각이었다는 것이 분명하게 드러났다. 확실하게 입 밖에 내어 밝히진 않았지만, 결과는 아무것도 없었다. 이 시도는 실패로 끝난 것이다. 그리고 한스 카스토르프는 계속해서 카드놀이를 하고 있었다 — 악마와 얼굴을 맞대고서, 머지않아 자신의 감정에 대한 악마의 가혹한 지배가 끔찍하게 종말을 고할 것을 예감하면서 말이다.

아름다운 음의 향연

우리의 오랜 친구인 한스 카스토르프로 하여금 그토록 열중했던 카드놀이를 그만두게 하고, 그 카드놀이에 버금가는 이상한 오락이긴 하지만 조금 더 고상한 다른 오락에 몰입하게 한 것이 있었다. 그것은 베르크호프 요양원에서 새로 구입한 기계였는데, 도대체 어떤 것이었을까? 우리는 그 기계의 은밀한 매력에 빠졌고 그것을 알리고 싶어 참을 수가 없으므로 이제부터 이야기하고자 한다.

넓은 응접실에 비치된 오락 기구가 하나 더 많아진 것으로, 낮이나 밤이나 이곳 손님들에 대한 서비스에 신경을 쓰고 있는 요양원 당국이 생각 끝에 구입을 결정한 기계였다. 물론 우리로서는 그다지 계산해 보고 싶지는 않지만, 어쨌든 당국이 구입하는 데 막대한 금액이 들었을 기계였고, 또 그 설치를 누구나 당국에 추천해도 될 만한 기계였다. 그렇다면 그것은 입체 거울식의 요지경이나 망원경식의 만화경, 아니면 활동사진과 같이 놀랍고 재치 있는 장난감인가? 물론 그런 종류의 것이라고도 할 수 있지만, 또한 그와 전혀 다르다고도 할 수 있다. 첫째로, 그것은 광학 기구가 아니라 음향 기구이기 때문이다 — 어느 날 저녁 그것이 피아노실에 설치된 것을 보고, 어떤 사람들은 두 손을 높이 들고 손뼉을 치고, 어떤 사람들은 허리를 구부리고 무릎 앞에서 손뼉을 치며 환영했다. 둘째로, 더구나 이것은 지금까지의 가벼운 오락물과는 수준, 등급, 가치 면에서 비교가 안 될 정도로 훌륭한 것이었다. 그것은 단 3주만 지나면 싫증이 나서 더 이상 손을 대려고도 하지 않는, 어린애 장난감 같은 그런 단순한 눈속임 기구가 아니었다. 명랑하고 심원한 예술적 감흥을 일으키게 하는 마법의 샘과 같았다. 그것은 바로 음악 기계, 말하자면 축음기였다.

독자들이 축음기라는 말을 듣고 엉뚱한 짐작을 하여, 시대에 뒤진 케케묵은 초기 형태를 연상하지나 않을까 무척 염려스럽다. 그런 초기 형태의 축음기가 우리 눈앞에 아른거리는 것이 사실이지만, 지금 현재의 축음기는 뮤즈의 여신이 부여한 기술을 발판으로 하루가 다르게 발전한 덕택에 최고로 우수한 완성품으로 태어나게 되었다. 기막힌 축음기였다! 베르크호프 요양원에 새로 비치된 이 축음기는 예전의 축음기, 즉 윗부분에 회전반과 바늘이 있고, 놋쇠로 된 아주 보기 흉한 나팔 모양의 확성기가 달려 있어 음식점 테이블에서 콧소리로 괴성을 질러 대면서 점잖은 손님들의 귀를 멍멍하게 만드는, 작은 손잡이가 달린 보잘것없는 상자 같은 기구가 아니었다. 그것은 비단으로 싸인 코드를 벽의 소켓에 접속한 것으로 장식대 위에 자못 품위 있게 놓여 있었다. 옆넓이보다는 위아래 높이가 약간 더 길고 까맣게 약품으로 표면 처리가 된 이 축음기는, 예전의 저 조잡하고 케케묵은 기계 장치와는 전혀 다른 멋진 것이었다. 위쪽으로 갈수록 세련되게 좁아지고 그 뚜껑을 열면 안쪽 깊은 곳에서 놋쇠로 된 버팀목이 위로 올라와, 뚜껑을 비스듬하게 자동으로 고정하게 되어 있었다. 아래쪽 평평한 곳에는 녹색 천을 깐 니켈

도금의 회전반이 있고, 그 가운데 역시 니켈을 입힌 굴대에
는 위쪽에 에보나이트제의 레코드 구멍을 끼우게 되어 있었
다. 또한 축음기 전면의 오른편 옆으로 속도를 조절하기 위
해 시계의 문자반처럼 숫자를 새긴 장치가 있었고, 왼편에는
회전반을 돌리기도 하고 멈추기도 할 수 있는 손잡이가 있
었다. 뒤쪽 왼편에는 부드러운 접합부를 중심으로 좌우 어느
쪽으로도 움직일 수 있는 곤봉 모양의 니켈로 된 픽업이 있
었고, 그 끝에는 둥글납작한 사운드박스가 달려 있었으며,
거기에 달려 있는 나사가 레코드판 위를 따라 달리는 바늘
을 누르게 되어 있었다. 축음기의 정면에 있는 덧문 두 개를
양쪽으로 열면, 그 안에는 까맣게 부식 처리된 가느다란 판
이 차양처럼 비스듬하게 서 있는 것이 보였고, 그 외에는 아
무것도 보이지 않았다.

「이건 아주 최신 모델입니다.」 고문관이 손님들과 함께 그
방으로 들어서면서 말했다. 「그야말로 첨단을 달리는 제품
입니다, 여러분, 최상이고 최고라서, 이것보다 더 나은 제품
은 시장 어디에도 없습니다.」 그는 이 말을 무척이나 우스꽝
스럽고 기묘하게 표현했다. 마치 무식한 점원이 제품을 칭찬
하면서 하는 말투 같았다. 「이것은 기구나 기계가 아닙니
다.」 그는 장식대 위에 있는 울긋불긋한 함석 상자 중 하나에
서 바늘을 하나 끄집어내어, 그것을 사운드박스에 끼워 넣으
면서 계속 말했다. 「이것은 스트라디바리[31]나 구아르네리[32]
가 직접 제작한 악기와 비교해도 손색이 없을 겁니다. 굉장
히 세련된 공명과 진동이 일어나고 있지요! 뚜껑 안쪽에 있

---

31 Antonio Stradivari(1644~1737). 이탈리아의 바이올린 제작자.
32 Giuseppe Guarneri(1698~1744). 이탈리아의 바이올린 제작자.

는 마크를 보면 아시겠지만, 〈폴리힘니아〉[33]라고 합니다. 독일 제품입니다, 여러분. 우리 독일인들은 이런 제품을 한번 만들었다 하면 타의 추종을 불허할 만큼 월등히 좋게 만듭니다. 근대적이고 기계적인 형상 속에 진정한 음악적 정신이 깃든 제품입니다. 최신 독일 정신이지요. 저기에 레코드가 있습니다!」 그는 이렇게 말하고 두툼한 레코드 앨범이 여러 권 가지런히 꽂혀 있는 작은 벽장을 가리켰다. 「여러분은 이 마법의 보물을 마음껏 즐기도록 하십시오. 하지만 소중하게 다루어야 합니다. 그럼 시험 삼아 한 곡 틀어 보기로 할까요?」

환자들의 간청에 따라 베렌스는 풍부한 내용을 말없이 간직하고 있는 마법의 앨범들 중 한 권을 꺼내어 그 묵직한 페이지를 넘겼다. 그러고는, 가운데를 동그랗게 파낸 구멍 근처에 제목을 알 수 있게 갖가지 색으로 인쇄한 마분지 봉투들 중 하나에서 레코드판을 꺼내 회전반에 올려놓았다. 그리고 간단한 조작으로 회전반이 돌아가게 하여 완전히 자기의 속도가 될 때까지 2~3초 기다린 후, 강철로 된 뾰족한 바늘 끝을 조심스럽게 레코드판의 가장자리에 얹었다. 가벼운 마찰음이 들리기 시작했다. 고문관은 그 위의 뚜껑을 닫았다. 그 순간 열어 놓은 덧문 뒤의 차양 사이로, 아니, 상자 전체에서 악기 소리가 들려왔다. 명랑하게 울려오는 빠른 템포의 멜로디, 바로 오펜바흐[34] 서곡의 첫 부분이었다.

사람들은 입을 벌린 채 미소를 지으며 귀를 기울였다. 목

---

33 Polyhymnia. 그리스 신화에 나오는 서정시와 찬가의 여신.

34 Jacques Offenbach(1819~1880). 독일 태생의 프랑스 오페레타 작곡가. 대표곡으로 「천국과 지옥」, 「아름다운 엘렌」 등이 있다.

관 악기의 장식음이 귀를 의심할 정도로 순수하고 자연 그 대로였다. 바이올린이 단독으로, 환상적인 전주(前奏)를 시 작했다. 활의 움직임, 손가락을 사용한 트레몰로, 하나의 음 정에서 다른 음정으로 옮아갈 때에 감미롭게 미끄러지는 소 리를 들을 수 있었다. 곧이어 바이올린은 「아, 나는 그녀를 잃었노라」라는 왈츠의 멜로디를 연주하기 시작했다. 이러한 감미로운 멜로디가 오케스트라의 하모니와 가볍게 어울리 자, 모든 악기가 한꺼번에 이 멜로디를 되풀이하면서 물 흐 르는 듯한 합주가 듣는 사람들을 황홀하게 도취시켰다. 물 론 이 방에서 진짜 관현악단이 연주하고 있는 것 같은 느낌 은 아니었다. 모든 악기의 음들이 조화를 잃지는 않았지만, 입체감을 잃어 가고 있었다. 청각적인 음악에 시각적인 비유 가 허용된다면, 오페라글라스를 거꾸로 뒤집어 그림을 바라 보는 듯한 느낌으로, 선의 날카로움이나 색채의 선명함은 조 금도 감소되지 않았지만 그림 전체가 멀고 작게 보이는 것과 같은 식이었다. 재능이 넘치고 자극적인 이 악곡은 가벼운 악상을 기지 넘치게 전개하면서 끝났다. 마지막 곡은 익살맞 게 머뭇거리며 시작하는 빠른 원무로, 노골적으로 캉캉을 추면서 자유분방하게 출발했다. 실크해트를 공중에 던지는 광경, 힘껏 들어 올리는 무릎, 걷어 올려지는 치마를 연상케 하는 이 춤은 익살스럽고 의기양양한 기분으로 끝날 줄을 몰랐다. 그러다가 레코드 회전이 찰칵 소리를 내며 자동으 로 멈추었다. 끝난 것이었다. 손님들은 모두 진심 어린 박수 를 보냈다.

모두들 다시 한 장을 더 듣자고 해서 그렇게 하기로 했다. 이번에는 상자 안에서 사람의 목소리가, 남자의 목소리가 홀

러나왔다. 관현악의 반주에 맞추어 부드럽고도 힘차게 흘러
나왔다. 이탈리아의 유명한 바리톤 가수의 음성이었다 ──
이번에는 목소리가 작게 들린다거나 멀리서 들린다는 느낌
이 전혀 없었으며, 그의 멋진 목청은 천부적인 성량과 힘을
유감없이 발휘하고 있었다. 말하자면 열려 있는 옆방에서 축
음기를 보지 않고 귀를 기울이고 있으면 저기 살롱에서 성악
가가 악보를 가지고 실제로 서서 노래를 부르는 줄 착각할
정도였다. 성악가는 탁월한 기량을 필요로 하는 오페라의
아리아를 이탈리아어로 부르고 있었다. 〈아, 이발사, 주인,
주인! 거기 가는 피가로, 저기 가는 피가로, 피가로, 피가로,
피가로!〉 듣고 있던 사람들은 높은 가성으로 낭독하듯 부르
는 노래에 흥겨워 배꼽을 쥐었고, 곰처럼 억센 목소리와 발
음하기 어려운 말을 혀를 굴려 능숙하게 해내는 기량이 너무
대조적이라 역시 배꼽을 잡고 웃음을 참지 못했다. 음악을
잘 아는 사람들은 가수의 뛰어난 분절법과 호흡법에 귀를
기울이고 감탄을 금치 못했다. 이 성악가는 청중을 사로잡
는 마력을 지닌 대가이자 앙코르에 맛들인 이탈리아의 거장
으로, 마지막 주조음(主調音)으로 넘어가기 전에 무대 앞까
지 걸어 나와, 손을 높이 들고서 마지막에서 두 번째 음을 길
게 끌면서 부르는 것 같았다. 그래서 베르크호프의 청중들은
그가 노래를 채 끝내기도 전에 브라보를 연발했다. 정말 멋
진 아리아였다.

계속해서 레코드를 틀었다. 어떤 판에서는 발트 호른이 민
요의 변주곡을 신중하고도 아름답게 취주(吹奏)했다. 어떤
판에서는 소프라노 여가수가 「라 트라비아타」에 나오는 아
리아를 스타카토와 트레몰로를 곁들여 한없이 사랑스럽고

냉정하며 정확하게 불렀다. 또 어떤 판에서는 스피넷[35]처럼
담백하게 들리는 피아노 반주에 맞추어 세계적인 바이올린
연주가 루빈스타인의 「로망스」를 연주했는데, 이 소리는
마치 베일 뒤에서 울려 나오는 것 같았다. 희미하고 은은하
게 울리는 마법의 상자에서는 종소리, 하프의 글리산도, 요
란한 나팔 소리, 마구 두드려 대는 북소리 등이 흘러나왔다.
마지막으로 댄스곡의 레코드를 틀었는데, 최근에 외국에서
들여온 레코드도 벌써 몇 장 있었다. 예를 들면 항구의 술집
에서 흔히 들을 수 있는 이국적인 탱고곡이었는데, 이에 비
하면 빈의 왈츠곡은 벌써 구식이 되어 버린 춤곡 같았다. 최
근에 유행하는 스텝을 알고 있는 손님 두 쌍이 카펫 위에서
레코드에 맞춰 춤을 추고 있었다. 베렌스는 바늘 한 개를 한
번 이상 사용하지 말고, 레코드를 〈완전히 날계란과 똑같이〉
취급하라고 주의를 주고는 나가 버렸다. 그 뒤로 한스 카스
토르프가 노래를 트는 일을 맡게 되었다.

　어떻게 해서 그 많고 많은 사람들 가운데 하필이면 그가
이 일을 맡게 되었는가? 그것은 다음과 같은 이유 때문이었
다. 고문관이 나간 후에 사람들이 바늘과 레코드를 바꾸고,
전류 스위치를 켜고 끄는 일을 맡아 하려 했을 때, 한스 카스
토르프가 이들을 향해 나아가며 무뚝뚝한 목소리로 말했다.
「나에게 맡겨 주십시오!」 그는 이들을 옆으로 밀치고 나오며
말했다. 그러자 이들은 태연하면서도 깨끗하게 그에게 자리
를 비켜 주었다. 우선, 그가 이런 기계에 대해 예전부터 잘 알
고 있는 듯한 표정을 지었고, 둘째로는, 누구나 이러한 쾌락
이 샘솟는 기계에 매달려 신경을 쓰기보다는 아무 부담감 없

35 16~17세기에 사용된 건반이 달린 발현 악기의 일종.

이 지루해질 때까지 마음 편히 듣고 즐기는 편이 훨씬 좋을 것 같다고 생각했기 때문이다.

그러나 한스 카스토르프의 경우는 그렇지 않았다. 그는 고문관이 새로 구입한 기기를 작동하고 있는 동안, 웃거나 환호성을 지르지도 않고 그냥 뒤에서 조용히 있었다. 하지만 잔뜩 긴장하여 음악 소리에 귀를 기울이면서 이따금 취하는 버릇에 따라 두 손가락으로 눈썹을 꼬고 있었다. 그는 왠지 침착하지 못한 태도로 사람들의 뒤에서 이리저리 자리를 바꾸기도 하고, 도서실에 들어가 거기서 음악에 귀를 기울이기도 했다. 그러다가 나중에는 과묵한 표정을 지으며 뒷짐을 쥔 채 베렌스의 옆에 서서 마법 상자를 지켜보면서 기계의 간단한 조작법을 자세히 관찰하기도 했다. 그는 마음속으로 이렇게 외쳤다. 〈그래! 조심해야지! 전환점이야! 내가 뭔가를 보여 줘야지!〉 그의 마음은 새로운 열정과 매혹과 애정을 품게 되리라는 확실한 예감으로 충만했다. 그것은 평지의 젊은이가 아름다운 아가씨를 처음 본 순간 예상치 않게 사랑의 큐피드 화살에 심장 한가운데를 맞은 것과 다름없는 기분이었다. 마법 상자에 대한 일거수일투족을 살피던 한스 카스토르프는 그만 질투의 감정에 사로잡히고 말았다. 공공의 재산이라고? 당치도 않지! 열정이 없는 호기심만으로는 그것을 소유할 권리도 힘도 없는 법이지. 「나에게 맡겨 주십시오!」 그는 이 사이로 중얼거리듯 말했지만, 모두들 이에 아무런 이의가 없었다. 이들은 한스 카스토르프가 튼 레코드의 경음악에 맞추어 한동안 춤을 추었고, 잠시 후에는 또 다른 음악을 틀어 달라고 요구했다. 「호프만의 이야기」[36]에 나오는 「곤돌라 뱃사공의 뱃노래」의 이중창이었다. 이 노래는 사람들의 귀를 감미롭게 했다. 노래가 끝나 한스 카스토르프가 마법 상자의 뚜껑을 닫자, 이들은 가벼운 흥분에 취해 잡담을 나누며 몇 명은 안정 요양을 하러, 몇 명은 휴식을 취하러 돌아갔다. 한스 카스토르프는 이들이 물러가기를 기다리고 있었던 것이다. 이들은 모든 것을 어질러 놓은 채, 바늘 상자를 열어 놓고, 앨범은 꺼내 놓고, 레코드판은 여기저기 그냥 내버려 둔 채 떠나갔다. 충분히 그런 짓을 할 사람들이었다. 한스 카스토르프는 이들 뒤를 따라가는 척하다가 계단에서 살짝 무리에서 떨어져 살롱으로 되돌아갔다. 그러고 선 문을 모조리 닫고, 밤이 샐 때까지 축음기와 레코드에 완전히 몰두했다.

그는 새로 들여온 기계를 잘 연구하고, 여기에 부속되어 있는 악곡의 보물 상자인 묵직한 앨범의 내용을 편안하게 찬찬히 살펴보았다. 앨범은 모두 열두 권이었고, 크기는 큰 것과 작은 것 두 종류가 있었으며, 앨범마다 레코드가 열두 장씩 들어 있었다. 둥그런 원이 빽빽하게 새겨진 검은 음반은 대부분 양면용이었다. 그래서 많은 곡이 뒷면까지 녹음되어 있었을 뿐 아니라 상당수의 레코드에는 앞뒤로 전혀 다른 곡들이 수록되어 있어서, 이것들을 정복해 보고 싶은 즐거운 생각에 사로잡히자 처음에는 머리가 이상할 정도로 혼란스러웠다. 밤이 깊었으므로 주위의 다른 사람들에게 폐가 되지 않도록, 음량을 줄여 주는 부드럽게 움직이는 바늘을 이용하여, 한스 카스토르프는 스물다섯 장가량의 레코드를 틀어

36 자크 오펜바흐가 작곡한 오페라로, 프롤로그와 에필로그가 있는 3막 오페라이다. E. T. A. 호프만의 짧은 단편소설 세 편을 기초로 쥘 바르비에와 미셸 카레가 프랑스어 대본을 썼다.

보았다 — 그래도 여기저기서 유혹하듯 차례를 기다리는 레코드 수의 8분의 1도 되지 않았다. 오늘 밤에는 곡목을 대강 훑어보고, 묵묵히 자리를 지키고 있는 원반을 마음 내키는 대로 꺼내어 틀어 보는 것으로 만족해야 했다. 에보나이트 원반은 눈으로 보아 가운데의 색깔 있는 레테르만으로 구별할 수 있을 뿐, 그 밖의 다른 것으로는 도저히 구별할 수 없었다. 어떤 레코드나 가느다란 선의 소용돌이가 같은 원들이 중심 부분까지, 또는 중심 가까이까지 촘촘하게 새겨져 있어, 모두 똑같아 보였다. 하지만 이 가느다란 선에는 우리가 생각할 수 있는 모든 음악, 음악 예술의 모든 영역이 지닌 멋진 예술적 영감이 최상급의 연주로 녹음되어 있었다.

유명한 오케스트라가 연주한 세계 각지 훌륭한 교향악의 서곡과 악장이 여러 개 있었는데, 레코드에는 지휘자 이름이 새겨져 있었다. 그다음으로 위대한 오페라하우스 가수들이 피아노 반주에 맞추어 부른 긴 가곡들이 여러 개 있었다 — 그중에는 예술성이 높은 예술가 개인의 의식적 산물인 가곡도 있었고, 소박한 민요도 있었으며, 또한 이 두 장르의 중간에 속하는 작품도 있었다. 여기서 중간이라 함은, 사실상 정신적 예술의 산물이지만 거기에 민중의 감성과 정신이 있는 그대로 살아나 경건하게 반영되어 있는 것을 뜻했다. 〈인위적〉이라는 말이 그 노래들의 깊은 의미를 해치지 않는다면, 이것은 〈인위적 민요〉라고 부를 수 있었다. 특히 그중 하나는 한스 카스토르프가 어릴 때부터 아주 잘 알고 있던 노래였는데, 지금 이 위에서 듣고 있자니 왠지 은밀하고 여러 의미가 함축된 애착이 느껴졌다. 이 노래에 대해서는 언젠가 다시 언급할 기회가 있을 것이다 — 그 밖에 또 무슨 노래가 있었을까, 아니 그렇게 말하는 것보다 무슨 노래가 없었을까? 하고 묻는 게 더 어울릴 정도로 오페라곡은 아무튼 없는 게 없을 정도로 많았다. 유명한 남녀 성악가로 이루어진 국제 혼성 합창단이 은은한 오케스트라 반주에 맞추어 고도로 단련된 천부적인 목소리로 다양한 나라와 각 시대의 오페라를 이중창의 아리아로 불렀다. 우아함과 경박함에 동시에 도취되는 남국의 아름다운 노래, 장난기와 마성이 담겨 있는 독일 민요풍의 노래, 프랑스의 본격적인 오페라와 오페레타도 있었다. 이런 것들로 끝일까? 천만의 말씀. 이것들 말고도 3중주와 4중주의 실내악, 바이올린과 첼로와 플루트의 기악 독주곡, 바이올린 협주곡, 플루트 협주곡, 피아노 독주곡 등도 있었다. 또한 조그만 연주 오케스트라가 자기들 방식으로 만들어 낸 판으로, 부드러운 바늘보다는 거친 바늘을 사용하는 게 좋을 듯한 단순 오락용의 재치 있고 시사 풍자적인 노래도 있었다.

한스 카스토르프는 혼자서 부지런히 레코드를 선별하고 정리했다. 그러면서 몇몇 레코드는 기계에 걸어 지금까지 잠자고 있던 소리에 생명을 불어넣었다. 그리고 그는 의형제로서, 지금은 추억 속의 인물이 된 제왕 같은 피터 페퍼코른과 처음으로 연회를 가졌던 날 밤처럼, 밤이 이슥해서야 열이 나 지끈거리는 머리로 잠자리로 돌아가 새벽 2시에서 7시까지 그 마법 상자에 관한 꿈을 꾸었다. 그는 꿈속에서 기계의 회전반이 눈에 보이지 않을 정도의 빠른 속도로 소리도 없이 돌아가는 것을 보았는데, 그것은 사실 빙빙 돌아가는 회전 운동뿐만 아니라 물결이 옆으로 치는 것 같은 독특한 파동 운동을 수반하고 있어서, 회전반 위를 도는 바늘을 받치고 있는 픽업이 탄력 있게 숨 쉬듯 진동했다. 이것은 현악기의 떨리는 음과 사람 목소리의 떨리는 음, 포르타멘토[37]를 재현하는 데에 무척 효과적인 것으로 보였다. 하지만 음향 효과가 좋은, 속이 빈 상자 위에서 바늘이 미세한 홈을 따라가, 그것이 사운드박스의 엷은 진동 막에 전달되는 것만으로 어떻게 잠자고 있는 한스 카스토르프의 마음의 귀를 가득 채우는 복잡하고 다채로운 음색을 재현할 수 있는지, 그는 깨어 있을 때와 마찬가지로 꿈속에서도 전혀 납득이 가지 않았다.

다음 날 아침 한스 카스토르프는 아침 식사를 하기도 전에 벌써 살롱에 와서 안락의자에 앉아 팔짱을 낀 채, 하프 반주에 맞춰 훌륭한 바리톤 음성으로 〈이 고상한 무리를 둘러보면 —〉이라는 마법 상자 안에서 흘러나오는 노랫소리에 귀를 기울였다. 하프 소리는 완벽하게 자연스러웠다. 넘쳐오르고, 숨 쉬는 듯한, 또렷하게 발성하는 노랫소리를 반주하며 상자 속에서 흘러나오는 그 하프 소리는 어느 한 군데라도 잘못되거나 왜곡되지 않고 우렁차게 울려 퍼졌다 — 참으로 놀라운 일이었다. 한스 카스토르프는 그 뒤에 이탈리아 근대 오페라에 나오는 이중창을 들었는데, 세계적으로 유명하여 이 앨범의 다른 많은 레코드에도 수록되어 있는 노래였다. 그 노래는 테너 가수와 유리처럼 투명하고 감미로우며 가냘픈 소프라노 여가수의 겸손하고 농도 짙은 연모의 이중창이었다 — 〈자, 팔을 주시오, 그리운 당신〉이라는 테너의 노래에 화답하는 소프라노의 소박하고, 감미롭고, 간결한 멜로디의 소악절, 이보다 더 사랑스러운 것이 지상에 또

37 한 음에서 다른 음으로 부드럽게 옮아가는 창법이나 연주법.

있을까…….

한스 카스토르프는 뒤에서 문이 열리는 소리를 듣고 깜짝 놀랐다. 고문관이 방을 들여다보고 있었던 것이다. 그는 수술복을 입고 가슴에 달린 주머니에 청진기를 꽂은 채 문의 손잡이를 쥐고 잠시 서서, 실험 조수 한스 카스토르프에게 고개를 끄덕였다. 한스 카스토르프도 어깨 너머로 고개를 끄덕여 답했고, 원장은 창백한 뺨에 콧수염이 한쪽으로 치켜 올라간 모습으로 문을 닫고 시야에서 사라졌다. 그러자 한스 카스토르프는 또다시, 모습은 보이지 않으나 아름다운 목소리로 노래하는 한 쌍의 연인 쪽으로 고개를 돌렸다.

그날 점심과 저녁 식사가 끝난 후 한스 카스토르프는 들락날락하는 청중들에게 레코드를 틀어 주었다 — 그는 기계를 돌보며 노래를 들어 준다는 의미에서, 이제 청중이 아니라 즐거움을 안겨 주는 자로 간주되었다. 한스 카스토르프도 개인적으로 이러한 견해에 동조하게 되었고, 요양원 손님들도 그가 공공 비품의 관리자 겸 감독자인 것처럼 결연한 태도를 보인 것을 처음부터 암묵적으로 시인했다는 의미에서 그의 견해에 동의하고 있었다. 그렇다고 해서 이 사람들에게 손해가 될 것은 없었다. 여러 사람들의 숭배의 대상이 되고 있는 테너 가수가 세상 사람들을 기쁘게 해주는 목소리로 소곡과 대곡을 열정적이고도 현란하게 그리고 우렁차게 부를 때 — 피상적으로 황홀해하고, 그 느낌을 입 밖에 내어 피력하긴 했지만 — 이들에게는 사랑의 감정이 없었으므로 레코드를 트는 사람이 누구든 전혀 개의치 않았기 때문이다. 그런 이유로 레코드를 정리하고, 앨범의 내용을 표지의 안쪽에 적어 놓고, 그때그때 손님의 소망과 신청에 따라 어느 곡이든 즉각 꺼낼 수 있도록 하거나, 기계를 다루는 일은 이제 사인스레 한스 카스토르프가 맡게 되었다. 얼마 지나지 않아 그는 이 일에 숙달되어 민첩하고도 매끄럽게 일을 처리했다. 만약 다른 사람들이 이 일을 맡았다면 어떻게 되었을까? 그들은 바늘 하나를 여러 번 사용해서 레코드를 손상시켰을지도 모르고, 의자 위에 레코드를 잔뜩 늘어놓았을지도 모른다. 또 빛나는 명곡을 110의 속도에 맞추거나 음의 높이로 회전하게 하여 히스테릭한 잡음처럼 들리게 하거나, 문자반의 바늘을 0에 맞추어 얼빠진 신음처럼 들리게 해 그 귀한 축음기를 하찮은 잡동사니로 만들어 버렸을지도 모른다 ……. 그러지 않아도 사실 이들은 벌써 그런 짓을 했던 것이다. 이들은 환자이긴 했지만 거칠었다. 이 때문에 얼마 후에 한스 카스토르프는 앨범과 바늘을 넣어 두는 조그만 벽장의 열쇠를 보관하게 되었고, 누구든 음악을 듣고 싶은 사람은 그를 불러오지 않으면 안 되었다.

밤의 모임이 끝나고 모두들 자기 방으로 가 버리면 그의 세상이 되었다. 그러면 그는 살롱에 그대로 남아 있거나, 몰래 그곳으로 되돌아와서 밤늦게까지 혼자서 음악을 들었다. 음악을 틀면 요양원의 정적이 깨져 환자들의 잠을 방해하지나 않을까 염려했지만, 처음에 생각한 것만큼 걱정할 필요는 없었다. 요정 같은 감미로운 음파는 그다지 멀리까지 들리지 않는 것으로 드러났기 때문이다. 가까이에서 들으면 깜짝 놀랄 정도로 크게 공기를 진동시켰지만, 멀리서 들으면 힘이 떨어졌고, 유령 같은 존재처럼 거리가 멀어지자 소리도 약해져 획 사라졌다. 한스 카스토르프는 네 면이 벽으로 둘러싸인 공간에서 홀로 멋진 음악을 듣고 있었다 — 조그만 상자에서 흘러나오는 마법의 음악이며, 바이올린용 목재로 만든 잘 다듬은 조그만 관, 까만색의 조그만 신전에서 흘러나오는 음악이었다. 그는 양쪽으로 여는 문을 열어 놓고 그 앞의 안락의자에 앉아 팔짱을 끼고서, 입을 벌리고 머리를 기울인 채 앉아서 흘러나오는 아름다운 화음에 몸을 내맡겼다.

그가 들었던 노래를 부른 남녀 가수들의 모습은 보이지 않았고, 그들의 실제 몸은 미국, 밀라노, 빈, 상트페테르부르크 등에 있었지만 — 그들이 어디에 있는지는 아무 상관이 없었다. 왜냐하면 한스 카스토르프가 이들에게서 취할 수 있는 것은, 이들이 지닌 최상의 것, 즉 이들의 목소리였기 때문이다. 그는 이러한 정화 작용이나 추상화 작용을 소중히 하고 높이 평가했다. 이러한 추상화 작용은 가수를 가까이에서 볼 때 받게 되는 모든 불리한 요소를 해소해 주며 동시에 감각적인 면을 충분히 느끼게 해주었다. 특히 가수가 동향인, 즉 독일인인 경우에는 인간적인 측면에서 이것저것 따지면서 들을 수 있었다. 가수의 발성이나 사투리를 들으면, 좀 더 자세한 출신지를 구별할 수 있었으며, 또 목소리의 특색으로 가수 개개인의 정신적인 수준을 어느 정도 알 수 있었다. 그리고 노래를 통해 정신적인 영향력을 살리고 있는지 아닌지에 따라 지적 수준이 드러났다. 한스 카스토르프는 가수가 이 모든 요소를 충족해 주지 못하면 몹시 화가 났다. 게다가 녹음 기술의 졸렬함이 더해지면, 괴롭고 수치스러워 입술을 깨물기도 했다. 또 자주 틀어 주는 레코드의 소리가 날카롭거나 시끄러운 잡음이 들리면, 초조해서 어쩔 줄 몰라 했다. 이런 일들은 특히 아주 미묘한 여성의 목소리일 경우에 자주 일어났다. 그러나 그는 이런 일을 감수했다. 사랑이

란 참고 견디는 것이기 때문이다. 그는 어떤 때는 라일락 꽃
다발 위에 향기를 맡으려고 몸을 구부리는 것처럼, 숨 쉬듯
색색 돌아가고 있는 레코드 위에 몸을 구부리고 레코드에서
피어오르는 음의 구름에 머리를 갖다 댔다. 또 때로는 상자
의 열린 쌍바라지 문 앞에 서서, 트럼펫 소리가 나오려는 순
간 두 손을 번쩍 들어 신호를 하면서, 마치 악단을 지휘하는
지휘자가 된 양 그 기쁨을 맛보기도 했다. 레코드들 중에 그
가 특히 아끼는 것이 몇 장 있었다. 그것은 성악곡과 기악곡
으로 된 레코드로 아무리 들어도 싫증이 나는 법이 없었다.
그가 좋아하는 레코드들을 우리가 여기서 언급하고 넘어가
는 게 좋을 것 같다.

　그것은 아름답고 독창적인 멜로디가 넘쳐흐르는 화려한
오페라 작품의 마지막 장면을 담고 있는 여러 장 연속되는
레코드인데, 이 오페라 작품은 세템브리니의 위대한 동국인
인 이탈리아 가극의 옛 거장이 전(前) 세기 후반부에 민족 결
합의 기술 공학적 사업을 인류 전체의 손에 넘겨주려는 기회
에 동양의 어느 왕의 부탁을 받고 작곡한 곡이었다. 한스 카
스토르프는 교양 있는 유럽인으로서, 이 가극의 줄거리를 대
략 알고 있었다. 그는 마법의 상자에서 이탈리아어로 흘러나
오는 라다메스, 암네리스, 아이다의 운명을 대강 알고 있었
기 때문에, 이들이 무엇을 노래하는지 그 의미도 어느 정도
이해할 수 있었다. 이루 비길 데 없이 아름다운 테너, 테너 음
역의 한가운데에서 이루 말할 수 없이 아름다운 목소리로 변
화무쌍하게 바뀌는 화려한 알토, 그리고 은방울처럼 낭랑한
소프라노, 이 세 사람이 부르는 가사를 한스 카스토르프가
전부 다 알아들은 것은 아니었지만, 군데군데 알아들을 수

있었다. 이 장면들을 알고 있었고, 또 이러한 장면들에 호감을 지녀 친밀감을 느끼고 있었기 때문이다. 그는 네댓 장의 레코드를 여러 번 틀어 듣다 보니 더욱 관심이 깊어져 정말 그것에 완전히 빠지게 되었다.

처음에는 라다메스와 암네리스가 서로 노래를 주고받으며 대결했다. 공주인 암네리스는 꽁꽁 묶인 죄수 라다메스를 자기 앞으로 오게 한다. 라다메스는 야만인인 여자 노예 때문에 조국과 명예를 버렸지만, 공주는 그 죄수를 몹시 사랑하고 있어 그의 목숨을 살려 주려고 한다 ─ 반면에 그는, 스스로 노래 부르고 있듯이, 〈마음 깊은 곳에서는 명예를 온전히 지키고〉 있었다. 죄를 지었지만 마음은 깨끗했던 것이다. 그러나 이것이 그의 죄를 가볍게 해주지는 못했다. 왜냐하면 엄연한 사실인 자신의 죄과 때문에 종교 재판에 회부되었기 때문이다. 인간적인 면이라고는 조금도 없는 종교 재판은 라다메스가 마지막 순간에 여자 노예를 단념할 것을 맹세하지 않는다면, 또 변성의 폭이 넓은 화려한 알토의 품에 뛰어들 생각을 하지 않는다면, 그를 사형에 처할 것이라고 했다. 순전히 청각적인 면에서 보면, 라다메스는 충분히 생각을 바꿀 가치가 있었다. 비극적인 사랑에 눈이 멀어 살겠다는 생각을 버리고 단지 〈저는 할 수 없습니다!〉와 〈아무소용 없습니다!〉라는 노래만 되풀이하는 아름다운 목소리의 테너에게, 암네리스는 여자 노예를 단념하지 않는다면 당신은 목숨을 잃게 된다고 간절하게 애원하면서 온갖 노력을 다해 그를 설득한다. 「저는 할 수 없습니다!」 ─ 「다시 한 번 생각해 봐요, 그녀를 단념하세요!」 ─ 「아무 소용 없습니다!」 죽음도 불사하는 눈먼 사랑과 이룰 수 없는 고통스러운 사랑, 이 둘이 한데 어우러져 이중창으로 노래 부른다. 이루 말할 수 없이 아름답지만 아무런 희망이 없는 이중창인 것이다. 그런 다음 저 깊은 땅속에서 울려 나오는 것처럼 종교 재판의 끔찍하고 판에 박힌 선고가 둔탁하게 들려온다. 그 소리를 듣고 암네리스는 몇 번이고 고통스럽게 외친다. 그러나 불행한 라다메스는 이 선고에 아무 관심 없는 듯 미동도 하지 않는다.

「라다메스, 라다메스.」 재판장은 절박하게 노래 부르며 조국을 배반한 그의 죄를 준엄하게 꾸짖었다.

「너의 죄를 해명하라!」 모든 성직자들이 합창하면서 요구했다.

라다메스가 계속 침묵하고 있는 것을 재판장이 상기하게 하자 성직자들은 다들 배신 행위라고 한목소리로 말했다.

「라다메스, 라다메스!」 재판장이 다시 그를 불렀다. 「그대는 전투를 앞에 두고 진지를 떠났어.」

「너의 죄를 해명하라!」 또 한 번 성직자들의 소리가 들렸다. 「보시오, 그는 아무 말이 없소이다.」 완전히 편견에 사로잡혀 있는 재판장이 두 번째로 단언하자, 이번에도 모든 재판관들이 재판장과 소리를 모아 〈배신 행위!〉라고 선고했다.

「라다메스, 라다메스!」 세 번째로 준엄하고 냉엄한 논고자의 말이 들렸다. 「그대는 조국과 명예와, 그리고 왕에 대한 맹세를 어겼노라」 ─ 「너의 죄를 해명하라!」 다시금 성직자들의 목소리가 법정에 울렸다. 그래도 라다메스가 입을 굳게 다물고 있다는 주의를 받자, 성직자들은 최종적으로 몸을 부르르 떨면서 〈배신행위!〉라고 소리쳤다. 이리하여 피할 수 없는 파국적인 결과가 드디어 찾아왔다. 목소리로 보아 한군

데에 모여 있는 듯한 합창단이 죄인에게 선고를 내렸다. 그의 운명은 결정되었다. 그는 중죄인으로 사형에 처해져, 분노한 신의 신전 아래에 있는 무덤에 생매장될 것이라고.

성직자들의 이토록 무자비한 판결에 암네리스가 얼마나 격분했을 것인가는 한스 카스토르프 나름대로 상상해 보는 수밖에 없었다. 음악은 여기서 끝나 그는 판을 바꾸어야 했다. 그는 조용하고도 능숙한 솜씨로, 말하자면 눈을 아래로 깔고 판을 바꾸었다. 그리고 다시 노래를 듣기 위해 자리에 앉았을 때는 벌써 멜로드라마의 마지막 장면이 흐르고 있었다. 지하 무덤의 바닥에서는 라다메스와 아이다가 부르는 마지막 이중창이 울려 퍼졌고, 두 사람의 머리 위 신전에서는 광신적이고 잔혹한 성직자들이 두 손을 쳐들고 중얼거리며 제식(祭式)을 거행하고 있었다……. 「그대도 — 이 지하 무덤에?!」 라다메스의 목소리, 뭐라고 묘사할 수 없을 정도로 매력적인 동시에 감미롭고 남성적인 그의 목소리는 놀라움과 기쁨에 넘쳐 크게 울려 퍼졌다……. 그렇다, 그가 그녀 때문에 명예와 목숨을 버리고 사랑한 애인 아이다가 지하 무덤의 그의 곁에 와 있었던 것이다. 그녀는 그와 함께 갇혀, 그와 함께 죽기 위해, 그곳에서 그를 기다리고 있었다. 이렇게 두 사람이 주고받는 노래는 위층에서 성직자들이 의식을 거행하면서 내는 둔탁한 소리에 때때로 중단되기도 했고, 또는 이들의 소리와 하나로 섞이기도 했다 — 깊은 밤에 홀로 귀를 기울이고 있는 한스 카스토르프가 마음속 깊이 매혹당한 것은 사실 이 마지막 노래로서, 상황 설정뿐 아니라 음악적 표현에 매료되었던 것이다. 이 노래는 물론 천국에 대한 노래였지만, 노래 자체가 천상의 노래였고, 이 노래들이 천상에서 불렸던 것이다. 라다메스와 아이다의 독창과 환상적으로 어울리는 이중창의 멜로디, 즉 기본음과 제5음을 중심으로 한 간단하고 환희에 넘치는 이러한 곡선은, 기본음에서 점점 올라가 제8음의 반음 아래 음에서 길게 강조하며 쭈욱 끌다가, 드디어 그 음을 벗어나 제8음에 살짝 닿고는 다시 제5음으로 내려왔다. 한스 카스토르프는 여태까지 들은 멜로디 중에서 이 음이야말로 가장 성스럽고 훌륭하다고 생각했다. 하지만 이 멜로디의 배후를 이루는 장면을 그가 모르고 있었다면, 그렇게까지 매혹당하지는 않았을 것이다. 그 내용 때문에 그의 기분은 멜로디에서 생기는 감미로운 매력에 비로소 완전히 융합되었다. 아이다가 죽음에 처한 라다메스와 영원히 지하 무덤에서 지내기 위해서, 그의 곁을 찾아간 것은 정말 아름다웠다! 사형 판결을 받은 라다메스가 이처럼 사랑스러운 애인이 함께 희생하겠다는 행동에 반대한 것은 너무도 당연한 일이었지만, 애정에 찬 그의 절망적 노래인 〈아니야, 아니야! 그대는 너무나 아름다워〉란 외침에서는 이 세상에서 두 번 다시 만날 수 없다고 생각한 애인과 최종적인 합일을 이루었다는 환희를 느낄 수 있었다. 이러한 환희, 즉 아이다에 대한 고마운 마음에서 라다메스가 분명히 느끼고 있을 환희를 한스 카스토르프는 상상력을 동원하지 않고도 충분히 짐작할 수 있었다. 한스 카스토르프는 이 모든 감동이 작고 검은 덧문 사이에서 피어나는 동안, 두 손을 모으고 덧문을 바라보았다. 하지만 그가 최종적으로 느끼고 이해하며 즐긴 것은, 음악과 예술과 인간 심성의 의기양양한 이상이었고, 또 현실에서 일어나는 비열한 추악상을 더없이 고귀하고 반박할 여지가 없는 것으로 미화했다는 점이었다. 우리들은 이 경우에, 냉정하게 말해서, 현실에서 일어나는 현상을 상상해 보는 것만으로도 충분하다고 하겠다! 생매장된 두 연인은 지하 무덤에 가득 찬 가스에 같이 숨이 막힐지도 모른다. 아니 더욱 나쁜 것은, 굶주림에 몸부림을 치다가 차례로 목숨이 끊어질지도 모른다. 그러면 두 사람의 시체는 썩어 문드러져 차마 눈뜨고 볼 수 없는 몰골이 되어 지하 감옥에 널브러지게 될 것이다. 이미 해골이 되어 버린 이상, 혼자 누워 있든 둘이 누워 있든 아무 상관 없으며 그들 자신도 이것을 전혀 느끼지 못할 것이다. 이것은 어디까지나 사물들의 현실적이고 실제적인 면으로 ─ 그 자체로 하나의 측면이자 사안이었다. 이러한 것을 인간의 심정적 이상주의는 전혀 문제 삼지 않으며, 미와 음악 정신은 아주 자랑스럽게 어둠 속에 처넣어 버렸다. 오페라 속의 심정적 인물인 라다메스와 아이다에게 그런 운명이 실제로 기다리고 있는 것은 아니었다. 이들의 목소리는 이중창으로, 제8음의 반음 전 음까지 올라가 거기서 길게 끌다가, 천국의 문이 드디어 열리면서 이들의 동경에 찬 얼굴에 영원의 빛이 비친다는 것을 확신에 찬 태도로 노래하고 있었다. 이러한 현실 미화에서 느낄 수 있는 위안의 힘은 이례적으로 한스 카스토르프를 즐겁게 해주었다. 그리고 그 힘은 그가 이 노래에 특히 애착을 갖고 즐겨 듣도록 하는 데 적잖이 기여했다.

이 가극에서 풍기는 공포와 변용(變容)을 충분히 맛본 뒤에 한스 카스토르프는, 비록 짧기는 하지만 강력한 매력을 지닌 두 번째 곡 드뷔시의 「목신(牧神)의 오후」를 들으며 휴식을 취하곤 했다 ─ 이것은 첫 번째 곡 「아이다」에 비하면 내용이 훨씬 온화한 곡으로, 전원곡이긴 했지만 현대 음악의 특징인 간결하면서도 복잡한 수법으로 묘사되고 형상화된 세련된 곡이었다. 이것은 또한 노래가 전혀 없는 순전한 오페라곡으로, 프랑스에서 생긴 교향악 서곡이었다. 현대 음악 치고는 소규모 관현악단으로 연주되지만, 음향 기술이라는 면에서는 현대 음악 중에서도 가장 독보적인 위치를 차지하는 까닭에, 사람의 마음을 꿈의 세계로 이끌어 가는 데 절묘한 곡이었다.

한스 카스토르프는 이 노래를 들으면서 다음과 같은 내용의 꿈을 꾸었다. 그는 형형색색의 별 모양 꽃들이 만발해 있고 햇빛이 눈부시게 빛나는 풀밭에 누워, 불룩 튀어 오른 땅바닥을 베개 삼고 한쪽 무릎을 조금 세워서 다른 한쪽 다리를 그 위에 포개 놓았다 — 그런데 그가 포개 올린 다리는 산양의 다리였다. 풀밭에는 자신 말고는 아무도 없었다. 그래서 그는 순전히 자신을 즐겁게 하기 위해, 클라리넷 같기도 하고 갈대 피리 같기도 한 조그만 목관 악기를 입에 물고 부지런히 손가락을 놀리면서, 홍얼홍얼 콧소리 같은 평화로운 음들을 하나하나 만들어 내고 있었다. 그 음들은 마치 막 나올 준비를 하고 있었던 것처럼 차례대로 나오면서 경쾌한 원무곡(圓舞曲)으로 바뀌었다. 이리하여 느긋한 콧소리는 푸르른 창공에 퍼져 갔고, 그 하늘 밑에는 군데군데 서 있는 자작나무와 물푸레나무의 가냘픈 나뭇잎이 미풍에 살랑거리며 햇빛에 반짝이고 있었다. 하지만 한가롭고 무책임하며 거의 멜로디라고도 할 수 없는 피리 소리가 정적을 깨며 울리는 데에는 그다지 오랜 시간이 걸리지 않았다. 뜨거운 여름날 풀밭 위의 공중을 날아다니는 곤충들이 붕붕거리는 소리, 햇볕, 미풍, 우듬지의 흔들거림, 나뭇잎의 반짝임 — 아주 부드럽게 움직이는 여름날의 평화로움, 이 모든 것이 한데 뒤섞인 울림이 되어, 한스 카스토르프가 부는 단조로운 피리 소리와 어울려 끊임없이 변화하면서 아름다운 화음을 계속해서 만들어 주었다. 이 교향악의 반주는 이따금 멀어지며 끊기기도 했지만, 산양 다리를 하고 있는 한스는 피리를 계속 불어 대면서 소박하고 단조로운 소리로 자연의 다채로운 마법의 음색을 또다시 이끌어 냈다 ── 그 매혹적인 음은 거듭 잠잠해졌다가, 이번에는 그 어느 때보다 더 감미로운 멜로디로 점점 더 새롭고도 높은 기악음을 덧붙이며, 그때까지 눌려 있던 온갖 음색과 일시에 어울리면서 풍부한 음향을 얻게 되었다. 이것은 정말 한순간에 불과했지만, 그 순간 환희에 가득 차고 완전한 만족감을 그 속에 영원을 간직하고 있었다. 여름날 풀밭에 누운 젊은 목신 한스 카스토르프는 행복하기 그지없었다. 여기에는 〈너의 죄를 해명하라!〉는 외침도 없었고, 아무런 책임도 없었으며, 명예를 망각하고 잃어버린 어떤 남자를 재판하는 성직자들의 종교 재판도 없었다. 망각 그 자체, 축복의 정지 상태, 시간을 초월한 천진난만함이 충만해 있을 뿐이었다. 이것은 전혀 양심의 거리낌이 없는 방종이었고, 서양의 행동주의적 명령을 모조리 부정하는 이상적인 신격화였다. 그리고 여기에서 자아내는 부드러운 분위기 때문에 한밤중의 음악 애호가 한스 카스토르프는 다른 많은 레코드보다도 특히 이 레코드를 좋아했다.

그리고 그가 세 번째로 좋아하는 레코드가 있었는데……
이것도 사실은 여러 장 계속되는 레코드로, 세 장인가 네 장으로 되어 있었다. 테너가 부르는 아리아만도 한가운데 고리 모양으로 홈이 파인 곳까지 한쪽 면 전부를 차지하고 있었기 때문이다. 이것도 프랑스 작품으로 한스 카스토르프가 극장에서 여러 번 보고 들어서 잘 알고 있던 오페라였다. 언젠가 그는 대화 중에, 그것도 아주 중요한 대화를 하는 중에 그것의 줄거리를 인용한 적도 있었다……. 레코드는 제2막의 스페인 주막, 널찍한 선술집 장면에서부터 시작했다. 주막의 바닥은 마루로 되어 있고, 주위에 커튼이 쳐져 있는 낡고 시원찮은 무어 양식의 건축물이었다. 따뜻하고 약간 허스키하면서도 정열적인 목소리의 카르멘이 하사 앞에서 춤을 추고 싶다고 노래 부르자, 벌써 캐스터네츠 소리가 울리기 시작했다. 하지만 바로 그 순간 약간 떨어진 곳에서 트럼펫 소리, 연대의 신호나팔 소리가 되풀이하여 울리기 시작했다. 그 소리를 듣고 하사는 깜짝 놀라, 〈그만! 잠깐만!〉 하고 외치고는 귀를 말처럼 쫑긋 세웠다. 카르멘이 〈왜요? 대체 무슨 일이라도 있나요?〉라고 묻자, 그는 〈저 소리가 들리지 않는가?〉라고 외치면서, 카르멘이 자기처럼 놀라지 않는 것에 깜짝 놀라는 것이었다. 저것은 병사(兵舍)에서 들려오는, 신호를 알리는, 나팔 소리가 아닌가! 「귀영(歸營) 시간이 됐어.」 그는 오페라식으로 말했다. 하지만 집시 여인은 그것을 이해할 수 없었고, 무엇보다도 전혀 이해하려고도 하지 않다. 「그럴수록 더 좋지 않아요?」 그녀는 아무것도 몰라서 그러는지 아니면 뻔뻔스러워인지 이렇게 말했다. 「이젠 캐스터네츠를 치지 않아도 되겠군요. 하늘에서 신이 직접 춤추는 음악을 보내 주시니까요. 자, 춤을 춰요. 라라라라!」 ― 하사는 어쩔 줄 몰랐다. 그는 아무것도 모르는 카르멘에게 아무리 사랑에 빠져 있어도 귀영 나팔은 거역할 수 없다고 애써 설명하며 그녀를 이해시키느라, 정작 그 자신의 실망감과 고통은 완전히 잊어버렸다. 대체 그녀는 이렇게 중대하고 절대적인 것을 어떻게 이해하지 못한단 말인가! 「이젠 난 가야돼, 부대로, 숙소로, 점호를 받으러!」 하사는 그녀가 아무것도 모르는 것에 절망해, 그렇지 않아도 무거운 마음이 갑절로 무거워져 크게 소리 내어 외쳤다. 그런데 카르멘의 대답은 정말 걸작이었다! 그녀는 분노해 있었고, 마음속 깊이 격분해 있었다. 그녀의 목소리는 사랑에 배반당하고 짓밟힌 여자의 목소리였다 ── 또 다음과 같이 대들기도 했다. 「숙소로 돌아가야 한다고요? 점호를 받으러? 그럼 내 마음은? 당신한테 반해 있는 이 선량하고 애틋한 마음은 어떡하죠? ── 그래요, 인정해요, 당신에게 반해 있는 것을! ── 난 춤과 노래로 당신을 즐겁게 해줄 준비가 되어 있어요. 트라테라타!」 그녀는 거칠게 비웃으며 손을 오목하게 하여 입에 갖다 대고는 귀영 나팔을 부는 흉내를 내었다. 「트라테라타! 이 동작만으로도 충분하지요. 그러면 여기 이 바보는 벌떡 일어나서 가버리려고 하는군요. 좋아요, 어서 돌아가세요! 여기 군모가 있네요, 군도와 혁대도 있구요. 어서, 어서, 어서 막사로 돌아가세요」 ── 젊은 하사는 그녀에게 자신의 심정을 이해해 달라고 애원했다. 하지만 그녀는 막무가내로 비웃으면서, 나팔 소리에 분별심을 잃어버린 쪽은 그가 아니라 바로 자기 자신이란 듯 흥분한 얼굴로 조롱을 퍼부었다. 「트라테라타, 점호 시간이에요! 아, 어떡하나, 지금 서둘러도 늦을 텐데! 그냥 가세요, 점호 나팔이 울리니까요. 이 카르멘이 당신을 위해 춤을 추려고 하는 순간, 나팔 소리에 바보처럼 놀라 어쩔 줄 몰라 하는군요. 이게, 이게, 이게 바로 나에 대한 당신의 사랑이란 말인가요!」

이러지도 저러지도 못하는 괴로운 상황! 그녀는 이해하지 못했다. 그 여인, 그 집시 여인은 이해할 수도 없었고, 이해하려고 하지도 않았다. 그녀는 일부러 이해하려고 하지 않았다 — 왜냐하면 그녀의 분노와 비웃음에는 지금 이 순간의 문제와, 그녀 개인의 문제를 넘어서는 무슨 이유가 있음이 분명했기 때문이다. 거기에는 프랑스식의 신호나팔 — 또는 스페인식의 뿔 나팔 — 을 불어 사랑에 빠진 젊은 병사를 불러 가려는 원칙에 대한 증오와 원초적인 적대감이 있었다. 이러한 원칙을 자기 발밑에 굴복시키는 것이 그녀 최고의 야심이자, 그녀가 태어날 때부터 지닌 야심, 초개인적인 야심이었다. 그녀에게는 이 원칙에 대항할 아주 간단한 수단이 있었다. 즉 젊은 하사가 귀영하려고 하면 당신은 나를 사랑하지 않는다고 주장하기만 하면 되는 것이었다. 그리고 마법 상자 속의 저 안에서 호세가 견딜 수 없는 것이 바로 그 소리를 듣는 일이었다. 그는 자신에게 말할 기회를 달라고 애원했지만, 카르멘은 허락하지 않았다. 그래서 그는 무리를 해서라도 그녀를 이해시키려고 했다 — 그야말로 숨 가쁜 순간이었다. 관현악단에서 파국을 불러오는 음향이 흘러나왔다. 음산하고 위협적인 이러한 악상은, 한스 카스토르프도 잘 알고 있듯이, 오페라의 서곡에서부터 파국적인 종말에 이르기까지 오페라 전체를 흐르는 멜로디로 젊은 병사가 부르는 아리아의 서곡도 그러한 악상으로 구성되어 있었다. 이 곡은 곧 듣게 될 새로운 레코드에 들어 있었다.

「이 가슴속 깊이 간직한」 — 호세는 놀랍도록 아름답게 노래했다. 한스 카스토르프는 늘 듣는 평소의 순서에 따르지 않고 아리아의 이 부분만을 따로 틀었는데, 그럴 때마다 깊이 공감하며 아주 주의 깊게 들었다. 그 아리아는 내용적인 면에서 그다지 깊이는 없었지만, 그녀에게 애원하는 감정 표현이 너무나도 감동적이었다. 젊은 병사는 카르멘을 처음 알게 되었을 때, 그녀가 자신에게 던져 준 꽃에 대해 노래했다. 그 꽃은 그가 그녀 때문에 영창에 들어가 있는 동안에도 그의 가장 소중한 것이었다고 한다. 그는 순간적으로 운명을 저주했다고 몸을 떨면서 고백했다. 보지 않았어야 할 카르멘을 자기 두 눈으로 보게 해준 운명이었기 때문이다. 하지만 그 즉시 그런 불경스러운 말을 한 것을 쓰라리게 뉘우치며, 무릎을 꿇고 그녀를 다시 한 번 만나게 해달라고 기도했다. 그러자 — 이 〈그러자〉는 그가 조금 전에 〈아, 사랑하는 아가씨〉를 부를 때 시작한 것과 마찬가지로 높은 음으로 불렀다 — 그러자 이제 젊은 병사의 고뇌, 그리움, 잃어버린 애정, 감미로운 절망감을 조금이라도 표현하는 데 적합했을지도 모르는 관현악기의 마술이 남김없이 구사된 반주가 시작되었다. 그리고 그녀는 치명적일 정도로 요염한 모습으로 그의 눈앞에 나타나, 그에게 한 가지 사실을 분명하고도 또렷하게 느끼게 했다. 즉, 이제는 〈끝장났다〉는 사실을(여기서 〈끝장났다〉는 말은 제1음절이 온음의 앞꾸밈음으로 불렸다), 자신이 영원히 끝장났다는 사실을 느끼게 되었던 것이다. 「그대여, 나의 기쁨, 나의 환희여!」 그는 절망적인 심정으로 이 구절을 흐느끼듯 되풀이해서 불렀는데, 오케스트라도 이 멜로디를 따라 기본음에서 두 음 올라갔다가 거기서 간절한 곡조로 한 옥타브 내려가서 제5음으로 다시 한 번 연주했다. 「내 마음은 당신의 것.」 젊은 병사는 똑같은 음형(音形)을 사용하면서 상스럽지만 너무도 사랑스럽게 지나친 맹세를 하고는, 음계를 제6음까지 올리고는 이렇게 덧붙여 노래했다. 「영원토록 난 그대의 것!」 그런 다음 목소리를 열 음 내려서는 격정적으로 몸을 떨면서 그 유명한 〈카르멘, 그대를 사랑해!〉라는 노랫말로 고백했다. 이 노래의 마지막 음은 교대로 나타나는 화음으로 지속되면서 고통스러울 정도로 길게 끈 후에, 드디어 〈사랑해〉라는 마지막 음절이 그 직전의 음과 어울리며 기본 화음으로 흘러 들어갔다.

「그래, 그렇고말고!」 한스 카스토르프는 우울한 심정에 그래도 감사하는 마음으로 이렇게 말하고는, 마지막 곡 피날레도 틀었다. 이 곡에서는 카르멘이 탈영을 요구했을 때는 깜짝 놀랐던 호세가 장교와 충돌함으로써 귀대가 불가능하게 되었고, 그래서 이제 어쩔 수 없이 탈주병이 될 수밖에 없게 되자, 모두가 호세를 축하해 주었다.

아, 우리를 따라 바위투성이 골짜기로 오라,
거친 바람이긴 하겠지만 그래도 상쾌한 바람이 불어오지 ─

그들은 그를 위해 이렇게 합창을 했는데 ─ 그들의 기분은 정말로 잘 이해할 수 있었다.

세상은 열려 있고 ─ 마음을 짓누르는 걱정도 사라지고,
그대의 조국에는 국경이 없노라!
그대의 의지만이 최고의 힘인 게지,
나아가라, 가장 복된 환희여,
자유가 웃는다! 자유가 웃는다!

「그래, 그렇고말고!」 그는 다시 한 번 이렇게 말하고는 아주 사랑스럽고 훌륭한 네 번째의 곡을 틀었다.

이번 곡도 프랑스 작품으로 군인 정신이 가득 찬 곡이었지만, 우리가 선택한 것이 아니므로 우리의 잘못은 아니라고 할 수 있다. 삽입곡이자 독창곡으로, 구노의 가극 「파우스트」에 나오는 「기도」였다. 여기에는 말할 수 없이 호감이 가는 인물이 등장한다. 그는 발렌틴이라는 이름의 젊은이였지만, 한스 카스토르프는 그를 남몰래 다른 이름으로, 보다 친근하고 슬픔을 자아내는 이름, 즉 죽은 사촌의 이름으로 불렀다. 비록 마법 상자 속에서 노래 부르는 젊은이가 죽은 사촌보다 훨씬 더 아름다운 목소리를 지니긴 했지만, 한스 카스토르프는 그 젊은이를 사촌과 거의 동일한 사람으로 생각했다. 그는 힘차고도 풍부한 바리톤이었고, 그의 노래는 3절로 이루어져 있었으며, 두 부분은 서로 비슷한 소절이었는데, 그래, 거의 신교의 찬송가 양식과 같은 경건한 성격을 띠고 있었다. 그리고 중간 소절은 대담한 기사풍으로 호전적이고, 경쾌하면서도 그와 동시에 경건했다. 그리고 사실은 그 점이 바로 프랑스적이고 군인적인 면모였다. 눈에 보이지 않는 젊은이는 이렇게 노래 불렀다.

나의 사랑하는 고국을
이제 떠나야 하는 순간에.

그리고 젊은이는 이런 출정의 상황에서 자기가 없는 동안 사랑하는 누이동생을 지켜 달라고 하늘에 계신 하느님께 간절하게 애원한다! 장면은 바뀌어 전쟁 장면이 되었다. 리듬

이 갑자기 박력 있게 바뀌었고, 비탄과 슬픔은 어느 순간 사라져 버린 것 같았다. 눈에 보이지 않는 젊은이는 가장 치열한 전투가 벌어지는 가장 위험한 장소에서 대담하고도 경건하게, 프랑스 군인답게 적과 맞서 싸웠다. 그러나 하느님이 자신을 지극히 높은 하늘나라로 부르신다면, 기꺼이 그는 응하여 저 위에서 〈너〉를 내려다보며 지켜 줄 것이라고 노래했다. 여기서 이 〈너〉란 말은 자신의 피붙이 누이동생을 뜻하는 말이었지만, 그럼에도 한스 카스토르프는 이 노래에 마음속 깊이 감동을 받았고, 이 감동은 노래가 끝날 때까지 조금도 줄어들지 않았다. 마지막에 가서, 마법 상자 속의 기특한 젊은이는 힘찬 찬송가의 화음에 맞추어 노래를 불렀다.

오, 하늘에 계신 아버지시여, 나의 기도를 들어주소서,
마르가레테를 당신이 지켜 주소서!

이상으로 이 레코드에 대해 더 이상 뭐라고 이야기할 게 없다. 우리들이 이 레코드에 대해 간단하게나마 언급해야겠다고 생각한 것은, 한스 카스토르프가 이 레코드를 각별히 좋아했기 때문이며, 또한 그 레코드가 이후 기이한 기회에 어떤 역할을 하게 되기 때문이기도 하다. 그러면 이제 그가 특별히 좋아하던 몇 개의 레코드 중에서 다섯 번째이자 마지막 레코드를 소개하기로 하자 — 이 곡은 아까와 같은 프랑스 음악이 아니며, 심지어 아주 전형적인 독일 음악으로, 오페라도 아니고 가곡이었다. 이 가곡은 두 가지 성격으로 인해 — 즉 민중의 재산인 동시에 예술적인 명작이라는 점에서, 특수한 세계관을 지니고 있었다……. 그런데 굳이 이렇게

돌려서 말할 필요가 있을까? 그것은 바로 슈베르트의 「보리수」로, 누구나 다 알고 있는 저 유명한 〈성문 앞 우물가에〉라는 가곡이었다.

어떤 테너 가수가 이 노래를 피아노 반주에 맞추어 불렀다. 박자 감각과 미적 감각이 있는 그 성악가는 단순하면서도 깊은 뜻이 담겨 있는 이 노래를 음악적인 섬세한 감정을 지니고 낭송조로 신중하게 부를 줄 알았다. 잘 알려져 있듯이 훌륭한 노래는 민중과 아이들이 부를 때에는 성악가와는 좀 다른 창법으로 불린다. 민중과 아이들이 부르는 일반적인 창법이란, 노래를 단순화해 중심 멜로디에 따라 각 절마다 동일한 멜로디가 반복되는 것이 보통이다. 반면에 원래의 창법에서는 8행으로 된 절의 제2절에서부터 벌써 단조로 변조되었다가, 다섯 번째 시행에서 아주 아름답게 다시 장조로 돌아간다. 그 뒤로 계속되는 〈찬바람〉 부분과 〈머리에서 날아가는 모자〉 부분에서는 멜로디가 극적으로 불협화음에서 협화음으로 바뀌며, 제3절의 마지막 네 개의 시행에서 비로소 본래의 멜로디로 되돌아간다. 그 네 개의 시행은 노래를 끝낼 수 있도록 두 번 부른다. 사실 멜로디의 억제할 듯 급격한 전환은 세 번 일어나는데, 그것도 조바꿈이 일어나는 후반부에 나타난다. 그러므로 세 번째 조바꿈은, 마지막 반(半)소절인 〈나는 이제 많은 시간을〉이라는 부분의 반복에서 나타난다. 이러한 매혹적인 전환은, 우리가 감히 말로써 이것을 모욕하고 싶지 않지만, 〈그토록 많은 사랑스러운 말〉, 〈나를 부르는 듯이〉, 〈그곳에서 멀리 떨어져〉라는 구절에 나타나 있어, 테너는 적절하게 흐느끼는 듯한 목소리로, 밝고 온화하며 교묘한 호흡법으로 세 번 모두 지적인 감정을 살려 아름답게 불렀다. 특히 예술가는 〈언제나 그 나무에 끌리는〉과 〈그대 이곳에서 안식을 찾으리〉라는 구절에서 이 례적으로 마음속에서 우러나오는 감정 처리로 효과를 고조할 줄 알았기 때문에, 한스 카스토르프는 노래를 들으면서 자신도 모르는 사이에 진한 감동에 사로잡히고 말았다. 하지만 되풀이된 마지막 시행, 즉 〈그대는 이곳에서 안식을 찾으리!〉에서 〈찾으리〉를 처음에는 가슴에 그리움을 가득 담아 부르고, 두 번째에 가서야 아주 부드러운 플루트 같은 소리로 조용히 불렀다.

「보리수」 가사와 그 창법에 대해서는 이 정도로 이야기하기로 하자. 지금까지 소개한 레코드의 예들로 보아, 한스 카스토르프가 밤마다 즐기던 콘서트에서 특히 몇몇 곡목에 얼마나 내밀한 애착을 보였는가를 우리의 독자들도 대략 이해했을 것이라고 믿는다. 하지만 이 마지막 가곡인 오래된 「보리수」가 그에게 얼마나 큰 의미가 있었는지를 이해시키는 일은 물론 민감하기 그지없는 문제로, 자칫 잘못하면 도움이 되기는커녕 그 반대가 될지도 모르기 때문에, 매우 신중하게 해야 할 것이다.

그래서 우리들은 이것을 다음과 같이 설명하고자 한다. 정신적인 대상, 다시 말해 중요한 대상은 사실 자신을 뛰어넘어 먼 곳을 가리키기 때문에 〈중요한〉 것이고, 또 보다 보편적이고 정신적인 세계, 즉 감정과 신념의 세계 전체를 표현하고 대표하기 때문에 〈중요한〉 것이다. 이러한 세계는 그러한 대상 속에서 다소간 완전한 상징을 발견하였는데 ── 그 상징하는 정도에 따라 그 대상의 중요도가 정해지는 것이다. 더구나 그러한 대상에 대한 사랑 역시 그 자체로 〈중요〉하다. 그러한 사랑은 그것을 품고 있는 대상에 대해 무언가를 암시해 준다. 또 그러한 사랑은 그 대상이 대표하는 세계이자, 대상 속에서 의식하든 의식하지 않든 간에 함께 사랑받는 세계, 즉 보편적인 세계와 대상과의 관계를 나타내 주고 있다.

우리는 우리의 순진한 주인공 한스 카스토르프가 여러 해 동안 밀봉 교육을 받아 연금술적인 고양이 일어났기 때문에 깊은 정신적 세계에 빠져들어 자신의 사랑과 그 대상의 〈중요성〉을 충분히 인식하고 있다고 생각해야 할 것인가? 우리는 그렇다고 주장하고 이야기하는 바이다. 그에게 「보리수」는 중요한 의미가 있었고, 하나의 세계를 구성하고 있어, 그는 그 세계까지도 사랑하고 있었음에 틀림없다. 그렇지 않다면, 그 세계를 대표하고 상징하는 가곡에 그가 그토록 푹 빠지지는 않았을 것이다. 그의 기분이 감정 세계, 즉 보편적으로 정신적인 태도 — 그 가곡을 그토록 내적이고 비밀스럽게 통합한 정신적인 태도 — 의 매력을 조금도 받아들일 자세가 되어 있지 않았더라면, 그의 운명이 지금과는 다르게 흘러갔을지도 모른다. 이런 말을 우리가 덧붙인다면 — 어쩌면 좀 어둡게 보는 것일지도 모르지만 — 우리는 우리가 무슨 말을 하는지 알고 있는 셈이다. 하지만 사실 이러한 운명이 그의 정신을 더욱 고양하고, 모험과 통찰을 가져다주고, 그의 마음에 술래잡기의 여러 문제점을 제기한 것은 사실이다. 그로 인해 그는 이 「보리수」라는 가곡의 〈세계〉, 물론 그 세계를 놀랄 만큼 훌륭하게 상징하고 있는 〈가곡〉, 그 가곡에 대한 〈사랑〉, 이 세 가지를 불길한 예감을 갖고 비판할 수 있을 정도로 성숙하게 되었고, 세계, 가곡, 사랑, 이 세

가지를 양심상의 의구심을 가지고 객관적으로 바라볼 수 있게 되었다.

그런데 그러한 의구심이 사랑에 마이너스가 될지도 모른다고 생각하는 사람이 있다면, 그 사람은 사랑의 본질에 관해 전혀 모르는 사람이라고 말할 수 있다. 그 반대로 이러한 의구심은 사랑의 깊이와 맛을 더해 주는 향료이다. 이러한 의구심이야말로 사랑에 정열이라는 가시 면류관을 올려 주므로, 바로 그 정열을 〈회의적인 사랑〉이라고 규정지을 수도 있을 것이다. 그런데 한스 카스토르프는 이 매혹적인 「보리수」와 그 가곡의 세계에 대한 자신의 사랑이, 보다 고상한 의미에서 허락된 것인지 아닌지에 대해 양심상의 의구심과 술래잡기상의 의구심을 품었는데, 이 의구심은 대체 어디에서 기인하는 것이었을까? 이 가곡의 배경이 되는 세계는, 그 자신의 양심의 예감에 따르면, 금지된 사랑의 세계여야 하는데 그렇다면 그 세계는 어떤 세계였을까?

그것은 죽음의 세계였다.

그러나 이것은 말도 안 되는 망상이다! 그토록 멋진 가곡이! 민중의 정서의 가장 깊고 가장 성스러운 곳에서 생긴 순수한 걸작, 다시 말해 최고의 보배이자, 내적 친밀의 원형이며, 사랑스러움 그 자체로, 이렇게 멋진 가곡이 죽음의 세계라니! 이런 추악한 중상이 어디 있단 말인가!

그렇지, 물론 그렇지, 그렇고말고, 이렇게 분개하는 것은 당연한 일이며, 정직한 사람이라면 분명 그렇게 말할 것이다. 그럼에도 불구하고 이 사랑스러운 가곡의 배후에는 죽음이 도사리고 있었다. 이 가곡은 죽음과 연관이 있어서 사람들이 그 연관성을 사랑하는 것은 묵인할 수 있지만, 그러한 사랑을 단호하게 금지하는 것에 대해 어떤 측면에서는 불안하게 술래잡기하는 식으로 변명하는 것이었다. 이 가곡은 본질적으로 죽음에 대한 공감을 나타내려는 것이 아니라, 아주 민중적이고 생기 넘치는 그 무엇을 표현하려고 했다. 하지만 이 가곡에 정신적으로 공감한다는 것은 죽음과 공감한다는 뜻이었다 ― 처음에는 그것이 순수한 경건함과 명상 그 자체라고 말할 수 있다는 점 또한 조금도 반박할 여지가 없었지만, 가곡에 공감하는 사이에 죽음에 공감하는 음산한 결과를 초래하게 되었다.

한스 카스토르프는 이에 대해 무슨 생각을 지니고 있었을까! ― 여러분이 아무리 그를 설득해도 이 가곡에 정신적으로 공감하게 되면 결국 죽음에의 공감이라는 불길하고 음산한 결과를 초래할 것이라는 자신의 생각을 바꾸지 않을지도 모른다. 접시 모양의 주름 장식이 달린 스페인풍의 검정 옷을 입은 〈고문 형리의 생각〉과 〈인간에 대한 적대감〉, 〈사랑 대신에 정욕〉 ― 이것이 순수하고 성실하게 보이는 경건한 태도의 결과이다.

확실히, 한스 카스토르프는 문사 세템브리니를 절대적으로 신뢰하지는 않았지만, 이 명석한 스승으로부터 언젠가, 옛날에, 그가 연금술적인 인생행로를 시작하던 무렵에 〈복귀〉에 관해, 즉 어떤 세계로의 정신적인 〈복귀〉에 관해 약간의 가르침을 받았던 기억이 났다. 그는 당시 그렇게 복귀하도록 권유받았던 것이다. 그는 이러한 가르침을 자신의 관심 대상인 「보리수」 가곡과 신중하게 연관 지어 보는 것이 좋겠다고 생각했다. 세템브리니 씨는 이러한 복귀 현상을 〈병〉이라 지칭했다 ― 이러한 복귀가 허락되는 세계상 그 자체, 이러한 복귀가 행해지는 정신적인 시기, 이 두 가지가 교육자적 기질이 다분한 세템브리니가 보기에는 〈병적으로〉 여겨졌을 것이다. 하지만 도대체 어째서 그렇다는 말인 가! 한스 카스토르프가 향수를 느끼는 사랑스러운 가곡, 그 가곡이 속하는 정서적인 세계, 그리고 이러한 세계에 대한 사랑이 〈병적〉이라는 말인가? 천만의 말씀이다! 이 가곡, 세계, 사랑 세 가지는 이 세상에서 가장 아늑하고 가장 건강한 것이다. 하지만 이 가곡은 지금 이 순간, 또는 바로 그다음 순간까지는 싱싱하고 윤기가 있으며 온전해 보이지만, 곧 썩어서 상해 버리기 쉬운 과일과도 같다. 싱싱할 때 먹으면 기분을 무척 상쾌하게 해주지만, 조금만 늦게 먹으면 그것을 먹은 사람에게 부패와 파멸을 초래한다. 즉 이 가곡은 생명의 과일이지만, 죽음에 의해 태어나 죽음을 잉태하고 있는 과일인 것이다. 그것은 영혼의 기적이었다 — 아마 양심이 결여된 미의 관점에서는 미의 축복을 받은 최고의 기적일지도 모르지만, 책임감을 갖고 사색하는 〈삶의 친근성〉과 〈유기적인 것에 대한 사랑〉의 관점에서는 정당한 이유에서 의심스러운 눈으로 바라볼 수 있을지도 모른다. 그러므로 이것은 최고 재판관인 양심의 소리에 따르면 〈자기 극복의 대상〉인 것이다.

그렇다, 자기 극복, 이것이야말로 이 죽음에 대한 사랑을 이겨 내는 본질일지도 모른다 — 음산한 결과를 초래하는 이러한 영혼의 매혹을 이겨 내는 본질! 한스 카스토르프의 명상, 또는 불길한 예감에 반쯤 찬 사고는, 한밤중에 그가 홀로 음악 상자 앞에 앉아 있는 동안, 높이 날아올라 — 자신의 오성이 미치는 곳보다 더 높이 날아올라, 연금술에 의해

다듬어지고 고양된 사고가 되었다. 아, 영혼의 매혹은 위대한 것이었다! 우리 모두 영혼에 매혹된 자식들이며, 우리는 그것에 봉사하면서 이 지상에서 거대한 작업을 달성할 수 있는 것이다. 우리들은 천재가 될 필요가 없었다. 천재가 아니더라도 「보리수」 가곡의 작곡가보다 더 많은 재능만 있다면, 영혼에 매혹된 예술가로서 이 가곡에 엄청난 힘을 부여할 수 있고, 그럼으로써 세계를 정복할 수도 있을 것이다. 우리들은 심지어 이 가곡 위에 여러 나라들을 세울 수도 있다. 아주 튼튼하고 진보를 좋아하며 결코 향수병에 걸리지 않는 〈지상적인 너무나 지상적인〉 나라들을 — 거기서는 「보리수」 가곡이 전기 축음기의 음악으로 변질되지 않는 그런 나라들을 — 세울 수 있을 것이다. 하지만 영혼에 매혹된 최상의 자식은, 그 매혹을 극복하기 위해 목숨을 바쳐 죽는 사람일 것이다. 새로운 말 사랑을, 자신이 아직 말할 줄 몰랐던 사랑이라는 새로운 말을 입가에 담으면서 말이다. 매혹적인 그 가곡을 위해 죽는다는 것은 너무나 가치 있는 일이리라! 하지만 그 가곡을 위해 죽는 자는 사실은 더 이상 그 가곡을 위해 죽는 것이 아니라, 새로운 것을 위해 요컨대 사랑과 미래라는 새로운 말을 가슴에 간직하면서 죽는 것이다. 그렇기 때문에 가곡을 위해 죽는 자는 영웅인 것이다 —

아무튼 이러한 음악이 들어 있는 레코드들이 한스 카스토르프가 아주 애착을 가졌던 것들이었다.

너무나 수상쩍은 이야기

에트힌 크로코프스키 박사의 강연은 해가 거듭되면서 전혀 예기치 않은 방향으로 흘러갔다. 정신 분석과 인간의 꿈을 대상으로 하는 그의 연구는 언제나 지하와 지하의 무덤을 연상하게 했다. 하지만 최근 들어 그의 연구는 청중이 거의 알아차리지 못할 정도로 조금씩 완만하게 전환하여 마법의 세계, 아주 신비스러운 세계 쪽으로 방향을 틀었다. 2주마다 식당에서 열리는 그의 강연은 요양원에서 가장 인기 있는 상품이었고, 또한 안내서의 자랑거리였다 — 프록코트와 샌들을 신은 크로코프스키 박사가 식탁보를 덮은 작은 탁자 뒤에서 이국적으로 길게 끄는 악센트로 강연을 할 때, 베르크호프의 청중은 꼼짝도 않고 그의 말에 귀를 기울였다. 그는 이제 위장된 사랑의 활동이라든가, 병의 의식화된 감정으로의 환원 같은 것은 더 이상 주제로 삼지 않았다. 그의 강연은 이제 최면술이나 몽유병과 같은 알 수 없는 이상한 현상, 텔레파시나 정몽(正夢)이나 천리안 같은 현상, 히스테리의 기괴한 현상 등이 주된 내용이었다. 그리고 이러한 이야기를 상세히 설명함에 따라, 별안간 그러한 수수께끼들이 — 마치 정신과 물질의 관계라는 수수께끼, 그러니까 생명 자체의 수수께끼처럼 — 청중의 눈에 어슴푸레하게 드러나기 시작할 정도로 청중들의 철학적인 지평이 넓어지게 되었다. 그래서 생명의 수수께끼를 밝히려면 건전하고 정상적인 방법보다는 무시무시하고 병적인 방법을 택하는 것이 훨씬 더 희망적인 것으로 여겨졌다…….

우리가 이런 말을 하는 것은, 경솔한 사람들이 아는 척하면서 〈크로코프스키 박사는 자신의 강연이 단조로워지는 것을 염려하여, 그러니까 순전히 정서적인 목적으로 이러한 눈에 보이지 않는 숨겨진 세계로 방향 전환을 했다〉고들 말하는 것에 대해, 그들에게 부끄러운 생각이 들도록 하는 것이 우리의 의무라고 생각하기 때문이다. 이런 식으로 험담을 하는 사람들은 어느 세계에든 있기 마련이다. 사실 월요일 강연 때면 신사들은 강연을 잘 듣기 위해 여느 때보다 더욱 귀를 쫑긋 세웠고, 레비 양은 어느 때보다 더욱 가슴에 나사 장치가 달린 밀랍 인형과 똑같아 보였다. 하지만 이러한 작용은 분석학자인 크로코프스키의 정신이 밟아 간 〈사고 발전〉의 경로와 마찬가지로 정당한 것이었다. 학자의 그러한 발전 경로는 수미일관된 경로일 뿐만 아니라 필연적인 경로라 할 수 있었다. 인간 영혼의 저 어두컴컴하고 광범위한 영역이 그가 여태껏 해오던 연구 분야였는데, 우리는 이것을 잠재의식이라고 부른다. 이것을 초의식(超意識)이라고 부르는 게 어쩌면 더 나을지도 모른다. 이러한 영역에서는 가끔 개인이 알고 있다고 의식하는 것을 훨씬 능가하는 지식과, 개인의 영혼이라는 깊디깊고 어두운 영역과 전지전능한 만유(萬有)의 혼 사이를 연결하는 연관 관계가 존재할지도 모른다는 생각을 지니게 하는 지식이 눈앞에 번득이며 스치고 지나가기 때문이다. 잠재의식의 세계는 원래 단어의 의미에서 보면 〈잠재적, 신비적, 초자연적〉인 속성을 지니고 있지만, 이 단어의 보다 좁은 의미에서 볼 때 금세 신비적인 것으로도 밝혀진다. 또한 잠재의식의 세계는 우리가 임시변통으로 신비적이라고 부르는 현상들을 낳는 원천들 중의 하나를 이룬다. 이것뿐만이 아니다. 유기체가 지닌 병의 증상은 억압되고 발작적이 된 흥분 상태를 정신생활에서 의식하게 된 결과라고 보는 사람은, 물질적인 것 속에서 정신이 창조력을 지니고 있음을 인정하는 자인 셈이다 — 이러한 창조력이야말로 마법적 현상을 일으키는 제2의 원천이라 부르지 않을 수 없다. 그래서 병리학적인 관념론자라고는 하지 않더라도, 병리학적인 것에 대한 관념론자는 존재 일반의 문제, 즉 정신과 물질이 관계되는 문제와 직결되는 사고 과정의 출발점에 서게 된다. 단순한 강인함이라는 철학의 아들, 즉 유물론자는 정신적인 것이 물질적인 것의 인광(燐光)에 불과하다는 주장을 결코 철회하지 않을 것이다. 그 반면에 관념론자는 창조력을 지닌 히스테리라는 원칙에서 출발하여 정신과 물질의 우위 문제에 대해 유물론자와는 정반대의 답을 하는 쪽으로 기울어져, 바로 이에 대해 결연한 태도를 보일 것이다. 요컨대 이것은 옛날부터 논쟁이 되어 온, 닭이 먼저냐 달걀이 먼저냐 하는 문제와 다를 바가 없다 — 사실 닭이 낳지 않은 달걀은 생각할 수 없고, 닭이 낳은 달걀에서 부화하지 않은 닭도 생각할 수 없다는 두 가지 사실로 인해, 이 논쟁은 너무나 혼란스럽게 뒤엉켜 버리게 된다.

크로코프스키 박사는 최근에 와 자신의 강연에서 이런 문제를 상세하게 논하기 시작했다. 그는 유기적이고, 합법적이며, 논리적인 경로로 이런 문제에 다다르게 되었는데, 이것은 우리가 아무리 강조한다 해도 과하지 않을 것이다. 크로코프스키 박사가 이런 문제를 상세히 다루기 시작한 것은, 엘렌 브란트 양이 갑자기 무대에 등장하여 그런 문제가 경험적이고도 실험적인 단계로 들어서기 훨씬 이전이었다는 사실을 우리는 그냥 사족 삼아 첨가하기로 하겠다.

대체 엘렌 브란트란 누구인가? 물론 우리에게는 이 이름이 친숙하지만, 우리의 독자들은 그 이름을 모르고 있다는 사실을 하마터면 깜빡 잊을 뻔했다. 엘렌 브란트가 누구란 말인가? 얼핏 보면 특징이 거의 없는 평범한 아가씨였다. 엘리라고 불리는 열아홉의 그녀는 밋밋한 금발을 지닌 덴마크 아가씨였다. 하지만 코펜하겐 출신이 아니라 푸넨 섬의 오덴세 출신으로, 그녀의 아버지는 그곳에서 버터 가게를 운영하고 있었다. 그녀 자신은 직장 생활을 하느라, 오른쪽 팔목에 소맷부리 커버를 대고, 벌써 여러 해 동안 수도에 본점이 있는 은행의 지방 지점에서 은행원으로 근무하고 있었으며, 은행의 회전의자에 앉아 두꺼운 장부 위에 몸을 구부리고 있었는데 — 거기서 그만 병을 얻었던 것이다. 그다지 걱정할 만한 상태는 아니었고, 물론 몸이 좀 가냘퍼 보이긴 했지만, 약간 의심스러운 정도의 증상에 불과했다. 그리고 몸이 약해 겉으로 보기에는 빈혈 증세로 보였다 — 이와 동시에 누가 뭐라 해도 아주 호감이 가는 용모를 하고 있어서, 누구라도 그녀의 밋밋한 금발에 손을 얹어 보고 싶을 정도였다. 고문관도 식당에서 그녀와 대화를 나눌 때는 늘 그렇게 했다. 북국 아가씨다운 청초함, 즉 유리처럼 순결하고, 순진하리만큼 처녀 같은 분위기가 그녀 주위를 아주 사랑스럽게 감싸고 있었다. 푸른 눈으로 바라보는 어린애처럼 해맑고 순수한 눈길도 사랑스러웠고, 매력적이고 음이 높으며 세련된 말씨도 무척 사랑스러웠다. 그녀는 고기*Fleisch*를 〈플라이슈〉라고 하지 않고 〈플라이히〉라고 발음하는, 북국 특유의 사소한 실수를 저지르며 약간 서툰 독일어로 말했다. 그녀의 얼굴에는 이렇다 할 만한 특징이 없었는데, 있다면 턱이 아주 짧은 편이었다. 그녀는 클레펠트와 같은 식탁에 앉아 있었고, 클레펠트가 그녀를 마치 어머니처럼 보살펴 주었다.

그러므로 이 어린 처녀 브란트, 이 엘리 양, 자전거를 타고 다니는 이 귀엽고 작은 덴마크 아가씨, 그리고 은행 지점에서 사무를 보던 상냥한 그녀에게는 한두 번 보아서는 꿈에도 상상할 수 없을 만큼 특이한 점이 있었다. 그것은 그녀가 이 위에 온 지 서너 주가 지나자 이미 드러나기 시작했는데, 그 특이하고 이상한 면을 들추어내는 일은 크로코프스키 박사의 몫이 되었다.

밤의 모임에서 다 함께 오락 게임을 한 일이 그 정신 분석가의 주의를 처음으로 환기했다. 모두들 여러 가지 퀴즈 게임을 하고 있었고, 그 밖에 피아노 연주에 맞추어 감추어진 물건을 찾아내는 놀이도 하고 있었다. 찾는 사람이 물건이 감춰진 곳에 가까이 다가가면 피아노 소리가 높이 울리고, 반대로 엉뚱한 방향으로 가면 피아노 소리가 낮게 울리는 놀이였다. 이 놀이를 한 후에는, 사람들이 서로 상의해서 자기 차례가 된 사람에게 문 밖으로 나가 달라고 하고, 그 사이에 과제를 결정짓고, 여러 개가 조합된 특정한 행동을 올바르게 맞히게 하는 놀이로 넘어갔다. 가령 어떤 두 사람의 반지를 서로 바꾼다든지, 누구에게 인사를 세 번 하고 춤 파트너가 되어 달라고 요청한다든지, 어떤 표시가 된 책을 도서실에서 가져와서 그것을 누구누구에게 넘겨준다든지 하는 종류의 놀이였다. 이런 종류의 놀이는 베르크호프 손님들이 평소에 하던 놀이에 속하지 않았다는 점을 지적해 두어야겠다. 도대체 누가 이런 놀이를 하자고 했는지는 이제 와서 확인할 수 없으나, 엘리가 아니라는 점만은 확실했다. 그렇지만 그녀가 이곳에 나타난 뒤 비로소 사람들이 이런 놀이에 빠지게 되었던 것이다.

놀이에 참가한 사람들 ── 그들은 대부분 우리가 예전부터 알고 있던 사람들로, 한스 카스토르프도 그중 한 사람이었는데 ── 그들 중에는 과제를 꽤 훌륭히, 또는 그럭저럭 해결한 사람도 있었고, 전혀 손도 대지 못한 사람도 있었다. 하지만 엘리 브란트의 능력은 범상치 않았고, 탁월하며, 분수에 넘치는 걸로 입증되었다. 숨겨 놓은 물건을 금방 찾아내는 그녀의 탁월한 육감에 사람들은 박수갈채를 보내고 경탄의 박장대소로 넘어갈 수 있었지만, 한층 더 복잡한 놀이를 하면서부터는 모두 그만 입을 다물기 시작했다. 사람들이 그녀 몰래 아무리 어려운 과제를 제시해도, 그녀는 부드러운 미소를 띠며 방으로 다시 들어오는 순간 아무런 동요도 없이, 또한 피아노 연주의 도움이 없이도 자신의 과제를 척척 해결했던 것이다. 예를 들면 그녀는 식당에서 소금 한 줌을 집어 와서 그것을 파라반트 검사의 머리에 뿌린 다음, 검사의 손을 잡고 피아노 앞으로 데려가서는, 「새 한 마리가 날아 왔네」라는 가곡의 첫 부분을 검사의 집게손가락으로 연주했다. 그런 다음 검사를 본래의 자리로 데리고 가서, 그의 앞에 무릎을 꿇고 절을 하고는, 그의 발치에 발판을 끌어당겨 그 위에 앉았는데 그것이 과제의 끝이었다 ── 이처럼 그녀는 사람들이 그녀를 위해 고심해서 생각해 낸 과제를 정확히 그대로 해내는 것이었다.

필경 그녀는 살짝 엿들은 게 분명했으리라!

이 말에 그녀의 얼굴이 붉어졌다. 그녀가 부끄러워하는 것을 본 이들은 무척 가벼운 마음으로 이구동성으로 그녀를 비난하기 시작했다. 그러자 그녀는 단호하게 말했다. 「아닙니다, 아니에요, 그런 게 아니에요, 그런 말씀 마세요! 바깥에서, 문밖에서 엿듣다니, 절대 그러지 않았어요!」

바깥에서, 문밖에서 엿듣지 않았다고?

「네, 아니에요, 죄 — 송해요!」 그녀는 밖에서 들은 게 아니라, 여기 방 안에 들어와서 들었다고 하며, 그건 어쩔 수 없었다는 것이다.

어쩔 수 없었다고? 방 안에서?

「누군가 내 귀에 속삭이는 소리가 들렸어요.」 그녀가 말했다. 「내가 해야 할 과제가 무엇인지, 작은 목소리이지만 아주 또렷하고도 분명하게 내 귀에 속삭였어요.」

그것은 일종의 고백이었다. 분명했다. 엘리는 어떤 의미에서는 죄의식을 지니고 있으면서, 모두를 속인 것이었다. 모든 말이 자기 귀에 속삭여진다면 이런 놀이에 자기는 참가할 자격이 없다고 처음부터 말했어야 했다. 참가자 중 한 명에게 초자연적인 능력이 있다면, 이런 시합은 인간적인 의미를 상실하게 된다. 스포츠 정신에서 볼 때 엘렌은 갑자기 자격을 상실한 셈이었다. 하지만 그녀가 자격을 상실한 사람이 되었던 것은 모두의 등골을 서늘하게 한 그녀의 고백 때문이었다. 여러 사람들이 갑자기 크로코프스키 박사를 데려 오라고 소리쳤다. 누군가 그를 데리러 달려갔다. 크로코프스키 박사가 왔다. 그는 힘차고 야무진 미소를 지으며, 금방 상황을 알아차리고는 자신을 믿어 달라고 촉구하듯 자신만만한 태도를 보이며 들어왔다. 사람들은 숨이 넘어갈 듯한 목소리로 너무도 이상한 일이 일어났다고 그에게 보고했다. 천리안을 가진 처녀, 모든 목소리를 다 알아듣는 처녀가 나타났다고 말이다 — 「아니, 아니, 그래서요? 조용히들 하세요, 여러분! 이제 곧 밝혀질 겁니다.」 이것은 그의 전문 분야였다 — 모두에게는 종잡을 수 없고 진흙탕의 수렁처럼 바닥을 알 수 없는 세계였지만, 그는 그 세계에 확실히 공감해 가며 자신만만하게 행동했다. 그는 그녀에게 물었고, 그녀가 그에게 자초지종을 이야기하도록 했다. 아니, 아니, 이럴 수가! 「그럼 당신에게 그런 능력이 있나요, 아가씨?」 그리고 그는 누구나 즐겨 하는 것처럼 그 처녀의 머리에 손을 얹었다. 그녀에게, 아주 흥미를 끌 만한 일이기는 하지만, 조금도 경악할 필요는 없다고 말했다. 그는 손으로 그녀의 정수리에서 어깨를 거쳐 팔 쪽으로 부드럽게 어루만지면서, 이국적인 갈색 눈으로 엘렌 브란트의 담청색 눈을 들여다보았다. 그녀는 그의 눈길에 점점 더 유순하고 다소곳이 응했다. 말하자면 그녀의 머리가 천천히 가슴에서 어깨 쪽으로 기울어졌기 때문에, 점점 더 눈을 아래로 내리깔았던 것이다. 그녀의 시선이 초점을 잃기 시작하자, 크로코프스키 박사는 그녀의 조그만 얼굴 앞에서 손을 가볍고 자연스럽게 흔들어 보이며 이제 아무것도 걱정할 필요가 없다고 말했다. 무척이나 흥분했던 손님들 모두에게는 밤의 안정 요양을 취하러 돌아가도록 권하고는, 엘렌 브란트 양만은 단둘이 아직 좀 〈할 이야기〉가 있으니 그대로 남아 주면 좋겠다고 했다.

이야기할 게 있다니! 물론 그럴 수도 있는 일이었다. 쾌활한 동지인 크로코프스키라면 의당 할 수 있는 말이었지만, 그 말을 듣자 모두들 기분이 과히 좋지는 않았다. 다들 그 말을 듣고 등골이 오싹하는 느낌을 받았다. 한스 카스토르프도 마찬가지였다. 그는 늦은 시각에 훌륭한 접이식 침대에 누워, 아까 엘리가 초인적인 능력을 보이고 이에 대해 그녀가 부끄러워하며 설명하는 것을 들었을 때, 발밑에서 바닥이 마구 흔들리는 것 같아 왠지 속이 메스껍고, 육체적으로도 위협을 느껴 가벼운 뱃멀미를 하는 듯한 기분에 빠졌던 것이 생각났다. 그는 여태까지 지진을 한 번도 경험한 적이 없었지만, 지진에도 아마 이와 유사한 공포심이 느껴질 것이 틀림없다고 스스로에게 말했다. 물론 엘렌 브란트의 불길하고 치명적인 능력에 그는 호기심을 느꼈다. 그리고 이 호기심에는 자체적으로 보다 깊은 절망감이 담겨 있었다. 다시 말해, 이 호기심의 영역은 정신적으로 도달할 수 없는 곳이라는 생각이 들었고, 그 때문에 이 호기심이 그저 무의미하거나 죄악이 되는 것은 아닌가 하는 느낌도 들었지만, 아무튼 이런 생각이 계속 남아 있는 것으로 보아 역시 이것은 틀림없이 호기심이었다. 누구나 그렇듯이 한스 카스토르프는 지금까지 살아오는 동안 은밀한 자연 현상이나 초자연적인 현상에 대해 이것저것 들은 바가 많았다. 그의 조상 중에 천리안을 가진 할머니가 있었다는 이야기를 전에도 언급한 일이 있는데, 그 할머니에 대한 우울한 전설이 그에게까지 전해져 왔다. 하지만 그는 이러한 세계를 이론적으로 국외자로서 그냥 인정했을 뿐, 이때까지 한 번도 개인적으로 접촉한 적은 없었고, 실제로 경험한 적도 결코 없었다. 그런데 그런 경험에 대한 그의 저항, 취향상의 저항, 심미적인 저항, 인간적인 자부심에서 비롯되는 저항 — 단순하기 짝이 없는 우리의 주인공에게 이렇게 무겁고 까다로운 표현을 써도 된다면 — 그의 이러한 저항은 이런 경험으로 그에게 강하게 느껴진 호기심과 거의 맞먹을 정도였다. 그는 이러한 경험이 어떤 경로를 밟는다 하더라도 무미건조하고, 이해되지 않으며, 또 인간적으로 품위 없게 진행될 것이라고 처음부터 느끼고 있었는데, 그것도 분명하고도 또렷하게 느끼고 있었다. 그럼에도 불구하고 그는 이런 경험을 해보고 싶다는 열망이 간절했다. 〈무의미한가, 아니면 죄악인가〉 하는 것은 대안으로서 어느 한쪽이라도 별로 좋지 않다고 그는 파악했다. 즉 이것은 대안이 아니라 둘 다 같은 것이며, 정신적인 절망감이란 접근이 금지되어 있다는 말을 도덕이 아닌 다른 말로 표현한 것에 지나지 않음을 그는 파악했다. 하지만 이러한 실험을 할 작정이라고 하면 틀림없이 눈에 불을 켜고 강력하게 반대할 어떤 인물에게서 습득한 실험 채택이라는 사고방식이 한스 카스토르프의 마음속에 단단히 뿌리박고 있었다. 한스 카스토르프의 도덕심은 점차 호기심과 구별할 수 없게 되었는데, 실은 진작부터 계속 그래 왔을 것이다. 교양 과정을 밟고 있는 여행자 한스 카스토르프 청년의 절대적이고 무조건적인 호기심은, 거인 페퍼코른의 신비한 모습을 경험한 이래 이번에 접하게 된 세계로부터 그다지 동떨어져 있는 것은 아니었다. 게다가 그 호기심은 금지된 세계가 나타나면 결코 물러서지 않겠다는 태도를 취함으로써 일종의 군인과 같은 성격을 드러냈다. 그리하여 한스 카스토르프는 앞으로 엘렌 브란트 양과 더불어 모험을 해야 할 일이 생기면 당당하게 자리를 지키고 서서 결코 옆으로 물러서지 않겠다고 굳게 결심했다.

크로코프스키 박사는 앞으로 전문가가 아닌 사람이 브란트 양을 상대로 그녀의 숨은 재능을 실험하는 것을 엄격하게 금지하는 명령을 내렸다. 그는 학문적인 입장에서 그녀를 독점했고, 지하의 정신 분석실에서 그녀와 여러 번 만나 시간을 함께 보내면서 일련의 실험을 했다. 들리는 말에 따르면 그녀에게 최면을 걸었다고 한다. 그리하여 그녀의 내부에 잠들어 있는 가능성을 계발하고 훈련해서, 그녀의 이제까지의 내면생활을 조사하려고 애썼다. 또한 그녀를 자상하게 보살펴 주고 있는 여자 친구이자 후원자인 헤르미네 클레펠트도 이와 같은 일을 했다. 그녀는 다른 사람에게 절대로 이야기하지 않겠다는 굳은 약속하에 브란트 양에게 이것저것을 캐물었고, 그렇게 알아낸 것을 마찬가지로 다른 사람에게 절대로 이야기하지 말라는 조건하에 모든 요양원 손님들에게 마구 퍼뜨리는 바람에, 결국 이 이야기가 사무국 수위실에까지 퍼지고 말았다. 가령 그녀는 놀이를 할 때 엘렌 소녀의 귀에 과제를 속삭여 준 것은 〈홀거〉라는 존재로, 남성 아니면 중성인 존재라는 것을 알게 되었다. 홀거라는 청년은 영(靈)으로서, 그녀와 아주 친숙하며, 이 세상 존재가 아닌 에테르 같은 존재로, 소녀 엘렌의 수호신과 같은 존재라는 것이다 — 그렇다면 그 영이 한 줌의 소금을 알려 주었고, 파라반트 검사의 집게손가락도 은밀히 알려 주었다는 말인가? —「그래요, 눈에 보이지 않는 입술이 내 귀를 애무하듯 부드럽게 속삭여 주었어요, 그래서 간지러워 나도 모르게 미소가 나왔지요.」 영이 그녀의 귀에 속삭였다고 말하는 것이었다 —「그렇다면 예전에 학교에 다니던 시절 네가 수업 준비를 하지 않았을 때, 그 홀거가 대신 대답을 해주었다면 무척 좋았겠구나」 — 이에 대해서 엘렌 처녀는 아무 말도 하지 않았다. 「홀거가 그런 일을 해서는 안 되었을 거예요.」 한참 뒤에 엘렌은 이렇게 말했다. 「그런 진지한 일에 홀거가 개입해서는

335

안 돼요. 게다가 홀거 자신도 그 답을 잘 몰랐을 거예요.」

또한 엘렌은 어렸을 때부터, 가끔 그런 일이 있긴 했지만, 눈에 보이는 현상과 보이지 않는 현상을 경험했음이 밝혀졌다 ── 눈에 보이지 않는 현상이란 대체 어떤 현상이란 말인가? ── 예를 들면 이런 것이다. 그녀는 열여섯 살 어느 화창한 오후에 부모의 집 거실에서 둥근 탁자에 홀로 앉아 뜨개질을 하고 있었다. 그리고 그녀의 옆 양탄자에는 아버지가 사랑하는 프라이아라는 불도그 암놈이 누워 있었다. 탁자에는 울긋불긋한 식탁보가 덮여 있었다. 그 식탁보는 나이 많은 부인들이 삼각형으로 접어 어깨에 걸치는 터키식 목도리였는데, 삼각형의 모서리가 식탁 밑으로 약간 드리워져 있었다. 그때였다. 갑자기 엘렌은 그 식탁보 끝이 그녀의 맞은편에서 천천히 말려 올라가는 모습을 보게 되었다. 그것은 소리 없이, 조심조심 규칙적으로 탁자의 한가운데 쪽으로 상당 부분 말려 올라갔고, 마지막에 가서는 말린 두루마리가 상당히 길어지게 되었다. 이런 일이 일어나는 동안 프라이아는 미친 것처럼 벌떡 일어나서 앞다리를 쭉 뻗고, 털을 곤두세우며 뒷다리로 일어서 요란하게 짖으면서, 옆방으로 도망치더니 소파 밑으로 기어 들어갔다. 그 이후부터 이 개는 꼬박 1년 동안 거실에는 한 발짝도 들여놓으려고 하지 않았다.

클레펠트 양이 엘렌 소녀에게 물었다. 목도리 식탁보를 말아 올린 게 홀거가 아니었는지 ── 엘렌 브란트로서는 알 수 없는 일이었다 ── 그러면 그런 일이 생겼을 때 그녀는 대체 무슨 생각을 하고 있었을까? ── 하지만 그런 일이 일어나리라고는 꿈에도 생각할 수 없었기에, 엘렌도 거기에 대해 더는 아무것도 생각하지 않았다는 것이다 ── 엘렌은 이 일을 자신의 부모에게 알렸는지 알리지 않았는지? — 알리지 않았다고 한다 — 그건 이상한 일이었다. 그런 일이 일어나리라고 전혀 생각할 수 없었다지만, 엘렌은 그때에도 이 사실을 자기 가슴속에만 간직하고 숨겨 두어야 하는 부끄러운 비밀이라는 생각에, 아무에게도 이 일을 털어놓아서는 안 된다고 느꼈다는 것이다 — 그렇다면 그녀는 이 일을 무거운 부담으로 생각했는지, 그러지 않았는지? — 그다지 특별하게 부담스럽진 않았다고 했다. 식탁보가 저절로 말려 올라갔다고 해서 마음의 부담을 느낄 필요는 없었다는 것이다. 하지만 다른 일 때문에 더욱 마음의 부담을 느꼈다고 한다. 예를 들면 다음과 같은 일이었다.

1년 전, 그것도 역시 오덴세에 있는 그녀의 부모 집에서 일어난 일이었다. 엘렌은 늘 하던 대로 부모님이 식당에 나타나기 전에 커피를 끓여 두기 위해, 이른 새벽에 1층에 있는 자신의 방에서 나와 마루를 지나 계단을 올라가 식당으로 가려던 참이었다. 계단의 방향이 바뀌는 층계참이 있는 데에 거의 다다랐을 때였다. 바로 이 층계참에, 계단에서 가까운 층계참의 모서리에, 결혼해 미국에 살고 있는 자신의 언니 소피가 서 있는 것을 보았다 — 분명 틀림없는 언니를 실물 그대로 직접 보았던 것이다. 하얀 옷을 입은 언니는 이상하게도 수련(睡蓮), 갈대와 비슷한 수련으로 만든 화관을 머리에 쓰고 어깨 언저리에 두 손을 모으고 엘렌에게 머리를 끄덕여 보였다. 「어, 소피 언니, 어떻게 된 일이야? 왔어?」 그 자리에 우뚝 서버린 엘렌은 반은 기쁘고 반은 놀라서 물었다. 그러자 소피는 다시 한 번 고개를 끄덕였고, 그런 후에는 모습이 희미해져 갔다. 그러다가 투명해졌다. 곧 그녀는 아직

랑이가 더운 공기 중에 어른거리는 것 정도로만 보였고, 그러다 완전히 사라져 엘렌의 앞에는 아무도 없게 되었다. 하지만 나중에 바로 그 새벽 그 시각에 언니 소피가 미국 뉴저지에서 심장염으로 죽었다는 사실이 밝혀졌다.

한스 카스토르프는 이 이야기를 클레펠트 양에게서 들었을 때, 그것이 전혀 황당무계한 이야기만은 아니며 들을 만한 가치가 있다고 말했다. 이곳 엘렌 앞에서는 언니의 환영이 나타나고, 저곳 미국에서는 그 언니가 죽었다는 사실 — 이 두 가지 사실에는 아무튼 무시할 수 없는 모종의 연관 관계가 있음을 짐작할 수 있다는 것이다. 그리하여 사람들이 도저히 참지 못하고, 크로코프스키 박사의 질투심 섞인 금지령을 몰래 어기면서 엘렌 브란트를 중심으로 교령술(交靈術) 같은 실내 놀이인 〈유리잔 움직이기〉를 하게 되었을 때, 한스 카스토르프도 여기에 참석하겠노라고 동의했다.

이 놀이는 헤르미네 클레펠트의 방을 무대로 하였고, 몇몇 사람들만이 은밀히 참석했다. 초대자인 클레펠트, 한스 카스토르프, 브란트 양 이외에 여자로는 슈퇴어 부인, 레비 양 그리고 남자로는 알빈 씨, 체코인 벤첼, 팅푸 박사가 참석했다. 그들은 밤 10시가 되기를 기다렸다가 조용히 모여들어, 클레펠트가 미리 준비해 둔 물건들을 서로 속삭이면서 살펴보았다. 방 한가운데에는 중간 크기 정도의 식탁보가 없는 탁자 위에 포도주 잔이 받침을 위로 하고 거꾸로 놓여 있었다. 보통 때 같으면 카드놀이용 칩들이 놓여 있었겠지만, 이번에는 이 포도주 잔을 중심으로 주변에 적당한 간격을 두고 골패 같은 작은 패들이 놓여 있었는데, 거기에는 스물여섯 개의 알파벳 문자 중 스물다섯 개가 잉크와 펜으로 적혀 있었다. 우선 클레펠트 양이 차를 내오자, 모두들 고맙게 인사하며 마셨다. 여자 조의 슈퇴어 부인과 레비 양이 오늘 밤의 이 실험이 동심으로 돌아가는 아무 해가 없는 장난 같은 것임을 알면서도 손발이 차지고 가슴이 두근거린다고 하소연했기 때문이다. 차로 몸을 따뜻하게 한 후 모두들 조그만 탁자 주위에 둘러앉았다. 방 주인 클레펠트는 분위기를 조성하기 위해 천장의 불을 끄고, 덮개로 가린 나이트 테이블 전기스탠드만 켜놓아 방이 은은하게 옅은 장밋빛으로 빛나게 했다. 모두들 자신의 오른쪽 손가락 하나를 유리잔 받침에 살짝 대고 있었다. 그렇게 하는 것이 포도주 잔 움직이기 놀이를 하는 방식이었다. 모두들 초조하게 유리잔이 움직이게 될 순간을 고대하고 있었다.

유리잔은 쉽게 움직이게 되어 있었다. 탁자의 표면이 미끌미끌했고, 유리잔의 가장자리도 매끄러웠으며, 유리잔 밑받침을 가볍게 누르고 있는 손가락도 떨리고 있었기 때문이다. 유리잔을 누르고 있는 그 힘이 손가락마다 같을 리 없었고, 이쪽 손가락은 수직으로, 저쪽 손가락은 비스듬하게 누르고 있기 때문에, 한참 그러고 있다 보면 가운데에 있던 유리잔이 옆으로 이동할 가능성이 다분했다. 유리잔이 이렇게 식탁 위를 움직이다 보면 주위에 널린, 글자를 새긴 골패와 부딪치는 일이 생길지 몰랐다. 만약 이 글자가 조합되어 그럴 듯한 단어를 이루면서 무언가 의미를 지니게 되면, 내면적으로 거의 불결하다고 할 수 있는 어떤 복잡한 현상이 될지도 몰랐다. 이것은 각자의 의식적, 반(半)의식적, 무의식적인 세 가지 요소가 뒤섞인 산물로 — 그들 자신이 그런 행위를 시인하든 안 하든 간에 — 각자의 소망에 따라 그런 일이 생길지도 모르는 일이었다. 즉 각자 자신의 영혼의 어두운 층위를 은밀히 시인하고, 지하의 비밀스러운 힘이 서로 협력하여 겉보기엔 개개인의 소망과는 무관한 낯선 결과를 초래하지만, 사실은 각자의 잠재의식이라는 비밀스러운 부분이 결과에 많든 적든 관여한 것인지도 모르는 일이다. 이때 사랑스러운 소녀 엘렌의 잠재의식이 이러한 결과에 가장 많이 관여하고 있을 것이 틀림없었다. 이러한 사실은 다들 처음부터 알고 있었는데, 모두 덜덜 떨리는 손을 유리잔에 대고 앉아 기다리는 동안 한스 카스토르프는, 자신의 방식대로, 심지어 이러한 비밀을 누설하기도 했다. 여자들의 손발이 차지고 가슴이 두근거리는 현상이며, 남자들이 부자연스럽게 들뜬 것도 그들이 이런 사실을 알고 있었기 때문이다. 그러니까 다시 말해, 이들은 자신들의 본성과 불결하게 놀기 위해, 자신들의 영혼에 깃들여 있는 미지의 부분을 두려워하면서도 한편으로 호기심을 지니고 실험을 하기 위해 이렇게 깊고 조용한 밤에 모여, 마법적이라고 불리는 사이비 현실적 또는 반(半)현실적인 현상을 기다리고 있다는 것을 알고 있었기 때문이다. 죽은 사람의 영혼이 유리잔을 통해 여기에 모인 사람들에게 말을 건다고 간주하는 것은 단지 형식적인 외양을 갖추기 위한 것, 그러니까 상투적인 구실에 불과했다. 알빈 씨는 이미 예전에도 교령술 모임에 가끔 참가한 적이 있었으므로, 자청하고 나서서 사회자를 맡았고 만일 영적인 존재가 나타날 경우 그 교섭을 맡겠다고 했다.

20여 분이 흘러갔다. 속삭일 이야기의 재료가 바닥이 났고, 처음의 긴장감도 떨어져 사람들은 오른쪽 팔꿈치를 왼손으로 괴고 있었다. 체코인 벤첼은 바야흐로 이제 막 잠이 들려고 하는 중이었다. 엘렌 브란트 양은 손가락을 유리잔에 살짝 대고 어린애 같이 커다랗고 순수한 눈을 들어, 가까이 있는 물건들을 지나 나이트 테이블 전기스탠드의 불빛을 응시하고 있었다.

이때 갑자기 유리잔이 기울어지고 튀어 오르면서, 주위에 둘러앉은 사람들의 손에서 빠져나가려고 했다. 손가락으로 유리잔을 따라가 잡기가 힘이 들 지경이었다. 유리잔은 탁자의 가장자리까지 미끄러져 잠시 가장자리를 따라 달리다가, 다시 곧바로 일직선으로 탁자의 거의 한가운데까지 되돌아왔다. 여기서 다시 한 번 튀어 올랐다가 잠자코 그대로 있는 것이었다.

모든 사람들의 놀람은 한편으로는 기쁨이었고, 다른 한편으로는 두려움이었다. 슈퇴어 부인은 이제 그만두는 게 좋겠다고 울먹이며 말했으나 핀잔만 들었을 뿐이다. 그럴 생각이었으면 진작 마음을 정했어야 할 일이며, 지금 이렇게 된 이상 아무 소리 말고 잠자코 있어야 한다는 것이었다. 일이 강물 흐르듯 순조롭게 풀려 가는 것 같았다. 사람들은 〈네〉와 〈아니오〉로 대답하기 위해 유리잔이 먼저 문자가 있는 곳으로 미끄러져 가도록 하지 말고, 한 번이나 두 번 튀어 오르는 것으로 정하자고 의견의 일치를 보았다.

「영이 나타났는가?」 알빈 씨가 엄숙한 표정을 하고 모두의 머리 너머로 허공을 응시하면서 물어보았다……. 잠시 주춤하다가 유리잔이 한 번 튀어 오르며 그렇다고 응답했다.

「자네의 이름은?」 알빈 씨는 머리를 흔드는 것으로 말을 거는 힘을 강화하면서 거의 퉁명스럽다 할 어조로 물었다.

유리잔이 움직였다. 유리잔은 단호한 동작으로 문자에서

문자로 지그재그 모양으로 움직이면서, 계속 탁자의 한가운데로 되돌아왔다. 유리잔은 H와 O와 L로 차례로 달렸는데, 그런 후 기운이 빠져 어디로 가야 할지 망설이는 것 같더니 다시 정신을 가다듬어 G와 E와 R로 돌아다녔다. 예상한 그대로가 아닌가! 그것은 홀거 자신이었다. 한 줌의 소금 같은 것은 잘 알고 있었지만, 학교 선생님이 하는 질문에는 관여하지 않았던 홀거의 영이었다. 바로 그 홀거가 출현해서 허공을 떠돌며 주위에서 맴돌고 있었다. 이제 그를 어떻게 할 것인가? 사람들은 어찌할 줄 몰라 왠지 겁을 먹고 있었다. 그래서 목소리를 죽여 홀거에게 무엇을 물어보면 좋을까 하고, 몰래 하듯 서로 상의를 했다. 알빈 씨는 홀거의 생전 신분과 직업을 물어보기로 결정했다. 그는 이미 언급한 것처럼 심문하는 어조로 눈썹을 찡그리며 엄숙하게 질문을 던졌다.

유리잔은 잠시 동안 움직이지 않았다. 그러다가 스르르 기울어지더니 비틀거리며 D로 갔다가, 다시 약간 물러나 I 쪽으로 갔다. 도대체 무슨 단어를 만들려는 것인가? 긴장감이 한층 고조되었다. 팅푸 박사는 도둑*Dieb*이 아니었을까 하고 킥킥 웃으면서도 걱정을 했다. 슈퇴어 부인은 이 말을 듣고 발작적인 웃음을 터뜨렸지만, 유리잔은 거기에 개의치 않고 계속 움직였고, 비록 비틀거리고 덜컹거리기는 했지만, C와 H로 갔다가 T에 닿고는 분명 실수로 문자 하나를 빠뜨리고는 R로 가서 끝났다. 바로 〈시인*Dichter*〉이라는 단어를 만들었던 것이다.

아니, 이럴 수가? 그럼, 홀거가 생전에 시인이었다는 말인가? ― 유리잔은 다시 기울어지기 시작하더니 긍정의 의미로 한 번 튀어 올랐다. 그럴 필요까지는 없었는데도 그냥 자랑삼아 그러는 것 같았다. 「서성 시인이었나요?」 클레펠트가 질문했지만, 그녀가 〈서성〉을 〈서성〉으로 잘못 발음했기 때문에 한스 카스토르프는 못마땅한 표정으로 이를 지적했다……. 홀거는 이런 식으로 좀 더 상세하게 분류하는 것은 좋아하지 않는 것 같았다. 이 질문에 대해서는 아무런 대답이 없었다. 홀거는 다시 한 번 시인이라는 글자를 만들었는데, 이번에는 아까 빠뜨린 E 자도 넣어서 빠르고도 확실하며 분명하게 했다.

좋아, 좋아, 그럼 시인이었구나. 사람들은 더욱 당황해했다. 자기들의 내면생활에서 통제할 수 없는 부분이 이런 형태로 나타난 데 대한 이상한 당혹감이었지만, 이렇게 나타나는 방식이 자신의 본성을 숨기는 반현실적인 형식을 취했기 때문에, 그러한 당혹감도 다시 〈외적이고 현실적인〉 방향으로 나아갈 수밖에 없었다. 사람들은 홀거가 현재 상태를 즐겁고 행복하게 느끼고 있는지 알고 싶었다 — 유리잔은 마치 꿈을 꾸듯 〈느긋한*gelassen*〉이라는 단어를 만들어 냈다. 아, 그렇구나, 〈느긋한〉이라. 그렇다, 아무도 자기 스스로는 이런 상태에서 이런 단어를 생각해 내지 못했겠지만, 유리잔이 이런 글자를 만들자 누구나 〈그것이 정말 좋은 말이구나〉 하고 생각했다 — 그럼 홀거는 이와 같은 느긋한 상태에 얼마나 오래 있었을까? 유리잔은 이번에도 아무도 생각하지 못했을 말, 꿈꾸듯이 저절로 만들어지는 말을 만들어 냈다. 〈잠깐의 긴 한때*Eilende Weile*〉였다 — 아주 좋은 말이었다! 〈긴 한때의 잠깐*Weilende Eile*〉이라고 대답할 수도 있었을 것이다. 시인이 바깥에서 복화술로 말하는 것 같아, 특히 한스 카스토르프는 이를 명답이라고 생각했다. 〈잠깐의 긴 한때〉가 홀거의 시간 단위였다. 물론이었다. 홀거는 묻는 사람들에게 격언 비슷한 말로 처리할 수밖에 없었고, 이 지상의 단어와 시간 단위를 취급하는 것을 잊어버리고 있는 것이 틀림없었다 — 그러면 홀거에게 또 무엇을 물어볼까? 레비 양은 홀거가 어떤 모습을 하고 있는지, 또는 옛날 모습이 어떠했는지 알고 싶다고 고백했다. 홀거가 미남 청년인지, 아닌지? 그러자 알빈 씨는 그런 식의 질문은 그의 품위를 해치는 것이라 생각했던지 레비 양더러 직접 물어보라고 지시했다. 그래서 레비 양은 홀거의 영이 혹시 금발의 고수머리를 하고 있는지 다정스러운 어조로 물었다.

〈갈색의, 멋진 갈색의 고수머리입니다.〉유리잔은 〈갈색〉이라는 단어를 두 번이나 자세히 만들어 보였다. 무리의 사람들은 즐겁고 흥겨워했다. 여자들은 드러내 놓고 반했다고 말했다. 여자들은 자기들 입에 손으로 키스한 후 곧바로 비스듬히 천장 쪽으로 키스를 보냈다. 팅푸 박사는 킥킥거리고 웃으며, 홀거 씨가 상당히 허영심이 강한 것 같다고 말했다.

그러자 유리잔이 화를 내며 미친 듯 날뛰는 게 아닌가! 실성한 듯 난폭하게 탁자 위를 마구 돌아다녔고, 격분해서 뒤집어졌으며 급기야 슈퇴어 부인의 무릎 위로 굴러떨어졌다. 그녀는 새파랗게 질려 두 팔을 벌리고 유리잔을 내려다보았다. 사람들은 용서를 빌고 유리잔을 집어서 조심스럽게 원래 자리에 올려놓았다. 농담을 던졌던 그 중국인 팅푸는 질책을 받았다. 어떻게 감히 그런 말을 할 수 있습니까! 보십시오, 그렇게 지나친 말을 하니까 이런 일이 생긴 겁니다! 만약 홀거가 화를 내며 가버리고 더 이상 아무 말도 들을 수 없게 되었으면 어쩔 뻔했습니까! 모두들 열심히 유리잔을 달랬다.

혹시 무슨 시 같은 것을 지어 줄 수 없겠습니까! 〈잠깐의 긴한때〉에 둥둥 떠 있기 전에는 시인이었다고 하지 않았습니까. 아, 모두들 당신이 지은 시를 얼마나 보고 싶어 하는지 모릅니다! 모두들 진심으로 경청할 것입니다!

그러자, 보라, 놀랍게도 착한 유리잔은 〈예스〉라는 응답을 보였다. 그 승낙의 응답에는 선량하고 화해적인 요소가 정말로 엿보였다. 그런 다음 홀거의 영은 시를 짓기 시작했다. 그는 별로 생각하지 않고, 장황하고, 자세한, 그런 시를 지어 갔다. 도대체 얼마나 오랫동안 계속될 것인지 누가 알겠는가! — 그는 마치 다시는 입을 다물지 않을 것처럼 보였다! 복화술처럼 읊어 가는 그의 시는 정말로 놀랄 만했다. 주위에 둘러앉은 사람들은 감탄해하면서 그 시를 함께 읊조렸다. 마법과 같으면서도 구체성을 지닌 시였고, 바다처럼 넓고 끝없이 계속되는 느낌을 주는 시였다. 그 시가 주로 다루고 있는 내용도 바다였다 — 모래 언덕이 줄지어 있는 가파른 섬 해안에 구부러진 만(灣)의 좁다란 백사장을 따라 사방에 자욱이 끼어 있는 바다 안개. 아, 보라, 넓고 끝없는 바다는 멀리 영원 속에 녹색으로 아른거리며 녹아내리고, 넓고 넓은 베일 같은 안개 속에 여름 태양이 머뭇거리며, 진홍색과 우윳빛의 은은한 빛에 잠겨 가는구나! 은빛으로 반짝이던 물의 반사된 빛이 언제 어떻게 하여 순수한 진줏빛으로 변해 가고, 희미하고 울긋불긋하며 오팔색으로 반짝이는 월장석 빛처럼 모든 것을 뒤덮는 빛깔의 유희로 바뀌는 모습은, 뭐라고 말로 다할 수 없을 정도였다……. 아, 그러나 이 고요한 마법은 나타날 때처럼 은밀하게 사라져 버렸다. 바다는 잠들어 있었다. 그렇지만 낙조의 부드러운 흔적은 먼 바다 위에 그대로 머물러 있어, 밤이 깊을 때까지 주위는 어두워지지 않는다. 모래 언덕의 솔밭 속에는 유령 같은 어스름한 빛이 엷게 떠돌고 있고, 땅바닥의 창백한 모래는 눈[雪]처럼 보인다. 겨울 숲과도 같은 숲은 침묵에 잠겨 있고, 나뭇가지 사이를 나는 부엉이의 무거운 날갯짓 소리만이 들릴 뿐이다! 우리들로 하여금 이 시간에 머물러 있게 해다오! 발걸음은 더없이 부드럽고, 밤은 더없이 깊고도 은은하다! 저 아래에서는 깊은 바다가 유유히 숨을 쉬며 꿈속에서 나직이 속삭이고 있다. 그대는 다시 한 번 바다를 보고 싶은가? 그렇다면 빙하처럼 흰 빛의 모래 언덕으로 걸어 나가, 구두 속으로 차게 스며드는 부드러운 모래 위에 완전히 올라가 보라. 관목이 빽빽이 들어선 육지는 돌투성이의 해안가 쪽으로 급경사를 이루고, 사라져 가는 수평선의 주위에는 저녁노을의 잔영이 아직도 남아 있구나……. 여기 위쪽 모래 언덕에 앉아 보라! 그 얼마나 서늘하며, 분가루나 비단처럼 곱지 않은가! 손에 쥐면 모래는 손가락 사이에서 새듯이 흘러내려, 무색의 엷은 빛을 내며 옆 바닥에 부드럽고 조그만 모래더미를 이루는구나. 그대는 그 고운 모래의 흐름에서 뭔가 느껴지는 것이 없는가? 그것은 은자의 오두막을 꾸미는 엄숙하고 섬세한 도구이며, 저 모래시계의 좁은 통로를 소리 없이 흘러내리는 흐름이다. 펼쳐져 있는 책 한 권, 두개골 하나, 그리고 받침대 속에는, 즉 가볍게 끼워 맞춘 틀 속에는 속이 패인 얇은 이중의 송풍기가 있다. 그 속에는 영원 속에서 꺼내 온 약간의 모래가 들어 있어 시간이란 것이 그 은밀하고 신성하며 불안을 느끼게 하는 자신의 활동을 계속하고 있다…….

이처럼 홀거의 영은 〈서정적인〉 즉흥시를 통해 고향 바다를 노래한 후, 은자와 그의 명상 도구인 모래시계에 대해 노래했고, 또 여러 가지에 대해 노래했다. 이를테면 인간적인 것과 신적인 것인데, 홀거의 영은 이것을 꿈꾸듯 대담하게 노래했다. 유리잔이 문자를 지나다니며 만드는 단어를 보면서, 둥글게 앉은 일동은 놀라움을 금할 길이 없었다. 유리잔이 지그재그로 눈부신 속도로 달리며 미주알고주알 캐 들어가서 도무지 그치지 않았기 때문에, 사람들은 황홀한 마음으로 박수갈채를 보낼 시간적 여유도 없을 정도였다 — 한 시간이 지나도 시를 짓는 일은 끝날 기색이 전혀 없었다. 시는 분만의 고통에 대해, 연인의 첫 키스에 대해, 고난의 가시 면류관에 대해, 신의 근엄하고 자애로운 아버지 같은 사랑에 대해 지칠 줄 모르고 끝없이 노래했고, 피조물을 창조해 내는 일에 몰입하는가 하면, 여러 시대와 각 나라 및 천체에 몰두하기도 했고, 한번은 심지어 칼데아인과 12궁에 대해서도 언급하였다. 이 상태로 나가면 틀림없이 그는 밤새 시 짓는 일을 그만두지 않을 것이다. 그래서 마침내 혼령을 불러낸 자들, 즉 교령자들 모두가 유리잔에서 손가락을 떼고 홀거에게 한없이 깊은 감사의 말을 전하며, 오늘은 이것으로 충분하다고 말했다. 정말로 예기치 않았던 멋진 시이며, 지어진 시들은 분명 잊히고 말 것이니 그 시를 아무도 적어 두지 않은 것은 두고두고 유감스러운 일이 될 것이라고 말했다. 그렇다, 꿈을 기억해서 자기 것으로 만드는 일이 어렵듯, 유감스럽게도 그 시의 대부분은 벌써 잊혔다. 다음번에는 처음부터 속기사를 불러 흰 종이에 검은 글씨를 적게 하여, 시를 정리해서 낭독한다면 얼마나 멋진 일이 될지 지켜보자고 했다.

그러나 오늘 밤에는 홀거가 〈잠깐의 긴 한때〉로 느긋한 상태로 되돌아가기 전에 모여 있는 사람들을 위해 한두 가지의 구체적인 질문에 대답하는 것이 더 나을 것 같고, 그렇게 해 준다면 무척 고맙겠다는 것이다 — 어떤 질문을 할 것인지는 아직 분명하지 않지만, 아무튼 그렇게 된다면 홀거는 근본적으로 특별한 호의를 갖고 기꺼이 답변에 응할 수 있는지?

〈예스〉라는 답변이 나왔다. 하지만 막상 무엇을 물어야 좋을지 몰라 다들 난감한 상태에 빠졌다. 요정이나 난쟁이에게 단 하나의 질문만 할 수 있게 허락받고는 그 한 번을 너무나 하찮은 질문으로 애석하게 써버리는 동화 속의 장면과 같았다. 세상사와 미래의 일에 대해 알아 두어야 할 일이 적지 않을 것 같아, 그 질문 하나를 선택하는 데에는 막중한 책임이 뒤따랐다. 어느 누구도 마음을 정하지 못하고 있어서 한스 카스토르프는 오른쪽 손가락을 유리잔에 대고 왼쪽 뺨을 주먹으로 괸 채 말했다. 그는 자신이 원래 이 위에서 체재할 예정이었던 3주가 앞으로 얼마나 더 오래 끌게 될 것인지 알고 싶다고 했다.

좋다, 사람들이 이보다 더 좋은 질문을 생각해 내지 못하므로 홀거의 영은 제발 그 넘치는 지식으로 이 최초이자 최상의 질문에 답해 주었으면 좋겠다. 유리잔은 약간 머뭇거리다가 움직이기 시작했다. 하지만 아무도 그 뜻을 이해할 수 없을 정도로, 질문과는 아무런 연관이 없어 보이는 매우 이상한 글자를 만들었다. 유리잔은 처음에 〈가라*Geh*〉라는 글자를 만들었다가, 이어서 〈가로질러*Quer*〉라는 글자를 만들어, 이 글귀의 뜻을 어떻게 해석해야 할지 막막했다. 그런 다음에 유리잔은 한스 카스토르프의 방을 나타내는 글자를 만들었으므로 이 짧은 지시 사항을 종합해 보면, 질문자는 〈자신의 방을 가로질러 통과해 가라〉는 뜻이 되었다. 자신의 방을 가로질러 가라고? 34호실을 가로질러 가라고? 그게 도대체 무슨 의미인가? 모두가 앉은 채로 의논하며 고개를 갸웃거리고 있는데, 그때 갑자기 쾅 하고 주먹으로 문 두드리는 소리가 들렸다.

모두들 놀라서 경직되었다. 누가 급습한 것일까? 금지된 모임을 못 하게 하려고 크로코프스키 박사가 문밖에 서 있는 것일까? 모두들 당황해서 문을 쳐다보았다. 감쪽같이 속았다고 생각한 크로코프스키 박사가 들어올 것을 각오하고 있었다. 그때 탁자 한가운데서 쾅 하는 소리가 들렸는데, 이번에도 주먹으로 힘껏 두드린 소리였다. 아까의 쾅 하는 소리도 문밖에서 두드린 소리가 아니라, 방 안에서 두드린 소리였다는 것을 확실히 알려 주기 위한 것 같았다.

알빈 씨의 시시한 장난이었을 게 뻔하리라! ─ 하지만 알빈 씨는 절대로 자신이 아니라고 명예를 걸고 부인했다. 아닌 게 아니라 그런 말이 없었다고 해도, 알빈 씨를 포함한 일동 중에 누군가가 탁자를 두드린 것이 아님을 다들 잘 알고 있었다. 그럼 홀거가 한 행동이었을까? 모두가 동시에 엘렌을 쳐다보았다. 엘렌이 입을 다물고 조용히 있는 것이 수상했기 때문이다. 소녀는 손가락을 탁자 모서리에 댄 채, 늘어뜨리고 있는 손목의 손가락 끝을 의자의 팔걸이에 대고, 머리를 갸우뚱하게 어깨 쪽으로 기울이고, 눈썹을 치켜 올린 채 앉아 있었다. 하지만 조그만 입술을 작게 오므려 아래로 약간 끌어내리고, 의미심장하면서 동시에 천진난만한 미소를 살짝 머금고 있었다. 그리고 아무것도 보지 않은 어린애 같은 푸른 눈으로, 비스듬히 허공을 응시하고 있었다. 사람들이 그녀를 불러 보았지만, 그녀는 아무런 반응도 보이지 않았다. 바로 그 순간 전기스탠드의 불이 꺼졌다.

왜 꺼졌을까? 슈퇴어 부인이 더 이상 참지 못하고 〈으악〉 하고 비명을 질렀다. 전기 스위치가 드르륵 돌아가는 소리를 들었기 때문이다. 전깃불은 저절로 꺼진 것이 아니라, 어떤 낯선 손이라 부른다면 무척 조심스러운 표현이겠지만, 어떤 손이 돌려서 껐던 것이다. 그것이 홀거의 손이었을까? 그는 지금까지 무척 온화하고 예의 바르며 시인다웠지만, 이제부터 그가 하는 짓은 불량 소년과 같은 행위에다가 심한 장난으로 변하기 시작했다. 문과 가구를 주먹으로 쾅쾅 두드리고, 개구쟁이처럼 전깃불을 꺼버리는 어떤 손이 혹시 누군가의 목을 조르지는 않겠는가? 사람들은 어둠 속에서 성냥불과 회중전등을 켜라고 소리쳤다. 레비 양은 누군가 자기 이마의 머리카락을 잡아당긴다고 소리 질렀다. 슈퇴어 부인은 너무 무서운 나머지 염치도 체면도 없이 큰 소리로 하느님께 기도하기 시작했다. 「아, 하느님 아버지, 이번에도!」 그녀는 이렇게 외치고, 아무리 큰 죄를 저질렀다 하더라도 제발 자비를 베풀어 용서해 달라고 흐느껴 울었다. 이때 전기 스위치를 돌리기만 하면 된다는 정상적인 생각을 품은 사람은 팅 푸 박사였다. 그리하여 이내 방 안이 환히 밝아졌다. 사실 전기스탠드의 불이 우연히 꺼진 것이 아니라 누군가가 스위치를 돌렸다는 것, 그리고 그렇게 보이지 않는 손에 의해 꺼진 불을 다시 사람의 손으로 켜기만 하면 다시 밝아진다는 것을 확인하는 동안, 한스 카스토르프는 자기 혼자서 남모를 어떤 놀랄 만한 사실을 알게 되었다. 그것은 오늘 밤 여기서 활동하고 있는 유치한 암흑, 즉 비밀스러운 힘이 자신에게 특별한 관심을 쏟고 있다는 사실이었다. 그의 무릎 위에 무언가 가벼운 물건이 놓여 있었던 것이다. 그것은 언젠가 제임스 삼촌이 조카의 서랍장 위에서 집어 들고 깜짝 놀라며 보았던 〈기념품〉으로, 클라브디아의 내부 초상, 즉 몸의 내부가 찍힌 유리로 된 뢴트겐 사진이었다. 그런데 한스 카스토르프 자신은 분명 그 사진을 이 방으로 가지고 온 기억이 없었다.

그는 이런 일로 소란을 피우고 싶지 않아 조용히 사진을 슬쩍 챙겨 넣었다. 모두들 엘렌 브란트에게 정신을 빼앗긴 상태였다. 엘렌은 아까 말한 자세로, 멍한 눈초리를 하고 이상야릇하게 의미심장한 표정을 지으며 자신의 자리에 앉아 있었다. 알빈 씨가 그녀에게 입김을 불어넣으며, 크로코프스키 박사의 손동작을 흉내 내 그녀의 얼굴 앞에서 손을 흔들며 아래에서 위로 부채질하자 그녀의 얼굴에 생기가 감돌았다 — 그리고 무슨 까닭인지 알 수는 없지만 — 그녀는 약간 눈물을 글썽거렸다. 사람들은 그녀를 쓰다듬고 위로해 주었으며, 이마에 키스를 한 후 자러 보냈다. 수준이 낮은 슈퇴어 부인이 오늘 밤에는 너무 무서워서 혼자 잠을 잘 수 없을 것 같다고 하자, 레비 양은 그녀의 방에서 밤을 보낼 용의가 있다고 말했다. 클라브디아의 사진을 가슴 안주머니에 넣어 둔 한스 카스토르프는 찜찜하고 음산한 오늘 밤을 알빈 씨 방에 모여 다른 남자들과 함께 코냑이나 한잔 마시면서 보내자는 제안에 찬성했다. 그의 생각으로는, 오늘 밤에 일어난 것과 같은 사건이 사실 가슴과 정신에는 별로 영향을 주지 않지만, 위의 신경에는 자극을 줄 것 같았기 때문이다

— 그것도 지속적으로 영향을 줄 것이라고, 즉 뱃멀미가 난 사람이 육지에 상륙한 후에도 몇 시간 동안이나 몸이 흔들리는 것 같은 메스꺼운 기분이 드는 것과 같을 것이라고 생각했기 때문이다.

그의 호기심이 일단은 충족되었다. 홀거의 시가 그 순간에는 그다지 나쁜 것이 아니었다. 하지만 처음부터 예감했던 대로 그날 밤의 모든 것이 전체적으로 내면적인 절망감과 저속함을 담고 있다는 게 분명히 느껴져서, 자신에게 불어 온 이러한 지옥의 불 가루를 뒤집어쓴 것을 기회로 다시는 이런 실험에 참가하지 않겠다고 결심했다. 한스 카스토르프가 그날 밤의 체험을 세템브리니 씨에게 들려주었을 때, 그가 청년의 이러한 결심을 듣고 힘껏 지지하며 환영한 것은 충분히 상상할 수 있는 일이었다. 「설마, 그런 일까지 있을 줄은 몰랐는데! 아, 참담하군, 참담해!」 그는 이렇게 소리쳤고, 그러고는 단도직입적으로 어린 엘렌을 형편없는 사기꾼이라고 매도했다.

그의 제자 한스 카스토르프는 이에 대해 찬성도 반대도 하지 않았다. 그는 어깨를 으쓱하며 이렇게 말했다. 무엇이 진실인지 분명하게 밝혀지지 않았으므로, 마찬가지로 무엇이 사기인지도 분명히 드러나지 않았으며, 또한 그것의 경계가 불분명할지도 모른다고 말이다. 어쩌면 이 진실과 사기 사이에는 어떤 결정을 내릴 수 없는 여러 단계들, 즉 자연계 내에 언어도 평가도 필요 없는 진실성의 단계가 있을지도 모른다고 했다. 이러한 결정에는 무엇인가 도덕적인 요소가 강하게 들러붙어 있는 것 같다는 것이다. 세템브리니 씨는 이 〈사기〉라는 말을, 꿈과 현실성의 요소가 혼합되어 있는 이 개념을 어떻게 생각하고 있을까? 이러한 혼합은 우리의 조잡한 일상적 사고보다 자연계에 더 친숙한 것일지도 모른다. 삶의 비밀이란 문자 그대로 규명할 수 없는 것이다. 그렇기 때문에 거기에서 가끔 〈사기〉 같은 짓이 나타난다고 해서 결코 이상하게 생각할 것은 없다 — 이렇게 우리의 주인공 한스 카스토르프는 우호적으로 양보하고 무척 느슨한 방식으로 완전히 밑도 끝도 없이 자신의 생각을 털어놓았다.

세템브리니 씨는 제자를 적당히 설교조로 꾸짖고, 또 순간적이나마 양심의 가책도 느끼게 하여 앞으로는 이러한 끔찍한 일에 두 번 다시 관계하지 않겠다는 약속 같은 것을 하도록 했다. 「당신은.」 그가 촉구했다. 「당신 속에 있는 인간성을 존중하도록 하시오, 엔지니어 양반! 명쾌하고 인간적인 사고를 신뢰하고, 빗나간 사고나 정신적으로 불결한 사고를 혐오하도록 하십시오! 사기라고요! 삶의 비밀이라고요? 이보게, 사랑하는 친구여! 사기와 현실을 결정하고 구별하는 도덕적인 용기가 무너지는 곳이라면, 그곳에서는 삶 그 자체, 판단, 가치, 혁신적인 행위가 끝장나고, 도덕적인 회의가 끔찍한 분해 작용을 일으키기 시작합니다.」 이어서 그는 인간은 만물의 척도라고 덧붙여 말했다. 선과 악, 진실과 사기를 인식하고 판별하는 인간의 권리는 절대로 포기할 수 없는 것이어서, 이러한 창조적 권리에 대한 믿음을 지니지 못하도록 인간을 미혹에 빠뜨리려고 하는 자는 화를 입어야 하리라! 그런 자는 차라리 〈그 목에 연자 맷돌을 달고 바다에 던져져 죽는 편이 오히려 나을 것〉[38]이라고 했다.

한스 카스토르프는 이 말에 고개를 끄덕이고, 실제로 얼

---

38 「루가의 복음서」 제17장 2절 참조.

마 동안은 이러한 모임을 멀리했다. 크로코프스키 박사가 지하에 있는 자신의 정신 분석실에서 엘렌 브란트를 상대로 실험을 거듭해 왔으며, 손님들 중에 선택된 몇몇 사람이 거기에 초빙되었다는 말을 들었다. 한스 카스토르프는 그 모임에 참석하는 것을 일언지하에 거절했지만, 물론 함께 참가한 사람들과 크로코프스키 박사 자신으로부터 실험 결과에 대해 이런저런 이야기를 들을 수 있었다. 먼젓번에 클레펠트의 방에서는 탁자와 벽을 두드린다든지, 전기스탠드의 스위치를 돌린다든지 이렇게 질서도 없이 아무렇게나 거칠게 힘이 표출되었지만, 이번 모임에서는 동지 크로코프스키가 엘렌 소녀를 교묘하게 최면술로 잠재우고 꿈꾸는 상태로 바꾸어 놓음으로써 체계적이고 가능한 한 불순한 요소를 제거한 이후에 실험을 행했다. 음악 반주가 실험을 수월하게 해준다는 것을 알았기 때문에, 그런 날 밤에는 축음기를 그 방으로 옮겨 일단의 마술가들이 그것을 독점했다. 이런 기회에 축음기를 담당한 보헤미아인 벤첼은 음악을 잘 이해하는 사나이로, 기계를 마구 다루거나 훼손할 위험이 없었다. 그래서 한스 카스토르프는 편안한 마음으로 축음기를 그에게 넘겨줄 수 있었다. 한스 카스토르프는 레코드 전체 목록에서 특수한 용도에 맞게 곡목을 잘 정리해 담은 앨범을 하나 만들어 주었다. 각종 경음악, 춤곡, 짧은 전주곡, 그 밖에 흥을 돋우어 주는 곡이었지만, 엘렌이 결코 보다 고상한 음악을 요구한 게 아니었으므로 이러한 앨범은 그의 목표를 완전히 충족해 주었다.

한스 카스토르프가 들은 바에 따르면 이러한 음악의 반주에 맞춰 손수건이 저절로, 또는 오히려 손수건의 주름에 숨어 있는 〈갈고리 발톱〉에 의해 바닥에서 허공으로 올라갔고, 크로코프스키 박사의 휴지통이 천장으로 둥둥 떠올랐으며, 벽시계의 추가 〈눈에 보이지 않는 어떤 사람〉의 손에 의해 정지되었다가 다시 움직이기 시작했고, 탁상용 종에 손을 〈댔는〉지 종소리가 울리기 시작했으며, 이 밖에 이와 비슷한 음산하고 사소한 장난 같은 일들이 많이 일어났다고 한다. 박식한 실험 지도자 크로코프스키는 이러한 실험의 성과에 거창하게 학문적인 의미를 부여해, 그리스 학명으로 부르면서 무척 행복해했다. 그는 강연을 하거나 사적으로 대화를 나눌 때, 이것을 가리켜 건드리지 않고 물건을 움직이는 〈염력(念力)〉 현상이라고 상세히 설명했다. 박사는 이것을 또한 과학이 심령물화(心靈物化)라는 이름으로 부르는 현상에 포함했는데, 그가 사실 엘렌 브란트의 실험에서 의도하고 노린 것은 바로 이 심령물화의 현상이었다.

크로코프스키 박사의 용어에 따르면, 여기서 문제가 되는 것은 잠재의식적인 관념 복합체가 생(生) 정신적으로 물체에 투영되는 현상이었다. 그 현상의 근원은 영매(靈媒) 상태, 즉 몽유병적 상태로 볼 수 있으며, 그 현상을 통해 자연의 사념물화(思念物化) 능력, 즉 이념을 구체화하는 능력이 실증된다는 점에서 그 현상은 객관화된 꿈의 표상으로 볼 수 있다. 이념을 구체화하는 능력이란, 물질을 자신에게 끌어당겨 하루살이 같은 일과성(一過性)의 현실로 모습을 드러내는 능력으로, 말하자면 어떤 조건하에서 생각이 얻을 수 있는 힘이다. 이러한 물질은 영매의 육체에서 방출되어, 생물학적으로 생동하는 말초 기관, 가령 물체를 움켜잡는 손 같은 것을 육체 바깥에서 일시적으로 형성하는데, 이러한 손이 크로

355

코프스키 박사의 실험실에서 나타난 것과 같은 미미한, 말초적인 기적을 행하는 것이다. 경우에 따라 손과 같은 이러한 말초 기관은 눈에 보이고 만져 볼 수도 있으며, 파라핀이나 석고와 같은 형태를 취할 수도 있다. 더 나아가 손과 같은 말초 기관을 형성하는 데 국한하지 않고, 머리나 개인적 특징을 나타내는 인간의 얼굴, 또는 전신상(全身像)으로 실험자의 눈앞에 생생하게 나타나, 제한적이나마 실험자와 모종의 교제를 시작할 수도 있다 — 여기서부터 크로코프스키 박사의 이론이 엉뚱하게 빗나가서 미심쩍어지기 시작했는데, 그 것은 예전에 〈사랑〉에 대한 그의 강연에서 보인 것과 유사하게 변덕스럽고 애매한 성격을 띠기 시작했다. 왜냐하면 이젠 영매와 그 수동적인 조력자들의 — 현실에 반영된 — 주관성이 더 이상 과학적인 모습을 띠지 않았기 때문이고, 또한 적어도 막연하나마 외부의 자아이자 저세상의 자아가 영향을 미치게 되었기 때문이다. 문제의 관건이 되는 것은 — 가능한 일이지만, 공공연하게 인식된 것은 아닌 — 실험 순간의 복잡하고 은밀한 기회를 포착하여 물질 속으로 되돌아와 자신을 부르는 실험자들 앞에 모습을 드러내는 존재, 즉 생명을 지니지 않은 어떤 존재였다 — 짧게 말해, 죽은 자를 교령술로 불러내는 일이 문제의 관건이 되었다.

그러므로 크로코프스키 동지가 최근 들어 자신의 제자들과 함께 계속하고 있는 실험에서 얻고자 애쓴 것은 그러한 성과였다. 땅딸막하고 기운찬 크로코프스키 박사는 미소를 지으며, 일동에게 자신에 대한 신뢰를 촉구하면서, 그런 성과를 얻으려고 애썼다. 그는 진창과 같이 수상쩍은 세계에도 일가견이 있었고, 또 야만적인 세계에도 밝았고, 심지어 그쪽 방면의 은밀하고 미심쩍은 일에도 지도자로서는 정말 제격이었다. 그는 엘렌 브란트의 재능을 계발하고 훈련하는 일에 힘썼는데, 한스 카스토르프가 들은 바에 따르면, 그녀의 탁월한 재능 덕택으로 그 일이 성공할 것 같다고 했다. 실험에 참가한 몇몇 사람들이 현신화(現身化)한 손과 접촉했던 것이다. 파라반트 검사는 초월적인 저세상으로부터 뺨을 세차게 얻어맞았는데, 신사이자 법률가이며 대학 시절 펜싱 동아리의 대선배인 그가 이 세상의 어떤 사람에게 이처럼 뺨을 얻어맞았다면 체면 때문에라도 틀림없이 웃어넘기지는 않았을 텐데, 이번에는 오히려 이 구타에 대해 학구적인 자세로 명랑하게 웃어넘기며 심지어 호기심에 다른 쪽 뺨마저 내밀었다고 했다. 고상한 것과는 인연이 없는, 인내심이 강하고 소박한 안톤 카를로비치 페르게는 어느 날 밤의 모임에서 저쪽 세상의 유령 같은 손을 직접 잡아 보고, 그 손의 모양이 정확하고 완전하다는 것을 손으로 더듬어 확인했다고 한다. 그런 후 예의를 잃지 않는 정도로 그 손을 힘껏 붙잡자, 뭐라고 정확히 말하기 어려운 방법으로 손이 슬며시 빠져나갔다는 것이다. 이 실험은 두 달 반 동안, 매주 두 번씩 상당히 오랫동안 계속되었다. 그러던 어느 날 밤 드디어 이쪽 세상이 아닌 저세상의 손이 — 젊은이의 손 같았다 — 붉은 갓에 싸인 전기스탠드의 불빛에 붉게 비쳐, 탁자 위에서 손가락을 움직이면서 모든 실험자들의 눈앞에 드러나, 밀가루가 든 도기 접시에 자신의 흔적을 남겼다고 했다. 하지만 이로부터 일주일 후에 크로코프스키의 조수들, 즉 알빈 씨, 슈퇴어 부인, 마그누스 부부가 밤 12시에 가까운 늦은 시각에 한스 카스토르프의 발코니에 나타나는 일이 일어났다.

이들은 흥분해서 일그러지고 황홀한 얼굴로 열에 들떠 있었으며, 살을 에는 추위 속에 꾸벅꾸벅 졸고 있는 한스 카스토르프에게 엘렌의 홀거가 드디어 모습을 드러냈다고 앞다투어 보고했다. 최면 상태에 있는 엘렌의 어깨 위에 홀거의 머리 부분이 나타났는데, 홀거는 정말 〈멋진 갈색의 고수머리〉였고, 사라지기 전에 그 모습이 도무지 잊히지 않는 부드럽고 우수에 찬 미소를 띠었다는 것이다!

한스 카스토르프는 그 고상한 슬픔이, 홀거가 한 그 밖의 여타 행동, 어린애 같은 유치한 장난, 단순하고 파렴치한 행위, 가령 검사가 당한 전혀 우울하지 않은 구타, 이런 것들과 어떻게 조화를 이룰 수 있는지 생각해 보았다. 이 경우에 홀거의 일관된 성격은 분명히 기대할 수 없었다. 어쩌면 그는 노래에 나오는 영원한 유대인인 키 작은 곱추와 같이, 우수에 잠기고 연민의 정을 자아내게 하는 상태에 빠져 심술궂게 굴었을지도 모른다. 홀거의 숭배자들은 그런 것에는 조금도 신경을 쓰는 것 같지 않았다. 그들에게 중요한 문제는, 이런 모임에 참가하기를 꺼리는 한스 카스토르프의 마음을 돌리는 일이었다. 모든 일이 아주 잘되어 가므로 한스 카스토르프도 다음 모임에는 꼭 참석해야 한다는 것이었다. 엘렌이 최면 상태에서, 요 다음에는 실험자 무리 중에서 원한다면 그들이 보고 싶어 하는 고인(故人)을 불러내겠다는 약속을 했기 때문이라고 한다.

죽은 사람이 누구든 원하는 대로 불러낸다고? 그럼에도 한스 카스토르프는 계속 참석을 거절하며 버텼다. 하지만 죽은 사람을 원하는 대로 불러낸다는 말이 그의 머릿속에서 떠나지 않아, 그 후 3일이 지나는 사이에 결심을 번복하고 말았다. 좀 더 정확히 말하자면 그가 생각을 바꾸게 된 것은 이 3일 동안이 아니라, 그 3일 사이 단 몇 분에 불과했다. 그에게 심경 변화가 일어난 것은, 음악실에서 밤중에 혼자 있으면서 매우 호감이 가는 인물인 발렌틴이 새겨져 있는 레코드를 다시 한 번 틀었을 때였다 — 의자에 앉아 명예로운 전쟁터로 나가려고 고향을 떠나는 용감한 병사 발렌틴의 기도를 듣는 동안, 바로 그때 그의 생각이 변한 것이다. 병사 발렌틴은 이렇게 노래했다.

하느님께서 나를 하늘나라로 부르신다면
난 그대를 지켜 주면서 내려다볼 거야
오, 마르가레테!

이 노래를 들을 때마다 언제나 그렇듯이 한스 카스토르프의 가슴속은 커다란 감동으로 물결쳤다. 하지만 이날 밤에는 모종의 가능성 때문에 감동이 한층 더 격해져 소망으로까지 그 농도가 짙어졌다. 그는 이렇게 생각했다. 〈무의미하고 죄스러운 일이든 아니든 간에, 아무튼 이것은 아주 진기하고 무척 사랑스러운 모험이 될 것이다. 내가 그를 불러 나타나게 하더라도, 내가 알고 있는 그는 이를 기분 나쁘게 생각하지 않을 것이다.〉 그러자 옛날에 뢴트겐실에서, 보아서는 안 되는 것을 봐도 되겠느냐고 물었을 때 어둠 속에서 아무 문제 없다면서 관대하게 〈괜찮아, 괜찮아!〉 하고 대답하던 사촌의 목소리가 생각났다.

다음 날 아침 한스 카스토르프는 그날 밤의 모임에 참석하겠노라고 통보하고는 저녁 식사를 마치고 30분이 지난 후, 이미 무시무시한 것에 익숙해진 친구들이 거리낌 없이 담소를 나누면서 지하실로 내려가는 길에 합류했다. 그는 계단에서 팅푸 박사, 보헤미아인 벤첼과 같이 이 위에 뿌리를 박은 정주자이거나 오랫동안 이곳에서 지낸 고참자들을 만났고, 그런 다음 크로코프스키 박사의 어두운 방에서는 페르게 씨와 베잘 씨, 파라반트 검사, 레비 양과 클레펠트 양을 만났으며, 홀거의 머리가 나타났다고 그에게 전해 준 사람들과 영매인 엘렌 브란트도 물론 말할 것도 없이 그 사람들에 속했다, 이 모든 사람이 그곳에 있었다.

명함으로 장식한 문에 한스 카스토르프가 발을 들여놓았을 때, 북국 출신의 그 소녀는 이미 크로코프스키 박사의 보호를 받고 있었다. 검은색 수술복을 입고 마치 아버지처럼 소녀의 어깨를 팔로 감싼 크로코프스키 박사의 옆에서 그녀는 — 반지하실의 복도에서 조수의 방으로 내려가는 — 계단의 발치에 서서 손님들을 기다렸고, 그와 함께 손님들에게 인사를 했다. 모두들 그 인사에 마음이 들뜬 양 기분 좋고 명랑하게 답례를 했다. 이들은 일부러 엄숙하고 답답한 기분을 모조리 떨쳐 버리려는 것 같았다. 모두들 큰 소리로 농담을 하며 대화를 나누었고, 서로 옆구리를 찌르며 기분을 돋우었으며, 온갖 방법으로 각자 태연한 표정을 지어 보였다. 크로코프스키 박사는 힘차고 신뢰를 촉구하는 미소를 띠고 수염 사이로 누런 이를 드러낸 채, 만나는 사람마다 〈안녕하십니까!〉를 연발하다가, 머뭇거리는 표정으로 말없이 나타난 한스 카스토르프를 보자 누런 이를 한층 더 드러내며 환영의 뜻을 표했다. 그는 청년의 손을 아플 정도로 꽉 잡으면서, 〈용기를 내시오, 친구!〉라고 말하듯이 머리를 위아래로 마구 흔들어 댔다. 「의기소침해하지 마시오! 여기서는 위선자인 척하거나 돈독한 신자인 척할 필요가 없습니다. 무엇보다 편견 없이 탐구하는 남성다운 명랑함, 쾌활함만 있으면 됩니다!」 이렇게 그가 팬터마임 같은 몸짓으로 말을 걸어왔지만, 한스 카스토르프의 기분은 좀처럼 나아지지 않았다. 아까 우리들은 그가 참석하기로 결심하는 순간 뢴트겐실에서의 일을 연상했다고 했지만, 이러한 연상 작용만으로는 그의 심정을 제대로 드러내기에 충분하지 않다. 오히려 그의 현재 기분을 표현하자면, 그가 몇 년 전에 술에 취해 학우들과 함께 성 파울리 거리에 있는 사창가를 난생처음 찾아갔을 때의 혈기, 초조함, 호기심, 경멸감, 경건함 등이 독특하고 잊을 수 없게 뒤섞인 — 그가 생생하게 기억하고 있는 — 그런 기분이었다.

전원이 다 모이자, 크로코프스키 박사는 이날 밤의 조수로 뽑힌 마그누스 부인과 상아빛 혈색의 레비 양을 대동하고 영매의 몸을 치장하기 위해 옆방으로 물러갔다. 그러는 동안 한스 카스토르프는 나머지 아홉 명의 참가자들과 함께 박사의 진료실을 겸한 서재로 쓰는 방에 남아 옆방에서 준비가 끝나기를 기다렸다. 과학적인 정밀함을 필요로 하는 이러한 준비는 규칙적으로 되풀이되었지만, 언제나 아무 성과 없이 끝나곤 했다. 그 방은 한스 카스토르프가 예전에 요아힘 몰래 정신 분석가와 한동안 대화를 나눈 적이 있는, 그에게는 무척 낯익은 곳이었다. 왼편 안쪽의 창가에는 박사의 사무용 책상, 팔걸이의자 및 방문객용 안락의자가 있었고, 옆문의 양쪽에는 언제라도 집어 드는 책들이 꽂혀 있었으며, 오른편 안쪽에는 사무용 책상 세트와 납을 입힌 천으로 덮인 긴 의자가 있었는데, 그 책상 세트와 비스듬하게 서 있는 긴 의자는 접이식 병풍으로 나뉘어 있었다. 한쪽 구석에는 의료 기구를 넣어 둔 유리장이 있었고, 반대쪽 구석에는 히포크라테스의 흉상이 놓여 있었다. 오른쪽 벽에는 가스난로가 있고, 그 위에는 렘브란트가 그린 〈인체 해부도〉 동판화가 걸려 있어서, 보통의 다른 의사들의 진료실과 별로 다를 게 없는 평범한 방이었다. 하지만 오늘 밤의 특별한 목적을 위해 몇 가지 달라진 점이 있었다. 먼저 마호가니 원탁이었다. 평소 같으면 방 한가운데에 있는 안락의자에 둘러싸여, 샹들리에 아래 거의 바닥 전체를 덮고 있는 붉은 카펫 위에 놓여 있을 그 원탁이 왼쪽 구석의 석고 흉상 앞쪽으로 밀려났고, 방 중심에서 벗어난 한쪽에서 건조한 열기를 내뿜으며 불타고 있는 난로 쪽 가까운 곳에는 가벼운 보가 덮인 작은 탁자가 특별히 준비되어 있었다. 탁자 위에는 붉은 갓을 씌운 전기스탠드가 놓여 있었고, 그 위 천장에는 샹들리에와는 별도로 역시 붉은 망사 외 검은 망사로도 에워싼 전구가 아래로 드리워져 있었다. 이 작은 탁자의 위와 옆에 악명 높은 문제의 물건들이 몇 개 놓여 있었다. 그것은 탁상용 종들이었다. 아니 사실은 구조가 서로 다른 종이었는데, 하나는 손으로 흔드는 종이었고, 다른 하나는 버튼을 눌러 울리는 종이었다. 이것 말고도 밀가루를 담은 접시와 휴지통이 있었다. 그리고 한 다스 정도 되는 각기 모양이 다른 의자와 안락의자가 말굽 모양으로 반원을 이루며 작은 탁자를 에워싸고 있었다. 반원 모양의 한쪽 끝은 긴 의자의 끝 부분 가까이에 있었고, 다른 한쪽 끝은 거의 방 중앙의 천장에 달린 샹들리에 바로 아래쪽에 있었다. 이 끝 쪽의 마지막 자리 가까이,

대략 옆문과의 중간 정도 지점에 마법의 음악 상자도 자리를 차지했고, 그 옆에는 경음악을 담은 앨범이 의자 위에 놓였다. 무대 장치는 이것뿐이었다. 붉은 전등에는 아직 불이 켜져 있지 않았다. 그런데 천장의 샹들리에는 대낮처럼 환하게 불을 밝히고 있었다. 사무용 책상의 뒤쪽 측면에 있는 창에는 검은 커튼이, 그 앞에는 레이스처럼 구멍이 뚫린 크림색의 소위 말하는 투명 커튼이 드리워져 있었다.

10분 후에 박사는 세 여자를 동반하고 옆방에서 돌아왔다. 엘렌 소녀의 겉모습이 달라져 있었다. 그녀는 원래 입던 자기 옷이 아니라 교령(交靈)용 의상, 즉 일종의 모임용 의상이라 할 수 있는 하얀 생사(生絲)로 짠 잠옷 같은 옷을 입고, 허리에는 노끈처럼 보이는 허리띠를 두른 채 가느다란 두 팔을 하얗게 드러내고 있었다. 처녀다운 가슴의 곡선이 옷감에 부드럽고 선연하게 드러나 있는 걸 보면, 옷 속에 아무것도 입고 있지 않은 것 같았다.

모두들 흥분하여 활기차게 그녀를 맞이했다. 「야, 엘렌! 정말 매력적으로 보이는걸! 마치 선녀 같아! 잘해 봐, 귀여운 나의 천사야!」 자신의 옷차림이 스스로에게 무척 잘 어울린다는 것을 아는 듯, 엘렌은 이들이 외치는 소리를 듣고 미소를 지었다. 「사전 준비 상태가 좋지 않아요!」 크로코프스키 박사가 단정하듯 소리쳤다. 「자, 그러면 시작합시다, 동지들!」 그는 혀를 한 번만 입천장에 치는 이국적인 방식으로 r를 발음하며 덧붙였다.[39] 그러자 모두들 소리치고 떠들고 서로의 어깨를 치면서 반원 모양으로 나란히 놓여 있는 의자에 자리를 잡기 시작했다. 한스 카스토르프는 동지라고 불린 것에

39 〈동지, 동료〉를 뜻하는 독일어 *Kameraden*의 가운데 r 발음을 말한다.

꺼림칙한 기분을 느끼며 다른 사람들과 마찬가지로 어딘가에 자리를 막 잡으려고 했는데, 그때 박사가 특별히 그를 향해 말했다.

「당신은, 나의 친구.」(그는 친구란 뜻의 〈프로인트〉를 〈프라인트〉라고 발음했다.) 그가 말했다. 「당신은 손님으로, 또는 신입 회원으로 여기에 참가했으니 오늘 밤은 존경하는 뜻으로 당신에게 특별히 소중한 임무를 맡기겠습니다. 영매를 감시하는 일을 부탁드리겠습니다. 우리는 다음과 같이 실험하고 있습니다.」 그리고 그는 긴 의자와 병풍이 맞닿아 있는 반원의 끝 쪽으로 청년을 오게 했다. 거기에는 엘렌이 방 중앙 쪽보다는 계단이 있는 문 입구 쪽으로 얼굴을 향하고 늘 있는 등나무 의자에 앉아 있었다. 크로코프스키 박사는 그녀에게 바짝 붙어 역시 등나무 의자에 그녀와 마주 앉아서, 그녀의 두 무릎을 자신의 무릎에 끼우며 그녀의 두 손을 자기의 두 손으로 잡았다. 「이렇게 해주십시오!」 그는 이렇게 명령하고 한스 카스토르프를 자기 대신 등나무 의자에 앉혔다. 「이렇게 하면 영매가 꼼짝 못 한다는 것을 확인할 수 있을 겁니다. 그럴 필요까지 없겠지만 조수 한 사람을 붙여 드리겠습니다. 클레펠트 양, 부탁해도 될까요?」 그러자 이렇게 공손하고 이국적으로 부탁받은 클레펠트 양이 무리에 합류했고, 이어 엘렌의 가냘픈 손목을 두 손으로 꽉 붙잡았다.

한스 카스토르프는 처녀 신동(神童)의 손을 꽉 붙잡고 있었으므로 아무래도 그녀의 얼굴을 아주 가까이에서 바라보지 않을 수 없었다. 두 사람의 눈길이 마주치자, 엘렌은 부끄러워 눈길을 옆으로 돌리며 아래로 내리깔았다. 그녀의 입장으로서는 충분히 이해할 수 있는 부끄러움이었다. 그러면서 그녀는 최근에 유리잔 움직이기 놀이를 할 때처럼, 머리를 갸우뚱하고 입술을 약간 뾰족하게 내밀고는 약간 고상한 체하는 미소를 지었다. 말이 나왔으니 하는 얘기지만, 이렇게 얌전 빼는 잔잔한 미소를 보고, 젊은 감시인 한스 카스토르프는 이와는 또 다른 먼 옛날의 기억이 언뜻 떠올랐다. 그와 요아힘이 카렌 카르슈테트를 데리고 도르프 공동묘지의 아직한 사람 몫의 자리가 남아 있던 영원한 안식처에 들어섰을때, 카렌도 지금의 엘렌과 비슷한 미소를 지었던 것이다…….

반원 모양으로 나란히 놓인 자리에 사람들이 다 들어찼다. 체코인 벤첼을 제외하면 열세 명이었다. 이 체코인은 축음기 〈폴리힘니아〉를 관리하는 자기 자리를 늘 비워 두곤 했다. 그는 축음기를 당장이라도 틀 수 있도록 준비를 한 다음, 방 중앙에 앉아 있는 사람들의 등 뒤쪽에 놓여 있는 축음기 옆에 가서 웅크리고 앉았다. 자신의 기타도 옆에 놓아두었다. 크로코프스키 박사는 붉은 갓을 씌운 전구 두 개를 켜고 이어서 천장의 밝은 샹들리에를 끈 다음, 말굽같은 반원 모양의 열이 끝나는 지점, 즉 샹들리에 아래에 가서 앉았다. 이제 부드럽고 붉은 빛이 어스름하게 방 안을 채웠고, 스탠드 전등에서 좀 떨어진 곳과 구석은 잘 보이지 않았다. 사실 작은 탁자 위와 바로 그 주위만이 어렴풋이 불그스름한 빛에 둘러싸여 있을 뿐이었다. 그래서 처음 몇 분간은 바로 옆에 앉아 있는 사람도 잘 보이지 않을 정도였다. 눈은 서서히 어둠에 적응해 갔고, 난로에서 조그맣게 타오르는 불길로 어느 정도 밝아진 지금은 켜져 있는 전구의 불빛을 이용하는 법을 배우게 되었다.

박사는 조명에 대해 몇 마디 하고, 그 조명이 과학적으로 볼 때 완전하지 못하며 부족한 점이 있다며 사과했다. 조명을 분위기를 조성하거나 무엇인가를 신비화한다는 의미로 해석하지 않으면 좋겠다는 것이다. 유감스럽게도, 아무리 최상의 뜻이 있다 하더라도, 일단 더 이상 밝게 할 수는 없었다. 여기서 문제되고 있는 힘, 지금부터 실험하고 연구하려는 힘은 빛이 밝으면 나타나지 않고 활동하지 않는 속성을 지니고 있다. 이것은 어떻게 할 수 없는 전제 조건이 되는 사실로 당분간 이를 받아들여야 한다고 그는 말했다 — 한스 카스토르프는 이에 만족했다. 그로서는 어두운 게 더 나았다. 어둠이 전체적인 상황의 독특한 성격을 부드럽게 해주었기 때문이다. 게다가 그는 어둠에 정당성을 부여하기 위해 어떤 기억을 떠올렸다. 그 기억은, 그가 어두운 가운데 뢴트겐실에서 경건하게 생각을 가다듬으며, 무엇인가를 〈보기〉 전에 낮의 눈을 어둠으로 씻어, 그것에 적응하게 했던 기억이었다.

크로코프스키 박사는 본론으로 들어가기 전에 서론을 이어 갔는데, 이것은 특별히 한스 카스토르프를 겨냥하고 하는 말임에 틀림없었다. 영매는 의사인 크로코프스키가 잠을 재워 주지 않아도 되는 상태에 있다. 감시인 한스 카스토르프도 곧 알게 되겠지만 영매는 저절로 최면 상태에 빠진다. 그렇게 되면 그녀의 입으로 말하는 것이 그녀의 수호신인 익히 잘 아는 홀거가 말을 하는 것이다. 그러므로 실험자들은 — 그녀에게가 아니라 — 홀거에게 각자의 소망을 주문해야 한다. 말이 나와서 하는 말이지만, 앞으로 일어날 현상에 대해 억지로 의지나 사고를 집중해야 한다고 생각한다면 그것은 잘못으로, 그러다간 실험이 실패로 끝날 수도 있다. 오히려 이와 반대로 계속 지껄여서 주의를 좀 산만하게 해둘 필요가 있다. 한스 카스토르프는 무엇보다도 영매의 손발을 실수 없이 꽉 붙드는 데 전력을 다했으면 좋겠다고 했다.

「모두 서로 손을 잡으세요!」 크로코프스키 박사가 마지막으로 명령했다. 사람들은 명령대로 서로 손을 맞잡았다. 어두워서 옆 사람의 손을 금방 찾을 수 없을 때는 웃음을 터뜨렸다. 헤르미네 클레펠트 바로 옆에 앉은 팅푸 박사는 오른손을 그녀의 어깨에 얹고 왼손은 왼쪽 옆에 자리한 베잘의 오른손을 맞잡았다. 크로코프스키 박사의 한쪽에는 마그누스 부부가, 다른 한쪽에는 페르게가 앉아 있었는데, 한스 카스토르프가 잘못 본 것이 아니라면 페르게는 자신의 오른쪽에 앉은 상아빛 얼굴의 레비 양의 손을 맞잡고 있었다 — 모두들 그런 식으로 서로의 손을 잡고 있었던 것이다. 〈음악!〉 하고 크로코프스키 박사가 명령했다. 그러자 박사와 바로 옆에 앉은 마그누스 부부의 뒤에서 대기하고 있던 체코인이 레코드를 틀고 바늘을 그 위에 얹었다. 밀뢰커의 어떤 서곡의 첫 악절이 흘러나오는 동안, 〈잡담!〉 하고 박사가 또 다시 명령했다. 그러자 모두들 그의 명령대로 기운을 내어 두서도 없고, 아무 의미도 없는 이야기를 지껄이기 시작했다. 한쪽에서는 올 겨울의 적설량이 얼마나 될지에 대해, 한쪽에서는 저녁 식사에 나오는 요리의 코스에 대해, 또 다른 쪽에서는 막 도착한 환자에 대해, 즉 무모하게 퇴원하거나 합법적으로 퇴원하는 환자에 대해 이야기했다. 잡담은 음악에 반쯤 묻혀 끊어졌다 다시 이어졌다 하면서 교묘하게 의식적으로 계속되었다. 그렇게 몇 분이 흘러갔다.

엘렌이 심하게 경련을 일으킨 것은 레코드가 채 끝나기 전이었다. 그녀는 몸을 부르르 떨고 한숨을 지었으며, 상반신을 앞으로 기울이는 바람에 이마가 한스 카스토르프의 이마에 닿게 되었다. 이와 동시에 그녀의 팔은 감시인 한스 카스토르프의 팔에 잡힌 채 마치 펌프질을 하듯 앞뒤로 밀고 당기는 이상한 운동을 하기 시작했다.

「최면 상태!」 이미 실험을 한 경험이 있는 클레펠트가 말했다. 음악이 멈추고 대화도 딱 끊겼다. 급작스럽게 정적이 감도는 가운데 박사가 부드럽고 느린 어조의 바리톤 음으로 질문하는 것이 들렸다.

「홀거가 나타났습니까?」

엘렌은 다시 몸을 떨었다. 의자 위에서 몸이 흔들렸다. 그러고 나서 한스 카스토르프는 그녀가 두 손으로 자신의 손을 순간적으로 꽉 붙잡는 것을 느꼈다.

「그녀가 내 손을 붙잡고 있습니다.」 그가 보고했다.

「홀거입니다.」 박사가 그의 말을 고쳐 주었다. 「엘렌이 아니라 그가 당신의 손을 붙잡은 것입니다. 그러니까 그가 나타난 것입니다 ― 안녕하십니까, 홀거.」 그는 점잔을 빼며 나긋나긋하게 말했다. 「진심으로 환영합니다, 친구! 자, 그럼 기억을 떠올려 보십시오! 당신은 지난번 우리에게 나타났을 때, 우리들이 지명하는 자는 누구든지, 형제이든 자매이든 상관없이 불러와 지상에 있는 우리들의 두 눈에 보여 주겠다고 약속했습니다. 이 약속을 오늘 밤 실행할 의향이 있습니까? 당신에게 그럴 능력이 있다고 생각합니까?」

엘렌은 다시 몸을 떨었다. 그녀는 한숨을 지으며 대답하기를 주저했다. 그녀는 자신의 손을 마주 앉은 청년의 손과 함께 천천히 자신의 이마에 갖다 대고, 한동안 그 상태 그대로 있었다. 그런 다음 한스 카스토르프의 귀에 입술을 바짝 대고 뜨거운 입김을 불어넣으며 〈네!〉 하고 속삭였다.

그녀의 뜨거운 입김과 더불어 귓가에 직접 〈네〉 하고 대답하는 소리를 듣고, 우리의 친구 한스 카스토르프는 피부에 좁쌀 같은 게 돋아나는 느낌이 들었다. 일반적으로 〈소름〉이 돋는다는 표현을 쓰는데, 이러한 현상에 대해 언젠가 고문관이 그에게 상세하게 설명해 준 일이 있었다. 우리가 피부에 좁쌀 같은 것이 돋아났다고 말하는 이유는 순전히 신체적인 현상을 정신적인 현상과 구별하기 위해서이다. 왜냐하면 이런 경우 몸이 오싹해졌다고는 말할 수 없기 때문이다. 한스 카스토르프가 생각한 것은 대개 다음과 같은 내용이었다. 〈아니, 감히 이럴 수가!〉 하지만 이런 생각을 함과 동시에 그는 감동, 아니 충격을 느꼈다. 그것은 감동과 흥분이 뒤섞인 감정으로, 어리둥절한 기분에서 생겨난 것이었다. 한마디로 말하자면, 자신이 손을 잡고 있는 젊은 여자가 자신의 귓가에 〈네〉 하고 뜨거운 입김을 불어넣은, 무엇인가 상황을 착각할 것 같은 장면에서 생긴 어리둥절한 감정이었다.

「그가 〈네〉라고 말했습니다.」 한스 카스토르프는 이렇게 보고하면서 부끄러운 듯 살짝 얼굴을 붉혔다.

「그럼 좋습니다, 홀거!」 크로코프스키 박사가 말했다. 「우리는 당신이 약속을 이행할 것을 부탁드립니다. 우리 모두는 당신이 약속한 것을 착실하게 이행해 줄 것으로 믿습니다. 우리들이 그 모습을 보고 싶어 하는 고인의 이름을 즉시 말하겠습니다. 동지 여러분.」 그는 일동을 향해 말했다. 「사양말고 말해 주십시오! 불러오고 싶은 사람이 있는 분 없습니까? 우리의 친구 홀거에게 누구를 불러 달라고 할까요?」

침묵이 흘렀다. 모두들 다른 누군가가 의사를 밝혀 주기를 기다리고 있었다. 누구나 지난 며칠 동안 누구를, 어디로 불러올 것인가 생각해 보았을 것이다. 하지만 문제는 죽은 자의 귀환이다. 다시 말해 그러한 귀환이 바람직한 일인가 하는 것은 언제나 복잡하고 몹시 까다로운 문제이다. 사실 그리고 솔직히 말해서, 죽은 자의 귀환은 소망할 만한 일이 아니며, 이것을 소망하는 것은 잘못된 일이다. 잘 생각해 보면 죽은 자의 귀환을 바란다는 것은, 죽은 자가 다시 살아나는 것만큼이나 있을 수 없는 일이다. 일단 죽은 자를 소생시킨다는 것이 자연에서 있을 수 없는 일이기 때문이다. 그리고 우리가 죽은 자를 애도하는 것은, 죽은 자를 소생시킬 수 없는 것이 고통스러워서라기보다는 오히려 죽은 자의 소생을 소망하는 것 그 자체가 허용되지 않기 때문이다.

모두들 막연하지만 이렇게 느끼고 있었다. 그리고 오늘 밤의 경우는 죽은 자가 실제로 다시 살아서 돌아오는 것이 아니라 순전히 감상적이고 연극적인 행사에 지나지 않으며, 따라서 그냥 죽은 자의 모습을 보는 것만으로는 그다지 우려할 만한 일이 아니었지만, 그래도 이들은 자신들이 남몰래 생각하고 있는 망자의 얼굴을 직접 보는 것을 두려워하고 있었다. 그래서 모두들 나서서 소망을 말할 권리를 행사하지 않고, 옆 사람에게 그것을 미루고 있었다. 한스 카스토르프 역시 마찬가지였다. 그 역시 어둠 속에서 〈괜찮아 — 괜찮고 말고!〉 하는 선량하고도 관대한 사촌의 목소리가 들려오는 것 같았지만, 뒤로 물러나 마지막 순간까지 다른 사람에게 우선권을 양보하려고 했다. 하지만 이런 상태가 너무 오래 지속되었으므로, 드디어 그가 모임의 지도자를 향해 고개를 돌리며 쉰 목소리로 말했다.

「난 죽은 사촌 요아힘 침센을 보고 싶습니다.」

그러자 모두들 부담감에서 해방된 기분을 느꼈다. 참석한 모든 사람 가운데 지명된 고인, 즉 요아힘을 모르는 사람은 팅푸 박사, 체코인 벤첼 및 영매 자신밖에 없었다. 나머지 사람들, 즉 페르게, 베잘, 알빈 씨, 파라반트 검사, 마그누스 부부, 슈퇴어, 레비, 클레펠트는 기뻐하며 큰 소리로 찬성 의사를 밝혔고, 크로코프스키 박사도 흡족한 듯 고개를 끄덕였다. 비록 요아힘이 정신 분석을 달갑지 않게 생각했기 때문에, 두 사람의 관계가 늘 냉랭했음에도 불구하고 말이다.

「매우 좋습니다.」 박사가 말했다. 「들었지요, 홀거? 지명된 고인은 생전에 당신과는 안면이 없었던 인물입니다. 그런데 저세상에서 이 인물을 알아보고, 우리에게 불러다 줄 수 있겠습니까?」

모두들 숨을 죽이고 기다렸다. 최면 상태에 빠져 잠을 자고 있는 소녀 엘렌은 몸을 흔들고, 한숨지으며, 다시 부르르 떨었다. 그녀는 이쪽저쪽으로 몸을 기울여 한스 카스토르프와 클레펠트의 귀에 뭐라고 알아들을 수 없는 말을 속삭이고는 무엇인가를 찾느라 무척 애를 쓰는 것 같았다. 마침내 한스 카스토르프는 그녀의 두 손에 자신의 손이 꽉 잡히는 것을 느꼈다. 이것은 〈네〉라는 의미였다. 그래서 그는 이런 사실을 보고했다.

「그럼 좋습니다.」 보고받은 크로코프스키 박사가 소리쳤다. 「일을 시작하십시오, 홀거! 음악!」 그가 외쳤다. 「잡담!」 그러면서 박사는 모두에게 너무 사고를 집중한다든지, 나타날 사람을 억지로 생각한다든지 하지 말고, 부담 없이 홀가분한 마음으로 임하는 것이 오히려 실험에 더 효과적일 거라고 되풀이해 엄명을 내렸다.

이제부터 몇 시간이 흐르게 되는데, 그 시간은 우리의 젊은 주인공이 지금까지 살면서 겪었던 것 중 가장 기이한 시간이었다. 비록 그가 이야기의 특정 부분에서 우리의 시야에서 사라져 버리고, 또 이후에 그의 운명이 어찌될는지 전혀 모르긴 하지만, 그가 앞으로 몇 시간 동안 겪게 되는 일은 더없이 이상한 경험이었을 것이라 여겨진다.

몇 시간이라고 했지만, 사실은 두 시간 남짓한 시간이었다. 이제 시작되는 홀거의 〈작업〉, 아니 엘렌 양의 작업이라고 해야 마땅할 그 작업이 중간에 잠시 중단된 것을 고려한다면, 두 시간이 넘는다고 할 수 있었다 — 이 작업은 무척이나 길어졌다. 그래서 급기야 모두들 작업 결과에 낙담하지 않을까 염려하기 시작했고, 그 외에도 이 작업이 사실 동정심을 불러일으킬 정도로 힘이 들고, 연약한 소녀의 힘으로는 너무 어려운 일인 듯해, 모두들 순수하게 동정하는 마음에서 실험을 중단하는 게 좋지 않을까 하는 유혹을 여러 번 느꼈다. 우리 남성들이 인간적인 것을 외면하지 않는 한, 일생의 어떤 시기에 어떤 특정한 상황에 처하면 이러한 참을 수 없는 연민을 경험하게 된다. 그런데 이러한 연민은 우습게도 누구에게도 이해되지 못하고, 또 결코 적절하지도 않기 때문에, 우리 남성들은 분노에 차서 〈이제 그만!〉이라는 외침이 가슴에서 새어 나오게 할지도 모른다. 그러나 〈그것〉은 이제 그만 거기서 끝나 버리려고 하지 않고, 끝나 버려서도 안 되기 때문에, 무슨 일이 있어도 최후까지 계속하지 않으면 안 되는 일이다. 독자도 이미 알고 있겠지만 우리는 남편으로서의 입장, 아버지로서의 입장, 출산 행위에 관해 말하고 있는 것이다. 사실 엘렌의 고투는 명약관화하게 출산의 진통과 흡사했다. 그래서 한스 카스토르프 청년처럼 출산 장면을 한 번도 본 적이 없는 사람도 그것을 연상하지 않을 수 없었다. 그는 인간의 삶에서 도피하지 않았기 때문에, 그러한 장면을 보고 유기적 신비에 가득 찬 행위를 알게 되었는데— 그것은 대체 어떤 장면이었던가! 그리고 어떤 목적 때문이었던가! 또 어떤 상황에서였던가! 다음과 같은 모든 광경은 불쾌하고 터무니없었다. 붉은빛이 감도는 들뜬 분위기의 산실(産室)의 모습, 하늘하늘한 잠옷을 입고 두 팔을 드러낸 산모의 처녀 같은 모습뿐만 아니라 이 밖의 상황들, 즉 쉬지 않고 울리는 경쾌한 축음기의 음악, 박사의 지시로 반원 모양으로 둘러앉은 일동이 교묘하게 의식적으로 나누는 잡담, 줄곧 사투를 벌이고 있는 산모의 힘을 북돋우기 위해 밝고 기운차게 〈자, 홀거! 용기를 내요! 조금만 더 하면 돼요! 힘을 내세요, 홀거, 조금만 참으면 해낼 거예요!〉라고 외치는 소리, 이러한 모든 광경은 불쾌하고 터무니없는 것이었다. 그리고 — 만약 우리가, 소망을 피력한 한스 카스토르프를 산모의 남편으로 간주해도 된다면 — 〈산모〉의 무릎을 자신의 무릎에 끼우고 그녀의 두 손을 자신의 손으로 붙잡고 있는 〈남편〉의 모습과 상황도 마찬가지로 불쾌하고 터무니없다고 할 수 있었다. 엘렌의 이 예쁜 작은 손은 옛날 라일라 소녀의 손처럼 땀에 젖어 있어, 그녀의 손이 그에게서 미끄러져 빠져나가지 않게 하기 위해서는 〈남편〉인 한스 카스토르프가 계속 그녀의 손을 고쳐 잡아야만 했다.

왜냐하면 여기 앉아 있는 사람들의 등 뒤에서 가스난로가 열기를 뿜고 있었기 때문이다.

　이것이 신비롭고 엄숙한 광경이었을까? 천만의 말씀이다. 눈이 점차 어둠에 적응함에 따라 방 모양을 꽤 잘 식별할 수 있게 되었지만, 어스름한 붉은 빛에 비친 방 안의 광경은 요란하고 무미건조했다. 음악과 시끄럽게 불러 대는 소리는 구세군이 흥을 북돋우는 방식을 생각나게 했고, 이러한 요란한 광신도의 예배에 한 번도 참석한 적이 없는 한스 카스토르프 같은 사람들에게마저도 그런 것을 연상하게 했다. 이러한 장면은 결코 유령과 같은 의미에서가 아닌 자연스럽고 유기적인 의미에서 신비롭고, 비밀에 차 있어서, 감수성이 예민한 사람들을 일종의 경건한 느낌에 사로잡히게 했다 — 이러한 장면이 좀 더 자세하고 내밀한 어떤 연상 작용을 일으키는지는 이미 언급한 그대로이다. 엘렌의 고통은 출산의 진통처럼 찾아왔다. 고통이 없을 때는 의자에서 몸을 옆으로 기울인 채 축 늘어져, 넋이 나간 상태로 있었는데, 크로코프스키 박사는 이것을 〈깊은 최면 상태〉라고 불렀다. 잠시 후 그녀는 다시 벌떡 일어나서, 신음하며, 몸부림치고, 감시자들로부터 빠져나가려고 버둥댔다. 그러다가 그들의 귀에 뜨거운 입김을 불어넣으며 의미 없는 말을 속삭였고, 자신의 몸속에서 무언가를 내쫓으려는 듯 몸을 옆으로 내던지는 동작을 취하기도 했으며, 이를 뿌득뿌득 갈기도 했다. 심지어 한번은 한스 카스토르프의 소매를 깨물기까지 했다.

　엘렌의 이런 고통스러운 싸움은 거의 한 시간이 넘게 지속되었다. 그러고 나서 모임의 지도자는 이쯤에서 휴식을 취하는 것이 어느 면에서 보나 유익하다고 생각했다. 기분 전환을 위해 마침내 축음기를 끄고 아주 능숙하게 기타를 치던 체코인 벤첼은 기타를 옆에 내려놓았다. 모두들 한숨을 돌리면서 서로 잡고 있던 손을 놓았다. 크로코프스키 박사는 벽쪽으로 걸어가 천장의 전등을 켰다. 갑자기 방 안에 환한 빛이 비쳤으므로, 사람들은 눈이 부셔 그동안 어둠에 익숙해진 눈을 가늘게 떴다. 엘렌은 몸을 앞으로 잔뜩 굽히고, 얼굴은 거의 무릎에 파묻은 채 꾸벅꾸벅 졸고 있었다. 이러한 특이한 동작은 다른 사람들에게는 낯익은 것 같았지만, 한스 카스토르프는 이상하게 생각하며 주의 깊게 이것을 지켜보았다. 몇 분 동안 그녀는 한쪽 손바닥을 오목하게 하여 허리 부근을 여기저기 쓰다듬다가 — 손을 앞으로 뻗어 무언가를 퍼내거나 주위모으는 동작을 했는데, 마치 무언가를 잡아당기거나 긁어모으기라도 하는 것 같았다 — 그런 다음 몇 번 꿈틀대다가 제정신으로 돌아와 눈을 깜빡거리고, 환한 빛에 눈이 부셔 얼굴을 찡그리면서 미소를 지었다.

그녀는 미소 지었다 — 사랑스러우면서도 약간 수줍어하는 기색이 보였다. 그녀의 힘든 일에 연민의 정을 느낀 것이 아무래도 쓸데없는 짓이 아니었을까 하고 생각될 정도였다. 그녀는 그렇게까지 녹초가 된 것 같지는 않았다. 어쩌면 좀 전의 일을 전혀 기억하지 못하는지도 몰랐다. 그녀는 창가에 놓인 사무용 책상의 뒷면 긴 쪽에 있는, 즉 긴 의자가 에워싸고 있는 스페인식 벽과 박사 사이에 있는 그의 방문객용 안락의자에 앉아 있었다. 그녀는 의자의 방향을 좀 바꾸고서, 한쪽 팔을 사무용 책상에 기댄 채로 방 안을 들여다보았다. 이렇게 그녀는 감동의 시선을 받으며, 여기저기서 힘을 내라고 고개를 끄덕이는 사람들 가운데 끼어, 15분 동안 계속된 휴식 시간 내내 아무 말 없이 앉아 있었다.

정말 제대로 된 휴식 시간이었다 — 모두들 긴장감에서 풀려나 그때까지 해낸 작업을 뒤돌아보면서, 느긋한 만족감에 젖어 있었다. 남자들은 담배 케이스를 열어젖히고, 여유롭게 담배를 피우며 여기저기 모여서 오늘 밤 모임의 인상에 대해 이야기를 주고받았다. 이러한 인상 때문에 실망하여 오늘 밤의 모임이 결국 실패로 끝날 거라고 생각할 필요는 조금도 없었다. 그러한 소심한 생각을 완전히 불식시켜 줄 아주 적합한 징조들이 있었던 것이다. 영매 맞은편 반원 모양의 끝, 박사 옆에 앉아 있던 사람들은 영매의 몸에서 나오는 차가운 입김을 여러 번 또렷하게 느꼈다고 이구동성으로 말했다. 그런 입김은 어떤 현상이 일어나려고 할 때 언제나 영매의 몸에서 일정한 방향으로 흘러나온다는 것이다. 그리고 다른 사람들은 빛의 현상, 흰빛의 반점, 떠돌아다니는 에너지의 덩어리가 병풍 앞에 여러 가지 모습으로 나타난 것을 감지했다고 주장했다. 한마디로 말해, 힘을 내자는 것이다! 풀이 죽을 필요가 없다는 것이다! 홀거는 약속을 했고, 그가 자신이 한 약속을 이행하지 않으리라고 의심할 이유는 전혀 없었다.

크로코프스키 박사가 실험을 재개하자는 신호를 보냈다. 그는 다른 사람들이 각자 자신의 자리로 찾아가는 동안 엘렌의 머리칼을 쓰다듬어 주면서, 직접 그녀를 고난의 의자로 데리고 갔다. 모든 일이 조금 전처럼 진행되었다. 한스 카스토르프는 제1감시자의 역할을 교체해 줄 것을 부탁했지만, 모임의 지도자는 이를 가차 없이 거절했다. 그는 영매가 속임수를 쓸 수 있는 가능성이 원천적으로 봉쇄되어 있다는 사실을, 사촌을 보고 싶다고 소망을 피력한 한스 카스토르프에게 직접 확인해 달라고 말했다. 이리하여 한스 카스토르프는 엘렌과 함께 다시 이상한 자세를 취하게 되었다. 불이 꺼지고 방 안엔 붉은 어스름이 깔렸다. 음악이 다시 시작되었다. 몇 분 후에 엘렌은 다시 급격한 경련을 일으켰고, 펌프질을 하는 듯한 운동을 시작했다. 이번에 〈최면 상태〉를 전달한 사람은 바로 한스 카스토르프였다. 불쾌하고 보기 민망한 분만의 고통이 계속되었다.

얼마나 끔찍할 정도의 난산이었던가! 아무래도 출산은 쉽게 이루어질 것 같지 않았다 — 대체 출산이 가능하긴 한 걸까? 이 얼마나 어이없는 망상인가? 여기서 어떻게 출산이 가능하다는 말인가? 분만을 한다고? — 어떻게, 어떤 방법으로? 「도와줘요! 도와줘요!」 그녀는 신음하며 소리쳤다. 그러는 동안 그녀의 진통은 노련한 산파들이 자간(子癎)[40]이라고 부르는 무익하고 위험한 지속성 경련으로 변하려 하고 있었다. 그녀는 진통을 겪으면서 간간이 자신에게 손을 얹어 달라고 박사에게 소리쳤다. 박사는 힘주어 격려하면서 그대로 해주었다. 그러자 최면술과 같은 작용이 힘을 발휘했는지 소녀에게 계속 싸울 수 있는 힘이 생겨나는 것이었다.

이리하여 다시 한 시간이 흘러갔다. 그러는 동안 기타 소리가 울렸고, 이와 번갈아 가며 축음기가 경음악의 선율을 실내에 울려 퍼지게 했다. 밝은 불빛에 익숙해진 사람들의 눈은 다시 방의 어스름에 어느 정도 적응되었다. 이때 우발적인 작은 사건이 일어났다 — 이 사건을 일으킨 장본인은 한스 카스토르프였다. 그는 오래전부터, 사실 애당초 혼자

---

40 주로 분만할 때 나타나는 전신의 경련 발작과 의식 불명을 일으키는 질환이다. 임신 중독증 가운데 가장 중증으로 사망률이 높다.

서 품고 있던 소망과 생각을 피력했는데, 그것을 좀 더 일찍 입 밖에 내었어야 좋았을지도 모른다. 마침 엘렌은 손목을 잡힌 두 손 위에 얼굴을 파묻고 〈깊은 최면 상태〉에 들어갔고, 체코인 벤첼 씨는 레코드를 바꾸든가 뒤집어 놓으려던 참이었다. 그때 우리의 친구가 결심을 하고 제안할 게 있다고 말했던 것이다 — 물론 대단한 제안은 아니지만, 그래도 받아들이면 무언가 도움이 될지도 모른다고 했다. 그것은 바로…… 음악실의 레코드 중 구노의 「마르가레테」에 담긴 곡으로, 오케스트라의 반주가 깔리며 바리톤 음성으로 부르는 「발렌틴의 기도」라는 곡인데 무척 매력적이라고 했다. 그는 이 레코드를 한번 틀어 보는 게 어떨까 생각한다고 말했다.

「그건 또 무엇 때문입니까?」 박사가 불그스름한 어둠 저쪽에서 물어 왔다

「분위기를 살려야지요, 이건 감정의 문제니까요.」 청년이 대답했다. 문제의 곡은 정신이 아주 독특하고 개성적이어서, 그것으로 한번 실험해 볼 만하다. 자신의 생각으로는, 이 곡의 정신과 성격이 여기서 문제가 되고 있는 실험의 진행 과정을 줄여 줄 수 있을 것 같다는 것이었다.

「그 레코드가 여기에 있습니까?」 박사가 물어보았다.

아니, 지금 여기에는 없지만 당장 가져올 수 있다고 한스 카스토르프가 대답했다.

「도대체 무슨 생각으로 그런 말을 하는 거요!」 크로코프스키는 단호하게 거부 의사를 밝혔다. 뭐라고요? 공연히 왔다 갔다 하여 무언가를 가져오고, 그러고서 중단된 실험을 다시 시작하겠다고? 아무것도 모르는 소리지. 아니, 절대 그럴 수 없는 일이야. 지금까지 한 모든 일이 수포로 돌아가서

어쩌면 처음부터 다시 시작해야 할지도 모른다. 게다가 과학적인 엄밀성을 고려한다면 그렇게 멋대로 들락거린다는 건 있을 수가 없는 일이다. 문은 잠겨 있고, 그 열쇠는 내 주머니에 보관하고 있지 않은가? 요컨대, 그 레코드를 당장 수중에 넣을 수 있다면 몰라도 그렇지 않다면, 도저히 허용이 안 되는…… 그가 이렇게 혼잣말을 하는 중에, 체코인이 축음기 옆에서 끼어들면서 말했다.

「그 레코드라면 여기 있는데요.」

「여기에 있다고요?」 한스 카스토르프가 물었다…….

「네, 여기 있습니다. 〈마르가레테〉, 〈발렌틴의 기도〉라고 씌어 있군요. 자, 이걸 좀 보십시오.」 이 레코드만이 분류상 녹색의 아리아 앨범 II에 들어 있지 않고 경음악 앨범에 예외적으로 끼어 있었다. 우연이라 할까, 부주의하다고 할까, 이례적으로, 다행스럽게도 품격이 떨어지는 경음악 앨범에 끼어 있어, 축음기 회전반에 올려놓기만 하면 되는 것이었다.

한스 카스토르프는 그 점에 대해 무슨 말을 했던가? 그는 아무 말도 하지 않았다. 박사는 그렇다면 〈마침 잘되었다〉고 했고, 다른 몇 사람도 이 말을 되풀이했다. 바늘을 레코드 위에 올리고 축음기 뚜껑을 닫았다. 성가와도 같은 반주에 맞추어 남자의 목소리가 울려 퍼지기 시작했다. 「이제 나는 떠나야만 하니 ―」

아무도 말이 없었다. 모두들 노랫소리에 귀를 기울였다. 엘렌은 노래가 시작되자마자 자신의 〈작업〉을 새로 시작했다. 그녀는 벌떡 일어나, 몸을 부르르 떨고, 신음하며, 펌프질하듯 운동을 하고는, 다시 땀에 젖어 미끄러운 손을 이마에 갖다 대었다. 레코드는 계속 돌고 있었다. 가운데 부분에 이르자 멜로디가 급변하면서, 전쟁과 위험이 난무하는 장면, 용감하고 경건한 프랑스풍 장면으로 넘어갔다. 이 장면이 끝나자 마지막 부분으로 이어졌는데, 처음의 재현부가 오케스트라의 힘찬 반주로 우렁차게 울렸다. 「오, 주여, 나의 기도를 들어 주소서 ―」

한스 카스토르프는 계속 엘렌의 손을 꽉 잡고 있어야 했다. 그녀는 일어서려고 목을 들어 숨을 들이마셨다가 길게 한숨을 내뿜으며 축 늘어지더니 이내 조용해졌다. 걱정스러운 나머지 한스 카스토르프는 엘렌의 몸 위로 자기 몸을 구부렸다. 이때 그는 슈퇴어 부인이 흐느끼며 신음하듯 말하는 소리를 들었다.

「침 ― 센! ―」

한스 카스토르프는 몸을 일으키지 않았다. 입안에서 쓴맛이 났다. 다른 목소리가 저음으로 냉정하게 대답하는 소리가 들렸다.

「나는 아까부터 그의 모습을 보고 있었습니다.」

레코드는 다 돌아갔고, 마지막 취주 협화음도 사라졌다. 하지만 아무도 축음기를 멈추려 하지 않았다. 조용한 실내에서는 바늘이 레코드의 한가운데서 헛도는 소리만 들렸다. 이때 한스 카스토르프가 얼굴을 들었고, 두리번거릴 필요도 없이 그의 눈은 정확히 보아야 할 곳으로 향했다.

방 안에는 조금 전보다 사람이 하나 더 늘었다. 일동과 떨어져 저기 방 깊숙한 곳, 붉은 빛이 거의 없어 어두컴컴한 곳, 그래서 사물이 거의 보이지 않는 저 뒤쪽, 사무용 책상의 긴 쪽과 병풍 사이, 조금 전 휴식 중에 엘렌이 앉았던 의자, 즉 방 쪽으로 향하고 있는 박사의 방문객용 안락의자에 바로

요아힘이 앉아 있는 것이 아닌가. 죽을 때처럼 쑥 들어가 그
늘진 볼, 군인다운 수염, 그 수염 사이로 자랑스러운 듯 불룩
하게 나온 입술, 그것은 분명 요아힘이었다. 요아힘은 등을
의자에 기대고 두 다리를 포갠 채 앉아 있었다. 비록 모자에
가려 얼굴이 그늘졌지만 그 해쓱한 얼굴에서 고통스러운 빛
을 엿볼 수 있었고, 임종 때 남자답고 멋있게 보였던 진지하
고 엄격한 표정도 다시 찾아볼 수 있었다. 두 눈은 뼈마디가
앙상한 눈두덩 안에 움푹 들어가 있고, 미간에는 주름이 두
줄 새겨져 있었지만, 크고 검은 아름다운 눈의 부드러운 눈
초리는 옛날 그대로였다. 그는 그 눈초리를 몰래 살피듯이
잔잔하고 상냥하게 한스 카스토르프에게만 보내고 있었다.
예전에 그의 조그만 걱정거리였던 튀어나온 귀는 모자를 썼
어도 알아볼 수 있었다. 그 모자는 이상하게 생겨서 아무도
그것이 무슨 종류의 모자인지 알 수 없었다. 사촌 요아힘은
사복 차림이 아니었다. 포갠 두 다리의 허벅다리에 군도를
차고 있는 듯 두 손을 손잡이에 대고 있었고, 권총 케이스 같
은 것도 허리띠에 차고 있는 것 같았다. 하지만 요아힘이 입
고 있는 것은 정식 군복도 아니었다. 번쩍거리는 것도 색깔
있는 것도 보이지 않았고, 회색의 노동복 칼라와 옆 주머니
가 달려 있었으며, 어딘가 훨씬 아래쪽에 십자 훈장이 달려
있었다. 요아힘의 두 발은 매우 커 보였으나, 두 다리는 아주
가늘어 보였다. 다리에는 각반 같은 것을 꽉 동여매고 있었
는데, 그 모습은 군인이라기보다는 운동선수 같은 느낌을 주
었다. 그럼 머리에 쓰고 있는 것은 무엇일까? 요아힘은 군대
용 밥통이나 냄비 같은 것을 머리에 뒤집어쓰고, 그것을 끈
으로 턱에 매고 있는 것 같았다. 그런데도 그 모습이 오히려

고풍스럽고 용병 같아서, 이상하게도 정말 군인처럼 보였다.

한스 카스토르프는 엘렌 브란트의 숨결을 두 손 위에서 느낄 수 있었다. 자신의 옆에서는 클레펠트의 거친 숨소리도 들렸다. 그 밖에 들리는 소리는, 다 끝난 레코드를 아무도 손대지 않아 레코드가 바늘 아래서 계속 헛돌면서 내는 잡음뿐이었다. 한스 카스토르프는 동료들 가운데 어느 누구도 둘러보지 않았고, 이들에 관한 어떠한 것도 보려고도 알려고도 하지 않았다. 그는 자신의 무릎 위에 놓인 엘렌의 두 손과 머리를 누르며 자기 몸을 비스듬하게 앞으로 숙인 채, 안락의자에 앉아 있는 방문객을 어스름한 붉은 빛을 통해 계속 응시했다. 갑자기 위(胃)가 뒤틀리는 것 같았다. 목구멍이 죄어들면서 너덧 번의 흐느낌이 경련을 일으키듯 속에서 터져 나왔다. 「용서해 줘!」 그는 목소리를 속으로 삼키며 흐느꼈다. 그런 다음 눈에서 눈물이 하염없이 쏟아져 나와 아무것도 보이지 않게 되었다.

한스 카스토르프는 〈그에게 말을 걸어 보시오!〉라고 속삭이는 소리를 들었다 — 그는 크로코프스키 박사가 바리톤의 음성으로 엄숙하고도 명랑하게 그의 이름을 부르고, 이 요구를 다시 한 번 되풀이하는 소리를 들었던 것이다. 한스 카스토르프는 이 요구를 따르는 대신, 자신의 두 손을 엘렌의 얼굴 밑에서 빼내고 자리에서 일어섰다.

크로코프스키 박사가 이번에는 엄중하게 경고하는 어조로 다시 그의 이름을 불렀다. 하지만 한스 카스토르프는 몇 발자국 걸어가 입구 문의 계단 근처로 가서 날렵한 손동작으로 스위치를 돌렸다. 불이 켜졌다.

엘렌 브란트는 심한 쇼크를 받아 두려움에 떨고 있었다.

그녀는 클레펠트의 두 팔에 안겨 경련을 일으키고 있었다. 안락의자에는 아무도 없었다.

한스 카스토르프는 서서 항의하고 있는 크로코프스키 박사 쪽으로 걸어가 바로 그의 코끝까지 다가갔다. 그리고 무슨 말을 하려고 했지만, 입술에서 한 마디 말도 나오지 않았다. 그는 거칠게 요구하듯, 머리를 흔들면서 손을 내밀었다. 그러고는 박사에게 열쇠를 받자 위협하듯 얼굴을 노려보면서, 머리를 몇 번 끄덕이고는 몸을 돌려 밖으로 나가 버렸다.

과도한 흥분 상태

이렇게 세월이 흘러가는 동안, 베르크호프 요양원에는 어떤 유령이 배회하기 시작했다. 한스 카스토르프는 이 유령이 예전에 우리가 그것의 사악한 이름을 입에 올렸던 적이 있는 악마의 직계일 것이라 막연하게 느끼고 있었다. 그는 교양을 쌓아 가는 젊은이의 한없는 호기심으로 이 악마를 연구했다. 그렇다, 그는 주위 사람들이 이 악마에게 바치고 있는 터무니없는 봉사에 자신도 모르는 사이 말려들게 될지도 모른다는 우려스러운 가능성이 있음을 알게 되었다. 악마에 빠져드는 이러한 정신 상태는 예전의 무감각한 상태와 마찬가지로 벌써 여기저기서 암시하듯 주위에 만연하기 시작했지만, 한스 카스토르프는 그의 기질로 보아 지금 번지기 시작하는 그러한 흥분 상태에 빠져들 위험성이 별로 없었다. 그럼에도 자신을 제대로 다스리지 못한다면, 자신도 금방 주위 사람들과 마찬가지로 표정이나 말투, 거동과 같은 것이 전염될지 모른다고 생각하고는 소스라치게 놀랐다.

도대체 무슨 일이 있었단 말인가? 무엇이 베르크호프 요양원의 허공에 떠돌기 시작했단 말인가? 그것은 남과 싸우고 싶어 하는 병적 상태였고, 일촉즉발의 짜증스러운 흥분 상태였으며, 뭐라 이름 붙일 수 없는 초조하고 불안한 상태였다. 모두들 걸핏하면 서로에게 독설을 퍼부어 댔고 분노를 폭발했으며, 그래, 손찌검을 벌일 것 같은 기세였다. 매일같이 개인끼리나 집단 사이에 격한 언쟁이나 걷잡을 수 없는 욕설이 오갔으며, 거기에 끼어들지 않은 국외자들은 싸움하는 당사자들의 행위를 언짢게 여긴다든지 그들 사이를 중재하지 않고, 오히려 거기에 공감하고 가담하여 똑같이 흥분에 빠져든다는 점이 특색이었다. 싸움을 하는 당사자들이나 국외자들 할 것 없이, 모두들 얼굴이 창백해지며 몸을 부들부들 떨었다. 눈은 도발적으로 번득였고, 입은 흥분되어 무참히 일그러졌다. 사람들은 눈앞에서 아우성치고 싸울 수 있는 권리와 기회를 지니게 된 능동적인 사람들, 즉 히스테리를 일으킨 사람들을 부러운 눈으로 바라보았다. 이들을 따라하고 싶은 생각에 모두들 몸과 마음이 근질거려 미칠 지경이었고, 조용히 혼자만의 세계로 도피할 자제력이 없는 사람은 어쩔 수 없이 그러한 소용돌이에 휩쓸려 버리고 말았다. 베르크호프 요양원에는 보잘것없는 싸움, 서로 간의 진정서 제출이 끊이지 않아 요양원 당국이 조정에 계속해서 심혈을 기울였지만, 당국 자신도 저들의 아우성치는 거친 행동에 놀랄 정도로 쉽게 물들어 버리는 것이었다. 그리고 어느 정도 건강한 정신으로 베르크호프를 떠나는 사람도 자신이 어떤 상태가 되어 되돌아오게 될지 예측할 수 없었다. 일류 러시아 인석의 멤버로, 민스크 출신의 아직 젊고 증세도 가벼운 — 그녀는 고작 3개월의 선고를 받았을 뿐이었다 — 상당히 고상한 시골 부인이 하루는 쇼핑을 하러 프랑스인이 경영하는 플라츠의 블라우스 가게로 내려간 적이 있었다. 거기서 그녀는 가게 여점원과 언쟁을 벌인 후 무척 흥분해서 요양원에 다시 돌아왔는데, 오자마자 객혈을 했으며, 그 이후로 불치의 환자가 되고 말았다. 전보를 받고 부리나케 달려온 그녀의 남편은 앞으로 부인이 이 위에 영원히 머물러야만 한다는 선고를 받았다.

이 일은 주위에 만연해 있는 현상 중 한 가지 예에 지나지 않았다. 우리들은 별로 마음 내키지 않지만, 이러한 실례를 몇 가지 더 들기로 하자. 독자들 중에는 잘로몬 부인의 식탁 멤버인 동그란 안경알을 낀 학생, 아니면 예전에 학생이었던 청년을 기억하는 이가 있을 것이다. 몸이 빈약한 이 청년은 자신의 음식을 뒤범벅이 되게 잘게 자르고 으깬 다음 식탁에 팔꿈치를 괴고 허겁지겁 먹어 치우다가, 때때로 냅킨으로 두꺼운 안경알 뒤를 닦곤 했다. 지금도 학생인지 아니면 옛날에 학생이었는지 모르는 이 청년은, 여전히 같은 식탁에 앉아 허겁지겁 먹어 치우고 눈을 닦곤 했지만, 잠깐 관심을 끌다가 이젠 더 이상 아무런 주의도 끌지 못하고 있었다. 그러던 어느 날 일이 벌어졌다. 첫 번째 아침 식사 때였는데 정말로 뜻하지 않은, 말하자면 청천벽력과도 같은 일이 일어났다. 그 젊은이가 갑자기 발작을 일으켜 발광해서 모두의 이목을 끌면서, 식당 안에 있던 모든 사람이 자리에서 일어나게 되었던 것이다. 그 젊은이가 자리한 식탁 쪽에서 고함 소리가 들리기 시작했다. 그 젊은이는 파랗게 질린 얼굴로 그 곳에 앉은 채 고래고래 소리를 지르고 있었는데, 바로 자기 옆에 서 있던 난쟁이 식당 아가씨에게 대드는 것이었다. 「당신이 거짓말했어!」그는 데굴데굴 굴러가는 소리로 고함을 질렀다. 「무슨 차가 이렇게 차가워! 당신이 가져온 이 차는 얼음처럼 차단 말이야. 난 이런 차는 질색이야. 남을 속이려거든 당신이 직접 한번 마셔 보라고. 이런 미적지근한 구정물 같은 차가 어디 있으며, 대체 이런 걸 품위 있는 사람이 어떻게 마실 수 있단 말이야! 어떻게 감히 나에게 이런 얼음 같은 차를 가져올 수 있어! 도대체 당신은 나를 뭘로 보고 이런 구정물 같은 음료를 권하는 거야! 내가 이런 차를 마실 줄 알았단 말인가?! 이 따위 차는 안 마셔! 절대 안 마신다고!」그 젊은이가 쇳소리를 내며 소리치고는, 불끈 쥔 두 주먹으로 식탁을 내리쳤으므로 식탁 위의 모든 그릇이 덜커덩거리며 마구 춤을 추었다. 「따끈한 차를 달라고! 펄펄 끓는 차 말이야. 그것이 신과 인간들 앞에 내세우는 나의 권리란 말이야! 이런 건 싫다니까. 펄펄 끓는 것을 줘! 한 모금만 마시고 그 자리에서 즉사해도 좋단 말이야 — 이런 병신 주제에 말이야!」그는 마치 최후의 자제심마저 내던져 버린 것처럼 흥분해서, 광란이라는 극단적인 자유를 향해 치달으며 갑자기 〈병신〉이란 말을 내뱉고 말았다. 이렇게 외치면서 그는 에메렌치아를 향해 주먹을 쳐들었고, 문자 그대로 거품을 문 이를 그녀에게 내밀기까지 했다. 그러고 나서 식탁을 계속 두드리고 발을 구르며 〈해 달라〉와 〈싫다〉는 소리를 외쳐 댔는데 — 그러는 동안에도 식당 안에 있는 사람들은 언제나 그렇듯이 똑같은 반응을 보였다. 미쳐 날뛰는 학생으로 인해 사람들은, 끔찍하고 긴장된 공감을 하고 있었다. 몇몇 사람은 벌떡 일어나서 그 학생과 똑같이 두 주먹을 불끈 쥐고, 이를 악물고는, 이글거리는 눈으로 그 학생을 지켜보았다. 어떤 이들은 새파랗게 질린 얼굴로 앉아 눈을 내리깔고는 벌벌 떨고 있었다. 그래서 그 학생이, 진작부터 자기 앞에 갖다 놓은 뜨거운 차를 마시지도 않고 기진맥진한 채 축 늘어져 있는 광경을 보고도 사람들은 그냥 그렇게 지켜보고만 있었다.

이건 대체 어찌된 영문이었을까?

이즈음 베르크호프 요양원에 한 남자가 새로 들어왔다. 상인이었던 30세가량의 이 남자는 벌써 오랫동안 열이 내리지 않아 이 요양원, 저 요양원을 전전하고 있었다. 그는 유대인에 적대적인 남자로 반유대주의자였다. 그는 그런 주의(主義)를 지니고 무슨 스포츠라도 하는 것처럼 즐겁게 유대인 배척에 열중했다. 몸에 밴 이러한 유대인 배척은 그의 삶의 자랑거리이자 전체 내용이었다. 그는 한때 상인이었지만 이젠 더 이상 그런 일을 하지 않고 지금은 세상에서 하는 일이라곤 하나도 없었는데, 그래도 반유대주의자라는 점만은 여전히 변함이 없었다. 그의 병은 아주 심각한 편으로, 고통스럽고 무거운 기침을 했으며, 가끔 폐로 재채기를 하듯, 높은 소리로, 짧게, 한 번, 무시무시한 소리를 냈다. 그러나 아무튼 그는 유대인은 아니었고, 그 사실이 자신의 긍정적인 점이었다. 이름은 비데만이라는 기독교적인 이름으로, 부정(不淨)한 이름은 아니었다. 비데만은 『아리아인의 등불』이라는 잡지를 구독하고 있었는데, 가령 이런 식으로 말하는 것이었다.

「난 A 지역에 있는 X 요양원으로 옮겼습니다……. 사실은

387

안정 요양 홀에 누워 있으려고 하는데 말입니다 — 내 왼쪽 옆 의자에 누가 누워 있는지 아십니까? 히르슈 씨라는 사람입니다. 그리고 내 오른쪽에는 누가 누워 있었을까요? 볼프라는 작자였습니다! 말할 것도 없이 난 당장 그곳을 떠나버렸지요.」등등.

〈너 같은 작자는 그럴 수밖에 없었겠지!〉하고 한스 카스토르프는 혐오감을 느끼며 생각했다.

비데만은 무엇인가 순간적으로 정탐하는 듯한 눈초리를 하고 있었다. 사실 문자 그대로 그의 코앞에 눈에 거슬리는 무엇이 있는 것 같은 표정을 지었는데, 그는 그것을 심술궂게 훔쳐보면서 그 배후에 있는 것은 아무것도 보려고 하지 않는 것 같았다. 그가 시달리고 있는 망상 때문에 그는 남을 불신하지 않고는 좀이 쑤셨고, 그 망상은 자신을 끊임없이 몰아대는 병적인 박해 충동으로 바뀌어, 자신의 주변에 숨어 있거나 모습을 은폐하고 있는 불순한 것을 끄집어내 창피를 주지 않고는 직성이 풀리지 않았다. 그는 가는 곳마다 빈정거렸고, 중상 비방했으며, 욕설을 퍼부었다. 요컨대 그는 자신이 유대인이 아니란 것을 유일한 장점으로 삼았는데, 그런 장점이 없는 사람을 찾아내어 헐뜯는 데 온 정력을 쏟는 것이 그의 유일한 일과나 다름없었다.

조금 전에 우리가 암시한 이곳의 내적 정신 상태는 비데만이라는 사나이의 고질병을 극도로 악화시켰다. 그는 이곳 베르크호프에서도 자기에게는 없는 단점을 지닌 사람을 만나지 않을 수 없었으므로, 이러한 정신 상태의 영향을 받아 끔찍한 장면을 연출하고 말았다. 한스 카스토르프도 그 장면을 목격하게 되었지만, 우리들은 여기서 문제가 되고 있는 현상의 또 다른 실례로서 이 장면에 대해서 소개하기로 하겠다.

왜냐하면 여기에 또 다른 사나이가 있었기 때문인데 ──
이 사나이의 정체는 너무 분명해서 굳이 밝힐 필요가 없었
다. 이 사나이의 이름은 존넨샤인이었다. 이보다 더 더러운
이름은 있을 수 없었기 때문에, 존넨샤인이라는 인물은 이곳
에 온 첫날부터 비데만에게 코앞에 걸린 가시와 같은 존재가
되었다. 비데만은 이 가시 같은 사나이를 힐끔힐끔 심술궂게
곁눈질하면서 손으로 치려고 했다. 하지만 이 가시 같은 존
재를 손으로 쳐서 쫓아내려고 하기보다는 오히려 시계추처
럼 왔다 갔다 움직이게 함으로써, 그것으로 자기의 감정을
더한층 자극하려고 하는 것 같았다.

존넨샤인도 비데만처럼 원래 상인 출신이었으며, 역시 상
당히 위중한 병을 앓고 있었고, 병적으로 예민한 상태에 있
었다. 상냥한 성격에 어리석지도 않고 농담도 좋아하는 존넨
샤인은 비데만이 자신에게 쓸데없이 빈정거리고 눈에 거슬
린다는 듯한 태도를 취했으므로, 급기야 그의 쪽에서도 비데
만을 병적일 정도로 미워하게 되었다. 그러던 어느 날 오후,
비데만과 존넨샤인 두 사람은 홀에서 서로 엉켜 붙어 짐승처
럼 처절한 싸움을 벌였다. 사람들은 모두 그 현장으로 몰려
갔다.

그것은 참으로 끔찍하고 참담한 광경이었다. 이들은 사내
아이들처럼 맞붙어 싸웠다. 하지만 싸움을 벌이는 당사자가
어른이라는 것, 즉 어른끼리의 싸움이었으므로 더욱 절망적
이었다. 이들은 서로 얼굴을 할퀴고 코와 목을 잡고 비틀면
서 싸웠으며, 서로 치고받고 또 엉켜 붙어 홀 바닥에 뒹굴면
서 끔찍하고도 처절하게 싸웠고, 침을 뱉고, 걷어차고, 밀고,

잡아당기고, 내리치고, 입에서 거품까지 내뿜었다. 사무실 직원이 급히 달려와, 이로 깨물고 손톱으로 할퀴며 드잡이를 하고 있는 두 사람을 간신히 떼어 놓았다. 비데만은 침과 피를 흘리며, 너무 분해서 얼빠진 얼굴로 머리털을 곤두세우고 있었다. 한스 카스토르프는 이런 모습을 이제까지 본 적이 없었고, 실제로 그런 일이 벌어질 것이라고는 상상도 하지 못했다. 비데만 씨는 머리털을 뻣뻣하게 곤두세운 채 후다닥 그 자리를 떠나 버렸고, 반면에 한쪽 눈이 검푸르게 부어오른 존넨샤인은 숱이 많은 검은 고수머리에서 피가 흘러내렸다. 존넨샤인은 직원을 따라가 사무실 의자에 털썩 주저앉더니 두 손으로 얼굴을 가리고서 엉엉 소리 내어 울었다.

비데만과 존넨샤인의 싸움 소동은 이렇게 진행되었다. 이 장면을 본 사람들은 모두들 몇 시간 동안이나 몸을 부들부들 떨고 있었다. 이런 참혹한 사건과는 달리 역시 이즈음에 일어난 참다운 의미에서의 명예 문제에 관해 이야기하는 것은 그래도 다행스러운 일이다. 이것은 형식상으로 격식 있게 처리되었기 때문에 명예 문제라는 이름이 우스울 정도로 잘 어울리는 사건이었다. 한스 카스토르프는 이 사건의 각각의 단계를 모두 목격한 것이 아니라, 이 까다롭고 극적인 사건의 경위를 이에 관한 문서, 성명서, 사건 기록의 도움으로 알게 되었다. 이 사건의 기록은 베르크호프 요양원의 안과 밖, 즉 이 지역과 이 지방과 이 나라뿐만 아니라 외국과 미국에도 그 사본이 유포되었는데, 말하자면 이 사안에 조금도 관심을 가질 수 없고 관심을 가지려고도 하지 않은 것이 명백한 사람들에게도 연구 자료로 배포되었다.

이것은 폴란드인들 사이에 일어난 사건으로, 최근에 베르크호프로 모여든 폴란드인 그룹의 품에서 생겨난 명예 문제였다. 이들 폴란드인들은 일류 러시아인석을 점령하여 요양원에서 조그만 식민지를 구축하고 있었다 — (여기서 한마디 해두자면 한스 카스토르프는 이제 그 자리에 앉지 않고, 시간이 지나면서 클레펠트의 식탁으로, 잘로몬 부인의 식탁으로 옮겼다가, 이젠 레비 양의 식탁으로 옮겨 앉아 있었다.) 이 폴란드인 그룹은 아주 우아하고 기사도 정신이 강해서, 누가 눈썹을 찌푸리는 것만으로도 모든 것을 걸고 결투를 신청할 수 있을 정도였다. 여기에는 한 쌍의 부부가 있었고, 또 신사들 중의 한 명과 각별한 관계에 있는 아가씨 한 명이 있었고, 그 밖에는 모두 신사들로만 이루어진 모임이었다. 이들 이름은 폰 추타프스키, 치스친스키, 폰 로진스키, 미카엘 로디고프스키, 레오 폰 아자라페티안 등이었다. 그런데 어느 날 베르크호프의 식당에서 샴페인을 마시고 있을 때, 야폴이라고 하는 사나이가 다른 두 신사의 면전에서 폰 추타프스키 부인에 대해, 그리고 로디고프스키 씨와 가까운 관계에 있는 크릴로프라는 이름의 아가씨에 대해 입 밖에 내서는 안 되는 말을 발설했던 것이다. 이것이 원인이 되어 여러 가지 절차와 조치가 취해졌고, 급기야 문서로까지 만들어져 그 내용이 외국으로 배포되고 발송되었다. 한스 카스토르프가 읽은 내용은 이러했다.

성명서
폴란드 원문으로부터 번역한 것 — 19XX년 3월 27일, 슈타니슬라프 폰 추타프스키 씨는 안토니 치스친스키 박사와 슈테판 폰 로진스키 씨를 대리인으로 하여 카지미르 야폴 씨를 방문하고, 명예권에 관한 법률이 정한 바에 따라 야폴 씨에게 결투를 신청하도록 의뢰함. 이는 〈카지미르 야폴 씨가 야누스츠 테오필 레나르트와 레오 폰 아자라페티안 씨와 대화를 나누던 중 추타프스키 씨 부인에게 가한 중대한 모욕과 중상〉의 책임을 묻기 위한 것임.

11월 말에 있었던 전기(前記)의 대화를 폰 추타프스키 씨는 수일 전에 전해 듣고 그때 가해진 모욕의 진상과 사실 내용에 대한 완전한 확증을 입수하기 위해 행동을 개시함. 이리하여 19XX년 3월 27일 이 대화의 직접적인 증인인 레오 폰 아자라페티안 씨의 증언에 따라 모욕적인 언사와 비방이 행해진 것이 확인됨. 이에 따라 슈타니슬라프 폰 추타프스키 씨는 즉각 야폴 씨를 상대로 명예권에 관한 소송 절차를 밟는 데 필요한 전권을 위임하기에 이름.

서명자들은 아래와 같이 성명서를 발표함.

1. 19XX년 4월 9일 카지미르 야폴 씨에 대한 라디슬라프 고두레츠니 씨의 소송 사건에 대해 그 상대방 당사자, 츠드치스타프 치굴스키 씨와 타데우스츠 카디 씨에 의해 렘베르크에서 작성된 조서 및 19XX년 6월 18일부 행해졌던 당해 사건에 관한 렘베르크 명예 재판소의 판결은 카지미르 야폴 씨가 〈신사로서의 자격에 합당하지 않은 언동을 거듭 행한 점에 비추어 동씨를 신사로 인정할 수 없다〉고 확인한 점에 의견의 일치를 보았음.

2. 서명자들은 이상의 두 가지 사실에 의거하고, 또한 전기 사실에서 귀납되는 결론을 전적으로 인용하여 카지미르 야폴 씨가 어떤 식으로든 결투 신청에 응할 자격이 없는 자로 판정함.

3. 서명자들은 명예가 무엇인지를 이해하지 못하는 자에 대해 명예 문제에 관한 소송을 제기하거나 동 문제에 대해 중재를 하는 것이 불가능하다고 생각함.

따라서 서명자들은 카지미르 야폴 씨에 대해 명예권에 의거한 소송 절차에 따라 권리 회복을 요구하는 것이 무의미하다는 것을 슈타니슬라프 폰 추타프스키 씨에게 주지시키는 동시에, 카지미르 야폴 씨처럼 결투 신청에 응할 자격이 없는 인물에게 앞으로 다시는 명예 훼손을 당하는 일이 없도록 본 사건을 형사 재판에 회부할 것을 권고함.

(○○년 ○○월 ○○일 서명: ○○○)
안토니 치스친스키 박사, 슈테판 폰 로진스키

한스 카스토르프는 계속 읽었다.

조서

다보스에 있는 요양원의 바에서 19XX년 4월 2일 저녁 7시 반에서 45분 사이에 슈타니슬라프 폰 추타프스키 씨, 미카엘 로디고프스키 씨 두 사람과 카지미르 야폴 씨, 야누스츠 테오필 레나르트 씨 두 사람 사이에 일어난 사건의 전말에 관한 조서.

슈타니슬라프 폰 추타프스키 씨는 자신의 대리인인 안토니 치스친스키 박사와 슈테판 폰 로진스키 씨의 성명서에 의거하여, 19XX년 3월 27일에 회부된 카지미르 야폴 씨의 사건에 대해 심사숙고한 결과, 아내인 야트비가가 대리인의 권고로 자신에 대한 〈중대한 모욕과 중상〉을 행한 카지미르 야폴 씨에 대해 제기한 형사 소송이 다음 두 가지 이유로 아무런 만족을 가져오지 못하리라는 확신에 이르게 됨.

1. 카지미르 야폴 씨는 지정된 시각에 법원에 출두하지 않을 의혹이 상당히 높을 뿐만 아니라, 또한 그가 오스트리아 국적을 지니고 있음을 감안할 때, 동씨에 대해 추가적인 징계 조치를 취하는 것은 매우 곤란한 문제이며 더구나 거의 불가능하다고 사료됨.

2. 카지미르 야폴 씨가 슈타니슬라프 폰 추타프스키 씨와 그의 아내 야트비가 부인의 명예와 가문에 대해 중상모략의 방법으로 가한 모욕은 형사상의 처벌로 보상받을 성질의 것이 아님.

이상 두 가지 이유에 의거하여 슈타니슬라프 폰 추타프스키 씨는 카지미르 야폴 씨가 다음 날 이곳을 떠날 의향이 있음을 전언(傳言)으로 듣고, 자신의 확신에 따라 가장 간단하고 가장 철저하다고 생각되는 조치, 그리고 제반 사정에 비추어 가장 적절한 조치를 취하기로 작정함.

그리하여 슈타니슬라프 폰 추타프스키 씨는 19XX년 4월 2일 저녁 7시 반에서 45분 사이에 야트비가 부인, 미카엘 로디고프스키 씨, 이그나츠 폰 멜린 씨 등이 입회한 가운데, 이곳 요양원 내의 아메리칸 바에서 야누스츠 테오필 레나르트 씨와 묘령의 두 여성과 함께 술을 마시고 있던 카지미르 야폴 씨의 안면을 수차례 가격함.

바로 그 직후 미카엘 로디고프스키 씨도 카지미르 야폴 씨의 안면을 가격하면서, 이것은 크릴로프 양과 자신에게 가해진 중대한 모욕에 대한 응징이라고 덧붙여 주장함.

그런 직후 미카엘 로디고프스키 씨는 야누스츠 테오필 씨의 안면도 수차례 가격하면서, 이것은 슈타니슬라프 폰 추타프스키 씨 부부에게 가해진 부당한 모욕에 대한 응징이라고 역시 덧붙여 주장함.

또한 슈타니슬라프 폰 추타프스키 씨도 자신과 자신의 부인 및 크릴로프 양에 대한 중상적 모독에 대해 야누스츠 테오필 레나르트 씨의 안면을 한시도 놓치지 않고 수차례 연속적으로 가격함.

카지미르 야폴 씨와 야누스츠 테오필 레나르트 씨는 이러한 구타가 행해지는 내내 그저 속수무책으로 감수하고 있었음.

(○○년 ○○월 ○○일 서명: ○○○)
미카엘 로디고프스키, 이그나츠 폰 멜린

한스 카스토르프는 보통 때 같으면 속사포처럼 벌어진 이러한 공적인 구타 사건에 대해 웃어넘겨 버렸겠지만, 요양원의 현재 지배적인 정신 상태는 그에게 그렇게 웃을 여유를 주지 않았다. 그는 이 성명서를 읽으면서 몸을 부르르 떨었다. 한쪽의 나무랄 데 없는 예의범절 — 다른 한쪽의 파렴치하고 해이한 철면피가 성명서 구절에서 두드러지게 드러나, 이러한 양쪽의 대조적인 모습이 과하게 틀에 박히기는 했지만 꽤나 인상적이어서 한스 카스토르프는 무척 흥분했다. 그렇게 느낀 것은 모두 다 마찬가지였다. 폴란드인의 명예 문제는 어디에서나 열정적으로 연구되었고 이를 악물고 비장하게 논의되었다. 그런데 카지미르 야폴 씨의 반박 팸플릿

이 사람들의 흥분된 기분에 뭔가 찬물을 끼얹는 작용을 하였다. 이 반박 팸플릿에 따르면, 야폴 씨가 예전에 렘베르크에서 교만한 멋쟁이들에 의해 결투 신청에 응할 자격이 없다고 선언된 사실이 있음을 폰 추타프스키 씨가 너무나 정확히 알고 있었다는 것이다. 야폴 씨는 자신이 결투 신청에 응할 필요가 없음을 처음부터 알고 있었으므로, 그의 즉각적이고도 지체 없는 모든 조치는 순전히 우습고 유치한 연극에 불과하다. 뿐만 아니라 폰 추타프스키가 야폴 씨를 상대로 한 고소를 단념한 이유는 그의 부인 야트비가가 신사들 몇몇과 내통하고 있다는 사실을 모르는 사람이 아무도 없고 그 자신도 잘 알고 있기 때문이다. 이에 대해 야폴 자신은 크릴로프 양의 일반적인 행실을 법정에서 피력하는 것이 그다지 명예로운 일이 아니라 하더라도 간단히 진실을 입증할 수 있다. 게다가 결투 신청에 응할 자격이 없다고 단정된 사람은 야폴 자신뿐이고, 자신의 대화 상대였던 레나르트의 자격은 부정되지 않았는데도 폰 추타프스키는 틀림없이 자신의 안전을 도모하기 위하여 야폴의 무자격을 핑계로 내세웠다는 것이다. 전체적인 사건에서 차지하는 아자라페티안 씨의 역할에 대해서, 야폴 씨는 말하고 싶지 않다고 한다. 하지만 요양원 내의 아메리칸 바에서 벌어졌던 장면에 대해 말하자면, 야폴 자신은 입바른 소리도 잘하고 위트도 즐기는 인물이지만 허약하기 짝이 없는 인간이라는 것이다. 특히 야폴 자신과 레나르트가 동반하고 있던 두 여성은 쾌활한 아가씨들이긴 하지만 암탉처럼 겁이 많기 때문에, 친구 여러 명과 무척 힘이 센 부인과 함께 있는 폰 추타프스키가 육체적으로 우월한 상태에 있다. 그래서 자신은 상스럽게 난투극을 벌여 대중 앞에서 추태를 부리는 것을 피하기로 했다. 그리하여 야폴은 저항하려고 하는 레나르트를 타일러 조용히 있게 했고, 폰 추타프스키 씨와 로디고프스키 씨와 있었던 잠깐 동안 가벼운 사교적 접촉을 참아 내도록 했다. 그런데 그러한 사교적 접촉도 별것 아니어서 주위 사람들은 이것을 친구들끼리 서로 장난하는 정도로 간주했다는 것이다.

이것이 야폴 씨의 반박문 내용이었지만, 물론 이것으로 그가 크게 구제받을 수 있을 정도는 되지 못했다. 그의 반박문으로는 상대방의 주장에서 느낄 수 있는 명예와 비열함의 명백한 대조를 피상적으로나마 깨뜨릴 수 없었을 뿐만 아니라, 특히 추타프스키 쪽처럼 다양한 선전 수단을 갖고 있지도 못했고, 다만 자신의 반박문을 먹지를 대고 타자기로 쳐서 겨우 복사물을 몇 장 돌릴 수 있을 뿐이었다. 그 반면에 추타프스키의 문서는 어떠했던가? 앞서 말한 바와 같이, 추타프스키의 조서는 모든 사람의 손에 배포되었고, 심지어 이 사건과 아무런 관계가 없는 사람들에게도 배포된 상황이었다. 가령 나프타와 세템브리니도 역시 그것을 배달받았다 — 한스 카스토르프는 두 사람이 그 문서를 손에 든 것을 보았는데, 놀랍게 이 두 사람도 이를 악물고 이상하게 황홀한 표정으로 그것을 읽고 있는 것이었다. 한스 카스토르프 자신은 주위에 만연하고 있는 정신 상태 때문에 그럴 용기를 내지 못했지만, 적어도 세템브리니 씨는 그것을 명쾌하게 조롱해 주려니 하고 내심 기대했다. 하지만 한스 카스토르프가 목격한 주위에 번져 가는 전염병이 프리메이슨 단원의 명석한 정신에도 분명 강력한 힘을 미친 듯, 세템브리니 씨는 웃지도 않고, 구타 사건이 가져다준 자극적인 유혹에 심각하게 말려 들어가 있었다. 뿐만 아니라 그의 건강 상태가 마치 비웃듯 서서히 좋아지는 것처럼 보이다가 조금씩 끊임없이 악화되어 가는 것도 삶의 인간, 삶을 주창하는 인간 세템브리니 씨의 기분을 어둡게 했다. 그는 자신의 이런 건강 상태를 저주했고, 울분을 참지 못하고 스스로를 경멸하며 이런 사실을 부끄러워했다. 그는 요즈음에 와서는 며칠에 한 번은 자리에 누워 있어야 했다.

세템브리니 씨의 동숙자이자 논적인 나프타의 용태도 그다지 좋지는 않았다. 수도사로서의 삶에 때 이르게 종지부를 찍게 한 신체적 원인 — 또는 표면적 이유였을지도 모르는 병이 그의 유기체 내부에서도 계속 악화되는 바람에, 지금 살고 있는 이 고원 지대의 희박한 공기도 그의 병이 진행되는 것을 막을 수는 없었다. 그도 종종 침대에 눕는 신세가 되었다. 말을 할 때는 금이 간 접시에서 나는 것 같은 목소리의 울림이 더욱 심해졌고, 열이 높아짐에 따라 말수도 더 많아졌으며, 어조는 예전보다 더욱 날카롭고 신랄해졌다. 세템브리니 씨는 병과 죽음에 정신적 저항을 계속하면서, 이 저항이 저급한 자연의 우세한 힘에 짓밟혀 가는 것을 무척 고통스럽게 생각하였는데, 키 작은 나프타는 그런 저항에 아무런 관심이 없는 모양이었다. 건강 상태가 나빠져 가는 것을 받아들이는 그의 태도는 슬픔과 번민이 아니라, 조롱 섞인 쾌활함과 비할 데 없는 호전성이었는데, 그것은 즉 정신적인 의심, 부정, 혼란에 대한 병적인 집착이었다. 이러한 태도는 세템브리니의 우울증을 극도로 자극했고, 두 사람의 지적인 논쟁은 날이 갈수록 날카로워졌다. 물론 한스 카스토르프는 자신이 입회한 논쟁에 대해서만 말할 수 있었다. 하지만 그는 자기가 현장에 없었던 두 사람의 논쟁은 거의 없다고 확신하고 있었고, 중요한 논쟁에 불을 지피기 위해서는 교육적인 대상인 자신이 그 자리에 참가하는 것이 꼭 필요하다고 굳게 믿고 있었다. 그가 언젠가 나프타의 신랄한 표현이 들을 만한 가치가 있다고 말하는 바람에 세템브리니 씨를 걱정스럽게 만든 적이 있었지만, 그런 그도 나프타의 신랄한 말투가 차츰 절도를 잃어 가고 있으며 정신적으로 건강함의 한계를 넘어서는 일이 자주 일어나고 있다는 것을 인정하지 않을 수 없었다.

이 환자 나프타는 병을 이겨 낼 힘이나 의지가 없었으며, 다만 병의 모습과 상징을 통해 세계를 보고 있었다. 그가 설명하기를, 물질은 정신을 그 속에서 실체화하기 위한 재료로서는 너무 형편없다고 했는데, 이에 대해 세템브리니는 분개하며 나프타의 말을 경청하고 있는 제자를 차라리 방 밖으로 나가게 하든가, 제자의 귀를 틀어 막아 버리고 싶다는 표정이었다. 정신을 물질 속에서 실현하려고 애쓰는 것은 바보 같은 짓이라고 나프타는 말했다. 그것으로 인해 무엇이 생긴다는 말인가? 허튼 소리 내지 찌푸린 얼굴뿐이라는 것이다! 찬미되고 있는 프랑스 대혁명의 현실적인 산물이 자본주의적 부르주아 국가라고들 말하고 있다 ─ 정말 멋진 선물이다! 이 선물은 세상을 개선하려고 하지만, 그 결과는 끔찍한 괴물을 전 세계에 퍼뜨릴 뿐이다. 세계 공화국, 그것은 행운일 것이다, 분명히 그렇겠지! 진보라고? 아, 중요한 것은 그게 아니라, 몸의 위치를 바꾸면 고통이 줄어들 것이라고 생각하여, 누운 자세를 계속 바꾸는 유명한 환자의 이야기다. 터놓고 말하기는 곤란하지만, 은밀하게 전 세계에 퍼져 있는 전쟁 욕구는 이러한 소망의 한 표현이라는 것이다. 결국 전쟁은 일어날 것이다. 그 결과는 전쟁을 획책하고 있는 자들이 약속하는 것과는 다르게 나타나겠지만, 아무튼 전쟁 발발은 좋은 것이다. 나프타는 이런 식으로 안전 제일주의의 시민 국가를 경멸했다. 그가 이 말을 입 밖에 낼 기회를 잡았던 것은, 어느 가을날 모두들 함께 큰 거리를 산책하다가 갑자기 비가 내리기 시작하자 약속이라도 한 듯 모두가 우산을 펴들기 시작할 때였다. 그는 이런 태도를 비겁함과 흔히 보이는 연약함의 상징이라고 생각했다. 비겁함과 연약함은 문명의 소산이라는 것이다. 〈타이타닉〉호의 침몰과 같은 돌발 사건이자 재앙의 징후는 전대미문의 사건이었지만, 사실상 후련한 느낌도 준 사건이었다. 이 사건이 일어난 후, 〈교통〉수단의 안전을 강화하라는 요구가 거세게 일어났다. 〈안전〉이 조금이라도 위협을 받게 되면, 언제나 예외 없이 격앙된 목소리가 터져 나왔다. 이것은 정말로 불쌍하기 짝이 없는 일로서, 시민 국가의 인도적인 해이함은 시민 국가가 공공연하게 행하고 있는 경제 전쟁의 탐욕스러운 야만성이나 비열함과 극명하게 대조를 이룬다. 전쟁, 바로 전쟁이다! 그는 전쟁에 찬성한다고 했다. 또 온 세상에 전쟁의 열기가 감도는 것은 자기가 볼 때는 비교적 존중할 만한 일이라는 것이다.

그러나 세템브리니 씨가 〈정의〉라는 말을 들고나와 이러한 고매한 원칙이 내정(內政)과 외정(外政)의 파국을 예방해 주는 수단이라고 추천하자마자, 나프타의 말은 앞뒤가 달라지기 시작했다. 방금 전까지만 해도 정신적인 것을 지극히 고귀한 것으로 치부하면서 그것에 현세적인 외형을 부여하려는 시도는 결코 성공할 수 없을 것이라고 고집하던 나프타가, 이제는 정신적인 것을 회의적으로 바라보면서 이것을 비난하는 데 열을 올렸던 것이다. 정의! 정의가 그렇게 숭배할 만한 개념이란 말인가? 정의가 신성한 개념인가? 정의가 제1급의 개념이란 말인가? 신과 자연은 공정하지 못하다. 그들에게는 총아(寵兒)가 있어, 은총을 선택적으로 베푸는데, 어떤 인간은 위험스러운 훈장으로 장식해 주고, 다른 인간에게는 안이하고 평범한 운명을 준비해 준다. 그렇다면 의욕적인 인간은 어떠한가? 그에게는 정의라는 것이 한편으로는 의지를 꺾는 장애물이며 회의 그 자체이고, 다른 한편으로는 무모한 행동으로 몰아대는 진군나팔 소리인 것이다. 그 때문에 인간은 윤리성을 잃지 않기 위해서 전자의 의미로서 〈정의〉를 통해 후자 의미의 〈정의〉를 계속 수정하지 않으면 안되는 것이다 ─ 그렇게 된다면 〈정의〉라는 개념이 지닌 절대성과 급진성은 어떻게 되는가? 말이 나왔으니 하는 얘기지만, 정의라는 것은 우리 인간들이 어느 입장에 대해 〈공정〉한가, 아니면 그와 다른 입장에 대해 공정한가 하는 것과 관계된 것이다. 이제 마지막으로 남은 것은 자유주의로, 오늘날에는 멍멍 짖는 개도 더 이상 그것에 군침을 흘리지 않는다. 말할 것도 없이 정의란 부르주아적 수사학의 공허한 낱말에 지나지 않으므로, 행동을 하기 위해서는 무엇보다 먼저 어떤 정의를 목적으로 하는가를 알아야 한다. 즉 그 정의가 각자에게 그 자신에 맞는 권리를 주려는 정의인지, 아니면 만인에게 모두 평등한 권리를 주려는 정의인지 알아야 한다는 것이다.

우리는 나프타가 이성을 교란하려는 데 얼마나 전념했는

가에 대하여, 헤아릴 수 없이 많은 실례들 중에 그냥 아무렇게나 하나의 실례를 끄집어냈을 뿐이다. 하지만 나프타가 과학을 언급했을 때 혼란은 더욱 심해졌는데 — 그 자신도 신봉하지 않는 과학을 입 밖에 꺼내었기 때문이다. 그는 과학을 믿지 않는다고 말했다. 과학을 믿는가, 믿지 않는가 하는 것은 전적으로 인간의 자유이기 때문이라고 했다. 과학이란 다른 모든 신앙과 마찬가지로 하나의 신앙인데, 다만 다른 어떤 신앙보다도 더욱 형편없고 우매한 신앙이며, 〈과학〉이라는 단어 자체는 가장 어리석은 사실주의의 표현이다. 즉 객체가 인간의 지성에 투영하는 미심쩍은 신기루 같은 영상을 그대로 맹신하거나 진실이라고 주장하면서, 거기에서 인류가 지금껏 경험한 가장 우매하고 암담한 도그마를 끄집어내면서도 부끄러워하지 않는 사실주의 말이다. 그 자체적으로, 즉 객관적으로 존재하는 현상계라는 개념은 온갖 자기모순들 가운데 가장 우스꽝스러운 개념이 아닌가? 하지만 도그마로서의 근대 자연 과학은 오로지 형이상학적 전제에 의거하여 살아갈 뿐이다. 이 형이상학적 전제란, 현상계의 사건이 벌어지고 있는 시공간과 인과율이라는 우리 유기체의 인식 형식이 우리의 인식과 무관하게 존재하는 실재적인 관계이다. 이러한 일원론적인 주장은 인간이 정신에 가하는 가장 뻔뻔스럽고 파렴치한 주장이다. 공간, 시간, 인과율, 이러한 것은 일원론적으로는 발전이지만 — 이것이야말로 자유사상적이고 무신론적인 사이비 종교가 갖는 중심적 도그마인데, 사람들은 이러한 도그마로 모세의 제1경을 폐기하고, 천지를 창조할 때 헤켈[41]이 마치 그 현장에 있었기라도 한 것처럼, 사람을 우롱하는 모세의 우화에 대항하여 계몽적

지식을 내놓으려고 한다는 것이다. 경험적 지식이라니! 우주의 에테르는 과연 정확하게 계산할 수 있을까? 원자, 즉 〈더 이상 나눌 수 없는 최소 단위〉라는 유쾌하기 짝이 없는 수학적 농담이 — 증명되었다는 말인가? 시간과 공간이 무한하다는 학설은 분명히 경험에 기반을 두고 있는 것인가? 사실 조금이라도 논리적으로 생각한다면, 시간과 공간의 무한성과 실재성이라는 도그마로 유쾌한 경험과 결론에, 즉 무(無)라는 결론에 이르게 될 것이라고 한다. 말하자면 사실주의는 결국 진정한 허무주의라는 인식에 도달할 거라는 것이다. 무엇 때문에? 이유는 간단하다. 아무리 큰 것이라 해도 무한한 것에 비하면 영(零)과 마찬가지이기 때문이며, 또한 무한한 공간 속에는 크기란 없고, 영원한 시간에서는 지속도 변화도 없기 때문이다. 무한한 공간 속에서는 거리란 것도 수학적으로 영과 같기 때문에, 나란히 선 두 점도 존재할 수 없으며, 물체나 운동 같은 것은 더구나 말할 것도 없다. 나프타는 말했다. 그가 이런 점을 특별히 주장하는 것은, 유물론적인 과학이 〈우주〉에 관한 허황된 수다에 불과한 천문학적인 헛소리를 가리켜 절대 인식이라고 내세우고 있는데, 바로 이러한 뻔뻔스러움에 맞서기 위해서라고 말이다. 무의미한 숫자를 자랑하듯 내세우다가 자신이 얼마나 미미한 존재인가를 통감하고, 자신이 중요한 존재라는 열정을 상실해 버린 불쌍하고 가련한 인류! 인간의 이성과 인식이 현세적인 것에 머

41 Ernst Heinrich Haeckel(1834~1919). 독일의 생물학자이자 철학자. 다윈의 진화론에 동조하여 그것을 보급하는 데 노력했다. 1866년 〈생물의 개체 발생은 그 계통 발생을 되풀이한다〉는 생물 발생 법칙을 제창하였으며, 생태학ecology이라는 용어를 명명하였다.

물러 있고, 이러한 영역에서 주관적이고 객관적으로 체험한 내용을 실재적이라고 칭하는 것뿐이라면 그런대로 참아 줄 수 있기 때문이라고 한다. 하지만 이를 넘어서서 영원한 신비를 캐내려고, 소위 말해 우주론, 우주 개벽론을 거론한다면 이것은 이제 그냥 웃어넘길 일이 아니라, 도를 넘어서는 지나치게 불손한 짓이라고 하겠다. 지구에서 어떤 별까지의 〈거리〉를 영이 몇십 개 달린 킬로미터나 광년으로 계산하여, 그러한 어마어마한 숫자로 인간의 정신이 무한과 영원의 본질을 들여다보게 한다고 우쭐대는 것은 정말 얼마나 한심스럽고 가당찮은 난센스란 말인가! ― 그렇지만 무한은 크기와는 아무런 관계가 없고, 영원은 지속이나 시간적 거리와는 아무런 관계가 없어, 무한도 영원도 결코 자연 과학의 개념이 될 수 없으며, 오히려 이는 우리가 자연이라고 부르는 것의 지양(止揚)을 의미하고 있다! 그렇다, 일원론적인 과학이 〈우주〉에 관해 논하는 공허하고 비상식적이며 불손한 모든 수다에 비하면, 오히려 어린아이가 별을 보고 그것을 가리켜 하늘이라는 천막에 난 구멍들이라 여기며, 이 구멍들을 통해 영원한 빛이 새어 나온다고 생각하는 그 단순성이 수천 배 더 자신에게 공감이 간다는 것이다!

세템브리니는, 그렇다면 나프타 씨 자신도 별에 대해 어린아이와 같은 그런 생각을 품고 있느냐고 물었다. 이에 대해 나프타는 자신은 회의적 겸손과 자유를 지니고 있다고 대답했다. 나프타의 이런 대답에서도 다시 그가 〈자유〉를 어떤 의미로 생각하며, 또 그런 개념이 어떤 결과로 이어질 수 있을지 충분히 짐작할 수 있었다. 한스 카스토르프가 이 모든 것을 경청할 만한 가치가 있다고 생각하고 있는 게 아닐까 하는 세템브리니의 걱정이 아무런 근거가 없었으면 좋겠는데 말이다!

나프타의 악의적인 생각은 자연을 정복하려는 진보의 약점을 들추어내고, 진보의 신봉자와 선구자들이 비합리적인 태도로 되돌아가는 실례를 입증할 기회를 호시탐탐 노리고 있었다. 비행사와 조종사들은, 하고 나프타는 말했다. 대개 불쾌하고 수상쩍은 인물인 경우가 많은데, 무엇보다도 굉장한 미신가들이 많다. 이들은 행운의 마스코트로 돼지 모형이나 까마귀를 비행기 안에 갖고 와서, 여기저기에 침을 세 번 뱉는다든가, 운이 좋았던 조종사의 장갑을 물려받기도 한다는 것이다. 이런 원시적 미신과 같은 행위가 어떻게 자신의 직업의 토대가 되는 세계관과 조화를 이룬다는 말인가? ── 나프타는 자신이 지적한 이러한 모순이 흥겹다면서 이에 만족했고, 오랫동안 이에 대해 비난하는 태도를 보였다…….우리는 나프타의 악의에 찬 무수히 많은 언동들 가운데 몇 개를 표본으로 삼아 닥치는 대로 끄집어내 보았지만, 너무나 구체적인 한 가지 사건을 지적하고 넘어가지 않을 수 없을 것 같다.

2월의 어느 날 오후, 일동은 몬슈타인으로 소풍을 가기로 의견 일치를 보았다. 그곳은 그들이 일상적으로 지내는 장소로부터 썰매로 한 시간 반 정도 걸리는 거리에 있었다. 일행은 나프타, 세템브리니, 한스 카스토르프, 페르게, 베잘 이렇게 다섯 명이었다. 이들은 말 한 필이 끄는 썰매 두 대를 빌려 타고 출발했는데, 한스 카스토르프는 휴머니스트 세템브리니와 함께 탔고, 나프타는 페르게와 베잘과 함께 탔다. 베잘은 마부 옆자리에 앉았다. 모두들 옷을 따뜻하게 입었다.

오후 3시에 일행은 요양원 바깥에 사는 나프타와 세템브리니의 하숙집을 출발하여, 조용한 설경 속에 기분 좋게 울리는 방울 소리를 들으며 오른쪽 경사면을 따라 프라우엔키르히와 글라리스 기슭을 지나 계속 남쪽으로 달렸다. 어느새 하늘은 눈으로 덮이기 시작했다. 그래서 금방 뒤쪽 레티콘 연봉의 상공은 연푸른색의 띠처럼 보이게 되었다. 혹독한 추위였고, 연이은 산은 안개에 뒤덮였다. 썰매가 달리는 길은 암벽과 협곡 사이에 난 난간이 없는 좁고 높은 길로, 야생 전나무가 자라는 황무지로 가파르게 올라가고 있었다. 썰매는 한 걸음 한 걸음 천천히 달렸다. 가끔 1인승 썰매를 타고 내려오는 사람들을 만나기도 했는데, 이럴 때는 썰매에서 내려야 했다. 또 모퉁이 저쪽에서 딸랑딸랑 부드럽게 경고하듯 낯선 방울 소리를 울리며, 말 두 필을 세로로 연결한 썰매가 지나갈 경우에는 썰매를 피할 때 각별히 주의를 요했다. 목적지가 가까워지자 취겐슈트라세 암벽 일부의 멋진 풍경이 눈앞에 펼쳐졌다. 일행은 몬슈타인의 〈요양 호텔〉이라는 작은 여관 앞에 이르러 담요에서 빠져나와 썰매에서 내렸다. 이어 썰매를 거기에 대기시켜 놓고, 몇 발자국 걸어가 남동쪽의 슈툴제그라트를 바라보았다. 해발 3천 미터의 거대한 암벽은 안개에 싸여 있었다. 어딘가 일부분에서만 하늘을 찌르는 뾰족한 바위 끝이 이 세상을 초월한 모습으로, 발할[42]처럼 멀리서 성스럽게 그 누구의 접근도 허락하지 않는 모습으로 안개 속에 우뚝 솟아 있었다. 이 광경에 한스 카스토르

---

42 북유럽 및 서유럽의 신화에 나오는 궁전. 전쟁에서 용감하게 싸우다 죽은 전사가 사는 혼령의 사당으로 〈발할라〉라고도 한다. 〈전사자의 큰 집〉 또는 〈기쁨의 집〉이라는 뜻이다.

프는 너무나 감격한 나머지, 다른 사람들도 자신처럼 감격의 탄성이 나오도록 슬슬 부추겼다. 이러한 광경에 압도당해 〈접근할 수 없다〉는 말을 꺼낸 사람도 바로 한스 카스토르 프였다. 그러나 그 말에 세템브리니 씨는 저 암벽도 물론 지금까지 여러 번에 걸쳐 정복되었을 거라고 강조하여 말했다. 대체로 접근할 수 없는 대상이란 존재하지 않으며, 인간이 아직 발을 들여놓지 않은 자연이란 존재하지 않는다는 것이다. 그러자 나프타는 그것은 좀 과장되고 허풍스러운 말이라고 응수했다. 그는 에베레스트 산을 예로 들며, 이 산은 지금까지 인간의 오만한 접근을 냉담하게 거절해 왔으며, 앞으로도 이렇게 인간을 멀리하는 태도를 고수할 것 같다고 했다. 이 말에 세템브리니 씨는 화를 냈다. 일동이 다시 〈요양 호텔〉이라는 여관으로 되돌아와 보니, 여관 앞에는 그들이 타고 왔던 썰매 옆에 나란히, 서너 대의 낯선 썰매가 마차에서 말을 풀어 놓고 서 있었다.

이 〈요양 호텔〉은 묵을 만한 곳이었다. 2층에는 호텔 방처럼 번호가 달린 객실이 죽 이어져 있었고, 식당도 2층에 있었다. 식당은 농가 식당처럼 촌스러웠지만 난방은 잘 되었다. 일행은 손님 접대를 잘하는 안주인에게 간식으로 커피, 꿀, 흰 빵, 이 지방의 특산품인 배를 넣어 만든 빵을 주문했다. 마부 두 사람에게도 적포도주를 보내 주었다. 스위스와 네덜란드에서 온 방문객들은 다른 식탁에 앉아 있었다.

우리는 한스 카스토르프의 일행인 다섯 명의 손님들이 자리에 앉아 따끈하고 아주 맛 좋은 커피로 몸을 데우면서 보다 고상한 대화로 이야기꽃을 피웠으리라고 말하고 싶지만, 실상은 그렇지 못했다. 왜냐하면 대화는 거의 나프타의 독백으로, 다른 멤버가 몇 마디를 하고 나면 나프타 혼자 떠들었기 때문이다 — 또한 이 독백은 상당히 이상한, 사교적으로 예의에 어긋나는 방식으로 행해졌다. 즉 예전의 예수회 회원 나프타는 얼굴을 한스 카스토르프에게로 향하고 그에게만 상냥하게 무언가를 가르쳐 주듯 이야기하면서, 다른 한쪽에 앉아 있던 세템브리니 씨에게는 등을 돌리고 있었으며, 다른 두 사람은 아예 무시하는 듯한 태도를 보였다.

한스 카스토르프는 나프타의 독백에 건성으로 찬성하며 고개를 끄덕였지만, 나프타의 즉흥적인 독백의 주제를 제대로 파악하는 것이 쉬운 일은 아니었다. 사실 그의 독백은 일관된 대상을 다루는 게 아니었고, 느슨하게 정신세계를 돌아다니며 가볍게 이것저것을 언급했을 뿐이다. 그는 근본적으로 정신세계의 여러 현상은 모두가 모호하다는 것, 정신에서 얻어진 위대한 개념들은 무지개 빛깔처럼 확정된 성질을 지니고 있지 않다는 것, 또 그 개념들이 지니고 있는 호전성은 아무짝에도 쓸모가 없다는 것을 회의적인 방식으로 지적하고 주의를 환기시킴과 더불어, 절대자가 지상에 올 때 얼마나 가지각색으로 바뀌는 옷을 입고 나타날 것인가에 대해 이야기하고 있었다.

아무튼 나프타의 강연은 자유의 문제에 대한 입장을 밝힌 것은 틀림없었지만, 그는 이 문제를 혼란스러운 방법으로 다루었다. 특히 낭만주의에 대해서 언급했는데, 19세기 초 유럽에서 일어난 이 운동의 매력적인 두 가지 의미에 대해 언급했다. 이 운동 앞에서는 반동과 혁명이라는 개념이 보다 고차적인 개념으로 통합되지 않는 한, 그 의미를 잃어버릴지도 모른다는 것이다. 왜냐하면 혁명적인 것의 개념을 오로지 진보와 득의양양하게 내달리는 계몽주의와 결부해 생각하려고 하는 것은 말할 것도 없이 우습기 짝이 없는 짓이기 때문이다. 유럽의 낭만주의는 무엇보다도 자유 운동이었으며, 그것은 반고전주의이자 반학술주의로, 프랑스의 의고적(擬古的) 취향과 이성을 주창하는 낡은 학파에 반대하는 운동이라는 것이다. 유럽의 낭만주의는 이러한 이성주의의 대변자를 가리켜 가발을 쓰고 분칠을 한 얼굴, 즉 시대에 뒤떨어진 형식주의자들이라고 비웃었다고 한다.

그리고 나프타는 계속해서 나폴레옹에 대항한 독일의 해방 전쟁, 피히테의 열광, 참을 수 없는 전제 정치에 대항한 열광적인 민중 봉기에 대해서도 언급했다 — 그런데 유감스럽게 이 전제 정치라는 것도, 헤헤, 자유, 즉 혁명적인 이념들의 구현이었다는 것이다. 정말 우습게도, 낭만주의자들이 반동적인 군주 지배를 옹호하고 혁명적인 전제 정치를 분쇄하기 위해 소리 높여 노래를 부르며 주먹을 휘둘렀지만, 이것 역시 자유를 위한 것이었다고 한다.

이것으로 한스 카스토르프 청년은 외면적 자유와 내면적 자유의 차이점이나 대립되는 점도 알아차렸을 것이고 — 이와 동시에 어떠한 예속이 한 민족의 명예와 가장 잘 조화를 이룰 수 있는가, 헤헤, 가장 조화가 안 되는가 하는 미묘한 문제도 알아차렸을 것이라고 나프타가 말했다.

계속해서 나프타는 다음과 같이 말했다.

자유란 사실 계몽적인 개념이라기보다는 오히려 낭만적인 개념일지 모른다. 왜냐하면 자유의 개념은 인간의 자기 확장 본능과 열정적으로 수축되는 자아의 강조가 결합되는 교차점에서 낭만주의와 공통점이 있기 때문이다. 개인주적인 자유 본능은 민족적인 것에 역사적·낭만적인 예찬을 하도록 했지만, 이것은 호전적인 것이어서 인도적인 자유주의로부터는 몽매하다고 불린다. 그렇지만 인도적인 자유주의 역시 개인주의를 주장하고 있는 것에는 변함이 없으며, 다만 주장하는 방법이 약간 다를 뿐이다. 개인주의는 개인의 무한하고 우주적인 중요성을 확신한다는 점에서 낭만적이고 중세적인데, 이러한 사실에서 영혼 불멸설과 지구 중심설, 점성술이 생겨난다. 다른 한편으로 개인주의는 자유주의적 인문주의의 경향을 띠고 있는데, 이러한 인문주의는 무정부주의적으로 나아가려는 성향이 있지만, 아무튼 집단의 희생물이 되는 것에서 개인을 지키려고 한다. 이러한 어느 쪽의 것도 모두 개인주의라고 하는데, 이런 사실에서 볼 때 내용이 다른 것을 하나의 동일한 명칭으로 부르고 있는 셈이라는 것이다.

그러나 자유에 대한 열정은 무분별하게 파괴를 일삼는 진보와 싸워 가며 자유의 막강한 적들, 즉 전통을 지키려는 총명한 기사들을 낳았음을 인정해야 한다. 그 대목에서 나프타는 산업주의를 저주하고 귀족 계급을 찬미한 아른트의 이름과, 『기독교의 신비주의』를 저술한 괴레스의 이름을 들먹였다. 그런데 신비주의는 가령 자유와 아무런 관련이 없다는 말인가? 신비주의는 무언가 반스콜라적이고, 반도그마적이며, 반교권적인 것이 아니었을까? 교권 제도는 무제한의 군주 독재에 저항했기 때문에 이를 당연히 하나의 자유 세력으로 간주하지 않을 수 없다. 그런데 중세 말기의 신비주의는 종교 개혁의 선구로서 자유주의적인 본질을 보여 주었다 ─ 이 종교 개혁은, 헤헤, 그 나름대로 자유와 중세적 반동이 풀리지 않게 긴밀히 결합되어 짜낸 직물 같은 것이었다…….

루터의 행위……. 그렇지, 그렇고말고, 그의 행위는 행위 그 자체나 행위 일반의 의심스러운 본질을 명명백백하게 드러내 보인다는 장점을 지니고 있다. 한스 카스토르프 청년은 행위가 무엇인지 알고 있는지? 행위란, 예를 들어, 대학생 조합원 잔트가 추밀원 고문관 코체부에를 암살한 것과 같은 것이다. 범죄 수사학적인 표현을 빌리면, 무엇이 잔트 청년에게 〈흉기를 손에 쥐게〉 했는가 하는 것과 같다. 물론 자유에 대한 열광이다. 하지만 좀 더 자세히 들여다보면, 사실 자유에 대한 열광 때문이 아니라, 오히려 도덕적 광신 때문이며, 비민족적 경솔성에 대한 증오 때문이다. 물론 코체부에는 러시아의 앞잡이, 그러니까 신성 동맹의 앞잡이였기 때문에, 잔트는 자유를 위해 그를 찌른 것이었지만, 잔트와 가까운 친구들 중에 예수회 회원이 상당수 있었다는 점을 생각하면 다시금 황당무계하다는 생각이 든다. 요컨대 행위란 어떠한 것이든지 간에, 아무튼, 자신의 신념을 명백히 하는 수단으로는 적당하지 않고, 정신적인 문제를 해결하는 데에도 별로 도움이 되지 않는다는 것이다.

「실례지만, 물어보겠는데요, 당신의 애매모호한 강의를 이제 좀 끝내는 게 어떻겠습니까?」

세템브리니는 이렇게 부드러운 어조로 물었지만, 말투는 날카로웠다. 그는 그때까지 앉은 채로, 손가락으로 탁자를 톡톡 두드리고, 콧수염을 계속 꼬고 있었다. 이제 참을 만큼 참았다. 그의 인내는 그 끝을 보았던 것이다. 그는 똑바로 앉았다. 너무 꼿꼿이 앉아 몸이 약간 뒤로 젖혀질 정도였다 ─ 매우 창백한 얼굴로, 말하자면 발돋움을 한 상태로 앉아 있었기 때문에 허벅지 뒤쪽만 의자에 닿은 그런 자세로 검은 눈을 번득이며 논적을 노려보았다. 그러자 나프타는 짐짓 깜짝 놀란 표정을 지으면서, 세템브리니 쪽을 바라보았다.

「당신 지금 뭐라고 그랬습니까?」 나프타는 이렇게 응수했다…….

「내 말은.」 이탈리아인 세템브리니 씨는 이렇게 말하며 침을 꿀꺽 삼켰다. 「— 내 말은 이렇게 무방비 상태에 있는 순진한 청년을 당신의 애매한 말로 더 이상 괴롭히지 못하도록 막겠다는 것이오!」

「이봐요, 말조심할 것을 요구하는 바입니다!」

「그런 요구는 할 필요가 없습니다, 이보시오. 난 언제나 말조심하고 있으니까요. 말하자면 나는 사실 그대로 말하는 겁니다. 그러지 않아도 동요하기 쉬운 청년을 정신적으로 혼란에 빠뜨리고, 유혹하며, 윤리적으로 무력하게 만드는 당신의 태도는 파렴치한 것이며 아무리 엄한 말로 징계해도 부족하다는 것을 주지시켜 드리지만…….」

〈파렴치〉라는 말을 입에 올리면서 세템브리니는 손바닥으로 탁자를 두드리고, 자신이 앉은 의자를 뒤로 밀치며 일어섰다 — 이것이 신호라도 된 듯, 다른 사람들도 그를 따라 일어섰다. 다른 탁자의 손님들이 귀를 곤두세우며 이쪽을 건너다보았다 — 스위스 손님들은 벌써 떠나고 없었으므로 탁자 하나에만 사람들이 앉아 있었을 뿐인데, 이 탁자에 앉은 네덜란드인들은 당혹한 표정을 지으며 이 돌발적인 언쟁에 귀를 기울였다.

그러므로 다섯 사람 모두 탁자를 사이에 두고 꼿꼿이 서 있었다. 한스 카스토르프와 당사자인 두 논적은 이쪽에, 페르게와 베잘은 맞은편에 서 있었는데, 이들 모두는 눈을 크게 뜨고 입술을 떨며 하얗게 질려 있었다. 언쟁의 당사자가 아닌 세 사람이 두 사람을 달랜다든가, 농담을 하며 긴장된 분위기를 풀어 준다든가, 인간적으로 설득해서 모든 일을 원만하게 해결한다든가 하는 시도를 해볼 수는 없었던가? 그러나 그런 시도를 하려는 사람은 아무도 없었다. 내적인 정신 상태 때문에 그런 일을 할 수 없었다. 이들은 엉거주춤 선 채로 몸을 떨면서, 자신들도 모르게 두 주먹을 불끈 쥐었다. 고상한 것이라면 아무것도 모른다는 안톤 카를로비치 페르게, 이 논쟁의 파급 효과를 판단하는 것을 처음부터 완전히 포기한 페르게 — 그도 이제 갈 데까지 갔으니, 자신도 거기에 말려 들어가서 사태를 그냥 지켜보는 수밖에 없다고 확신하고 있었다. 페르게의 온후한 듯 풍성한 콧수염이 심하게 올라갔다 내려갔다 하고 있었다.

주위는 고요했다. 이 고요 속에 나프타의 이 가는 소리만이 들렸다. 이것은 한스 카스토르프에게는 비데만의 성난 머리털이 곤두선 것을 본 체험과 유사하게 느껴졌다. 그는 예전에 이를 간다는 것은 다만 말뿐으로 실제로는 있을 수 없는 일이라고 생각했었다. 하지만 나프타는 정적이 감도는 가운데 정말로 이를 갈았던 것이다. 너무나 불쾌하고 야만적이며 기괴한 소리였지만, 어쨌든 이것은 나프타가 나름대로 무서울 정도로 자제하며 참고 있다는 표시이기도 했다. 왜냐하면 그는 고함을 지르지 않고, 나지막한 소리로 다만 헐떡이듯 반쯤 웃는 소리로 이렇게 말했기 때문이다.

「파렴치하다고? 징계한다고? 도덕군자도 드디어 화가 났나요? 문명의 교육자적 감시인이 칼을 뽑을 정도까지 흥분

413

했습니까? 내 생각에, 시작은 성공이라 하겠습니다 — 멸시의 감정을 가지고 덧붙이자면, 가볍게 해낸 셈이지요. 왜냐하면 대수롭지 않은 야유로 도덕적인 감시인을 화나게 하는데 성공했으니까 말입니다! 앞으로 벌어질 일은 곧 밝혀질 것입니다, 이보시오. 〈징계〉라는 말, 이것도 마찬가지입니다. 시민으로서의 원칙이 있는 당신이 나에게 어떤 의무를 지고 있는지 모를 리 없길 바랍니다. 그렇지 않으면 난 당신의 원칙을 모종의 수단으로 시험해 보지 않을 수 없을 겁니다, 그 수단이라는 것은 —」

세템브리니 씨의 험악한 몸동작이 나프타로 하여금 하던 말을 계속하도록 했다.

「아, 그래요, 그럼 시험할 필요도 없어요. 난 당신의 방해물이고, 당신은 나의 방해물입니다 — 아무튼 좋습니다, 우리는 이러한 조그만 분쟁을 언젠가 적절한 장소에서 해결하도록 하고, 현재로서는 단 한 가지만 말해 두겠습니다. 당신은 자코뱅 당 혁명의 스콜라 철학적 관념 국가에 대해 마치 성자(聖者)와도 같은 불안을 느낀 나머지, 젊은이에게 쓸데없는 회의를 심어 주고, 기본 개념을 뒤엎으며, 모든 이념에서 아카데믹한 도덕적 품위를 박탈하는 것을 교육적 범죄라고 생각하고 있습니다. 당신의 이런 불안에는 그럴 만한 이유가 있습니다. 당신의 인도주의는 끝이 났기 때문입니다. 그 점을 확실히 말씀해 주십시오 — 완전히 다 끝났다는 것을 말입니다. 그것은 오늘날에는 시대착오이며, 고전주의적 몰취미이며, 그저 하품만 나게 하는 정신적 권태에 불과한 것입니다. 우리들의 새로운 혁명은, 이보시오, 이러한 정신적 권태를 쓸어 없애려고 하고 있습니다. 교육자로서 우리들이 당신네들의 온건한 계몽주의가 여태까지 꿈꾸었던 것보다 더 심각하게 의심을 불러일으킨다면, 이것은 우리가 무슨 일을 하는지 우리 스스로 잘 알고 있기 때문입니다. 시대가 요구하는 절대주의 사상, 신성한 공포는 급진적인 회의와 도덕적인 혼란에서만 생깁니다. 이런 말을 하는 것은 나 자신을 변호하고 당신을 훈계하기 위해서입니다. 더 이상의 이야기는 다음 기회로 미루기로 하겠습니다. 아무튼 인사를 드리도록 하겠습니다.」

「아니, 당신이 연락을 받을 거요, 이보시오!」 세템브리니는 나프타의 뒤에 대고 소리쳤다. 나프타는 탁자를 떠나 자신의 털가죽 외투를 가지러 옷걸이 쪽으로 바삐 가는 중이었다. 그러고 나서 프리메이슨 단원 세템브리니는 의자에 주저앉으며 자신의 가슴을 두 손으로 눌렀다.

「파괴자! 미친 개! 피에 굶주린 흡혈귀!」 세템브리니는 숨을 헐떡이며 이렇게 부르짖었다.

다른 세 사람은 그냥 그대로 탁자 옆에 서 있었다. 페르게의 콧수염은 계속 위아래로 움직였고, 베잘은 아래턱을 비스듬히 일그러뜨렸으며, 한스 카스토르프는 목덜미가 떨려서 자신의 할아버지처럼 턱을 가슴 쪽으로 끌어당기고 있었다. 세 사람 모두 이곳에 올 때는 이런 결말을 꿈에도 예상하지 못했다고 생각하고 있었다. 세템브리니 씨를 포함한 모두가 이런 생각을 했다. 모두 썰매 한 대에 타지 않고 두 대에 나누어 타고 온 것이 얼마나 다행스러운 일인가 하고 말이다. 이 때문에 우선은 홀가분한 마음으로 돌아갈 수 있었다. 하지만 그다음에 대체 무슨 일이?

「나프타 씨가 결투를 신청했지요?」 한스 카스토르프가 답답한 심정으로 말했다.

「물론입니다.」세템브리니는 이렇게 대답하고, 옆에 서 있는 한스 카스토르프를 힐끗 쳐다보더니, 이내 그에게서 시선을 돌리고 손으로 머리를 받쳤다.

「결투에 응하실 겁니까?」베잘은 대답을 듣고자 했다…….

「당신 그걸 질문이라고 한 건가요?」세템브리니는 이렇게 대답하고, 역시 베잘을 힐끗 쳐다보았다…….「여러분들.」그는 말을 계속하며 완전히 냉정을 되찾고 일어섰다. 「나는 우리의 즐거운 소풍이 이런 식으로 끝나게 된 것을 정말 슬프게 생각합니다. 하지만 누구나 살다 보면 이런 우발적인 사건이 일어날 수 있다는 걸 각오해야 합니다. 난 이론적으로는 결투에 반대하고, 법률적으로 생각합니다. 그러나 실제 문제가 되고 보면 이야기는 달라집니다. 경우에 따라서는 그 반대로 생각할 수도 있으니까요 — 요컨대, 난 그 사람의 요구에 응할 생각입니다. 젊었을 때 펜싱을 좀 배워 두길 잘한 것 같군요. 두세 시간 정도 연습하면 손목이 다시 유연해질 겁니다. 자, 갑시다! 자세한 사항을 협의해야 하니까요. 아마 저 사람은 벌써 말에 썰매를 달도록 명령했을 겁니다.」

한스 카스토르프는 요양원으로 돌아오는 도중과, 또 그 후에도 앞으로 일어날 엄청난 일 때문에, 여러 번 현기증이 일어났다. 특히 나프타가 베고 찌르고 하는 결투에는 관심이 없고 권총 결투를 주장한다는 것을 알고서 — 그리고 명예권에 관한 개념으로 볼 때 그가 모욕을 당한 장본인이었기 때문에, 사실은 그에게 무기 선택권이 있다는 것을 알고서 순간적으로 현기증을 느꼈던 것이다. 말하자면 한스 카스토르프 청년에게 주위의 내적인 정신 상태로 인해 혼란스럽고 몽롱한 상태에 있는 자신의 정신을 어느 정도 해방시킬 수 있는 순간이 와서, 그는 이따위 결투 같은 것은 정말 미친 짓이니, 무슨 일이 있어도 이를 막아야겠다고 생각했던 것이다.

「실제로 모욕을 가한 사건이 있었다면 몰라도.」 한스 카스토르프는 세템브리니와 페르게, 베잘과 대화를 나누면서 소리쳤다. 베잘은 요양원으로 돌아가는 중에 나프타로부터 이미 결투의 입회인 역할을 부탁받고 쌍방에 연락을 취하고 있었다. 「그것이 민사적이고 사회적인 종류의 모욕이라면 몰라도! 또 그것이 어느 한쪽이 상대방의 명예에 관련된 이름을 더럽혔다든가, 여자 문제가 관련되어 있거나, 드잡이할 정도의 사활이 걸린 숙명적인 일이 얽혀 있어서 도저히 화해를 할 가능성이 없다면 또 몰라도! 그렇습니다, 그럴 경우에는 결투가 최종적인 해결책이 될 수 있을 것입니다. 그리고 이로 인해 명예가 어느 정도 회복되고 사건이 원만히 해결된다면, 즉 당사자들이 화해를 하고 헤어진다면, 결투도 분쟁의 종류에 따라 유익하고 실용적인 아주 좋은 수단이라고 할 수 있겠습니다. 하지만 그가 무슨 일을 했다는 것입니까? 나는 나프타 씨를 두둔할 생각은 없습니다만, 그가 당신에게 어떤 모욕을 가했는지 묻고 싶을 뿐입니다. 그는 모든 범주들을 뒤엎었습니다. 그의 표현을 빌리면, 그는 모든 개념에서 아카데믹한 품위를 박탈했습니다. 당신은 이것으로 모욕을 당했다고 느꼈습니다 — 당연한 일이지만, 우리 한번 그렇다고 가정해 봅시다 —」

「가정해 본다고요?」 세템브리니는 한스 카스토르프의 말을 따라 하면서 그를 쳐다보았다.

「당연하지요! 암, 당연하고말고요! 나프타 씨는 그 말로

417

당신을 모욕했습니다. 하지만 그가 당신을 비방한 것은 아닙니다! 실례되는 말이지만, 그게 다른 점입니다! 중요한 것은 추상적인 문제, 정신적인 문제입니다. 정신적인 문제로 모욕은 할 수 있지만, 그것으로 비방은 할 수 없습니다. 이것은 어떤 명예 재판소에서도 받아들이는 원칙입니다. 그 점에 대해 나는 맹세코 단언할 수 있습니다. 이 때문에 당신이 그에게 〈파렴치〉니 〈엄한 징계〉니 하고 답변한 것도 비방은 아닙니다. 그것도 정신적인 의미로 한 말이니까요. 모든 것이 정신적인 영역에 머물러 있어서 개인적인 일과는 아무런 관계가 없습니다. 비방과 같은 것은 개인적인 일에만 존재하기 때문입니다. 정신적인 문제는 결코 개인적인 문제일 수 없습니다. 그것이 바로 앞서의 원칙에 대한 완전한 보충이자 상세한 설명입니다. 그렇기 때문에—」

「당신은 잘못 생각하고 있군요, 카스토르프 군.」 세템브리니 씨는 두 눈을 감고 대답했다. 「당신은 정신적인 문제가 개인적인 성격을 띨 수 없다고 여기는 데 거기서 첫째로 잘못 생각하고 있습니다. 그렇게 생각해서는 안 됩니다.」 그는 이렇게 말하고는 그 특유의 점잖으면서도 고통스러운 미소를 지었다. 「하지만 당신은 무엇보다도 정신적인 문제를 평가하는 데에서 잘못을 범하고 있습니다. 당신은 현실 생활에서는 결투 이외에는 다른 해결책이 없을 것 같은 갈등이나 열정이 동반되지만, 정신적인 문제는 그렇게 심한 갈등이나 열정을 일으키기에는 지나치게 약하다고 생각하고 있습니다. 오히려 그 반대입니다! 추상적인 것, 순화된 것, 이념적인 것은 동시에 절대적인 것입니다. 그럼으로써 사실 엄격한 것이기도 합니다. 그리고 이것에는 사회생활보다 훨씬 더 심각하고 과격한 증오의 가능성, 절대적이고 화해할 수 없는 적대 관계를 일으킬 가능성이 숨어 있습니다. 추상적이고 정신적인 문제 쪽이 사회생활보다 더욱 직접적이고 가차 없이 〈너 아니면 나〉의 국면, 엄밀히 말하자면 과격한 국면, 육체적으로 부딪치는 결투의 국면으로 몰고 간다고 말한다면, 당신은 그것을 이상하다고 생각하시겠습니까? 이보게나, 결투란 이 세상에 흔히 있는 것과 같은 〈제도〉가 아닙니다. 그것은 최종적인 것이고, 자연의 원시 상태로 복귀하는 것이며, 기사도적인 종류의 매우 피상적인 규정을 통해서 약간 완화될 뿐입니다. 상황의 본질적인 것은 전적으로 본래적인 것, 육체적인 투쟁으로 남아 있습니다. 그리고 남자라면 누구든지 아무리 자연 상태로부터 멀리 떨어져 있다 하더라도, 이러한 상황을 감당할 만한 준비 태세를 갖추어야 합니다. 남자라면 언제 그러한 상황에 빠져들지 모르니까요. 이념적인 것을 위해 자신의 몸, 자신의 팔, 자신의 피를 걸 수 없는 자는, 그런 것을 입에 담을 자격이 없는 자입니다. 그리고 아무리 정신적인 존재라 하더라도 남자로 머물러 있는 것, 이것이 중요한 일입니다.」

이리하여 한스 카스토르프는 오히려 세템브리니 씨에게 질책을 당한 꼴이 되고 말았다. 거기에 대해 뭐라고 대꾸하겠는가? 그는 침울한 기분으로 생각에 잠겨 묵묵히 있었다. 세템브리니 씨의 말은 차분하고 논리 정연했지만, 어쩐지 그에게서 울려 나온 말로서는 낯설고 부자연스러운 느낌을 주었다. 그의 생각은 그의 것이 아니었다 — 결투에 관한 것도 그 자신이 스스로 생각해 낸 것이 아니라 키 작은 테러리스트인 나프타의 생각을 받아들인 것인 것처럼 말이다. 쉽게 말해, 그는 자신의 명석한 두뇌를 노예로, 도구로 만들어 버린 주위의 정신 상태에 휩쓸린 나머지 이런 표현을 하게 된 것이었다. 정신적인 것은 준엄하기 때문에 가차 없이 동물적인 것으로, 즉 육체의 투쟁에 의한 해결로 나아가야 한다는 말인가? 한스 카스토르프는 이런 생각에 반기를 들거나, 또는 반기를 들려고 했다 — 하지만 그것도 불가능하다는 것을 알고 깜짝 놀라지 않을 수 없었다. 주위에 만연된 정신 상태가 그의 내부에서도 강력한 힘을 발휘하고 있어, 그 자신조차도 이러한 상태에서 빠져나올 수 있는 사나이가 아니었다. 비데만과 존넨샤인이 두 마리 짐승처럼 속수무책으로 싸우며 뒹굴던 기억이 끔찍하고도 생생하게 떠올라, 한스 카스토르프는 마지막으로 호소할 수 있는 것은 결국 육체적인 것, 이나 손톱과 같은 것밖에는 없다는 것을 깨닫고는 소름이 끼치도록 놀랐다. 그래, 그렇다, 서로 결투를 할 수밖에 없어. 그래야 적어도 기사도적인 규정을 통해 원시적인 상태를 완화시킬 수 있기 때문이다……. 한스 카스토르프는 세템브리니 씨에게 자신이 결투의 입회인을 맡겠다고 청했다.

그의 제안은 거절당했다. 아니, 그것은 적합하지 않고, 어울리지 않는다는 답변을 받았다 — 처음에는 세템브리니 씨가 예의 점잖으면서도 고통스러운 미소를 띠면서 거절했고, 그다음으로 페르게와 베잘도 잠시 생각해 보고는 별다른 이유도 없이 거절했다. 그들은 한스 카스토르프가 입회인으로 이러한 결투장에 나가는 것은 좋지 않다고 말했다. 그런데 가령 중립적인 심판으로 — 야수성을 완화하는 기사도적인 조정 수단으로서 그런 심판의 존재가 규정에도 있기 때문이다 — 결투장에 나가는 것은 무방하다고 말했다. 나프타조차도 자신의 명예 대리인인 베잘의 입을 통해 같은 의견을 전해 왔으므로, 한스 카스토르프는 그것으로 만족할 수밖에 없었다. 입회인이든 심판이든 간에, 어쨌든 그는 결투 방식을 결정하는 데 영향력을 행사할 가능성을 부여받았는데, 이것은 끔찍스러우리만큼 중요한 일로 드러났다.

그러니까 나프타가 어처구니없는 비정상적인 제안들을 했기 때문이다. 그는 다섯 발자국 떨어진 거리에서 결투를 하고, 필요하다면 각자 세 번씩 총을 쏠 것을 요구했다. 이러한 정신 나간 제안을 나프타는 언쟁이 있던 날 밤에 베잘을 통해 통고해 왔다. 베잘은 나프타의 야만적 이해관계의 대리인이자 대변자가 되어, 일부는 그의 위임에 따라, 일부는 분명 자신의 취향에 따라 완강하게 그 조건을 주장했다. 물론 세템브리니는 여기에 대해 비난하지 않았지만, 입회인인 페르게와 심판인 한스 카스토르프는 이에 격분했고, 한스 카스토르프는 심지어 한심한 베잘에게 호통을 치기까지 했다. 구타나 폭행 같은 구체적인 이유가 있었던 것도 아니고, 순전히 추상적인 결투를 하는 것에 불과한데 그렇게 꼴사납고 흉한 조건을 내건다는 것이 부끄럽지도 않은가 하고 물었던 것이다! 권총으로 쏘는 것만 해도 야만스럽기 짝이 없는데, 이런 잔인한 세부 조건까지 내건다는 것은 말도 안 된다고 말이다. 그렇게 되면 기사도적인 규정도 아무 소용이 없게 되니, 그러려면 차라리 손수건으로 서로 얼굴을 가리고 쏘는 게 낫지 않겠는가! 베잘 자신이 그런 가까운 거리에서 직접 총을 쏘는 것이 아니니까, 그의 입에서 피에 굶주린 말이 그렇게 술술 나오는 것이리라 하고 한스 카스토르프는 말했다. 베잘이 어깨를 으쓱하며 사태가 그렇게까지 극단적으로

가 있다는 것을 무언으로 암시하는 바람에, 이러한 사태를 잊어버리고 싶은 심정인 상대방은 기세가 좀 꺾였다. 어쨌든 다음 날도 절충은 계속되었다. 한스 카스토르프는 그럭저럭 절충에 성공하였는데, 무엇보다도 세 번씩 서로 쏘는 것을 한 번으로 줄이기로 했다. 또 결투를 벌이는 두 사람은 열다섯 보 떨어져 대치하고 있다가, 총을 쏘기 직전에 다섯 보 전진할 수 있는 권리를 갖도록 절충이 되었다. 하지만 이러한 조건도 화해의 시도는 절대로 하지 않는다는 것을 굳게 약속하고 나서야 겨우 얻어 낸 양보였다. 그런데 또 다른 문제는, 그들 다섯 사람 중 권총을 가진 사람이 하나도 없었다는 것이었다.

알빈 씨에게 권총이 몇 정 있었다. 그는 여자들을 겁주기 위해 갖고 있는 번쩍거리는 소형 연발 권총 외에도, 케이스 속에 벨벳으로 싸인 벨기에제 장교용 쌍권총도 가지고 있다. 그것은 갈색 목재 손잡이가 있는 브라우닝 자동식 권총으로 손잡이 안에 탄창이 있었다. 강철제의 총포는 푸른색을 띠었고, 회전식의 총신은 번쩍번쩍 빛나고 있었는데, 총구 부분에 아주 좁고 정밀한 가늠자가 달려 있었다. 한스 카스토르프는 언젠가 한번 허풍선이 알빈 씨의 방에서 그런 권총을 본 적이 있었기 때문에, 결투에는 반대하였지만, 순전히 공정을 기하기 위해 권총을 빌리는 일을 떠맡았다. 그는 알빈 씨에게 권총을 사용하는 목적을 구태여 숨기지 않았지만, 개인적인 명예에 관한 비밀이라도 있는 것처럼 위장하고는 허풍선이의 기사도 정신에 호소하여 쉽게 권총을 빌릴 수 있었다. 알빈 씨는 심지어 그에게 권총의 장전법까지 가르쳐주었고, 야외에서 한스 카스토르프와 함께 두 정의 권총으로 목표물을 정하지 않은 시험 사격을 해보이기까지 했다.

이런 여러 가지 일로 시간이 좀 걸렸다. 그래서 결투를 벌이기까지 이틀 낮과 사흘 밤이 지나가게 되었다. 대결 장소는 한스 카스토르프가 생각해 낸 곳, 즉 술래잡기를 위해 그가 홀로 은둔하는 장소이자, 여름에 푸른 꽃이 만발하는 그림과 같이 아름다운 장소가 제안되어 그곳으로 결정되었다. 그래서 문제의 언쟁이 벌어진 날로부터 3일째 되던 날 아침, 이곳에서 동이 트자마자 사건은 결말을 보게 되었다. 너무나 흥분이 된 한스 카스토르프는 전날 밤, 그것도 꽤 늦은 시각이 되어서야 비로소 결투 장소에 의사를 데리고 갈 필요가 있다는 것을 생각해 냈다.

그는 즉각 페르게와 그 문제를 상의했는데, 그것이 매우 난감한 문제임을 알게 되었다. 라다만토스는 사실 대학생 조합원 출신으로 이 결투를 이해는 하고 있겠지만, 요양원 원장의 입장으로 특히 환자끼리 결투를 벌이는 그런 불법적인 일을 지원할 가능성은 없었다. 어쨌든 중환자 두 사람의 결투에 협조해 줄 수 있는 의사를 이곳에서 찾는다는 것은 거의 바랄 수 없는 처지였다. 크로코프스키로 말하자면, 심령계의 의사인 그가 상처의 치료법을 제대로 알고 있는지조차도 의심스러웠다.

한스 카스토르프는 그 문제를 베잘과도 상의했다. 그랬더니 베잘이 말하기를, 나프타는 의사를 원하지 않는다고 벌써 의견을 표명했다고 했다. 그가 결투장에 가는 것은 약을 바르거나 붕대를 감기 위해서가 아니라 서로를 쏘기 위해서, 그것도 목숨을 걸고 치명상을 입히기 위해서라는 것이다. 나중에 그 결과가 어떻게 될 것인지는 자신에게 아무 상관이 없으며, 그때 가서 알게 될 것이라고 말했다고 한다. 이것은 어딘지 불길한 성명처럼 생각되었지만, 한스 카스토르프는 그것을 〈나프타는 의사를 부를 필요가 없다고 은밀하게 생각하고 있구나〉라는 뜻으로 해석하려고 노력했다. 세템브리니도 자신에게 파견된 페르게를 통해, 자신은 의사를 부르는 일에 관심이 없으므로 그 문제는 거론하지 않았으면 좋겠다고 나프타에게 통고하지 않았던가? 어느 쪽에도 피를 흘리게 할 의도는 없다는 점에서 사실 두 논적의 견해가 같을 거라고 기대하는 것이 그다지 어긋난 생각은 아니었다. 그날 언쟁이 있은 이후로 사람들은 이틀 밤을 잤고, 앞으로 하룻밤을 더 잘 것이다. 그러면 흥분은 어느 정도 가라앉고 머리가 맑아질 것이다. 무엇보다 특정한 기분이란 것은 시간의 흐름에 좌우되기 때문이다. 내일 새벽 권총을 손에 들면, 서로 대결하는 두 사람은 이미 그 말다툼을 벌이던 날 밤과는 다른 남자가 되어 있을지도 모른다. 언쟁이 있었던 당일이었다면 욕망과 확신에 차서 서로 총을 쏘았을지 모르지만, 내일 아침이 되면 이제 그 당시의 자유 의지에 따라 행동하지 않고, 기껏해야 그저 기계적으로 체면상 할 수 없이 행동할지도 모른다. 그리고 한때의 기분에 구애받아 실제 목전의 기분을 부정하는 일은 그러니까 어떻게든 막아야 하지 않겠는가!

한스 카스토르프의 이러한 예상이 아주 빗나간 것은 아니었다 — 유감스럽게도 그가 꿈에도 생각할 수 없었던 방식이긴 했지만, 세템브리니 씨에 관한 한 그의 예상은 심지어 완전히 옳았던 것이다. 하지만 그는 레오 나프타가 결정적인 순간에 이를 때까지의 시간 동안 자신의 결심을 어떻게 바꾸었는지, 또는 바로 이 순간에 자신의 결심을 어떻게 바꿀 것인지 알았다면, 이 모든 일을 초래한 주위의 정신 상태가 어떤 것이었든 간에 눈앞에 다가온 결투를 그대로 내버려 두지는 않았을 것이다.

아침 7시였다. 해가 산 위에 떠오르기 한참 전이었다. 하지만 한스 카스토르프가 불안하게 밤을 보낸 뒤 약속 장소로 가기 위해 베르크호프 요양원을 나섰을 때는 자욱한 안개가 겨우 걷히기 시작했다. 날이 밝아오기 시작했던 것이다. 홀을 청소하던 하녀들이 일손을 멈추고 놀란 눈으로 그를 쳐다보았다. 마침 현관문이 잠겨 있지 않았다. 페르게와 베잘, 그 두 사람이 따로 갔는지 아니면 같이 갔는지는 몰라도, 전자는 세템브리니를, 후자는 나프타를 결투장으로 데려가기 위해 벌써 이 문을 지나간 것이 틀림없었다. 한스 카스토르프는 심판이라는 자신의 특성상 그 어느 쪽과도 동행할 수 없기 때문에 혼자서 갔다.

그는 현재의 상황을 생각하니 마음이 무겁기만 했고, 그래서 체면상 하는 수 없이 기계적으로 갔던 것이다. 그가 결투에 입회하는 것은 너무나 명백하고 당연한 일이었다. 그 결투에 참가하지 않고 침대에서 결과를 기다리는 것은 불가능했다. 그 이유는 — 첫째로, 하고 그가 말을 꺼냈지만 이상하게 첫째 이유를 드는 것을 피하고, 두 번째 이유로 넘어가, 사태를 그대로 내버려 두어서는 안 된다고 생각했기 때문이라고 했다. 다행히도 아직은 불미스러운 일이 일어나지 않았고, 불미스러운 일이 꼭 일어난다고 장담할 수 없으며, 심지어 일어날 가능성도 별로 없었다. 전등불이 켜져 있는 시각에 일어나 아침 식사도 하지 못하고, 몹시 추운 이른 새벽에

야외에서 만나야 했는데, 이것은 일단 약속한 것이니 지켜야
했다. 하지만 결투의 시간이 되면, 한스 카스토르프 자신의
영향으로, 자신이 현장에 있음으로 해서, 미리 예상할 수는
없는 일이지만 어떻게든 모든 일이 분명 호전되고 명랑한 쪽
으로 전환될지 모른다 — 그것이 어떤 형태가 될 것인지 지
금부터 예상할 수는 없고, 그러므로 이를 예단하려고 하지
않는 것이 더 현명한 일일지도 모른다. 왜냐하면 아무리 사
소한 사건이라도 우리들이 미리 예상한 것과는 다른 방향으
로 흐를지 모른다는 것을 우리는 경험을 통해 알고 있기 때
문이다.

　그럼에도 불구하고 그날 아침은 한스 카스토르프의 기억
으로는 가장 불쾌한 아침이었다. 수면 부족과 피로감으로
신경질이 나서 이가 덜덜 떨렸고, 마음 깊은 곳에서는 조금
전에 스스로를 달랜 위안이 별로 믿기지 않게 되었다. 아주
특별한 순간들이 있었다……. 싸움 때문에 인생이 망가진 민
스크 출신의 부인, 홍차 때문에 미쳐 날뛰는 학생, 비데만과
존넨샤인, 손바닥으로 뺨을 때린 폴란드인의 사건이 기분
나쁘게 뇌리를 스쳐 갔다. 그는 자신의 눈앞에서, 자신이 현
장에 입회해 있는 앞에서 두 사람이 서로 총을 쏘고 피를 흘
린다는 것을 상상도 할 수 없었다. 하지만 자신의 면전에서
비데만과 존넨샤인이 벌인 일을 생각하면, 자신과 자신의 주
변 세계를 믿을 수 없었다. 그런 생각을 하니, 털가죽 재킷을
입었는데도 오싹오싹 한기가 몸에 스며들었다 — 그러나 한
편으로는 이 모든 것에도 불구하고 자신이 처한 상태로 인
한 이상하고 비장한 기분이, 힘을 북돋아 주는 요소인 새벽
공기와 결합하여 그를 일으키고 활기를 불어넣어 주었다.

이렇게 얽히고 뒤바뀌는 여러 가지 기분과 생각에 잠겨 한 스 카스토르프는 어스름 속에 서서히 밝아오는 새벽길을 올 라갔는데, 도르프에 있는 쌍 썰매 코스의 종점에서 극도로 좁은 오솔길을 따라 비스듬히 비탈길을 올라가, 깊이 눈에 덮인 숲에 도달했고, 쌍 썰매가 지나가는 코스 위에 있는 나 무다리를 건너갔다. 그리고 삽이 아니라 사람들의 발길로 자연스럽게 다져진 오솔길을 힘차게 디디며 나무줄기들 사 이를 계속 걸어갔다. 그는 빨리 걸었으므로 얼마 안 가서 세 템브리니와 페르게를 따라잡게 되었다. 페르게는 둥글고 넓 은 망토 밑 한쪽 손으로 권총 케이스를 들고 있었다. 한스 카스토르프는 주저하지 않고 이 두 사람과 합류하였고, 이 들과 나란히 얼마 걸어가자마자 조금 앞에서 걸어가고 있는 나프타와 베잘의 모습도 곧 눈에 들어왔다.

「꽤 쌀쌀하네요, 적어도 18도는 되겠어요.」 그는 좋은 의 도로 한 말이었지만, 그 말이 너무 경박하게 들려 깜짝 놀라 이렇게 덧붙였다. 「여러분, 제가 확신하기로는…….」

다른 사람들은 말이 없었다. 페르게의 선량한 인상을 주 는 콧수염이 올라갔다 내려갔다 했다. 얼마쯤 가다가 세템 브리니는 발걸음을 멈추고, 한스 카스토르프의 손을 잡고서 그 위에 자신의 손을 얹고는 이렇게 말했다.

「이보게, 난 죽이지 않을 거요. 죽이지 않을 거예요. 난 그 의 총알에 맞설 겁니다. 그것이 내가 명예를 걸고 할 수 있는 전부입니다. 하지만 난 그를 죽이지 않을 겁니다, 내 말을 믿 어 주시오!」

세템브리니는 잡고 있던 한스 카스토르프의 손을 놓고 계 속 걸어갔다. 한스 카스토르프는 깊은 감동을 받았지만 몇

걸음 걷다가 이렇게 말했다.

「정말 좋은 생각입니다, 세템브리니 씨. 그렇지만 상대방이…… 그쪽에서……」

그러자 세템브리니 씨는 그냥 머리만 흔들 뿐이었다. 그래서 한스 카스토르프는 한쪽이 쏘지 않을 것이니 상대방도 감히 쏘기는 힘들 것이고, 이것으로 모든 일이 만족스럽게 진행되어, 자신이 예상한 대로 되어 갈지도 모른다고 생각했다. 그래서 마음이 한결 홀가분해졌다.

그들은 협곡에 걸려 있는 좁은 판자 다리를 건너갔다. 여름에는 그림같이 아름다운 풍경을 더욱 그럴듯하게 해주는 폭포가 지금은 얼어붙어 벙어리처럼 아무 소리도 내지 않고 흘러내리고 있었다. 나프타와 베잘은 눈이 두툼하게 쿠션처럼 쌓인 벤치 앞의 눈 속을 이리저리 걷고 있었다. 예전에 그 벤치 위에서 한스 카스토르프는, 이상할 정도로 선명한 회상에 잠겨 코피가 멎기를 기다리고 있었다. 나프타는 담배를 한 대 피워 물었다. 한스 카스토르프는 그것을 보고 자신도 담배를 피울 생각이 있는지 곰곰 생각해 보았지만, 피우고 싶은 마음이 조금도 없었다. 그래서 나프타가 담배를 피우는 것은 아무래도 마음의 평정을 가장하기 위한 것이 분명하다고 결론지었다. 한스 카스토르프는 이곳에 찾아올 때마다 느끼는 희열을 맛보며, 이 장소의 웅대하고 친밀감이 가는 경치를 둘러보았다. 눈과 얼음으로 덮인 이러한 겨울 풍경은 푸른 꽃이 만발할 때의 여름 풍경 못지않게 아름다웠다. 눈앞에 비스듬히 튀어나와 있는 전나무의 줄기와 가지 위에도 눈이 무겁게 쌓여 있었다.

「안녕히 주무셨습니까!」 한스 카스토르프는 분위기를 자연스럽게 하고 험악한 공기를 날려 보내기 위해 명랑한 목소리로 인사했지만 — 그것은 아무런 효과가 없었다. 아무도 그의 인사에 대답하지 않았기 때문이다. 인사라고 해야 거의 눈에 띄지 않을 정도로 고개를 숙이는, 어색한 무언의 인사를 교환했을 뿐이다. 그럼에도 불구하고 한스 카스토르프는 그곳에 도착한 흥분, 숨 가쁜 격한 호흡, 겨울 새벽녘에 빨리 걸은 탓으로 몸 안에 축적된 열, 이러한 것들을 지체 없이 좋은 목적에 쏟겠다고 단단히 마음먹고 입을 열었다.

「여러분, 제가 확신하기로는…….」

그러나 나프타는 차갑게 그의 말을 가로막았다. 「당신의 확신은 다른 기회에 피력하기 바랍니다.」 그러고는 역시 오만한 어조로 덧붙여 말했다. 「난 무기를 받았으면 합니다.」 나프타의 그 말에 한스 카스토르프는 한 방 먹은 기분이 되어, 페르게가 자신의 외투 밑에서 위험천만한 권총 케이스를 꺼내고, 그에게 다가온 베잘에게 권총 한 자루를 넘겨주어, 베잘이 그것을 다시 나프타에게 넘겨주는 것을 보고 있을 수밖에 없었다. 세템브리니는 페르게의 손에서 다른 권총을 넘겨받았다. 그런 다음 결투 장소를 만들어야 했으므로, 페르게는 중얼거리며 모두들 옆으로 좀 비켜 달라고 했다. 페르게는 발걸음으로 거리를 계산하고 눈으로 표적을 정하기 시작했는데, 바깥 경계선은 구두의 뒤꿈치로 눈 속에 짧은 선을 그어서 만들었고, 안쪽 경계선은 페르게 자신의 지팡이와 세템브리니의 지팡이, 이 두 개의 산책용 지팡이로 표시했다.[43]

선량한 인내자인 페르게, 그는 지금 무슨 일을 하고 있는

43 유럽에서 권총 결투를 할 때, 보통 바깥 경계선은 한가운데에서 15보, 안쪽 경계선은 5보 정도에 둔다.

것일까? 한스 카스토르프는 자신의 눈을 믿을 수 없었다. 다리가 긴 페르게가 다리를 최대한으로 벌려 발걸음을 계산했으므로, 적어도 열다섯 보의 간격은 그런 대로 상당한 거리가 되긴 했지만, 그 안쪽에는 저주스러운 지팡이 두 개가 놓여 있어, 사실 얼마 떨어져 있지 않았다. 확실히 페르게는 성실한 자세로 그 일에 임하고 있었다. 하지만 이런 끔찍한 일을 태연히 준비하고 있는 이 사나이는 대체 어떤 악마에 홀려 있단 말인가?

나프타는 자신의 밍크 털가죽 외투를 벗어 안에 댄 밍크 털이 보이게 눈 속에 던져 버리고는, 권총을 손에 쥐었다. 그리고 페르게의 구두 뒤꿈치로 바깥선이 그어지자마자 그 한쪽 선이 있는 곳으로 다가갔다. 그러는 동안에도 페르게는 계속 선을 긋고 있었다. 페르게가 선 긋기를 마치자, 기다렸다는 듯 세템브리니도 다 낡아 빠진 털가죽 재킷을 열어젖힌 채 자신이 설 자리로 이동해 갔다. 그러자 그때까지 멍하니 마비된 듯 지켜보고 있던 한스 카스토르프가 서둘러 다시 한 번 앞으로 나아갔다.

「여러분.」 그는 숨이 넘어가듯 말했다. 「너무 서두르지 마십시오! 이것이 이 사람의 의무이기는 하지만……」

「입 닥쳐요!」 나프타가 날카롭게 외쳤다. 「신호를 주시오.」

하지만 아무도 신호를 주지 않았다. 이에 대해서는 사전에 충분히 논의가 되어 있지 않았다. 〈시작〉이라는 신호를 해주어야 했지만, 그런 끔찍한 호령을 내리는 것이 심판의 역할이라는 것을 미리 생각하지 못했는지, 아무튼 그 문제에 대해서는 사전에 아무런 언급이 없었던 것이다. 한스 카스토르프는 잠자코 입을 다물고 있었고, 아무도 그를 대신해 호령을 내리지 않았다.

「우리 시작합시다!」 나프타가 선언했다. 「앞으로 걸어 나오시오, 이보시오, 그리고 쏘십시오!」 그는 상대방을 향해 외치고는, 팔을 뻗어 가슴 높이로 세템브리니를 향해 권총을 겨누면서 앞으로 나아가기 시작했다 ─ 믿을 수 없는 광경이었다. 세템브리니도 똑같이 앞으로 나아가기 시작했다. 그가 세 발자국 걸어갔을 때 ─ 나프타는 총을 쏘지 않은 채, 이미 안쪽 경계선인 지팡이가 있는 데까지 도달한 상태였다 ─ 세템브리니는 총구를 아주 높이 들고 위로 향하여 방아쇠를 당겼다. 날카로운 총소리가 산울림이 되어 여러 번 되풀이되었다. 주위의 산들에 총소리가 울리고 그것이 다시 그 일대에 울려 퍼지는 바람에 온 골짜기가 시끄러워졌다. 그래서 한스 카스토르프는 그 소리에 사람들이 달려 나오지나 않을까 염려되었다.

「당신은 공중에다 쏘았습니다.」 나프타는 권총을 내리면서 분노를 억누르고 말했다.

그러자 세템브리니는 이렇게 대답했다.

「나는 내가 쏘고 싶은 대로 쏠 뿐이오.」

「또 한 번 쏘아 보시오!」

「난 그럴 생각이 없소. 이번에는 당신이 쏠 차례요.」 세템브리니 씨는 머리를 들어 하늘을 바라보면서, 나프타와 정면으로 서지 않고, 옆으로 약간 몸을 돌리고 있었다. 이 모습은 참으로 감동적이었다. 결투에서는 상대방에게 가슴 정면을 드러내 놓지 않는다는 것을 들은 적이 있어서, 이러한 지시를 실행했으리라는 것은 누구나 짐작할 수 있었다.

「비겁자!」 나프타가 소리쳤다. 그는 이 외침으로 총을 쏘는 사람이 총을 맞는 사람보다 더 많은 용기가 필요하다는 사실을 인정한 셈이었다. 그는 결투와는 더 이상 아무런 관계가 없는 방식으로 총을 들어 올렸다. 그러고는 자신의 머리에 쏘고 말았다.

처참한 광경, 잊을 수 없는 광경이었다! 그의 범죄 행위로 인한 날카로운 총소리가 주위의 산들에 메아리치는 동안, 나프타는 두 다리를 앞으로 차올리며 뒤로 두세 걸음 비틀거리더니 넘어지면서, 몸 전체를 오른쪽으로 내던지듯 비틀며, 눈 속에 얼굴을 파묻었다.

모두가 한순간 멍하니 서 있었다. 세템브리니는 권총을 멀리 내던지고 제일 먼저 나프타의 곁으로 달려갔다.

「이게 무슨 짓이란 말인가!」 그가 소리쳤다. 「이게 신에 대한 사랑으로 행한 일이란 말인가!」

한스 카스토르프는 세템브리니를 도와 나프타의 몸을 반듯하게 눕혔다. 관자놀이 옆에 검붉은 구멍이 보였다. 이들은 그의 얼굴을 들여다보면서, 나프타의 가슴 주머니 위로 한쪽 귀퉁이가 살짝 드러난 비단 손수건을 꺼내 얼굴을 잘 덮어 주었다.

청천벽력

한스 카스토르프는 이 위에서 7년간 그들과 함께 머물렀다. 이 7이라는 수는 십진법을 신봉하는 사람에겐 어중간한 수이지만, 이것은 이것대로 훌륭하고 알맞은 수로서, 일종의 신화적이고 회화적인 시간 단위라고 말할 수 있다. 예컨대 평범하고 무미건조한 반 다스, 즉 6이라는 수보다는 기분을 더 흡족하게 한다. 한스 카스토르프는 식당에 있는 일곱 개의 식탁에 모두 앉아 보았는데, 어느 식탁에나 대략 1년 정도씩 앉았다. 마지막으로 그는 아르메니아인 둘, 핀란드인 둘, 부하라인 한 명, 쿠르드인 한 명과 함께 이류 러시아인석에 앉았다. 그는 턱수염을 짧게 기르고 그 식탁에 앉아 있었다. 그 턱수염은 언제부터인지 모르게 그냥 자라게 내버려두었던 것인데, 뭐라고 규정할 수 없이 산만하게 자란 연한 금발의 턱수염이었다. 우리는 이 턱수염을 자신의 외모에 대한 어떤 철학적인 무관심의 증거라고 생각하지 않을 수 없다.

아니, 우리는 더 나아가서 자신이 스스로에게 무관심해진 것과 마찬가지로 주위의 사람들도 그에 대해 무관심하게 되었다는 사실을 보고해야겠다. 베르크호프 요양원 당국은 그를 위해서 특별히 기분 전환을 해줄 일을 생각해 내는 것을 그만두고 말았다. 고문관도 〈잘〉 잤습니까 하는 아침 인사 말고는 그에게 더 이상 특별히 가끔 말을 거는 일도 하지 않았다. 하지만 이 인사도 수사학적인 겉치레로 간단히 줄여서 하는 데 지나지 않았다. 그리고 아드리아티카 폰 밀렌동크도 (그녀는 우리가 말하는 이 시간에도 예의 커다란 다래끼를 달고 지냈다) 며칠에 한 번 정도도 말을 걸지 않았다. 보다 정확하게 말한다면, 아주 드물게 말을 걸거나 아예 말을 걸지 않았다고 할 수 있었다. 사람들은 그를 조용히 내버려두었다 — 그는 낙제가 결정되어 관심 밖으로 밀려났기 때문에, 더 이상 질문에 대답할 필요도 없고, 더 이상 아무것도 할 필요가 없어진, 이상하면서도 통쾌한 특전을 누리게 된

학생, 그런 학생과 비슷한 처지에 있었다 ― 이것은 자유 중에서도 무절제한 형태의 자유라고 덧붙이고 싶지만, 우리는 자유라는 것에 이와는 다른 형태와 종류가 있을 수 있는지 의심해 보고 싶어진다. 좌우간 한스 카스토르프는 자포자기로 무모하고 반항적인 출발을 시도할 염려가 없는 환자로 간주되었기 때문에, 베르크호프 당국에서는 앞으로 그를 염려하며 눈여겨볼 필요가 없었다. 그는 이곳을 떠나 어디로 가면 좋을지 오래전부터 알 수 없게 되었고, 평지로 되돌아간다는 생각도 이제는 전혀 할 수 없게 된 안전한 존재, 종신적인 존재였……. 그가 이류 러시아인석으로 옮겨졌다는 사실만 보더라도 당국에서 그에 대해 아무런 염려를 하지 않는다는 것을 알 수 있지 않은가? 이렇게 말한다고 해서 소위 이류 러시아인석을 조금이라도 깎아내리려는 생각은 추호도 없다! 일곱 식탁 사이에는 이렇다 할 만한 구체적인 우열 관계가 없었기 때문이다. 좀 더 대담하게 말한다면, 거기에는 어느 식탁이나 똑같이 대우받는 민주제가 지배하고 있었다. 이류 러시아인석에도 다른 여섯 개의 식탁에도 똑같이 풍성한 식사가 제공되었다. 라다만토스 자신도 순번이 오면 가끔 그 식탁으로 와서 자리를 잡고 앉아 접시 앞에 커다란 두 손을 모으곤 했다. 거기서 식사하는 사람들은 라틴어를 전혀 몰랐으며, 또 먹는 데에 있어서도 지나치게 체면을 차리지 않았지만, 그래도 이들 역시 인류의 명예로운 일원이었다.

시간, 그것은 역에 걸린 시계처럼 긴 바늘, 즉 장침이 5분마다 생각난 듯 꿈틀꿈틀 움직이는 것이 아니라, 오히려 바늘의 움직임이 거의 눈에 띄지 않는 시계의 아주 작은 움직임과 같은 것이다. 또는 풀이 은밀하게 자라지만 누구의 눈에도 자라는 모습이 눈에 띄지 않다가 어느 날 비로소 확연히 모양을 드러내듯, 그런 식으로 걸음을 계속해 가는 것이다. 시간이란 연장이 없는 점만으로 구성된 선과 같다(이렇게 표현한다면, 불행하게 고인이 된 나프타가 연장이 없는 점으로 이루어진 것이 어떻게 길이가 있는 선이 될 수 있느냐고 분명 물어 오겠지만). 그러므로 시간은 살금살금 눈에 띄지 않게 은밀하게 움직이긴 했지만, 그래도 활동을 계속하며 변화를 낳고 있었다. 한 가지만 예로 들자면, 테디 소년은 어느 날 — 그렇다고 물론 특정한 〈어느 날〉은 아니고, 아주 막연히 언제인지 모르는 어느 날부터 — 이미 소년이 아니었다. 그가 가끔 침대에서 일어나 잠옷을 스포츠복으로 갈아입고 아래층에 내려가도 부인들은 그를 더 이상 무릎 위에 안을 수 없게 되었다. 어느 순간부터 주객이 전도되어, 그런 기회에 그가 부인들을 자기 무릎 위에 안게 되었다. 그러면 어느 쪽이나 다 여태까지와 마찬가지로, 아니 여태까지보다 훨씬 더 기분이 흡족했다. 그렇다고 그가 홍안(紅顏)의 미남이라고는 할 수 없었지만, 그는 키가 훌쩍 자란 청년이 되었다. 한스 카스토르프는 그런 사실을 모르고 있다가, 어느 순간 알아차렸다. 아무튼 결국 시간이 흘러서 키는 컸지만, 그것이 테디 청년에게는 아무런 소용이 없었다. 훌쩍 큰 키가 그에게 맞지 않았던 것이다. 끝내 그는 시간적인 것의 축복을 누리지 못했다 — 즉 21세의 나이로 그는 약한 몸에 침입했던 병독으로 죽고 말았다. 그리하여 그의 방은 소독되었다. 그의 이때까지의 수평 상태는 이제부터의 영원한 수평 상태와 별반 다를 게 없기 때문에, 우리는 그의 죽음을 차분한 목소리로 말하고 있는 것이다.

그러나 더욱 중대한 의미를 지닌 죽음이 있었다. 우리의 주인공과 더욱 가까운 관계를 유지하고 있던, 또는 예전에 그와 더욱 가까운 관계에 있던 평지 사람의 죽음이다. 즉 이제 우리의 기억에서 멀어진 한스의 종조부이자 양아버지이기도 한 티나펠 노영사가 얼마 전에 죽었던 것이다. 노인은 건강에 해로운 기압을 극히 조심하며 피하고, 그런 기압 속에서 수모를 당하는 일은 제임스 숙부에게 맡겼었다. 하지만 언제까지나 뇌졸중을 피할 수는 없었다. 이리하여 어느 날 한스 카스토르프의 멋진 접이식 침대 위로 노인의 사망을 알리는 전보, 간결하지만 다정하고 위로에 찬 — 받는 사람보다 오히려 고인이 된 사람을 고려한 다정하고 위로에 찬 — 전보가 왔던 것이다. 전보를 읽은 한스 카스토르프는 검은 테두리가 있는 종이를 사서, 그 위에다 사촌이나 다름없는 숙부에게 이렇게 편지를 썼다 — 어려서 부모를 잃은 자신이 이번에 또 한 번, 세 번째로 고아가 되었다고 생각하지만, 이곳을 떠날 수도 없고 떠나서는 안 되는 몸이기 때문에, 종조부의 장례식에 참석할 수 없으니 그 슬픔이 더한층 깊다는 내용이었다.

그가 편지에 슬프다고 쓴 것은 그럴듯하게 둘러댄 말이었지만, 이즈음 한스 카스토르프의 두 눈은 어쨌든 여느 때보다도 더 생각에 잠긴 듯한 빛을 띠고 있었다. 종조부가 사망했다는 사실은 그의 감정에 결코 커다란 영향을 끼치지 않았는데, 사실 요 몇 년 동안 모험적인 세월을 보내며 그와 서먹서먹하게 지내서 거의 아무런 느낌도 없었다. 하지만 노인이 돌아가셨다는 것은, 평지 세계와 그를 이어 주고 있던 끈이 또 하나 끊어진 셈이어서, 한스 카스토르프가 당연히 자유라고 부른 현재의 상황이 이것으로 최종적으로 완전하게 되었다. 정말이지 우리가 지금 이야기하고 있는 시점에는, 그와 평지와의 관계가 완전히 끊어진 상태였다. 그는 평지로 편지를 보내지도 않았고, 평지에서도 소식을 보내오지 않았다. 마리아 만치니도 더 이상 평지에서 조달하지 않았다. 그는 이 위에서 마음에 드는 담배 상표를 발견해, 한때의 여자 친구를 대하는 것과 마찬가지로 이제 그 여송연에 충성을 바쳤다. 그것은 극지 탐험가가 눈과 얼음으로 뒤덮인 곳에서 겪는 어떠한 고초라도 잊게 해줄 만한 담배로서, 그것만 있으면 해변에 누워 있는 것처럼 어떤 일이라도 견뎌 낼 수 있을 것 같았다. 그것은 담배 나무의 아래쪽 잎을 특히 잘 손질하여 만든 특별한 담배로, 〈뤼틀리의 맹세〉[44]라는 이름의 그 제품은, 마리아보다 약간 뭉툭하고 쥐색이며, 허리에 푸르스름한 띠가 둘려 있고, 맛이 부드럽고 순한 담배였다. 재는 백설처럼 하얗고 잘 떨어지지 않았으며, 겉말이 잎, 즉 외권엽(外卷葉)의 이파리 결이 그대로 드러나 보였다. 일정한 속도로 타들어 가기 때문에, 이 담배를 피우고 있으면 모래가 일정하게 흘러내리는 모래시계 대신으로 쓸 수도 있었다. 더구나 그에게는 이제 회중시계가 없었으므로, 필요에 따라 그는 그것을 시계 대신에 사용하기도 했다. 시계가 어느 날 나이트 테이블에서 떨어졌는데, 다시 고치지 않고 내버려 두어 그 이후로 시계가 움직이지 않고 멈춰 있었다. 이것은 그가 달력을 비치하여 놓고 그것을 매일 한 장씩 떼어 낸다든가, 날짜나 축제일을 미리 체크해 두는 일을 오래전부터 그만두

44 1291년 오스트리아에 대항하여 스위스 건국의 기초를 이룩한 우리, 슈비츠, 운터발덴 세 지방의 맹약.

게 된 것과 똑같은 이유, 즉 〈자유〉를 위해서라는 이유 때문이었다. 다른 말로 표현하면, 해변 산책을 위해서였고, 정지해 있는 영원을 위해서였으며, 인생으로부터 떨어져 나온 그가 걸리기 쉬운 연금술적인 마술을 위해서였다. 이러한 마술은 그의 영혼이 하는 모험의 핵심을 이루고 있어, 소박한 실험 재료에 불과한 한스 카스토르프의 온갖 연금술적인 모험은 모두가 그 속에서 행해졌던 것이다.

이렇게 하여 그는 누워 있었다. 그리고 이렇듯 그가 이 위에 올라올 때의 시점인 한여름이 다시 돌아왔고, 그사이 세월이 일곱 차례나 — 그는 모르고 있었지만 — 순환했다. 7년이 흘렀던 것이다.

그때 천지를 뒤흔드는 소리가 들렸다 —

그러나 우리들은 그때 울려 퍼지고 일어난 사건에 대해 과장하여 이야기하기에는 부끄러움과 두려움이 앞선다. 여기엔 호언장담이나 허풍은 아무래도 어울리지 않는다! 오히려 목소리를 낮추어 차분히 말하자면, 우리 모두가 알고 있는 어떤 청천벽력이 울려 퍼졌던 것이다. 오랫동안 쌓여 왔던 무감각과 병적 흥분이라는 불길한 혼합물이 폭발하면서 우리를 귀머거리로 만들었던 것이다. 약간의 외경심을 품고 말하자면, 지구의 기반을 뒤흔들어 버린 역사적인 청천벽력이었다. 이것은 우리들에게는, 마의 산을 폭파하고 7년 동안이나 단잠에 빠져 있던 한스 카스토르프를 거칠게 성문 밖으로 내동댕이쳐 버린 청천벽력이었다. 그는 거듭 주의를 받으면서도 신문 읽기를 게을리 한 남자처럼, 어리둥절한 표정으로 풀밭에 주저앉아 두 눈을 비비고 있었다.

지중해 출신인 그의 친구이자 스승 세템브리니는 언제나

그를 조금이나마 도와주려고 했고, 자신이 교육을 떠맡은 걱정거리 자식에게 평지의 사건을 대강이나마 가르쳐 주려고 배려를 해왔지만, 제자인 한스 카스토르프는 그의 말을 그다지 귀담아 듣지 않았다. 그 제자는 사물의 정신적인 그림자에 대해서는 〈술래잡기〉를 통해 여러 가지로 명상에 잠겼지만, 사물 그 자체에 대해서는 신경을 쓰지 않았다. 그것은 그림자를 사물이라고 생각하고, 사물을 오히려 그림자로 생각하려는 그의 오만한 성향 때문이었지만 — 이러한 그림자와 사물에 대한 관계가 오늘날까지도 최종적으로 해명된 것은 아니므로, 한스 카스토르프만을 너무 가혹하게 꾸짖을 수도 없는 일이다.

예전에는 세템브리니 씨가 갑자기 한스 카스토르프의 방에 들어와 불을 켜고 수평 생활을 하는 그의 침대 곁에 앉아, 삶과 죽음의 문제에 대해 그의 생각을 고쳐 주며 영향을 미치려고 했었다. 지금은 이것이 반대로 되어, 한스 카스토르프가 두 손을 무릎 사이에 얹고 휴머니스트 세템브리니 씨의 작은 방 침대 옆에 앉거나, 또는 카르보나리 당원이었던 할아버지가 쓰던 의자와 물병이 있는 다락방, 떨어져 있어서 아늑한 느낌을 주는 다락방의 휴식용 의자에 앉아 그에게 말동무를 해주며, 스승이 논하는 세계 정세에 공손하게 귀 기울이고 있었다. 로도비코 씨는 그즈음 자리에서 일어나 있는 시간이 거의 없었기 때문이다. 나프타의 극단적인 최후, 신랄하고도 절망에 찬 논쟁가 나프타의 테러 행위가 세템브리니의 민감한 체질에 커다란 충격을 안겼다. 그는 이 충격으로부터 회복되지 못하고, 그 뒤 완전히 쇠약해져 금방이라도 쓰러질 것 같았다. 인간의 고통을 대상으로 삼는 모든 문학 작품의 백과사전인 『사회학적 병리학』을 편찬할 예정이었던 그의 공동 작업도 중단되어, 더 이상 진척되지 않고 있었다. 진보 촉진 국제 연맹이 계획하던 백과사전 가운데에서 문학 부문의 책이 완성되기를 무척 기대하고 있었지만 이는 헛수고였다. 이리하여 세템브리니 씨는 진보 촉진 조직에 말만으로 협력하는 수밖에 없게 되었는데, 여기서도 사실 한스 카스토르프의 우정에 찬 방문이 겨우 그 기회를 제공할 뿐이었다. 만약 한스 카스토르프의 방문이 없었다면, 그는 말로나마 협력할 수 있는 기회조차 갖지 못했을 것이다.

세템브리니는 연약한 목소리로 말했지만, 사회적 수단에 의한 인류의 자기완성에 대해 가슴에서 우러나오는 아름다운 말로 많은 것들을 이야기했다. 그의 말투는 마치 비둘기의 발걸음처럼 조용했지만, 일단 이야기가 보편적인 행복을 실현하기 위해 해방된 여러 민족의 통합에 관한 대목에 이르면 — 그 자신은 이것을 알려고도 하지 않았고 알지도 못했지만 — 독수리의 날갯짓과 같은 도취를 느끼게 했다. 이것은 의심의 여지없이 할아버지의 유산인 정치와 아버지의 인문주의적인 유산인 아름다운 문학이 로도비코 자신의 내부에서 하나로 통합된 것이었으며 — 인도주의와 정치가 문명이라는 고귀하고 화려한 사상 속에 서로 통합되었던 것과 꼭 마찬가지였다. 비둘기의 부드러움과 독수리의 용맹함으로 가득 찬 이 사상은 보수와 정체의 원칙이 타도되고, 시민적 민주주의라는 신성 동맹이 실현되는 날을 기다리고 있었다. 그것은 여러 민족의 여명이 시작되는 날이었다……. 요컨대 여기에는 여러 가지 모순이 내포되어 있었다. 세템브리니 씨는 인도주의자였지만, 이와 동시에 사실 반쯤은 공공연하게 호전주의자임을 공언했다. 나프타와의 극단적인 결투에서는 인간답게 처신했지만, 인간성이 감격에 겨워 정치와 함께 문명이라는 승리의 이념이나 지배적인 이념과 결합하는 경우, 시민의 창을 인류의 제단에 바치는 중요한 문제에 이르게 되면, 다시 말해 개인적인 문제를 떠나게 되면, 그가 손에 피를 묻히기를 계속 꺼려할 것이라고 단언할 수 없었다. 그렇다, 세템브리니 씨의 훌륭한 신조도 주위의 정신 상태의 영향을 받아, 비둘기의 온순한 요소가 사라지고 독수리의 용맹한 요소가 점차 강해져 가고 있었다.

복잡한 세계 정세에 대한 그의 태도가 분열되고 모순을 보이며, 양심의 가책으로 혼란을 일으켜 당황하는 일이 드물지 않게 생겨났다. 물론 2년 전 아니면 1년 6개월 전의 일이지만, 최근에도 그의 조국 이탈리아가 알바니아에서 오스트리아와 외교적으로 공동보조를 취했기 때문에, 그의 말은 안정을 잃어 가고 있었다. 이러한 공동보조는 라틴어를 모르는 아시아적 러시아, 태형(笞刑)과 슐뤼셀부르크[45]에 반대하여 행해졌다는 점에서는 세템브리니를 감동하게 했으나, 사실 그것이 불구대천의 원수, 보수와 민족 예속의 원칙을 지닌 빈과의 야합이라는 점에서는 그의 마음을 무척이나 괴롭혔다. 그리고 작년 가을, 러시아가 폴란드에 철도망을 부설하도록 프랑스가 거액의 자금을 러시아에게 융자해 준 것 역시 그에게 똑같이 모순된 기분을 불러일으켰다. 세템브리니 씨는 자신의 조국 이탈리아의 친프랑스적인 당파에 속해 있었으므로, 그의 할아버지가 7월 혁명의 수일간을 천지 창조의 6일간과 동일시하였다는 점을 염두에 둔다면, 그러한 생각

45 러시아 네바 강 어귀의 섬에 있는 요새.

441

은 조금도 놀랄 일이 아니다. 하지만 개화된 문명국 프랑스가 비잔틴적인 스키타이 문명을 양해하자 그는 도덕적으로 혼란을 일으키게 되었다 — 그렇지만 러시아가 계획하고 있는 철도망의 전략상의 의의를 생각하자, 그의 가슴을 옥죄던 답답한 마음이 다시 숨 가쁜 희망과 기쁨으로 바뀌려고 하였다. 그런 다음에 황태자 암살 사건이 일어났다. 이것은 7인의 잠자는 성인[46]처럼 세계 정세에 친숙치 않은 독일 사람들을 제외하고는 모두에게 폭풍 경보였고, 사정을 잘 아는 사람들에게는 위협 신호였는데, 우리는 이들 중 한 사람으로 당연히 세템브리니 씨를 꼽아야 할 것이다. 한스 카스토르프는 세템브리니 씨가 황태자 사살이라는 끔찍한 행위에 대해 개인적으로 분개하여 몸을 떠는 것을 보았지만, 그 범행이 자신이 증오하는 반동의 아성(牙城)인 빈에 반대해 일어난 민족 해방 행위라는 점에서 그가 얼마나 열렬히 찬동하는지도 보았다. 물론 이 범행이 모스크바 위정자의 책동에 의한 산물이라고 평가하지 않을 수 없었기에, 세템브리니 씨는 다시 가슴이 답답해졌지만, 3주 뒤에 오스트리아가 세르비아에 최후통첩을 보냈을 때에는, 그 통첩을 인류에 대한 모욕이자 끔찍한 범죄라고 부르는 것을 서슴지 않았다. 그는 그 통첩의 결과를 감안하여, 그 결과를 예견하는 눈을 가지고 있었기에 숨을 가쁘게 몰아쉬면서 이를 환영했다…….

요컨대 세템브리니 씨가 느끼는 감정은 급속도로 파국으로 치닫는 유럽의 불길한 운명처럼 복잡했다. 그는 자기 나라에 대한 일종의 민족적인 예의와 동정에서 제자에게 자신의 솔직한 의견을 털어놓는 것은 자제했으나, 반쯤 암시하는

46 2백 년 동안 자고 깨어났다는 전설 속의 성인.

말로 넌지시 유럽의 운명을 보는 안목을 길러 주려고 했다. 최초의 동원령, 최초의 선전 포고가 행해지던 때에, 그는 자신을 찾아온 한스 카스토르프에게 두 손을 내밀어 청년의 손을 힘주어 잡기까지 했다. 어리벙벙한 청년은 상대방의 그 감동이 잘 이해는 되지 않았지만, 어쨌든 진심으로 감동을 받았다. 「이보게, 친구!」 이탈리아인이 말했다. 「화약과 인쇄술은 — 물론, 부인할 수 없습니다, 당신네가 예전에 발명한 것입니다! 하지만 우리가 혁명의 나라 프랑스를 향해 진군할 것이라고 생각한다면…… 친구…….」

숨이 막히고 무슨 일이 터질 듯 불안한 나날이 계속되는 동안, 유럽이 초긴장 상태로 긴박감을 더해 가고 있을 때 한스 카스토르프는 세템브리니 씨를 찾아가지 않았다. 이제 평지에서 배달되어 오는, 피비린내 나는 내용을 담은 신문들이 그의 발코니까지 직접 전달되었으며, 그것은 요양원 전체를 뒤흔들었고, 식당은 물론 중환자와 위독 환자의 방까지 숨이 막히게 하는 유황 냄새로 가득 차게 되었다. 이 순간 7년이나 잠에 빠져 있던 한스 카스토르프는 자신에게 무슨 일이 일어났는지도 모르고, 풀밭에서 느릿느릿 몸을 일으켜서는 자리에 앉아 눈을 비비고 있었다……. 자, 그의 마음에 일어난 감정의 동요를 이해하기 위해 우리들은 이 장면을 끝까지 그려 보기로 하자. 그는 두 다리를 끌어당기고 일어나 주위를 둘러보았다. 그는 자신이 마법에서 풀려나고, 구원되어, 해방된 것을 알았다 — 자기의 힘으로서가 아니라, 원초적인 외부의 힘에 의해 내쫓겨 풀려난 셈이지만, 그는 이런 사실을 인정하고 부끄러워하지 않을 수 없었다. 그러나 그 외부의 힘에게는, 그가 풀려난 것쯤은 아주 보잘것없는 부차적인 일에 불과했다. 비록 그의 하찮은 운명이 세계의 보편적인 운명에 말려 들어가 사라져 버렸음에도 불구하고, 이 청천벽력에는 그 속에 무언가 그를 개인적으로 생각해 주는 신의 자비와 정의가 표현된 것이 아니었을까? 인생이 이 죄 많은 걱정거리 자식을 다시 품 안에 받아들이기 위해서, 쉬운 방법으로는 만족하지 않고 역시 이렇게 심각하고 준엄한 형태, 즉 청천벽력의 형태로 받아들이지 않을 수 없었던 것이다. 이 벽력은 어쩌면 삶을 의미하는 것이 아니라, 이 경우야말로 죄인인 그의 무덤 위에서 세 발의 예포를 쏘아 올리는 것을 의미할지도 모르는 시련의 형태로 일어날지 몰랐다. 그리하여 그는 무릎을 꿇고, 유황 냄새가 진동하는 어두운 하늘이지만 더 이상 죄 많은 마의 산의 동굴 천장이 아닌 하늘을 향해, 얼굴과 두 손을 쳐들었다.

세템브리니 씨는 한스 카스토르프가 이렇게 무릎을 꿇고 있는 것을 보았다 — 물론 이것은, 자명하게도, 지극히 비유적인 표현이다. 정말이지 우리도 알고 있듯이 우리 주인공의 예의범절로 미루어 보아 그가 실제로 그런 자세를 취했을 리 만무하기 때문이다. 실제 현실에서 세템브리니 스승이 보았던 것은 제자가 짐을 꾸리는 장면이었다. 잠에서 깨어난 순간부터 한스 카스토르프는 요양원 사람들이 평지의 폭발적인 청천벽력에 놀라 혼란 상태에서 무모한 출발의 소용돌이에 휩쓸려 들어가는 것을 보았기 때문이다. 〈고향〉인 베르크호프 요양원에서 사람들은 공황 상태에 빠진 개미 떼와도 같았다. 이 위의 사람들은 시련을 겪고 있는 평지로, 말하자면 5천 피트의 높이에서 곧장 거꾸로 추락해 갔다. 그들이 소형 열차를 타려고 플랫폼으로 몰려들어 승강장은 발 디딜

틈이 없었으며, 어떤 사람들은 짐이 플랫폼에 줄지어 산더미처럼 쌓여 있어서 아예 짐을 버리고 떠나 버리기도 했다. 사람들이 우글거리는 기차역의 상공에 평지로부터 타는 냄새가 나는 갑갑한 바람이 불어오는 것 같았다. 그리고 한스 카스토르프도 이들과 함께 추락해 갔다. 혼잡한 가운데 로도비코는 한스 카스토르프를 껴안았다. 문자 그대로 그를 두 팔로 껴안고, 이탈리아인처럼(혹은 러시아인처럼) 두 뺨에 입맞춤을 했는데, 이 행동은 무모한 출발을 감행하는 우리의 불안한 한스 카스토르프를 적잖게 난처하게 만들었다. 하지만 기차가 떠나는 마지막 순간에 세템브리니 씨는 그를 이름으로 부르며, 〈조반니〉라고, 개화된 서구 문명사회에서 흔히 사용하는 〈당신〉 대신에 〈자네〉라고 불렀을 때, 한스 카스토르프는 거의 마음의 평정을 잃을 뻔했다!

「드디어 돌아가는군.」세템브리니가 말했다 ──「이제야 떠나가는군! 잘 가게나, 조반니! 나는 자네가 이와는 다른 방식으로 떠나가는 것을 보고 싶었는데. 하지만 괜찮네. 그게 다름 아닌 신의 뜻이라면 어쩌겠나. 난 자네가 직업을 찾아 떠나길 바랐는데, 이제 자네는 조국의 형제들 틈에서 싸우겠지. 아, 우리의 소위 요아힘이 아니라 자네가 싸우게 되다니. 이 무슨 인생의 손장난이란 말인가……. 서로 피로 맺어진 편에 서서 용감하게 싸우게나! 누군들 이제 더 이상 무엇을 할 수 있겠나. 하지만 나는 조국으로 하여금 정신과 신성한 이기심이 명령하는 편에 서서 싸우도록 하기 위해, 나에게 남겨진 힘을 다 쓰려 하니 그렇더라도 나를 용서해 주게나. 잘 가게나!」

한스 카스토르프는 사람들의 머리로 가득 찬 차창 밖으로 얼굴을 내밀었다. 그는 이들 위에서 세템브리니 씨를 향해 손을 흔들었다. 세템브리니 씨도 함께 오른손을 흔들었으나 왼손 약손가락 끝으로 부드럽게 눈시울을 누르고 있었다.

우리는 어디에 있는 것일까? 저것은 무엇일까? 꿈은 우리를 어디로 데려간 것일까? 어스름, 비, 더러운 진창, 흐린 하늘을 붉게 물들이는 불꽃, 쉴 새 없이 하늘을 울리는 포성, 축축한 공기를 채우는 묵직한 포성. 날카로운 노래에 갈기갈기 찢긴 듯한 소리, 지옥문을 지키는 개[47]처럼 미친 듯이 날뛰며 으르렁거리는 소리, 그 소리들은 갈라지고, 뿜어져 나오며, 터지고, 불타오르는 것으로 끝이 난다. 그 뒤에는 신음 소리와 비명 소리, 터질 듯이 요란하게 울리는 나팔 소리, 점점 빠른 속도로 두들겨 대는 북소리가 공기를 가득 채우고 있다……. 저기에 숲이 있다. 숲에서는 색깔 없는 무리들이 쏟아져 나오며, 달리고, 넘어지고, 튀어 오른다. 저기에는 언덕이 나란히 줄지어 있고, 그 뒤로 멀리 화염이 피어오른다. 그 화염은 바람에 나부끼고, 때때로 하나의 불길로 뭉쳐져 활활 타오르기도 한다. 우리들 주위에는 물결처럼 출렁이는 밭이랑들이 포탄에 파헤쳐져 푸석해져 있다. 국도(國道)는 이미 진흙투성이로, 부러진 나뭇가지로 뒤덮여, 마치 숲과 같다. 깊이 패여 흙탕 구덩이가 되어 버린 한 줄기 들길은 국도에서 갈라져 활 모양을 그리며, 언덕 쪽으로 사라져 간다. 잎이 떨어지고 가지가 꺾인 나무 그루터기들이 쓸쓸히 찬비를 맞으며 서 있다……. 여기에 도로 표지판이 있다 — 읽어 보려 해도 아무 소용이 없다. 어스름한 저녁때라 글씨

47 머리가 셋 달린 개로. 체르베루스라고 한다.

를 알아볼 수도 없거니와, 표지판도 포격으로 들쭉날쭉 날카롭게 찢겨 있다. 여기가 동쪽인가, 아니면 서쪽인가? 여기는 평지이다. 그리고 전쟁터이다. 우리는 겁을 먹고 길가에 서 있는 그림자들이다. 아무 위험이 없는 안전한 그림자 상태로 있는 것을 부끄럽게 여겨, 호언장담하거나 허풍을 떨어 보고 싶은 생각은 추호도 없다. 하지만 우리가 〈이야기의 영(靈)〉에 이끌려 이곳에 온 것은, 우리의 길동무이자, 선량한 죄인의 얼굴을 다시 한 번 보기 위해서이다. 그 친구는 저 숲속에서부터 무리 지어 달려 나와 뛰고 넘어지며, 북소리를 따라 앞으로 전진하는 색깔 없는 전우들 중에서, 우리가 오랜 세월 알고 지냈으며 너무나 자주 목소리를 들었던 녀석으로, 우리의 시야에서 그의 모습이 영원히 사라지기 전에 보았으면 해서 말이다.

이러한 전우들이 이곳으로 온 것은 이미 온종일 계속된 전투에 최후의 일격을 가하기 위해서였으며, 이틀 전에 적에게 빼앗긴 저 언덕 위의 진지와 그 뒤쪽 후방에서 불타고 있는 마을들을 탈환하기 위해서였다. 이들은 지원병으로 편성된 연대인데, 대부분이 대학생인 젊은이들로 일선에 온 지 아직 며칠 되지 않았다. 이들은 밤사이에 비상 출동 명령을 받고 아침까지 기차로 운반되어 왔으며, 빗속에 점심때가 지나도록 진흙탕 길을 행군하고 있었다 ── 그 길은 차마 길이라고 할 수 없었다. 도로는 온통 막혀 있었다. 이들은 비를 흠뻑 맞아 무거워진 외투를 입고 돌격 장비를 지닌 그대로, 밭과 질척거리는 땅을 7시간 동안이나 강행군하여 왔던 것인데, 이것은 저 요양원의 기분 좋은 산책과는 전혀 다른 것이었다. 군화를 진흙탕에 빼앗기지 않으려면, 거의 한 발자국 내

디딜 때마다 엎드려 손가락으로 군화의 혀를 잡고 끌어당기
면서, 질척거리는 진흙탕에서 발을 빼내야 했다. 이러한 상
황 때문에, 작은 풀밭을 지나가는 데 한 시간이나 걸렸고, 이
렇게 하여 드디어 이들은 이제 이곳에 도착한 것이었다. 젊
은 혈기는 온갖 장애를 뛰어넘었던 것이다. 흥분되고 지칠
대로 지친 상태였지만, 마지막 남은 에너지를 다해 긴장하고
있는 육체는, 자지도 먹지도 못했던 강행군의 뒤에도 잠과
먹을 것을 바라지 않았다. 턱에 가죽끈을 걸고, 비와 땀에 젖
은 데다가 흙탕물로 범벅이 된 이들의 얼굴은, 철모 밑에서
벌겋게 상기되어 있었다. 회색 천을 펼쳐 팽팽하게 덮은 철
모는 옆으로 약간 미끄러져 내린 상태였다. 이들의 얼굴이
붉게 상기된 것은 긴장, 그리고 진흙탕이 된 숲 속을 행군하
는 도중에 입은 아군의 손실을 목격했기 때문이다. 이들의
진격을 알고 있는 적이 유산탄과 구경이 큰 수류탄을 집중
적으로 퍼부어 이들의 진격을 저지하려고 했다. 이 진격 저
지 포격은 이미 숲을 지날 때부터 이들의 대열 속에 가해졌
으며, 포격에 굉음과 함께 파편 조각이 산지사방으로 튀어
올랐고, 새로 쟁기질한 넓은 밭이 온통 화염에 휩싸였다.

　흥분한 3천 명의 소년병들은 쏟아지는 포탄을 뚫고 돌진
해 가야 한다. 이들은 증원병으로서 총검을 높이 들고 언덕들
앞뒤의 참호와 불타고 있는 마을을 향해 돌격해야 하고, 지
휘관의 호주머니에 들어 있는 명령서에 쓰인 대로 특정한 지
점까지 돌격하는 것에 협조하지 않으면 안 된다. 이들은 3천
명이었다. 이 인원으로 증원병을 편성한 것은, 언덕과 마을에
도달할 때면 이들이 2천 명으로 줄어들 것이라고 예상했기
때문이다. 이것이 3천 명으로 편성된 의미이다. 이들은 아무

리 막대한 인명 피해가 나더라도 계속 싸워서 이겨야 한다
— 비록 대열에서 이탈하여 낙오하는 자가 있더라도, 1천 명
정도의 목소리를 합하여 승리의 만세를 외치지 않으면 안 된
다. 이들은 그러한 의도하에 편성된, 말하자면 하나의 거대
한 육체인 것이다. 벌써 여러 사람이 고립되고 낙오하여 떨
어져 나갔다. 그런 자는 너무 어리고 너무 약해 강행군을 견
딜 수 없다는 것이 증명되었다. 그런 자는 얼굴이 창백해지
고 비틀거리면서, 이를 악물고 견디려고 하지만 결국 낙오하
고 마는 것이었다. 이들은 전진하는 행군 대열 옆에서 한동
안 몸을 질질 끌면서 걸어가지만, 차례로 대열에서 점점 처
지다가 결국 모습이 사라지고는, 진흙탕 속에 쓰러진 채 움
직이지 못하고 죽음을 기다리는 것이다. 이렇게 하여 청년들
은 포탄이 작렬하는 숲에 도착한다. 그렇지만 숲에서 떼 지
어 달려 나오는 인원이 아직도 많았다. 3천 명의 청년들은
약간의 사상(死傷)에는 꿈쩍도 않고 견디며, 여전히 사람들
이 우글거리는 밀집 부대를 이루고 있었다. 이들은 빗속에
포탄이 퍼붓는 도로, 들길 및 진흙탕이 되어 버린 밭으로 벌
써 쏟아져 나온다. 그리하여 길가에서 구경하는 그림자인 우
리들은 이들 한가운데에 들어가게 된다. 숲 가장자리로 나가
자 이들은 익숙하게 손을 놀려 후다닥 총에 검을 꽂는다. 나
팔 소리가 요란하게 울리고, 북소리가 보다 저음의 천둥소리
처럼 들린다. 청년들은 우렁찬 함성을 지르며, 밭의 진흙이
이들의 볼품없는 군화에 납덩이처럼 달라붙어 있기에, 악몽
에서처럼 무거운 발을 질질 끌면서 무작정 돌격해 간다.

이들은 윙윙 소리를 내며 날아오는 포탄들 앞에서 몸을 엎
드렸다가 다시 일어나서는, 포탄에 맞지 않았으므로 젊은이

답게 우렁찬 함성을 지르며 계속 돌격해 간다. 포탄에 맞아 이마며 심장이며 복부가 관통되어 팔을 허우적거리며 쓰러진다. 이들은 진흙탕 속에 얼굴을 파묻고 누워 다시는 움직이지 않는다. 어떤 자들은 배낭을 등에 깔고 넘어져 뒷머리를 땅에 처박은 채 두 손으로 허공을 붙잡아 보려 한다. 그래도 숲에서는 새로운 병력이 계속 쏟아져 나와, 엎드렸다 일어나며, 고함을 지르거나 또는 묵묵히, 쓰러진 전우들 사이를 뚫고 비틀거리며 계속 전진해 간다.

배낭을 등에 지고 검을 꽂은 총을 든 젊은 청년들, 진흙투성이의 외투와 군화를 신은 젊은 피들! 우리는 인문주의적이고 심미적인 방법으로 이들의 다른 모습도 상상할 수 있을 것이다. 만(灣)에서 말을 토닥거리며 씻겨 주고 있는 모습, 애인과 해변가를 거닐고 있는 모습, 사랑스러운 신부의 귀에 입술을 대고 속삭이는 모습, 행복하고 다정하게 활 쏘는 법을 가르치고 있는 모습도 상상하고 그려 볼 수 있을 것이다. 그러나 여기서는 그렇지가 않다. 이런 모습 대신에 이들은 포탄이 쏟아지는 진흙탕 속에 코를 처박고 쓰러져 있다. 이들은 무한한 불안과 이루 말할 수 없는 어머니에 대한 그리움을 간직하고 있으면서도 이곳으로 기꺼이 달려온 것이었다. 정말로 숭고한 행위이며, 우리로 하여금 부끄러움을 느끼게 하는 행위이다. 하지만 그렇다고 해서 이들을 이러한 상태에 빠뜨려도 좋다는 이유는 되지 않는다.

저기에 우리가 익히 아는 친구, 우리의 한스 카스토르프가 있다! 이류 러시아인석에 앉아 있을 때부터 자라게 내버려둔 턱수염 때문에, 우린 아주 멀리서도 단번에 그를 알아볼 수가 있다. 그도 다른 모든 전우들과 마찬가지로 비와 땀에 얼굴이 흠뻑 젖어 붉게 상기되어 있다. 그는 착검한 총을 든 손을 내려뜨리고, 진흙이 엉겨 붙어 무거워진 군화를 질질 끌면서 달리고 있다. 보라, 그는 쓰러져 있는 전우의 손을 밟았다. 징을 박은 무거운 군화로, 찢겨진 나뭇가지가 흩어져 있는 진창에 깊이 파묻힌 전우의 손을 밟은 것이다. 그럼에도 불구하고 그는 한스 카스토르프가 틀림없다. 그런데 대체 웬일일까, 그가 노래를 부르고 있다! 아무 표정 없이, 아무 생각 없는 흥분 속에서 자신도 모르게 혼자 중얼거리듯, 가쁘게 숨을 헐떡이며 들릴 듯 말 듯 작은 소리로 「보리수」를 흥얼거리고 있다.

　　가지에 새겨 놓았노라,
　　그렇게 많은 사랑의 말을 —

　그는 쓰러진다. 아니, 몸을 납작 엎드린 것이다. 지옥문을 지키는 개가 으르렁거리듯, 대형 폭열탄(爆裂彈)과 무시무시한 지옥의 원추형 포탄이 날아오기 때문이다. 그는 차가운 진흙탕에 얼굴을 파묻고 두 다리를 벌리고서, 두 발을 돌려 발꿈치를 땅에 대고 엎드린다. 포악해진 과학의 산물인 포탄이 가공할 힘을 싣고 날아와서, 그의 앞에서 비스듬히 30보쯤 떨어진 지점에 악마의 화신처럼 땅속 깊숙이 들이박히며, 그곳에서 엄청난 힘으로 폭발하여, 흙덩이와 불과 철과 납, 그리고 산산조각이 난 인체를 집채만큼 높이 공중으로 튀어오르게 한다. 거기에는 두 명의 젊은이가 엎드려 있었다 — 이들은 친구였으며, 위급한 나머지 함께 나란히 엎드린 것이었다. 이제 포탄에 맞아 서로 뒤죽박죽되어 사라져 버렸다.

아, 우리들이 안전하게 그림자 상태로 지켜보는 것이 무척 부끄럽구나! 퇴장하자! 이제 이야기를 그만하기로 하자! 우리들의 친구, 저 한스 카스토르프는 포탄에 맞은 것일까? 그는 순간 당했다고 생각했다. 커다란 흙덩이가 그의 정강이를 때리는 순간 엄청난 아픔을 느꼈지만, 그 정도야 씨익 웃어넘길 수 있었다. 그는 몸을 털고 일어나서, 흙이 달라붙어 무거운 군화를 질질 끌고 다리를 절면서, 비틀비틀 계속 걸어가며, 자신도 모르게 노래를 흥얼거린다.

가지가 살랑거리네,
내게 소리쳐 알리듯이 —

이리하여 그는 야단법석의 소동 속으로, 빗속으로, 어스름 속으로 우리들의 눈에서 사라져 간다.

잘 가게나, 한스 카스토르프, 인생의 진실한 걱정거리 녀석! 자네의 이야기는 끝났네. 우리는 자네 이야기를 끝마친 걸세. 짧지도 않고 길지도 않은 연금술적인 이야기였지. 우리는 이야기 그 자체가 목적이었기에 자네 이야기를 한 것이지, 자네를 위해 그 이야기를 한 것은 아니었네. 자넨 단순한 청년이었기 때문일세. 그러나 생각해 보면, 결국 이건 자네의 이야기였어. 이런 이야기가 자네에게 일어난 것을 보면, 자네도 보기와는 달리 보통내기가 아니었음이 분명하구먼. 그리고 우리가 이야기를 하는 가운데 자네에게 다분히 교육자적인 애착을 느낀 것을 부정하지는 않겠네. 그리고 이러한 애착으로 말미암아 우리가 앞으로 자네를 볼 수도 없고 자네 목소리를 들을 수도 없으리라 생각하니, 살짝 눈시울이

뜨거워지는 것을 느끼네.

잘 가게나 — 자네가 살아 있든, 이야기의 주인공으로서 그대로 머물러 있든 간에 말일세! 자네의 전망이 밝지만은 않을 것이네. 자네가 말려 들어간 사악한 무도회에서 아직도 여러 해에 걸쳐 죄 많은 춤을 계속 출 것이기 때문이네. 자네가 거기서 무사히 빠져나오리라고는 크게 기대하지 않겠네. 솔직히 말해, 우리는 별로 걱정하지 않고 이 질문을 해결하지 않은 상태로 남겨 둘 걸세. 자네의 단순성을 높여 준 육체와 정신의 모험은, 육체 속에서는 그렇게 오래 살지 못하게 한 것을 정신 속에서는 오래도록 살게 해주었네. 자네는 예감으로 충만해 〈술래잡기〉 방법으로 죽음과 육체의 방종에서 사랑의 꿈이 생겨나는 순간들을 체험했네. 이 세계를 뒤덮은 죽음의 축제에서도, 사방에서 비 내리는 저녁 하늘을 불태우고 있는 저 끔찍한 열병과도 같은 불길 속에서도, 언젠가는 사랑이 솟아오르겠지?

〈끝〉

교양의 연금술사 도마스 만

1. 토마스 만Thomas Mann의 생애와 작품 세계

〈직접 창작하는 대신 자기 것으로 만드는 것〉 — 이것이 세계적인 작가 토마스 만 문학 세계의 독특한 원칙이다. 작품의 소재와 테마, 모티브를 직접 창조하지 않는 대신, 독서나 여행 등을 통해 습득한 것을 메모하여 자기 작품에 편입하는 일종의 몽타주 기법을 사용하는 것이다. 그렇다고 작품의 품격이 감소되는 것은 아니다. 오히려 그는 이러한 방식으로 자기 세대의 대변자가 될 수 있었고, 나아가 그의 문학이 〈세계문학〉으로 우뚝 올라설 수 있었다.

독일에서 태어나, 미국 시민으로서 중립국 스위스에서 삶을 마감해야 했던 토마스 만. 굴곡진 그의 삶만큼 그의 작품 세계 또한 아이러니로 가득 차 있다. 그렇지만 그의 작품에 한결같이 흐르고 있는 중요한 본질이 있으니, 그것은 바로 생과 예술의 갈등이며 이원성의 문제였다. 다만 삶과 정신, 자연과 정신, 관능과 지성, 개체성과 일반성 등으로 표현할 수 있는 이 이원성의 갈등과 극복 방식이 토마스 만의 전 작품에서 상이하게 나타날 뿐이다. 토마스 만은 장편소설만 여덟 편을 썼을 정도로 엄청난 양의 작품을 썼기 때문에 생애를 추적하여 그의 전 작품을 논한다는 것은 토마스 만을 전공한 사람도 힘에 겨운 일일 것이다. 그럼에도 불구하고 토마스 만의 작품 세계를 알아보기 위해서는 그의 창작 시기를 일단 몇 단계로 나누는 일이 필요하다. 학자에 따라서 크게 세 단계, 다섯 단계로 나누기도 하는데, 여기서는 다섯 단계로 나누어 각각의 단계마다 그의 대표 장편을 대입하고 또 그 작품들의 형성 배경을 알아보려고 한다. 이렇게 한다면, 어느 정도 객관적인 시각에서 토마스 만의 전 작품 세계를 조망할 수 있으리라 생각한다.

1893년~1914년: 예술성과 시민성과의 갈등

1882년 초등학교에 입학한 토마스 만은 세기말의 암울한 데카당스적 분위기에서 학창 시절을 보냈다. 이후 학창 시절에 대한 토마스 만의 추억은 좋지 못했다. 그는 권위적인 학교 운영자의 매너리즘을 비판했으며, 그들의 정신과 훈육, 수업 방법에 대해 반대 입장을 취했다.

1891년 토마스 만이 열여섯이 되던 해 아버지가 사망하고 가업인 곡물상마저 파산해 버리자 어머니 율리아는 집을 팔고 다른 곳으로 떠날 준비를 시작했다. 채 마흔을 넘지 않은 나이였지만, 어머니는 재혼을 생각지 않고 오직 아이들 곁에서 살려고 했다. 그러나 아버지가 죽고 옛 집이 사라진 뒤로 점점 더 답답하게 느껴진 협소한 뤼베크가 아니라 보다 탁 트인 자유로운 분위기를 원했다. 이듬해 어머니 율리아는 뮌헨으로 떠났고, 토마스 만은 고등학교를 마치기 위해 뤼베크에 혼자 남았다.

열일곱의 토마스 만은 학교생활에 어느 정도 진척을 보였다. 여러 과목 중에서도 음악과 문학을 특히 좋아했고, 시대사에 적극적인 관심을 가졌다. 그러나 토마스 만에게 학교는 더 이상 의미가 없었다. 수업 시간에는 마지못해 끝까지 앉아 있었지만, 저녁 시간의 대부분은 오페라 극장에서 보냈다. 고향 도시 뤼베크의 오페라 극장에서 알게 된 리하르트 바그너의 곡과의 만남은 후일 토마스 만 인생에서 예술적으로 중요한 영향을 끼쳤다. 또한 이 시절에『봄의 폭풍우*Frühlingssturm*』이라는 교지를 창간하여 시와 비평문을 기고했다. 당시 그의 문학적 우상은 하인리히 하이네Heinrich Heine였다.

1894년 3월 토마스 만의 학창 시절은 끝났다. 그는 고등학교 졸업을 포기하고 가족이 있는 예술의 도시 뮌헨으로 이주하게 되며 〈죽음〉의 세계라고 표현한 바 있는 〈문학〉의 세계에 마침내 발을 들여놓게 된다. 토마스 만은 그 후 40년 가까이 뮌헨에서 살았다. 10월에 최초의 단편 「타락 Gefallen」을 『사회*Die Gesellschaft*』지에 발표하는데, 그 내용은 한 순진무구한 젊은이가 어느 여배우에게 반하여 그녀와 첫사랑을 나누지만 그녀에게 애인 겸 후원자가 있다는 사실을 알게 되어 둘 관계가 깨어지고 만다는 다소 진부한 이야기였다. 〈오늘 한 여자가 사랑 때문에 망한다면, 내일 그녀는 돈을 위해 타락한다〉는 대목에서 이미 토마스 만의 미래 작품들이 제시할 갈등, 즉 삶과 예술의 대립 문제가 뚜렷하게 부각된다.

1895년 7월 토마스 만은 당시 형 하인리히 만Heinrich Mann이 체류하던 이탈리아로 최초의 외국 여행을 시도했다. 10월에 다시 뮌헨으로 돌아와 뮌헨 공과 대학에서 역사, 미술사, 문학사 등을 청강하며 1년 뒤인 1896년 말『짐플리치시무스Simplicissimus』지에서 간행된 단편「행복에의 의지 Der Wille zum Glück」를 탈고했다. 이 작품으로 토마스 만은 문단의 인정을 받게 되었다.

1896년 10월 토마스 만은 다시 이탈리아로 떠났는데, 우선 베니스에 들른 후 로마를 거쳐 나폴리를 여행했고 마지막에 로마에서 형 하인리히와 재회했다. 1년 반 정도 함께 머문 이 기간에 토마스 만은 베를린의 피셔 출판사에서 발행하는 한 잡지에 단편「키 작은 프리데만 씨Der kleine Herr Friede-mann」를 보냈다. 잡지사에서는 그 소설을 수락했을 뿐만 아니라, 그가 보관하고 있는 다른 소설들도 모두 보내 달라고 요청하였다. 토마스 만은「환멸Enttäuschung」,「어릿광대Der Bajazzo」,「토비아스 민더니켈Tobias Mindernickel」등의 작품을 보내 주었는데, 출판인 사무엘 피셔는 이 소설들에 무척 만족해했고 오히려 장편소설을 쓰는 것이 어떻겠느냐고 토마스 만에게 권유까지 하였다. 여기서 토마스 만은 최초의 장편소설『부덴브로크 가의 사람들Buddenbrooks』을 쓰기 시작했다.

1900년 토마스 만은 1년 만기 지원병으로 육군에 입대하지만 행군 도중에 발가락에 생긴 건초염으로 입대 3개월 만에 제대한다. 이듬해 1901년 10월 〈한 가문의 몰락〉이라는 부제가 붙은 두 권짜리 장편소설『부덴브로크 가의 사람들』초판이 나왔다. 노벨상 수상작으로 선정된『부덴브로크 가

의 사람들」은 세기의 전환점에 발표된 19세기 유럽의 정신
사적 분석의 총결산이자 새로운 세기를 준비하는 도약의 작
품이다.

1903년 토마스 만은 토니오라는 한 혼혈아를 통해 시민
사회의 아웃사이더로서 고독하게 살아갈 수밖에 없는 예술
가의 숙명을 그린 단편 「토니오 크뢰거Tonio Kröger」를 발
표하고, 비슷한 시기에 그 주제 역시 시민성과 예술성의 또
다른 변주에 불과한 「트리스탄Tristan」을 발표한다. 이 작품
에서는 주위의 소박한 세계를 그냥 두고 볼 수 없어서, 자기
힘이 닿는 한, 주변의 모든 것을 정화하고, 말로 드러내고,
의식하게 하고 싶은 충동을 느끼는, 그러나 현실적으로는 무
력하고 우스꽝스럽기 짝이 없는 작가 슈피넬과, 예술과는
아무 상관없이 둔감하게 현실을 살아가는, 야비하지만 건전
하고 당당한 시민 클뢰터얀 씨가 객관적으로 대비된다. 토
마스 만의 아이러니 수법이 특히 잘 드러나 있는 대표적 단
편이다.

1905년 2월에 뮌헨 대학 수학 교수인 프링스하임의 딸 카
챠 프링스하임과 결혼하여 그해 11월에 장녀 에리카 만이
태어난다. 1909년에는 독일의 어느 소공국을 무대로 하는
중편 「대공전하Königliche Hoheit」를 발표하여, 고독한 예
술가적 존재를 사랑과 결혼에 의해 삶의 세계와 손을 잡게
한다.

1911년 5월 휴양지에서 존경해 오던 작곡가 구스타프 말
러Gustav Mahler의 서거 소식을 접한 것을 계기로 「베네치
아에서의 죽음Der Tod in Venedig」을 쓰기 시작하여 이듬해
발표한다. 이것은 토마스 만의 초기 작품 중 가장 긴 단편소

설로써 과거의 작품들과는 달리 피셔 출판사가 아니라 히페리온 출판사에서 간행되었다. 이 소설은 피로에 지친 작가가 우연히 뮌헨의 공동묘지에서 낯설고 기이한 남자를 만나는 데서 시작된다. 주인공 아센바흐는 베니스에서 만난 폴란드계 미소년 타치오의 모습을 보고 사랑의 체험에 빠진다. 여기서 토마스 만은 자기 자신을 포함한 예술가 집단에게 비판을 가하고 있으며, 나아가서는 〈빌헬름 시대〉 독일의 군인정신 및 프로이센적 도덕주의가 지니고 있는 위험성을 비판하며, 아울러 제1차 세계 대전 직전의 독일 사회의 분위기와 경직된 도덕규범에 대해서도 비판하고 있다.

1914년~1925년: 위기와 새로운 출발 — 조화 모색과 생의 긍정

1915년 보수적 견해를 피력하는 에세이적 논설문 「프리드리히와 대동맹Friedrich und die große Koalition」을 발표하였고, 이어 『한 비정치인의 고찰Betrachtungen eines Unpolitischen』의 집필에 들어가 이 작업에 꼬박 2년간 몰두했다. 6백 쪽이 넘는 방대한 분량의 저작이 1918년 10월 완성되었다. 프랑스적 민주주의나 문명 개념을 독일의 문화 개념과 대립적인 관점에서 서술한 방대한 저작 「한 비정치인의 고찰」은 토마스 만 사상의 전환점이자 작가 생활의 요약인 동시에 과거와의 작별이었다. 이 저작이 나오기 전까지 토마스 만은 현실의 사건들과는 동떨어진 예술가였으나, 이제 그는 유명한 정치적 저널리스트였다. 이로써 진보적 사고를 지녔던 형과의 불화가 본격적으로 시작되었다.

1922년 평론집 『괴테와 톨스토이Goethe und Tolstoi』를 출간하였고, 보수적 정치관을 지양하는 연설문 「독일 공화국에 대하여Von Deutscher Republik」로 강연을 하면서 독일 청년층에 민주주의를 지지할 것을 호소한다. 이후 바이마르 공화국의 문화 사절 자격으로 국외로 강연 여행을 다니는데, 이때 형 하인리히와의 형제 논쟁이 해결점을 찾게 된다.

1924년 전쟁으로 집필이 중단되었던 대작『마의 산』을 출간한다.『마의 산』은 초기의 대립적 인생관을 극복하여 대립에 지배당하지 않고, 역으로 대립을 지배하고 전진하는 것이 인간의 이상적인 생활 방식이라는 사상을 제기한다. 이 작품은 토마스 만의 사상 전환에 하나의 기념비적인 작품이며, 독일의 낭만주의적 보수주의와 결별의 책이 되었다.『마의 산』에서 말하고 있듯이, 〈이 책의 봉사는 삶에 대한 봉사이며, 이 책의 의지는 건강을 추구하며, 이 책의 목표는 미래이다.〉낭만주의적인 〈죽음에의 공감〉을 민주주의적인 〈삶에 대한 호의〉로 변화시키는 정신의 변형을 완성한 것이 이 시기 토마스 만 작품의 특징이었다.

1926년~1942년: 인간성의 이념

1926년에 이루어진 토마스 만의 두 번의 여행, 즉 프랑스 수도 파리와 고향 도시 뤼베크으로의 여행은 특별히 언급할 가치가 있다. 프랑스 지식인 단체는 〈인간성의 이념에 근거한 독일의 정신적 경향〉에 대한 강연을 위해 토마스 만을 초청했고, 뤼베크에서는 한자 도시의 항구 7백 주년 기념식에 연사로 그를 초청했던 것이다. 이후 그는 2년 동안 성서적 연작 소설에 침잠하면서 구약 성서 중의 창세기에서 그 소재를 찾던 4부작 장편소설『요셉과 그 형제들Joseph und seine Brüder』을 집필하기 시작한다. 1929년 스웨덴 한림원에서는

『부덴브로크 가의 사람들』에 노벨 문학상을 수여하지만, 토마스 만은 『마의 산』이 없었으면 노벨상을 받지 못했을 것이라 생각한다. 이듬해 이탈리아의 무솔리니와 히틀러를 비판한 단편 「마리오와 마술사Mario und der Zauberer」를 출간하는데, 여기서는 이탈리아의 어느 해수욕장에서 일어난 우발적 살인 사건이 그려진다. 토마스 만은 이미 1922년경부터 바이마르 공화국과 민주주의를 옹호하고 나선 바 있었지만, 이 작품으로 비로소 자신의 정치적 개안을 문학적으로 형상화하기 시작하였다.

괴테 서거 1백 주년인 1932년에 즈음하여 토마스 만은 〈시민 시대의 대표자로서의 괴테〉, 〈작가로서의 괴테〉라는 강연을 하면서 인류애의 고귀함을 역설한다. 이듬해 1월 히틀러Adolf Hitler가 독일 수상이 되자, 뮌헨 대학에서 〈리하르트 바그너의 고뇌와 위대성〉이라는 제목으로 강연을 한 뒤 국외로 강연 여행을 떠난 채 망명을 한다. 스위스 취리히 호반에 거처를 정한 후, 당분간 정치적 활동을 자제하였기 때문에 이로 인해 다른 망명 문학가들의 오해를 받기도 하였다. 나치 정권에 대한 토마스 만의 첫 공개적 반박은 1935년 4월 니스에서 개최된 〈지식인 연합 위원회〉 회의석상에서 〈유럽이여, 경계하라!〉라는 제목으로 그 포문을 열었으며, 연이어 이듬해 6월에는 부다페스트에서 〈인문학과 휴머니즘〉이라는 제목으로 〈자유의 살해자에 대한 비판과 강건한 민주주의의 필연성〉, 즉 진보에 대한 능동적 옹호가 필연적인 이유를 강도 높게 피력했다.

1933년 이후 4부작 연작 소설 『요셉과 그 형제들』의 1, 2, 3부가 각각 〈야곱 이야기〉, 〈청년 요셉〉, 〈이집트에서의 요셉〉이라는 부제를 달고 1~2년 간격으로 발표되었는데, 이 작품에 대해 빈과 프라하, 부다페스트 등지의 신문 논평들은 매우 우호적이었지만, 독일의 언론계에서는 기사화조차 하지 않았다. 토마스 만은 이제 마지막 4부를 쓰기만 하면 되었지만, 다른 책을 너무 쓰고 싶어서 그 계획을 당분간 유보하지 않을 수 없었다. 결국 마지막 4부는 1943년에 가서야 〈부양자 요셉〉이라는 부제로 출간되었다. 이 4부작 〈요셉 소설〉을 완성하기까지 토마스 만이 순수 집필에 바친 시간은 1926년 12월부터 1943년 1월까지 13년간이었다. 물론 괴테를 패러디한 『바이마르의 로테Lotte in Weimar』와 인도의 전설을 빌어 삶과 정신의 조화적 종합이라는 이상 실현의 어려움을 나타낸 『뒤바뀐 머리Die vertauschten Köpfe』를 쓴 1936년 8월부터 1940년 8월까지가 제외된 기간이다.

토마스 만에게는 나치스의 무기로 이용되어 왔던 신화를 파시즘의 손에서 탈피시켜 철저히 인간화하기 위한 의도가 있었고, 또 나치스의 반유태 감정 속에서 유태 정신의 소설을 쓰는 것을 미리 구상했다고도 볼 수 있다. 여기서 주목해야 할 것은 이 〈요셉 소설〉을 집필한 16년간이 토마스 만에게 있어서 가장 불안하고, 힘들고, 파란만장했던 시기라는 점이다. 하지만 그렇다고 해서 이 작품에서 시대의 혼란과 작가의 비참한 상황, 즉 파시즘과의 투쟁이라는 토마스 만 자신이 처한 현실의 극한 상황을 암시하는 요소는 전혀 발견되지 않는다. 단지 구약 성서를 소재로 하여 어두운 과거의 심연에서 인간의 근원적인 상을 탐구하고 또 일관되게 인간성의 존엄과 이에 대한 확신을 보여 줄 뿐이다.

토마스 만의 대표 소설 셋, 즉 20대 후반에 쓴 『부덴브로크 가의 사람들』, 50대에 쓴 『마의 산』, 그리고 70대에 접어들면서 완성한 『요셉과 그 형제들』, 토마스 만은 이 세 소설을 스스로 평가하면서 처음 것은 독일 소설이었고, 두 번째는 유럽 소설, 그리고 세 번째는 신화를 토대로 유머러스하게 그려 낸 인간에 관한 노래라고 말하며, 이것은 보다 풍요롭게 전개해 간 정신의 성장 과정이라 할 수 있다고 어느 편지에서 밝힌 바 있다.

이 시기에 토마스 만은 히틀러 타도를 위해 영국 BBC 라디오 방송에서 제안한 〈독일 청취자 여러분!〉이라는 제목의 논평을 4년 6개월 동안 매월 한 번 정도 방송하며, 독일 국민들에게 히틀러 정권의 비민주성과 비인간성에 대해 호소한다. 처음에는 그의 연설이 전신으로 런던에 중개된 뒤, 거기서 BBC의 독일인 아나운서가 그것을 낭독했다. 그러나 나중에는 그것이 미국에서 레코드판으로 녹음되고 전화로 런던에 발송됨으로써, 영국 라디오 방송국의 마이크에서는 대본뿐만 아니라 작가의 육성이 흘러나오게 되었다. 토마스 만은 출연료를 〈영국 전쟁 구조 협의회 프린스턴 위원회〉에 기탁했다. 그의 첫 번째 연설은 1940년 10월 10일에 방송되었으며, 매번 〈독일 청취자 여러분!〉이라는 전통적인 인사말로 서두를 장식했다. 연설을 할 때 그의 논조와 태도는 아이러니의 거장답지 않게 아주 결연했다.

1943년 ~ 1950년: 파우스트 시대

토마스 만은 1944년 미국 시민권을 획득하고, 프랭클린 루스벨트Franklin Delano Roosevelt 대통령 선거의 참모 역할을 하게 되며 루스벨트는 그해 11월 대통령에 당선된다.

1945년과 1946년 사이에는 사방에서 요청해 오는 사회적 의무와 강연으로 토마스 만은 완전히 지쳐 있었다. 그러나 이 시기에 그는 아도르노와 토론 및 논의를 계속 진행했는 데, 당시에 그는 『파우스트 박사*Doktor Faustus*』 소설에서의 한 부분, 즉 순수 음악적인 성격의 장을 집필하고 있었기 때 문이다. 마침내 1947년 초 『파우스트 박사』를 완성한다. 그 는 이 작품에서 1587년의 민중본에서 출발한 파우스트 모티 브의 수백 년 전통을 새롭게 파악하고 변형해 해석한다. 소 설은 자서전 형식이며, 독일의 작곡가 아드리안 레버퀸의 삶 의 내용을 기록하는 일기 형식으로 되어 있다. 파우스트라는 독일의 전형적인 인물을 천재 음악가로 형상화하면서도 그 가 악마와 결탁하여 몰락하는 비극을 그려 추상적이고 신비 적인 독일 혼을 파헤쳤으며, 또 나치즘이라는 악마적인 비합 리주의가 독일에 대두하게 된 원인과 과정을 예리하게 묘사 하였다. 토마스 만의 소설에서 음악은 언제나 몰락의 사자 로서 계시된다. 그럼에도 불구하고 이 소설에서 음악이 주도 적 역할을 하는 데는 다른 이유가 있다. 그는 음악을 독일의 국가 성격에 상응하는 전형적 예술로 파악한다. 독일과 세계 의 관계는 언제나 음악적인 관계, 즉 추상적·신비적 관계라 는 것이다. 따라서 음악적 요소는 독일적 요소와 결합된다. 아드리안 레버퀸의 이야기는 정치적 의미나 정신적 의미에 서 독일의 문제, 특히 독일과 세계의 관계 및 20세기의 독일 적 상황과 연관된다. 『파우스트 박사』는 작곡가의 삶을 서술 함과 동시에 음악적 창조의 본질을 관통하고 있다는 의미에 서는 음악에 관한 소설이지만, 20세기의 독일적 상황과 연 관해 보면 독일인들에 관한 소설이다. 『파우스트 박사』가 출간되자 그 즉시 호평을 아끼지 않는 평론들이 나왔고 그 반향도 굉장했지만, 음악가 아르놀트 쇤베르크와의 논쟁은 흠으로 남는다. 쇤베르크는 『파우스트 박사』에 나오는 주인공의 이야기에서 자기의 권리가 침해되었다고 생각했기 때문이다. 쇤베르크는 토마스 만이 아드리안의 작곡들을 자신의 음악 양식인 12음계 기법 위에서 구성하고 있으면서도 이 음악 체계의 원조 창시자의 이름을 거명하지 않았다는 이유로 거세게 항변했던 것이다. 비슷한 연배의 이 두 사람은 나중에 공개적 화해의 기회를 가지려 하였지만 작곡가 쇤베르크가 그만 77세의 나이로 세상을 떠나는 바람에 결국 그 기회는 무산되었다.

1951년~1955년: 에로틱과 예술의 사회적 의무

1951년 발표된 『선택받은 사람Der Erwählte』은 〈착한 죄인〉에 대한 설화의 아이러니적 해석이자 중세에 성립된 오이디푸스-동기의 기독교적 판본의 패러디이다. 즉, 중세 문학의 패러디이며, 죄에서 은총의 길을 발견한 남자가 세계 및 신과 화해하는 장면으로 끝을 맺는다.

『선택 받은 사람』은 동화의 세계를 서술하는 것은 아니지만 어딘지 모르게 동화의 경계에서 운동하는 듯한 설화의 형식을 취하고 있다. 〈선택 받은 사람〉의 과정은 죄를 통한 고양, 즉 카오스(혼돈)를 통한 코스모스(질서)를 향해 이루어진다. 물론 소설의 결말은 화해, 즉 아들과 어머니, 죄인과 신, 인간과 세계 사이의 화해이다.

1953년에 발표한 단편 「기만당한 여인Die Betrogene」에서 토마스 만은 다시 〈삶〉과 〈죽음〉 사이의 복합 관계에 대한 실마리를 끌어냈다. 이후 토마스 만은 「사기꾼 펠릭스 크룰의 고백」을 다시 집필하기 시작한다. 이 작품은 토마스 만의 다른 작품들에 비해 비교적 잘 알려지지 않은 작품이지만 몇 가지 특이한 점을 지니고 있다. 집필 기간이 무려 50년이라는 점과 자서전적인 고백의 형식을 취하고 있다는 점 그리고 토마스 만이 남긴 마지막 작품이면서 미완성이라는 점이다. 그리고 특히 중요한 것은, 토마스 만의 다른 모든 작품이 주도면밀한 가공에 따라 완결되어 출간된 데 반해, 이 작품은 세 번이나 미완의 단편으로 남았다는 점이다. 주인공 크룰은 과감하게 세상에 뛰어들지만 세상에 대해 시민적 방식으로는 봉사할 수 없는 젊은이이기 때문에 세상이 자신에게 빠져들도록 온갖 노력을 다한다. 그래서 토마스 만의 마지막 단편소설은 정신과 삶 사이의 조화 원칙을 구체화한다. 여태까지의 주인공들은 자신을 둘러싼 세계에서 편안함을 느끼지 못했다. 그들은 예술 또는 예술의 사명에 헌신하기 위해 삶에 불성실하게 되고, 또 삶과 거리를 취하며 고독에 빠져들 수밖에 없었다. 그러나 크룰은 고등 사기 행각을 보다 높은 사명으로 관찰한다. 그리고 그것을 쟁취한다. 크룰은 세계와 자기 자신을 조화시킨다. 토마스 만의 최종적 웃음은 아이러니적 웃음이다. 이 작품 역시 현대의 악한 소설의 패러디이며, 토마스 만 스스로는 이 작품을 〈루소와 괴테의 자서전에 대한 패러디〉라고 하였다.

지금까지 토마스 만의 작품 세계를 그의 삶의 행적을 따라 추적해 보았다. 작품의 수가 워낙 많아서 나름대로 꼭 필요한 작품들만 선별했지만, 그것의 수도 만만치 않다. 토마스 만 초기 작품에서의 〈삶과 정신, 생과 예술의 갈등〉은 〈삶에 대한 친근함과 휴머니즘〉으로, 나아가 〈예술의 사회적 의무〉로 승화된다. 토마스 만 문학의 특징은 한 마디로 〈아이러니〉와 〈아이러니적 기법〉이라 할 수 있는데, 아이러니란 두 양극적인 세계에 대하여 항상 거리를 두고 선호를 유보하는 비판적인 태도를 가리킨다. 이 아이러니는 토마스 만의 후기 작품에서는 그것을 어느 정도 극복한 유머(해학)의 면모로 옮아간다.

토마스 만의 삶에서 또한 빠뜨릴 수 없는 것은 토마스 만의 가문이 유명한 천재 문인의 가문이라는 점이다. 그의 형하인리히 만은 『충복 Der Untertan』, 『오물 선생 Professor Unrat』 등의 사회 소설, 시대 소설의 대가였으며, 그의 큰아들 클라우스 만Klaus Mann 또한 유명한 작가였고, 그의 딸인 에리카 만Erika Mann도 작가이자 연극인이었으며, 그의 사위 구스타프 그륀트겐스Gustaf Gründgens는 세계적으로 유명한 연극배우이자 연출가, 영화배우, 영화감독으로 활동했고, 그의 둘째아들 골로 만Golo Mann은 독일의 유명한 역사학자이자 에세이스트로서 대표적 지성인이었다. 앞에서도 언급한 것처럼 토마스 만은 제1차 세계 대전을 전후로 형하인리히 만과 독일 제국에 대한 평가, 전쟁에 관한 입장, 독일 전통 문화에 대한 태도, 문학의 사명 등을 놓고 독일 역사적으로 유명한 논쟁을 벌였는데 이 논쟁에서 표출된 견해들은 당대 독일 지성인의 경향을 대변하는 중요한 자료로서 지금도 중요하게 여겨지고 있다.

2. 『마의 산』 해설

『마의 산』의 탄생

장편소설 『마의 산』은, 토마스 만 자신의 말을 빌리면, 폐렴 증세로 다보스 요양원에서 치료 중이던 그의 아내를 문병하러 간 약 3주간의 실제 체험을 바탕으로 쓰였다. 물론 그때 그곳 의사도 토마스 만 역시 폐렴 증세가 있으니 그곳에 입원하여 반년 동안 치료받는 것이 현명한 처사라고 말했다고 한다. 1912년 이때의 체험을 바탕으로 토마스 만은 단편 「베네치아에서의 죽음Der Tod in Venedig」에 대한 유머러스한 상관물, 분량면에서도 비슷한 정도의 상관물로써 『마의 산』을 구상하였다. 그러나 집필 기간(1913~1924년) 중에 일어난 제1차 세계 대전으로 인해 갖가지 명상으로 가득한 방대한 장편소설로 발전하게 되었다.

전통의 단절과 인간성 상실에 대한 불안과 우려가 팽배하던 세기말의 암울한 〈데카당스〉적 분위기에서 청년기를 보낸 토마스 만의 초기 작품에서는 예외 없이 삶과 죽음의 갈등과 몰락의 과정 등이 주로 다루어진다. 또한 그의 형 하인리히 만과 후기 시민 사회를 바라보는 안목의 차이로 빚어진 소위 〈형제 논쟁〉 중 토마스 만은 〈한 비정치인의 고찰〉에서 분명히 보수적·국수적 입장을 취하였고, 민주적·현실 참여적 입장을 취한 그의 형을 〈문명 문사〉라고 비난하였다. 이러한 정치적 입장에 상당한 변화가 일어난 뒤인 1924년, 그의 나이 49세에 출간된 『마의 산』은 그의 작가로서의 도정에서 하나의 큰 전환점을 이루는 작품이다.

『마의 산』은 1천 페이지에 육박하는 방대한 장편소설이며 전체적으로 7장으로 구성되어 있는데, 제5장까지가 1부이며 제6장과 제7장은 2부를 구성한다. 제1부는 비시민적 세계를 대표하는 쇼샤 부인과 인문주의자 세템브리니의 대립을 그린다. 제5장 마지막 장면 〈발푸르기스의 밤〉에서 그 절정을 이루며, 여기서 쇼샤 부인은 잠시 요양원을 떠난다. 제2부는 전반부에서는 새로이 등장한 예수회원 나프타와 세템브리니의 대립을 묘사하고, 중반부에서는 나프타와 세템브리니의 결론 없는 논쟁과 제1부 마지막에 요양원을 떠났던 쇼샤 부인과 함께 새로이 등장한 페퍼코른이라는 인물이 서로 대비되고 있다.

『마의 산』의 의의

『마의 산』은 독일의 전통적 교양 소설과 아이러니적 관계를 지닌다. 독일 계몽주의와 고전주의 시대를 거쳐 오면서 형성된 교양 소설 이념은 한 마디로, 현실의 궁핍함과 모순을 어떤 미적 총체성 속에서 극복하고자 했던 독일 시민 계급의 정치 의식의 반영이다. 외형적인 구조가 아니라 사회와의 관계가 중요하다. 교양 소설은 한 인물이 겪는 상이한 현실 영역과의 대결을 주제로 삼으며 주체와 세계, 이상과 현실 사이의 긴장을 강조한다. 그런 점에서 교양 소설은 자서전적 소설 및 시대 소설, 사회 소설과 서로 경계가 닿아 있다. 그러나 『마의 산』에서는 조화로운 이상을 향하여 주인공의 내적 성장이 유도된다든지, 또는 그 발전 단계가 뚜렷하게 설정된다든지 하는 모습을 찾아 볼 수 없다.

그래서 『마의 산』은 죽음을 통하여 인도주의로 상승되는 교양 소설임은 확실하나, 전통적인 교양 소설과는 다른 면모를 보인다. 전통적 교양 소설에서는 주인공이 이상을 향해 단계적으로 발전하는 데 비해 여기에서는 연금술적 승화 작용을 통해 죽음에서 삶으로의 극복을 가져 온다. 그래서 『마의 산』에서의 주인공 한스 카스토르프가 종국적으로 이끌어 낸 휴머니즘적 비전도 곧 전쟁이라는 현실로 나타나는데, 이것은 주인공의 내적 자아와 사회적 현실 사이에 존재하는 간극의 심화라고 할 수 있다.

『마의 산』은 전전(戰前) 사회를 비판하는 전경(前景)을 지니고 있는 소설로, 고지의 호화스러운 요양원에는 제1차 세계 대전 당시 전 유럽의 자본주의적 사회가 반영되어 있다. 또한 소설의 줄거리는 1907년에서 1914년까지의 기간을 배경으로 하고 있지만, 작품의 문제성에서는 이미 그 이후의 시대정신까지도 포괄하고 있다. 호화로운 요양원 내에서의 대화와 그 밖의 모든 성찰들은 전후 유럽의 문제들을 중심으로 선회한다. 작품은 전통 소설, 나아가 꼼꼼한 리얼리즘 소설의 인상을 풍긴다. 그러나 토마스 만은 「마의 산으로의 안내Einführung in den Zauberberg」에서 〈주인공의 이야기는 틀림없이 리얼리즘 소설의 수법으로 전개되지만, 그것은 리얼리즘 소설이 아니다. 그것은 정신적이고 이념적인 것을 위해 리얼리즘적인 것을 상징적으로 고양시키고 투명하게 하는 가운데 지속적으로 리얼리즘적인 것을 뛰어 넘는다〉고 밝히고 있다.

주인공 한스 카스토르프는 그를 교육하려는 4명의 교육자들의 노력과 그 대립으로 인해 전통적인 의미의 교양을 쌓아 나가는 듯하지만, 결국은 어느 쪽에도 치우치지 않고 거리를 유지하게 된다. 즉 『마의 산』의 핵심이 되는 〈눈〉 장면의 꿈속에서, 세템브리니와 나프타 사이 어느 쪽에도 치우치지 않으면서 그저 고개만 끄덕이는 한스 카스토르프의 태도는 확정하지 않고 결단을 내리지 않는 〈유보로서의 아이러니〉를 결정적으로 드러낸다.

특히 교양 소설적 전통하에 있는 주인공 한스 카스토르프의 〈눈〉 장면에서의 인식은 우리에게 아주 의미심장한 메시지를 전해 주는 듯하지만, 애써 얻은 그의 인식마저도 다시 상대화되어 금세 모호해지게 되는 것 또한 토마스 만 아이러니의 특징이다. 소설 『마의 산』에서는 〈눈〉 장면에서의 인식 이후 새로운 인물 페퍼코른의 등장으로 새로운 대립이 이루어지게 된다. 즉 카스토르프는 〈눈〉의 장면에서 세템브리니와 나프타의 논쟁에 대한 자기 나름의 합명제 — 〈인간은 선과 사랑을 위해 결코 죽음에다 자기 사고의 지배권을 내주어서는 안 된다〉 — 를 얻어 내지만, 그것을 잊고 말아 새로운 교육자 페퍼코른이 등장하게 되는 것이다. 그러나 페퍼코른이 카스토르프에게 끼치는 영향은 외적으로는 의미 있는 종합적 인간상으로 수용되지만, 내적으로는 새로운 시대적 이념을 받아들이지 못하는 무기력한 인간상을 보여 준다. 그래서 카스토르프는 병과 죽음이 지배하는 베르크호프 요양원에서 하산하여 현실적 삶으로 방향을 돌린다. 바로 참전이다. 이 결과는 〈교양 이상〉에 도달하지 못했다고 볼 수 있으므로 전통적 의미에서의 교양 소설로 간주할 수 있는 가능성을 희박하게 만든다.

결국 『마의 산』에서 주인공 한스 카스토르프는 그의 교육자들의 의견을 곧이곧대로 고스란히 받아들이지는 않는다. 즉 교육자들의 의견을 통해 자신의 지평을 현저히 확장하긴 하지만, 그에게 그들의 의견은 절대적 가치를 지니지 못한다.

『마의 산』의 반어성

토마스 만의 소설 『마의 산』에 대한 광범위한 연구들은 대체적으로 다음 네 가지로 분류된다.

첫째, 시대 소설로 보는 입장이다. 이러한 입장은 데카당스적인 전쟁 전 사회 묘사와 그 전쟁을 야기한 원인 분석에 주안점을 둔다. 이러한 연구에서는 인물들의 풍자적인 묘사와 몰락의 작품 구조를 잘 파악할 수 있으며 또 주인공 한스 카스토르프보다는 인문주의자 세템브리니를 중심점에 놓고 그를 통해 계몽주의적 전망을 평가하고 있다. 소설은 원칙적으로 리얼리즘에 충실하며, 전쟁 발발을 나타내는 마지막 부분의 〈청천벽력〉의 장면이 가장 중시된다. 그러나 이러한 연구 방법은 알레고리적 성격을 띠는 라이트모티프 기법을 파악하는 데에 어려움이 있다. 왜냐하면 토마스 만의 라이트모티프 기법은 현실을 모방하는 것이 아니라 기교적이고 철학적 구성물로 구축하는 것이기 때문이다.

둘째, 형식 분석적 입장이다. 이러한 입장은 1950~1960년대에 유행하던 탈정치적 해석의 방법이며 장르, 서술 태도, 라이트모티프, 인용 등과 같은 기술상의 문제에 관심을 갖는다. 가장 광범위하게 수용된 이러한 입장은 『마의 산』을 교양 소설로 규정짓고 아울러 작품의 상승 구조를 강조하며 제2부 전반부에 위치하는 〈눈〉의 장면을 중요시한다. 즉 토마스 만의 낙천적인 자기 해석을 근거로 주인공 한스 카스토르프가 눈 속에서 꾸는 꿈을 이 소설의 결론으로 간주하는 것이다. 이러한 연구 방법은 〈눈〉 장면에서의 꿈이 곧 잊히고 〈둔감〉과 〈병적 흥분〉을 거쳐 종국적으로 전쟁으로 치닫는 몰락의 작품 구조를 깔끔하게 해석하지 못하는 단점을 지니고 있다.

셋째, 신화와 문학적 모범들을 정교하게 가공한 유희물로 보는 입장이다. 이러한 입장은 예술을 위한 예술을 부각시키며 작품에서 생(生)에 대한 해답이나 결과를 찾는 것이 아니라 인용을 찾는다. 이러한 연구 방법은 『마의 산』의 철학적인 토대를 소홀히 하고 모든 것을 평면적으로 보며 실증적인 자료에만 의존한다는 단점을 지닌다.

넷째, 쇼펜하우어적인 철학 소설로 보는 입장이다. 이러한 입장은 시대 소설, 교양 소설 입장에 대립하며 몰락의 작품 구조를 강조한다. 그러므로 이 소설은 주인공이 결국 시민 사회에 편입하도록 하는 것이 아니라 오히려 세상의 많은 요구로부터 자유로워지게 한다. 그래서 이 소설을 〈탈교양 소설〉로 보기도 한다.

이상과 같은 연구 동향으로 볼 때, 이미 많은 토마스 만 연구자들에 의해 자리 매김된 교양 소설로서의 『마의 산』이 큰 주류를 형성하고 있으나 거기에 따른 다양한 입장들 또한 공존하고 있다. 교양 소설은 독일의 대표적 소설 장르로서 독일 시민 계급의 역사와 밀접한 관련을 맺고 있다. 19세기 독일 시민 계급은 경제적 성장으로 인해 시민적 자기 인식은 성숙했으나 나폴레옹 전쟁 이후 도래한 반동적 복고주의로 억압된 현실 속에서 정치적 무력감을 느끼고 있었다. 이러한 독일 시민 계급의 모순적 상황에서 소위 독일 개인주의가 형성되었으며, 이와 함께 그것의 독일적 변형인 내면화 경향 또한 심화된다. 토마스 만이 말한 교양 소설도 이와 같은 맥락에서 이해될 수 있다. (토마스 만 자신은 『마의 산』이 교양 소설임을 여러 곳에서 밝힌 바 있다.) 그리고 『마의 산』을 〈시간 소설〉로 분석하기도 한다. 그 근거는 순수한 시간 자체를 대상으로 삼아 그것을 〈한 단순한 청년〉인 주인공 한스 카스토르프가 베르크호프 〈요양원〉이라는 마적 폐쇄 공간에서 체험하게 되는 것이 쇼펜하우어적 〈정지된 현재 nunc stans〉, 즉 죽음의 체험이라는 시각에서 다루고 있기 때문이며, 또 주인공의 연금술적 마법을 무시간적으로 묘사하고, 시간의 지양을 꾀하여 주인공으로 하여금 시간은 단순히 반복하는 것이 아니라 영원히 순환한다는 것을 체험하도록 하고 있기 때문이다. 또 병과 죽음이 지식, 삶을 통과하기 위해 필수적이라는 입장에서 『마의 산』을 성년 입문 소설로 규정하기도 한다.

이와 같이 『마의 산』은 그 해석의 관점에 따라 교양 소설, 시대 소설, 시간 소설, 성년 입문 소설 등으로 분류되는데, 『마의 산』이 지니는 이러한 여러 가지 양상들이 바로 토마스 만의 아이러니이다. 〈전형적으로 독일적인〉 교양 소설적 전통하에서 전 세계를 포괄하려니 작품이 길어지고 여러 방면을 고찰하게 되고, 또 무엇인가를 직접적으로 말하면 진부한 것이 되어 버리므로 철학적 깊이도 더해야 한다. 이런 모든 필연성 때문에 자연스럽게 토마스 만의 아이러니가 생겨난다.

『마의 산』의 결말이 현실 차원인 전쟁에서 끝나고 있음은 이상주의적인 세계관을 전제로 하고 있는 고전적 교양 소설에 대한 아이러니컬한 비판이라고 할 수 있다. 다시 말해 주인공 한스 카스토르프가 찾는 〈성배(聖杯)〉란 중도의 이념이며, 죽음을 체험한 후에 찾게 되는 새로운 삶이자, 장차 도래할 인류애의 개념인 것이다. 또한 눈 덮인 산상에서 방황하던 카스토르프가 인간에 대한 꿈을 꾸는 〈눈〉의 장면에서 그는 인류애라는 이념을 발견하게 되지만, 산에서 내려와서는 곧 잊어버린다. 이러한 것이 바로 토마스 만적 아이러니 기법의 전형적 예라 하겠다.

내가 무슨 시지푸스라고 『마의 산』 독일어 원문을 짊어지고 관악산을 수십 번 오르내렸을까? 조정래는 『태백산맥』을 쓰면서 원고지 2만 장에 억눌려 직업병이 생겼다고 한다. 거기까지는 못 미치지만 번역서로 6천 장이면, 그리고 전업 작가가 아닌 대학교 선생으로서 20여 년에 걸쳐 독일어를 알맞은 한국어로 옮겼다 지우기를 수차례 반복했으면, 유사 직업병이 생겼다고 해도 괜찮지 않을까? 쉰이라는 나이가 이렇게 쉽게 와서 쉰이었는가? 『마의 산』 번역 하나에 훌쩍 쉰을 넘겨 버렸다.

토마스 만의 『마의 산』을 처음으로 만난 것은 80년대 초 대학 상급반 시절이었다. 지금에 와서 보면 그 사이 강산(江山)도 세 번 바뀌었고, 강남의 말죽거리 진흙길이 미국의 비벌리힐스에 버금가는 동네로 변해 버린 참으로 오래전의 시간이었다. 그 긴 시간 동안 내내 토마스 만을 잊은 적은 없었지만 『마의 산』을 만난 대학 시절은 그리 학구적이지 않았다. 베이비부머 세대의 대학 생활이 대부분 그렇듯 역자 또한 학생 운동에서 비켜날 수 없었으며, 또한 언더서클에서의 허한 토론으로 무위도식(?)했음을 고백하지 않을 수 없다.

그러다 보니 정작 독문학은 뒷전이었다. 정치학과 사회학 입문 수준에서 맴돌던 시절이었고, 독일 유학을 가서 사회과학을 어떻게 체계 있게 공부할까 고민하던 시절이었다.

그러다 어느 학기 중에 토마스 만의 단편 강독 수업을 듣게 되었다. 강두식 또는 지명렬 선생님으로 기억되는 「토니오 크뢰거」 강독 수업이었다. 70~80페이지의 단편에 그리 너댓 명 등장인물들의 삶의 고민을 어떻게 적확하게 묘사했는지, 토마스 만에 대해 경이로움이 느껴졌다. 그때 선생님께서 하신 토마스 만을 확실히 이해하려면 『마의 산』을 읽어야 한다는 한마디가 섬광처럼 뇌리를 스쳤다. 〈마의 산이라〉, 〈마법의 산?〉, 도대체 어떤 산일까 궁금증은 증폭되어 갔다.

80년대 중반 석사 논문을 쓰기 시작하면서 『마의 산』 독파를 시작했다. 삶과 죽음, 시민성과 예술성 사이에서 고민하는 초기 단편들도 제대로 이해하기 벅찼는데, 인생과 세계를 총체적으로 제시하고 있는 이 장편소설을 읽기에는 정말 힘에 부쳤다. 7장으로 구성된 『마의 산』의 모든 장면들이 너무도 정교하고 치밀하게 연결되어 있어, 토마스 만은 마치 돌덩이를 귀금속으로 만드는 연금술사 같았다. 한 학기 더 연장해서 교양 소설적 관점에서 『마의 산』을 분석하여 겨우 석사를 마쳤던 기억이 난다. 이후 운 좋게도 공군 사관학교에서 생도들을 가르치면서 독일어 공부를 계속할 수 있었다. 그러는 일련의 기간 동안 틈틈이 번역을 해놓았던 것이 ─ 지금에 와서 보면 졸렬하기 그지없지만 ─ 이 번역서가 탄생하게 되는 밑거름이 되었다. 이후 독일 유학을 다녀오고 21세기를 맞이하며 다시 『마의 산』에 올랐는데, 이번에는 이로

니Ironie 고찰이었다. 이 박사 논문을 쓰면서 토마스 만의 이
로니와 해학에 대해 제대로 알 수 있었다. 큰 틀에서의 논문
분석은 최순봉 지도 교수의 덕택이었는데, 선생님의 은혜가
하해와 같다. 심지어 선생님께서는 당시 후배이자 동료 교수
이신 안삼환 교수에게 부탁할 정도로 역자의 박사 논문에 지
대한 관심을 보이셨다. 그래서 역자의 논문은 세세한 부분에
관한 한, 문장 하나하나에 이르기까지 — 지금은 벌써 명예
교수가 되신 — 안삼환 선생님의 첨삭이 없었다면 그 빛을
보지 못했을 것이다. 토마스 만이 『마의 산』에서 정치적 개안
(開眼)을 이루었다면, 역자는 이 『마의 산』을 분석하면서 인
간적인 삶에 눈을 떴다고 할 수 있다. 바로 그 첨삭의 위엄으
로 이 번역서가 오늘 우리 손에 들어와 있는 것이다.

　스무 살 때부터 죽을 때까지 거의 60년 동안 아침 9시부터
정오까지는 무슨 일이 있어도 글을 썼다는 토마스 만. 이런
그에게 흔히 말하는 인간미가 느껴질 수 있을까? 『마의 산』
을 쓸 당시까지, 그러니까 그의 나이 50세에 이르기까지는
잔잔한 인간미를 찾아보기 어려울지 모른다. 하지만 후기
작품에서는 『마의 산』에서 보이는 양극성과 이로니가 극복
되어 해학으로 발전하며, 웃음과 유머가 떠나질 않을 정도
로 인간미를 엿볼 수 있다.

　이렇게 한 인간의 삶의 전환점이 되는 『마의 산』을 번역하
고 보니 실로 감회가 새롭다. 토마스 만은 11년간 집필을 하
였지만, 역자는 적어도 11년 이상 번역에 임했다는 것을 감
히 말하고 싶다. 물론 번역을 하면서 기존의 몇몇 번역서(신
원출판사, 을유문화사 간행)도 많은 도움이 되었다. 그렇지
만 한편으로는 큰 부담으로 와 닿은 것도 사실이다. 최소한

기존의 번역에서 실수한 것이 있다면 그것을 되풀이하지 말아야 한다는 것인데, 얼마나 토마스 만처럼 치밀했는지, 토마스 만이 의도한 속뜻을 제대로 한국어로 옮겼는지는 오로지 역자의 몫이다. 독자의 질정을 구한다.

마지막으로, 긴 세월 번역하느라 본의 아니게 〈걱정거리 자식〉으로 부담을 안겨 주었던 많은 분들이 있다. 친구 임성기, 장재모, 박태순, 김문기, 김삼호, 임홍배, 문치웅, 후배 김성현, 김동성, 조영준, 그리고 Animan 친구들…… 그리고 암흑의 시절에도 늘 내게 힘이 되어 준 아내 金株에게 고마움을 전한다. 또한 이 방대한 원고를 교정하느라 애써 준 열린책들 편집부의 고마움도 잊을 수 없다.

윤순식

『마의 산』의 줄거리

결말을 미리 알고 싶지 않은 독자들은 나중에 읽어 주시기 바랍니다.

〈마의 산〉이라니, 대체 무슨 산인가? 바로 스위스 고산 지대의 소읍 다보스에 있는 고급 호텔식 폐결핵 요양소 〈베르크호프〉를 가리킨다. 이제 막 조선 기사 시험에 합격하여 곧 함부르크의 조선소에 취직할 견실한 시민 계급 출신의 23세의 청년 한스 카스토르프가 여기에 도착한다. 환자로 입원하러 가는 길이 아니라 이미 입원해 있는 사촌을 문병하기 위해 3주 예정으로 이곳에 온 것이다. 본격적 사회생활을 하기 전 그는 고향 함부르크를 떠나 스위스 고산 지대인 다보스로 여행을 하는데, 그곳 상류층 스타일의 폐결핵 요양원 베르크호프에서는 제국 군대 사관생도인 사촌 요아힘 침센이 치료를 받기 위해 5개월째 체류하고 있다.

천재도 아니고 바보도 아닌 그저 평범한 주인공 카스토르프는 사촌을 문병할 목적으로, 또 기분 전환을 위해서 3주 예정으로 고향을 떠나 멀리 알프스의 고지대에 있는 다보스로 향했다. 다보스 국제 요양원 베르크호프는 세계 각처에서 서로 이질적인 특징을 지닌 인간들이 모여들어 완전히 별개의 세계를 이루는 곳으로, 진지한 삶이 지배하는 평지의 세계와는 아주 대조적인 곳이다. 이들은 언어, 지식, 교양의 정도도 천차만별이어서 주인공 카스토르프에게는 아주 낯설게 느껴진다.

요양원으로 향하는 소설의 첫 부분에서부터 카스토르프의 여행은 〈마의 산〉이라는 제목이 암시하는 대로 마력(魔力)의 지배를 받게 된다. 산을 오르내리고 배를 타고 호수를 건너기도 하고, 기차를 몇 번 갈아타고 초라한 작은 역에서 정차하기도 하면서 그는 점점 더 혼란스러워져서 요양원에 도착하기 전에 벌써 방향조차 알 수 없게 된다. 힘들게 요양원에 도착한 카스토르프는 사촌 요아힘 침센의 환영을 받지만, 대화하는 도중 〈이 위의〉 사람들은 〈저 아래〉 사람들과 시간관념이나 생각이 많이 다르다는 얘기를 자주 듣는다. 사촌이 요양원의 원장을 소개해 주고, 며칠 머무는 동안 원장이 카스토르프 역시 건강 검진을 받는 게 좋겠다는 충고를 하자 별생각 없이 검사를 받는다. 그런데 검사 결과 카스토르프도 폐결핵의 징후가 있는 것으로 판명돼 사촌 요아힘 침센과 같이 요양 생활을 하게 된다. 그래서 3주 예정이었던 이 여행이 그 후로 그를 마력의 나라, 요양소에 붙들어 두어 무려 7년간 요양원에 머무르게 되는데, 작품 속에서는 러시아 출신의 쇼샤 부인이란 환자에게 마음을 빼앗겨 머무르는 것으로 묘사되고 있다. 그녀는 남편을 고향 다게스탄에 남겨 두고 유럽 각지의 요양원과 온천장을 전전하는데, 천성적으로 방종하고 퇴폐적인 분위기의 여성이지만 묘하게 사람을 끄는 매력을 지니고 있었다. 카스토르프가 요양원에 도착한 지 일주일쯤 되는 어느 날, 크로코브스키 박사의 정신 분석에 관한 강연이 있었는데, 카스토르프는 강연 내내 쇼샤 부인의 팔을 응시하면서 이런저런 꿈같은 생각에 잠겼다. 심지어 인생이 아름답다는 생각까지도 들었다. 그런데 강연이 끝나자 요양원 환자들 모두 마치 묵계를 맺은 것처럼 어느 누구도 강연에 관해서는 한 마디도 언급하지 않았다. 카스토르프는 요양원 원장과 박사, 환자들에게서도 역시 마력의 분위기를 느낀다.

그럼에도 불구하고 요양원에 있는 환자들 중에서는 주인공 한스 카스토르프의 내면 성장을 위해 교육자로서의 역할을 하는 인물들이 있었는데, 그들은 바로 세템브리니, 나프타, 쇼샤 부인, 페퍼코른이었다. 각 인물의 등장 시점과 역할은 아주 다르다.

세템브리니는 이탈리아인 환자로 합리주의자이며 진보주의자로 자처하는 인문주의자이다. 그는 〈육체는 바로 정신〉이라는 일원론자로, 본질적으로 죽음의 세계에 친근감을 느끼는 카스토르프를 이성과 진보의 믿음이 존재하는 의무와 일의 세계인 평지 세계로 되돌려 보내기 위하여 많은 노력을 한다. 그러나 매혹적인 쇼샤 부인에게 빠져 있는 카스토르프는 그의 충고를 받아들이지 않는다. 쇼샤 부인은 키르키스인 눈처럼 회색을 띤 매력적인 푸른 눈과 관능적인 외모를 소유하고 있으며 질병과 죽음을 상징하는 인물이다. 카스토르프가 산상 요양원에 입원한 지 7개월 후 사육제날 저녁에 그는 쇼샤 부인에게 사랑을 고백하고 그날 밤 그녀에게 연필을 돌려주러 가서 (그녀를 어릴 적 친구 히페와 동일시하여) 사랑의 관계를 맺는다. 하지만 그녀는 그 이튿날 요양원을 떠나가 버린다. 그런 후 카스토르프는 예수회 교도이며 허무한 반자본주의자인 폴란드인 환자 나프타를 알게 된다. 나프타는 육체를 타락하고 부패한 것으로 생각하고 건강을 비인간적인 것으로 보며 오히려 병과 죽음을 찬양한다. 즉 〈육체란 자연이며, 그 자연은 정신과 대립된다〉고 하는 이원론자인 것이다. 그래서 그는 진보주의자 세템브리니와 자주 충돌하고 논쟁을 벌인다.

요아힘 침센은 병이 완쾌되지도 않았는데, 요양원 생활에 지친 나머지 하산하여 다시 군대로 돌아간다. 사촌을 떠나보내고 혼자가 된 카스토르프는 요양원 생활의 단조로움과 무기력을 부끄럽게 생각하여 스키를 배울 결심을 한다. 몇 차례의 연습을 통해 스키를 탈 수 있게 된 그는 어느 날 스키를 타고 흰 눈이 덮인 아름다운 계곡을 따라 가다 길을 잃고 눈보라에 갇혀 버린다. 생사의 갈림길에서 카스토르프는 꿈을 꾸는데 그 꿈은 새로운 인간상에 대한 비전을 제시한다. 그는 인간이 착하고 올바르게 살기 위해서는 죽음에 대한 공감에서 벗어나 삶을 사랑해야 한다는 것을 깨닫는다. 이 장면이 바로 이 소설의 축약판이라고 할 수 있는 〈눈(雪)의 장〉으로, 주인공은 정신을 잃은 채 쓰러져 몽환 상태에서 〈인간은 선과 사랑을 위해 결코 죽음에다 자기 사고의 지배권을 내어 주어서는 안 된다〉는 명제를 터득하게 되는데, 이는 그가 바깥 세계와 차단된 〈죽음〉의 공간에서 역설적이게도 〈삶〉의 중요성을 깨달았음을 보여 준다.

그러는 사이에 군대에 복귀하기 위해 요양원을 떠났던 요아힘 침센이 병이 악화되어 다시 요양원으로 돌아온다. 요아힘은 사촌 카스토르프와 함께 제법 먼 거리를 산책하거나,

나프타의 집을 방문하기도 하고, 또한 세템브리니와 나프타 또 사촌과 함께 네 명이서 토론을 벌이는 등 활발하게 지내면서 병이 호전되는 기색을 보였으나 얼마 버티지 못하고 죽음을 맞는다. 그 후 1부에서 역시 요양원을 떠났던 쇼샤 부인이 돌아오는데, 네덜란드 식민지 자바의 커피 재배업자로 동양과 서양을 동시에 대표하고 있는 인물인 페퍼코른을 동반한다. 페퍼코른은 이 세상에 논리적 혼란을 가져올 인물은 결코 아니었다. 오히려 이와는 정반대의 인물이었다. 그런데도 이 인물의 출현으로 주인공은 심각한 혼란을 경험하게 된다. 페퍼코른은 건강과 삶을 긍정하는 디오니소스적 인물로서 소설 속에서 세템브리니와 나프타를 왜소하게 만들고, 쇼샤 부인의 위험성을 중립화해 주며, 주인공 카스토르프를 강하게 만들어 주는 기능을 한다. 그러나 그는 카스토르프와 쇼샤 부인의 에로틱한 관계와 자신의 성적 무기력을 괴로워한 나머지 자살을 한다. 쇼샤 부인은 페퍼코른의 비극에 충격을 받고는 그의 살아남은 친구인 한스 카스토르프에게 경건하고 조심스럽게 작별의 인사를 한 뒤, 이 위 사람들의 곁을 다시 떠나 버린다. 쇼샤 부인이 떠난 후 카스토르프는 허탈감에 빠져, 날이 갈수록 그로테스크하고 비뚤어지고 걱정스러운 상태로 변해 갔다. 그것은 둔감이라는 이름의 악마였다.

이렇게 세월이 흘러가는 동안, 베르크호프 요양원에는 어떤 유령이 배회하기 시작한다. 그는 교양을 쌓아 가는 젊은 이의 한없는 호기심으로 이 악마를 연구했다. 그것은 남과 싸우고 싶어 하는 병적(病的) 상태, 일촉즉발의 짜증스러운 흥분 상태, 뭐라고 이름 붙일 수 없는 초조하고 불안한 상태였다. 모두들 걸핏하면 서로에게 독설을 퍼부어 댔고 분노를 폭발했으며, 손찌검을 벌일 것 같은 기세였다. 매일같이 격한 언쟁이나 걷잡을 수 없는 욕설이 오갔으며, 거기에 끼어들지 않은 국외자들은 싸움하는 당사자들의 행위를 언짢게 여긴다든지 그들 사이를 자신이 중재하거나 하지 않고, 오히려 거기에 공감하고 가담하여 똑같이 흥분에 빠져들었다. 그와중에 세템브리니와 나프타가 자유에 대한 논쟁을 벌이고 모욕을 당한 나프타는 그에게 결투를 신청한다. 결투장에서 세템브리니가 하늘을 향해 권총을 쏘자 나프타는 비겁자라고 부르짖고는 오히려 자기 머리를 권총으로 쏘아 버린다.

이와 같이 카스토르프가 7년 동안 오늘이 어제 같고 내일도 오늘과 똑같은 취생몽사 상태에 빠져 세월을 허송하고 있을 때, 갑자기 청천벽력과도 같이 제1차 세계 대전이 발발한다. 그제야 카스토르프는 마의 산에서 내려와 전쟁에 참전한다. 포탄이 난무하는 전장에서 「보리수」 노래를 중얼거리면서 진흙탕 속을 행군하여, 혼란과 어스름 속으로 사라져 가는 주인공의 전망은 아주 어두울 수밖에 없다. 이제 고산 지대의 요양원뿐만 아니라 평지도 죽음의 영역이 되어 카스토르프는 〈저 불길 속에서도 언젠가는 사랑이 솟아오르겠지?〉라고 중얼거리며 무대 뒤로 사라지게 된다.

토마스 만 연보

1875년 6월 6일 독일의 북부 도시 뤼베크에서 아버지 토마스 요한 하인리히 만(34세)과 어머니 율리아 만(23세) 사이의 차남으로 출생. (널리 알려진 작가 하인리히 만Heinrich Mann이 그의 형이다. 형과는 네 살 차이. 또한 율리아Julia, 카를라Carla, 빅토르Viktor 등 세 명의 동생 있음.)

1877년 2세 아버지가 시참사회 의원으로 선출됨.

1889년 14세 카다리노임Katharineum 김나지움 입학.

1892년 17세 아버지 사망. 백 년 이상 계속된 곡물 상회 해산.

1893년 18세 월간 잡지 『봄의 폭풍우*Frühlingssturm*』 간행.

1894년 19세 고등학교 중퇴. 어머니와 가족의 뒤를 따라 뮌헨으로 이주. 화재 보험 회사의 수습사원으로 입사. 최초의 단편 「타락Gefallen」 발표.

1895년 20세 수습사원을 그만두고 뮌헨 대학에서 역사, 미술사, 문학사 등을 청강.

1896년 21세 단편소설 「행복에의 의지Der Wille zum Glück」 발표.

1897년 22세 형 하인리히 만과 함께 이탈리아로 여행을 가 1년 반 정도 머묾.『부덴브로크 가의 사람들Buddenbrooks』집필 시작.

1898년 23세 뮌헨으로 돌아옴.『짐플리치시무스Simplicissimus』
지의 편집 위원으로 일함. 최초의 단편집『키 작은 프리데만 씨Der
kleine Herr Friedemann』출간. 이 단편집 안에「행복에의 의지」,「환멸
Enttäuschung」등이 수록되어 있음.

1900년 25세 『부덴브로크 가의 사람들』완성. 1년 만기 지원병으로
육군 입대. 3개월 만에 행군 도중 발가락에 생긴 건초염으로 제대.

1901년 26세 『부덴브로크 가의 사람들』간행(처음에는 두 권으로 나
옴). 이 작품의 출간으로 명성과 부를 함께 얻게 됨.

1903년 28세 단편집『트리스탄Tristan』발표. 이 소설집 안에「토니
오 크뢰거Tonio Kröger」수록.

1904년 29세 단편「어떤 행복Ein Glück」,「예언자의 집에서Beim
Propheten」발표. 희곡「피오렌차Fiorenza」완성.

1905년 30세 단편「힘겨운 나날들Schwere Stunde」발표. 2월에 뮌
헨 대학 수학 교수 프링스하임의 딸 카챠 프링스하임과 결혼. 11월 장
녀 에리카 만 출생(1969년 사망).

1906년 31세 희곡「피오렌차」출간. 장남 클라우스 만 출생(1949년
자살).

1909년 34세 단편「철도 사고Das Eisenbahnunglück」, 독일의 어느
소공국을 무대로 한 중편「대공전하Königliche Hoheit(大公殿下)」발
표. 고독한 예술가적 존재가 사랑과 결혼에 의해 삶의 세계와 손을 잡
게 되는 내용. 차남 골로 만 출생(훗날 유명한 역사학 교수가 됨).

1910년 35세 『사기꾼 펠릭스 크룰의 고백Bekenntnisse des Hochstaplers
Felix Krull』집필 시작. 차녀 모니카 만 출생. 누이 클라라 만 음독 자살.

1911년 36세 『사기꾼 펠릭스 크룰의 고백』집필 중단. 단편「베네치
아에서의 죽음Der Tod in Venedig」집필 시작.

1912년 37세 폐렴 때문에 스위스 다보스에서 요양 중인 아내를 방문. 죽음에 매혹되어 몰락하는 예술가의 비극을 묘사한 「베네치아에서의 죽음」을 발표.

1913년 38세 장편소설 『마의 산*Der Zauberberg*』 집필 시작.(1913. 7. ~ 1924. 9.)

1914년 39세 뮌헨 포싱어 가 1번지의 저택에 입주. 8월 1일 제1차 세계 대전 발발.

1915년 40세 『마의 산』 집필 중단. 보수적 견해를 피력하는 에세이적 논설문 「프리드리히와 대동맹*Friedrich und die große Koalition*」 발표. 이어 『한 비정치인의 고찰*Betrachtungen eines Unpolitischen*』 집필.

1918년 43세 제1차 세계 대전 종결. 프랑스적 민주주의나 문명 개념을 독일의 문화 개념과 대립적인 관점에서 서술한 방대한 저작 『한 비정치인의 고찰』 출간. 이로써 진보적 사고를 지녔던 형과의 불화가 본격적으로 시작됨(형제 논쟁). 이 싸움의 전개 과정에서 토마스 만은 차츰 자신의 보수주의의 허점과 시대적 낙후성을 깨닫게 됨. 삼녀 엘리자베트 만 출생.

1919년 44세 단편 「주인과 개*Herr und Hund*」 발표. 본 대학에서 명예 박사 학위 취득. 국내외적으로는 베르사유 조약이 체결되고 바이마르 헌법이 제정됨. 『마의 산』 다시 집필.(1919. 4. ~ 1924. 9.)

1920년 45세 서사시 「어린아이의 노래*Gesang vom Kindchen*」 발표.

1922년 47세 평론집 『괴테와 톨스토이*Goethe und Tolstoi*』 출간. 보수적 정치관을 지양하는 연설문 〈독일 공화국에 대하여*Von Deutscher Republik*〉라는 강연을 하면서 독일 청년층에 민주주의 지지를 권함. 이후 바이마르 공화국의 문화 사절 자격으로 국외로 강연 여행을 다님. 형 하인리히 만과 화해.

1923년 48세 「독일 공화국에 대하여」 출간. 3월 어머니 사망.

1924년 49세   장편소설 『마의 산』 출간.

1925년 50세   단편 「무질서와 어린 고뇌Unordnung und frühes Leid」 발표. 피셔 출판사에서 〈토마스 만 전집〉 10권이 간행됨.

1926년 51세   프로이센 예술원의 문학 회원으로 선출. 구약 성서 중의 창세기에서 소재를 찾은 4부작 장편 『요셉과 그 형제들Joseph und seine Brüder』 집필 착수.

1927년 52세   연극배우로 성공을 꿈꾸던 누이동생 율리아 만 자살.

1929년 54세   노벨 문학상 수상. 수상작은 『부덴브로크 가의 사람들』 이지만, 토마스 만은 『마의 산』이 더 훌륭한 작품이라고 생각하여 불쾌감을 표시.

1930년 55세   이탈리아의 무솔리니와 히틀러를 비판한 단편 「마리오와 마술사Mario und der Zauberer」 출간. 평론집 「시대의 요구Die Forderung des Tages」 출판. 이집트와 팔레스티나로 여행. 〈이성에 호소함〉이란 강연을 통해 나치의 의회 진출을 경고.

1932년 57세   괴테 서거 1백 주년에 즈음하여 〈시민 시대의 대표자로서의 괴테〉, 〈작가로서의 괴테〉라는 강연을 함.

1933년 58세   4부작 연작 소설 『요셉과 그 형제들』 제1부 『야곱 이야기』 발표. 1월 30일 히틀러가 독일 수상이 됨. 2월 10일 뮌헨 대학에서 〈리하르트 바그너의 고뇌와 위대성〉이라는 제목으로 강연을 한 후, 국외로 강연 여행을 떠난 채 망명. 스위스의 취리히 호반퀴스나하트에 거처를 정함. 처음에는 정치적 활동을 자제하여 다른 망명 문학가들의 오해를 받음.

1934년 59세   『요셉과 그 형제들』 제2부 『청년 요셉Der junge Joseph』 간행. 미국으로의 첫 여행.

1935년 60세   평론집 『리하르트 바그너의 고뇌와 위대성Leiden und Größe Richard Wagners』 발표.

1936년 61세 『요셉과 그 형제들』제3부 『이집트에서의 요셉*Joseph in Ägypten*』간행. 자신이 망명 작가임을 밝힘으로써 히틀러 정권에 의해 재산이 몰수되고 아울러 독일 국적을 박탈당함. 본 대학으로부터 박사 학위 철회를 통고 받음. 강연문 「지그문트 프로이트와 미래Sigmund Freud und die Zukunft」 발표.

1937년 62세 본 대학의 조처에 항의하는 「독일 고전주의자의 서간 집. 앎으로의 도정Briefe deutscher Klassiker. Wege zum Wissen」 발표. 콘라트 팔케와 함께 격월간지 「척도와 가치*Maß und Wert*」를 발행 (1939년까지)하여 독일 문화를 옹호함.

1938년 63세 미국으로 이주. 2년간 프린스턴 대학의 객원 교수로 강의. 〈다가올 민주주의의 승리〉라는 제목으로 미국 15개 도시에서 강연. 선언문 『유럽이여, 경계하라*Achtung, Europa!*』 출간.

1939년 64세 괴테를 패러디한 장편 『바이마르의 로테*Lotte in Weimar*』 발표. 괴테를 주인공으로 하여 천재의 내면을 그리면서 히틀러 독재와는 다른 괴테적인 독일을 그려 냄. 제2차 세계 대전 발발. 국제 펜 클럽 대회에서 〈자유의 문제〉라는 제목으로 강연.

1940년 65세 단편 『뒤바뀐 머리*Die vertauschten Köpfe*』 발표. 영국 BBC 방송을 통해 〈독일 청취자 여러분!〉이라는 제목으로 5년간 55회 라디오 방송. 히틀러 타도를 독일 국민들에게 호소함.

1941년 66세 캘리포니아로 이주.

1943년 68세 『요셉과 그 형제들』제4부 『부양자 요셉*Joseph der Ernährer*』을 출간함으로써 이 작품의 4부작을 완성함. 단편 「십계명 Die zehn Gebote」과 장편 『파우스트 박사*Doktor Faustus*』 집필 시작.

1944년 69세 단편 「계율Das Gesetz」 발표. 미국 시민권 획득. 프랭클린 루스벨트 대통령 선거 참모 역할.

1945년 70세 제2차 세계 대전 종결. 5월 7일 독일 항복. 연설문 「독일과 독일인Deutschland und die Deutschen」을 발표하여 전후 미국 사회에 독일의 문화와 독일인의 입장을 변호함.

1947년 72세 『파우스트 박사. 한 친구가 이야기하는 독일 작곡가 아드리안 레버퀸의 생애*Doktor Faustus. Das Leben des deutschen Tonsetzers Adrian Leverkühn erzählt von einem Freunde*』 간행. 파우스트라는 독일의 전형적인 인물을 천재 음악가로 형상화하면서 그가 악마와 결탁하여 몰락하는 비극을 그려 추상적이고 신비적인 독일 혼을 파헤침. 나치즘이라는 악마적인 비합리주의가 독일에 대두하게 된 원인과 과정을 예리하게 묘사함. 취리히에서 열리는 국제 펜클럽에 참가하기 위해 전후 처음으로 유럽을 방문함.

1949년 74세 『파우스트 박사의 성립. 소설의 소설*Die Entstehung des Doktor Faustus. Roman eines Romans*』 발표. 망명 후 처음으로 독일을 방문. 프랑크푸르트와 바이마르에서 괴테 탄생 2백 주년을 기념하여 연설. 또 옥스퍼드 대학에서 〈괴테와 민주주의〉라는 제목으로 강연. 아들 클라우스 만 자살.

1950년 75세 시카고 대학과 소르본 대학에서 〈나의 시대〉라는 제목으로 강연. 동독으로 가려던 형 하인리히 만 사망.

1951년 76세 중편 『선택받은 사람*Der Erwählte*』 출간. 근친상간의 죄인이 속죄하여 은총을 받아 결국 교황에까지 오르게 된다는 내용. 약간 가볍게 읽히고 즐거움을 선사하면서 인간성의 회복을 묘사함.

1952년 77세 유럽으로 돌아와 스위스의 취리히 근교에 정착.

1953년 78세 단편 「기만당한 여인Die Betrogene」, 평론집 『옛 것과 새 것*Altes und Neues*』 간행.

1954년 79세 『사기꾼 펠릭스 크룰의 고백. 회상의 제1부*Die Bekenntnisse des Hochstaplers Felix Krull. Der Memoiren erster Teil*』를 간행. 세상에 조금이나마 수준 높은 웃음을 가져다주려는 염원을 담은 작품. 취리히 근교 킬히베르크에 저택을 구입.

1955년 80세 실러 서거 150주년을 맞아 「실러에 대한 시론(試論)

Versuch über Schiller」을 쓰고, 동서독에서 실러의 기념 강연을 함. 당시 스위스 국적을 가지고 있던 토마스 만은 고향 도시 뤼베크의 명예 시민이 됨. 7월 21일 혈전증 진단을 받고 8월 12일 취리히 시립 병원에서 사망. 16일 킬히베르크의 교회 묘지에 안장됨.

열린책들 세계문학 219 마의 산 하

옮긴이 윤순식 부산에서 태어나 서울대학교 독어독문학과를 졸업하고 동 대학원에서 석사와 박사 학위를 받았다. 공군사관학교에서 독일어 전임 교수를 역임했고, 독일 마르부르크 대학교에서 수학했다. 박사 후 연수 과정으로 베를린 훔볼트 대학교에서 현대 독문학을 연구하였으며, 한양대학교 연구 교수를 역임하고 오랫동안 서울대학교에서 강의했다. 현재 덕성여자대학교 교양학부 초빙 교수로 재직 중이다. 주요 논문으로는 「토마스 만의 소설 『魔의 山』에 나타난 反語性 考察」, 「『부덴브로크 일가』에 나타난 아이러니 연구」, 「작품 내재적 해석학으로서의 독어독문학」, 「현대 독일어권 문학에 나타난 병의 담론」, 「상상력과 현대 사회에 대한 다층적 해석」, 「병과 문학」, 「자아 탐색과 과거 극복」 등 다수가 있다. 『아이러니』, 『토마스 만』, 『전설의 스토리텔러 토마스 만』(공저)을 지었으며, 토마스 만의 『베네치아에서의 죽음』, 헤르만 헤세의 『로스할데』, 『나르치스와 골드문트』, 프란츠 카프카의 『변신』, 디트리히 슈바니츠의 『교양』(공역), 『괴테, 토마스 만, 니체의 명언들』 등을 우리말로 옮겼다.

지은이 토마스 만 **옮긴이** 윤순식 **발행인** 홍예빈 · 홍유진
발행처 주식회사 열린책들 **주소** 경기도 파주시 문발로 253 파주출판도시
전화 031-955-4000 **팩스** 031-955-4004 **홈페이지** www.openbooks.co.kr
Copyright (C) 주식회사 열린책들, 2014, *Printed in Korea.*
ISBN 978-89-329-1647-7 04850 **ISBN** 978-89-329-1499-2 (세트)
발행일 2014년 2월 20일 세계문학판 1쇄 2023년 1월 30일 세계문학판 6쇄

이 도서의 국립중앙도서관 출판예정도서목록(CIP)은 서지정보유통지원시스템 홈페이지(http://seoji.nl.go.kr)와 국가자료공동목록시스템(http://www.nl.go.kr/kolisnet)에서 이용하실 수 있습니다.(CIP제어번호:CIP2014003924)

열린책들 세계문학
Open Books World Literature